图书在版编目(CIP)数据

风灯上的种子永久不灭：海峡两岸抗战文艺传统与民族精神传承 / 刘小新，李诠林，黄科安主编. —镇江：江苏大学出版社，2017.12
ISBN 978-7-5684-0730-4

Ⅰ. ①风… Ⅱ. ①刘… ②李… ③黄… Ⅲ. ①抗战文艺研究—学术会议—文集 Ⅳ. ①I206.6-53

中国版本图书馆 CIP 数据核字(2017)第 311987 号

风灯上的种子永久不灭：海峡两岸抗战文艺传统与民族精神传承
Fengdeng shang de Zhongzi Yongjiu Bumie: Haixia Liang'an Kangzhanwenyi Chuantong yu Minzujingshen Chuancheng

主　　编/刘小新　李诠林　黄科安
责任编辑/顾正彤　米小鸽
出版发行/江苏大学出版社
地　　址/江苏省镇江市梦溪园巷 30 号(邮编：212003)
电　　话/0511-84446464(传真)
网　　址/http://press.ujs.edu.cn
排　　版/镇江文苑制版印刷有限责任公司
印　　刷/句容市排印厂
开　　本/718 mm×1 000 mm　1/16
印　　张/31.25
字　　数/550 千字
版　　次/2017 年 12 月第 1 版　2017 年 12 月第 1 次印刷
书　　号/ISBN 978-7-5684-0730-4
定　　价/68.00 元

如有印装质量问题请与本社营销部联系(电话：0511-84440882)

目 录

东亚抗日反战文学视野中的中国抗日文学

黄万华

抗战时期的东亚地区包括祖国大陆(含伪满洲)、台湾和香港地区,今韩国、朝鲜、日本(包括琉球)等国家和地区,是二次大战的东方战场。东亚地区在文化传统上联系密切。近代以来,东亚现代性的展开有着种种历史的曲折。日本侵略战争的一再进行,不仅是东亚现代性严重受挫的集中体现,也使得反殖民文学成为东亚现代文学的重要内容。这一时期,东亚地区几乎全部遭受到日本法西斯主义的蹂躏,东亚抗日反战文学发生在日本殖民化环境中,充分体现了民族的文化自觉。从东亚抗日反战的历史视野中研究中国抗战文学,就是要从日本殖民侵略和法西斯统治下的,其在地形态有着殖民化环境的民族性文学创作的复杂性、也充分体现着20世纪的东亚现代精神写作去充分揭示民族抵抗的复杂内涵;从东亚各国的现代转型与抵抗侵略、反对霸权的世界反法西斯背景上去深入研究中国抗日文学的丰富内涵。本文考虑到"九一八"国难文学开启了中国抗日文学,就以此为主,对照台湾日据时期文学和抗战时期祖国大陆其他地区文学来展开从东亚抗日反战的历史视野中研究中国抗战文学的一些思考。

一

东亚地区中,台湾地区最早被割让(1895),随后是朝鲜半岛沦为日本殖民地(1910)。但这两个事件在国人心中激起的反应有所不同。

1919年3月1日，朝鲜半岛发生全民族抗日独立斗争“三一运动”后，随即便有陈独秀在1919年3月23日《每周日报》、傅斯年在1919年4月1日《新潮》第1卷第4期、周恩来在1919年7月《南开月报》等分别发表文章，号召中国人民要如朝鲜人民一样义无反顾地开展抗日独立斗争，奋起抗争。之后，朝鲜（韩国）人形象成为中国现代文学中出现得最多的异族形象，胡适、郭沫若、周作人、巴金、台静农、朱自清、魏建功、蒋光慈、老舍、阳翰笙、无名氏等现代文学大家都在自己的作品中展开了“朝鲜想象”，深情寄托对朝鲜半岛人民的同情和支持，其中《牧羊哀话》（郭沫若）、《发的故事》（巴金）、《鸭绿江上》（蒋光慈）、《槿花之歌》（阳翰笙）、《北极风情图》（无名氏）等作品更成为中国现代文学的名篇。而朝鲜新文学的翻译介绍也得到中国文坛的诸多关注。早在20世纪30年代初就有人呼吁，被视为“朝鲜新文学泰斗”①的李光洙“代表朝鲜民族性的二大著作《开拓》与《无情》”尽快“有人把它翻出来才好”！这样“能使两国充分接近”。② 而被视为“朝鲜现代新锐作家”的张赫宙，抗战时期其作品被介绍到中国来的，有胡风翻译的小说集《山灵》、马耳翻译的小说集《流荡》、范泉翻译的散文集《朝鲜春》和长篇童话集《黑白记》，数量之多，在东方文学中是罕见的。

而“九一八”后流亡关内的东北作家群的创作，更以朝鲜民族的亡国之痛和反抗之举来警醒国人。被称为“现中国文坛上最光荣的收获”③的萧军的《八月的乡村》，在东北乡民“不前进即死亡，不斗争即毁灭”的抗日行列中，让高丽姑娘作为人民革命军中的重要人物出现；舒群的《没有祖国的孩子》让“没有祖国”的朝鲜人说出“不像你们中国人还有国……”来唤起“中国不亡！中国不亡!”的信心和斗志；骆宾基的《边陲线上》全篇贯穿着“对于高丽被压迫者的深切关怀”，东北义勇军和“高丽穷党”汇成抗日洪流；李辉英的《万宝山》将现实中朝鲜农民移居东北开垦水田时与当地中国农民发生的冲突改为两国农民团结起来反抗日本统治者；而罗烽的《满洲的囚徒》《呼兰河边》等则在屈从于日寇淫威的朝鲜人形象身上表达了对殖民性的批判……东北作家群的抗日文学中，“高丽”成为一个重要元素。

相比较之下，台湾地区作为中国领土被日本侵占，中国作家理应对此

① 范泉：《论朝鲜作家》，《新文学》，第1卷第2期，1946年。
② 亨斌：《朝鲜现代文坛的简略介绍》，《现代文艺》（上海）创刊号，1931年。
③ 聂绀弩：《八月的乡村》，《读书生活》，第3卷第1期，1935年。

有更强烈的反应,但中国现代文学中的台湾想象寥寥无几,台湾人形象更有缺失(并非没有)。胡风编译的《山灵——朝鲜台湾短篇小说集》(1936)是唯一收入台湾作品而影响较为广泛的小说集,书中收录了朝鲜小说四篇、台湾地区小说两篇,[①]朝鲜小说的数量超过台湾地区小说。胡风在“序”中说:“朝鲜底新文学运动比中国底要早十年,不但产出了许多新旧的作家,而且还形成了几种不同的流派”,而台湾新文学运动“较弱而且后起”。《山灵》收录的朝鲜小说有两篇出自张赫宙:《山灵》和《上坟去的男子》,而收录的台湾小说有吕赫若的《牛车》,吕赫若原名吕石堆,“年轻时即以张赫宙自许,笔名‘赫若’,就有以年轻的张赫宙自许之意味”。[②]《山灵》中另一篇台湾小说是杨逵的成名作《送报夫》,杨逵与《山灵》中朝鲜小说《初阵》的作者李北鸣,分别是20世纪30年代台湾地区和朝鲜左翼文学的代表作家,两篇小说都发表于日本德永直创办的左翼刊物《文学评论》,都坚持了“无产阶级革命文学”的“典型要素。如,善恶对立结构……劳动阶级的联合以及强调国际主义”[③]等。这些都说明台湾地区文学与朝鲜文学关系密切,而在祖国大陆反被忽视。台湾新文学运动的先驱者张我军曾向鲁迅抱怨祖国大陆对台湾的遗忘,鲁迅“当时就像受了创痛似的,有点苦楚,但嘴上却道:‘不。这倒不至于的。只因为本国太破烂,内忧外患,非常之多,自顾不暇了,所以只能将台湾这些事情暂且放下。’”[④]鲁迅在读了《台湾文艺》后,则觉得“乏味”。[⑤]这显然表明两者之间有着隔阂。

中国作家更为关注朝鲜民族的命运,原因在于朝鲜人民亡国灭族之痛激起中国作家对中华民族面临日寇侵略危机的警惕与忧虑,朝鲜半岛的局势紧密地关联着中国,朝鲜民众的反抗也直接影响着中国民众。日本占领朝鲜半岛后逐步吞食中国东北,更引起中国民众的极大忧虑与警觉,朝鲜人成为最接近东北民众现实生存状态和未来命运的“他者”。“九一八”后,东北作家首先切身体验“亡国”之痛,也更深刻地体会到朝

---

① 该书初版本“附录”还有一篇中文的台湾小说——杨华的《薄命》。

② 许俊雅:《关于胡风译作〈山灵——朝鲜台湾短篇小说集〉的几个问题》,《史料与阐释》2011卷合刊本,复旦大学出版社,2013年。

③ [韩]金良守:《胡风与〈朝鲜台湾短篇小说集〉》,崔一译,原载《中国学报(第47辑)》(韩国中国学会)2003年,金柄珉、李存光主编《“中国现代文学与韩国”资料丛书(10)》,延边大学出版社,2014年,第203页。

④ 鲁迅:《而已集·写在〈劳动问题〉之前》,《鲁迅全集(3卷)》,人民文学出版社,1981年,第425页。

⑤ 鲁迅:《致日本友人增田涉》,林非主编《鲁迅著作全集(5卷)》,中国社会科学出版社,1999年,第280页。

鲜民众的命运，其笔下的朝鲜人形象往往包含着东北作家在日本殖民统治下的痛苦体验。

梅娘的小说《侨民》(1941)，标题就明确地指向了“异国人”的命运，以旅居日本的中国“侨民”的眼光审视朝鲜“侨民”的命运。这篇小说被认为“包含了解读梅娘的关键线索，可用以诠释她当时所写的全部作品”，[①]所以，引起研究者较多关注。有研究者认为，《侨民》所包含的“殖民地化的日常体验”中有着比“以‘殖民地’为名的民族凌辱”更加“沉重”的“性歧视”，由此甚至可以认为“梅娘的作品里可以说没有一篇是媚日的”；[②]但近年在“后殖民”学术背景下，《侨民》也被解读为“作家急欲摆脱‘满洲人’身份，对同类殖民地人的拒斥显示出作家力图以去边缘化来纳入上等民族——日本人的种族行列的心境”，“预示了”日后“梅娘积极介入日本殖民文化中心，成为当局非常器重的当红作家”的“心理演进”。[③] 一篇两千来字的小说成为判断梅娘这样一位中国沦陷区重要作家的重要依据，结论却相反，这自然与小说主角中的“韩人”形象密切相关。

《侨民》创作于梅娘定居北平前，发表在东北刊物《新满洲》(1941 年第 3 卷第 6 期)上，所以小说所包含的“殖民地化的日常体验”主要来自作者的东北和日本生活体验。朝鲜半岛被日本吞并后，朝鲜人成为日本的“臣民”，他们遭受日本的殖民统治，但从法律上讲，他们在中国东北等地又享有治外法权，这种治外法权一直到 1936 年 6 月才被取消，代之以当年 12 月关东军司令官与朝鲜总督在图们会谈确立的“满鲜如一”方针，但作为日本“臣民”的朝鲜人在东北仍享有某些权益。[④] 这种治外法权本质上仍是日本殖民统治的产物，朝鲜人“享有”治外法权也未改变他们被殖民者的身份，但它也确实产生着欺骗、腐蚀等作用。而生活在东北的朝鲜人是复杂的：有依附日本官方机构或跟随日鲜商贸集团的，其享用治外法权有着现实利益；也有游离于日满体制之外的各种“流亡者”，他们不仰仗于任何官方势力生存，生活更为困顿。东北作家群笔下的朝

---

① [日]岸阳子：《论梅娘的短篇小说〈侨民〉》，郭伟译，《抗战文化研究(第一辑)》，广西师范大学出版社，2007 年。

② 同①。

③ 王劲松，蒋承勇：《历史记忆与解殖叙事——重回梅娘作品版本的历史现场》，《文学评论》，2010 年第 1 期，第 170－177 页。

④ [日]满洲国史编纂刊行会编、中国东北沦陷十四年史吉林编写组译：《满洲国史(分论)上》，黑龙江省社会科学院历史研究所，1990 年，第 544－545 页。

鲜人形象，既有抗日斗士，也有为虎作伥者，这正是朝鲜"侨民"真实的生存状态。

梅娘在朝鲜侨民治外法权取消当年高中毕业，不久留学日本，所以她的"满洲国"体验是在"满洲国"朝鲜侨民享有治外法权的时期。创作《侨民》的 1940 年，她出版了小说集《第二代》，由此开始了正式创作的道路，而引导其创作的，是她在日本内山书店"耽读以鲁迅为主的五四运动以后的中国新文学书籍"。[①] 加之梅娘自幼亲身经历的"父权"压迫，与《侨民》同时期创作的重要作品《蚌》《鱼》《蟹》等都有鲜明、强烈，甚至激进的"五四"女性意识。《侨民》写作时，梅娘的婚事也正受到家里的反对。《侨民》的特殊性在于其表达了殖民化环境中的女性意识。小说中无论是"我"向往的"那个看守这一带海岸的老人的小屋子里，他从没有因为我是异国人而歧视过我"，还是"我"面对的"刚上车的时候，曾有两位艳装的姑娘和我站在同一的地方。但她们都用细白的手帕掩着嘴走到车那端的穿着漂亮的衣裳的人们之间去了"，都明白无疑地呈现了身处日本的"满洲人"所强烈感受到的民族歧视。小说所展开的旅途让座这一日常场景，一直传达出"我"对朝鲜女人的同情和对她丈夫的不满，甚至愤怒。朝鲜男子"吆喝着"要他妻子让座给"我"，"女人胆怯的站起来"，"我"觉得自己"没有去占据那个女人座位的理由"，但"站着的女人用惶惑不安的眼睛瞅了我，再去瞅那红脸的男人"，那种"不安静"的神态使"我不再犹疑地过去坐下"。"我"从衣着判断出男子是"赢得了上司的信任，于是升级了"的"工头"，女子则是"新来日本"的乡村女子，男子"脸上摆着竭力装成的高贵人常有的不怒而自威的样子"，女子则"笨拙地学着他脸上的形状……说不出是不安还是忧郁"。临下车时，他再次"严厉"而"不耐"地"命令"女人干这干那，"女人被吆喝得手足无措"，他"夺过"又"摔"下包袱，扬长而去，女人则"怯怯地跟在后面"，此时，"我""对他起了憎怒，他刚爬上一级便学会了作威作福"；而当"我"用自己的方式向他"示威"，"看着他狼狈地携了女人"冒雨离去时，"我仿佛替那个可怜的女人向她底丈夫报复了"，也更挂记那女子的命运。

上述描述成为《侨民》的主要内容，"我"对朝鲜男子的不满、憎怒主要因为他对自己妻子的威严和驾驭，而殖民化环境强化了"我"身为女性

① ［日］岸阳子：《论梅娘的短篇小说〈侨民〉》，郭伟译，《抗战文化研究（第一辑）》，广西师范大学出版社，2007 年。

所感受到的不平等。那个朝鲜男子不只是对妻子耀武扬威的丈夫，也是“我”“记忆中的立目横眉地拿着木棍的可恶的工头”。那对擦肩而过的朝鲜夫妇之所以会触发“我”忧郁的心情，也许是“我”从他俩身上窥见了自己的影子，朝鲜男子让“我”看到了那“暂时坐稳了奴隶”而不自知的奴相，朝鲜女子则让“我”再次感受到女性作为社会最弱势者的悲哀，这两种感受是混杂在一起的。细细阅读《侨民》，“我”的认同意识是复杂的，但很难说女性意识“有效地掩盖了梅娘作品深层的殖民化政治内涵”，[①]更多地恐怕还是梅娘一以贯之的女性意识和她的殖民地感受互为强化。

这里解读的关键是《侨民》所呈现的朝鲜男子形象是否有历史的真实。恰如前面所述及的历史，被侵占后的朝鲜出现了分化，既有从 1909 年安重根刺杀日本首任首相伊藤博文到1919 年“三一运动”的强烈反抗，也有较长时间的沉默，甚至屈从。鲁迅甚至将“朝鲜”归入“现在没有声音的民族”，以此来激发中华民族的危机意识。[②] 而侨居中国东北的上百万朝鲜人，既有“与东北人民共同反抗日本侵略者的朝鲜革命者或抗日英雄”和“饱受亡国之痛而流亡到东北的朝鲜普通人”，也有“与日本殖民当局有关系或受日本人指使的朝鲜人”。[③] 而“九一八”国难后的东北作家对亡国后的朝鲜人是否反抗极为敏感和关注，也是因为朝鲜人形象实际上成为东北作家自己最切近的镜像。舒群《没有祖国的孩子》(1936)一直被看作塑造朝鲜人形象的名篇，发表当年就被视为“艺术成就上和反映时代的深度和跨度上，都逾越了我们文学的一般标准”，甚至“造成了文学上的一个新的世代”。[④] 小说虽发表于上海，但构思于哈尔滨，作品中很多“隐喻”的叙述反映出“满洲国”政治环境中的写作风格。小说中，朝鲜抗日志士的遗腹子果里在中国东北遭受种种误解、歧视。苏俄少年果里沙多次当面或背后羞辱果里：“在世界上，已经没有了高丽这国家。”“你看高丽人多么懦弱，你看高丽人多么懦弱。他们早已忘记了自己的国家……”“高丽人都像老鼠一样。”“你看果里，那不是像一匹老鼠一样么?”这种对朝鲜人的轻蔑、拒斥，不只是源于苏俄在中国东北的强势存在(小说讲述的故事发生在为俄侨和苏俄所经营的中东铁路的职工子女所

① 王劲松，蒋承勇：《历史记忆与解殖叙事——重回梅娘作品版本的历史现场》，《文学评论》，2010 年第 1 期，第 170 - 177 页。

② 鲁迅：《无声的中国》，《三闲集》，《鲁迅全集(第 4 卷)》，人民文学出版社，1981 年，第 15 页。

③ 逄增玉：《黑土地文化与东北作家群》，湖南教育出版社，1997 年，第 174 - 175 页。

④ 周立波：《一九三六年的小说创作——丰饶的一年间》，《光明》，第 2 卷 2 号，1936 年。

设的东铁学校，苏俄学生过着富裕无忧的生活)，更是因为果里沙自傲于自己与果里“在血统上是多么不同”。歧视也同样来自中国民众。“我”约果里去看电影，“守门的大身量的中国人，便坚持不许果里进去”，因为他是“穷高丽棒子”，并且“装起像我父亲的尊严”劝“我”：“你和他做朋友，有什么出息?”这些歧视自然产生于“种族中心主义”意识(无意识)，也反映出朝鲜人在东北的生存状态。

《没有祖国的孩子》在叙事策略上最明显的是并未从正面描述面临主权沦丧(小说中以学校“那半面中国旗”被扯落，而代之以“那全新样的，在地图与万国旗中，我们从来也没有见过”的旗子表现)的东北少年“我”对于“魔鬼”(日本侵略者)的仇恨和对于自己国家命运的担忧，而是以朝鲜少年果里作为“替身”来投射殖民统治之下因屈从而要灭亡的民族危机。舒群作为左翼作家，其“满洲国”语境中的创作是殖民化环境中“左翼”阶级意识的表达，所以会在《没有祖国的孩子》中描述了果里所遭受的民族歧视后，将结局处理成跨民族的抗日叙事。果里沙等对“高丽人”的拒斥，最终被果里的抗日行为化解，果里勇敢刺敌，“果里，果里沙，我们三个人成了不可离散的群”。梅娘作为女性作家，其创作倾向于殖民化环境中女性感受的表达，而她与舒群的相同之处，是从个人出发的意识在殖民化环境中被强化。梅娘的女性意识、舒群的阶级意识，更多地属于个人道路的选择，而个人意识中对奴役、歧视等不平等的反抗被殖民化环境强化，女性意识、阶级意识等在民族意识催化下更多地在“朝鲜”这一“前车之鉴”中得以“自我投射”“自我警惕”，民族不独立、强大，女性的平等、阶级的解放都难以真正实现。这正是“九一八”后东北作家迫切关注朝鲜人命运，塑造朝鲜人形象的重要动因。

二

抗战刚结束之时，范泉便著文评介朝鲜新文学，认为“朝鲜文学是具有中国文学的特质，苏联文学的气息，日本文学的风格”，“朝鲜作家过去的努力，都是在汉学的影响下从事日本文艺风格的创作”，而“无论从地理上看，从人性上看，朝鲜是有朴质的大陆性格的”，朝鲜文学也“应当具有旷大的大陆作风”。[①] 这不仅道出了东亚殖民化环境中的朝鲜文学有

① 范泉:《论朝鲜作家》,《新文学》,第1卷第2期,1946年。

着东亚多种文化影响下的混杂性，更指出了朝鲜文学“固有的性格”与中国有相近性。而在“九一八”之后，朝鲜半岛与中国东北地区更有着日本殖民地的一体性。这种殖民一体性表现为日本企图建立以其为核心的大东亚共荣圈，进而实现其“一家天下”的野心，而这对抗战时期整个东亚文学的影响是直接而广泛的。

东亚国家和地区历史渊源深厚，关系密切，文化传统相近相亲，日本军国主义正是利用所谓东亚“一体”的历史性，谋求“日本成为世界第一强国，解放从来屈服于欧洲人的东亚诸民族，并与之共存共荣，诞生真正的八纮一宇之东亚共同体”，[①]其实质不是要各国平等相处的“一家天下”，而是要建立日本称霸的“天下一家”。而东亚反战抗日文学恰恰是要对抗日本军国主义借“东亚共存共荣”的旗号实现一己野心，其所包含的丰富的历史文化信息表明只有反战抗日，才能真正建构东亚的和平与和谐。而这也是中国抗日文学的价值。

从文化而言，随着日本明治维新之后国力日益强大，国内逐步产生了一套“实力征服”的论调，即希望改变欧美宰制世界的格局，建立由日本称霸东亚，乃至世界的新秩序。东亚抗日反战文学视野下的“九一八”国难文学研究就是要“打通”不同现实政治格局（台湾地区日本总督府统治、朝鲜总督府统治、东北伪满洲国体制、华北伪自治政府、南京汪伪政权、香港日本军部统治等）、地域文化乃至文学传统的多个日本占领地区文学，在世界反法西斯战争的背景上研究日本文化的变化。其中，日本国内政策和对外殖民政策对各日本占领区的影响与实施有其内在的一贯性，也是东亚殖民“一体性”最集中、最重要的内容。日本国内政策和对外殖民政策对东北的渗透更为严重。日本所谓的“东亚版图”是指日、满、“支”“三国”，当时朝鲜半岛、中国的台湾已被日本占据，中国关内日占区则还属于“支那”，需要通过扶植伪政权来实施殖民统治，唯独东北，是以“满洲国”的名义“独立”存在的，而日本又急于将其彻底“日本化”。“满洲国”成立当年的8月25日，日本外长内田就日本承认“满洲国”发表“焦土外交”声明，称“保卫满洲国不惜日本变为焦土”，道出了东北对于日本“大东亚”殖民计划的重要性。“九一八”后，日本加快向东北移民，移居东北的日本人从数万人迅速增加到“七七”事变时的40万人，后

① ［日］鹭巢敦哉：《台湾皇民化读本》，东京日东印刷，1941年，第3页。转引自李文卿《想象帝国——战争期间的台湾新文学》，台湾文学馆，2012年，第107页。

增加至1945年的150万人。与此同时,日本加紧推行"大东亚文化圈"的建设。1938年,日本近卫内阁"东亚新秩序"声明,将东亚文化建设作为"日、满、支三国提携",建设以日本为主的东亚新秩序的国家战略步骤,"期待透过文化建设来实践政治力所无法完成的任务"。[①] 这里的"东亚新秩序"以东洋道义文化取代欧美的物质文化为号召,确立以日本为轴心的东亚"善邻"秩序。之后,由于中日战事持久化,促使日本政府强化其所占领地区的殖民文化秩序。

不同于台湾地区的"皇民化"运动,也不同于"支那政权"地区"在汉民族固有的文化中尊重中日间之共同文化以复活东洋精神文明",[②]"满洲国"服从于日本东亚新秩序的文化政策是以"满洲"的独立性排斥中国而依附日本,这集中体现为"满洲国"殖民文化中枢机构弘报处所制定的文化政策。成立于1937年的弘报处由原先操控全东北新闻出版、民间宣传团体的情报处(1933)扩展而来,直属"满洲国"总务厅,下设新闻、广播、电影、地方、宣化、编辑、图书、情报等九个分管部门,所有对内对外宣传领域,都实行严厉的管理、监督和控制。弘报处具有搜集情报的职能和制定政策的权力,常常根据搜集到的新情报调整、制定政策,使文化领域的管控日趋专制。1940年,弘报处还接管了"满洲国"治安部、交通部、民生部、外务局等对通讯、海外短波广播监听、情报传达等的审查和文艺、美术、音乐、戏剧等的行政管理,其权力的集中是罕见的。从情报处到弘报处,掌管者都是日籍官员,保证了日本对满洲文化部门的控制。弘报处制定的最重要的政策是《艺文指导要纲》(1941),其核心是人们所熟知的:"我国之文艺应以建国精神为基调,进而成为八纮一宇的宏大精神之美的体现。而在此国土以移植日本文艺为经,以原住民族固有之文艺为纬,吸取世界文艺之精华,以编织成浑然一体、独具特色之文艺。"这里,中国文化传统、"五四"新文学传统都不见了,代之以独立的"此国土"的"原住民族固有之文艺"。这一观念及政策的提出恰恰由于日本文化界、文学界的变化。

二战期间日本文化界的重要变化,是从吸收外来(西方)文化转变到注重本土文化。日本本来是通过"入欧脱亚"的"维新"改革赢得近代的强大,但随着国力的强大,日本的民族自信增强,希望能替代欧美成为东

① 李文卿:《想象帝国——战争期间的台湾新文学》,台湾文学馆,2012年,第166页。

② 《现代史资料(第9卷)》,东京书房,1964年,第621页。转引自李文卿《想象帝国——战争期间的台湾新文学》,台湾文学馆,2012年,第167页。

亚霸主,这就需要从文化上摆脱现代欧美的影响。1940 年 10 月成立的日本战时政治团体——“大政翼赞会”,从建立摆脱西方欧美圈的东亚圈的国家战略出发,提出了“发扬日本文化传统”,建立东亚新文化必须振兴日本“地方文化”的主张:“创造一个新时代的文化,这是种维新的工作,我们一定要永远记住”,而“比起受到外来文化的影响下所发展的日本之中心文化,特别在现今,那些存在于地方的文化,如果没有得到健全的发展,就无法树立新的文化标志”,因此,必须自觉承担起“地方文化振兴的使命”。[①] 这一主张服务于建立由日本领头的“大东亚文学”的日本国家战略,对于东亚殖民地国家明显具有文化侵略性质。《艺文指导要纲》中“原住民族固有之文艺”的提出服从于沟通日本胁迫下的“满洲建国”精神和“八纮一宇”的日本精神这一殖民文化目的。但“振兴地方文化”的主张也明显存在“缝隙”,殖民地作家会利用其缝隙发展本土文学,这种情况在各日本殖民地都有所发生,在中国日占区也同样存在。

就中国的日占区而言,作为“地方文化”的“乡土文学”思潮及其创作,明显有着发端于台湾(1931 年前后),蔓延于东北(1939 年前后),兴盛于华北文坛(1942 年前后)的先后轨迹,其本质是一种抗衡日本殖民文化的文学潮流。沦陷时期东北乡土文学思潮的复杂性超过华北,但不及台湾。“九一八”后东北乡土文学兴起的情况已为人们所熟知,值得关注的是 1942 年华北文坛上关于“乡土文学”的广泛讨论恰恰是以“满洲”和华北交换文学作品为契机而发生的。一批东北乡土文学作品在北平《中国文艺》等刊物发表,引发了华北作家对“乡土”的极大关注,讨论由此发生。与“五四”时期侨寓北京等地的乡土小说家的创作取向相比较,讨论中对“乡土文学”的口号论述得最多的是将民族、国家、社会意识寓于“乡土文学”的口号之中,讨论者看重“满洲”乡土文学论述将“乡土”扩展至“生育我们的乡土”“我们在那里生存、活动的整个地域”[②]的观念,认为“乡土文学”不仅“指作品的题材取自于乡间和强调地方色彩”,而且是立足于“任何一个国家,都有其独自的国土(地理环境),独立的语言、习俗、历史和独自的社会。由这些历史的和客观的条件限制着的作家,在这国土、语言、习俗、历史和社会制度中间生活发展,其生活发展的具象,自然

---

① [日]北河贤三:《资料集 总力战的文化大政翼赞会文化部的翼赞文化运动第一卷·大政翼赞会〈地方文化新建设的根本理念与当前的方策〉》,李文卿译,东京大月书店,2000 年,第 6 页。

② 田瑯:《满洲文学的诞生》,《艺文志》,第 1 卷第 8 期,1943 年。

有一种特征。把握了这特征的作品，就可以说是‘乡土文学’”，[①]“所谓‘乡土’，并非单纯的‘农村’之谓，乃是说的‘我乡我土’，指生长教养我们的作家的整个社会而言，所以也就是要求作家在创作过程中忠实于他的生活，而如此达到并完成现实主义”。[②] 这种着眼于沦陷区的具体环境，将“乡土文学”作意义上扩展的论述，是对日本殖民文化扩张、同化的抵抗。而此种论述来自东北乡土文学的影响和启发，也可以让人“回望”东北乡土文学的民族内涵。

从东北沦陷初期的“北满”作家群，到沦陷中期的“文选”“文丛”派，尽管其政治意识在殖民高压下趋于隐蔽，但其乡土文学创作实践都将“描写真实”和“暴露真实”作为当时创作上“最困难的课题”来突破，以抗衡粉饰文学等有利于殖民统治的主张。1940 年《艺文指导要纲》发布后，一切违背当局政策的主张更难以公开表达，文学的生存与发展只能利用官方政策的缝隙，甚至采用“趋同”的方式。日本倡导“地方文化”建设的主张在台湾地区表现为以日本人西川满为首的、追求以日本人立场为本位的“异国（台湾）情调”的“浪漫主义”创作，但也被利用为台湾地区本地作家以“文化的民族立场，与甚嚣尘上的皇民化运动相抗衡”[③]的创作实践，这中间的区分就在于各自的文化立场、情怀。[④] 东北作家生存的文化空间比台湾作家要多一些。“满洲国”当局的“建国”目的需要倡导“满洲”的独立意识，宣传包括“乡土爱”在内的“国民”意识；日本殖民当局的大陆开拓移民政策，影响并产生了满洲日系作家的农村、农民题材创作：这些都会与东北作家的乡土创作发生复杂纠结，甚至为其设下陷阱。日伪文化政策无疑会影响东北乡土文学的创作，某部东北乡土作品也确实可能陷入其泥淖。但 1940 年后东北作家乡土创作的实践，恰恰是在日伪“地方文化”政策缝隙中生存和发展的，这里的关键是东北乡土文学创作是通过自己民族文学的传统，站在自己民族文化本位的立场展开的。日本殖民当局借“地方文化建设”实现“日满协和”，无法去除殖民者与被殖民者的对立差异。而东北作家恰恰是利用“地方文化”论述的缝隙，延续从“北满作家群”到“文选”“文丛”派的乡土创作传统，赢得日本殖民统治

---

① 上官筝：《揭起乡土文学之旗》，《华文每日》，第 11 卷第 1 期，1943 年。

② 上官筝：《再补充一点意见》，《中国公论》，第 9 卷第 3 期，1943 年。

③ 张建隆：《生息于斯的“滚地郎”》，《台湾文学全集 · 张文环集》，台湾远景出版社，1991 年，第 259 页。

④ 可参阅黄万华：《日占区文学论》，《现代中文学刊》，2015 年第 4 期，第 14 - 24 页。

下中国文学的生存空间。细细辨读此时期东北乡土文学作品(不只是原先倾向现实主义文学的作家青睐“乡土”,看重文学本分或喜好现代艺术的作家也多有“乡土”之作),这些作品仍能通过东北乡土的种种叙事,“有意无意地,在敌伪摧残消灭中国文化政策下,作了中华民族本位文化的守卫者,作了中国新文学的播种和耕耘者”,①与日本的战争文学、大陆开拓文学有着本质区别。而对于当时受到日系评论界乃至官方机构肯定(例如,获“大东亚文学奖”)的乡土文学作品,也要作具体分析。

例如,有研究者批评石军的长篇小说《沃土》(1941)为“满足了日本殖民当局宣扬的‘血与土’精神”的“乡土文学的殖民异化”,可是作者创作此小说时长年生活在一个“满苏国境线上荒凉奇寒的小镇”②(熟悉“满洲国”文学的人一定知道“北满”文学和“南满”文学所受外来文化影响及其形态的区别,更可想见北端中苏边境线上偏僻小镇的资讯状况),《沃土》完成时,日本“血与土”观念也未扩展到东亚、亚洲[1942 年 9 月《盛京时报》还刊文抱怨“在日本已有了不少与战争同调的诗歌与小说,在满洲并没有如此作品(有清楚关联的作品也没有,并且也没翻译出什么新的日本的作品……),这无疑是满洲文坛上的缺点”③]。石军 1929 年就读师范学堂时“趣味趋向了文学,一味读些街坊的书肆轻易弄不到的新文学书,如鲁迅的《呐喊》、钱杏邨的《义冢》和徐蔚南的《春之花》之类”,“不忍释手”中开始文学创作,之后“爰由满洲农村题材展开故事”,写作《沃土》时,“‘乡土文艺’更深一层接近了我的生活。赛珍珠的《大地》之类,使我爱读起来”。至于《沃土》描写一家三代人北疆拓荒生涯中的强韧和对土地的挚爱,则是作者反思自己的创作,为了自觉实践“鲁迅的艺术观——艺术应该为理想效力,却非连一切裸露和可憎也都在内的真实的再现”④而展开的。《沃土》通篇叙事很难让人感到它“传达的殖民地的理想主义和精神信仰”,而出版后其描写的“挚爱土地”则被视为“和现下的‘归农’国策吻合了”,⑤反映出作家创作和殖民化政治环境的复杂纠结。从作者的创作经历、追求,以及作品的叙事方式和内容来看,《沃土》那样的东北乡土之作恐怕还是中国乡土传统、“五四”新文学传统影响下的叙

① 纪刚:《抗战时期东北地区的文学活动》,纪刚《滚滚辽河》,台湾三民书局股份有限公司,1997 年,第 632 页。

② 石军:《我与小说》,《艺文志》,第 1 卷第 1 期,1943 年。

③ 青山草草(田贲):《向何处去》,《盛京时报》,1942 年 9 月 30 日。

④ 石军:《我与小说》,《艺文志》,第 1 卷第 1 期,1943 年。

⑤ 石军:《我与〈沃土〉》,《青年文化(新京)》,第 1 卷第 4 期,1943 年。

事，而非对日本殖民战争文学和大陆开拓文学的呼应。

1941 年末大东亚战争爆发后，日本企图统合整个东亚势力的努力更为紧迫，其目的也更为明确，要求“在新体制的一声号令下，所有政治、经济、文化等方面，以及所有各阶级人士，皆在国家第一主义的旗帜下”协力。大东亚战争爆发的当月，日本文坛500 余人举行“文学者爱国大会”，表达对“西洋对东洋理解之浅薄”的谴责和“以皇道精神来树立道义世界”的理想，这是日本文学者在二次大战期间的第一次总集结，表现出整个日本文坛上承国策开展文学活动的转向。大会决议而翌年成立的“文学报国会”是在日本情报局与翼赞会文化部策划下产生的“一元化团体”，并正式打出“大东亚共荣”的旗号，以此统合包括殖民地在内的思想和文化资源，服务于大东亚“圣战”。正是日本文学报国会在 1942 年 7 月的《日本学艺新闻》提出了包括召开大东亚文学者会议的文化建议，将其“文学报国”主张推行至东亚各个殖民地。同年末，“‘大东亚文学者会议’在东京召开，吸引了全世界关注以日本为中心的亚洲文学，为日本在这一年的大战中的优势背书”。[①] 之后，又相继召开第二、三次大东亚文学者大会。三次大东亚文学者会议是日本“大东亚共荣”政策展开的最重要的文学活动。然而，一直到第三次“大东亚文学代表者大会”结束之时，报刊上还不时能听到这样的抱怨之声：“不曾见过一篇如何致力于大东亚文学建设的方案。”“两年来中国和平地区的文艺工作上永远没有伟大的作品出现——完成文学报国的使命，显示大东亚主义的新文艺的特色，实令人不能不抱绝大的遗憾！”[②]出席第三次“大东亚文学代表者大会”的日本代表高见顺也对此表示强烈的不安：“他们的发言没有一个是顺应日本国策的。他们只是说怎样对待我们文学者的生活呀和日常发怒的事情等等，真是坏透了！他们完全不顾精神方面问题。……我真不明白！因为我抓不住他们的实质。”[③]其实，这里的实质正是日本“大东亚文化”的破产，其根源就在于它始终无法得到东亚日本殖民地地区作家的认同与支持。中国作家尤其是东北作家在坚守民族文化本位上始终与日本殖民文化分道扬镳。

---

① ［日］藤野菊治：《这一年》，《台湾文学》，第 3 卷第 1 期，1943 年。黄英哲主编《日治时期台湾文艺评论集·杂志篇·第四册》，台湾文学馆筹备处，2006 年，第 30－31 页。

② 吉士同：《牛步化的前导者》，《文友》，第 36 期，1944 年。

③ 刘平：《陶晶孙与“大东亚文学者大会”》，《新文学史料》，人民文学出版社，1992 年第 4 期，第 172 页。

三

东亚抗日反战叙事视野中的中国抗日文学研究会关注东亚作家、文化人士的交流，这种文化交流发生在日本殖民侵略和统治的年代，有其复杂性，但也提供了能够深入考察中国抗日文学的窗口。

“满洲国”是东亚各民族交流最频繁的地区，那里生活着大批日本移民、朝鲜族居民（移民）和白俄人，作家群落也有满系作家、日系作家、鲜系作家、白俄作家之分。其中，日系作家又分1906年日俄战争后形成的大连体系和“九一八”以后形成的新京体系，其倾向从日本官方右翼到日共左翼呈现复杂状态。日系作家作品不仅发表于有影响的日文刊物，如《艺文》《作文》《满洲评论》《满洲文艺通讯》《满洲浪漫》《满洲诗人》等，也刊登于《盛京时报》《艺文志》《新满洲》《青年文化》《麒麟》等中文报刊。东北的朝鲜移民有近300万，曾在东北生活的朝鲜作家达百人之多，形成朝鲜旅华流亡文学，而满系旅朝作家也有20余人。东北鲜系报刊有《满鲜日报》《北乡》等，《盛京时报》《作风》《大北新报》等也刊发鲜系作家作品。鲜系作家以中国东北为题材的作品多达30余种，尤其在1938年朝鲜本土新文学兴盛之后，鲜系作家和满洲中文文坛的交流较为频繁，《朝鲜短篇小说选》（1939）等也得以出版。白俄作家以曾被俄国占据24年之久、三分之一人口为沙俄和苏联移民的哈尔滨为中心。东北地区整个“九一八”国难文学就展开于这样一个东亚多种文化混杂的环境中，也展开于日本现代殖民的历史视野中。

“由于不同的原因或机缘聚集在沦陷区的文化人”“在很难回避是非判断和政治抉择的同时，还都面临着一个文化身份认同的问题。”①文化身份认同，对整个20世纪中国文学而言，是一个带有根本性和全局性的问题，而使这一问题显得敏感、尖锐、复杂的，莫过于日占区文学。近代以来，中国在外来影响下发生的变革，由于传统心理和现代意识的撞击，由于侵略者和被侵略者、强者和弱者、施予者和接受者、师者和从者等种种关系的纠结，由于这些关系涉及民族、国家、阶级、社会关系变动的制约等复杂状态的存在，而显得步履艰难。其中，中日文化关系变动、起伏最大，从而对中国文学影响也颇大，从“五四”新文学多半是由留日学生造就这

① 张泉：《华北沦陷区文学研究：历史、现状及展望》，《北京社会科学》，1999年第1期，第49－57页。

一历史就可强烈感受到这一点。日占区占领者和被占领者、统治者和被统治者壁垒分明的存在将中日双方置于对峙的政治、军事格局中，这一事实强烈刺激着日占区的中日文化人。跟当时的国统区、敌后根据地相比，日占区文化人的构成是最复杂多样的。中国作家中，有延安、重庆系统的地下抗日人员，有留学欧美的文化背景影响其对日本文化态度的老作家，有受日语教育而坚持中文写作的新进作家。日籍文化人中，有官方派驻的官员，有抗战前移居中国的居民，有出于民间交流意识的来访人士。同一类人士中，对日本侵华战争的认识、态度有相异之处，也受日本国内局势影响而发生变化。这样的人员构成使日占区的中日文化、文学交流（包括翻译、报刊出版、人员往来、文学会议等）呈现或多种意向交织，或表里有别等复杂情况。在“满洲国”，中国作家的活动很难完全摆脱跟日本文化界的联系，而中国作家对日本文化的殖民和非殖民层面的态度是复杂乃至微妙的，其对日本的文化意识远比对日本的政治态度要幽微。但在大东亚战争背景下，这两者又纠缠在一起，交流中的戒备，认同中的反抗，关键仍然在于是否坚持了中华文化的本位。

可以解析一个具体的案例。近年从后殖民理论出发的东北沦陷区文学研究中，古丁重新被一些研究者定性为“投敌附逆”者，其作品也被判断为“附逆作品”。古丁在东北沦陷时期的活动有其复杂性，他原先参与华北左翼文学运动，逃回东北后，曾任伪国务院总务厅高等官，1941 年辞职经营长春“艺文书房”，两次出席“大东亚文学者大会”，与日本人士交往频繁。在他与日本文化人士来往密切的活动中，他对于日本殖民统治下中华民族文学命运的看法最为关键，足以表明其内心坚守、追求的到底是什么。早在 20 世纪 80 年代，就有当年亲历东北抗日抵抗运动，并从事抗战文学创作的作家专门提及古丁。日系作家北村谦次郎在其战后出版的《回想记》中记载，1941 年冬，在长春，一位日本作家当着古丁等人的面说：“新京有那么多高楼大厦，真是壮观伟丽！”其意“表示日本在当地的建设实际是加恩惠给中国人，不然东北不会如此进步”。古丁听了，冷笑着对日本作家说：“那些大楼我们都要，你们不用挂心！”在座的北村“听到这句话，当时很感吃惊”，因为在他看来，“日本在东北创立‘满洲国’，实在是用了很多脑筋：如何才能安抚民众实行协和政治；如何才能一德一心与汉民族共存共荣。但‘满洲人’对这诚意一点也不理会，他们中国人都相信，‘中华’一定有一天会复兴”。日本作家的言论是一种殖民者的视角，也是日本殖民“柔性”统治的体现。“高楼大厦”等现代化设施确实出现在“新京”和“盛京”等东北城市，但这恰恰是严苛的殖民统治役使东北民众的体现，而殖民现代化的设施又恰恰推进了殖民统治；“安抚民众”“一德一心”“共存共荣”确实是包括日本文化人士在内的殖民者的一种作为（同时，殖民者又是以残酷的强力手段作为维持其殖民统治的基本方式），但这种作为正是为了“殖民内化”的发生，加深更长久的殖民统治。如果他们所希望的“满洲人”的“理会”发生，恰恰说明日本文化殖民的实现，即中国民众接受了日本建立在殖民侵略，甚至要野蛮亡国灭族基础上的“殖民地现代化”；而北村相当敏锐地发现了古丁对日本殖民同化的“共存共荣”的戒备，甚至反对。

第二件事是“满洲”报社学艺课长山田清三郎（也曾任“满洲”文艺家协会委员长）在其战后自传中述及，1940 年，“满洲国”政府派古丁、疑迟、外文三位“满洲”作家赴日参加日本纪元 2600 年庆典，“期使这些‘满洲’作家能体验到日本‘开国精神’的伟大”，山田清三郎在家中招待他们，闲谈中，“古丁曾嘲笑……日本兴建‘建国神庙’在‘满洲’，想要做出如日本开国之神话；使令皇帝溥仪之弟与日本小姐结婚，想要把‘满洲皇室’渗入日本血统”等“很远大”的“计划”都是“荒唐无稽”的，“好似心中已知‘满洲国’不能再保持十年了，可能四五年内就要消灭……”。山田清三郎由此“认定古丁是个‘面从腹背’的人”。山田清三郎曾在 1942 年提出过《大东亚完遂先驱者文学建设案》，倡导对“大东亚圣战奋起翼赞”的“大东亚文学”，当明白古丁嘲笑的都是日本长远同化东北的计划，其“面从”“是在压迫下忧屈抵抗者不得已的生活方式”，而其“腹背”则是在绝不认同日本殖民文化的根本问题上发生的。

第三件事是日本学者尾崎秀树在其《殖民地文学研究》一书中述及的，当年日本当局力图借助政治的力量，将日本文化人和中国作家“这两部分人捏合起来，共同创造‘满洲文学’”。古丁在《满洲文化会通讯》中回应说：“某人走陆路，某人走海路，某人走空路，其目的地是相同的，都是要走向文学的故乡”，但“文学的故乡只有一条路，那就是通过各民族各自的文化传统，大家站在各自民族文化本位上，才能有合作提携的具体性”。日本当局倡导的“满洲文学”，无疑是在“合作提携”的名义下，割裂东北文学与中国文学的联系，迫使“满洲文学”依附于日本文化。古丁的回应几乎是针锋相对的，以“走向文学的故乡”的目的对抗日本当局将文学殖民政治化的企图，以坚持“各民族各自的文化传统”的“具体性”，颠覆大东亚文学的殖民同化性。古丁在长春会见日本作家浅见渊时“借着酒意”说：“浅见先生，你是大和民族的后裔，我是黄帝的子孙，为了祖先的光荣，我们大家好好干吧！”面对古丁的这些表达，尾崎秀树不得不承认，“满洲国之满系作家，大部分是中国‘五四’文学革命、‘五三’事件影响下，所育出的世代……他们以文学创作为基础，培养了民族意识是事实”[①]，古丁“是黄帝的子孙”，而非“大和民族的后裔”。

东亚存在不同国家的抗日文学，也存在日本的殖民文学和反战文学，不同意识形态的互相传播、不同国家文人的互相交流，都会影响到中国的抗日文学。东亚诸国及地区作家的民族认同、国家认同和东亚认同，也构成了中国抗战时期文学的潜在重要背景。从某种意义上看，东亚抗日反战文学的视野可以拓深中国抗日文学研究的空间，从而获得文学史的新发现。

（作者单位：山东大学文学与新闻传播学院）

① 此段引文都引自纪刚：《面从腹背——古丁》，台湾《中华副刊》，1981年。

风灯上的种子永生不灭
——日据前半期台湾文化抗日

丘秀芷

一般人(包括学者及从政者)常把日本据台湾地区50年中的台人抗日分为前期武装抗日和文化抗日(梁启超与林献堂会面之后)。其实真相未必全如此,只不过形式在逐渐改变。

一、男儿应为国家计

最先抗日的文章留下不少。丘逢甲(1864—1912)之离台诗第一首一再被引用,但只是叙情说境。此后不到20年,他写了数千首诗,其中反清之诗句居多,但仍有抗日诗,许多诗句一再被传诵引用。近年家族后人找出他留存于世的最后一纸遗墨,世人鲜知。

万事都应付酒杯,眼见云合又云开。
中天月色雨馀好,大海潮声风送来。
人物只今思故国,江山从古属雄才。
漂零剩有乡心在,夜半骑鲸梦渡台。

此首诗是辛亥年(1911)初,丘逢甲写给在台的乡亲的(1911年初丘逢甲之父丘龙章过世,在台的大哥丘先甲带长子及在台抗日义军乡人赴粤北奔丧,他书写此诗于侄儿课本空白页上),文中仍怀故土。次年春,丘逢甲病逝,刚满47岁。

更早于乙未年(1895),许多台湾文人也赋诗记事,最经典的是北埔义军秀才姜绍祖留下的两首诗。

（一）

书帏别出换戎衣，誓逐胡尘建义旗。
士子何辜奔国难，匹夫有责安乡畿。

（二）

边戍孤军自一枝，九回肠断事可知。
男儿应为国家计，岂敢偷生降敌夷。

此外，洪弃生写的《中东战纪》和《瀛海偕亡记》为记事体文章，台南人陈凤昌写有六首诗，凭吊战死于八卦山的吴彭年，第一首为：

书生戎马总非宜，自请前军力不支。
毕竟艰危能仗节，果然南八是男儿。

二、如此江山竟付人

乙未年（1895）之后多抒情叙事诗，台南进士许南英曾组义军抗日，1896 年，台南沦陷一周年，许南英在粤作诗记：

凉秋又是月初三，往事回思只自惭。
汉代衣冠遗族恨，顺昌旗帜老生谈。

许南英一生著有《窥园留草》，乙未抗日后，曾到南洋，也在广东任官，曾参加武昌起义。其子许地山是抗日文学家。

同为台南进士的施士洁也作有别台诗。当时文人们见大势已去，大多数人不愿做异国奴，而选择内渡唐山。如新竹知名文人王松买棹返泉州，在海上写下一首名诗：

如此江山坐付人，陋地肉食善谋身。
乘桴何用频回首，懒学长沙论过秦。

施士洁住的地方就叫“如此江山楼”，诗句由此而来。后有两部诗集，《沧海遗民剩稿》和《台阳诗话》。

三、张镜光作《开生路论》讽日

乙未年（1895），日军于闰五月底人宜兰，知名进士李望洋为了使宜兰免于被日军屠城，开城迎日军，谁知日军仍然到处屠杀老百姓。李望洋的女婿张镜光忍无可忍，写下《开生路篇》，讽日军残暴并嘱人重抄多份，到处散布，结果被宜兰支厅长河野庄一郎、守备队长儿玉抓去关了起来。宜兰城全城罢市抗议，日军不得不释放他。李望洋在宜兰设仰山书院，张镜光为了传续中华文化，在书院致力于教授汉文。有一算命仙蒋老番的儿子，时年11岁的蒋渭水，常来听课，并且跟父亲要了束修正式向张镜光叩头拜师。日后这个穷苦人家子弟考取了台北医事学校，后来又更进一步，在抗日文化运动中成为一个火车头，留下许多抗日文章。

四、林痴仙、林幼春叔侄

日据初期，文化抗日大多是知识分子或名门望族在领导。早期有丙申年(1896)雾峰林痴仙作《中秋无月歌》，他的17岁堂侄林幼春以诗和之，以诗喻台湾被日人统治为“无月”。林痴仙写下“仙桂森森千丈高，岂是妖蟇可吞咽”，林幼春则期待“扫尽云烟百万重，大地晶莹共摇眩”。

乙未年(1895)割台后，林幼春内渡，曾赋诗六首谈“诸将”，写唐景崧、刘永福、丘逢甲、吴汤兴、黎伯鄂、林朝栋，除对吴汤兴是完全正面歌咏，其余皆有微词，只恨他们都没能守住台湾。不过后来他也知道事不可行，又赋诗和丘逢甲，《秋感敬和丘丈仙根主政原韵》为七言律诗，共八首，其中一首为：

潮头万弩彀黄间，飒爽英姿不可攀。
天地有时开劫运，风云从古锁愁颜。
孤魂化鹤犹吾土，一钓连鳌失旧山。
欲问骑鲸东海客，少游下泽计投闲。

长诗八首皆谈家国事，当时已是己酉年即宣统元年(1909)，离乙未年(1895)割台已有14年。

林幼春与叔叔林痴仙及另一长辈赖绍尧早在此前七年的壬寅年(1902)三月四日成立诗社——栎社。同时加入者有苑里蔡启运、三角仔吕厚庵、鹿港陈槐庭、牛骂头(清水)陈基六、房里陈瑚。再四年后(1906)，林仲衡、傅锡祺加入，并于林季商(祖密)家(瑞轩)共聚，这些人为栎社的创社者。后世文人常错以为林献堂为栎社创社者，甚至连林季商家之雇人连横也列为要角，其实完全是谬误。(按：连横后因写媚日文章，被栎社开除。)再次年的1907年才在林献堂家“莱园”做客，再两年

(1909)连横也加入,林献堂加入已是宣统二年(1910),社友已达数十人之多。因为有的退出,有的故去,已换了一些人。每次社友成员聚会,都会命诗题赋诗。

五、栎社诸君子

1912年(民国元年),赖绍尧为社长,1915年(民国四年),林痴仙41岁英年而逝。家属怀疑其是被毒死的。之所以会怀疑,是因为林痴仙等成立栎社是明的、暗的对抗日本台湾总督府。林痴仙邀抗日义军副统领谢颂臣与会,又邀全社与已至大陆的抗日爱国诗人丘逢甲两岸唱和,而且一直与丘逢甲之兄丘先甲来往密切,特别为丘先甲于台中大坑设汉文草堂写诗《题丘大达甫(丘先甲之字号)鸳鸯湖草堂》。他不顾日军之文攻武吓,与宗亲林烈堂、林纪堂、林献堂等创专收台人子弟的台中一中,期望提升台湾青年学子。林痴仙遽逝时,林幼春写诗挽叔父,诗只是一般哀祭诗篇。但到1935年他写的《再哭季父》诗就点出林痴仙被暗杀的隐情:

苍苍正色是耶非,谁遣秋官动杀机。
后死定因闻道浅,先生毋乃绝尘飞。
上天造命呼真宰,穷海占星验少微。
平日杞忧何限事,中宵风雨涕沾衣。

第二句"谁遣秋官动杀机"即点出林痴仙之死并非寻常(见《南强文集》)。写完《再哭季父》四年后,林幼春也病逝。林痴仙叔侄二人常以诗作互动,较之于叔父,林幼春的诗句反日情绪更强烈,更付诸行动。

林幼春跟随年长五岁的堂叔林痴仙及年龄稍长的赖绍尧合办栎社时,才22岁。林痴仙、赖绍尧相继于1915年、1917年过世。1917年,栎社成立15周年,而林献堂的莱园诗社亦已十周年,该年11月29日二社合开纪念会,选傅锡祺接任社长,社友21人。此21人中,多人转而实际从事抗日文化活动,社友日增。尤其是1919年的五四运动对栎社影响甚大,社友也成立台湾文社。栎社兼文社,蔡惠如、林幼春、傅锡祺、林献堂为文社创会理事。林仲衡(林朝栋次子)也是成员。林幼春把写诗的境界扩充到以世界为素材。

六、民族自尊荣

文社设《台湾文艺丛志》杂志，其最大的特色除刊登古诗之外，还登载小说、评论及各国历史、天文、地理等科学类文章，以广开民智，跟上祖国“五四”的步伐。出资者为林仲衡、林献堂等。

1920 年，在东京办《台湾青年》，由蔡惠如倡导，甚至非文人的台湾富贾林熊征、颜云年、辜显荣也出资相助。

1923 年，栎社多位成员在东京发行汉文《台湾民报》。慈舟（林呈禄）在《发刊词》开头就写道：“我们汉族移住于台湾，已经过了有三百年了，开拓产业，从事贸易，教养子孙，实在费了很多的苦心。”此文叙写台湾之美好，地理位置及其重要性，但如今归于日本帝国版图，表面上看来平静，但经济不好，民众负担重。欧战后，世界人人争自由平等，所以台人应振起。最后一段是：“最亲爱的三百六十万父老兄姐，我们处在今日的台湾社会，欲望平等，要求生存，实在非赶紧创设民众的言论机关，以助社会教育，并唤醒民心不可了。”所以四年前创设《台湾》杂志，而杂志不足，又再创《台湾民报》。文中强调：“专用平易的汉文，满载民众的智识……启发我岛的文化，振起同胞的元气。”

蔡惠如以蔡铁生之名写《发刊词》，更言明：“白话文是言文一致，很容易了解，现在我们祖家中华民国也很流行。”最后大字写下：“民报达民情，民权任你评。民心真未死，民族自尊荣。”陈逢源以“芳园”为笔名，写下《对台湾青年之希望》。黄朝琴（超今）写日本和中国签“二十一条”合约之不合理。

另有王敏川的文章《新闻与社会之关系》。黄呈聪以“剑如”为笔名写世界政治及妇女参政；记国际反对鸦片官卖（按：当时日本台湾总督府在台专卖鸦片，年年收取暴利），以及民国北洋政府之消息。另转载胡适的白话文创作及小说，介绍祖国汉文书籍。

《台湾民报》第一期社员有林呈禄、黄呈聪、郑松筠、王敏川、黄朝琴、吴三连、林攀龙、谢星楼、黄周、蔡炳耀、蔡培火、石焕长等。

七、汉人魂与世界观

《台湾民报》刊登之文字以白话文居多，偶尔有近体诗，少见文言文。

《台湾民报》第一、二期翻译哲学大家罗素的《中华之未来》，此后介绍新思想、新文艺，如，世界讯息、政治、经济、青年、品德，尤其是妇女运动与时事，对祖国大陆的情况介绍频密，间或也有旧诗，更谈地方政治、民主政治。《台湾民报》为半月刊，在东京发行，很多卖到台湾，但在台湾常被禁止发行或遭抽版。

《台湾民报》曾刊过抗日青年翁泽生的文章，也刊载过陈独秀、鲁迅、丘逢甲之子丘念台之作品（注：民国成立后，丘逢甲倡导恢复古姓“丘”）。丘念台把他父亲的诗作以“仓海”之名刊在《台湾民报》上；早期白话文作家杨云萍（士林人）以“云评生”之名发表一些文艺作品；林幼春、林仲衡出资甚多，林幼春又以“南强”为名写文章；蒋渭水的文章也不少；赖和以“懒云”为笔名写小说；张我军则全力推行白话文，甚至跟连横笔战。《台湾民报》又转载了不少国人文章，如胡适、鲁迅、冰心、郭沫若、徐志摩等。翁泽生以“翁水藻”“水藻生”之名写了不少作品。写得最勤的有黄呈聪、张我军、蒋渭水、陈逢源、黄朝琴、连温卿、黄周、蔡孝干等，二林农民组合的成员李应章、简吉、王敏川也写。

由于《台湾民报》在东京发行，其时，丘念台已在东京留学数年，组东宁学会，与《台湾民报》成员互动甚多。蔡惠如（1881—1929）甚至曾以“用丘念台君韵，寄呈伊若社兄”为题作诗。

1923 年，蔡惠如曾在《台湾民报》上写道：“风灯上头的种子，永久不灭，就是保存我们固有文化，振兴我们汉民族的观念。”

以栎社成员为基干，逐渐发展成全面文化抗日活动。

八、愿为同胞倒海倾

综观日本据台后，早期文人抗日有些人身陷囹圄甚至牺牲，有很多人留下文章诗作，有积极作为者更占绝大多数，他们的精神不断领引着国人。

他们办学校、办报纸杂志，从教化民众开始。部分台湾士绅，表面虚与日人委蛇，实际仍参与真正树张旗帜正面抗日。栎社成员中，有后来成为推动议会期同盟会主要成员的，有成为推动文学运动的，更多的成为台湾民族运动之推手。他们中多人曾被捕坐牢，仍坚持写文章。像林幼春，除了入狱赋诗，更在 1923 年送蔡培火、陈逢源等带百多位知识分子签署请愿书赴东京时，写下“临歧一别男儿泪，愿为同胞倒海倾”的诗句。只可惜多数不长命，死于日据时，如王敏川、赖和、林痴仙、赖绍尧、林幼春、蔡惠如、蒋渭水、翁泽生、翁俊明等，而在唐山以教育英才为业，参与孙文革命救国的丘逢甲、许南英也分别在1912年和1917年英年早逝。

但以文化抗日救国的种子已深植在台湾，诚如蔡惠如所写："风灯上头的种子，永久不灭。"

（丘秀芷：台湾学者）

闽籍海军抗战中的文艺活动

刘传标

1937年"七七事变"爆发，以闽人为主体的中央系海军无论在长江、闽江、瓯江、赣江、湘江、沅江，还是在后方的各个领域均表现出不畏强暴的爱国精神和卓越才能。

拿破仑曾说过："报纸一张，如同联军一队"，"一只鹅毛笔，能抵三千毛瑟枪"。这表明在战争中，舆论宣传有时比武器更有影响力。

关于抗战文艺，目前对延安抗战文艺、重庆抗战文艺、贵州抗战文艺和福建永安抗战文艺研究较多。抗战时期的军旅文艺活动在中国抗战文艺史上写下浓墨重彩的一笔，但研究较少。在此，笔者仅将闽籍海军在抗战中的军旅抗战文艺作一归纳，以展现抗战时期的军旅文化。海军官兵组织读书会、剧团、宣传队等各种形式向民众宣传抗日救亡，展现了抗战中军旅抗战文化的一个侧面。

一、"九一八事变"爆发后闽籍海军抗战文艺活动

以福建人为主体的海军官兵的抗战文艺最早可上溯到"九一八事变"爆发后在上海的抗战文艺。

(一) 以电影宣传与动员军民抗日

电影直观生动、视觉冲击力强，是最好的宣传与动员抗战的介质。以电影为武器，宣传抗战的代表人物是毕业于福州海军学校第十二届轮机班的福州市人马德建。

1931年"九一八事变"后，国民党中央宣传部对上海各影片公司发出了禁拍抗日影片的"通令"，宣称："以后关于战争及含有革命性之影片，

均在禁摄之列。”又说：“当此战事结束之际，政府正谋对外和平，且停战协定，业经签定，不日将开圆桌会议，国际间充满和平空气，如一旦发现此项挑拨刺激之影片，将影响和平进行，大背政府初衷。”

当时，上海租界工部局禁止在租界地区各电影院放映的《上海战史》《上海之战》《上海抗日血战史》等抗日新闻片和纪录片，在上海租界以外地区的影院也被禁止上映；故事片《东北二女子》直至经当局电影检查部门多次检查、大加剪删后，才准予再次上映。有些影片，从内容到片名都被改动。如《战地历险记》里的“日军”被改成了“匪军”；《东北义勇军抗日血战史》因片名有“抗日”两字，也被改为《东北义勇军血战史》。反映抗日的电影剧本更被扼杀。蔡楚生继《共赴国难》后创作的以抗日战争为背景的电影剧本《血溅红颜》，即被当局以内容“激烈”为借口禁止拍摄。

1934 年夏，为宣传抗日，时任江南造船所所长马德建与合作伙伴龚毓珂、司徒逸民等人在上海创办电通影片公司①，马德建任上海电通公司总经理，沈端先（夏衍）、田汉等负责公司的电影创作，司徒慧敏担任摄影场主任。摄制了《桃李劫》②《风云儿女》③《自由神》④和《都市风光》⑤等四部故事片，在反文化“围剿”的斗争中，做出了杰出的贡献。其中《风云儿女》的主题歌《义勇军进行曲》在新中国成立后被定为《中华人民共和国国歌》。

马德建等创办的电通影片公司虽然存在的时间短，但其拍摄的电影在当时具有抗战动员的作用，在中国左翼电影史上具有标志性地位。

（二）闽籍海军与左翼作家合作编印宣传抗战的书刊

1921 年 7 月 1 日中共“一大”后，驻上海中共中央局派邓中夏到烟台

① 电通影片公司是中国早期电影公司中唯一一家由中国共产党的电影小组直接领导的左翼私营电影企业。

② 《桃李劫》是左翼电影的巅峰之作，有很强的艺术感染力。

③ 《风云儿女》原作田汉，编剧夏衍，电影讲述知识分子在严酷的政治形势下投入到民族民主革命洪流中去的故事。

④ 《自由神》编剧夏衍，导演司徒慧敏，讲述这样一个故事：1919 年夏天，女学生陈行素受“五四运动”反封建思想影响，反对父母包办婚姻，离开家乡杭州，与相爱的同学林云彬私奔上海。抵上海后，林云彬在一家进步报社工作，陈行素则在家从事写作。“五四运动”之后，进步报纸被迫停刊，云彬偕妻儿与友人一起来到革命策源地广州，云彬从事革命工作，行素参加妇女运动。沙基惨案发生后，云彬在反帝斗争中英勇牺牲。行素在医院告别云彬遗体时，遇见当年在杭州的旧友、医院院长杨棣华。棣华热情地接行素母子回家居住，并安排医院护士汤季云照料。“一·二八”抗战爆发，行素在战乱中与儿子失散，她克制着内心悲痛，投身教养院，开始抚养在战乱中流离失所的孤儿。

⑤ 《都市风光》是中国第一部音乐喜剧片。

组织兵运情况。一个多月后，中国劳动组合部北方分部也派王荷波到烟台海军学校。在邓中夏、王荷波等人的组织下，“中国社会主义青年团”在烟台成立，郭寿生为烟台中国社会主义青年团负责人。郭寿生等在烟台海军学校组织“读书会”，阅读革命书刊，宣传反帝爱国思想和马克思列宁主义理论，并秘密建立“马克思主义研究小组”，11月，郭寿生等创办《新海军月刊》。[①] 1923年夏，在南京鱼雷枪炮学校实习的郭寿生经由王荷波、恽代英介绍，由中国社会主义青年团团员转为中国共产党党员。12月，郭寿生在烟台海军学校、烟台益文学校、先志学校、水产学校等发展中国社会主义青年团团员，并正式成立“中国社会主义青年团”烟台支部（直属上海的中共中央局领导），郭寿生任中共北方区团委军事工作委员会委员。除了继续领导海军学校军运外，郭寿生还建立了以开展新海军运动为宗旨的党团外围组织“新海军社”，吸收思想进步、忠实可靠的青年入社，并从中发展优秀人员为社会主义青年团团员。1924年12月，中共烟台小组成立（直属中共中央局），郭寿生任组长。随着“新海军社”组织的日益扩大，为统一行动，郭寿生制定了“新海军社”章程，在烟台设立总社，在上海、南京、马尾各处设立支社，在舰艇、岸上各机关设立分社。

1925年，海军左翼文艺组织创办《灯塔》月刊。1926年7月4日，国民党中央执行委员会通过《出师北伐宣言》，7月9日，国民革命军在广州举行北伐誓师典礼。国共合作北伐开始后，郭寿生将“新海军社”总社从烟台迁到上海，同时继续在海军中扩大“新海军社”组织并扩充人员。11月，中共中央军委书记周恩来抵达上海，组织第二次武装起义。1927年2月22日晚，郭寿生等人聚集在法租界辣斐德路冠华里启迪中学内的起义指挥部。第二次工人武装起义失败后，中共中央和上海区委于2月23日下午召开会议，决定组成“特别委员会”（简称“特委会”）作为第三次起义的最高决策机关，由陈独秀、周恩来等八人组成，下设“特别军委”“特别宣委”。次日晚，“特委会”召开会议，决定组织新的工人暴动。并决定特别军委下设运输、消息、海军、纠察队、自卫队、特别队等几个部门。海军委员会由周恩来、郭寿生、郭友亨负责。郭寿生将“新海军社”总社秘密设在法租界西门路口福兴里，一方面利用海军中福州同乡的关系联络感情，宣传北伐，协助从福州返回上海的王荷波到上海江南造船所，帮助林

① 《新海军月刊》为中国共产党在海军中最早的宣传刊物，旨在抨击海军教育制度，引导海军青年学生、士兵投入海军兴革问题讨论。刊物除在烟台海军学校发行外，还印发到全国各地海军学校、练营及舰队，出刊四期后被查禁停刊。

轰在江南造船所建立工会，派陈嘉谟以海军代表身份参加上海市民代表执行委员会；另一方面以《灯塔》月刊为宣传喉舌。3 月 22 日，上海工人第三次武装起义取得胜利。但一周后，国民党右派已经公开走向反动，形势日益恶化。4 月 10 日，郭寿生奉赵世炎的口信离开上海，4 月 14 日抵汉口，与国民革命军总政治部主任邓演达会面，会商后，郭寿生将“新海军社”总社从上海移设汉口市友益街丽华里 7 号。郭寿生委托“新海军社”的共产党员王介山和左翼文化人编印出版《灯塔》月刊，抨击蒋介石的反革命面目。“七一五事变”后，白色恐怖日趋严重，“新海军社”在汉口解体，《灯塔》月刊随之停刊。革命进入低潮后，海军的中共党员和左翼文艺人士因受到时任国民革命军海军总司令杨树庄等的暗中保护，全部以脱党形式转入地下，多数留在海军学校任教官。抗战中，这批海军中的左翼军官成为抗战文艺的骨干。

第一次国共合作时期，海军中左翼文化人士得到保护，后成为抗战中重要的文艺骨干，在“九一八事变”后尤其是在淞沪抗战期间，第一次国共合作时期海军中的左翼文艺人士都成为海军军中宣传抗日的喉舌。

二、“七七事变”爆发后闽籍海军的抗战文艺活动

（一）海军学校校园抗战文艺

1937 年“七七事变”爆发后，以闽人为主体的中国海军在前线、后方都自发组织了读书会、剧团、宣传队等各种形式来宣传抗日救亡，激励前线将士和后方将士抗战。

话剧是喜闻乐见的抗战宣传形式，福州海军学校师生组织戏剧社团投入抗战宣传，其中代表人物有福州马尾海军学校第七届航海班、福州市人甘敏等。

甘敏导演的话剧《凤凰城》初演曾轰动一时，《凤凰城》的插曲《流亡之歌》也随着话剧的演出成为海军学校的流行曲。此外，他还排演了《杀狗记》[①]。剧情反映海军抗战事迹的话剧还有《布雷之光》（刘和谦主演）、《衡阳四十七天》、《战云情泪》（李存杰、郁文弼主演）、《中山舰》（再现中山舰长萨师洪抗日殉职的壮举），还有反映抗日军民与日

① 剧情描述抗日民众诱杀日本军官，女主角亦为学员男扮女装，惟妙惟肖。

本间谍做斗争的话剧，以及甘敏等导演的话剧《残雾》[1]，剧情反映了陪都重庆抗战精神。《残雾》演出时，当地有不少青年闻讯特地从远处赶来看戏，影响非常大。话剧《中山舰》等“成为动员当地青年参军的重要利器”。

军歌反映了军队的性质、任务和战斗作风。在抗战期间，海军学校组织有“海涛口琴队”“知音乐社”“音乐社团”等，以军歌为武器，激励前后方军人抗击日寇。

“海涛口琴队”每周一、周四下午集中练习，在学校晚会上表演。

“知音乐社”有“国乐组”“国剧组”和“话剧组”。

“国乐组”主要练习二胡、月琴、提琴的演奏，“国剧组”主要练习唱歌，“话剧组”排演抗日名剧《金指环》《凤凰城》[2]《杀狗计》《衡阳四十七天》[3]《战云情泪》[4]《江南之恋》[5]《田家镇》[6]等，在师生中和社会上引起了极大的反响，给当时较封闭落后的桐梓城带来了一股爱国抗战的新风。当时有媒体评论：“（海军学校）给予本地人不少的波动……（这些演出）给了他们好些的谈话材料。”

“音乐社团”有“长风歌咏队”“铁甲歌唱团”等。

“长风歌咏队”由40名正在学习中的海军青年组织而成，半年内学会了50首抗战歌曲，两年内编印了四本《长风歌集》及一本精华集，还出版了不定期刊物《风讯》，刊登声乐理论、音乐见闻、音乐习作，以及音乐批评。

“铁甲歌唱团”（如图1）是福州海军学校在抗战期间组织的最为庞大的音乐团队，团员达30余人。指导教官有陈嘉震、刘渊，组织者为刘和谦等。每周有两次分部练唱、两次集体练词，曲谱均由刘和谦、朱成祥自行以蜡纸刻好后油印。所唱歌曲以抗战救亡歌曲为主，以激发学员坚持抗战到底的热情和意志。

---

① 《残雾》是老舍创作的戏剧处女作。通过对洗局长及其周围人物的刻画，揭露了打着抗战旗号的国民党官僚机构日趋堕落的本质。

② 描写东北义勇军作战经过。

③ 航11班编剧，刘和谦主演。

④ 李存杰和郁文弼主演。

⑤ 县城女中叶如瑛演唱。

⑥ 描写海军抗战的剧目。

图 1 “铁甲歌唱团”合影

创作抗战海军军歌，代表人物是马尾海军军官学校第八届航海班的刘渊，刘渊和俞信分别创作《海军青年战歌》和《海军青年进行曲》。

《海军青年战歌》和《海军青年进行曲》曲调坚毅豪迈，表现了海军青年一往无前的豪迈精神，激励海军官兵上前线抗战。1941 年，海军总司令陈绍宽还给重庆国立音乐学院院长吴伯超写去关于《海军学校校歌》(图 2)的信函(图 3)。

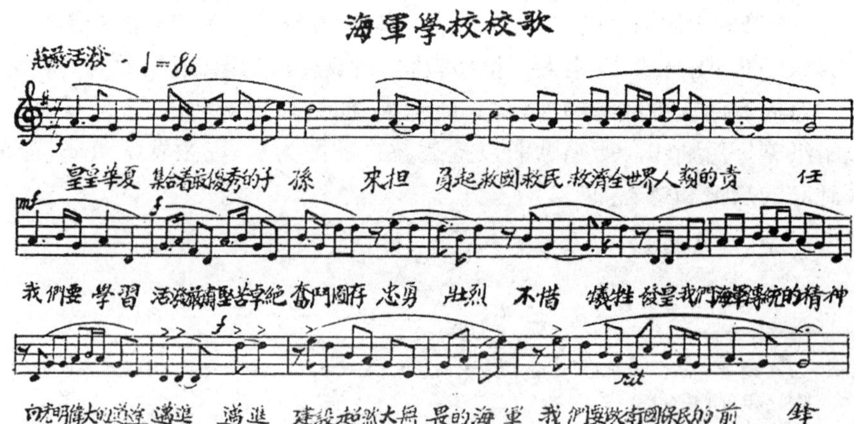

图 2 《海军学校校歌》

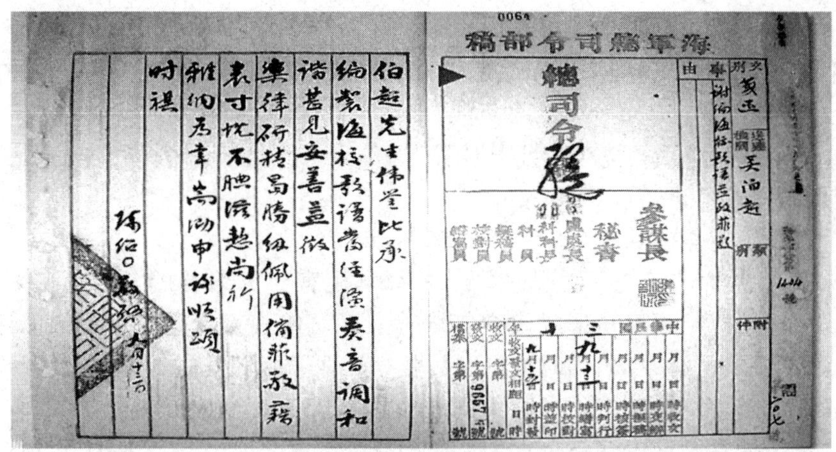

海軍總司令部稿

總司令

參謀長

秘書

伯超先生伟鉴比承

编制海校歌谱当经演奏音调和

谐甚见妥善益徵

时祺

陈绍宽

图3　1941年，海军总司令陈绍宽给重庆国立音乐学院院长吴伯超关于《海军学校校歌》的信函

（二）编印抗战文献，探讨抗战理念

1937年9月23日，在江阴之战中，国民党海军被日军击垮。当时在国民党军政界及军事理论界盛行意大利杜黑的“制海在空”论和“优空弃海”论，认为军队只要掌握了制空权，配合地面部队作战就行了，有没有海军无关抗战大局。为澄清人们的思想混乱，降低“优空弃海”谬论对中国海军的消极影响，1940年年初，曾国晟（1913年3月考入福州海军学校第二届航海班）组建“海军整建促进会”（后更名“海军建设促进会”），萨镇冰为名誉会长。《海军整建月刊》（后更名《海军建设月刊》）在常德水雷制造所内创刊。聘请蔡鸿干①为总编辑，郭寿生、王师复（新中国成立后侨居美国）为编辑委员。并在香港、韶关、桂林、长沙、辰豁、贵阳设有办事处和发行站，宣传报道西方的海上战局，总结介绍国内海军登岸后水雷战经验教训，呼吁国人重视“国防海军建设”。

① 蔡鸿干，又名蔡临冰（亦为笔名），福建省侯官县人。1924年考入上海大同大学数理专修科，此时投身社会活动，阅读中国青年杂志，与革命先烈恽代英相识。1924年秋由恽代英、何秉夔介绍加入共青团。1925年领导大同大学学生参加“五卅”运动，出席全国学生联合会，是“五卅”运动上海五大学生领袖之一，8月遭学校开除。1926年2月，蔡鸿干申请到广东参加北伐军，被派往国民革命军第六军程潜的部队，任宣传科社会股股长。1927年“四一二”“七一五”反革命政变爆发后，国民党反动派大肆捕杀共产党人和革命者。7月20日起，中共在九江酝酿南昌起义。蔡鸿干为南昌起义的党政军领导班子成员之一。8月1日起义后，蔡鸿干参加了江西省政府西花厅联席会议，8月5日随革命委员会各机关一同撤出南昌。1937年“七七事变”后全面抗战爆发。11月12日，中国军队撤离上海，上海沦陷后，蔡鸿干和海关的一批抗日同事组织了“海关同仁救亡长征团”（文艺团体），并任负责人，率领全团溯长江而上，宣传抗日。

同时，为提高和培养海军的国际视野，海军学校创办了《水平》壁报，编译二战中欧洲各国海军作战态势，拓展国际视野，分析探讨中国海军在抗战中的得失。

1943 年，海军学校师生还与田汉等作家合作编辑出版《海洋》杂志，宣传海军抗日事迹。

（三）海军官兵践行“科学救国”活动

“七七事变”后全面抗战爆发，海军学校官兵为培养国家后备人才，创办学校，以半军事化形式教育与培养人才。代表人物是海军陆战队第一独立旅旅长林秉周，当时该旅奉命驻守江西、湖南、安徽等地，负责粤汉铁路、湘黔公路护路工作。林秉周设旅司令部于湖南安江镇。1940 年 2 月，林秉周在湖南安江镇创办“海军陆战队随营子弟中学”（1941 年更名为“建国中学”，1942 年更名为“私立力行中学”，今为“洪江市黔阳二中”），以半军事化教育海军的子弟并招收当地学龄儿童。

迁到贵州桐梓的马尾海军学校师生经常与贵州桐梓县城各中小学师生配合，采用多种形式宣传抗战救亡。海军学校欧阳宝、刘荣霖、杨雨生等教官大都是在英国留学毕业回国的，他们在完成海校教学任务之外，还在当地的县立中学、省立中学兼课，教授科目有代数、几何、物理、化学等，为地方培养人才，向民众宣讲“科学救国”。

国民体质强弱关系国家盛衰。国人要有强健的身体，就要通过训练和锻炼来强化体质。为提高国人的体质，海军学校的徐树模、林仰秀等体操教官到贵州省立中学高中部兼教体育课，把军事体能训练带到地方，不仅为地方培育了体育人才，还增强了国民体质，“为前线输送合格的后备人才”。

海军学校师生与贵州桐梓的各界民众组织的抗战宣传和支前活动相互配合，使桐梓赢得了“抗日模范县”的美誉。

（四）抗战诗歌创作

近代化中国海军的许多将领都畅游于东西方文化的殿堂，学贯中西。抗日战争爆发后，海军中的“文人”用手中的笔宣传、发动全国同胞投入抗日斗争。抗战中出现了一大批优秀诗人，他们创作了许多优秀诗歌作品。

据不完全统计，海军官兵抗战期间共创作诗歌 320 多首，主题多反映日本侵略者的凶狠残忍，号召国人积极奋起反抗，主动参加抗日救亡的伟大民族斗争实践。这些诗歌作品均是海军官兵对战争的切身体会，带有强烈的现场感和直接的生命体验。充满血泪的书写方式激励前线官兵在战场上冲锋陷阵、英勇杀敌,鼓舞国人的斗志,呼唤民众投身抗日活动。

代表人物之一是毕业于船政后学堂第二届驾驶班海军名将萨镇冰,在高宪申①任贵州桐梓海军学校校长后作《赠高佑之少将》:“血战归来尚裹疮,将军岂让戚南塘。身同士卒尝甘苦,志为邦家救灭亡。休养暂时如蛰伏,熏陶后进看龙骧。羡君气共山河壮,不世勋劳引领望。”

1938 年,萨镇冰应福建省政府之请,前往新加坡、菲律宾、印度尼西亚等南洋各地考察,并宣慰侨胞、宣传抗日,筹募经费、物资和医药器械支持抗日。1939 年 2 月,萨镇冰取道安南(今越南)回国。

1940 年,华侨领袖陈嘉庚访问延安,萨镇冰找到当时任第八战区司令长官兼陕甘宁边区总司令的朱绍良,要求“去延安走一走,看一看”。为防止意外,蒋介石责成海军总司令陈绍宽把萨镇冰“保护”起来。萨镇冰被幽禁在辰溪一年多,写下一批折枝吟句(福州人一种作诗吟诗形式):“十年教养奠邦基,海内贤豪信仰之。同心同德维大计,誓将国耻雪无遗。”“国威丕振慰苍生,不负长征开里行。苦战竟能恢故土,矢忠岂能为浮名。干戈扰世终扬戢,功业兴邦有足惊。空乏其身膺大任,神州黎庶颂仁声。”“天降异人善用兵,妖氛处处甚狞狰。内忧自古寻常有,外患而今不足平。中土民穷犹未恐,东邻师出本无名。河山再造资群力,小草逢春也向荣。”这些诗句体现了海军军人忧国忧民的情怀和抗战到底的决心与豪迈。

1940 年 3 月 20 日,汪精卫在南京组建伪国民政府。3 月 28 日,汪精卫傀儡政府设立海军部。烟台海军学校第十五届航海班毕业生、原广东江防副司令姜西园公开投降日伪,并以“不问政治,只为海军保留人才”为口号,召集旧部和他的学生群集上海。一大批“东北”“广东”两系海军军官投敌,其中包括唐南田、蒋风其、陈连田、李继康、方文足、阎承烈,尉级的庞文亮、张文之、车文轩等七八十人(后投奔姜西园的人越来越多)。闽籍海军官兵无比愤慨,为遏制这种卖国求荣风潮,萨镇冰连续作诗两首予以痛斥:“寇深何事主和平,保国焉能不用兵。与虎谋皮庸有益,书生声价枉牺牲。”“书生利欲久熏心,误信神州即陆沉。失足竟成千古恨,天涯何处觅知音。”

① 1937 年 9 月 22 日,中国海军主力战舰“平舰”号在江阴与日寇拼战。舰长高宪申腰部受重伤,入院抢救。1938 年 1 月 17 日,高宪申伤愈出院。1939 年 2 月 27 日就任贵州桐梓海军学校校长。

（五）海军将领与进步文艺人士合作宣传抗日

1941 年 3 月，左翼作家、《义勇军进行曲》的作者田汉欲创作一部中日甲午海战的剧本，①从重庆绕道回长沙专程前往拜会萨镇冰，请教海军有关问题，萨镇冰将几册诗集《庚辰年间吟》送给田汉。应田汉之邀，萨镇冰在一本诗集的扉页上用毛笔写下"寿昌先生惠存，萨镇冰敬赠"。3 月 27 日，田汉临别写诗赠萨镇冰："烈士暮年心未甘，卜居偏爱向湖南。纵谈战史气弥壮，展望棋枰情更酣。头白恰添庭草绿，眼青犹似海波蓝。泰曾去后又陵往，难得将军八十三！"

田汉后来还书写了《萨上将军会见记》《中国海军的几个问题》等文，发表于 1940 年的《海军整建月刊》。

抗战期间，萨镇冰应香港《天文台》半周评论报主编陈孝感之请，与柳亚子、郭沫若等将诗文寄到香港，译成英文，集成《太平洋鼓吹集》（中英文对照，1943 年 12 月在桂林再版）。

在血雨腥风、灾难深重的岁月里，海军官兵创作的抗战文艺作品，展现一群被折磨、被欺凌的人内心的怒吼，这是一种不屈服的声音，这声音构成了世界反法西斯声音的一部分，它高亢、激越，就像无形之绳索将民众之心联结在一起，像号角、匕首和子弹，击向敌人。

从海军军旅抗战文艺活动和作品中，可以看到抗战时期海军的爱国情怀和英雄气概；也可以看出海军军旅抗战文艺活动背后左翼文人的作为。

海军军旅抗战文艺将永远留在人民的记忆里。

（作者单位：福建社会科学院历史研究所）

---

① 陆战队林秉周旅长喜欢作诗，萨镇冰每周都会同林秉周一道写一两首诗。萨镇冰在抗战时期将诗集《庚辰年间吟》送给田汉，诗册中处处荡漾着驱逐日寇、振兴祖国的豪情，字里行间流露出积极进取、不知老之已至的精神。如"烈士暮年还励志，不教剧虏久猖狂"，"兴邦毕竟由多难，何必销声学避秦"，"对镜不愁双鬓白，但凭群力共回天"，"时势朝朝易，豪情处处生"等。可见其爱国之情，老而弥笃。萨镇冰指出其中《庚辰双十节感赋》一首说："我不会做诗，不过是宣传抗战的意思。"那首诗内容如下："天降异人善用兵，妖氛处处甚狞狰。内忧自古寻常有，外患而今不足平。中土民穷犹未恐，东邻师出本无名。河山再造资群力，小草逢春也向荣。"

从现代观点诠释台湾抗日史实的社会现象与文化意涵

——时代社会变迁与国族历史认同的变异

林静助①

出生在1931年左右的台湾华人，是最后一批从小接受日据时代小学公学校全程教育的人群；尤其是1937年的“七七事变”，中日战争全面展开后，当时台湾总督府实施“皇民化”政策，试图全面消灭台湾的华文文化。当然，台湾总督府早就开始实施日语教育。因此，台湾光复后，除了岁数比较大的民众年轻时接受过中文教育外，年轻一辈，尤其是当时龄届15岁(以及更年轻)的台湾青少年，就很难拥有中国文化的记忆。

台湾光复后，国民政府接收时，正值祖国大陆国共内战期间，陈仪主持的长官公署集行政、立法、司法于一身，不旋踵间，1947年发生“二二八事件”，演变为官民对抗、镇压行动，再接续着白色恐怖政策，宣布戒严。台湾本土的精英人士遭受摧残，“二二八事件”和白色恐怖政策的受难者及其亲友，对国民党政府的仇恨无时或已，一般民众噤若寒蝉。这种缘于战乱时期执政者局限于危疑的政局、失策的政策措施，固然有轻重抉择的考虑，如台湾的政局因此稳定下来，然而，20世纪五六十年代，海峡两岸之间完全隔断，对于日据时代的记忆、台湾的历史，也被全面禁止，成为忌讳。

20世纪70年代乡土文学兴起后，台湾社会本土意识崛起，由于社会趋势的变化，时代的变迁，民主风气的开放，政治改革的步骤加快，台湾历

① 林静助，中庸实践学会理事长、艺文论坛杂志社发行人及总编辑。经历：“中国诗歌艺术协会”理事长、“中国文艺协会”理事、两岸文化交流文艺主委、台北市青溪新文艺学会理事长。

史研究逐渐受到学术机构和学者的重视，政府也开放史料。80年代后期，各大学逐渐设立“台湾文学研究所”，日据时代喑哑的一代（因不懂中文而停止创作作品）重新崛起，对于自20年代搭配当时抗日社会文化运动的启动，当时祖国大陆“五四运动”点燃的新文学运动也同时起步，那段时期（1920年至抗战胜利），台湾本土作家创作的现代文学作品也才系列性地重新出土和面世，对当初台湾抗日的史实研究刚恢复蓬勃的状态（包括日本学者等，各具不同的史观论述）。

1987年“解严”以后，台湾言论自由充分开放，“刑法100条”取消后，甚至可以公开主张“台独”或倡导共产主义。

台湾地区从事社会文化抗日运动的先驱蒋渭水闻名遐迩，而地处首善之区的台北市为他设立铜像和纪念公园，却是在2006年台北市市长马英九任期内，距他逝世已经时隔70多年，想来多么令人嗟叹！

在上列时空环境下，随着时间的推移，迄今，出生于20世纪30年代前后、具有日本殖民记忆的民众已经凋零殆尽，加上长时间以来对那段历史的讳莫如深，如今，除了有心的极少数学者和知识分子外，1945年以后出生的一般民众，对于日据时期被殖民的历史、生活体会，当然缘悭一面。

事实上，台湾人的抗日行动比祖国大陆早了几十年，是从1895年台湾地区被日本割据时就开始的，并且在被殖民统治的50年间，从未间断。这一点，海峡两岸的华人又有多少人了解与关心呢？

台湾的民众也不惶多让，光复以后出生的一代，除了官方的学校课纲所提供教材以外，也大都一知半解；尤其是当今的年轻一代，历经了70多年、五个世代的传递，当今的网络时代，别说过去的历史，甚至对现在的国家民族观念也相当阙如。除了见怪不怪外，又何以言说？

相对地，现在生活在台湾的华人民众，从幼年成长到老年（1945—2000年出生的人），大致可以分为五个“世代”。[①] 简要言之，五六十年代是台湾推动十大建设、经济起飞的年代；70年代，当时职场的两大主流是进入外商或科技创业，在威权体制下，着重纪律和执行力；80年代，正是“野百合学运”期间，台湾大开放的年代，当局宣布“解严”，出现了许多科

① “二二八事件”发生于1947年2月28日，主要导因于国民政府接手台湾后，设立“台湾长官公署”，集中行政、立法、司法权力，体制类似原来的日本总督府。同时，县市以上单位的行政人员很少聘任本省籍人士，导致省籍人士不满。加以行政效率不彰，经济措施失序，行政检警人员行为不检，在当今台北市延平北路2段查缉私烟，误把烟贩女妇人枪毙，造成民众不满，衍生为民众暴动，遍及全省。事后，当局派兵镇压，民众死伤惨重。台湾学者相关论述颇多，可以参考。

技新贵,24 小时营业的店商林立、KTV 和夜游成为时尚,生活面相多元而富变化,“只要我喜欢,有什么不可以?”成为年轻人的口头禅;90 年代则是台湾经济由盛转衰的网络泡沫年代,同时是人人做主,不能造神的年代,却是无力去改变社会结构,只能追求小确幸,也是亲子平权开始的年代;千禧年后的这一代,正是“太阳花世代”、看不惯不公不义,只关心谁对台湾好,“国族意识”淡薄,是“行动原生族”,开始对时事和政治勇于表达意见的“智慧手机世代”。

受过日本殖民统治的世代,迄今几乎已经凋零殆尽,上段叙述的自光复以来的各世代,与日据时期的思想教育、生活经历何曾有过瓜葛?

从 20 世纪 90 年代迄今,虽然各方的学者专家关于台湾抗日运动史的著作,可谓汗牛充栋,由于政治立场的不同,落笔的史观各异,难免令人眼花缭乱、无所适从。但是,对于当初从事抗日运动的先贤先烈,不论是从事武装抗日,还是政治社会运动、文化与文学的抗争,在那种客观资源局限、环境险恶的状况下,仍然勇往直前、奋斗不懈,所秉持的动力和理念,除了令人钦佩之外,如何从当时的时空环境,从现在的观点,诠释其社会文化的意涵,让全体华人对以上问题有个正确理解,这应该是纪念他们最好的方式。

一、时代社会变迁与国族历史认同的变异

若要以现代观点诠释台湾抗日史实的社会现象与文化意涵,必须针对当下某些传媒作者偏颇的论述见解误导读者造成误解的后果加以辨正:

最近电视媒体上报道,祖国大陆民众利用“十一”假期,蜂拥至日本大肆抢购,其“哈日”的程度不下于几年前台湾年轻人的“哈日”风潮(现在变成“哈韩”)。祖国大陆民众这一行为难道就不和近年来中日两国在军事上剑拔弩张的气氛有所抵触吗?

提到上面这一点,是因为几个月前,有学者论述“理性看待台湾社会的‘日本情结’”,文中认为,“……在相当长的一段时期,台湾社会弥漫着浓厚的‘日本情结’,部分民众在事关民族大义的问题上认知错乱,在价值观取向上与大陆分岔较严重,是两岸隔阂的重要思想根源”。该文作者认为“日本情结何以浓厚”,是因为 120 年前台湾地区被日本殖民统治种下的种子。作者认为当时日本对台湾地区的“皇民化”是成功的,并且

说:“皇民化”的结果是“毁弃了台湾民众世代相传的中华传统伦理、宗教信仰和生活习惯……”①

这种越俎代庖的论断,只会令终生长居台湾的民众感到啼笑皆非。缺乏客观、深入的观察,轻率地判断,透过媒体传播,误导祖国大陆读者的思维,此种行为已经背离了学术研究的客观探讨,缺乏严谨推论的素养,令人惋惜。

先说“两岸隔阂的重要思想根源”,从史实上呈现的,是两岸之间因为长期政治、军事上的对抗隔阂,因政治体制不同所塑造的民众生活际遇差别,促成彼此之间的认知误差,这和“民族大义”并不相涉,与台湾地区遭受日本殖民统治也不相关;说台湾地区的华人因为日本殖民政府实施“皇民化”政策,而毁弃了中华传统伦理、宗教信仰和生活习惯,不但与事实不符,何况诚如本文前面所述,当今的台湾人中受过日本殖民统治的世代已经凋零殆尽,光复后每个世代的生活面貌与价值观,呈现多元而现代化的迹象,和当时的“皇民化”影响毫无瓜葛,尤其是光复以来,台湾地区的教育完全秉持弘扬中华文化为根本,全民的中国传统文化素养世所公认(少数因为政治操弄,故意诬蔑中华传统文化者除外)。

当然,目前由于政治意图,部分政客故意美化日本殖民统治的效应、打压台湾地区执政党,为了丑化政敌,主张“台独”,部分民众受其蛊惑,或因为历史政治事件(“二二八事件”和白色恐怖政策)造成的嫌隙、仇恨,誓不两立,这是一个开放的社会无可避免的现象,没有必要作无谓的引申。

抗战期间,除了极少数败类之外,中华民族有哪些人对日本军国主义屈服过? 尤其是台湾的民众和知识分子,从台湾地区割让给日本开始,历经50年,始终没有停止过抗日行动。光复后,励精图治,事实上,台湾一定程度上成为华人世界推许的中华传统文化根据地之一。

再说,几年前台湾年轻人确实曾有过“哈日”的风潮,这一种时尚,在近年已经更换为“哈韩”,说不定过几年又有改变;就像今年“十一”假期,祖国大陆民众涌到日本血拼的“哈日”行为一样,是当今的一种社会流行文化,完全不需要用政治的眼光过度解释。

而多元的族群、政治社团、个别的政治人物的意识形态和政治立场,

① 此处所指的论述文章《理性看待台湾社会的“日本情结”》,见杂志《两岸视点》2015年7月号,第21页。

对一个成熟的公民社会而言，不过是一个常态现象，对政治情势走向或许值得忧虑，但过度的引申、渲染，无补于实际。

二、回首台湾中华民族意识塑造的过程

台湾今天的景象，正是反映了孕育自中华传统文化的中华民族，融合了长久以来各方的移民酝酿出来的文化；而我们所要论列的日据时代所有抗日运动的先驱者，他们所秉持的正是对中华固有文化信仰的信念，为了延续未曾中断的中国人文传统的香火，作为他们坚忍抗争的依据。

从日据时代的1895年到台湾光复的1945年，斑斑血泪所塑成的历史贯彻始终，即使环境险恶、时局艰难，仍然奋斗不懈，从武装抗日到社会运动、文化抗争，无时或已。

本文的主旨是从现代观点诠释台湾抗日史实的社会现象与文化意涵，爬梳出由时代的社会变迁衍生的国族历史认同的变异，这其中凸显出从中华传统文化孕育出来的中华民族意识，凭借着博大精深的文化内涵，造化成为坚忍不拔而勇往直前的精神底蕴。

从16世纪开始，东亚海域周边各地的物产交流开始增加，海上活动日益频繁，欧洲各国的海运渐趋发达。发现新航路后，殖民公司逐步来到远东，开拓贸易事业。事实上，除了早期南岛语系的台湾少数民族盘踞台湾，最早和台湾少数民族接触的是福建的渔民，双方以交换物品开始交流，而后台湾逐渐成为海盗的巢穴和走私贸易的汇合地，再后来发展成为国际性贸易的转运站。①

荷兰的“联合东印度公司”是荷兰政府经略亚洲的全权代理人。1623年，中国明朝政府对荷兰占有台湾地区不表异议。荷兰在台南、台江以北线尾岛建立东印度公司商馆。因此，荷兰人的所谓“统治台湾”，主要是为了商业利益，运筹帷幄的是位于阿姆斯特丹的董事会，目的是和西班牙、葡萄牙的势力竞争，扩展各地方的贸易，而其位于今天雅加达（巴达维亚）的亚州总部，则负责汇整商情，向公司在亚洲各重要贸易港口设立的商馆下订单，组成泛亚贸易网。② 因此，他们的殖民方式是为获取商业利益，在当地设立统治机关，保持武力优势，建立社会秩序，建筑公共设

---

① 详见洪丽雯，等：《台湾文化》，易博士文化出版社，2013年，第68－72页。另参考《台湾史》，易博士文化出版社，2004年。

② 详见廖宜芳：《荷兰人的扩张与统治》，《台湾史》，易博士文化出版社，2004年，第54页。

施,提供生活机能,延揽教会成员,并设有教堂、牧师、学校教员、疾病劝慰使等,用以主持宗教仪式、辅助行政和传教。

依据当时荷兰人编制部落的人口调查表,1650年,台湾少数民族共有315个村、15249户、62657人;[①]当时的台湾,少数民族是社会上的多数人口。来台谋生的汉人正在陆续增加当中。荷兰人采取双元的统治方式,针对已经拥有深厚传统文化的汉人,通过文字公告传达政令,不传教,只维持治安、提供公共服务、创造就业环境,然后再向汉人征税。对少数民族,则缔结协约,要求效忠归顺。建立"领主"和"封臣"的关系。当时,荷兰教会确实对少数民族发挥了其信仰的传布与影响作用。他们设置学校,教育儿童;传教士教授少数民族拉丁文字,成为少数民族使用文字的起点。后期转变以殖民领地的模式经营台湾,运用雇佣劳动的方式,招募更多汉人移民来台,从事各项建设及生产工作。

当时,驻扎在台南地区的荷兰人,总数在1000人左右,含东印度公司工作干部、舰队水手、驻扎各地的士兵。来台做生意的华商不多,汉人农工多被招募进行生产、进入少数民族部落猎捕和交易,或从事耕作、捕鱼、猎鹿,到郑成功领台前,约三万人。由此可见,荷兰东印度公司在台经营38年,除了其活动范围局限在当今台南安平周边,经营主轴为贸易和农产交易,其他地区,除了部分少数民族的居住地外,台湾依然是蛮荒状态。除了对少数民族的教化具有历史意义外,谈不上遗留深刻的文化痕迹。

荷兰人据台时期,郑成功的父亲郑芝龙已经是当时华人海商[②]的霸主,他和荷兰人合作,招募汉人移民台湾,掌控祖国大陆与台湾之间的通航,并代他们采购中国货品。郑芝龙投降清朝之后,1661年郑成功驱逐荷兰人,开始统治台湾。郑成功虽然有一半日本人的血统,但是在九岁时就在祖国大陆接受儒家教育,一生坚持反清复明的抗争。

郑成功入主台湾具有特别意义:表征祖国大陆的汉人文化首度以官方的力量移殖到台湾,且一开始就和荷兰东印度公司盘踞在台南地区从事经贸活动,与雇用农工开垦的性质不同。汉文化从此取得台湾文化的正统地位。

郑成功与郑经在台湾进行有计划和系统性的屯垦,大量扩大拓垦的面积。今日台南的佐镇、官田,高雄的左营、盐程、燕巢、归仁等地名,仍然

---

① 详见廖宜芳:《荷兰人的扩张与统治》,《台湾史》,易博士文化出版社,2004年,第54页。
② 廖宜芳:《台湾转口贸易兴衰的关键》,《台湾史》,易博士文化出版社,2004年,第66页。

自那时沿袭而来。其统治台湾的时间虽然不长，却在政治、经济、文化等层面，打下了汉文化的烙印。郑成功时期对于台湾的建设及其重大影响，可以举几个显例：

第一，系列性地移植汉人文化使汉文化占据正统地位。1649 年，郑成功在金门遥奉南明永历帝（桂王）为正朔，1655 年，永历帝封郑成功为延平王。除政治制度及行政区划沿袭明制外，还使用明代钱币和历法。

第二，从事建筑上的革命。有计划地沿用闽南汉人传统建筑，使台湾建筑风格从过去的少数民族、欧式风情转而为中国南方风味。[①]

第三，推广汉人传统水利耕作技术，使南部归降的平埔人逐步走向定居的农业社会，鼓励未带家眷来台的官兵与当地平埔人通婚。

第四，推广汉人教育。设立儒学学校，兴建孔庙，仿照明代科举制度，三年举行一次考试。

祖国大陆的中华传统文化，随着郑成功带来三万多汉人，加上之前已经移民来台的三万多汉族及后来陆续迁徙而来的家眷、新移民，总数近十万人，他们开始在台湾成家立业，繁衍生息。台湾的历史从此开始传承正统的祖国传统文化。

从 1883 年起隶属于中国清朝版图的台湾，其间政治经济建设经历了以下几个重大的转折：

第一，1860 年《北京条约》签订，被迫开港（基隆、淡水、安平、高雄），外国势力进入台湾，同时促进了台湾出口贸易（糖、樟脑、茶叶）的发展。

第二，清政府为因应时势，自 1874 年起，沈葆桢在台进行洋务运动，加强建设，1885 年，刘铭传巡抚建设基隆至新竹铁路，开发台北下水道，铺设台北至福州电缆，开公路，设立煤矿、铁矿，当时在全中国算是最先进的建设。

第三，在文化教育方面，从 1683 年至 1860 年（通商口岸开放），共设立了 23 所书院，其后到割让台湾前加快设立 14 所。日本据台后清查书房和书院，共计有书房 1707 间、书院 45 间、学生 29941 人。[②] 当时的识字率相当高，文化程度居全国各省之冠。

第四，除了上列关防的正规教育机构外，台湾各地普遍设有“义学”和“社学”，其性质接近民间的私塾。同时，民间普遍流行阅读善书，公益

---

① 廖宜芳：《台湾转口贸易兴衰的关键》，《台湾史》，易博士文化出版社，2004 年，第 66 页。

② 宋光宇：《清末和日据初期台湾的鸾堂与善书》，《台湾历史与文化（一）》，稻乡出版社，2003 年。

组织在民间大量出现，其附属医疗、社会救济工作，是儒教兼善天下理念的推广。

第五，到19世纪下半叶，台湾已经是近现代化的商业社会，从1864年到1894年，台湾贸易总值年平均利率为7.99%，远高于同期祖国大陆的3.43%，[①]凸显出社会文治的高度。

第六，在台湾，从1661年明郑时期到1895年割让给日本，被日本殖民统治之前，两百多年间，随着官治组织的建立，行郊与公共事务、宗教组织与聚落的形成，汉族的移民寺庙与祭祀圈的形成，汉族的移民逐渐建立了传统的中国文化社会，认同中华文化的意识根深蒂固。

第七，从乾隆到光绪的120年间，台湾各地区产生众多科举士子，仅台北地区就有262人，其他地区可以比照，[②]相关的文化读物、百科知识、文学作品普遍流传社会基层，[③]呈现出庶民社会的文化水平。

第八，到19世纪末叶，由官方和传教士引进西式教育。1876年，英国长老教会在今台南市创立神学校；1882年，加拿大牧师马偕在今台北淡水创立理学堂大书院，引进西方的地理、地质、数学、生理卫生、医学、体育、音乐等课程。刘铭传于1827年设立“西学堂”，培养翻译人才，1888年，在电报总局内设立“电报学堂”。

从明郑时期到19世纪末，陆陆续续从祖国大陆移民来台的汉人，将风俗习惯、宗教信仰、文教生活、休闲娱乐等方面的中国传统文化繁衍到台湾，加上台湾特殊的历史地理条件，适时接受西方文化的影响，经过世代经营，台湾逐渐从移垦社会发展成民生鼎盛的文治社会。必然地，在1895年，因为《马关条约》将台湾割让给日本，受日本的殖民统治，几代先民胼手胝足、披荆斩棘经营而成的延续中华民族文化的家园，竟然被祖国抛弃，台湾民众之悲愤、难过是无法想象的。这就是在日据时代台湾人始终坚决抗日的重要因素之一。

三、日军侵台的血债与台湾抗日的英烈

1895年5月8日，《马关条约》在山东烟台换约。为了抵制日军侵

---

① 详见庄国土：《海贸与移民互动17、18世纪闽南人移民台湾原因》，《台湾历史与文化（四）》，稻乡出版社，2003年。

② 详见陈益源：《明清时期的台湾民间文学》，科举考试数据可参考黄美娥《清代台北地区文坛初探》，明清时期的台湾传统文学会议，台湾东海大学中文系，2000年4月。

③ 详见黄玉斋：《台湾革命史》，新民书局，1945年，第91页。

台,5月16日,台湾士绅公举唐景崧为“台湾民主国总统”。可仓促成军,以临时招募的民兵占多数,与侵台日军力量相去太远,自然节节败退。但是台湾各地的义军纷纷起义,奋勇抵抗,到10月21日,日军攻占台南城,“台湾民主国”灭亡,南部的台胞仍然继续抵抗。直到1895年11月日本宣布全岛平定时,战斗其实并未停止。

1947年,新民书局出版的《台湾年鉴》记载,从1895年刘永福离台到1915年“噍吧哖事件”止,20年间所发生的血战累计达百余次,主要抗日事件达99件。另外,依据日本人的统计,1897年至1900年,台湾义民袭击战斗事件数共计8258件,杀伤日人2120人。①

在这期间,日军的杀戮罪行罄竹难书,比较显著的例子如:1896年的“宜兰事件”,林大北起义失败,殉难者达200余人,被株连者达数百户,老幼皆杀。“大坪顶事件”,即1896年之云林铁国山事件,《台湾省通志》记录,日军对云林县各地,“一连继续五天,范围广及五十余庄从事杀戮,……遭劫户数有四千余户,……不论老幼男女,同归于尽”。“苗栗事件”,即罗福星革命事件,1913年11月25日到12月1日,被捕者1241人,221人被判决死刑,罗福星被处绞刑。“噍吧哖事件”,依据郭挺以《台湾史事概说》和《台湾年鉴》等相关记载,杀戮情况残酷,被杀死者三万人。“雾社事件”则是发生于1930年10月27日,日军甚至用飞机投掷毒气弹,对抗日的少数民族灭村杀戮,以至于该事件震动国际。另外,还有“归顺式场惨案”,1902年5月25日,日军诱降张大酋为首的243人,分别举行归顺式,在典礼当中事先埋伏机枪手,予以射杀。

日军惨无人道的行为,也是后来台湾民众坚忍的无止境抗日的原因之一。然而,却有学者将台湾武装抗日时期多数的抗争行动,解释成是清朝社会“聚众抗官”的延续;而日本学者若林正丈除了加以认同,还在其《台湾抗日运动史研究》一书中说:“其领导者都是迟早会遭到日本势力排除、淘汰或改造之旧社会要素(士绅、土豪)”,②令人遗憾。

上述不过是举出台湾武装抗日的荦荦大者,其他的台胞、知识分子都是像20世纪20年代仲农曾在《台湾青年》上发表的言论那样,③认同祖国,秉持中华民族意识,并以此作为抗争的信念,因此促成大批台胞回到祖国参加革命的行列。在抗战前后,台胞在祖国大陆组成的团体就有“台

---

① 日军在台各地杀戮情况详见王晓波:《台湾抗日五十年》,台湾中正书局,1997年。

② [日]若林正丈:《台湾抗日运动史研究》,研文出版社,1983年,第8页。

③ 详见黄玉斋:《台湾革命史》,台湾新民书局,1945年,第91页。

湾青年团"(北京)、"台湾青年会"(上海)、"台湾自治协会"(上海)、"中台同志会"(南京)、"台湾尚志会"(厦门)、"台湾革命青年团"(广东)、"台湾民主党"(广东)等,[①]他们都运用各种方式声援或支持台湾的各种抗日行动。祖国大陆当时另有自台湾归来的志士,如由李友邦领导组成的"台湾义勇队"。[②] 研究学者认为他们在抗日战争历史中占有重要地位。同时,日据时期,所谓"台湾籍民"被迫迁徙海内外各地,造成众多时代悲剧,其中也不乏可歌可泣的抗日情节。

然而,这些忠烈之士,因为政局诡谲,后来多数被当权者污蔑、整肃,下场悲惨,令人扼腕。日据时期固然也有极少数台湾人向日本当局妥协,成为殖民政府的爪牙,在台湾或祖国大陆放浪形骸、欺压国人。但是绝大多数"台湾籍民"都有委屈的记忆,结果往往两边不讨好,受到日本人和来台大陆同胞的双重不公待遇。

即使当今,由于历史政治的操弄,台湾民众对于台湾人在日据时期抗日的悲壮史实缺乏了解;祖国大陆民众,甚或知识分子对台湾人那段悲情的经历更难了解,甚至误解当今的台湾民众因为受过日本殖民统治,仍然具有怀旧的"日本情结"。这种历史的吊诡很难言诠。

另外,台湾人抗日的后期,蒋渭水、林献堂、赖和等领导的政治抗争和新文学运动是台湾民众抗日的重要阶段,容后文专章论述。

四、从现代观点诠释日据时期的社会现象与文化意涵

日本殖民政府统治台湾地区的模式,运用基层警察进行治安维护,同时负责行政事务、户籍管理、卫生督察、土木工程、农业技术相关殖产等,配合利用中国政府旧有的保甲制度,采用连坐法,在台湾社会形成一个无所遁形的控制网,然后遂行其利用台湾的资源,开发帝国主义的政治、经济利益,建设成为日本前进华南、南洋的基地及供应日本本国补充资源的角色。因此,日据时期日本在台湾地区的各类建设,如交通、通信、技术教育、环境卫生、公共设施等,出发点并不是造福台湾民众;只有对造就其所需要的人才,或是对其政策有利的措施,则另当别论。

台湾殖民政府设立的总督府,乃是日本最高决策层拟定殖民统治的

① 详见李云汉:《国民革命与台湾光复的历史渊源》,台湾幼狮文化事业公司,1980年,第69-117页。

② 可参考"台湾义勇队"相关著作。陈正平:《李友邦与台湾抗日》,福建人民出版社,1998年;严秀峰:《台湾义勇队与抗战》,《台湾史研究会会讯》12期,1978年。相关论著颇多。

模式所采用的施政策略，有别于日本本国的三权分立，是将行政、立法、司法三权完全集中，由台湾“总督”一手把持。1896年公布《63法案》，并且在台湾实施，将台湾人民作为次等国民的不平等待遇法制化。这种不平等待遇的政策，从实质和精神层面轻侮和压榨台湾人，经过国家机器（基层警察和保甲制度）和严密的控制网络贯彻实施，欺压台湾民众，这也是促成台人持续抗日的原因之一。

20世纪20年代后，台湾的抗日行动演变为智识分子领导，从事政治文化抗争，当时的日本学者贺川丰彦就认定这是“两个太阳辉耀的台湾”，①用神话故事暗示，代表着日方统治阶级（官吏与资方）和被压榨阶级的社会势力（300年来居住在台湾的汉民族）的对立，隐喻着这批抗日的“先觉者”，他们秉持的文化内涵和精神指标，具备着隐含传统中华文化素养和先知者的远见与胸怀。② 当时台湾有非武装抗日的这些领导人，其情怀的神圣真是不世可见。

日本殖民政府压榨台湾民众的做法，可用两个显例来证明：

第一，掌控经济命脉。例如，为了弥补当时日本国内严重缺少的砂糖资源，总督府与日商连手引进真糖厂的企业托拉斯，成为主宰农村的庞大势力，总督府依法令禁止蔗农自由出售，控制售价，垄断市场，令全部蔗农无法收益，生活陷入困境。③

第二，为了控制台湾人的思想，采取不平等的教育制度。殖民初期，除了废止中文学校，设立“公学校”专收台胞子女，而日本儿童则上“小学校”，两种学校的课程完全不同，“公学校”的教学课程远逊于小学校，而中等学校的课程项目则限制在师资的培养及农业、电讯、铁路等实用技术方面。并且直到1910年，才办了一所高等女学校和台中中学校，但是也都被日本人独占。不过，这种不平等的教育制度反而使台胞子弟为了得到更好的教育必须到日本去接受中学和大学教育，培养出1920年后非武装抗日的领导者，从日本开始发动文化抗争行动。④

台湾后期的抗日行动，改变成非武装抗日，是不同世代、不同成员、不

① 详见黄煌雄：《两个太阳的台湾——非武装抗日史论》，台湾时报文化出版企业股份有限公司，2006年。

② “先觉者”是后来从事台湾抗日史研究的学者对非武装抗日的几位领导者的尊称，因为他们大都基于纯朴的动机，怀着启蒙的心愿，以“自觉觉人”的胸怀从事民众文化教育，启发团结抗日的行动。

③ 详见廖宜芳：《台湾史》，“农业经济的变动”一栏，易博士文化出版社，2004年，第142页。

④ 日本殖民地政府的教育政策及相关数据，可参考林衡道：《日据时期的台湾：日据时期台湾社会风俗及世相之变迁》，台湾史迹源流研究会出版，1974年，第17－23页。

同时代环境和社会条件，以及世界潮流和东亚局势变动，共同促成的。从1911年到1919年，世界局势剧烈变动，辛亥革命成功，增加了台湾民众抗日的信心，他们寄望祖国能够解救台湾；梁启超访台，鼓励台湾士绅用和平手段向日本争取权利。在这之前，蒋渭水和翁俊明已经加入孙中山的同盟会。1912年，日本改朝换代为大正时代，进入政党政治时期，台湾总督改由文人出任，自由民主与左派思潮兴起；俄国十月革命成功，世界各地的共产主义运动相互联系；1919年的"五四运动"，韩国的"三一运动"，都是促成互相激荡的诱因。

当时在日本的台湾留学生，运用日本本国宪法规定的言论及结社的自由，与台湾本土的传统士绅阶级林献堂、蔡惠如合作，争取资金，在日本发行《台湾青年》，开始鼓吹非武装抗日，并和台湾本土的"文化协会"协同运作，推动"台湾议会设置请愿运动"。

由蒋渭水创立的"台湾文化协会"成为引领抵抗运动和启蒙台胞的推手。文化协会组织宣讲团，以各地基层农工民众为对象，运用演讲会、歌谣、话剧和有专人解说的电影巡回播放，引发了各地的热烈回响。鼎盛时期，台湾全岛就有数百场的集会，受影响的民众达数十万人。从1921年春台湾议会请愿运动开始，至1931年秋蒋渭水逝世为止，十年之间，台湾非武装抗日运动从未停歇，并且从上层的政治运动推广到学生运动、青年运动、农民运动和工人运动。这一非武装抗日运动已经变成一种大众的社会运动。

后来发生的"治警事件""二林事件""台湾铁工所争议事件"，都是这种抗日风潮所激发的政治事件。

20世纪20年代前后，随着台湾"先觉者"带动非武装抗日行动，台湾新文学运动由张我军等引燃发自祖国大陆的"五四运动"，成为台湾现代文学的先声，进一步促成新文化运动，透过当时文化协会的《台湾青年》《台湾新民报》的鼓吹和推广，与当时的社会环境环环相扣。而接受20世纪新式教育的一代，具有现代观念的专业人才和知识分子，如医生、律师、教师、记者、新式小工商业者、文学家、艺术家产生，成为当时台湾社会的文化精英阶层，而这些台湾社会高阶层的知识分子也多是台湾非武装抗日的中坚分子。这种社会现象的形成及其呈现的文化意涵可以说是时代变迁和历史推演而造就的。吊诡的是，这种演化与那个年代日本在东亚国家中最先接受西方的现代文明，以及因此引发的日本本土的自由派民主思想、基督教和左派的社会主义运动、政党政治风气的影响，不无关系。这种史实现象,若用现代观点诠释,则是耐人寻味的。

五、新文学运动与非武装抗日

“台湾新文学”的发轫,其契机源自当时的政治、经济、社会、人文动态及世界情势的整体时空环境。1920 年,台湾留学生在东京成立“新民会”是一个重要转折点,加上《台湾青年》创刊,蒋渭水成立“文化公司”,蔡培火要求废除《63 法案》,台湾文化协会成立,台湾议会设置请愿运动开始。《台湾青年》《台湾》及后来改为《台湾新民报》的《台湾民报》,都陆续发表文章,呼吁撤废《63 法案》,要求言论自由,呼应台湾议会设置请愿运动,反对治安警察法,要求结社自由、台湾自治,为社会运动团体及政党组织代言,抨击日办报纸言论,推动台湾白话文运动,介绍国际及中国现况,分析相关经济问题,关注农业问题,等等。

运用媒体传播,为民喉舌,配合了当时台湾文化协会推动的文化启蒙运动,两者相得益彰。因此,直到 1937 年 6 月日本总督府正式废除汉文为止,台湾新文学应用上列各种媒体及自办的刊物,滋长发皇、百花齐放,不但充分发挥了对民众启蒙教育的作用,同时积极推动新文学运动,提升了台湾民众的整体文化水平。

这种推动新文学运动,结合当时政治的社会运动,促成后来的各类学生运动和工农运动。媒体的推广促进广大民众信息的互动(《台湾新民报》最多时发行量达到一万份以上),各种言论、文学作品的发表,反映了非武装抗日新形态的崛起,同时对于那段时期台湾民众的思想状态、集体意识和心灵图像,留下可贵的记录。

台湾民众非武装抗日运动带动了妇女运动发皇,发表于《台湾民报》的《卫道家的淑女》,就是经由观念唤醒当时妇女的代表作品之一;[①]另外,蒋渭水的夫人陈精文曾参加当时的台北青年读书会,是其中唯一的女性,也因为非武装抗日行动和蒋渭水一起被台北南警察署逮捕入狱;女医师蔡阿信也是台湾文化协会理事。这几个案例显示了当时妇女组织实际参与抗日的行动,促成了非武装抗日运动的全民色彩。

20 世纪 20 年代开始领导非武装抗日运动的“先觉者”蒋渭水所秉持的理念,就是坚持中华民族意识,以维护中华固有文化的传统为信念。他

① 参见黄煌雄:《台湾的两个太阳》,台湾时报出版社,2006 年。

认为,当时的国人所患的病就是"知识营养不良症",他说"文化运动是对这病唯一原因疗法"。他在《临床讲义》文中这样叙述:"台湾岛的原籍是中华民国福建省台湾道,现住址则是大日本帝国台湾总督府,他的遗传'明显地已具有黄帝、周公、孔子、孟子等血统'。"①这个时候,日本占据台湾已经27年,蒋渭水一辈等台湾精英,仍然不能放情故国,其风骨之可敬由此洞见。

台湾新文学运动的根本精神在于唤起中华民族意识、反日、反殖民和反封建,几乎是和文化协会等非武装抗日社团同时启动。一般学者的认定是,从1920年《台湾青年》创刊开始,到台湾光复为止,其发表作品的方式,涵盖使用中文和日文,初期配合"五四运动"的白话文运动,传承中国新文学的养分;日文写作则是在日据时期后期,因语文政策影响所致。其作品表现的题材、反映的主题,不离中国人的生活、思想,表达中华民族意识和爱国情操,以及反殖民的抗议。因为主客观环境的束缚,一般创作者并无稿费,除了《台湾青年》《台湾新民报》发行的时间比较长之外,在25年之间,出刊甚多的文艺或政论的杂志都十分短命,长则一年,短则创刊号就是终刊号。不过,有为者仍然前仆后继。

早期比较显著的成就是,新民会创办的《台湾青年》,先后同时出版了《台湾地方自治问题》《关于台湾报纸之创设》《同化关税撤废的提倡》《中国新文学概观》等作品。

当时的台湾,日文书籍较中文书籍容易取得,而日本翻译西方书籍要比中国快,使得当时的台湾文人通过日文阅读,吸收西方的思想和文学;同时,因为日本的殖民统治控制,中文杂志书籍难以进入台湾(民间庶民的通俗文学不在此限),反而是日本本土出版的文学杂志源源而来。② 因此,当时台湾同胞可以通过日本的媒体、出版及传播获得欧美先进国家的信息和文学作品,对于新文学的推动反而有利。《台湾民报》当时大量转载胡适、鲁迅及同时代作家的作品,"八不主义"和陈独秀的文学革命主张也都适时被引进。台湾新文学运动几乎是向祖国的"五四运动"延伸的新文学运动学习,可见当时所有台湾的学者和作家的中心思想与祖国的文学新风潮都若合符节。这一种迹象可以从《新青年》《台湾》《台湾民报》长时间大量报道和转载的文献中获得证明。这当中,张我军是最主要

① 参考王德威:《台湾:从文学看历史》,台湾麦田出版社,2005年。
② 详见林芳年:《盐分地带作家论》,《盐分地带文学选》,台湾林白出版社,1979年。

的人物，他是到北京学习的台湾人，亲炙五四运动的历程，回台后，就大力推动新文学运动。

依据当时的社会现象，1898 年，日本向祖国大陆推销印报机，推动了媒体传播的推广，除了演化为各种杂志刊物得以出版流传外，当时祖国大陆数百种报纸，配合“五四运动”，都以白话文为主，通俗读物得以广泛传播。台湾地区受此影响，除了促成高阶层知识分子可以出版刊物、推动提倡革命思想外，从 1927 年到光复前后，报章杂志刊载通俗小说、民间也大量出版单行本，像《可爱的仇人》《阿 q 之弟》《大地之春》等，当时祖国大陆颇为流行的通俗文学作品，像鸳鸯蝴蝶派的小说、侦探小说、武侠小说也在民间流传。①

在旧文学传承方面，前清的耆老坚持维护、保持清朝留下来的旧文学，沉湎于联吟传统诗，原是为了保留传统中国文化的用心，却成为殖民政府总督府的刻意笼络，经常举办吟诗酬酢，形成吟风弄月、无病呻吟的社会风气，遭受新文学运动人士的挞伐。新文学的几位代表人物情况如下：赖和被称为“台湾文学之父”，最具影响力。他身为医生，仁心仁术，经常救济贫困民众，同时与蒋渭水从事非武装抗日活动，入狱多次，代表作有反抗日本警察欺负的《一杆称仔》，描写雾社事件的《南国哀歌》。张我军，赴北京学习，引进“五四运动”的新文学，除了很多有关新旧文学论战的评论外，代表作有诗集《乱都之恋》，另有小说《买彩券》《白太太的哀史》。杨逵，1934 年以《新闻配达夫》在日本获奖，作品风格写实，抗议殖民政府强权压迫，还有讽刺富豪威迫贫苦人家的《鹅妈妈出嫁》。杨云萍，创办台湾第一本白话文杂志《人人》，专擅台湾史的研究，其作品表现出殖民政府剥削和欺压民众的情形，代表作如刻画警察威权的《光临》、反映蔗农被剥削的《黄昏的蔗园》。龙瑛宗，擅写受到欺压的小人物心理。1937 年其作品《植有木瓜树的小镇》获得日本杂志《改造》年度小说佳作奖，反映殖民统治下的台湾民众，受到压抑，造成性格扭曲。吕赫若，1935 年以《牛车》进入日本文坛，反封建、控诉社会不公，反映殖民政府统治下民众的苦闷。另外，还有颇受争议的周金波、陈火泉等作家支持“皇民化”写作。其他知名者颇多，从缺。②

1937 年实施“皇民化”政策后，华文写作完全被禁止。报章杂志全部

① 详见龚鹏程：《民初的大众通俗文学》，《文讯》，1986 年 10 月号。

② 相关日据时期，比较杰出、知名的作家作品，可以参看向阳主编《20 世纪台湾文学经典》（散文卷、小说卷），台湾联合文学出版社有限公司，2006 年。

使用日文,造成华文文学快速萎缩。不过,从1920年新文学崛起后,搭配几乎一个世代的新文化运动和非武装抗日行动,让台湾民众各阶层、角落,多年来耳濡目染,已经普遍建立共识。时代发展,社会变迁,1945年,日本军国主义终究败阵,台湾光复。

本文描述对象为日据时期的台湾人,尤其是20世纪20年代后台湾的知识精英阶级,他们在被殖民的25年之后,仍然秉持着对中华民族的认同、对中华传统文化的信仰,作为抗日行动的信念和依据;经过去繁就简的剖析,以期令读者明白整个事件主要的来龙去脉。日据时期之前,在台湾土地上的中华族裔,俨然是来自祖国大陆最艰苦卓绝的移民群,他们的后裔从出生时起就身处被殖民政府统治的窘境,处境可谓艰难。

当代世界的所有华人对台湾日据时期从事抗日运动的所有先贤先烈,以及他们坚忍的抗日志节,应该给予适度的尊敬。

本文没有所谓结论,因为我们对当时遭逢不幸世代的人们,应该多加理解,一如抗战期间,祖国大陆几百万军民遭受的劫难。对于他们的遭遇,当代人应该给予感同身受的了解和抚慰。

台湾人民的悲情,源自汉民族生息休养近300年的土地,孕育出强韧深厚的中国传统的社会文化,却被日本殖民统治50年,全民遭受了无尽的欺压、剥削、凌辱。几乎经历三个世代以上的每个人,在生活上和心灵上都遭受过深刻的伤害。如今,又因为光复后政府接收初期施政不当,发生类似“二二八事件”的悲剧。事件的受难人家属及其亲友繁衍几世代后,成为数目庞大的反对者。在那个时代,他们对原是自己热爱的祖国在《马关条约》后抛弃台湾,当台湾回归祖国时,又成为残杀的凶手的状况,如何释怀?

因为时代社会变迁、个人历史际遇不同,尤其像几百年来就在台湾这块土地繁衍生息的人们,几代人所经历的生活处境,微妙复杂、吊诡难料,面对自己的后代,也很难言诠。因此,错乱的国族历史认同,一时也说不清该如何面对,这或许算是生活在台湾的族裔的另一种悲情吧。

(林静助:台湾学者)

诗与真：论台湾东北作家的抗日书写

袁勇麟/董　慧

在台湾，有一批1949年前后随国民党赴台的祖国大陆作家，他们到台湾后，继续书写熟悉的东北题材，丰富了台湾文学中的地域写作。写作东北题材的作家大致可以分为三类：第一类是土生土长的东北人，他们曾亲自参加过东北的抗日救亡斗争，如司马桑敦和纪刚；第二类是祖籍东北，但是少小离家，带着童年的往事或父辈的创伤进行写作的作家，如齐邦媛、梅济民和赵淑敏；第三类是祖籍山东，因长辈们"闯关东"而在东北有过学习和工作经历的作家，如田原。他们都曾耳闻或目睹了日本殖民者对自己家乡的凌辱和践踏，对东北有着太多割舍不了的浓厚乡情。去台湾之后，他们以自己所见、所闻和所感为基础，记载下东北人民的抗日历程，以史诗性和纪实性的文学手段还原了这段历史。

一、追求"史"的宏大与壮阔

史诗性一直是衡量长篇小说艺术成就的一个重要标准，因为这类作品能够比较全面地反映一个历史时期的社会面貌和民众的生活状况，需要作者对社会和人生有深入的理解，在构思和创作过程中须有大处落笔、小处着眼的胸怀和气魄。不是每一位作家都能够写出史诗性的作品，但是能够写出史诗性作品的作家，在某种程度上堪称成功的作家。黑格尔在《美学》中指出："一种民族精神的全部世界观和客观存在，经过由它本身所对象化成的具体形象，即实际发生的事迹，就形成了正式史诗的内容和形式。”①这里“实际发生的事迹”，指向一种客观存在，即“政治生活、家庭生活乃至物质生活的方式，需要和满足需要的手段”。② 由此分析，“史诗性”包含两个方面内容：一是客观存在，一是主体精神。能够在记述史实的基础上注入民族的精神，就是在“史”的框架结构中注入“诗”的内蕴。退居台湾的东北作家在书写东北人民的抗日历程时，大多以东北社会生活为描写对象，既包括了东北近现代历史，又彰显出东北特有的民族精神，构建了史诗性的巨著。

“史”的宏大与壮阔首先体现为巨大的时间和空间跨度。以齐邦媛的长篇回忆录《巨流河》为例，在时间上，作者书写了自己的家庭由清末民初到迁移台湾之后的漫长历史。从“我”出生，一直写到“我”的耄耋之年，其间还追忆了“我父亲”的年轻时代，时间跨度将近百年。在空间上，作者从儿时的东北故乡，写到青少年时期暂居的南京、天津和北京，又写到随着“七七事变”的炮火一路向祖国西南方向的逃难，途经湖北、湖南、江西、广西、四川等多个省份，尝尽流离之苦。大学毕业后，作者来到台湾，辗转台中、台北求职，台湾多处留下了她忙碌的身影。在大跨度的时空挪移中，作品承载了中国近现代历史：“九一八事变”之前的军阀战争、“九一八事变”之后的逃难流亡、抗日战争和解放战争的烽火硝烟、台湾教育事业和铁路事业的艰难发展。司马桑敦的《张学良评传》从张学良出生写起，重点写了东北易帜、中原大战、“九一八事变”、东北军西调、抗日民族统一战线、西安事变和被蒋介石幽禁等重大历史事件，时间跨度自1901年到1964年，空间跨度由沈阳、西安、南京，再到江西、安徽、贵州，最后来到台湾新竹、台北。作者以翔实的史料为基础，再现了张学良在民族战争之际对国对民的赤胆忠心。

相对于长时间的历史跨度而言，也有的作家在相对集中的一段时间内呈现一个或几个重要的历史事件，在空间的转移中全景式地触及社会现实。梅济民的《北大荒风云》写的就是抗俄斗争、抗日斗争和抗战胜利后的国共矛盾。作者从1929年俄国侵略东北的战争写起，一直写到1949年新中国成立前夕。主人公赵志伟等一批青年历经了沈阳、北京和旅顺等地的求学过程，在俄、日侵略者的进攻面前，他们纷纷放弃学业，两度投笔从戎，团结在以土匪万海山为首的“浴血救国军”周围；或者冲锋在大

① ［德］黑格尔：《美学（第三卷）》，下册，朱光潜译，商务印书馆，2012年，第107页。
② 同①。

兴安岭雪原的抗敌前线；或者伪装成各种身份，在旅顺、哈尔滨等城市窃取敌人的重要情报；或者为了保存实力，潜隐在长白山原始森林，种地、打猎，自给自足……东北广袤的沃土上处处留下了他们斗争的足迹。还有几位作家集中笔力描写了抗日战争。纪刚的《滚滚辽河》叙述国民党东北地下组织"觉觉团"的青年在隐蔽战线上奋斗的历程：纪刚等几位青年在日伪的统治下，不断穿梭于沈阳、长春和哈尔滨等几个东北重要城市，将各地抗日机构团结起来，联合作战。赵淑敏的《松花江的浪》追述的是1931年"九一八事变"到1945年抗日战争胜利前夕，两代东北青年历经黑龙江、北京、南京、重庆等地的抗日史，巨大的空间跨度勾连起整个国家的抗战史，使台湾作家的"东北书写"超越了一般的地域写作。

还有的作家以人物为纲，通过个人的命运遭际反映大的时代。如田原的《这一代》以东北少年罗小虎的经历串联起"九一八事变"、"七七事变"、国共内战，随着主人公漂泊的历程，小说描绘了东北、山东、福建等地的风土民情。司马桑敦的长篇小说《野马传》是以坤伶之女牟小霞的人生为线索，书写一个天生带有野性的女子如何在东北和山东不断地以斗争方式寻找自我又不断碰壁的经历，其间刻画了东北沦陷前后到抗日战争胜利之初的社会众生相。

无论是怎样的结构模式，这些小说都有一个共同的特点：在广度上，力图反映动荡年代的重大历史事件和社会各阶层的生活面貌；在深度上，揭示各阶层的思想，并试图挖掘其历史与现实的根源。这些作品，时常呈现作者对于现实的深入思考。

首先，是对战争的思考。对于抗日战争的描写，作家不仅关注战争的结局，更关注战争中反映出的东北人民桀骜不驯、反抗压迫的精神特质；鼓励和赞扬无惧生死的战场拼杀；同时也歌颂在残酷战争中显露出的高贵灵魂。战争留给人类的，不仅是情感的创伤，更应该有对于人生意义和牺牲价值的重新判断。当世人都在以是非成败谈论英雄的时候，齐邦媛在张大飞墓碑前追忆其惨痛的家世、笃定的信仰和纯洁的情感，最终，她对张大飞的感情由单纯的男女之爱上升为超越生死的敬仰，对其高贵的灵魂给予礼赞。这是超越战争结果的对于战士的最深的关怀和理解。

其次，是对人性的思考。非常态的现实生活往往能够凸显人性的不同侧面。有诸如齐世英、王二虎、李繁东一样的钢筋铁骨，也有如"油碾子"、杨砚飞和杨鲤亭一样的丑陋嘴脸。作品不仅展示了各种人性，还分析了人性的救赎与求索。《这一代》中的罗小虎由儿时的羡慕权势、崇拜金钱到憎恨日本侵略者、自觉加入抗日组织的转变,体现了东北沦陷后孤儿的成长史和思想的成熟史。《大风雪》中的东方曙由贪恋个人情感,对政府卖国行为懵懂静观到对汉奸的辱骂和反抗,反映了沦陷区知识分子由困惑到觉醒的过程。《野马传》中的牟小霞一生都在寻找人生的真相和历史的本质,她从没有向现实低头,她的个人主义是其天性没有被时代大潮淹没的写照,但她的悲剧又是人性的悲歌。

最后,是对人与时代关系的思考。在时代浪潮面前,人究竟应该抛弃一切涌入洪流、投身现实,还是应该抛弃时代追逐自我呢?如果是前者,个人将自己的命运完全与时代的命运相融合,人很可能就会在时代中消失,成为一朵浪花;如果是后者,虽然找到了自我,却会在现实中不断碰壁。如果说牟小霞是后一种选择的代表的话,那么《滚滚辽河》中的纪刚则是前一种人的代表。"九一八事变"让正在读大学的纪刚未来得及多想就加入了地下抗日组织"觉觉团"。他为了投身革命,大学毕业后就放弃了自己钟爱的医学领域,成了一个"消失"的黑人,专门从事地下抗日工作。由于工作的紧张性和危险性,对于每个青年人都向往的爱情,纪刚也只能悄悄远离。以至于在很多年当中,他居然不知道自己究竟爱的是谁。直到抗战胜利了,他才恍然大悟,自己的真爱竟是温柔娇弱的宛如。纪刚完全将自己变成了革命队伍里的一颗螺丝钉,他作为个体的成功伴随着革命的成功,抛弃情感、远离家庭、永远地为革命牺牲就是时代赋予纪刚这类人的唯一使命。小说结尾,纪刚随着人流不断地向南迁徙,最终流落台湾,与祖国大陆分离的经历也昭示着与纪刚一样的这一代人的个人悲剧命运。

以上三个方面的思考让作品透过历史真实直达生存本相,是在哲学层面对人与自然、战争、世界关系的深度思考。正如《巨流河》结尾的一段书写一样,故事结束了,思考仍在继续:

> 我到大连去是要由故乡的海岸,看流经台湾的大海。连续两天,我一个人去海边公园的石阶上坐着,望着渤海流入黄海,再流进东海,融入浩瀚的太平洋,两千多公里航行到台湾。绕过全岛到南端的鹅銮鼻,灯塔下面数里即是哑口海,海湾湛蓝,静美,据说风浪到此音灭声消。
>
> 一切归于永恒的平静。①

---

① 齐邦媛:《巨流河》,台湾天下远见出版股份有限公司,2009 年,第 588－589 页。

二、包蕴“诗”的哲理与内涵

在展示抗日战争的大事件时，如果只是罗列大量的史实，就会使小说变成教科书，缺乏感染力和审美价值。史诗性的作品除了有客观的历史再现，还不能缺少主观的人类精神。或者说，史诗再现仅是一种手段，它的终极目的是通过对于现实的思考展现一个时代、一个民族的精神。这种精神“不应局限于只在一个既定场所发生的特殊事迹的有限的一般情况，而是要推广到包括全民族见识的整体。”①这种精神推动着事件的演变、民族的振兴，是战争取得胜利的力量源泉，也是一部史诗性巨著中“诗”的哲理与内涵的集中表现。

这种诗性的张扬首先体现为战争中民族精神的升华。“受辱”和“反抗”是东北近代历史的关键词。“九一八事变”后，日本人直接伸出刺刀对东北进行血腥统治，肥沃的良田、丰饶的矿产和3000万敦厚朴实的东北民众全部沦入敌手。民族的苦难和同胞的血泪激起了全中国人民的愤慨，东北人骁勇剽悍、无畏无惧的生命本色在民族危机面前转化为抗击侵略、抵御外辱的最坚强力量。《北大荒风云》中的大学生张励民在战争前夜还在思念受伤住院的母亲，遗憾自己“忠孝不能两全”。但在敌众我寡、节节败退的情势下，他却敢于抱着地雷以“人体炸弹”去攻击敌人的坦克，然后在这声巨响中“不知去向”。《松花江的浪》中，老叔高亮被捕后拒绝了市长职位的诱惑，承受敌人开水烫、雪水冻的酷刑，最终被刺刀刺死。这种对于信仰的执着源自于东北黑土地日积月累的民风，源自于东北人民根性中不屈精神的传承。在这些作品中，青年学生已经将理想主义精神与救国的实际行动结合起来，不是只会伤春悲秋，而是亲身实践着救国理念。《巨流河》中，国民党元老齐世英先生从青少年时代就为了民族解放事业舍生忘死，为日寇统治下的父老乡亲做了许多默默无闻的工作……这些人不仅发出民族斗争的先声，还起到了星火燎原的作用。觉醒青年的激情和正义首先感染的就是他们的亲人。《北大荒风云》中，赵志伟的父亲赵廷祥来呼伦贝尔草原前线看望儿子时，临危受命，充当狙击手，给侵略者以沉重的打击；《松花江的浪》中，“我”受到老叔抗日精神的感召，放弃学业，毅然参军；《巨流河》中，齐世英先生的妻子虽是农家

---

① ［德］黑格尔：《美学(第三卷)》，下册，朱光潜译，商务印书馆，2012年，第121页。

妇女，却伴随着丈夫在不断地流亡中持续帮扶东北少年，她那一桌桌浸满亲情的东北饭菜，不知感动了多少无家可归的孩子。在这些以家族和血缘关系为纽带的人物活动中，表面上看是一种影响，实质上是一种传承。以赵廷祥父子关系为例，从情节上看是赵廷祥被赵志伟等青年的救国热情感染，也投入其中，大显身手。其实，赵志伟身上的勇敢、顽强和对于侵略的反抗精神，正是源于赵廷祥的性格和精神基因的遗传。在东北这片饱含着抗战热血的土地上，骁勇剽悍、不平则鸣是一种凝结在骨子里的素质，它必将也会伴随着时事、世事延续下去。《松花江的浪》中，"我"对于老叔高亮精神的继承就是明证。如果从精神传承这个角度去思量这批作品，作家是以"血亲"这种根深蒂固的联系直抵民族的灵魂的。又由于"血亲"这一庞大的内涵和外延，东北的学生、农民、小商人，甚至土匪都被包含在抗敌救国的事业中。

对于诗性的张扬还体现为两个方面。其一是将富于诗意的细节描写注入宏大的历史叙事之中，在史实的广度中增添思考和感悟的深度，让历史变得真实可感。齐邦媛的《巨流河》中就充满了许多生动的细节。如，朱光潜是我国现代著名的美学家，但是他"静穆"的观点在1935年曾遭到鲁迅的批评，他的为人为文立场在民族危亡之际都显得那么不合时宜。齐邦媛就读武汉大学时，朱光潜正担任武汉大学的教务长，又同时担任外文系教授。齐邦媛作为朱光潜的得意弟子，自然有机会窥见其许多不被外人所知的侧面：他在讲到"若有人为我叹息，他们怜悯的是我，不是我的悲苦"时，会取下眼镜，任眼泪流下双颊，突然把书合上，快步走出教室，流下满室愕然；[①]在讲到"冬天到了，春天还会远吗"时，表情严肃，很少有手势的他会用手大力地挥拂、横扫。[②] 这是将诗歌联系自身实际触发的情感涟漪，亦是一个有责任感的知识分子以实际行动对黑暗的反击。抗日战争当前，冲锋沙场、血刃敌军固然能够保家卫国、彰显正义，这是正确的选择，但不是唯一的选择。在内忧外患之际，我们除了坚守祖国河山之外，还要尽更大的努力去维系民族赖以生存的文化传统。同样地，没有冲到前线杀敌却坚守在各行各业的芸芸众生，他们对本专业领域的钻研进取，他们在平凡岗位上的默默奉献，也是一种爱国，也是对敌人侵略的一种抗争。正如王德威所言："朱的美学其实有忧患为底色，他谈'静穆'哪

---

① 齐邦媛：《巨流河》，台湾天下远见出版股份有限公司，2009年，第184页。

② 同①，第186－187页。

里是无感于现实？那正是痛定思痛后的豁然与自尊，中国式的‘悲剧’精神。然而狂飙的时代里，朱光潜注定要被误解。”[①]能够更全面摹画朱光潜文人情操的，还有他院内那满地落叶。他积攒了好长时间，只为了下雨时，听到风卷起的声音。这个现实场景对于文人而言，比读许多写意的诗句更为生动。其他作品中也镶嵌着许多类似展现人物、体现哲思的细节。《松花江的浪》中，老叔在流亡关内之际，偷偷往老婶碗里夹的一口菜，表达了这个革命战士对于妻子的愧疚和无奈之情，老叔既无力反对这场无爱的包办婚姻，又无法抑制情感上对于真爱的向往，只能在义无反顾的战斗中蹉跎岁月。《松花江畔》中美艳高傲、冷漠苛责的小白蛇，唯独对憨直仗义的王二虎倾诉衷肠，这是她在生存的重压下唯一一次喘息和宣泄，将土匪表面威风、实则艰涩的人生展示出来。这些细节无力推动或改变历史，却丰富了历史，让读者看到时代的全景。

其二是一以贯之的情感投入。史诗性作品要求作者将个人对历史的独特体验与历史叙述相融合，既有理性的思考，又有感性的抒怀，这样才能兼具文学性和思想性。在这批作品中，情感的投入以不同的方式表现出来。比较常见的方式是在客观写实的叙述中自然地流露情感。这种情感由于有客观的叙述作为铺垫，显得水到渠成。比如纪刚的《滚滚辽河》中，当“我”与诗彦雪夜对坐、畅谈人生时，不禁情动：

> 我不知中了什么邪魔，当她移近我的时候，竟用一只手腕将她扣住，一种想在荒野里奔驰的欲望，饥渴地驱使着我想去接近她那殷红的、火热的……
>
> 她没有接受，也没有脱走，只是她把脸紧紧地贴藏在我的胸前；是娇羞？是抗拒？我不知道！我的自制力到哪里去了？我也不知道！……
>
> 哗啦啦——
>
> 有些糖果逃落地下。
>
> 这种声音并不是巨响惊人，却足以唤醒我的理智，收回我的灵魂。我是做什么的呢？我真悔愧交加，想打自己一万个嘴巴。我把那双可咒诅的手臂高高擎起放在我的脑后，让诗彦可以自由离开而不受外力约束，但她却未想离开，喷火一般的呼吸，仍

---

① 王德威：《“如此悲伤，如此愉悦，如此独特”——齐邦媛与〈巨流河〉》，《当代作家评论》，2012年第1期，第159－166页。

使我的胸膛感到高热难抗。……

我该如何是好呢……①

小说中经常提及“我”害怕地下工作的危险性会累及他人，所以一直对于男女之情极度克制。而“我”也一直自信可以把控自如，没想到却在这一瞬间差点“擦枪走火”。这段情感释放的点睛之笔是“我真悔愧交加，想打自己一万个嘴巴”，这句心理描写让读者明白“我”的行为完全是不经意间的失控。对于风华正茂的年轻人而言，情动是正常现象，如果太过于压抑情感，就会导致无理性的冲动。叙述中的情感流露让人物变得可观可感，更加真实。

更多的时候，作家会选择借景抒情。东北的林海雪原、山河湖泊、晨风晚霞构成了一幅幅美轮美奂的风景画，在每一处景语之后都是作家的情语，景物实实在在地成为作家情绪的载体。如梅济民的小说《长白山奇谭》中，作者会让王三哥在流水淙淙、春回大地时出场，渲染这位默默奉献不计名利的大英雄；王汉倬会在嫩江的旖旎风光中追忆自己逝去的青春；牟小霞和许海可以借助大海的狂波酣畅淋漓地相爱……这些景物描写有力地构建了作品的“东北风味”，亦能够抒发“东北情绪”，展现“东北性格”。

最能够展现“东北性格”的抒情方式是直抒胸臆。有些作家在平实地叙述、审慎地分析之后还觉得不能够表达自己的思想，于是便直接将感情和盘托出。《大风雪》中，孙陵在精细刻画了杨鲤亭等卖国者的丑恶嘴脸后，不禁发出高声控诉：

但是当着一千九百三十年的一月底——也就是民国二十年旧历除夕将临的这几天，日本军队乘着攻陷双城底余威，而驱兵之下H埠的时候，H埠的这些自诩为“万物之灵”的双腿动物，是怎样保卫他们底族类和巢穴啊？可耻啊！他们连一只乌鸦——被“人”骂为扁毛畜牲的东西——都不如！他们竟企图着在敌人尚未到达H埠之前，就已将自己底窠巢双手奉故了。可耻啊！在禽兽中很少见到的，“人类”中我们竟而见到了！那些“黄帝底子孙们”怎样在称斤论两地向敌人讨着好价找，来出卖他们这些五千年来繁衍至今的族类！可耻啊！他们不但像一

① 纪刚：《滚滚辽河》，台湾纯文学出版社，1994年，第40页。

个逆子似地要出卖祖先遗留给他们供作生息繁衍的土地，并且连埋葬在这土地里的祖先底骨骼，他们也都要一道上杆称着出卖给他们底敌人哩！可耻啊！①

孙陵是带着对于祖国山河的无限爱意来控诉这些卖国求荣的统治者的，他以比喻的手法惟妙惟肖地勾画出卖国者奴颜婢膝的嘴脸，用中华五千年灿烂的文化来对比这些民族败类的渺小和可耻。这种愤慨不仅能使读者借以抒发胸中愤懑，引起强烈共鸣，而且使我们得见作者的真性情。“孙陵以这种大悲哀大愤怒来谱写《大风雪》，勾勒人物的丑陋灵魂，不但使小说具有一种历史的厚重感，也使其艺术达到可以远超《儒林外史》的艺术高度。”②

当然，在任何一篇作品中，情感的宣泄并非是创作的终极目的，主要是营造一种抒情的氛围，吸引读者与作者共同思考超越一己悲欢的厚重问题，传达个体独特的情感和思维体验。

三、还原“真”的朴拙与美感

“真”指的就是文学的“纪实性”。作家亲身经历了东北的近现代历史，他们将这种经历完全地还原到创作中，产生了许多贴近史实的创作。还有些作品未必是作者亲身经历的事件，但是作者查阅了大量的史料，凭借自己对于历史的了解，科学系统地判断取证，力图用最真实的材料呈现历史原貌并阐述对历史事件和人物的看法。这类纪实性的作品最具代表性的是司马桑敦的《张学良评传》、齐邦媛的长篇回忆录《巨流河》和纪刚的自传体小说《滚滚辽河》。

以史实和准确的史料为依据是这类作品的最大特色。司马桑敦写《张学良评传》的契机就是无意间在台北街头的旧书摊上看到了张学良写的已被查封、难得一见的史实材料《西安事变忏悔录》，由此他决定以史实为基础，写张学良。当时虽然已经是1964年，距“西安事变”也已经28年，可是有关张学良的人和事仍然是十分敏感的话题，他还没动笔，就面临两个棘手的问题。一是资料少而难求③，许多从历史中走过来的人

① 孙陵：《大风雪（第一部）》，香港南华书局，1997年，第155页。

② 林强：《换一副笔墨写东北——孙陵〈大风雪〉解读》，《世界华文文学论坛》，2011年第4期，第22－25页。

③ 金仲达：《〈张学良评传〉编后记》，《张学良评传》，台湾传记文学出版社，1989年，第394页。

物都三缄其口，刻意回避。关键人物的亲属都生活在国外，力求平静的生活，不愿接受采访。二是资料的可靠性难以判断。虽然有一些资料，但是不能确定其真实性，也只能舍弃不用。有些资料看似真实，但是又无法确定，作者就会在文中点出“还有另外一种说法”。作者每次落笔必要根据资料判断之后再行文，他用在查阅、推敲资料上的时间和精力要超出写作时间的好多倍。全书以张学良的前半生为重点，记述了“中原大战”“九一八事变”“西安事变”等重大历史内容，作者依据自己的判断给出了相对中肯的评价。在对人物的记述中，作者力求“不虚美，不隐恶”。评传中的张学良不仅聪明、理解迅速、记忆力强、礼贤下士、是非善恶之心清楚、人生观豁达；还能够揣摩风气、学习英文、提倡体育，打得一手好网球。但是有一段时间，他也曾沾染了玩女人、抽大烟、打吗啡等坏的习气。对于众说纷纭、莫衷一是的“西安事变”，作者根据史料详细地叙述了全部过程，充分表现了张学良几次进谏不成，不得已才逼蒋抗日的无奈。在写到张学良主动送蒋介石回南京时，作者对张学良给予了认可和同情：“其实，张学良早在这以前已下定决心要陪蒋回京。他先向东北军将领表示过，这一场大乱子，他为祸首，一切由他一个人承担；另一方面，他准备向南京和向全中国表示，他此次发动事变，决无危害蒋委员长之恶意和争权夺利之野心。”[①]这种描写让我们看出：“作者并不刻意评论党派的是非；而是出于爱祖国、爱家乡的一片赤诚，记录中国遭受日本侵略那段历史，探讨其中的教训。”[②]

齐邦媛的长篇回忆录《巨流河》是其于 80 多岁高龄时对自己一生的回忆。书中所写、所感、所思都是作者身临其境的感知，即使是有关其父亲、母亲的叙述也都是有据可循的。比如对于其父齐世英的叙事应该都是父女谈话的忠实记录，也基本上符合史实。这一点可以参见《齐世英口述自传》。[③] 两部书上记录的史实基本是没有出入的，只是由于叙述的角度不同，详略观念有异。《滚滚辽河》是纪刚根据自己地下抗日的亲身经历创作的纪实小说，这可以从《涉大川——纪刚口述传记》和“拓展台湾数位典藏计画”[④]得到印证。《滚滚辽河》中的大多数人物都是现实人物

① 司马桑敦：《张学良评传》，台湾传记文学出版社，1989 年，第 283 页。

② 陈瑞云：《披荆斩棘之佳作——〈张学良评传〉》，周励等《回望故土——寻找与解读司马桑敦》，台湾传记文学出版社，2009 年，第 160 页。

③ 齐世英口述，沈云龙、林泉、林忠胜访问，林忠胜记录：《齐世英口述自传》，中国大百科全书出版社，2011 年。

④ 拓展台湾数位典藏计画 http：//content. teldap. tw/index/.

的显影，无论是神秘的负责人、书记长、社长，还是罗雷、仲直、方仪等，都可以在地下抗日历史中找到原型。书中详细记录了“觉觉团”成员为了革命隐姓埋名、宣传抗日、印发传单、联络机构、假结婚、被捕入狱、忍受刑罚，甚至以自杀相抵抗的抗日经历。因为太现实了，反而让读者觉得有些枯燥。比如，书中没有我们常常想象的那种刀光剑影的畅快、被人拥戴的光荣和传奇惊险的浪漫，有的只是日复一日的小心谨慎、与人隔绝的孤独寂寞和与敌智斗的艰辛，好多时候还要背负爱人离去、亲友不解的委屈。虽然他们没有身处为国斗争的最前线，甚至连枪也没开过，却不能磨灭他们为了斗争胜利所做出的贡献。小说也仅仅想要记录这些事实，如纪刚所言：“我想用小说的笔法描写真实的历史，展现革命奋斗的真人真事、真流血、真牺牲和真感情。”①

作家在记述这些历史人物时，不仅注重对客观事件、外在环境的描摹，还注重挖掘人物的心理动因。司马桑敦在写张学良这个人物时，就呈现了其思想转变史。张作霖是张学良的父亲，对其影响至深，作者就一边介绍张作霖的发迹史，一边书写父子的交流。张学良的人生观初步形成。即使是对于至今还有争议的郭松龄，作者也如实地记录其风貌。郭松龄“不吸烟、不喝酒、不打牌，经常的手不释卷，字字读书”，“对于战术学，造诣极深，而且他的风采堂堂，口齿伶俐，在课堂上口若悬河，热情奔放，受训学员都对他表示欢迎”。② 而后又自然书写了张学良被他吸引的原因：“郭松龄年长他（张学良）十九岁，而且为人正派、严肃、也正是他所需要的可以师事之和兄事之的一种人。”③这样生动的描写就使得人物“活”了起来，枯燥的叙述有了生气。齐邦媛比较注重在叙述中兼顾自己的思想和情绪。她“远离政治、一心读书”观念的形成是受到家庭的影响；她时常涌起的孤独悲凉的情绪是在战火中奔逃的女孩的普遍心迹。有了这些对于人物行为动因的描写，才还原了史诗性作品“真”的本色。

四、台湾东北作家抗日书写的意义

迈克·克朗在《文化地理学》中阐释了一个概念：“历史重写本（palimpsest）”。该词源自中世纪书写用的印模，原先刻在印模上的文字

① 赵庆华主编：《涉大川：纪刚口述传记》，台湾文学馆，2011 年，第 133 页。
② 司马桑敦：《张学良评传》，台湾传记文学出版社，1989 年，第 11 页。
③ 同②。

可以擦去，然后在上面一次次地重新刻写文字。其实以前刻上的文字从未彻底擦掉，于是随着时间的流逝，新、旧文字就混合在一起：重写本反映了所有被擦除及再次书写上去的总数。① 不论是一个地区的文化呈现方式，还是某个人对于某地、某物或者某种情绪的认知，都与“历史重写本”有着相似的地方。它不可能擦掉过去所有的痕迹，也不可能拒绝新事物的影响和入侵，一切的认知结果都是随时间消逝增长、变异及重复认知的总和。对于台湾东北作家抗日书写而言，“东北经验”和“台湾经验”的双重认知都会在其作品中呈现，使其成为既异于祖国大陆的东北作家书写又异于台湾除东三省外其他各省籍作家书写的独特所在。

抗日战争是中国近代历史上的大事件，东北又是抗日战争的肇始之地。退居台湾的东北作家在书写这段历史时，既能够根据自己的经历写出东北乃至全国人民杀敌卫国、众志成城的雄心壮志，又能够在宏大历史的间隙触及人性和情感。这批作家退居台湾之后，黑土地的浩瀚广阔与临海小岛的狭仄拥挤、年轻时的书生意气与中年后的浮世沧桑、经济的飞速发展与灵魂的无处安居形成了鲜明的对比，让他们更加思念东北原乡。他们对于东北和抗日战争的书写，大多不是在祖国大陆时所作，而是1949年去台湾后带着乡愁的对往事的追忆。这些追忆大部分还原了历史真实，还有些夹杂着意识形态和个人情绪的偏颇之作也展现了台湾经验和祖国大陆经验看待抗日战争的不同角度。虽然如此，也不能否定这些作家在史诗性和纪实性这两个角度对于抗日书写所做出的贡献：既是中国传统文化的一种继承和传播，也体现了东北—台湾双重经验，丰富了台湾文学中的书写面向。

（作者单位：袁勇麟，福建师范大学协和学院；董慧，牡丹江师范学院）

① ［英］迈克·克朗：《文化地理学》，杨淑华、宋慧敏译，南京大学出版社，2005年，第20页。

战后70年两岸对于抗日历史认知的差异及对文学创作与研究的影响[①]

陈 颖

70多年前发生在中华大地的那场波澜壮阔的反侵略战争早已硝烟散尽，台湾地区被日本殖民统治的历史也已结束了70多年，但海峡两岸中国人对这段历史的认知过去不同，今天依然有异，并一直深刻地影响着战后两岸相关题材的文学创作和研究。

应当承认，抗日战争是中国国民党引以为自豪的光荣历史，同样不可否认，它也是中国共产党创立的历史功绩。国共合作共御外侮，创立了中国现代史上一个可歌可泣的伟大历史功勋。但是，战后由于国共两党政治军事上的严重对峙，海峡两岸对于这场战争的功过是非长期聚讼纷纭，直至今日亦未完全达成共识。更令人忧心的是，近二三十年，台湾社会出现了一股美化昔日日本殖民统治的逆流，使问题变得更加复杂和严峻。这一切都曲折反映在不同时期的文学创作和研究上。

战后70年来，两岸对于抗日历史的认知都经历了曲折的过程。祖国大陆对于抗战历史的认知大致以1979年为界分为两个时期：1949年至1978年为认知偏颇期，1979年至今为认知纠偏期。1949年，国共两党经过四年决战，以国民党全面败退龟缩台湾岛，共产党全面胜利建立新中国落幕。尽管14年抗战犹历历在目，其功过是非客观存在，但由于种种历史原因，1978年之前祖国大陆出版的中国现代历史著作及历史教科书在谈到抗日战争时，对国民党的抗战史实大多轻描淡写、一笔带过，而着重

① 本文为2010年度教育部人文社会科学研究规划项目"海峡两岸抗日小说比较研究"（项目批准号：10JYA751011）成果。

叙写中国共产党如何逼蒋抗日，积极促成抗日民族统一战线的建立，八路军、新四军及其他中国共产党领导的武装如何在华北敌后战场，华东、华南游击区及东北等建立的抗日功勋，同时突出蒋介石及其国民党顽固派反共、溶共、限共、防共的媚日行径。即便是1978年之后一段时期出版的中国现代史著作在论述抗日战争时仍然秉持的是“文革”时期的革命史观，即过分突出民族解放战争中的阶级矛盾，对国共军队在抗战中的历史作用仍采取的是扬共抑国的态度。笔者随机抽阅了由北京师范大学历史系中国现代史教研室编、北京师范大学出版社于1983年出版的《中国现代史（下册）》。这部历史教科书“第四编”的总标题是“抗日战争国民党政权走向腐朽和人民力量的壮大”，在标题所提示的写作主旨下，该编内容呈现了如下两大特点：一是强调国民党的消极抗战、积极反共和共产党的团结进步、反对投降、积极抗战。对蒋介石在抗战时期所采取的各项方针基本持否定态度，如1939年3月，蒋介石自任会长的国防最高委员会精神总动员会公布了《国民精神总动员纲领》《国民公约及誓词》《精神总动员实施办法》等，该教科书认为“《纲领》吹嘘国民精神总动员是‘抗战制胜之主要条件’和‘救国建国之最新武器’，实际上是打着‘抗战制胜’‘救国建国’的旗号，进行法西斯主义的宣传”，并进而断定“蒋介石国民党大张旗鼓地推行这一运动，是有它的政治目的的。这次运动虽然打着为战胜敌国而改造国民精神的旗号，但主要是要人民对大地主大资产阶级专政的国家‘尽至忠’‘行大孝’，维护‘军政军令及行政系统之统一’，对所谓‘纷歧错杂之思想’一概‘摈绝’。它的反共反人民的性质是十分明显的”；①二是对国共两军在抗日战场上的表现有截然不同的看法，对八路军、新四军的抗战功绩一一罗列，甚至认为“共产党领导的抗日力量，成为坚持抗战争取胜利的主要力量，解放区战场成为抗日的主要战场”。② 而对担负正面战场和大部分国土御敌任务的国民党军队则主要突出他们的溃败和投降，对国民政府组织的诸多大的会战和战役及一些国民党爱国官兵的英勇抗敌事迹基本不提，却强调“在日寇进攻面前，有的国民党军队进行了抵抗，但多数国民党军队见敌即溃，多数国民党官吏弃职而逃，根本不管人民的死活。国民党的片面抗战路线使国民党战场

---

① 北京师范大学历史系中国现代史教研室编：《中国现代史（下册）》，北京师范大学出版社，1983年，第80页。

② 同①，第72页。

遭受巨大的损失”。[①] 在这样片面的政治史观和国共对立的时代背景下，1978 年之前祖国大陆出版的抗日文学作品无不以歌颂八路军、新四军的抗日壮举为己任，极少出现国民党军队抗战的踪影。

在文学创作上，中华人民共和国成立初期，人们耳熟能详的“十七年”抗日小说，如《苦菜花》《铁道游击队》《敌后武工队》《烈火金刚》《大江风雷》《战斗的青春》等无不遵循了大致相同的叙事模式：共产党的地方或军队干部在八路军或新四军的支持配合下，在局部农村地区发动群众建立抗日民主政权和抗日武装，其间，通常会遭到国民党反动势力和地主豪绅的破坏，这些反动分子或本身就是投降日寇的铁杆汉奸，或是脚踩两三只船、见风使舵的“墙头草”。如《风云初记》便是通过子午镇的大地主田大瞎子的儿子田耀武形象的刻画来折射抗战时期冀中地区国共军队摩擦的历史。田耀武的背后是河北民军总指挥张荫梧。作为张荫梧的特使，田耀武回到子午镇，表面上是和八路军谈判合作抗日的事，实际上是奉张荫梧的旨意挖八路军的墙脚，配合日军消灭八路军。类似田耀武这样的角色在“十七年”抗日小说中比比皆是，像《苦菜花》中的王阑芝、《烈火金刚》中的何志武、《野火春风斗古城》中的范大昌等皆为田耀武同类。这些人物身上镂刻着固有的印记：地主家庭出身、国民党特务或汉奸、铁杆反共分子。文学作品通过这些人物演绎了固有的历史观念：国民党是不抗日的，是配合日本侵略者消灭共产党的，抗战胜利的决定力量在于共产党。《铁道游击队》甚至在一些章节中直接描写了铁道游击队和国民党“顽军”的激战。“顽军”和日军一样到处寻找铁道游击队的踪影，每到一地便大肆搜捕铁道游击队的家属，企图消灭铁道游击队。铁道游击队在八路军主力部队的协助下，整营整团地消灭了国民党“顽军”。这些抗战小说中诸如此类的文学叙事在当时的历史视角中不但被视为理所当然，而且深刻地影响了祖国大陆青少年读者对于抗战历史的客观认知。

1979 年元旦，全国人大常委会发表《告台湾同胞书》，提出结束海峡两岸军事对峙状态及扩大两岸交流、实现祖国和平统一等主张，国防部部长徐向前发表了关于停止自 1958 年开始对大金门、小金门、大担、二担等岛屿炮击的声明。从这时起，祖国大陆改以“和平统一”代替过去“解放台湾”的口号。与此同时，祖国大陆文学发展进入“新时期”，人们彻底反

① 北京师范大学历史系中国现代史教研室编：《中国现代史（下册）》，北京师范大学出版社，1983 年，第 55 页。

思了“文革”及“十七年”文学创作的“假、大、空”等状态。解放了的思想和宽松的文学创作环境终于为人们提供了重新评价蒋介石的抗战历史地位及国民党军队的抗战历史功绩的机会。一时间，小说作品和影视屏幕上不时晃动着蒋介石等国民党人的身影，这股“国军抗战”的文学创作热潮近30多年从未消退过。尤其是进入21世纪以后，与台湾“台独”气焰俱涨的是祖国大陆对国民党抗战历史地位的充分肯定。2005年4月，国共两党领导人在北京实现第三次“握手”，此后，祖国大陆全力推进两岸经贸文化交流，借以逐步实现两岸的政治和解。近两年，中日围绕钓鱼岛的争端逐步升级和南海局势的变化，使得两岸中国人在捍卫祖国领土上有了更多共同的利益。于是，在祖国大陆，反映国共合作抗日题材的小说与影视创作热度堪称空前。

祖国大陆对抗战历史的认知虽然走过了一条由偏颇到客观的路程，但基于全社会对抗日历史始终如一、高度一致的肯定，因此，这条认知之路总体上线索分明。相对而言，台湾对于抗日历史的认知就显得路程曲折、变化多端。在20世纪80年代“解严”之前，由于国民党官方意识形态的绝对主导，台湾社会对于14年抗战和台湾被日本殖民统治50年的历史认知遵循的是国民党的正统历史观。1949年后，国民党虽然丧失了在祖国大陆的统治权，但仍然以“正统”自居，其自信很大程度上来自于14年抗战的胜利，加之抗战“盟友”美国在战后很长一段时间给予蒋介石政治经济上的全力支持，使蒋介石有恃无恐始终抱着“反攻大陆”的梦想。为了实现这一梦想，蒋介石做了许多军事上的准备，为此，甚至冒天下之大不韪把昔日的敌人奉为上宾，日本战犯、原日本侵华派遣军总司令冈村宁次就受蒋介石之托在20世纪五六十年代初组织了一支几乎全部由曾参与侵华的前日军军官组成的“白团”秘密前往台湾帮助蒋介石训练国民党军队。1961年6月，冈村宁次还曾秘密访问台湾，视察“白团”，受到蒋介石“隆重欢迎”。[①] 可见，为了反共，蒋介石竟置民族大义于脑后，将昔日的战友视为今日的大敌，而把昔日的大敌奉为今日的座上宾。1971年，台湾在联合国的席位被驱逐。1979年，台湾“友邦”美国更弃之而去，转而与祖国大陆建交，国民党才真正成了明日黄花，“反攻大陆”也成了一枕黄粱。

战后前二三十年，由于“反共”始终是国民党的头等大事，台湾社会

① 参见刘庭华：《中国抗日战争论纲1931—1945》，军事科学出版社，2005年。

对于抗战历史的记忆也变成重在思考共产党为何能利用抗战扩张“坐大”。因此，其时的抗日题材小说常常写成了以反共为主、以抗日为背景的作品，如穆中南的《大动乱》、王蓝的《蓝与黑》《长夜》、司马中原的《狼烟》等小说均如出一辙。如《大动乱》(1952 年 6 月《文坛》第 2 期起连载，台北中国文坛出版社，1954 年 1 月出版）描写了抗战时期活跃在胶东地区的八路军第七纵队五支队与由伪军反正的国民党军于学忠部第十二师（师长赵保元）争夺地盘，发生激烈摩擦。小说对于国共两军正面冲突的描写并不多，而是通过塑造若干共产党人的形象来折射国共之间的恩怨情仇。首先给人鲜明印象的是赵漪萍，这个共产党女干部的出场是十分神秘的，她从北平来到林村，以小学教师的身份为掩护开展地下工作，又以林村首望之家举人林文盛的长子伯仁的恋人的身份住在林家。与 50 年代台湾许多反共小说所描写的共产党女干部的不雅形象不同，穆中南笔下的这位胶东地区共产党的最高领导人，不仅端庄秀丽，而且十分善解人意，对于发动群众，建立地方政权，指挥抗敌斗争不遗余力，深得民心。小说中的其他共产党干部只要有名有姓的均不令人反感，尤其是大地主林文盛家的三少爷季仁加入共产党游击队后，表现积极，成长迅速。只是作者为了表达反共立场，小说末尾让这个人物在北平从事地下工作时背叛共产党，投身国民党。总之，从这篇小说的总体构思看，其中的反共内容是主体，抗日成为背景。作者要思考的是共产党为何能利用抗战不断发展壮大，原来他们靠的是善于发动群众，依靠群众，耐心做群众工作。作者甚至借小说人物仲仁之口对共产党的抗日动机提出质疑：“……中国人民是决心要抗日的，可是中国人在今天不需要战争，而需要战争的是另一批人，是因为政府安内政策势将灭亡走投无路的人；他们希望中国和日本打起来，好允许他们的存在和生长，所以用尽了各种方法和手段来挑拨……”被誉为台湾“四大抗日小说”之一的王蓝的《蓝与黑》更是不遗余力地诬蔑共产党人是如何利用学生运动“破坏抗战”；在战场上，八路军又是如何打国民党军队的黑枪；共产党领导人如何借抗日统一战线之名行壮大党派武装之实。《蓝与黑》之“蓝”和“黑”很明显分别喻指的是国民党和共产党，因此，与其说它是抗日小说，不如说是彻头彻尾的反共作品。

但不管怎样反共，威权时代的台湾社会没有谁胆敢挑战“一个中国”的底线，当然这个中国是所谓的“中华民国”。对于日本殖民统治台湾的 50 年历史，也没有人敢随意赞美，而且国民党政权还通过体制内的文化策略、文学主张等极力培养中华传统文化思想，以消除日本殖民思想的遗毒。蒋介石一方面倡导“战斗文艺”——“战斗的时代，带给文艺以战斗的任务”，[①]另一方面也要求作家朝着“优美”“纯真”方向努力。国民党“宣传部长”张道藩也呼吁作家们除了“运用慧心，不迷不惑”，“努力创作新形式与新艺术”外，更要“努力学习已有的文艺杰作的艺术，向中国传统文艺多学习；向欧美各民主国家当代的文艺杰作多学习；向一切民间的文艺作品多学习”。[②] 蒋介石反思国民党在祖国大陆的失败，认为其中一个重要原因是只重军事，忽视文艺，因此痛定思痛，退守台湾后开始大力倡导“战斗文艺”，意欲发挥文艺的战斗作用，服务“反共抗俄”的政治目的。祖国大陆学者认为：“认同国民党的意识形态，其小说背景、环境、情节、人物经历等会有国共对峙中国民党意识形态的影响，也包含有对共产主义的恐惧、对大陆新中国现实的误解等，这些都损害了小说本身的表现。同时，对艺术性的看重又是当时台湾小说界的一种共识……这使得作家一旦进入创作，艺术因素的活跃仍会使一些无法摆脱国民党意识形态影响的小说留有相当的艺术空间。加上抗日一类题材即便写到国共的对峙，其民族共同性终究更为重要。因此，一些有着‘反共文学’‘战斗文艺’创作‘背景’的小说，依然会引起日后文学史的关注。”[③]应当承认，对于小说艺术性的重视，使得20世纪五六十年代的台湾抗日小说的艺术水平相比祖国大陆同时期的同题材小说更高一些。

战后70年来，由于祖国大陆对抗战文学创作的一贯重视极大地带动了相关文学研究的繁荣，研究成果极其丰硕，集中体现在如下四个方面：一是对抗战文学史料的整理和挖掘。各类抗战文艺史料如黄万华的《史述和史论：战时中国文学研究》，张泉主编的《抗日战争时期沦陷区史料与研究》，靳明泉、宋嘉扬主编的《重庆抗战文学理论》及武汉、桂林、永安等战时各地抗战文学史料约数十种相继整理出版。二是对半个多世纪以来抗战文学创作的历史总结，如蓝海的《中国抗战文艺史》，房福贤的《中国抗日战争小说史论》，许怀中的《中国解放区文学史》，徐乃翔、黄万华的《中国抗战时期沦陷区文学史》，屈毓秀、石绍勋、尤敏、郑波光、郭文瑞的《山西抗战文学史》等。三是对抗战文学的专题研究，包括对台湾抗日

① 李牧：《新文学运动历程中的关键时代》，《文讯月刊》，1984年第9期。

② 张道藩：《论当前自由中国文艺发展的方向》，《文艺创作月刊》（台北），1953年第1期。

③ 黄万华：《战后台湾小说：多元典律空间的艰难拓展》，《战后二十年中国文学研究》，人民文学出版社，2008年，第114－115页。

文学的研究，如房福贤的《新时期中日战争小说论》及笔者的相关研究论文，苏文光主编的《1937年—1945年中国文学爱国主义母题研究》，王寰鹏的《左翼至抗战：文学英雄叙事的当代阐释》，四川省社会科学院文学所编的《抗战文艺研究》等。四是部分文学史著中有关抗战文学的论述，如朱德发主编的《现代中国文学英雄叙事论稿》，张全之的《火与歌——中国现代文学、文人与战争》，张泉的《抗战时期的华北文学》及刘登翰、朱双一、古远清、古继堂、黄万华、杨匡汉、计璧瑞等专家学者的多部台湾文学史或两岸文学比较史著作中的相关章节。

战后前二三十年，台湾对于抗日文学研究的重视并不亚于祖国大陆，尤其是对日据时期台湾抗日作家的研究历来是学界研究的重点，赖和、杨逵、吴浊流、吕赫若、钟理和等人的抗日小说在台湾文学史中具有重要地位，主要研究成果见吕正惠、施淑、许俊雅、彭瑞金、褚昱志、林明德、钟美芳、黄武忠、陈玉珍、柳书琴、皮述民等台湾学者的相关研究。

此外，两岸有关学术团体或期刊近20多年来曾先后举办过多次有关抗战文学的专题研讨会或出版了专题研究论文，如2005年为纪念抗战胜利60周年，祖国大陆召开了多场专题学术研讨会，其中"东亚现代文学中的战争与历史记忆国际学术研讨会"就涌现出了不少重要研究成果。台湾"中研院"近代史研究所1985年举办的"抗战史研讨会"，"抗日文学"是重要议题之一；1987年《文讯》月刊杂志社举办了"抗战文学的研讨会"，涉及抗战时期祖国大陆、香港地区及新马等地的抗日文学活动、文艺政策及创作实绩等广泛议题；20世纪80年代台湾的若干重要杂志还组织出版了有关抗战文学的研究专号，如1983年《现代文学》的"抗战文学研究"专号，1984年《文讯》月刊的"抗战文学口述历史"专辑等；为纪念抗战胜利50周年，1995年，台湾许多报纸杂志的副刊还纷纷推出了纪念专辑，如《人间》副刊的"全民抗战50周年纪念专辑"，《中国时报》副刊的"那一年中国醒了"，《中华》副刊的"我从抗战来"，《台湾日报》的"抗战与我"等。此外，《文讯》杂志社为配合其"抗战文学研讨会"还出版了三本有关书籍：《抗战时期文学史料》《抗战文学概说》《抗战时期文学回忆录》；明辉出版社出版了由谢嘉珍主编的《抗战文选》八本。至于祖国大陆文学期刊和学术期刊的抗战文学研究论文更是不可胜数，此处不一一列述。

20世纪七八十年代，西方现代主义思潮大规模涌入台湾地区，美国等西方国家的民主价值观深刻影响了台湾社会，岛内人心思变。随着蒋家父子两代国民党集权统治的代表性人物先后去世,国民党威权统治岌岌可危。20世纪80年代末,台湾本土势力的代表性人物李登辉执掌国民党政权后,强力推动提升"本省人"权利和地位的"本土化"政策,本省政治精英逐渐掌握了政治、经济资源,"台湾本土意识"成为分离主义运动的助力。同时,借由对"二二八事件"的清算,台湾社会出现了严重的族群分裂,国民党政权被本土人士视为与日本殖民统治一样的"外来"殖民者。民进党人陈水扁担任台湾地区领导人后更是极力"去中国化",台湾社会的历史记忆出现了严重混乱,其中不乏赞美昔日日本殖民统治的论调,认为"日本统治有功于台湾。日本将台湾建设成为一个东南亚数一数二的地区。日本在台湾实行地方选举,让台湾人初尝自治之味,台湾生活水准急速提高。日本并没有把台湾归还中国,台湾地位未定。台湾光复使台湾倒退30年~40年",等等。① 于是,在台湾文学界,六七十年代抗日文学的旗帜人物钟肇政、李乔等纷纷变脸为"台独"性质的"本土文学"的急先锋。钟肇政早期《浊流三部曲》《台湾人三部曲》中多为抗日志士的陆家子弟到了反映"二二八事件"的小说《怒涛》(1992)中则成为反抗"叫阿山的卑劣外来者"的勇士。小说中曾经作为志愿役当过日本帝国陆军二等兵的陆志駺当听说台北发生血腥镇压事件时,兴奋地穿上珍藏的日本军服,仿佛昔日"出征"的感觉,带领所谓"台湾军"冲锋陷阵,为"台独"理想而战。"到了大屠杀事件发生,台民用以反抗中国殖民主的日本符号,就不限于'日本精神'一辞,举凡激励士气的军歌,是日本军歌,为区别台、中部队的制服,用的是日本军服。"②《怒涛》在赞美"日本精神"的同时,还沿袭殖民时代日本对于中国人的蔑视,称中国人为"支那人",是"比台湾人不知要低多少级"的"猪"。小说中,钟肇政通过陆志駺与陆志钧的对话,"尝试把台湾文化属性定位在优于中国文化属性之上,以此来破解国民党官方版的'我们都是中华民族'这样的国族论述。……九〇年代的文化工程让它提前在四〇年代发生,如此是想改变笼罩多年官方版的集体记忆,无如历史也因此改写了"。③ 小说中,曾经当过关东军嘱托(一种军中文职人员)的陆志钧认为台湾人和大陆人系出同源,陆志駺不赞同,于是两人有了如下对话:

① 陈孔立:《台湾社会的历史记忆与群体认同》,《台湾研究集刊》,2011年第5期,第1-10页。

② 卢建荣:《台湾后殖民国族认同1950—2000》,台湾麦田出版社,2003年,第187页。

③ 同②,第193页。

"……到目前为止,我们彻底地明白了我们和他们,就是番薯和支那人啦,是完全不同。文化不同,就是民度的差异吧,这就是造成冲突的原因。番薯和支那人命中注定要冲突的。有人说过,番薯中了凶签,一点也没错。番薯要沉沦下去了。这也是命运吧。"

"可是,原本是同一个民族的,同样是汉民族,怎么会变成这个样子呢?"

"同一个民族也会变。尤其如今支那人,只懂得把番薯当一块肥肉。他们彻底变成贪婪、虚伪、卑劣、丑恶的人种了。成了跟我们完全不同的人种,不是吗?"

努力割裂台湾和祖国大陆的血缘、文化、历史、民族关系,这是晚年钟肇政不遗余力的工作,李乔、叶石涛等曾经的中国文化文学捍卫者到了李登辉、陈水扁当政的年代全都与钟肇政一样成了台独文学的积极鼓吹者和践行者。

如果说,钟肇政等老一辈作家和李乔等"中生代"作家由于曾经经历过"二二八事件"的白色恐怖而对国民党政权产生了情感上的排斥,那么,战后出生的"新生代"的台湾文学论者在20世纪90年代以后刻意掀起一股为"皇民化文学"辩解乃至翻案的潮流就令人不解了。他们鼓吹"设身处地",以"爱与同情"去重新解读"皇民化"作品,对此,台湾作家、学者陈映真、曾健民、吕正惠、刘孝春等进行了驳斥。吕正惠指出:"在我看来,这种台湾文学论者最可议之处在于:他们以他们现在对中国的排斥态度来衡量日治末期的台湾文化人。事实上,从历史的处境来看,当年那些努力拒绝跟日本合作的作家,才是最具有自主性的。我们不能因为这些作家亲中国(这在当时是很自然的),就抹杀了他们的抗日态度(我知道我们有些年轻的台湾文学论者是不大喜欢用'抗日'这一名词的);同样的,我们也不能因为亲日的皇民作家没有(或不太有)中国意识,就反而同情他,而不愿意去批判他们当年的亲日行为。"①

世纪之交,台湾社会对于抗日历史的认知可以说是全面倒退,由于本土势力的日渐强势,加之政党轮替,2000年5月至2008年4月国民党丢掉了执政权,台湾文坛几被"本土文学"论者独霸。在媚日反中的喧嚣声

---

① 吕正惠:《台湾文学与中国文学——台湾文学"主体性"平议》,《战后台湾文学经验》,生活·读书·新知三联书店,2010年,第380-381页。

中,无论是反映日本殖民统治台湾历史的“抗日”文学,还是表现国民党人在祖国大陆奋战14年的抗战文学,都已销声匿迹。“在‘去中国化’历史教育下的台湾年轻人对中国近现代史的看法已经改变,抗日战争与他们已经没有关系。2012年一项重要的民意问卷调查显示,在被问到对日本在南京大屠杀30万人的感想时,台年轻的受访者(30岁以下)当中,只有33.33%表示‘很生气,是我们中华民族悲惨的经验’,而有11.11%表示‘日本人很坏,但这件事和台湾没什么关系’,50%表示‘战争本来就是这样,不必大惊小怪’。这个民调结果一定与大陆的年轻人有天壤之别。”[①]台湾少数青年学生甚至在2015年的“反课纲微调”闹剧中,公然漠视社会公理和人类良知,给“二战”中台湾“慰安妇”贴上“自愿”标签,并视日据为“日治”、日本战败为“终战”。台湾的年轻一代对抗日历史的认知已经混乱和淡漠到如此程度,那么,曾经把抗日引以为豪的国民党又怎样呢?今日的中国国民党为守住在台湾的执政权,一切唯选举是瞻,凡有可能影响选票的话题,都不会轻易去触碰。民进党人更不愿轻易改弦更张,因此,抗日文学在台湾未来的命运就更加堪忧了。

(作者单位:《福建师范大学学报》编辑部)

① 《台专家:大陆肯定国民党抗战　台湾却已不愿多谈》,人民网,2015年2月3日。

昨天并未远去

——《台港文学选刊》纪念抗战胜利50、60、70周年专号(专辑)之回顾

杨际岚

一

面对《台港文学选刊》之《昨天——纪念抗战胜利台湾光复60周年作品专号》(以下简称《昨天》),虽然编辑出版这一专号已过去了整整10年,今日读来,依然心潮汹涌,许久难以平复。

甲午之战,清大败求和,签订《马关条约》,将台湾地区之主权永久让于日本,简言之,“割台”。“割的何止是一块碎肉地,还包括扎根于这土地上、有血有肉的二百五十多万名百姓。任何人若是这二百五十万分之一,便能想象乍闻晴天霹雳所生的那份惊恐,将这惊恐乘以二百五十万倍,即能体会当年台民悲愤至极、无天可吁、无主可依之悲景。”

“既言割,就政治层次及家国意涵而言,台湾成为弃儿,任何一个意识清楚的弃儿不管被卖入豪门还是贱户,他首先必为自己的尊严与自主权遭到践踏而起身反抗。因为弃儿也有弃儿的骨气啊!”

简媜的长篇纪实文学作品《朝露》,正如其副题“献给一八九五年抗日英魂”,返回历史现场,再现当年一幕幕惊心动魄的场景。作品从1993年参加台湾《联合报》组织的“原乡行”活动,在漳州毫不提防地遇见“简大狮蒙难处”石碑起笔,终篇于简大狮蒙难:

> 执刑时正是清晨日出时分,当简大狮气绝倒下,初春的朝露

纷纷然坠落，以滋润一名三十二岁血性男子之——

死不瞑目。

这血性，这骨气，荡气回肠。

《昨天》分为三个部分：

（一）记录：国族之痛

《朝露》（简媜）

《屠城》（张纯如）

《海峡两岸的呐喊》（钟兆云）

（二）叙写：生民之哀

《送报夫》（杨逵）

《先生妈》（吴浊流）

《秋信》（朱点人）

《红萝卜》（林越峰）

《糜城之丧》（宋泽莱）

（三）诉说：时世之愤

《反抗的姿势——台湾日据时代诗人作品选》（巫永福等）

《红头绳》（王鼎钧）

《我的战争经验》（郑清文）

作者中只有张纯如是旅美华人作家，钟兆云是祖国大陆作家。《昨天》选载张纯如长篇纪实文学作品《南京大屠杀》部分章节；钟兆云纪实文学作品《海峡两岸的呐喊》则叙写了厦门民众与台湾同胞同仇敌忾展开地下抗日斗争活动的业绩。二文与本期专号大多数台湾作家作品形成一个有机整体。

1995 年，《台港文学选刊》也曾编辑出版《抗战胜利纪念专号》，“献给世界反法西斯战争、中国人民抗日战争胜利 50 周年”。该专号主体部分为文学作品：

“烟尘长望”：《一千个春天（节选）》（陈香梅）

“台湾小说潮”：《猎女犯》（陈千武）

“叶叶心心”：《生命写史血写诗——抗战题材散文六题：记得当年在重庆》（叶蝉贞）、《黄沙河的恶梦》（张漱菡）、《大汉天声永传唱》（钟丽珠）、《苦涩的八年》（郭晋秀）、《老蜡梅》（姚宜瑛）、《龙飞高原》（曾焰）

“诗路花雨”：《世纪之歌——台湾日据时代诗选：南国哀歌》（赖和）、《祖国》（巫永福）、《尼姑》（水荫萍）、《诗人》（王有渊）、《飘流旷野的人们》(吴坤煌)、《疾驰的别墅》(吴新荣)、《空白》(吴瀛涛)、《魔掌》(徐涛吉)、《世纪之歌》(郭水潭)、《卖不掉的诗》(杨云萍)、《黑潮集(选)》(杨华)、《春色》(陈千武)

此外,还有杂感《南京大屠杀》(苏雪林)和《由日本修改教科书而想起的》(赵淑侠),新闻报道和档案资料《飞虎加入重挫日军》《日军慰安妇内幕》《日本曾研发原子弹》《日本又向史实挑战》。

2015年是中国人民抗日战争、世界反法西斯战争胜利70周年,又是一个非同寻常的历史节点。《台港文学选刊》推出特别策划《困难风云——纪念抗战胜利70周年作品专辑》:

《九一八事变》(司马桑敦)

《抗日女特工郑苹如》(孙孟英)

《飞虎英雄王光复》(王光复口述)

《常德守城战亲历记》(李凤林口述)

《九一八遗事二则》(亮轩)

在专辑之外,尚刊发影评《一切从张纯如说起——兼论陆川的〈南京、南京〉》和翻译作品《吉川宏明与林宝美的故事》。实际上,也相互有机呼应。

二

出版纪念专号(专辑)的编辑意图,在这三期的"卷首语"或"编者的话"之中,已经有所体现。

1995年第7期纪念专号"卷首语":

> 像南京大屠杀这种血淋淋的惨剧,我们中国人是永远不能忘记的。中国人一日存在,日本人这项罪便一日铭刻在人类罪恶史上,强抵硬赖是无济于事的。
>
> ——苏雪林

2005年第8期纪念专号"卷首语":

> 勿忘昨天
>
> ——写在卷首
>
> 一八九五年中日战争中清朝战败,在《马关条约》中将台湾屈辱地割让给日本。然而,英雄的台湾人民绝不屈服。除了组

建短暂的抗日临时政权“台湾民主国”外，一直到一九一五年，台湾人民以简陋的枪戟刀竿面对日帝最现代化的枪炮，从事反占领的激烈斗争，长达二十年之久！

从二十年代开始，台湾人民改变了反帝抗倭的策略，掀起了以文化启蒙及社会和政治斗争为主要内容的“非武装抗日”运动，从各自的战线上开展台湾的民族民主斗争。

一九三一年，日本侵攻我国东北，并于翌年成立伪“满州国”，从而加强了对殖民地台湾的政治钳制、经济压榨与文化渗透。台湾人民的抵抗从未终结。三十年代开始，抗日的战线转移到台湾文学界。到了战争末期的一九四三年，以杨逵为首的台湾作家，在艰困的环境下，犹就“皇民文学”问题，就台湾新文学坚持批判现实主义问题，勇敢地与殖民文化势力进行尖锐的理论斗争。

一九四五年抗战胜利，台湾光复。一九四七年爆发二月民变。在三月大屠杀后的第八个月，台湾作家、评论家和旅台进步文化人，以当时《台湾新生报》“桥”副刊为阵地，开展为期一年许的“重建台湾新文学”的论议，皆异口同声强调“台湾和台湾文学是中国和中国文学不可分的一部分”，并且系统地介绍了三十年代以降的“无产阶级文学”“大众文学”等左翼文论。此后不久便遭致当局镇压，从而开始了台湾漫长的“白色恐怖”。七十年代末，八十年代初，台湾政治环境急剧变化，台湾思潮泛起，一些作家转向。面对“去中国化”的浊流，继承台湾新文学史中绵长坚定的爱国主义传统并未中绝，中华文化的生命力依然强盛。

在风云激荡的今天，《台港文学选刊》推出“昨天——纪念抗战胜利台湾光复60周年作品专号”作为一种见证和记录，自有其历史意义和现实意义。

二〇〇五年七月十日

2015年第8期纪念专号“编者的话”（第一部分）：

70年前的今天，广袤的中国大地被日本侵华的战火蹂躏，自此8年间，“生命/分分秒秒/站立刺刀的顶端”（台湾林耀德诗语），四万万中华同胞堕入一场空前的浩劫，民族危亡之际有过彷徨,有过幻想,也有过畏惧和退缩,然而侵略者的铁蹄和国人的血性,最终促使不甘做亡国奴的军民奋起反抗。至今,战争留下的惨痛记忆以及战后的历史残痕让海峡两岸人民对于日本侵华或日据的时期仍不能不心存悲怆的情结。"可怕的共同记忆必然唤醒我们,去争取和希望能开创一个没有战争时代的一切。"([法]阿尔贝特·史怀泽)然而,人类是否能听从历史事实和理性的引导?"建立战后新关系时,在不考虑历史事实,也不追求其客观和公正解决的地方,就仍然保留着导致未来战争的火药,它不能保证持久和平。"(同前)因此,两岸中国人都不可忘记历史。对于国难的硝烟、战争的风云,有必要从那些珍贵的历史记载中去回味,去反思,去获得警策。就请一读本期纪实作品"特别策划"——《国难风云》。(注:系"嵩松"文)

上述,《勿忘昨天》系特邀台湾著名作家陈映真撰写。原文较长,论及问题更多些,征得本人同意,做了相应技术性处理,该文集中阐述台湾民众抗日斗争的艰苦历程和不屈精神。

"去中国化"的浊流,从日本殖民当局到台岛某些分裂势力,其来有之。从教育入手,切断与母体的脐带,故伎重演,如出一辙。曾有论者撰文,以日据时期台湾初等教育课程与教科书为中心,剖析日本殖民者秉持的教育方针同样以同化政策为主轴,是其在台殖民统治的重要组成部分。该文具体分析了课程设置与教科书编撰的几个突出特点:指导思想以所谓大日本帝国"肇国精神"为核心;课程和教科书以日语普及和技能训练为主,为殖民地训练既能够创造剩余价值但又不危及其统治的低能劳动者;努力切断台湾与祖国大陆的联系,致力于消除台湾民众的中华文化传统。文章一针见血地揭示症结之所在:"日据时期殖民当局的教育政策乃是要求台湾人向日本及日本文化的单向、无条件同化,以制造出一批没有政治权利且具备若干文化程度的殖民地顺民。"[①]"像不知回归迷路的孩子/固陋的心遗忘了一切/遗忘了自己的精神习俗和伦理/遗忘了传统表达的语言/鸟已不能歌唱了/什么也不能歌唱了/被太阳烧焦了舌尖",巫永福的《遗忘语言的鸟》,犹如殖民者"皇民化"图谋的缩影。

① 陈小冲:《日据时期台湾初等教育课程与教科书析论》,《台湾研究集刊》,2015年第4期,第65-72页。

三

战争是人类极端的苦难，日本侵华战争又是苦难的一种极致。在这场大浩劫中，生灵涂炭，哀鸿遍野。南京大屠杀正是一场惨绝人寰的悲剧。2005 年第 8 期纪念专号《昨天》选发张纯如长篇纪实文学作品《南京大屠杀》第四章《屠城六周纪实》，专号中改题为《屠城》。2015 年第 8 期影评《一切从张纯如说起》，介绍了张纯如人生历程及《南京大屠杀》创作始末，耐人寻味。其始，南京大屠杀这一历史事件，以往“西方世界一般人都不熟悉”，“想不到改变这个情况的是华裔女郎张纯如”。1994 年，美国加州“世界抗日战争史实维护会”在一个小镇举行纪念南京大屠杀活动，张纯如到场参加，极为震撼。此后，她开始寻访大量资料，包括日记、书信、拉贝文献资料、当时拍摄的现场电影纪录、一些美国友好人士收集的历史照片、1000 多页与东京审判有关的战犯资料。1995 年和 1997 年，她两度前往北京、上海、杭州和南京继续调查寻访。1997 年 12 月，终于写成《南京大屠杀——被遗忘的二次大战浩劫》并出版。其终，“张纯如全身投入发掘历史真相，一直活在南京大屠杀的氛围里”。她难以自拔，极度紧张，长期受到精神煎熬，头发不停脱落，终于在 2004 年 11 月 9 日自杀身亡，年仅 36 岁。

2015 年 10 月 10 日，祖国大陆申遗成功，《南京大屠杀档案》列入联合国教科文组织《世界记忆名录》。从张纯如以生命为代价为“南京大屠杀”留下历史见证，到《南京大屠杀档案》申遗成功，这一曲折历程，给予人们严峻而深刻的启示：拒绝遗忘，留住记忆，何等艰难，又何等重要！

《常德守城战亲历记》，口述者李凤林，抗战时担任炮兵团副官，在 1943 年常德会战中随炮团投入激战。残酷的巷战开始后，为了不使武器落入敌手，炮团团长命令将八门大炮集中起来炸掉。这时，大家都哭了，团长也哭了。《亲历记》有一段惊心动魄的描写：“导火线哧哧地响起来，我万万没有想到，有几个老兵竟然迅速向大炮奔去。起初，我以为是去拔引线，后来只见他们扑向大炮抱住不放，待要挽救已来不及了，说时迟，那时快，轰隆一响，他们与大炮同归于尽了，炮成碎块，几位老兵也血肉横飞了，真是惨啦！”文章最后一句是：“全团官兵 500 多人只剩九人，其余的人都战死在常德了。”非亲历者，无法这么逼真、这么具体地描述当年血与火的惨烈搏杀。三期专号（专辑）中，纪实文学作品和散文作品，居多为亲历者所撰写或口述实录。其温度、质感,尤为真切。许多亲历者的传奇经历和特殊身份,也增加了作品的感染力与说服力。《一千个春天》的作者陈香梅与"飞虎队"陈纳德相识、相恋于烽火岁月。《飞虎英雄王光复》由飞虎队员王光复口述,整理而成,他的王光美胞兄的身份,更是让他的戎马生涯和人生经历蒙上一层奇异的色彩。

四

相较于《朝露》《屠城》的"大叙事",三期专号(专辑)绝大多数为纪实类作品,都算是"小叙事"了。

1995年第7期纪念专号六篇散文,《龙飞高原》描述军民抢修滇西公路的壮举,其他作品都是作者忆往纪事,年少时的记忆,点点滴滴,丝丝缕缕,揭开家事的幽微处,桩桩件件却又紧紧联结着国事,家仇与国恨已经融为一体。

亮轩的《九一八遗事二则》于细微中展开大时代的深重苦难,历久弥新。

二则之一《绝食》:

> 刚刚才知道,林老太太过世了。
>
> 不由得想起几年前到他们在美国的府邸。
>
> 那一天,9月18日,在他们府上用了一顿晚餐。
>
> 老太太没有像往常一样同席。同学只说她还不饿。
>
> 吃好了,老太太从楼上房里下来,陪着说了一会儿话。
>
> 半夜,女儿给她做了简单的夜宵。
>
> 女儿说,刚刚过了九一八,她才肯吃。
>
> "每一年的九一八,她都不吃,连水都喝得少,我们从小她就这样。"

事情说到这儿,作者往下说。"她经验了什么样的九一八啊?"他同学解释,"那天我妈没事儿"。

战事过后,回来,"我妈听到了些,也看到了些"。

听到什么,看到什么?

"一问,她就抹眼泪,一个字也说不出。"

文章接着写,同学说,每年,那一天早上,妈妈总是穿着素净的衣裳下楼，永远是那第一句话："今天是九一八。"

京戏也不听，电视连续剧也不看，过了这一天。

文章还写，"九一八"次年起，老太太以绝食一日纪念，整整81年没有忘记。而且还强调，她从来没有要求任何人跟她一起配合，只是自顾自地哀悼，安安静静的。①

引述得够多了。只是想说，这些"叙事"，重在细节描写。常见"闲笔"，实际上，"闲笔"不闲。

大时代，小叙事，同样都串联着历史背景中的事件和人物。小叙事之幽微，往往折射出大时代之沧桑。以小窥大，见微知著，其艺术感染力，甚至不逊于鸿篇巨制。

五

耐人寻味的是，尽管时光流逝，但岁月留下的课题依然非常严峻，无可回避。

1995年，《台港文学选刊》推出抗战纪念专号。当时特地选了两篇杂文：苏雪林的《南京大屠杀》，赵淑侠的《由日本修改教科书而想起的》。

赵淑侠在文中说："我是坚决不赞成文艺家为什么特殊目的服务的，但是认为文艺必不可脱离民族，事实上文艺根本是从民族的泥土里生长出来的花朵。我们的民族之耻忒多，可谓不胜枚举，为什么不发掘出来，谱成悲壮的史诗，让它长存宇宙之间！最感人的作品，总是血与泪的结晶，我们中国人的血泪经验比别人更丰富，我们该有惊天地泣鬼神的大作品出来。为什么我们该有而没有？实在值得写文章的朋友们深思。"②

评析"惊天地泣鬼神的大作品"，换言之，传世之作，毫无疑义，主要标尺是审美价值。而处于纷纭繁复的时代，任何作品都脱离不开背景的铺展、环境的叙写，任何作家都回避不了社会正义的拷问、历史取向的抉择。

文学。历史。当文学与历史相遇，它们，该做些什么？不能不让人深长思之。

（作者单位：福建省文学艺术界联合会）

① 亮轩：《绝食》，《台港文学选刊》，2015年第8期，第61－62页。

② 赵淑侠：《由日本修改教科书而想起的》，《台港文学选刊》，1995年第7期，第45－49页。

抗战胜利初期台湾与东北地区的文艺重建研究[①]

张　羽

1945年8月15日,日本宣布无条件投降。我国东北与台湾地区被连接在一起,划为"光复区",两地包孕性地囊括了近百年来关系最复杂,战争危机最深刻的种种问题。[②] 在历史发展的脉络上,两地的文坛建设面临着极为相近的政治经济环境:政治上,在短期内两地都涌入了多种国内外的政治势力,国共内战延续;经济上,殖民经济面临崩解,地方经济处于混乱状况,物价飞涨,民不聊生。文化上更呈现出前所未有的复杂情状:其一,两地同时面临着日中语言的转换,殖民时期日语世代作家难以继续写作,日据时期的文艺刊物停刊;其二,两地都延续了日据以来左、右翼思想的复杂分野,又同时涌入了大量的外省籍文化精英,他们运用"五四"以来的文化资源,举办演讲、发行报刊等,拥有一定的文化资本;其三,在文化重建过程中,两地时有交集,彼此对话,战后初期曾有大量在东北工作、学习的台湾人返乡,也有陈纪滢、孙陵、司马桑敦等文人从东北地区

① 本文为2013年度国家哲学社会科学一般项目"殖民地台湾与'满洲'文学圈考论"(13BZW137)、福建省高等学校新世纪优秀人才支持计划"百年来台湾文学的历史叙事与身份认同研究"的研究成果。

② 如国民党当局派驻的接收行政官员,在两地设立特别行政区——在台湾,设立台湾省行政长官公署,由陈仪任行政长官;在东北长春,设立军事委员会东北行辕指挥,熊式辉任东北行辕主任,蒋经国为外交部特派员。此外还包括了中国共产党、日本残留势力,以及美俄等其他势力的渗入。当时中国地区分布除光复区外,还有战时日本占领区被称为"收复区",战时国民党统治区被称为"后方区",此外还有中国共产党的根据地。参照许介霖《战后台湾史记·卷一》(台北文英堂,1998年,第44页)、徐秀慧《光复变奏——战后初期台湾文学思潮的转折期(1945—1949)》(台湾文学馆,2013年,第11-13页)。

奔赴台湾。①

目前学界对我国东北与台湾地区光复后的文学研究多做分别论述,②将二者并列进行探讨的相关研究较为少见。因国共意识形态的对立和台湾历经戒严统治,至今尚有诸多问题有待梳理。笔者认为,扩大学科与地域的参照向度,将有助于更深刻地了解光复初期两地文学在汇流中的细节动态与相互影响,进而更深刻地把握中国现当代文学的框架格局与发展脉络。

本文选取光复初期两地较为重要的文艺刊物《东北文艺》《台湾文化》做重点研究,并辅以《文化交流》《十四年》等同时期的报刊为佐证资料,讨论的议题包括光复后,两地同样面临着错综复杂的诸多文化问题,经历日本长期文化殖民统治的两地如何团结多省籍文人开展新文坛建设?两刊如何进行重归祖国后的身份认同建设?两刊各自从文化情境出发展示了怎样的光复书写及其差异表述?

---

① 台湾学者许雪姬曾查阅日本大使馆的统计数字,并结合常驻在"满洲"的台湾人的口述历史,统计得出,1895年至1945年,驻留"满洲"的台湾人约5000人,他们在1945年返回台湾后,在台湾的政治文化生活中形成了"东北帮"。在《台湾文化》的"文化动态"专栏中,有关于东北地区的文艺介绍,如第1卷第2期,曾介绍金山领导的长春制片厂实验剧团在长春演出《国家至上》《万世师表》等;在东北发刊的一些刊物中,也有不少关于台湾的书写,如牡丹江文艺协会的《文艺导报》发表了石田的《台湾颂》等文章。

② 当前学界对光复初期的台湾文学研究相对较多,例如陈映真、曾健民主编《台湾文学问题论议集:1947—1949》(台湾人间出版社,1999年)、《战后初期台湾文学与思潮论文集》(东海大学中文系编,台湾文津出版社有限公司,2005年)、曾健民《一九四五　光复新声》(INK印刻出版有限公司,2005年)、黄英哲《"去日本化""再中国化":战后台湾文化重建(1945—1947)》(台湾麦田出版社,2007年)、曾健民《台湾一九四六　动荡的曙光:二二八前的台湾》(人间出版社,2007年)、徐秀慧《战后初期(1945—1949)台湾的文化场域与文学思想》(台湾稻乡出版社,2007年)、曾健民《台湾光复史春秋:去殖民、祖国化和民主化的大合唱》(海峡学术出版社,2010年)、李文卿《共荣的想象:帝国、殖民地与大东亚文学圈1937—1945》(台湾稻乡出版社,2010年)、陈建忠《被诅咒的文学　战后初期(1945—1949)台湾文学论集》(五南出版社,2007年)、杨彦杰主编《光复初期台湾的社会与文化》(福建教育出版社,2011年)、徐秀慧《光复变奏——战后初期台湾文学思潮的转折期(1945—1949)》(台湾文学馆,2013年)等。此外,学术论文有下村作次郎《概观战后初期的台湾文艺界——1945年至1949年》(《咿呀》第24、25合并号,1989年7月)、许雪姬《台湾光复初期的语文问题——以二二八事件前后为例》(《思与言》第20卷9期,1991年12月)、朱双一《光复初期台湾社会诸种矛盾辨析》(《台湾研究集刊》2014年2月),等等。另一方面,学界对光复初期中国东北地区文学研究有张毓茂主编《二十世纪中国两岸文学史》(辽宁大学出版社,1988年)、王建中、任惜时、李春林等《东北解放区文学史》(辽宁大学出版社,1995年)、逄增玉《东北现当代文学与文化论稿》(中国社会科学出版社,2012年)、南龙瑞《日伪殖民统治与战后东北重建》(中央编译出版社,2012年)、张毓茂主编《东北现代文学史论》(沈阳出版社,1996年)等。其他研究成果有廉静《浅谈〈东北文艺〉创刊号》(《河南大学学报》2000年第3期)、宋喜坤《萧军和〈文化报〉》(东北师范大学2011年博士学位论文)、彭博《解放战争时期〈东北日报〉副刊研究》(沈阳师范大学2013年硕士学位论文)等。

一、团结多省籍文人开展新文坛建设

为何会选取《东北文艺》《台湾文化》并列为主要的分析场域？首先在于二者创刊时间接近，所面临的政治经济环境有其相似性，两刊能够分别代表光复初期两地重要的文学阵营；其次，在经历了多年的文化殖民后，两刊都立志编撰“综合文化杂志”，以文坛重建为使命，以启发民智为担当；再者，两刊在短期内集聚了大量的多省籍作者群，虽然隶属于不同政党的外围团体，但都呈现出多元的文艺生态、广泛的文艺结盟，彰显了文艺界进行文坛建设的种种努力；更为重要的是，对两刊做比对分析可以发现光复后两地文坛的努力方向和创作主潮。

（一）两刊创刊与文化实践活动

1946 年 6 月 16 日，“台湾文化协进会”在台北成立①，该协会是作为“台湾长官公署”进行文化重建工作的重要外围机构而设立。9 月 15 日，会刊《台湾文化》于台北市创刊，这是台湾光复初期影响力较大的文化月刊。主要编辑者有杨云萍、许乃昌、苏新、王白渊、陈绍馨等，至 1950 年 12 月 1 日，基本每月一期，五年里共发行 6 卷 27 期。台湾文化协进会成立后，即开始从文学、音乐、美术、历史讲座等方方面面同台湾知识社群进行通气和恳谈，切实推展台湾文化的重建工作。如 1946 年 7 月 28 日，在中山堂举行初次文学委员会恳谈会；② 8 月 9 日，召开例会讨论进行台湾历史讲座的方案；8 月 10 日，举行音乐委员会初次恳谈会；③ 8 月 23—30 日，台湾历史讲座举行，出席者讲师及学员 90 余名④ ……从其创会初期所开展的文化活动来看，文化协进会切实地进行人文知识的推广工作。

---

① 参与者有当时的市长、图书馆馆长、博物馆馆长、教育处处长、公署的参议，系当时社会层次最高、组织也最为庞大的一个文化社团，几乎网罗当时全台湾的本省、外省的文化界精英。会议选举台北市长游弥坚为理事长，吴克刚、林呈禄等四人为常务理事长，林献堂、林茂生、杨云萍、陈绍馨、王白渊、苏新等十余人为理事。

② 郭水潭、张星建、杨逵、吕赫若、张冬芳、王昶雄、王诗琅、朱石峰、苏维熊、施学习、黄得时、洪炎秋、林荆南、吴漫沙等人出席，讨论了六大问题：“1. 台湾文学现阶段的工作；2. 表现形式与言语问题；3. 民谣之搜集与创作问题；4. 文学作品之发表机关问题；5. 台湾文化问题；6. 国内文学之研究及其出版问题。”见《本会纪录》，《台湾文化》创刊号，1946 年，第 30 页。

③ 商讨的问题有：1. 当前台湾音乐教育问题；2. 台湾歌谣问题；3. 古乐问题；4. 业余大众合唱团方案。见《本会纪录》，《台湾文化》创刊号，1946 年，第 30 页。

④ 讲师团皆为当时有影响的人物，也包括一些学养深厚的日本人。包括时任编译馆编纂杨云萍、高雄县长谢东闵、高雄地方法院推事戴炎辉、台湾大学教授岩生成一、台湾大学教授富田芳郎、师范学校教授国分直一、省参议会秘书长连震东、台湾大学教授陈绍馨。

从创刊号的刊载文章中,可以看出编辑推动“综合性”文化研究的决心。如创刊号上所宣称的:“我们想用编辑‘综合文化杂志’的态度”,[①]“集合起来组织文化协进会来促进台湾文化界的先生们,分门别类的,结成团体,大家将个人所酿造的酵母,拿到共同的园地来播种,让他开美花结美果。这共同的园地,有文学的,有音乐的,有美术的,有……的,有……的,继续开拓下去,不断地让他发展”。[②] 该刊所发表的文章主题多元,包括语言文学、服饰艺术、音乐美术、戏剧戏曲、社会批判等,囊括了光复后台湾文化重建的多元议题,彰显出编辑同仁所期待的文化引导旨意。

“台湾文协”成立四个月后,我国东北地区开始积极筹备成立“中华全国文艺协会东北总分会”(简称东北文协),[③]以协助中共东北局宣传部进行光复后东北解放区的文化重建工作。10 月 19 日,在哈尔滨举行的“纪念鲁迅先生逝世十周年”大会上,由当时的全国文协成员萧军、舒群、罗烽、金人、白朗与草明六人提议,决定成立“东北文协”,并确定会刊为《东北文艺》。[④] 1946 年 12 月 1 日,在东北光复初期具有较大影响力的《东北文艺》月刊在哈尔滨市发刊,[⑤] 其“征稿简约”特别注明:“本刊为纯文艺性刊物,欢迎小说、戏剧……以及文艺运动史的论著、文学理论、各地文艺活动介绍等各种文艺作品。”[⑥] 但实际内容更为广泛。《东北文艺》的栏目分为“专论”“短论”“评介”“讲座”“史料”“小说”“报告”“通讯”“散文”“新诗”“歌曲”“戏剧”“翻译”“版画”等,几乎涵盖了所有文艺类别。

综上所述,两本刊物虽分属国共两党的外围文学团体,但因其具有广泛团结当地文化人士的实情,在一定程度上形成了宽泛的文艺结盟,具有较强的包容性。故而,由两刊观照当地的文化重建工作,有助于我们了解光复初期两地文化力量的大致图景。

---

① 杨云萍:《后记》,《台湾文化》创刊号,1946 年,第 31 页。

② 游弥坚:《文协的使命》,《台湾文化》创刊号,1946 年,第 1 页。

③ 本次会议公推金人先生为东北文协主席。经投票选举,与会者共选出萧军、华君武、罗烽、白朗、舒群、陈堤、王一丁、李则蓝、草明、罗明哲、金人、何士德、荏苏、李江、陈振球、唐景阳、铸夫等 17 人为筹备委员。继又投票选出常委罗烽(总务部长)、萧军(研究部长)、草明(出版部长)、舒群、华君武、金人、白朗、王一丁、陈堤等九人为常委。

④ 冯明:《记鲁迅十年祭和东北文协的诞生》,《东北文艺》创刊号,1946 年 12 月,第 4、5 页。负责该刊发行的东北书店是中共东北局宣传部领导的出版发行机构。该店于 1945 年 11 月 7 日在沈阳成立,该刊发行时,已由沈阳迁往“合江省佳木斯光明大街”,分店位于哈尔滨道里地段街、佳木斯中山大街(见《东北文艺》创刊号刊登的《东北书店附设读者问答处启事》第 35 页)。

⑤ 《东北文艺》版面为 16 开。笔者所见刊物为 1946 年创刊号、1947 年出刊的第 2－6 期、1948 年出刊的 7－12 期。由于所见刊物没有标明出版日期,暂无法推断终刊具体时间。

⑥ 《征稿简约》,《东北文艺》创刊号,1946 年,第 37 页。

（二）“惨胜”后两地最早体验“胜利灾”

抗战结束后，老舍最早说出了“惨胜”两个字，“即如果说这是幽默，毋宁更是沉痛。沉痛未完，内战却热腾腾热起来了”。[①] 在东北四平创刊的《十四年》发刊词中，主编张静轩这样说：“东北人民离开了祖国的怀抱，整十四年，倍受敌人的凌辱与损害，无日不渴盼祖国胜利河山光复，但光复之后，却带来不少的‘胜利灾’，这不能不使我们这三千多万的东北同胞感到失望和怀疑，这种失望和怀疑，更广泛的深刻的渗透青年的心房。”[②]那么何谓“胜利灾”呢？战争结束后，“政治的纷争演成相拼，半个中国炮火熊熊，交通恢复不了，工厂不能冒烟；生产停滞，洋货如洪水淹来，所有建设无由谈起，人民安居乐业的憧憬成了幻灭的悲哀。战时大家在心理上有吃苦的准备，有为国家而牺牲一切的决心……而今应该天下太平了，偏偏痛苦反而日见加深，……野欲横流，丑恶四溢。一面是贪污猖獗，无能暴露，经济破产，物价飞腾，教育失败，道德堕落；另一面的广大人群，对漫漫长夜，感觉痛苦、失望、颓废、垂头丧气。彷徨无主”。[③] 阿兵在《复仲弟的一封信》中说：“现实的中国社会一切都在变乱的时候，啥也没有定形，我们抗战虽抗了八年，日本帝国主义给我们‘抗’□了，然而国内的种种恶势、社会的种种病态，还丝毫没有动摇，旧的社会道德标准沦丧了，新的还没有树立起来，于是许多不明大义不顾大体的家伙还依然在哪里做升官发财的梦，拼命乘机夺取。……一旦国家政治上了轨道，社会秩序逐渐安宁，他们这般人早迟会被时代遗弃的。”[④]

同样的“胜利灾”情形也出现在台湾。光复后，国民党当局为了反共内战搜刮民脂民膏，加之不法奸商的倒卖活动，致使物价飞涨、物资匮乏，饥荒造成普通民众的生存危机。苏新以笔名丘平田发表了《农村自卫队》，借老者的话表达愤怒：“说什么防疫不防疫，跟着台湾的光复什么都光复了，一切的恶习惯，贼子光棍，法师乩童也都光复了，尤其是‘汉医’光复得特别多……不知枉送了多少生灵落地狱呢？”[⑤]揭示了光复后农村

---

① 许牙：《老舍——文坛人物杂记》，《十四年》，第1卷第3期，1946年，第7页。

② 张静轩：《发刊词》，《十四年》创刊号，1946年，第4页。《十四年》创刊于吉林省四平市，由一四杂志社发行，半月刊，综合性刊物。发行人为张静轩，印刷所为新生报印刷部。该刊常设栏目有“文艺”“莽原”“青年论坛”“青年心声”“读者评介”“科学漫画”“友声”“余兴”等。当时四平地处贯通南北的中轴，交通较为发达，很多北上的文化人在此停留。

③ 大公报社论：《我们在动乱时代》，《十四年》创刊号，1946年，第6页。

④ 阿兵：《复仲弟的一封信》，《十四年》创刊号，1946年，第31页。

⑤ 丘平田（苏新）：《农村自卫队》，《台湾文化》，第2卷第2期，1947年，第30页。

经济萧条和民众物质生活的困顿。1947 年 11 月号《台湾文化》的《编后记》写道："有许多读者，要求本志对于'无能'，对于'贪污'有所批评或是讨论；如此的忧国热情，我们是要表敬意的，不过现在可能'表敬意'而已，区区微衷，敢乞谅察。"但事隔两个月后，自言"处在这举世昏昏，多磕头，少说话的人生哲学，弥漫全国的时代"的洪炎秋发表了《谈贪污》，该文涉笔时政，议论贪腐，先是纵横捭阖地谈论了古今中外的贪污现象，然后说及"台湾行政院"颁布的检举公务人员贪污办法，作者以反讽口气指出："我觉得本省的大小官吏，原是个个廉洁的，虽然偶尔发生一二贪污的例外小案，也都是一般莠民，希图方便，加以诱惑陷害所致，罪责在民，于官无尤。"(《台湾文化》第 3 卷第 1 期)《台湾文化》因此类议论时政论文的刊载，而增强了对台湾现实的批判。主编之一杨云萍亦慨叹光复一年来的台湾状况："所谓真理的尊严，以及正义的力量，还未完全回复；鲁迅所疾恶的'正人君子'还得意登场，鲁迅所痛恨的'英雄豪杰'，还要'霍霍磨刀'，准备着第几次的大屠杀。而鲁迅所最关怀，所最挚爱的我中国民众，现在过着流离颠沛的惨无天日的生活。至于鲁迅尽其一生的血泪，所奋斗争取的政治、经济、文化的'民主'的实现，却还在远处的彼岸。"①

1947 年，台湾文化市场严重萎缩。纸荒亦严重影响了台湾的杂志图书出版业。《台湾文化》不得不缩减纸张，"在'米荒'之上又加了一'纸荒'，致使一般出版业者束手无策……本刊此期不得不减少页数而又提高定价，可是，竟能和读者见面，已是万幸了。"②苏甡在《纸荒——文化破坏的先兆》一文中写道："这一个月来，经济界的变动可说是破天荒的。……一般物价狂涨当中，最苦闷的是出版界。……印刷成本竟涨至三倍以上，即上月定价二十元的刊物，这月就不得不定六十元了，否则是不能出版的，一方面读者因被日日的生活迫得头都快要晕了，也就没有买这种'有可无亦可'的报纸杂志的余力了。"③《台湾文化》不得不减少页数和提高定价。文化市场的萧条闭塞，更让当时的知识分子精神上充满苦闷。不过，游弥坚曾乐观地指出："这种苦闷是新生的力量"，他说："从五十年的被压迫生活，忽然变为自主独立的生活，民族解放斗争的清流，也要改造向建国立业的大道进行。……一切都在变化的过程中，这就

① 杨云萍：《纪念鲁迅》，《台湾文化》，第 1 卷第 2 期，1946 年，第 1 页。

② 《编者后记》，《台湾文化》，第 2 卷第 3 期，1947 年，第 24 页。

③ 苏甡(苏新)：《纸荒——文化破坏的先兆》，《台湾文化》，第 2 卷第 3 期，1947 年，第 11 页。

是台湾文化界的苦闷和沉默的原因,同时沉默也就是苦闷的象征。"[①]

(三)两刊团结了多省籍的作家群

《台湾文化》的作者群多是当时海峡两岸较具影响力的知识分子,日据时期较有影响的知识分子如吕赫若、杨云萍、王白渊、杨守愚、刘捷、吴新荣、钟理和、黄得时等人都汇聚于此,还有光复后较为活跃的知识分子如游弥坚、李万居、苏新、洪炎秋、吕诉上、陈绍馨等人,以及祖国大陆知识分子许寿裳、台静农、雷石榆、黎烈文、许世瑛、黄荣灿、李霁野、李何林、田汉等人,还有日本学者金关丈夫、国分直一等。

《东北文艺》作者群既有东北籍的作家,也有大量从延安赴东北参与文化建设的外省籍文人,如萧军、赵树理、严文井、刘白羽、宋之的、舒群、罗烽、金人、白朗、草明、公木、华君武、塞克、李则蓝、陈堤,等等。为了在东北解放区团结更多的文艺人才,萧军提出了东北文艺运动应有走向的最重要一点是:"集中力量、建立核心","初进战场,多据阵地,这是对的。但是一旦发现自己兵力不足,就应该化整为零,放弃次要,集中力量,扼守主要据点,进行长期斗争"。[②]

尽管"胜利灾"的情绪在两地四处蔓延,但是,文化人在光复后的最初几年,都还能理性地面对。如在东北有署名"响潮"者撰文指出:"所最需要的是一面发动舆论,一面要彻底实行。不怕冲破任何人的私欲黑暗,贪污弄弊……广罗这群被迫苦闷的青年,使他要毫不忌惮的去发挥内心纯真的思想、学术,更要使其相互间团结一致……"[③]从祖国大陆赴台的黄荣灿在《新兴木刻艺术在中国》一文中详细介绍了木刻艺术,他说:"尤其最近三年来,中国木刻出版上有重大的木运价值,大家在刊物上相互联接,照应着进步……今后尤其在日统治五十年后的台湾艺术重建事业下,我们热望着,本省艺术者合作,互相研究着民族艺术发展的必要,我们在此握手,交换经验,促进台湾与内地联接起来……"[④]《东北文艺》和《台湾文化》都发出团结号召,集结了文学、音乐、美术、戏剧等各领域的人才,并重点强调文艺的社会性功用,亦可发现光复初期两本文化刊物创办的目的,并不仅仅停留在产出几个知名作家,或者几部优

---

① 游弥坚:《文协的使命》,《台湾文化》创刊号,1946年,第1页。

② 萧军:《目前东北文艺运动我见》,《东北文艺》创刊号,1946年,第1页。该文写于1946年10月25日,哈尔滨。

③ 响潮:《向一四杂志社及其有关舆论的当局进言》,《十四年》创刊号,1946年,第34页。

④ 黄荣灿:《新兴木刻艺术在中国》,《台湾文化》创刊号,1946年,第16页。

秀的作品,而是为了促进被日本殖民多年的两地尽速实现社会改革与文化改良。

二、重归祖国的身份认同建设

复杂的历史际遇使两地知识分子在身份认同上具有驳杂性。光复伊始所展开的社会文化活动,对回归祖国后两地民众的身份认同建设意义重大。《东北文艺》与《台湾文化》的编辑同仁主动承担了光复初期民众身份认同重建的舆论引导。刊物发表的主旨文章有不少都在试图解答如采取怎样的策略重建当地文坛,如何经由舆论引导进行新的身份认同建设,尝试阐述当地文化与中华文化的紧密关联,同时又要正视当地文化的特殊性等一系列问题。在此意义上,两刊彰显出殖民历史与光复现实的动态转换,民众的复杂情感与所面临的文化困境,文本阐释和特殊历史语境的呈现,体现出两刊着力在跨地域与跨领域等方面所进行的重归祖国后的身份认同建设。

(一)如何面对日本殖民文化?

围绕被日本奴化程度与民众认同变化等问题,两刊都有深入的讨论。署名"桦"者在《东北文艺》发文比较两地受日本殖民影响时说:"东北沦陷的期间,在东北人民苦痛的精神生活与物质生活上来讲,是黑暗沉长的十四年。但是,如果与日本帝国主义统治过的其它的殖民地(台湾、朝鲜等)历史来比较,还是比较短的年月。稍微熟习一点台湾人民或朝鲜人民实际生活情况的人,就会知道,他们在生活斗争上,尤其是在思想感情上,绝大多数是没有彻底屈服或者效忠于他们的统治者的。至于台湾或朝鲜人民的子弟,那里千百万的少年们、青年们的思想意识,是不是大多数都被日本帝国主义所完全奴化成功了呢?也不是的。……胡风译的短篇小说《送报夫》,也充分地显示了台湾青年的性格与面貌。说明了殖民地被压迫人民子弟的不屈不挠的反抗的精神。这是潜在的人民力量,是任何帝国主义法西斯必归崩溃的基本因素之一。"[①]在清理日本殖民文化遗留问题的过程中,我国东北和台湾地区基本呈现三种意见,其一为彻底清理奴化思想;其二为辩证接收日本在两地的殖民文化建设;其三为争取和教育曾遭受到思想奴役的普通民众。

---

① 桦:《读〈夏红秋〉》,《东北文艺》,第2卷第5期,1947年,第24页。

1947年,范政中篇小说《夏红秋——“满洲姑娘”变为“女八路”的故事》(以下简称《夏红秋》)①在《东北文艺》上连载,小说引发了广泛的讨论。主人公夏红秋12岁被选为安东省六个“优秀儿童”之一,接受日本教育,不知道自己是中国人。在面对“大东亚战争的胜利是谁赐给我们的?”“满洲帝国和大日本是什么关系?”这些问题的提问时,深受日本殖民教育影响的夏红秋的回答是:“给我们辉煌胜利的是大日本亲邦”“日本和满洲国就像父亲和儿子一样”。东北光复后,她参加了文工团,参加了革命,成为一名女八路、女战士。这部作品从名字上来看,有其贴近当时意识形态的红色叙事的一面。但值得我们注意的是,主人公夏红秋在听闻日本战败、东北光复后,曾以身为和日本友善的“满洲人”伤心难过,这与日本投降之际,也有台湾人以为自己战败而黯然神伤有着相似性。此类书写一方面展示出日本在两地所进行的殖民教育取得了成效;另一方面也展现出两地民众在面对光复时的复杂心态。《夏红秋》发表后,文化界和教育界对东北地区所受奴化教育展开了广泛的讨论。此外,罗家伦在《东北与西北》一文中指出要辩证地清理日本过去在东北经营的产业:“日本侵略东北的行为是可恨的,日本经营东北的方法,是可佩服的。我们必须恢复东北的主权……要恢复和继续日本经营的事业,需要专门人才何止万人?这些人才,何处可以得到,这是政府学术界和青年最值得反思的事。”②在如何对待旧知识分子的问题上,萧军指出:“不独要扶植新军,使这些新军成为新型的英雄主义者以至英雄,另一面也要改造‘旧部’……过去可能是为反对人民而使用的,为麻痹、堕落、奴化……在今天,如果他们能诚心诚意要为人民而使用他们的技术,这应该欢迎。”③

在台湾,如何对待日本殖民文化,也同样呈现了多种情态。有人主张全然反对日本文化,如曾任新闻处处长的林紫贵力主重建,他在《重建台湾文化》一文中指出:“现在,台湾已重归祖国,……那么,立即纠正现有的一切日化现象,和日人所遗留的一切日化思想,是刻不容缓的工作。这一个扫清日化气氛,重建祖国自由气息的事业,就是重建台湾文化的工作。我们必须在新台湾的土地上,树立起一如中华民族的优良文化根基,使台湾文化的繁荣,能够毫无二致地与内地各省并驾齐驱,这才是我们对

① 范政:《夏红秋——“满洲姑娘”变为“女八路”的故事》,《东北文艺》,第2卷第2期、第3期。

② 罗家伦:《东北与西北》,《十四年》,第1卷第3期,1946年,第10页。

③ 萧军:《目前东北文艺运动我见》,《东北文艺》创刊号,1946年,第2页。

于未来台湾文化的憧憬与希望。”[①]也有人建议要实行鲁迅的“拿来主义”：“过去日本人在台湾注重科学和工业教育，我们非但要保持，并且要加以发扬，使今后教育工作成为建设三民主义新台湾及新中国的原动力。加紧各学校之辅导与考核，过去日本人时代，对于各学校办理都非常认真，光复以来，由本国人士接收后，对日本人原有办学精神好的地方自然要加以保持，并根据现实需要随时加以改进，一切设施均须符合理想。要达到这个目的，教育处一方面当然要加以辅导，同时也要注重考核工作。”[②]

（二）如何学习鲁迅精神？

战后初期，两地都举办了多次鲁迅逝世祭的相关纪念活动，在规模和主题内容方面，在全国都是相当隆重的。

1945 年 10 月 19 日，东北文化界人士在长春市中苏人民会馆（今长春艺术剧场）联合举行鲁迅逝世九周年纪念会，2000 余人参加，这是东北地区纪念鲁迅先生的最早的一次盛会。[③]“这次纪念鲁迅先生的大会，开得十分成功。无论是从规模上，还是从影响上看，在东北文化史上都是空前的，使广大的东北人民进一步了解了鲁迅，认识了鲁迅。”[④]1946 年 12 月 1 日，《东北文艺》甫创刊，就发表了冯明的《记鲁迅十年祭和东北文协的诞生》、草明的《鲁迅忌辰在北平》等两篇纪念文章，配有铸夫的木刻画，木刻画生动展示了鲁迅兢兢业业写作时的形象，封底刊登了塞克作词、张棣昌作曲的《我们要高举鲁迅的战旗——为纪念鲁迅逝世十周年作》，封底为发行者东北书店及鲁迅文化出版社图书广告。[⑤] 冯明指出：“东北文协于鲁迅纪念日召开筹备会，虽非特别择定的日子，但不言而喻

---

① 林紫贵：《重建台湾文化》，《台湾文化》创刊号，1946 年，第 17 页。林紫贵（1908—1970），字子蔚，福建福清人，毕业于福建法政专门学校、历任中国国民党重庆市党部委员、台湾省政府新闻处处长。1948 年任行宪国民大会代表。参见《民国人物大辞典》，http：//baike. xzbu. com/556410. htm.

② 范寿康：《本省教育事业的现状及今后的趋向》，《台湾文化》创刊号，1946 年，第 2、4 页。范寿康（1896—1983），字允藏，浙江省上虞县人。解放战争时期和中华人民共和国成立后，任台湾省行政长官公署教育处处长、台湾大学哲学系教授兼台湾大学图书馆馆长。在台任教育处长时，为弘扬祖国文化、普及国语，作过许多贡献。http：//baike. baidu. com.

③ 沙金成：《东北人民纪念鲁迅的最早盛会》《东北电影公司及〈电影工作者〉》，《东北新文学初探》，吉林文史出版社，1989 年，第 83 - 87 页；《鲁迅大辞典》编委会：《鲁迅大词典》，人民文学出版社，2009 年，第 1233 页。

④ 沙金成：《东北人民纪念鲁迅的最早盛会》，《东北新文学初探》，吉林文史出版社，1989 年，第 84 页。

⑤ 草明：《鲁迅忌辰在北平》，《东北文艺》创刊号，1946 年，第 5 页。草明写道：“看到北平文化界纪念鲁迅逝世十周年的纪念会的消息，实在叫人痛心和惊异。……各解放区都公开召集群众的会，表扬鲁迅的生平事迹，然而北平偏到二十号才能举行，只能是小型的座谈会，而且是在秘密的地方召开，——原因是受了当地国民党反动派的压迫，不能公开举行。”

地,这是包含了我们要扛起鲁迅的大旗,举起文艺的'投枪',为民主,为和平而厮杀的意义在的。"[①]为了"把鲁迅先生的旗帜插到东北来",萧军提出三项建议:"一、成立鲁迅学会,以广泛地深入地研究鲁迅的思想和精神;二、成立鲁迅文化出版社,以大量介绍鲁迅的著述译作;三、成立鲁迅社会大学,以补救职业青年的失学问题。"[②]1947 年,《东北文艺》刊登毛泽东在鲁迅周年祭时延安陕北公学纪念大会上的演讲,编委会在"编者按"中说:"虽然事隔十年,中国形势已与当时有了很大的变化。但演讲文的本身,对于今天每个文艺工作者和东北革命青年,还具有深刻的教育意义。"[③]1947 年 4 月 15 日,为了纪念即将到来的"五四"纪念日,萧军在哈尔滨写下了《新"五四"运动在东北》一文,"今天的新'五四'运动,更是在东北,最大的特点,就是人民们已经有了自己的政权,有了自己作战的参谋部——中国共产党,有了自己英雄的子弟兵——民主联军,有了十四年的战斗经验……做为一个新时代的东北青年,做为一个决心为人民服务的知识分子,更是做为一个文艺工作者的我们,是应该毫不迟疑地承继起那五四时代以鲁迅先生为首的光荣的传统精神——科学的、战斗的——认清了时代的主流——民主的、和平的……"。[④] 笔者认为,中国东北地区对鲁迅精神的学习,主要集中在为人民服务、贴近和反映贫苦的民众生活方面。

台湾在光复后出现了"鲁迅热",这与《台湾文化》的特辑介绍有一定的关系。例如,台湾光复一年后,《台湾文化》适时推出了"鲁迅逝世十周年特辑",特辑发表了两岸知识分子纪念鲁迅的文章,将台湾的"鲁迅热"推向顶点。[⑤] 与东北文化人纪念鲁迅的主旨稍有差异的是,台湾知识分子更多地汲取了鲁迅"独异的个人"与"改造国民性"等反封建性命题,展开文化重建工作。特辑中第一篇文章为杨云萍的《纪念鲁迅》,作者指出:"台湾的光复,我们相信地下的鲁迅先生,一定是在欣慰。只是假使他知道昨今的本省的现状,不知要作任何感想?我们恐怕他的'欣慰',

---

① 冯明:《记鲁迅十年祭和东北文协的诞生》,《东北文艺》创刊号,1946 年,第 5 页。

② 同①,第 4 页。

③ 毛泽东:《学习鲁迅精神》,《东北文艺》,第 2 卷第 4 期,1947 年,第 1 页。

④ 萧军:《新"五四"运动在东北》,《东北文艺》,第 1 卷第 6 期,1947 年,第 1 页。

⑤ 《台湾文化》的"鲁迅逝世十周年特辑",卷首是鲁迅的大幅照片,海峡两岸文人纪念文章共八篇,分别是杨云萍《纪念鲁迅》、许寿裳《鲁迅的精神》、陈烟桥《鲁迅先生与中国新兴木刻艺术》、田汉《漫忆鲁迅先生》、黄荣灿《他是中国的第一位新思想家》、雷石榆《在台湾首次纪念鲁迅先生感言》、谢似颜《鲁迅旧诗录》、高歌译《斯莱特莱记鲁迅》。

将变为哀痛,将变为悲愤了。不过,我们确信着,要使鲁迅先生,在地下得着永远的欣慰,却是我们的责任!"①《台湾文化》主动向鲁迅老友许寿裳约稿,许寿裳撰写了《鲁迅的精神》一文,他特别指出:鲁迅毕生的精神"抗战到底",表现为道德的、科学的和艺术的。② 黄荣灿在论文《悼鲁迅先生——他是中国的第一位新思想家》中说:"在今年尤其在台湾首次纪念鲁迅先生,同往年有感重大,在经过敌人五十年蹂躏和掠夺的台湾又回到祖国的怀抱来,一切文化重新开始建立,这初生的文化感到了需要他,因为今天新文化事业需要更多的支持和推进的预知者,先觉者啊!……在此台湾文化将建立移进祖国队伍加强学习奔向人类和平正义的深求,从此后代无数的青年人所承,我们中国是绝对不会受外力灭亡了……"③他指出鲁迅的"韧性战斗精神"值得在今日台湾"人兽战斗"的热潮中发挥力量。雷石榆光复后奔赴台湾的,先赴高雄,后辗转台北,亲历了台湾光复后的诸现状,他在《在台湾首次纪念鲁迅先生感言》中说:"在台湾第一次纪念我们祖国的大文豪鲁迅是具有非常重大的意义的。台湾青年无疑是很熟悉鲁迅这个名家的,而且多是从日文译本读过他的作品,但希望大家真心研究鲁迅而且从祖国文字直接熟读他的著作,他是我们二十世纪的伟大的导师,是民族的,甚至是世界的圣人,然而他不是偶像,他的灵魂是永远活在人类的心中的。"在目睹光复后台湾的实况后,他感叹道:"我们的祖国又重复了鲁迅先生所憎恨的内战!"④该特辑的编者在"后记"中写道:"本省在日人时代,不能公然追悼鲁迅,虽是去年,因大家忙于庆祝光复,想到鲁迅忌日的人很少","今年我们公然纪念鲁迅,可说是光复后第一次"。又称:"我们相信,这一本《纪念鲁迅特辑》,对于台湾文化的贡献一定不少。"⑤除刊出鲁迅纪念特辑外,该刊也陆续发表关于鲁迅的论文,如《台湾文化》第2卷第1期又刊出了许寿裳的《鲁迅的人

---

① 杨云萍:《纪念鲁迅》,《台湾文化》,第1卷第2期,1946年,第1页。

② 许寿裳:《鲁迅精神》,《台湾文化》,第1卷第2期,1946年,第2页。该文应台湾文化协进会来信征文,指定题目,许寿裳写于1946年9月30日。1946年5月,陈仪发电报给许寿裳:"为促进台胞心理建设,拟筹设编译机构,编印大量书报,盼兄来此主持。"许寿裳接到电报后,着手准备,赴台之前动笔写《亡友鲁迅印象记》。鲁迅精神恰是他促进台胞心理建设的目标之一。全书共25则,离开上海之前写了三则,日记里有清楚的记载:"起草《鲁迅印象记》,成三则。"(1946年5月18日日记)"快信内,附致景宋(按:鲁迅夫人许广平)一纸、《印象记》稿十一叶。"(1946年6月8日日记)

③ 黄荣灿:《悼鲁迅先生——他是中国的第一位新思想家,《台湾文化》,第1卷第2期,1946年,第13页。

④ 雷石榆:《在台湾首次纪念鲁迅先生感言》,《台湾文化》,第1卷第2期,1946年,第19页。

⑤ 《后记》,《台湾文化》,第1卷第2期,1946年。

格和思想》、黄荣灿的《版画家凯绥·珂勒惠支》等；同年该刊第2卷第2期刊出李何林的《读〈鲁迅书简〉》；1947年11月，该刊发表了许寿裳的《鲁迅的游戏文章》。这些可说是纪念鲁迅特辑的延续。与此相伴的是国民党在台湾的反鲁宣传，"因为鲁迅思想在台湾的传播，有可能导致台湾人反对代表旧中国的国府，而对代表新中国的共产党政权产生憧憬，甚至进一步产生认同。当时国府要求于台湾人的'国民化'，已不只是要'中国化'，而且也要'国民党化'"。①

光复初期，《东北文艺》与《台湾文化》所刊登的文学文本、文艺评论、社会时事评议等及其举办的相关讲座，为初归祖国的两地知识分子对中国文化的再认识，提供了相当大的助力。在中国特色凸显的语言文字、音乐戏曲、民间歌谣、社会风尚、饮食传承、中国服饰文化、民族传统节日等方面都有所展现，彰显出多省籍知识分子在文化汇流中所面对的时代风云和个体记忆。

三、两刊的差异表述与文化影响

人文学科知识分子往往分为两种倾向，一种是支持统治权的权力倾向，另一种则是反统治性的权力倾向。光复初期，两地知识分子的话语表达既有依附主流意识形态的表达，也有对主流意识形态的反驳和对强权的消解。在台湾和东北地区活跃的知识分子分别以《东北文艺》《台湾文化》为阵地，无论是写现实，还是写精神，都是把光复区作为中国的一部分，呈现出心理认同建设，并取得了一定成效。但我们也要看到《东北文艺》《台湾文化》分别隶属于不同的组织流派的外围组织，有其不同的文化理念和诉求主张，在相关文化书写中，有着较大的差异，这种差异表现在：《东北文化》作者群更多地响应中共号召，走群众路线，较少公开批判；而《台湾文化》后期刊发的文章更展示出知识分子强劲的话语斗争，越来越疏离国民党主流意识形态。此外，还表现在两刊中妇女形象刻画方面的差异，以及《东北文艺》更注重刊发普通民众的翻身书写文章，而《台湾文化》更重视展示知识分子的批判精神。

① 黄英哲：《"去日本化""再中国化"：战后台湾文化重建（1945—1947）》，台湾麦田出版社，2007年，第180页。

(一)光复初期两刊中的妇女形象

在《东北文艺》中,主要呈现为对农村女劳动能手的极大推崇。如赵树理小说《孟祥英翻身》[①]生动塑造了一个原本在家里被婆婆的“老规矩加上新条件”欺压得想要自杀的小媳妇孟祥英,当上了妇救会主任后,遇连年干旱,她带着妇女上山采野菜、割白草,帮助村人度过了灾荒。有学者认为:赵树理“是一位政权意志与民间伦理之间的缝合者与沟通者……这样的缝合显然是有效的。新的妇女形象并不是突兀的和不可接受的。伴随这一新的妇女形象‘妇女作为主要劳动力’的党的政策也得以推行”。[②]《东北文艺》还转载了萧红成名作《手》(1936年写于上海),编者金人附记说:“这位出身在哈尔滨的女作家,已经逝世五年了。……现在许多朋友都回到哈尔滨来了,只有她没有回来,而且永远不会回来了。”[③]小说《手》讲述一位染缸匠的女儿王亚平的故事,让读者看到光复前地位卑微女性的悲惨命运。王亚平出身卑微,为了挣钱积攒学费,她帮父亲染布,染料让她的手迥异于其他女孩子,“蓝的、黑的、又好像紫的,从指甲一直染到手腕上”,在学校里被视为“怪物”,最终被剥夺了受教育的权利。该文后附有萧军的分析:“一个染缸匠的女儿入学校,想要以超自己的力量,拔出自己的阶级,结果——失败了。”萧军指出:“在阶级的社会里,教育当然也是有阶级的。”要使像王亚平一样出身贫苦阶层获得“受教育的权利”,只有“根本改造那社会”这一条路,绝没有“第二条幻想的路可走”。[④] 前文提及的《东北文艺》发表的曾引起热烈争议的范政小说《夏红秋》,小说讲述了“满洲姑娘”成长为文工团员“女八路”的故事,对当时的东北知识青年产生了极大的教育意义。“它与《暴风骤雨》等作品一样,都成了人们不可多得的形象化教材……而《夏红秋》则成了某些中学生的生活教科书,他们以夏红秋的思想言行对照自己、鞭策自己。这些作品不仅有认识价值,而且有审美价值。”[⑤]

与《东北文艺》所呈现的光复后女性拥有光明未来的主流叙事相比较,《台湾文化》中,无论所发表的作品是日据时期的作品,还是光复初期

---

① 赵树理:《孟祥英翻身》,《东北文艺》创刊号,1946年,第6-11页。

② 张莉:《政权意志、民间伦理与妇女翻身——以赵树理小说〈孟祥英翻身〉、〈传家宝〉为讨论中心》,《南开学报(哲学社会科学版)》,2014年第2期,第55-62页。

③ 萧红:《手》,《东北文艺》,第1卷第6期,1947年,第8页。

④ 萧军:《关于〈手〉》,《东北文艺》,第1卷第6期,1947年,第15-18页。该文是萧军为“延安一星期文艺学园”所做的讲义提纲。

⑤ 王建中,任惜时,李春林,等:《东北解放区文学史》,辽宁大学出版社,1995年,第15页。

的新作,里面所塑造的女性形象都是受男性文化的压制,展现出被扭曲、被压制、被禁锢和沉默忍受的形象,多为典型的悲剧人物。

《台湾文化》的创刊号上,钟理和以笔名江流发表了小说《生与死》,以幽暗之笔描写了日据末期,台湾女性怀孕难产,在无钱治疗后,最终她“身体抽搐着,眼直着,头发蓬松地摊在地面。多么凄厉且残酷的场面呵……”[①]杨守愚小说《阿荣》描写了日据时期,在甘蔗农场的搬运工阿荣被甘蔗车辗断了左脚,妻子鸳鸯为求生计出门做工,却受到甘蔗场日本主任的蹂躏,最终家破人亡。[②] 命运悲苦的台湾女性亦成为光复初期文人热衷描写的女性形象,这可能与短期内出现了一些外省无德男人诱骗台湾女人有关。吕赫若在光复后用中文新创作的小说《冬夜》发表在《台湾文化》第2卷第2期上。小说的女主人公彩凤命运多舛,第一个丈夫木火为台籍日本兵,奔赴南洋战场后杳无音讯,第二个丈夫是光复后来台的浙江人郭钦明,凶悍阴鸷,最终抛弃了彩凤。走投无路的彩凤只好当了酒家女。彩凤这一女性形象展现了台湾光复初期处于社会最底层的台湾女性所经历的情感磨难与韧性心态,也真实呈现了台湾社会普通民众积怨日深的心理状态。小说发表20多天后,“二二八事件”爆发,显示出作者敏锐的现实洞察力。又如张冬芳的《阿猜女》(《台湾文化》第2卷第1期)也描写了台湾女人受骗于外省男人的故事。女教员阿猜女的男友被日本当局征去当兵受伤而死,光复后受到隐瞒婚史的大陆兵欺骗,短暂的婚姻生活后,孤身返回娘家,陷入生命的低谷。这可能是当时台湾女性面临的相当普遍而又现实的问题。外省来台的雷石榆在《随想》一文中对台湾女性在光复后的失业状况曾简单介绍过:“只有几次面熟的台湾女子,差不多都托我找职业,有年青寡妇也有少女……过去是不幸的,但并未因土地的光复而转变了命运。”[③]

当时的《台湾文化》对妇女命运的关注,其所揭示的是否为当时台湾社会女性的普遍遭遇?台湾和祖国大陆赴台知识分子通过对光复后台湾现实生活的深刻观察,以文学手法对台湾妇女的命运加以典型化,强调文学的反映、批判社会的功能。光复后,现实中存在着少数遭受外省籍男性欺凌的台湾女性,她们丧失了抗争的权力。文学家通过塑造女性形象,再现这些被压抑的精神和沉默的肉体,从而有可能阐释光复后台湾女性的

① 江流:《生与死》,《台湾文化》创刊号,第27页。小说写于1944年12月23日。

② 杨守愚:《阿荣》,《台湾文化》,第2卷第1期,1947年,第23-29页。

③ 雷石榆:《随想》,《台湾文化》,第2卷第1期,1947年,第24页。

历史坐标,将特定历史时段的台湾妇女的命运展现出来。

(二)《东北文艺》呈现大量的"翻身"书写

《东北文艺》始终倡导文艺工作者要躬行深入农村,与普通民众紧密联系。该刊发表了大量积极、光明的"翻身书写"。萧军进入东北后曾强调:"深入工厂、部队和农村""必须要使自己走进劳动人民的队伍——工厂、部队和农村。只有在那里我们才能够获得到真正的'文艺源泉',获得到自我改造,获得到真正的新生的血液,新的创作生命。"[①]该刊第1卷第5期发表了严文井的《下乡,下乡,尽量多一些人下乡》。[②] 在《东北文艺》第1卷第6号的《编后记》中,编者指出:"特别是在部队和在农村的文艺工作同志能大量给我们写稿子……最好是反映工农兵生活,而又为工农兵能看得懂听得懂的东西。"[③]《东北文艺》所刊载的文学作品多是工人、农民的"翻身"书写。该书写往往与"清算""分地"等紧密结合。陈堤短篇小说《歪歪屯的春天》采用光明叙事,线索简单明了,描写了农民彭大福在新中国成立后分得了田地的喜悦心情——"看见房子,丛树,小河沟,土岗子……靡一样不使他心花怒放的。尤其在早晨的阳光下边,牛身上的细毛,闪着赭黄的光"。[④] 又如方青的《老赵头》[⑤]讲述了农民老赵头分得田地的喜悦心情。白朗短篇小说《棺材里的秘密》写于1947年鲁迅逝世11周年纪念日。小说围绕四喜屯在斗了地主也分了地之后的农村复杂现状,地主没有被真正打倒,正伺机反扑;农民没有获得真正的翻身,已经分到的土地却不敢去种。小说强调要组织民众的力量抗争到底。[⑥]与当时单线条描述农民翻身的快乐相比,白朗深入地揭示了翻身过程中的艰难与困苦。

在东北地区,还有影响力更大的秧歌剧来抒怀东北人民翻身的喜悦与开心。如鲁亚农的三场秧歌剧《买不动》[⑦]讲述了伪满时期的屯长董万才之妻在光复后,因为共产党"派下工作班,到处帮助穷人把身翻",想要收买贫穷户却无法得逞的故事。杨蔚、苏扬、张为集体创作的秧歌剧《大

---

① 萧军:《目前东北文艺运动我见》,《东北文艺》创刊号,1946年,第3页。
② 严文井:《下乡,下乡,尽量多一些人下乡》,《东北文艺》,第1卷第5期,1947年,第1页。
③ 《编后记》,《东北文艺》,第1卷第6期,1947年,第2-6页、第54页。
④ 陈堤:《歪歪屯的春天》,《东北文艺》,第1卷第6期,1947年,第39-43页。
⑤ 方青:《老赵头》,《东北文艺》创刊号,1946年,第16页。
⑥ 白朗:《棺材里的秘密》,《东北文艺》,第2卷第5期,1948年,第6-9页。
⑦ 鲁亚农:《买不动》,《东北文艺》创刊号,1946年,第44-52页。

竞赛》[①]讲述了机务段的工人五一前夕进行劳动竞赛的火热场面——“生铁百炼成就钢，工人翻身有力量。保证人民运输线，支持前线打胜仗”。另外，此类的“翻身”叙事也出现在演艺舞台一些曲目的新编上，例如，为了庆祝“哈尔滨市曲艺人协会”成立，1947 年 4 月 13 日，曾演出新编琴书《穷人翻身》；同期，牡丹江“炮兵宣传队”也演出了《翻身的孩子》等剧目。[②] 在程海洲的《翻身工人的文化娱乐活动》中，作者收集了 1947 年春节前后，哈尔滨市工人新创作的 20 多部话剧和秧歌剧本，分析说：“这些剧本绝大多数都是工友们的集体创作，很多都用油印印了出来，一部分是手抄的，还有一部分就是干脆大家商量好，就分配角色演起来。以字数来论，仅以我所收集到的就有三十万字左右，加上其它的当在五十万字上下，以内容来说，这是包括很广泛的，从反对封建社会的斗争到反对日伪统治，资本家的剥削，直到今天反对蒋美的进攻，从工人的痛苦经历到今天自由幸福的生活，从工人的家属生活到今天在工厂内热烈展开着的英模运动，从军民关系到拥军拥政，无所不包……每一次都博得了观众的赞许……”[③]此类的翻身叙事在解放区成为主流，并通过诗朗诵、秧歌剧等街头表演方式向普通民众传达，在安抚民众战后伤痕心理方面，起到重要作用。

（三）《台湾文化》呈现知识分子的话语斗争

《台湾文化》展示了光复初期台湾民众从欢欣鼓舞到悲愤难抑的心理情绪，也揭示了光复后的官僚体制、革命和内战等问题，形成了不同论述的角力关系。在《台湾文化》上，我们看到的知识分子多是持批评态度的。国民党当局认定台湾同胞的意识中尚存有殖民遗毒，于是不断地从政治和精神方面加以控制，并破坏原本的社会关系，在行政任命方面，“本省人对于饭碗问题所受的威胁最易引起反感……外省人……夸示一种优越感和傲慢的态度”，[④]使台湾人产生无法排解的自卑情结，在经历了 50 余年的日本殖民的台湾民众心灵深处产生更大的灾难，从而滋生了民众的反感和不信任。黄英哲教授指出：“台湾文化人受到鲁迅思想所蕴含的‘政治性’与‘社会性’之启发，正视当时台湾的现状，并透过纪念鲁迅

① 杨蔚，苏扬，张为：《大竞赛（秧歌剧）》，《东北文艺》，第 1 卷第 6 期，1947 年，第 2－6 页。
② 《文化零讯》，《东北文艺》，第 1 卷第 6 期，1947 年，第 19 页。
③ 程海洲：《翻身工人的文化娱乐活动》，《东北文艺》，第 1 卷第 6 期，1947 年，第 21 页。
④ 雷石榆：《随想》，《台湾文化》，第 2 卷第 1 期，1947 年，第 23 页。

的文章与鲁迅的作品讨论，抨击大陆来台的一部分贪官污吏。”①朱双一教授亦指出：“当时台湾政治腐败、经济崩溃、民不聊生，鲁迅那种与丑恶势力作拼死斗争的战斗精神，正是广大台湾同胞十分钦佩，亟欲效法的。‘鲁迅风潮’因此而不断高涨。”②

《台湾文化》创刊之日起，就为知识分子进行文化批评提供了平台。创刊号上发表了林荆南的《赛珍珠女士的中国观》，尽管文题是讲赛珍珠的中国观，但实际上作者写作的主旨更多是为揭示光复后台湾文坛不振的重要原因。在作者看来，光复后台湾文学不振的原因有三：“1. 政治的 2. 经济的 3. 技术的。”政治上的原因是“几多的国文文学同志，自日本降服后就紧握一把汗，打算在文坛上为光复后的台湾争取一点光辉，谁也不料到台湾光复，给我们的恩泽，是失了写作的对象！”经济的原因是“舞弊行私百出，恶性的经济巨浪……那些贫苦的文学兄弟能够靠文笔来维持生活么？况且还要考虑出版业者和读者的立场，因为纸价是这样地高！”技术的原因是“都丧失了文字组织的技术，因为他们十中之八九总干不上国文，所以叫不尠的文学工作人员不得不停工，重新去锻炼描摹国文的技术。”③至于祖国大陆记者因为不了解台湾历史，在新闻报道上出现的谬误，则被杨云萍一一指出：“甚么郑成功在淡水击败荷兰，甚么沈文开在道光时代还会来自福建。这些事情，假使略关心于台湾史的，是谁也知道的常识，当不致有所错误。”④

苏甡的《也漫谈台湾艺文坛》主要针对外省籍人士多瑙发表于《人民导报》（1946 年 12 月 1 日）的一篇文章《漫谈台湾艺文坛》进行批评，就多瑙对于台湾艺文坛的分析近似“谩骂”的观点一一进行反驳，如（台湾）“处处都有异样错误的存在”；“本地人认为国内文物会比台湾本身落后”；此届美术展览会“新闻上吹得那么神圣，捧得比世界名画还要高明”，但给人的东西“死气沉沉”；“国内书籍比日文书籍更难销”……苏甡对相关言论进行分析：此文“不但对于台湾文艺界不能贡献些什么，反在本省与外省文化人之间，挖深了一条鸿沟，阻碍台湾文艺运动之发展不

① 黄英哲：《“去日本化”“再中国化”：战后台湾文化重建（1945—1947）》，台湾麦田出版社，2007 年，第 179 页、第 180 页。

② 朱双一：《光复初期台湾文坛的“鲁迅风潮”——以〈前锋〉〈和平日报〉〈台湾文化〉等为例》，《台湾研究集刊》，1999 年第 2 期，第 80 - 87 页。

③ 林荆南：《赛珍珠女士的中国观》，《台湾文化》创刊号，1946 年，第 19 页。

④ 杨云萍：《近事杂记》，《台湾文化》，第 1 卷第 3 期，1946 年，第 19 页。

少，因他只尽其谩骂之能事，破坏互相间的感情”。[①]《台湾文化》自第3卷第8期开始，开辟专栏“文化时言”，主要针对当时的复杂文化现象进行评议。

1947年2月底突发的“二二八事件”使台湾方方面面受到冲击，《台湾文化》也延搁了三个月后，于7月份再次出刊。《台湾文化》上的文章立足于展示知识分子思想的内在冲突，真实呈现因追求信仰而受到的心灵和肉体磨难。“二二八事件”后，本省和外省籍的进步作家和文化工作者受到致命打击，一年后，许寿裳不幸被害，更使两岸人民相互信任的基础遭遇毁灭性的瓦解。国民党当局将“二二八事件”的部分起因归于共产党的教唆。随后，国民党当局深恐共产主义思想在台湾传播，镇压并取缔了台湾《光明报》的发行。

综上所述，光复初期的“台湾文化协进会”和“东北文协”都推动过大量的文化实践活动，如通过刊物出版来影响民众认知；通过讲座、比赛、讨论等方式来寻求文艺结盟等。《东北文艺》《台湾文化》真实呈现了两地知识分子面临巨变时的心理变迁和认同转换，也真实再现了两地光复后所面临的社会与文化问题。因主要作者群所处社会位置的差异，以及对社会观察的视角不同，相关文学书写也呈现出多元性和参差性。东北地区的光复书写呈现为女性地位提升、农民翻身，而台湾地区的光复书写更多的是女性悲剧、知识分子的批判……本文只是初步探讨了一些问题，还有许多问题值得深入探索。

（作者单位：两岸关系和平发展协同创新中心，厦门大学台湾研究院）

① 苏甡（苏新）：《也漫谈台湾艺文坛》，《台湾文化》，第2卷第1期，1947年。

永安抗战文化活动形成和发展的历史因素探析

吴明刚

抗日战争是中国革命史上最伟大、最生动、最活泼的一个阶段，造成伟大、生动、活泼的因素之一，就是“无产阶级领导的人民大众的反帝反封建的文化”，即高扬抗日民主、充满战斗性而又贴近现实、贴近民众的抗战文化的蓬勃兴起和发展。抗日战争时期，一向交通闭塞、文化落后的闽西北山城——永安，为什么会发展成为中国东南抗战文化活动的中心？这其实也就是永安抗战文化活动形成和发展的历史条件问题。已发表的一些论著对于这一问题做了不同角度的阐述，但专论之文似乎未见，值得进一步深入研究和探讨。

一、福建是全国最早掀起抗日救亡运动的省份之一，它的不断深入发展为永安抗战文化活动的形成和发展奠定了群众基础

由于闽台的历史、地理、文化的渊源关系，福建自然成为日本军国主义最早觊觎的省份之一。日本自1895年强占台湾地区后，就一直把福建视为其势力范围，于1898年迫使清政府签订《福建不割让来往照会》，答应“不将福建省内之地方让与或租与别国”；派遣大批日籍浪人（其中大多为日籍台湾人）在厦门、福州等福建沿海一带从事破坏和渗透活动。

“九一八事变”后，日本更是加紧窥视福建。1932年，仅在福州的日本侨民就达2万多人，其中日籍600多人，台湾地区籍和朝鲜籍1.5万人；而当时福州市人口不超过30万人，日本侨民占全市人口的近20%。

随着日本侨民的涌入，日货也大量进入福建，当时国民党媒体惊呼："福州已成为华南第一日货销售最大市场。"日本设在福州、厦门的领事馆，实际上就是侵略福建的两个指挥部。如设在厦门的日本总领事馆，管辖范围除厦门外，还包括泉属和漳属 20 多个县。为了制造侵闽事端，1932 年 1 月，日本特务在福州制造类似"九一八事变"的"水户事件"；1935 年"华北事变"后，日本还企图在福建制造"闽南自治"运动。福州"水户事件"和"闽南自治"运动的制造，都充分暴露了日本对福建的野心。

日本对福建的觊觎和不断渗透，必然激起福建人民的反日情绪。早在 1928 年，中共厦门市委就组织成立了由厦门总工会、厦门大学、厦门学联等 11 个团体组成的"厦门各界反抗侵略国权委员会"（简称"反日会"），并以"李箕焕事件"为契机，开展了一场声势浩大的历时两个月之久的反日运动。这场反日运动影响很大，得到全国的广泛响应和支持，对福建反日运动的发展更是有力的推动，如福州成立"援助厦（门）、平（潭）事件大会"，泉州成立"反日会"，漳州成立"反抗日本侵略者国权后援会"等。这一反日运动历时之长、规模之大、影响之广，在"九一八事变"之前是不多见的。

"九一八事变"后，民族危机日益深重，抗日救国成为中国革命的主旋律。中国一切不愿做亡国奴的阶级、阶层都自觉或不自觉地参加到这一革命斗争中来。在轰轰烈烈的抗日救亡运动中，越来越多的不同政治倾向、不同界别的文化人士逐步走到一起，整合为一股团结抗战的进步文化有生力量，成为抗日救亡运动的主力军之一。

"九一八事变"后，福建抗日救亡运动可谓风起云涌、富有成效、影响深远。一是抗日救亡团体纷纷建立，成为开展抗日救亡运动的组织形式和坚强后盾。当时，数量众多的由充满高昂抗战激情和英勇献身精神的青年组成的抗宣队、救亡团、歌咏团、演讲团，成为福建抗日救亡运动的生力军。如由中共漳州工委直接领导的、从芗潮剧社发展而成的龙溪民众救国服务团，由中共厦门工委领导的厦门儿童救亡剧团等。站在福州抗日救亡运动前列的是文化界进步人士。抗战爆发后，左翼作家郁达夫、杨骚、董秋芳、许钦文等先后来到福州，成立福州文化界救亡协会，以笔为武器，积极投身于抗日救亡运动。中共福州党组织于 1938 年春成立的中华民族解放先锋队福州总队，抗日宣传活动十分活跃，其成员多半为学生、教员和文艺工作者。二是抗日救亡报刊竞相推出，成为推动抗日救亡运动的舆论工具和号角。抗战全面爆发后，福建的文化出版事业兴旺繁荣、盛况空前，先后出版的综合性抗日期刊有200多种，辟有抗日专栏、副刊的报纸近百种。三是全省各地抗战文化宣传活动有声有色，呈现一派生机勃勃的景象。主要形式有巡回宣传演讲、歌咏戏剧活动、募捐劳军、开办书店和书报合作社及抵制销毁日货等。其发动面之广，参加人数之多，在福建近代史上是空前的。它对唤醒民众同仇敌忾、共同抗日起了重大作用。

抗日救亡运动在福建的不断深入开展，为后来永安抗战文化活动的迅速兴起和蓬勃发展奠定了坚实的群众基础。而且，在抗日救亡运动中，爱国进步的文化人士和先进的知识青年走上了与工农群众相结合的道路，为推动永安抗战文化活动的形成和发展准备了一大批骨干力量。

二、中共对抗战文化的政治领导，为永安抗战文化活动的形成和发展指明了前进方向

“九一八事变”后，中国共产党的一项重要工作就是“积极参加抗日救国运动，成为这一运动中心领导的力量”。[①] 全面抗战爆发后不久，1937年7月15日，中共中央就发出了《关于组织抗日统一战线扩大救亡运动的指示》，号召“共产党员应实际上成为各地救亡运动与救亡组织之发起人、宣传者、组织者，以诚恳坦白谦逊之态度与努力的工作，取得信仰及这类团体中的领导位置。对各界中之纠纷，共产党员应以调停人之资格，出任和解。总之，为求得迅速组织统一战线，扩大救亡运动，执行坚决抗战保卫国土的总方针，各地组织及同志应以无限的热忱及毅力，按照各地具体情况，完成中央给你们的使命”。[②] 为统一领导党在国民党统治区的抗日群众工作和统一战线工作，中共中央先后在武汉、重庆设立长江局和南方局。南方局及其各级党组织，团结一切可以团结的知识分子，在以重庆、桂林、永安、香港等城市为中心的南方各地和文化的各个领域里，推动各种民间抗战进步文化团体的成立，并派出党员进入地方实力派和国民党主持的文化团体，团结其中的进步文化人士共同开展活动。这些散布在各地、以各种名义各种形式出现的文化团体和机构，同中国共产党在抗日根据地和解放区建立和发展起来的新民主主义文化，共同构成了中

① 《建党以来重要文献选编(1921—1949)(第14册)》，中央文献出版社，2011年，第88页。
② 同①，第372-373页。

华民族的新文化，共同构成了党领导的广泛的革命文化统一战线，有力地推动了抗战文化的蓬勃发展。

抗战文化是反帝反封建五四新文化运动的延续、发展和深化，是在中国共产党的政治领导下形成的。在抗日烽火的激荡和洗礼下，“五四运动”以后产生和发展起来的“文化新军的锋芒所向，从思想到形式（文字等），无不起了极大的革命”。[①] 为了引导抗战文化的发展，毛泽东指出：“文字必须在一定条件下加以改革，言语必须接近民众，须知民众就是革命文化的无限的源泉。”[②]在中国共产党的政治领导下，抗战文化宣传深入人心，抗战文化活动蓬勃开展，“其声势之浩大，威力之猛烈，简直是所向无敌的。其动员之广大，超过中国任何历史时代”。[③] 觉悟起来的文化界以极大的热情投入到民族民主革命的行列，握着文化的火炬反抗侵略，宣传抗战、服务抗战、推动抗战。一批又一批的文艺工作者、新闻工作者、爱国知识分子深入工厂、农村，走上田间街头，唱歌演戏，吟诗作画，授课演讲，出刊办报，使文化活动成为启发群众觉悟、动员群众奋起投身波澜壮阔的抗战洪流的最有力武器。

中共领导的左翼文化运动，是推动抗战文化活动发展的中坚力量。永安抗战文化活动的开展也充分体现了这一点。在永安抗战文化界的中坚力量中，如邵荃麟、羊枣、董秋芳、王西彦等均是左翼作家联盟成员。共产党对永安抗战文化活动的政治领导，主要是通过共产党员在进步文化活动中的先锋模范作用来实现的。福建省政府内迁永安后，中共福建省委所属的福州、闽北等地的一批共产党员亦随迁异地活动，开始时他们与原属党组织尚有较密切的联系，但在一些较公开、易暴露身份的党员干部奉命撤退后，由于未再另行建立组织，一些党员与上级之间只采取单线联系的方式进行工作。当时在永安的共产党员有五六十人。[④] 隐蔽战斗在永安的共产党员和革命知识分子，如中共福建省委宣传部长卢茅居，中共东南文委书记邵荃麟，中共地下党员羊枣、钟尚文、王毅林等，在中共南方局和福建地下党组织的领导下，高举抗日民族统一战线的旗帜，认真贯彻实行中央确立的“三勤”（勤学、勤业、勤交友）和“三化”（职业化、社会化、合法化）方针，广泛团结各阶层爱国人士和进步青年，积极开展各种形

① 《毛泽东选集（第2卷）》，人民出版社，1991年，第697－698页。

② 同①，第708页。

③ 同①，第698页。

④ 中共福建省委党史研究室，等编：《永安抗战进步文化活动》，海峡文艺出版社，1994年，第6页。

式的抗战文化活动。他们利用当时的有利条件,以自己的模范行动宣传党的抗日方针政策,为推动抗日救亡运动和繁荣东南文化,发挥了重要的作用。

三、抗日民族统一战线的建立、发展和坚持,是永安抗战文化活动形成和发展的基本保证

国共合作、大家抗日,是中国抗日战争的一大特点。众所周知,中国抗日民族统一战线从一开始到随后的整个时期都没有任何组织形式。正如周恩来在谈到抗日民族统一战线的特点时所说的:“中国的民族统一战线,在形式上是没有经过一定的共同纲领,也没有各党的联合组织,就是说在法律上中国的统一战线似乎并不存在。”①因此,以民族大义为重,主张抗日、团结抗战、坚持抗战,成为维护抗日民族统一战线的最大公约数。

中国共产党积极倡导,努力建立、发展和维护以国共两党合作为基础的,包括各民主党派、人民团体,以及一切爱国阶级、阶层的广泛的抗日民族统一战线,是争取抗日战争胜利的基本保证。在抗日民族统一战线旗帜下,文学艺术工作者“不分派别,不分阶层,不分新旧,都一致地团结起来,为争取抗战胜利而奔走,而呼号,而报效”。② 从而,在国统区形成了一支团结自己,战胜敌人必不可少的“文化的军队”。③ 永安抗战文化活动,便是这支“文化的军队”的一个有机组成部分。

抗战文化“就是抗日统一战线的文化”。④ 永安抗战文化活动,充分体现了抗日统一战线文化的特性。从先后云集在永安的这支抗日文化队伍的组成来看,其本身就体现了文化界统一战线的广泛性。在这支队伍中,既有坚强的无产阶级文化战士卢懋榘、邵荃麟、羊枣等,又有蜚声文坛的著名作家、学者黎烈文、董秋芳、王亚南等;既有富于正义感的各界爱国民主人士程星龄、谌震、沈铭训、汪德耀等,又有支持抗日、追求进步的国民党政要及文化官员陈仪、刘建绪、郑贞文、朱宛邻、颜学回等;既有爱国绅商江子豪等,又有一大批热情奔放、血气方刚的青年知识分子和学生。

---

① 《联共(布)、共产国际与抗日战争时期的中国共产党(1937—1943.5)(18)》,中共党史出版社,2012年,第303页。

② 郭沫若:《新文艺的使命》,转引自中共福建省委党史研究室等编《永安抗战进步文化活动》,海峡文艺出版社,1994年,第2页。

③ 《毛泽东选集(第3卷)》,人民出版社,1991年,第847页。

④ 《毛泽东选集(第2卷)》,人民出版社,1991年,第698页。

他们巧妙利用福建省政府官办或半官办的文化阵地，开展有声有色的抗日进步文化活动。他们的全部活动，不仅充分体现了中国共产党的抗日路线、方针、政策，始终坚持抗战、团结、民主方向，而且以刚健雄伟的姿态走出书斋、校门，突破过去狭隘的知识分子的圈子，深入到广大的抗战民众中去，以通俗的大众化的文艺形式去揭露日本侵略者的罪行，抨击国统区种种黑暗现实，讴歌抗日，宣传政治民主和妇女解放，反映现实和人民的生活斗争，唤醒人民大众的民族情绪和抗战热情。永安新闻出版读物发表的大量文章和文艺作品接近现实生活，贴近人民大众，并具有鲜明的时代性和激昂的战斗性，起到了教育人民、团结人民、打击敌人、推动抗战胜利的积极作用，体现了新民主主义文化的前进方向。正是有了抗日民族统一战线的建立、坚持和发展，永安抗战文化活动才能持续七年之久。从另一个角度看，由于抗日民族统一战线发展历程的曲折性，永安抗战文化活动的发展历程也是不可能一帆风顺的，而是充满斗争、艰难曲折的。

四、福建省会内迁永安，为永安抗战文化活动的形成和发展创造了相对稳定的客观环境

全国抗战爆发后，上海、南京相继失陷，东南沿海亦遭日军铁蹄蹂躏。地处闽赣边界的闽西北、闽北地区，因关山阻隔、交通闭塞，又非战略要地、相对远离抗日前线，因而成为东南孤悬一角的、相对独立的、安稳的一块国统区后方区域。

为避敌锋锐并继续领导福建抗战，1938 年 5 月，福建省国民政府由福州内迁闽中山城永安。随着省会搬迁和厦门失守，不少行政机关、大中专学校、文化团体等各种机构，陆续向永安及其附近的山区疏散。东南沿海沦陷区的一些大专院校，如苏皖临时政治学院、暨南大学、东南联合大学等亦先后迁到福建内地。一时间，除公职人员外，不少教授、学者、专家和文化界爱国人士也相继云集永安；很多知名文化人士为了填补抗战时期东南沿海地区沦陷后“文化上的荒原”的空白，以“实现东南文化的自给自足”，[①]也先后从港、鄂、粤、苏、皖、浙、赣、湘、桂等地辗转来闽，他们很快汇集成一支较强的抗日文化队伍，其中有卢懋榘、黎烈文、许钦文、董

① 赵家欣：《东南文化工作者的新任务》(1994 年 11 月 10 日)，《永安抗战进步文化活动》，海峡文艺出版社，1994 年，第 188 页。

秋芳、邵荃麟、葛琴、章靳以、羊枣、王亚南、谷斯范、章振干、王西彦、谢怀丹、赵家欣、陈启肃、林舒谦等，形成了永安进步文化界的中坚力量。一向交通闭塞、文化落后的闽西北山城——永安，不仅成为福建战时的政治中心，而且成为我国东南半壁的文化人士荟萃之地，成为中国共产党领导的国统区抗日文化运动在东南的一个重要据点。

五、抗战时期先后主政福建的陈仪、刘建绪施政较为开明，为永安抗战文化活动的形成和发展提供了相对宽松的政治环境

一个地方某一历史活动的形成和发展，往往是与这一地方主要历史人物的施政倾向和作为紧密相关的。在抗日民族统一战线政策的影响下，抗战时期的两任福建省国民政府主席陈仪、刘建绪，迫于抗日形势和个人政治斗争的需要，表现了一定程度的开明，采取了一些较为积极的抗日民主政策，容纳进步人士和抗日言论，延请了一批国内著名人士到永安工作，为永安抗战进步文化活动的开展提供了相对宽松的政治环境。

陈仪，原是蒋介石的亲信，1934 年十九路军发动“闽变”失败后被派来福建主政。他曾想在福建“标新立异，干一番事业”，因而较重视延揽人才，兴办文化教育事业，在福州首创省立福建医学院（现医大）及省立医院，相应又办了助产和护士两所中专学校。省会内迁之后，他在永安黄历创办福建法学院开展战时民众教育，推广普通话等。他与鲁迅是留日时的同学，曾出资支持出版《鲁迅全集》。鲁迅逝世时，陈仪出于平素对鲁迅的敬重，当即电告蒋介石，提议为鲁迅举行隆重国葬，但未被蒋介石接受。他还先后延聘不少浙江籍左翼文化人士如郁达夫、黎烈文、侯宗濂等在文化教育界任职。1940 年夏，中共东南文委负责人邵荃麟、葛琴夫妇，因浙江金衢党组织遭到破坏，被敌通缉，辗转来到永安，经黎烈文出面保荐，得到陈仪特准留下，安排在改进出版社工作。同时，他还大胆延用一批被军统、中统视作共产党嫌疑而被一般人称为左派的夏明钢、胡邦宪（允恭）、程星龄等，委以专员、县长等要职。陈仪在闽主政七年，在政治上的这些开明表现和举措，在当时国内尤其是东南各省赢得了较好的口碑和声誉，为吸引东南沿海沦陷区等各地爱国文化人士来闽从事抗日文化活动创造了有利条件，在客观上也有利于中共领导的抗日统一战线文化的发展，这无疑是战时福建省会永安抗战进步文化活动得以迅速兴起和繁荣的重要因素之一。后由于在经济上搞统制经济、粮食公沽、田赋征实等措施，特别是垄断全省水陆交通运输，公办之运输又不及时，不能货畅其流，以致民怨沸腾，引发陈嘉庚四告"御状"等事件，1941 年 9 月，陈仪黯然离闽、调任国民党中央行政院秘书长，刘建绪接任福建省政府主席。

刘建绪，原是湖南军阀何健的一个军长，后被委为国民党四路军总指挥，兼任闽浙赣边区绥靖公署主任，他因自己的嫡系部队被调离，对蒋介石心怀怨恨。来闽弃戎就政，面对百孔千疮的局面，治理乏术，因而只求安定自保。刘建绪上任时，聘用湖南老乡程潜族侄程星龄为省府秘书长。程星龄在重庆战地党政委员会任职期间，曾到敌后考察，先后在太行山区会见过朱德、刘伯承、左权、宋任穷等八路军领导；也到过冀南国统区会见鹿钟麟、高树勋、孙殿英等国民党将领。程星龄来闽不久，即以解放区"风纪肃然，军民团结，朝气蓬勃"同国统区"乌烟瘴气，民怨沸腾"的强烈对比事实，劝说刘建绪"今后应当一反以前所作所为，为国家民族积蓄一点力量，爱护青年，爱护革命人士，犯不着再与共产党为敌"。[①] 刘建绪基本采纳程星龄的建议，尽量保留了陈仪原来的人事班底，在经济上采取一些改良主义措施，在政治上容纳进步文化人士和爱国人士，出资支持创办《建设导报》和东南出版社。永安抗战文化活动之所以能够持续发展，应该说是与刘建绪承继陈仪较为开明的执政方针分不开的。

不过，陈仪、刘建绪毕竟是以蒋介石为首的国民党政治集团的"封疆大吏"，他们的所谓"开明"是在抗日战争的特定历史条件下的个人政治倾向和内部权力斗争所致，是有一定的政治前提和底线的，是有局限性的，这也就是永安抗战文化活动有起有落、激烈曲折，并最终在"永安大狱"的悲壮旋律声中落下帷幕的根本原因。

由上述内容可见，永安抗战文化这一特殊历史文化现象的生成，是天时、地利、人和诸多因素相互促进、共同作用的历史发展结果。概而言之，中国共产党对抗日救亡运动、抗日民族统一战线及抗日统一战线文化的积极组织、推动和引导，是永安抗战文化活动形成和发展的关键因素；而福建省会内迁永安和陈仪、刘建绪主政战时福建期间较为开明的政治表现，是促进永安抗战文化活动形成和发展的独特因素。

永安抗战文化活动，从历史内涵来看，实际上是福建乃至整个东南地

---

① 中共福建省委党史研究室，等编：《永安抗战进步文化活动》，海峡文艺出版社，1994 年，第 5 页。

区抗战文化活动的代称或简称。换言之,如果战时福建省会是迁到另一备选地建瓯或其他山区城市,则这一抗战文化活动中心地就不一定是永安了。历史选择了永安,也赋予和奠定了永安在抗战文化活动历程中的特殊历史地位与作用。这是历史留给永安的一份内涵丰厚的宝贵遗产,值得后人精心珍藏、细细品味、用心守护、弘扬传承,以彰显其独特的历史内涵、意义和时代价值。

抗战文化是中华民族文化宝库中的璀璨明珠。奔腾激荡的抗战文化发展了五四运动以来民主的、科学的、人民大众的新文化,产生了一大批重要而又具有广泛影响的作品和成果,形成了以延安为中心的解放区抗战文化,以重庆、桂林、永安等为中心的国统区抗战文化,以及以上海、香港为中心的沦陷区抗战文化,充分显示了文化的深厚伟力。无论在战火纷飞的前线,还是在敌伪包围的"孤岛",或者在日机频繁轰炸的大后方,抗战文化都在召唤中华儿女:把我们的血肉,筑成我们新的长城!伟大的抗战文化抒写了一曲内涵丰富的红色文化篇章,形成了宝贵的抗战精神。

(作者单位:福建省革命历史纪念馆)

论抗战后期延安解放区文学批评实践的转化[①]

肖　瑛/江震龙

在1941年至1942年年初延安解放区发生的“鲁迅风”杂文创作潮流中，鲁迅文学批评精神随着对鲁迅杂文传统的积极张扬而得到了有效整合。然而，在王实味事件发生之后，毛泽东意识到延安文人身上存在着与延安整风所倡导的“新秩序”相抗逆的因素。为了统一全党的思想，“使文艺很好地成为整个革命机器的一个组成部分”，[②]毛泽东发动了文艺界整风，在延安文艺座谈会上做了两次演讲，文艺家们通过学习《整风文献》，进行深刻的思想反省、自我检讨之后，抗战后期至解放战争时期延安解放区文学批评实践在批评模式和主题题材上发生了重大转变。毛泽东《在延安文艺座谈会上的讲话》“所阐述的一系列马克思主义文艺理论的基本范畴，给解放区文学与文艺批评的发展提供了坚实的理论依据，成为了解放区文学理论建设与批评实践的纲领”。[③]

一、延安解放区后期文学批评模式的转化

延安解放区后期文学批评实践的转化，首先体现在作品批评模式的转化上。延安文艺座谈会召开、文艺界整风之后，延安及各抗日民主根据

---

① 本文为教育部人文社会科学研究规划基金项目“中国解放区文学批评研究”（项目批准号：12YJA751025）阶段性成果。

② 毛泽东：《在延安文艺座谈会上的讲话》，《解放日报》，1943年10月19日。

③ 王泽龙：《解放区文学批评略论》，《延安文艺研究》，1990年第3期。

地的文学批评空气骤然间趋向一元化。延安解放区后期文学批评模式由前期的强调思想性和艺术性的统一与现实性和真实性统一的批评模式，转换为强调以政治标准为中心，确立了必须遵守“以政治标准放在第一位，以艺术标准放在第二位”，[①]充满了“鲜明的实践理性精神”。[②]

（一）思想性、艺术性服从以政治标准为中心

抗战前期，延安解放区文学批评追求文学作品的思想性和艺术性的一致性，在审视文学作品的过程中贯穿着审美标准的主导性因素。这一阶段批评家所践行的批评模式兼顾了作品的政治思想和审美艺术，“体现了文学批评家将知识分子话语与革命意识形态话语相结合的趋势”。[③]

到了抗战后期，随着毛泽东《在延安文艺座谈会上的讲话》的发表，延安解放区新的文学批评标准得以确立，文学批评的革命功利主义功能得到极大的张扬，政治标准中心化的批评指向被强力凸显，文艺的政治倾向性和社会效果被人为放大，对作品的评价与作者的阶级立场、党派性等直接挂钩：作家“如果离开了马列主义的立场、观点，那怕他写得再好，也是没有价值的。这不是宗派主义，因为一个作品是代表一定阶级的立场与观点，有它的党派性，世界上绝没有什么都不是的作家”。[④] 刘荒评价方纪的小说《意识以外》时，政治维度的审视盖过了艺术维度的评判，“本来用第一人称来写小说时，容易使读者为作者所叙述的情节所感染，而容易与作者的思想情感起着共鸣。不过由于这篇文章主题的不明确，读者是不容易得到什么东西的”。[⑤] 沈毅评判女作家莫耶的小说《丽萍的烦恼》时，“认为它是一篇含有小资产阶级偏见和歪曲现实的作品”，也是从作者的阶级立场来寻找原因的：“小资产阶级出身的人，往往把一切事情，想得很美满”；“把自己的思想，陷入很狭隘的圈子里面”；“莫耶同志把问题看成孤立和发生思想的偏激，就是这样形成的。这就是小资产阶级的偏见”。[⑥] 贾芝对何其芳的诗歌《叹息三章》和《诗三首》做出批评：“何其芳同志的诗里所带的缺点，是字里行间的小资产阶级知识分子的幻

① 毛泽东：《在延安文艺座谈会上的讲话》，《解放日报》，1943 年 10 月 19 日。

② 王泽龙：《解放区文学批评略论》，《延安文艺研究》，1990 年第 3 期。

③ 刘刚圣：《解放区文学批评研究——以解放区文学小说创作批评为考察对象》，福建师范大学硕士学位论文，2012 年，第 33 页。

④ 聂荣臻：《关于部队文艺工作诸问题——在晋察冀军区文艺工作会议上的讲话》，《晋察冀日报》，1942 年 8 月 13 日。

⑤ 刘荒：《“意识以外”——评方纪〈意识以外〉》，《解放日报》，1942 年 6 月 25 日。

⑥ 沈毅：《与莫耶同志谈创作思想问题》，《抗战日报》，1942 年 7 月 7 日。

想，情感和激动底流露”；“由于小资产阶级底幻想，情感，和激励，使作者和现实有了隔离”。[①] 上述对作家作品单一的政治评判视角，挤压了文学的审美性追求，在当时的时代背景下，彰显了《在延安文艺座谈会上的讲话》后文学批评界的政治诉求。

（二）现实性、真实性服从以政治标准为中心

抗战前期，延安解放区文学批评除了追求文学作品的思想性、艺术性的一致性，还强调文学作品的现实性、真实性的统一。在文艺与政治均衡化考虑的阶段，作品的现实性与真实性被置于批评标准的重要地位。

抗战后期的文学批评，在政治中心标准的询唤、规约下，文学批评家们用毛泽东的《在延安文艺座谈会上的讲话》中设立的批评新秩序来要求作家的文学创作：文学作品一定要摆正立场，明确歌颂与暴露的对象。燎荧批评丁玲的《在医院中》[②]时指出：“新现实主义之所谓真实，不能只是对于现实生活之表面的现象的精确的描写，必须抉发对象底本质，区别其主要的与部分的，把握它底过去与未来”；“作为现实主义之真实反映的文学作品，是不可以也不应该从属于现实之后，确切地说，不是从属于‘现实的部分的（眼前的、个别的、片面的）现实’之后的。《在医院中时》底作者，是被部分的现实（现象）所俘虏了，是被和他自己相同的人所俘虏了。他是站在小资产阶级知识分子的立场上，像陆萍就只有和她自己相同的朋友，带着陈腐的阶级的偏见，对和自己出身不同的人做出不正确的观察甚至否定”。[③] 对现实的真实反映必然是符合无产阶级立场所做出的描写，政治倾向性的鲜明与否成为判别文学作品的重要标志。吴时韵批评何其芳的诗歌《叹息三章》与《诗三首》时认为，“在我们这个时代，诗人的责任，绝不能是‘叹息’又‘叹息’呵”；“从某一方面来看，何其芳同志，也许是爱现实了；然而他是‘居高临下’的来看现实的”，“因之，便不可避免地形成了何其芳同志和现实之间不能协调和隔离了”。[④] 周扬在对张棣赓的小说《腊月二十一》的批评中说得很明确：“一个作家即使说了实在的事实，也并不能就等于他说出了真理”；“艺术的真实并不等于个别的事实，也不等于好多事实加在一起”；“在政治上错误的作品，决不

---

① 贾芝：《略谈何其芳同志的六首诗——由吴时韵同志的批评谈起》，《解放日报》，1942 年 7 月 18 日。

② 《在医院中》初次发表于《谷雨》，题目为“在医院中时”。1942 年发表于重庆《文艺阵地》时更名为“在医院中”。

③ 燎荧：《“人……在艰苦中生长”——评丁玲同志底〈在医院中时〉》，《解放日报》，1942 年 6 月 10 日。

④ 吴时韵：《〈叹息三章〉与〈诗三首〉读后》，《解放日报》，1942 年 6 月 19 日。

可能在艺术上真实,这一条道理也是无可辩驳的”。[①] 由此可见他们都认定:政治错误与艺术真实二者之间,有着不可逾越、不可混淆的界限。

当文学作品的思想性、艺术性与现实性、真实性均服从于以政治标准为中心时,抗战后期延安解放区及各抗日民主根据地的文学批评体系也就逐渐建构成型了,它们有力地影响了延安解放区后期文学的创作风貌和中华人民共和国成立之后的“十七年”文学与“文革”文学的批评面貌。

二、延安解放区后期文学题材和主题的转化

延安解放区后期文学批评模式的转化,带来了文学作品的题材和主题的转化:“由知识分子题材全面转向工农兵题材,个性思想解放主题向集体性阶级解放主题嬗变。”[②]这种转化与嬗变是在《在延安文艺座谈会上的讲话》影响下,经过文学作品批评实践之后的转型。

在延安解放区前期相对自由宽松的文学批评氛围的影响下,文学创作的题材呈现出较为多元化的丰富性面貌,作品的主题也较为注重追求个人的思想解放,文学批评者秉持多元化的批评视角体察、评判作品。由于抗战情势的威逼和强化抗日民族统一战线的需要,反映抗战题材的文学作品出现繁盛局面,批评家要求作品的描写要紧扣主题,必须是高于生活的描摹。

《在延安文艺座谈会上的讲话》的发表和延安文艺界整风,对延安解放区文学作品的题材和主题的转向产生了决定性的影响。《在延安文艺座谈会上的讲话》严厉地批评了知识分子身上的小资产阶级习气,同时确认延安解放区文艺的服务对象首先是工农兵,“我们的文学艺术都是为人民大众的,首先为工农兵的,为工农兵而创作,为工农兵所利用的”。[③] 确立工农兵为延安解放区文学服务的对象,就必然要求文学创作的题材和主题是“主要写解放区的工农兵生活,主要写解放区生活的光明面,注重塑造和歌颂先进人物与英雄典型,表现对历史发展的乐观主义”。[④] 非垢在《偏差——关于〈丽萍的烦恼〉》一文中就指出小说《丽萍的烦恼》对人

① 周扬:《〈腊月二十一〉的立场问题——与张棣赓同志的通信》,《解放日报》,1942年11月8日。

② 刘刚圣:《解放区文学批评研究——以解放区文学小说创作批评为考察对象》,福建师范大学硕士学位论文,2012年,第55-56页。

③ 毛泽东:《在延安文艺座谈会上的讲话》,《解放日报》,1943年10月19日。

④ 江震龙,席扬:《解放区文学思潮》,朱栋霖、朱晓进、龙泉明主编《中国现代文学史1917—2000(上)》,北京大学出版社,2007年,第289页。

物个别性缺陷的过分夸大是不正确的："违背了事情自身发展的规律，而代之作者主观的安排，单纯的感情激动代替了对于客观事物冷静的观察和研究，挖苦代替了教育，鄙视代替了同情，这便是使《丽萍的烦恼》发生偏差的原因，也是这篇致命的弱点"；"比如，夸大个别的缺点而不曾指明那只是个别的，有些地方竟给自己抹花脸，把不会有的事也拉在自己身上。这样不但不能说服自己的同志，反而给某些恶意的人以造谣中伤的根据"；"此外，更重要的，我们那些英雄和英雄的事迹应该比《丽萍的烦恼》更值得歌颂"。[①] 莫耶在《与非垢同志谈〈丽萍的烦恼〉》中则认为，"《丽萍的烦恼》中致命的弱点并不是非垢同志所指的人物的刻划和事实的有无，而是应该指出这仅是整个进步的现实中的一小部分的缺陷，而且我们革命的政党的队伍是怎样在努力着逐渐克服这些缺陷。这里我却仅仅着重于揭发否定的人物所表现出来的生活里的缺陷，忽视了以整体的进步现实中的肯定人物来作对照，以致客观上可能使那些在我们的环境以外的某些人把这部分的弱点夸大作为整体，而作为造谣中伤的根据的。"[②]对工农兵题材的宣扬必然要求作家明确自己所立足的政治支点，必须"把自己的身子的重心完全挪到无产阶级所站的地方来"。[③]

作为对《在延安文艺座谈会上的讲话》所确立的工农兵方向的积极回应，1943 年 2 月的春节期间，延安解放区掀起了群众性的、轰轰烈烈的新秧歌剧运动。一时间，延安解放区及各抗日民主根据地迅速掀起了秧歌剧演出的热潮。1943 年"春节文艺宣传活动，大量采用民间形式，采用为广大群众能听得懂看得懂的形式，采用为老百姓能解得下的形式，这是表示延安文艺活动向新的发展方向的开始，向着毛主席号召的方向的开始"；"许多作家已经开始去访问老百姓劳动英雄，写他们的事业，小说诗歌戏剧等等，都在向着接近群众这一方向走。所有这些就是表现延安文艺界向着新的发展方向的开始，向着为工农兵服务的方向的开始"。[④] 这些新秧歌剧的题材和主题是"军政民团结，对敌斗争；组织劳动力，改造二流子，增加生产；破除迷信，提倡卫生"，[⑤]绝大多数的新秧歌剧，充满着对新生活的歌颂与对旧社会的控诉，营造出"一种新的生活气氛"，"一种愉

① 非垢：《偏差——关于〈丽萍的烦恼〉》，《抗战日报》，1942 年 6 月 11 日。
② 莫耶：《与非垢同志谈〈丽萍的烦恼〉》，《抗战日报》，1942 年 6 月 16 日。
③ 严文井：《评过去四期〈草叶〉上的创作》，延安鲁迅艺术文学院草叶社编《草叶》，1942 年第 5 期。
④ 凯丰：《关于文艺工作者下乡问题》，《解放日报》，1943 年 3 月 28 日。
⑤ 艾青：《秧歌剧的形式》，《解放日报》，1944 年 6 月 28 日。

快、活泼、健康、新生的气氛”。[①] 延安解放区1943年至1944年上演的话剧作品，以工农兵为主角、贴近现实生活、乡土气息浓郁、为战争政治服务、形式多样灵活等特点，使延安解放区话剧从剧场走向广场，受到延安解放区广大群众的热烈欢迎。1945年4月诞生的民族新歌剧《白毛女》把原先在河北西北部流传的“白毛仙姑”的民间神怪传说，改造成主题和题材是“一方面集中地表现了封建黑暗的旧中国和它统治下的农民的痛苦生活，另一方面又表现了在共产党领导下的新民主主义的新中国(解放区)的光明，在这里的农民得到翻身。即所谓‘旧社会把人逼成“鬼”，新社会把“鬼”变成人’”；“表现两个不同社会的对照，表现人民的翻身”。首席执笔者贺敬之在总结《白毛女》创作与演出的经验时强调它的成功“说明新的艺术为群众服务，反映群众，通过群众，群众是主角，是鉴赏家，是批评家，有时是直接的创造者”。[②]

赵树理凭借着“在群众中工作和在群众中生活”的天然条件，“在作群众工作的过程中，遇到了非解决不可而又不是轻易能解决了的问题，往往就变成所要写的主题”；创作“在运用语言和故事结构上”，“尽量照顾群众的习惯”[③]的代表性小说《小二黑结婚》《李有才板话》《李家庄的变迁》，被周扬赞誉为“是三幅农村中发生的伟大变革的庄严美妙的图画”，“作者在人物创造上”和“在语言上的创造”的独特性魅力，“是毛泽东文艺思想在创作实践上的一个胜利”；赵树理是“一位具有新颖独创的大众风格的人民艺术家”。[④] 丁玲在文艺界整风之后，下乡参加土改运动，小说创作上紧跟时代、政治步伐，创作出宣传土地改革政策的具有政治教科书性质的长篇小说《太阳照在桑干河上》，得到胡乔木、萧三、艾思奇和毛泽东的肯定，出版后受到读者的热烈欢迎。周立波在文艺整风后的1944年至1945年跟随王震将军南下转战湘粤，1946年10月到尚志元宝区元兴乡领导土改运动并担任区委干部，1947年5月至6月写出表现土改运动的长篇小说《暴风骤雨》上卷初稿；7月份又到五常县周家岗等地参加“砍挖运动”，边工作边修改《暴风骤雨》上卷；1948年4月上卷出版。在5月19日召开的小说研究座谈会上，周立波总结经验说：“文学工作者应

---

① 张庚：《解放区的戏剧》，中华全国文学艺术工作者代表大会宣传处编《中华全国文学艺术工作者代表大会纪念文集》，1950年，第195页。

② 贺敬之：《〈白毛女〉的创作与演出》，《中国新文学大系1937—1949》编辑委员会编《中国新文学大系1937—1949·第一集·文学理论卷一》，上海文艺出版社，1990年，第694、695、698页。

③ 赵树理：《也算经验》，《人民日报》，1949年6月26日。

④ 周扬：《论赵树理的创作》，《解放日报》，1946年8月26日。

该尊重各级党的领导和指导，应该经常虚心认真的向群众学习，并且善于集中同志们的智慧。”①

以李季的民歌体叙事长诗《王贵与李香香》②为代表的解放区“信天游诗派”，运用陕北民歌信天游的形式，将民间爱情故事与政治革命故事相糅合，塑造了栩栩如生的王贵、李香香翻身农民形象，使“革命翻身”的题材和主题借助于民间形式达到新的叙事效果。阮章竞1949年创作的长诗《漳河水》③塑造了荷荷、苓苓、紫金英这三位性格、经历各不相同的女性形象，将妇女解放的时代主题与太行山区的民谣形式完美地统一在一起，控诉了旧社会，歌颂了新生活，把长篇民歌体叙事诗推向成熟。

延安解放区后期的文学批评，在政治功利化意图的规训下，对题材与主题的要求有着明确的主次之分、轻重之别：“我们的作家，绝大多都是党的作家和非党的布尔塞维克作家，以及许多在完全新的教育底下生长起来的青年作家，我们面前的读者对象，已经不只是小资产阶级的知识分子，而且是一般已经获得相当文化水平的工农干部，以及为长久的革命斗争所培养出来的完全新型的知识分子——如果我们注意这些，那末在我们目前的具体情况下，我们提出这样的任务，这样的方向：表现工农，表现军队——这主要的，而在过去不曾获得非常注意的力量，是完全必要的”；作品的题材必须能够带来政治生活的积极性：“我们不赞成对于各种题材一视同仁的平均主义的看法，这样的看法在现时是有害的，没有推动作家更向生活突进的积极意义的，它会使我们的创作活动陷入自发主义和客观主义观照主义的危险。”④陆地在《关于〈落伍者〉——自我批评，兼答程钧昌同志》一文中对自我创作进行反省时就指出：主题处于统领情感的支配地位，“本来作品是藉着通过对形象的感性为手段，而达到理性的，对于现实的认识、批判和指导为目的的。做到这点，就必须前者（作品中引起的感情）服从于后者（主题），才能使作品达到完善的境界”⑤。延安解放区文学批评实践层面的文学作品题材和主题转化，表征着工农

① 周立波：《〈暴风骤雨〉是怎样写的?》，《东北日报》，1948年5月29日。

② 李季：《王贵与李香香》，连载于1946年夏《三边报》，又连载于《解放日报》1946年9月22、23、24日。

③ 阮章竞：《漳河水》，《太行文艺》第一期，1949年5月。修改稿发表在《人民文学》第2卷第2期，1950年6月。

④ 杨思仲：《对于题材问题的一理解》，《解放日报》，1942年7月4日。

⑤ 陆地：《关于〈落伍者〉——自我批评，兼答程钧昌同志》，《解放日报》，1942年7月15日。

兵文学时代的到来。延安解放区文学批评在体制的监督下,作家的创作从自由走向自觉,延安解放区后期文学批评“确然成了党的革命事业的有机部分之一”。[①]

(作者单位:肖瑛,国网宁德供电公司;江震龙,福建师范大学文学院)

① 袁盛勇:《论后期延安文艺批评与监督机制的形成》,《文艺理论研究》,2007 年第 3 期,第 102 - 109 页。

地域文化视野下的抗战文学叙述

陈舒劼

抗战文学源于抗日战争。通常而言,抗战文学包含了两种理解的可能性。其一,抗战文学是抗日战争时期文学的统称,“抗战”是文学历史阶段的时间定语;其二,抗战文学是指以抗日战争为主题的文学叙事,“抗战”是文学主题的类型定语,这两者之间存在着内容的交集。作为中国现代史乃至中国史上无法回避的历史事件,抗日战争全面而深刻地影响了现代中国的各个方面,从宏观的政治、军事和社会结构,到琐碎的百姓日常生活细节。文学也必须听从时代政治的征调,这是抗战文学无法脱离的背景。迄今为止,关于抗战文学的民族精神和民族形式、抗战文学的人民性、抗战文学的二战视野、抗战文学的美学表现等主题的研究都已经十分丰富,总结历史和美学的双重经验之余,还必须意识到抗战文学研究未来指向性的重要。抗战是历史,也是走向未来的资源。如果要在抗战文学中寻找某个视角,同时实现对历史的理解和对未来的参与,那么地域文化是一个有效的选择。通过地域文化理解抗战文学,必须看到它的合法性、审美性、局限性与文化再生产能力,即它所携带的影响未来的认同能量。

一

通过地域文化理解抗战文学,有历史赋予的合法性。地域视角源于抗战文学所置身的历史,地域性是抗战时期文学重要的发展和存在形态。抗战虽是日本军国主义谋求侵略扩张导致的结果,但它不是同一时间在中国全面铺开,而是先在某一具体空间内发生。从抗战全面爆发的层面说，抗战始发于北平的卢沟桥；从日本侵略祖国大陆的层面说，抗战始发于沈阳北大营；在整个近现代史的背景中看中国人民反抗日本殖民侵略的意义上，抗战始发于1895年之后的台湾。随着日本侵略的逐步深入和抗战政治军事形势的不断变化，抗战文学的地域性风格也愈加明显。“如果不从区域地理的角度去研究几个独立空间区域的文学地理学问题，就不可能深入和细致地把握抗日战争文学活动的多元结构的整体性，不能分析由中国国家地理因素决定的民族的爱国主义和中国人身份的文化同一性和意识形态的深刻含义。”①一般意义上，抗战文学的地域性视角，就是从省域角度对抗战文学进行的划分（如河北、山西或某一省份的抗战文学），也可以在省域基础上进一步组合（如东北沦陷区抗战文学、华北沦陷区抗战文学），这也是历代文学地理学研究中经常出现的。若考虑到与抗战的政治军事大格局更紧密地契合，那么抗战时的文学地理就主要依靠各政治势力的实际控制范围来进行划分。“到了1942年前后，抗战时期中国文学地理的基本格局大体确定下来……国统区、解放区、沦陷区三大文学板块的主体特征得以凸显，各区域之间的文学界限愈益鲜明……国统区、解放区、沦陷区三大文学空间构成了战时中国的文学地理，这是一种较为概括和通行的说法。在大的文学地理范围内，还可以细化出若干个不同的文学区域，即大系统之中的子系统。”②因此，这种三分法，也可以演变出其他不同的组合。“首先是对抗战时期的中国文学进行二分，分别为抗战区文学与沦陷区文学；然后是对抗战区文学的主要区域进行二分，分别为以重庆为中心的大后方文学，与以延安为中心的边区文学；最后是对沦陷区文学的主要区域进行二分，分别为以北平为中心的华北沦陷区文学，与以上海为中心的华东沦陷区文学。”③若考虑到东北沦陷区和台湾的抗战文学写作，这些划分还将更加复杂。

当然，无论进行怎样的地域区隔，政治因素始终是抗战时期文学地域性的主导者。政治对文学的掌控在抗战及其后的相当长时间内，都理直气壮。击败日本侵略武装、保持民族国家的独立完整是抗战时期的头等大事，所有的意识形态都必须优先为它服务。抗战进程所形成的多股政

① 冯宪光：《重庆抗战时期的文学地理学问题》，《社会科学研究》，2005年第6期，第172－177页。

② 王维国：《抗战时期中国文学地理的基本格局——战时中国文学地理研究之二》，《学习与探索》，2009年第1期，第204－206页。

③ 郝明工：《抗战时期中国文学的区域分化与主导特征》，《中国现代文学研究丛刊》，2009年第3期，第103－111页。

治力量客观上决定了抗战时期文学的地域性格局和色彩，中国战时的政治地理版图，是其时文学地理格局的基座。“抗战时期的中国文学地理建构在中国战时政治地理之上，是以各个区域不同的社会制度为基石，同时涵纳其它地理因子构成的一种特殊的文学呈现方式……此时的区域社会制度及其所属的政治意识形态在中国文学地理诸多构成因子中无可置疑地占据了主导地位。”[①]国统区、解放区、沦陷区的政治主导者先后推出各自的文艺政策，引导和规训各自政治势力范畴内的意识形态表述，这种区域性文化场域和文学制度的建设，直接影响着当时中国文学的地域化面貌。

在政治军事力量的变迁中，抗战还主导了中国文学地理的重心变迁，战前海派、京派的南北并立，在战中逐渐演变为文学重心的西迁，包括贵州等西部省份在内，都出现了因这种文学重心转移而产生的文化繁荣。抗战之于贵州文学而言，成了难得的发展契机。[②] 而重庆，则成为抗战时期文学重心西迁最大的受益者。史料表明，从 1937 年下半年开始，有全国影响力的作家和文艺团体开始陆续赴渝，而原先位于宁、沪、京等文化中心城市的重要报社、文艺期刊、出版社、剧团、电影制片厂等文艺机构，也逐步迁渝或在渝设立新的分支。重庆的报社从抗战前的三家骤然增至 70 家左右，包括《中央日报》《新民报》《新华日报》等全国大报。战时重庆的文艺刊物超过了 900 种，包括内迁的《抗战文艺》《文艺阵地》《七月》等和新办的《文艺战线》《文学月刊》《文坛》《中原》等。在商务印书馆、中华书局、开明书店、世界书局等全国著名的出版社相继迁入之后，重庆成了战时全国文学书籍的出版中心。[③] 文学地理格局的政治性重新划分与文学重心西迁，是抗战文学鲜明的特质，它保留了地域文化与政治意志、文化场域等因素相互融合，共同作用于文学书写的丰富信息。

二

从地域视角理解抗战文学有其天然的合法性，但这种合法性还需要得到文学审美的再确认。现代文学如何表现战时地域性因素对文学叙述

① 王维国：《抗战时期中国文学地理的重新划分——战时中国文学地理研究之一》，《江海学刊》，2008 年第 6 期，第 177－180 页。

② 谢廷秋：《贵州抗战文化与文学研究》，华中师范大学硕士学位论文，2012 年。

③ 冯宪光：《重庆抗战时期的文学地理学问题》，《社会科学研究》，2005 年第 6 期，第 172－177 页。

的影响,战时政治文化场域消失之后的当代抗战文学怎样展现叙事中的地域文化美学,是地域文化视角下的抗战文学研究必须要面对的。文学地理学研究被认为是一种双向的互动性研究:“文学地理学的任务,就是考察不同的自然地理环境和人文地理环境,对文学家的气质、心理、知识结构、文化底蕴、价值观念、审美倾向、艺术感知、文学选择等构成的影响,以及通过文学家这个中介,对文学作品的体裁、形式、语言,主题、题材,人物、原型、意象、景观等构成的影响;还要考察文学家(以及由文学家所组成的文学家族、文学流派、文学社团、文学中心等)所完成的文学积累(文学作品、文学胜迹等),所形成的文学传统,所营造的文学风气,等等,对当地的人文环境所构成的影响。文学与地理环境的关系是一个互动关系。”①地域文化就是文学与地理环境互动关系的枢纽:“地域对文学的影响,实际上通过区域文化这个中间环节而起作用。即使自然条件,后来也是越发与本区域的人文因素紧密联结,透过区域文化的中间环节才影响和制约着文学的。”②历史已经展示了地域因素对抗战文学的深刻影响,接下来要讨论的应是抗战文学中呈现的地域美学,以及抗战文学中携带着的认同能量。

有研究以各沦陷区为例讨论了抗战文学的地域美学差异,“在政治因素之外,各沦陷区文学还因民风民俗、文化传统和审美趣味的差别而呈现出相异的区域特征。华北沦陷区以冲淡娴雅的细腻文风宣示着自己的文学地域性,东北沦陷区以原始野性的粗粝文风彰显自己的文学区位特征,上海沦陷区则以清柔精细的琐屑文风标明自己的海派文学领地。”③各沦陷区文学的美学风格差异,显然源于地域文化审美传统。抗战局势、政治观念、文艺政策等外部因素,和文学的地域性审美传统相融汇,就会产生较为典型的抗战区域文学形象。“陪都重庆”就是抗战时期地域文化与政治时局氛围融汇而成的文学形象。“陪都重庆这一文学形象具有两大构成层面,一个是陪都气象,一个是山城意象,它们都是在陪都重庆的战时生活基础上生成的区域文学形象。陪都气象的文化蕴涵构成是陪都文化之中的地域文化,表现出战时生活中陪都重庆从意识形态主流到行政权力控制的政治特征,既达成抗战建国的共识,也进行思想自由的限制。

① 曾大兴:《文学地理学研究》,商务印书馆,2012年,第2页。

② 逄增玉:《黑土地文化与东北作家群》,湖南教育出版社,1995年,第2页。

③ 王维国:《抗战时期中国文学地理的基本格局——战时中国文学地理研究之二》,《学习与探索》,2009年第1期,第204-206页。

山城意象的文化蕴涵构成是陪都文化之中的地方文化,表现出战时生活中陪都重庆从人文地理环境到本地生活导向的民俗特征,既升腾起青山绿水的惊喜,也涌动着大雾弥天的消沉,加之峡江生活的粗放与粗犷,在战时条件下分别从两个向度以不同的方式进行着强度不同的冲击,这就给予山城意象以两极对立的外观。在陪都气象与山城意象之间,两极化的文学形象外观具有同构性,这正是它们彼此在文本表达中有可能融合成为具有整体性的陪都重庆这一文学形象的内在连接点。"[①]雾、山、江等地域景观,在文学叙述之中转换为战时重庆各种文化政治观念表述的美感符号。

当代文学中的抗战文学叙述也带有浓烈的地域风情。在共和国成立之后的抗战文学创作中占有重要席位的河北抗战文学,曾涌现出包括中国当代第一部抗战小说《新儿女英雄传》在内的百余部作品,《风云初记》《烈火金钢》《敌后武工队》《英华之歌》等作品都产生了相当大的影响力,地域文化是其中明显的助力因素。"河北抗战题材小说还对河北特有的自然景色和风土人情做了卓越的描绘,如大平原、青纱帐、千里堤、白洋淀、太行山、蟠龙山、滹沱河、潴龙河、还乡河的美丽风光,串亲、赶集、成婚、出殡等一系列河北地区特有的风俗习惯,这些浸染了抗日炮火的风景画和风俗画具有鲜明的时代色彩,又有浓郁的河北地方的乡土气息。"[②]河北抗战文学的艺术水准,离不开青纱帐、芦花荡和地道等系列经典地域文化意象的贡献。

强调地域文化对抗战文学美感营造的重要作用,并不意味着强调地域文化美学在抗战文学诸多因素之间的主导性地位。地域文化美学虽然重要,但在整个抗战文学叙述传统之中,地方美学底色大多是向政治认同、人性深度等区域跨越的基石。巴金的《寒夜》就在战时重庆的特殊区域文化氛围中,塑造了汪文宣和曾树生等小知识分子在性格与命运上的双重悲剧。到了当代莫言的《红高粱家族》和铁凝的《棉花垛》等作品中时,地域性文化因素更明显地靠近了抗战大背景中的人性主题。《红高粱家族》中有这样一段将富有地域特色的"红高粱"与人濒死的感受相融合的叙述:"奶奶听到了宇宙的声音,那声音来自一株株红高粱。奶奶注视着红高粱,在她朦胧的眼睛里,高粱们奇谲瑰丽,奇形怪状。它们呻吟着、

---

① 郝明工:《陪都文学的书写意向与文化蕴涵》,《重庆社会科学》,2013 年第 1 期,第 110 - 115 页。

② 王维国,赵心宪:《中国当代文学史上的一道壮丽风景——河北抗战题材文学综论》,《文艺理论与批评》,1999 年第 4 期,第 71 - 78 页。

扭曲着、呼号着、缠绕着，时而像魔鬼，时而像亲人，它们在奶奶眼里盘结成蛇样的一团，又忽喇喇地伸展开来，奶奶无法说出它们的光彩了。它们红红绿绿，白白黑黑，蓝蓝绿绿，它们哈哈大笑，它们嚎啕大哭，哭出的眼泪像雨点一样打在奶奶心中那一片苍凉的沙滩上。高粱缝隙里，镶着一块块的蓝天，天是那么高又是那么低。奶奶觉得天与地、与人、与高粱交织在一起，一切都在一个硕大无朋的罩子里罩着。”①在这里，抗战文学与地域文化的联系已经比较微弱，地域审美传统更多地倒向了人性体验的丰富。从另一个角度说，“只有那些既能够产生地区性影响、又能够引发地缘性反响的文学创作，才有可能在完整地体现出文化与文学的地理性的同时，超越时间与空间的双重限制，融为中国现代文化与文学发展长链中不可缺失之一环”。② 这对于抗战文学的地域美学叙述，无疑是种启示。

三

闽台作为特定的地域视角，其抗战文学叙述携带着特殊的认同能量，与当代海峡两岸的文化交流和认同融汇关系密切，这是其他区域视角不具备的特色。

从历史出发，有研究提出了抗战文学发端于台湾新文学的史论，“只有日据时期的台湾新文学才真正是抗战文学的初潮与先声”，台湾属于中国是这一判断的前提。“能尊重历史的实际，承认中国现代文学是由大陆、台湾、港澳等‘两岸三地’的文学共同构成的一个有机整体并由此出发来思考本文所提出的这一问题，那么抗战文学发端于1920年的日据时期的台湾新文学，中国现代文学史上最早出现的抗日小说是20年代中期出现于海峡彼岸的《一杆称仔》（赖和）和《光临》（杨运萍）等作品。日据时期的台湾新文学是整个中国现代文学发展史上最早出现的抗日文学创作潮流，是在日本侵略者占领下的沦陷区文学中最具战斗品格也最为悲壮辉煌的特殊组成部分。”③台湾在中国近现代史上独特的遭遇使抗战文

① 莫言：《红高粱家族》，上海文艺出版社，2005年，第68页。

② 郝明工：《论陪都重庆文化与文学的地理性》，《重庆工商大学学报（社会科学版）》，2005年第6期，第110－115页。

③ 托德宗：《中国抗战文学初潮究竟起于何时何地——兼论日据时期台湾新文学在中国抗战文学中的历史地位》，《新疆大学学报（哲学人文社会科学版）》，2005年第4期，第124－128页。

学叙述必然与福建关系密切，“闽台一体”既是台湾史上的传统，也是抗战时期闽台关系的生动写照。尤其在抗战后期，福建在台湾的光复进程中更是贡献巨大。有学者详细梳理了抗战后期福建在台湾光复中的作用和贡献：1943 年，国民党台湾党部和台湾义勇队两大重要抗日团体分头迁设福建，得到了福建各界的大力支持，中国政府从形式和内容上开始有步骤地营造准备收复台湾的氛围。1944 年 3 月，肩负解决台湾问题、收复台湾的重大使命的国民党台湾党部迁往福建临时省会永安。闽台历史上天然形成的密切关系，促使福建在大陆省份中率先唱响光复台湾的舆论，并屡向国民党最高当局提出复台主张和建议，进一步营造了收复台湾的气氛。蒋介石选择陈仪具体筹划接收台湾事宜，也充分考虑到了台湾与福建密不可分的关系。陈仪在台调会主任委员和台湾省行政长官任上，就多方面借重福建的帮助以打开局面。在台湾光复的过程中，福建其实成了重要的后方基地。福建为台湾的光复供应了重要干部和各方人员，在台湾光复后的国语教育等事务中尤其起到了他省无法替代的作用。① 这种情景，极似清政府开发台湾时对福建政治文化资源的倚重和征调。

民国政府迁往台湾之后，两岸经历了一段对峙的时期。虽然两岸在 20 世纪 80 年代之后恢复了交往交流，但政治认同分歧在短时间内无法弥合。习近平总书记曾就“深入开展中国人民抗日战争研究”做出指示：“要从总体上把握局部抗战和全国性抗战、正面战场和敌后战场、中国人民抗日战争和世界反法西斯战争等重大关系……推动海峡两岸史学界共享史料、共写史书，共同捍卫民族尊严和荣誉。”②此时，两岸共同的抗战历史记忆就成为弥合认同的重要文化资源。当代的台湾抗战文学叙述，既有像林耀德的《白垩魔堡》这样截取个体瞬间心理活动表达抗日认同的小说，也有像施叔青的“台湾三部曲”（《行过洛津》《风前尘埃》《三世人》）这样纵贯台湾近现代史的台日认同冲突考察。包括台湾汉族和少数民族在内的中华各族人民，无论面临怎样的武装镇压和认同清洗，反抗日本殖民统治的精神始终不曾改变，这是历史的主流。施叔青的《三世人》曾以日本战败后台湾人民在等待回归的两个月中的表现，来表达这种永不屈服的民族气节：“那两个月，台湾人自尊自爱，治安良好，家家夜不

① 钟兆云：《抗战后期福建在台湾光复中的作用和贡献——兼论新时期福建在“反独促统”中的应有使命》，《东南学术》，2005 年第 4 期，第 105 - 117 页。

② 习近平：《让历史说话用史实发言　深入开展中国人民抗日战争研究》，http://news.xinhuanet.com/ttgg/2015 - 07/31/c_1116107416.htm.（2015.10.3）

闭户,台湾人向战败的日本人示威,做精神上的竞争,虽然经过五十一年的压制,台湾人并没有屈服。"[①]国民党政府入台之后,新的政治局面并没有带来认同困惑的消失。《三世人》中的施朝宗陷入了认同的晕眩:"从日本投降到'二二八'事变发生,短短的十八个月,施朝宗好像做了三世人。从日本的志愿兵'天皇的赤子',回到台湾本岛人,然后国民党政府接收,又成为中国人。到底哪一个才是他真正的自己?"[②]如果联系到"施朝宗"这个名字隐含的认同指向,那么这种认同晕眩的文学叙事显然携带着沉重的气息。

实际上,台岛之中的认同晕眩直至今日也并未完全消失。即便是基于抗战这样的民族共同记忆,两岸之间仍存分歧。"两岸抗战史观的分歧,仍是阻碍交流的重大心结所在","国民党虽然长期呼吁大陆重新定义抗战历史,却对'共写史书'的倡议反应冷淡"。[③] 历史需要在新的叙述中继承和生产,"面对保留在不同作家作品中的各种纷繁多义的记忆,每一种解释都可能有助于逼近某种历史的、现实的或情感的真实状态,但任何一种单一的诠释也都有可能是不完整的"。[④] 如何激活抗战文化中共有的认同,闽台地域下的抗战文学叙述有着广阔的发挥空间。

四

地域性是抗战时期文学重要的发展和存在形态,是抗战文学审美表现的重要因素和认同交流的重要资源,也是战后抗战文学研究的重要视角。[⑤] 地域视角下的抗战文学研究日趋兴盛,包括成立研究机构、出版专著、撰写学位论文等诸多研究方式,涉及重庆、贵州、河北、山东等地域,涵盖文学地理、文学场域、民族心理、文化蕴涵、文学形象、研究资料等诸多内容层面。

仅以研究方式而论,在研究平台的建设方面,重庆的抗战文学研究受到了高度重视,依托重庆师范大学、西南大学、重庆图书馆等单位,重庆挂牌成立了重庆市抗战文史研究基地、重庆中国抗战大后方历史文化研究

---

① 施叔青:《三世人》,生活·读书·新知三联书店,2012年,第249页。
② 同①,第248页。
③ 王平:《两岸抗战史观落差怎样弥合》,《人民日报(海外版)》,2015年9月16日,第3版。
④ 黎湘萍:《文学台湾:台湾知识者的文学叙事与理论想象·自序》,人民文学出版社,2003年,第5页。
⑤ 限于学术视野和能力,本文没有涉及台湾地区关于抗战文学的研究。

中心、重庆中国大后方抗战历史文献中心等研究机构。[①] 这些机构也从侧面反映出重庆在区域抗战文学方面的能力和潜力。

在专著出版方面,张中良的《抗战文学与正面战场》(社会科学文献出版社 2014 年)涉及武汉会战、昆仑关战役、衡阳保卫战的文学叙事研究。靳明全及其研究团队以重庆抗战文学为主题先后推出了《重庆抗战文学论稿》(重庆出版社 2003 年)、《重庆抗战文学理论》(重庆出版社 2005 年)、《重庆抗战文学与外国文化》(重庆出版社 2006 年)、《大后方抗战文学的农村书写》(巴蜀书社 2012 年)、《重庆抗战文学区域性》(重庆出版社 2012 年)等著作,其中数本入选“重庆抗战文学研究丛书”。其余地域文化视角下的研究成果还有杜学文和杨占平的《世界反法西斯战争中的山西抗战文学》(北岳文艺出版社 2015 年)、张泉的《抗战时期的华北文学》(贵州教育出版社 2005 年)、沈秋农编著的《常熟抗战文学作品选》(江苏广陵书社 2013 年)等。

在博士学位论文撰写方面,近些年来与地域视角下抗战文学研究相关的论文至少有谢廷秋的《贵州抗战文化与文学研究》(华中师范大学 2012 年)、曹建林的《苏北根据地抗战文艺研究(1940—1945)》(苏州大学 2012 年)、范庆超的《抗战时期东北作家研究(1931—1945)》(中央民族大学 2011 年)等。

在学术论文发表方面,王维国从文学地理学的宏观角度发表了系列研究,即《抗战时期中国文学地理的重新划分》(《江海学刊》2008 年第 6 期)、《抗战时期中国文学地理的基本格局》(《学习与探索》2009 年第 1 期)、《抗战时期中国文学地理的艺术表征》(《人文杂志》2009 年第 2 期)。以重庆为主题的研究论文为数不少,如张全之的《重庆:中国现代文学的“异乡”》(《重庆师范大学学报》2012 年第 1 期)、张武军的《北京、上海文学中心的陷落与重庆文学中心的形成——略论抗战对中国现代文学格局的影响》(《现代中国文化与文学》2005 年第 2 期)、郝明工的《陪都文学与“重庆形象”变迁》(《重庆师范大学学报》2007 年第 4 期)、郝明工的《试论陪都重庆的文化建构两维度》(《重庆师范大学学报》2006 年第 3 期)、张武军的《重庆雾与中国抗战文学》(《西南大学学报》2009 年第 2 期)、段美乔的《试论抗战时期西南旅行记的勃兴》(《现代中国文化

① 杨清芝:《近年抗战文学研究述评》,《重庆工商大学学报(社会科学版)》,2012 年第 6 期,第 130 - 135 页。

与文学》2009 年第 2 期)等。王维国和赵心宪的《中国当代文学史上的一道壮丽风景——河北抗战题材文学综论》(《文艺理论与批评》1999 年第 4 期)、房福贤的《民族文学视野中的山东抗日文学》(《齐鲁学刊》2007 年第 3 期)分别讨论了河北和山东的抗战文学。

学术论文发表方面,尤其值得注意的是地域视角下的台湾抗战文学研究成果。20 世纪 90 年代中期,李延的《抗战文学研究在台湾》(《上海师范大学学报》1994 年第 2 期)、朱双一的《台湾中、青年作家有关日本侵华和中国抗战历史题材的创作》(《世界华文文学论坛》1995 年第 3 期)、徐学的《斩不断的民族心声——八年抗战时期的台湾文学》(《文艺理论与批评》1996 年第 4 期)是台湾抗战文学研究的重要论文。近些年来,秦弓(张中良)整理出了《台湾的抗战文学资料与研究成果》(《抗战文化研究(第七辑)》2013 年)。许月桥的《论二十世纪台湾小说的抗战书写》是重庆师范大学 2014 年的硕士学位论文。台湾抗战之于中国抗战有着独特的意义,在两岸文化交往日趋密切、但仍存诸多瓶颈有待突破的情形下,尤其应该重视台湾的抗战文学叙述中包含的认同因素。

(作者单位:福建社会科学院精神文明研究所)

20世纪30年代台湾普罗文学运动初探

吴舒洁

20世纪30年代前期是台湾普罗文学的一个鼎盛时代。在世界性左翼思潮的涌动中，台湾普罗文学运动肇始于台湾文化协会（简称“文协”）的大众文化启蒙，在参与无产阶级政治斗争的过程中进一步提出了无产阶级文化的目标，又伴随左翼政治的溃灭而式微，却也为台湾新文学迈向“本格化”的建设奠定了理论与创作上的基础。台湾普罗文学运动在四五年间迅速崛起，积极联络日本左翼运动圈，甚至直接接受普罗文学组织全日本无产者艺术联盟（简称“纳普”）的指导，在台湾地区、日本乃至苏联与祖国大陆之间形成了普罗文学运动的跨境连带。现有研究多集中于普罗文学理论的传播交流及理论内部的探析，但因缺乏对于左翼政治运动的整体性把握，未能充分呈现出普罗文学运动中文学与政治的复杂关系，对于普罗文学的党派性更是简单归因于政治教条主义。自1927年文协“转换方向”后，左翼政党与右翼民族主义派之间的对立日益尖锐，在文艺大众化成为共识的情况下，如何阐释及实践普罗文学就不仅仅是文学自身的问题，而是关系到文化战线对于政治斗争的作用及政治领导权的归属。本文将以文协及其分裂后的台湾左翼文学活动为中心，在文学与政治的互动中，勾勒20世纪30年代台湾普罗文学运动中“大众化”议题的演变。

一、“转换方向”：文协的“大众化”问题

1927年文化协会改组，以连温卿、王敏川等为首的共产主义派夺得了文协的领导权，文协开始从初期的民族主义文化启蒙团体转换为无产

阶级启蒙文化团体的形态。“转换方向”后的文协在新纲领中提出了“以普及台湾大众之文化为主旨”,包括“提高农村之文化”“提倡女权思想运动”“改良婚姻制度”“打破恶习迷信”等具体行动纲领。① 对于文协的“大众文化”运动,连温卿进行了如下说明:

> 因为从来的文化运动有偏于精神,对产业方面置之不顾之嫌。所以那些运动愈继续,亦愈大偏于形而上,改组的声浪愈来愈高,那是自然的结果。社会譬如说是一座楼阁,那么产业就是它的地盘,楼阁不过是建筑在地盘上,已是前车可鉴的。我们的文化运动是以促进实现产业文化为目标,是毋庸赘言,因此非一意向产业文化迈进不可。我们的方针和目标,既然决定,应该采取何种方法来教育训练民众?又应该怎样来养成有意识的斗士,以便补救现在教育的缺点,使一般民众由无意识转入有意识?那么,这种教育方法,应该是有组织的,统一全体的,以期其进展不可。②

在这里,连温卿提出了“大众文化”的产业基础,这与改组后的文协为“农、工、小商人、小资产阶级的战斗团体”的属性紧密相关,其背后则是对于台湾已经进入资本主义的社会性质判断。1927 年 10 月 14 日,改组后的文协举行第一次全岛代表大会,会议发表的宣言中就明确指出,台湾的“旧式的生产方法已将近灭亡,近世机械工业的隆盛也渐要达到极点”,在国际帝国主义对殖民地日趋严酷的榨取下,“台湾的社会,已经具备着我们的运动迅速地进展的必然条件”。③ 这次大会更进一步改订纲领,删除了此前“提高农村之文化”等十项具体纲领,改为“促进大众文化的实现”,并取消了林献堂提出的“文化协会不涉及政治”的备忘录,④使文协作为大众运动组织的性质更为明确、突出。

可以看出,改组后的文协所提出的“大众文化”,实际上已经带有阶级文化的性质。改组后的文协新设机关刊物《台湾大众时报》,这份具有鲜明左翼运动色彩的刊物在设立趣意书中就提出,将以“大众文化”取代

---

① 连温卿:《台湾总督府警察沿革志·台湾社会运动史(第一册文化运动)》,台湾海峡学术出版社,2006 年,第 350 页。

② 同①,第 359 页。

③ 同①,第 361 - 362 页。

④ 同①,第 365 - 366 页。

"资本主义文化"为旨归,[①]而实现这一目标的方式就是将大众"组织"起来,"要组织才有力量的"。该刊指出,虽然目前已有工人、农民、妇女、青年等各团体的组织形态,但参与的民众"还不达总人口的百分之一",而且各个团体之间也缺乏紧密的联结,因此《台湾大众时报》的任务就是要成为"组织被压迫大众机关报","不仅要做政治的指导者、而且要做大众的组织者、是要拥护全台湾民众的利益"。[②]

不过,从连温卿等对于大众文化的解释来看,文化并没有担负起独立的组织功能,而只是政治组织的一种辅助手段,还不能等同于当时苏联已经确立的无产阶级文化。1928年,《台湾大众时报》第三号发表了一篇题为《进出政治斗争》的社论,社论指出,台湾的解放运动在经济领域有各地工会和农民组合,在思想运动领域则有文化协会,但具有根本的组织性地位的必须是政治运动:

> 我们若单固执着经济运动、则难免陷于组合主义、若坚守着思想运动、则难免趋于观念论的行动。我们须要把从来的经济运动和思想运动进而为政治斗争。由政治斗争才能够促进更高程度的经济运动和思想运动的进展![③]

在以政治斗争为根本的运动方向下,思想文化领域的斗争并没有获得独立的形态和意义,反而被认为有观念论之嫌。因此,这里的"大众文化",其真正内涵是强调一种"组织了的大众"的政治任务。换句话说,这里的"文化"指向的恰恰是"政治"。

无论在波格丹诺夫还是在列宁那里,无产阶级文化都具有明确的无产阶级意识,从这一点来说,文协提出的"大众文化"尚没有这样的自觉。"转换方向"后的文协以"大众文化"为政治斗争的一种路径,其背后与文协当时的政治路线密切相关。以连温卿为首的文协将主要的精力放在工会组织上,并没有组建无产阶级政党的迫切要求,因此他们所提出的"大众"并不以无产阶级为基础,而是主张跨阶级的联合。尽管《台湾大众时报》曾于1928年5月提出"新政党组织"的号召,但这里的政党也不是共产党,而是更接近于以文协为媒介,组织一个以"大众"为对象的"大众

---

① 连温卿:《昭和二年二月》,《台湾总督府警察沿革志·台湾社会运动史(1913—1936)(第一册 文化运动)》,台湾海峡学术出版社,2006年,第387页。

② 同①,第388页。

③ 《台湾大众时报》,1928年第3号,第2页。

党”,作为一个合法性政党以掩护共产党的活动。[①] 在这种情况下,文协所谓的“大众文化”与无产阶级文化之间势必存在着较大的距离。

很快,文协内部又出现了连温卿一派与王敏川所代表的“上大派”之间的争斗。1929 年“文协”第三次全台代表大会后连温卿被逐,在该次大会通过的新纲领中,“促进大众文化的实现”这一宗旨也被删去,取而代之以“纠合无产大众,参加大众运动,以期获得政治的、经济的、社会的自由”。[②] 此后的文协逐渐变成台共指导下的组织,“大众文化”这一议题也没能得到进一步的深入展开。到了 1931 年第四次全台代表大会,文协会则正式提出了“参加无产阶级运动”的目标,指出文协的性质为“以无产市民为中心的小资产阶级团体”。[③] 在无产阶级指导下的文协,政治斗争的任务会逐渐消失,“残留份子即在无产阶级领导下将在纯粹的文化机关,推进调查事案,这一时代文协的任务就是如此”。[④] 这意味着 1930 年后兴起的“文协解消论”取得了文协内部路线斗争的胜利,文协不再承担组织“大众党”的功能,而是作为专门的文化运动团体存在,文化与政治的角色功能开始明确分离。

二、普罗文学的兴起

1930 年爆发了世界性的资本主义经济危机,国际共运普遍认为资本主义已经进入了必然崩坏的“第三期”。在这样的判断下,台湾的左翼运动也随之高涨,一系列具有组织背景的左翼文艺刊物创刊。先有 1930 年 6 月创刊的《伍人报》,创办者主要为王万得、周合源等“文协”成员,但他们并不都是共产主义者,其中就有民族主义者黄白成枝(后创办《洪水报》),无政府主义者林斐芳(后创办《明日》)。[⑤]《伍人报》实际上成为与文协紧密联系的一个文艺阵地,在“文协”的机关刊物《新台湾大众时报》上,亦常有刊载《伍人报》的文章或言论。《伍人报》的宗旨是要办成一份

---

① 关于“大众党”问题的讨论详见邱士杰:《1920 年代台湾社会运动中的“大众党”问题》,收录于若林正丈等编《跨域青年学者台湾史研究续集》,台湾稻乡出版社,2009 年。

② 连温卿:《台湾总督府警察沿革志·台湾社会运动史(1913—1936)(第一册 文化运动)》,台湾海峡学术出版社,2006 年,第 431 页。

③ 同②,第 490 页。

④ 同②,第 490 页。

⑤ 同②,第 507 页。

“纯粹无产阶级的智识的文艺杂志，其目的是要提高无产阶级的智识”。[①]《伍人报》发行至第15号时改名为《工农先锋》，标榜“台湾唯一的战斗的工农文艺杂志”。[②]《警察沿革志》记载，《伍人报》发行不满六个月，“可是获有王万得以外的台湾共产党员、台湾左派文学青年们的寄稿，分发网布满全台七十余所，且循着党的连络线，与日本无产者艺术联盟、战旗社、法律战线社、农民战线社，普罗列塔利亚科学同盟等及台湾大众时报社等都保持有密切的联络，成为台湾普罗文艺运动的先驱”。[③]

1930年8月，台共中央委员谢雪红、郭德金、林万振及文协的张信义、王敏川、赖和、陈焕奎等人，以国际书局为根据地，创办了《台湾战线》。《台湾战线》成为台湾左翼运动“唯一的文战机关以及指南针”（1930年12月，《伍人报》即与《台湾战线》合并）。由于《伍人报》与《台湾战线》多已亡佚，今天只能从《警察沿革志》《新台湾大众时报》等资料略探一二。这些左翼文艺刊物的兴起，很大程度上受到了日本左翼文艺组织纳普的影响。成立于1928年的纳普，于1930年成为国际革命作家联盟的日本支部。纳普的成立，意味着日本的无产阶级文艺运动有了统一的组织和方向，尽管其内部仍充满了理论分歧，但文艺的组织机能和阶级属性开始得到强调，并被视为迈向无产阶级政治斗争的一个重要途径。纳普存在的三年时间内，与台湾的共产党员取得了联络，其机关刊物《战旗》也大量寄到台湾，对于台湾的普罗文学运动起到了直接的指导作用。

《台湾战线》激进地提出了“把文艺夺回普罗列塔利亚的手中，使其成为大众的所有物，以促进文艺革命”的口号。《台湾战线》的“发刊宣言”中充满了普罗文艺特有的战斗性口号，如“战线”“突击前进”“加速度”等语汇，正是当时高扬着的共产主义运动的产物。更为重要的是，“宣言”中指出：

> 如果没有正确的理论则没有正确的行动，这是我们所熟知的事实。因此，须要让劳苦群众随心所欲地发表马克思主义理论及普罗文艺，如此地使无产阶级的革命理论跟无产阶级的革

---

① 连温卿：《台湾总督府警察沿革志·台湾社会运动史（1913—1936）（第一册　文化运动）》，台湾海峡学术出版社，2006年，第508页。

② 同①。

③ 同①。

命运动合流，使加速度的发展成为可能，藉以缩短历史的过程。①

这里所讲的理论对行动的指导作用，以及让普罗大众掌握马克思主义理论的观点，显然有福本主义强调“理论斗争”的痕迹。福本主义在20世纪20年代中后期的日本左翼运动中产生了全面性的影响，这一理论通过鹿地亘、谷一、中野重治等人的发挥，在日本左翼文坛上表现出不同的思想派别。其中鹿地亘、谷一等人更强调的是无产阶级文艺运动与政治斗争的“合流”，使艺术批判转变为政治批判，②可以看到，《台湾战线》的发刊宣言中所提出的“无产阶级的革命理论跟无产阶级的革命运动合流”，与这一观点正是一脉相承的。尽管福本主义在共产国际通过的“1927年纲领”（《关于日本问题的决议》）中已经遭到批判，但其影响仍体现在台湾普罗文学的理论思想中。这一方面是由于福本主义仍然深刻影响着日本的无产阶级运动，“纳普”内部藏原惟人与福本主义的支持者中野重治、鹿地亘等之间对于“无产阶级文艺”的理解并不统一；另一方面也是理论跨域传播所造成的落差，台湾普罗文学运动刚刚兴起，无论在理论上还是组织上都还没有相对独立的形态，因此也难以对普罗文学的关键内涵展开充分的思考和辨析。

此外，由于当时台共领导下的文协正处于与右翼的台湾民众党、台湾地方自治联盟的尖锐对立中，因此《伍人报》与《台湾战线》更多的精力是用以群起的打着“普罗文学”口号的各类文艺杂志，如针对民众党系的《洪水报》（谢春木、陈其昌、黄白成枝等）、《现代生活》（黄呈聪等）及无政府主义者的《明日》等文艺刊物展开言论上的斗争。③ 以《洪水报》为例，研究者通常将其视为20世纪30年代初的左翼文艺刊物之一，其创刊宗旨也表达了对抗资本主义，为无产者发声的左翼色彩。④ 但《洪水报》却遭到了文协一派的严厉批评，被认为“其目的是要对立‘伍人报’而和无产阶级抗争的、其内容虽假装着似是而非的无产阶级理论、其目的是欲欺骗工农无产大众的、他们的根据背景既是资本家地主、无论他是装着怎

① 连温卿：《台湾总督府警察沿革志·台湾社会运动史(1913—1936)(第一册 文化运动)》，台湾海峡学术出版社，2006年，第404页。

② 王志松：《20世纪日本马克思主义文艺理论研究》，北京大学出版社，2012年，第76页。

③ 同①，第508页。

④ 许俊雅：《〈洪水报〉、〈赤道〉对中国文学作品的转载——兼论创造社在台湾文坛》，《台湾文学研究学报》，2012年第14期，第169－218页。

样的漂亮的理论、都不能欺骗工农无产大众的。"[①]从许俊雅的研究可以得知,《洪水报》所刊载文章与祖国大陆的《生活周刊》、周作人、蒋光慈等都有着渊源关系,内容驳杂,[②]且其同人多出自民族主义立场的民众党,与有着台共组织背景的《伍人报》自然是针锋相对。反过来也可以了解到,30 年代初"普罗文学"或"文艺大众化"其实已经成为台湾文化界一个流行的议题,而左翼运动的光谱也是交错复杂,边界模糊。

三、台湾文艺作家协会

1931 年 6 月,在台日本左翼青年井手熏、上清哉、藤原千三郎等与王诗琅、张维贤、周合源等人创立了台湾文艺作家协会(简称"文作协")。文作协提出了"迈向新文艺的确立,迈向文艺的大众化"[③]的口号,以"探究新文艺并将其确立于台湾为目的",设立了协会规约、活动方针及组织的运作制度,[④]同年 8 月发行机关刊物《台湾文学》。尽管会员不过 39 名,且仅有 10 名台湾人,但协会直接与纳普进行联系,可以说是台湾左翼文艺运动的一次独立集结。1931 年 6 月开始,台湾的合法的斗争运动几乎已经失去了存在的空间,文作协也渐趋灭亡。文作协的创办者之一井手熏对此指出:

> 台湾共产党把重点置于组织的重建,为此派遣出各种各样的组织者。但在此需要注意的是台湾的劳农几乎皆为本岛人。在此时对所谓内地人(其多数为小资产阶级或知识分子)的影响工作(当然不是组织)仍有其需要。因此我们在此际拟欲利用文学。[⑤]

井手熏明确地把文学的影响对象指为日籍小资产阶级或知识分子,以此区别于台共以劳农大众为对象的政治运动,只将活动范围限于意识形态领域的"左倾"化。但这种看法并不见得是文作协内部统一的声音,也有

---

① 连温卿:《台湾总督府警察沿革志 · 台湾社会运动史(1913—1936)(第一册 文化运动)》,台湾海峡学术出版社,2006 年,第 508 页。

② 许俊雅:《〈洪水报〉、〈赤道〉对中国文学作品的转载——兼论创造社在台湾文坛》,《台湾文学研究学报》,2012 年第 14 期,第 169 - 218 页。

③ 同①,第 409 页。

④ 连温卿:《台湾文艺作家协会规约》,《台湾总督府警察沿革志 · 台湾社会运动史(1913—1936)(第一册 文化运动)》,台湾海峡学术出版社,2006 年,第 410 页。

⑤ 同①,第 412 页。

人认为，文作协应该"利用台湾文学当作组合的一项武器，或作为实践团体的预备军，或扮演同路人的角色，从而使普罗列塔利亚文化的建设成为阶级斗争的一项武器"。① 可以看到，对于文作协的普罗列塔利亚文化团体的性质，在同人内部其实存在着分歧。因此，协会初创时，只是一种"较松弛的集合体（并不是坚固的组织）"，②并没有高举普罗文化的旗帜，而只是含混地采用"新文化"这样的词语。

这一思想倾向当即遭到了纳普的批评。在一份以"J. G. B 书记局"的名义发出的"致台湾文艺作家协会创立大会的贺电"中，较为完整地反映了当时来自纳普的意见。该贺电对台湾的社会性质与斗争任务进行了分析，指出：随着台湾的社会生产力已经"充分发展到国际水准"，阶级矛盾日益尖锐，其作为殖民地争取民族独立的斗争，已经"无法和劳动者阶级的阶级需要游离无关"了。民族斗争与阶级斗争密不可分的联系，决定了"普罗列塔利亚艺术"和"殖民地艺术"之间的关系：

> 如果艺术要把民族的心理、思想、感情等，用国家主义的保守性或布尔乔亚性来加以体系化的话，其艺术不但会与劳动者阶级的利益相对立，而且也会和民族全体的利益、民族斗争本身相对立。
>
> ……
>
> 无产阶级并不对民族艺术的民族性形式宣战，但却对它的布尔乔亚性内容战斗。为何呢？因为资产阶级所宣传的民族艺术，它的形式是民族的，但其内容所意向的是依靠民族形式来抹消民族内的反抗，其理由在此。③

这里所谓的艺术的"体系化"问题，正是受到了波格丹诺夫"艺术组织生活"论的影响，将殖民地艺术的民族性问题归结为资产阶级的艺术问题，从而否定了"民族艺术"直接转化为"无产阶级艺术"（即"普罗列塔利亚艺术"）的可能，而这一观点早在20世纪20年代初就遭到了列宁的批评。

因此，该贺电对于文作协所宣称的"把文艺表现于大众面前"和"探究新文艺"进行了严厉的批评，认为这一思想倾向将会导向"近代主义的

---

① 连温卿：《台湾总督府警察沿革志·台湾社会运动史（1913—1936）（第一册 文化运动）》，台湾海峡学术出版社，2006年，第413页。

② 同①，第419页。

③ 同①，第414-415页。

艺术至上主义”,使“新兴阶级的这一个意思完全从大众面前被蒙蔽掉了”。[①] 如果仍要采取合法化的文化运动(即“表现于大众面前”),那么必然无法真正去除文艺的“国家主义的保守性”与“布尔乔亚性”,结果只会被大众所抛弃。[②] 因此,贺电指出,“倘若诸位能正确地和殖民地大众结合在一起,企划把殖民地大众的思想感情用艺术来加以体系化的话,诸位便非参加于台湾的所有的民族、阶级运动不可”。[③] 对于殖民地文艺运动而言,正确的路只有一条,“就是在殖民地树立革命文学”,[④]争取文艺上的首创性和领导权。这份贺电的意见显示了当时“纳普”对于台湾革命情势的激进判断,也反映了殖民地与帝国之间左翼运动的联结与共同斗争。

1931年11月,纳普解散,日本无产阶级文化联盟(简称“克普”)成立,日本的无产阶级文化运动进入了一个全面跃进的时期。而此时的台湾,随着台共被检举以致几近溃灭,文作协与党的联络被切断。在失去了政治斗争的空间后,如何通过文艺展开斗争并组织起大众,成为一个迫在眉睫的问题。文作协开始将工作的重点从知识分子转移到劳农大众,以对党组织的重建有所帮助。[⑤] 因此《台湾文学》从第五期开始,决定增设汉文栏,并登载“劳动者、农民取向的文章”,在组织上则开始筹备同人团体,“以便努力从下层开始组织台湾普罗列塔利亚作同”。[⑥] 在这种情况下,文艺的大众化问题开始得到全面的讨论,《台湾文学》也明确提出了“将文学导入大众之中”的斗争口号。[⑦] 关于何为“大众”,文作协中的部分人认为:

> 这里所说的“大众”,当然不是指劳动的农民,而是指勤劳的大众。不过,我们也绝不会希望《台湾文学》裹足不前,永远只是勤劳大众的杂志,而阻止她靠近劳动的工人及农民。我们的意思是说,虽然《台湾文学》的读者对象必须以劳动的工人及

---

① 连温卿:《台湾总督府警察沿革志·台湾社会运动史(1913—1936)(第一册　文化运动)》,台湾海峡学术出版社,2006年,第415页。

② 同①。

③ 同①。

④ 同①。

⑤ 同①,第420页。

⑥ 同①,第425页。

⑦ 《台湾文学运动的霸权、目标、组织——以大众化为中心确立文学的党派性》,黄英哲主编《日治时期台湾文艺评论集·杂志篇·第一册》,台湾文学馆筹备处,2006年,第26页。

> 农民作为目标，但是当前还是应该把勤劳大众当作主要的读者对象。当我们这样解释“大众”一词时，《台湾文学》也还是脱离了大众——我相信这么说是完全正确的。[①]

这里所针对的是《台湾文学》此前脱离大众的“极左派的独善主义”，[②]因此要求扩大读者层对象，以贴近最大多数的普通民众。1932 年 6 月，《台湾文学》刊发了《台湾文学运动的霸权、目标、组织——以大众化为中心确立文学的党派性》一文，对于文作协的组织路线进行了更为激进的规定。该文指出，不应为了追求“量的大众化”而忽视了真正的无产阶级文学的建设，并批评了文作协的“小市民自由主义性”所导致的组织混乱。该文强调，为了实现“大众化的真正殖民地文学（台湾文学）”[③]这一目标，必须要经由斗争获得大众，“因为那样做才可以得到最正确的同志”，以及“克服无理论的倾向”，“把与文学及文学运动有关的种种新问题——中心动力的理论——向大众提出”。[④]

这篇文章旗帜鲜明地提出了确立领导权（霸权）的必要性，以排除无政府主义的文艺行动，展开文学活动的“组织生产”。可以看到，此时的文作协已经自觉地定位于无产阶级运动的一部分，并开始强调文学的党派性。对于文作协的组织形态，该文倡议应设立各个产业的会议，结合都市与农村，把“劳工与贫农的文学运动当成是组织的问题来考虑”，“这样的组织不仅可以达成工会组织的辅助角色，也兼具充当散发杂志时的布线的重要性”；同时还要设立文作协从“地方”到“中央”的各级分会，只有实现组织化，“台湾文学才能真的大众化——真正地扩大强化”。[⑤] 这些主张无疑是来自“克普”的指导意见，即将无产阶级文化运动全面推进到工农当中去，使文化组织同时也是政治组织，成为党的辅助机关，实现“文艺的布尔什维克化”。类似的活动方式也体现在祖国大陆的中国左翼作家联盟（简称“左联”）中。作为国际革命作家联盟的中国支部，左联的组织并不是单纯的文学运动团体，它的任务是“积极的为苏维埃政权而斗争”，因此，“不允许它是单纯的作家同业组合，而应该是领导文学斗争的

---

① 《把〈台湾文学〉带进大众之中——给编辑部的一句话》，黄英哲主编《日治时期台湾文艺评论集·杂志篇·第一册》，台湾文学馆筹备处，2006 年，第 20 页。

② 同①。

③ 《台湾文学运动的霸权、目标、组织——以大众化为中心确立文学的党派性》，黄英哲主编《日治时期台湾文艺评论集·杂志篇（第一册）》台湾文学馆筹备处，2006 年，第 27 页。

④ 同③，第 28 页。

⑤ 同③，第 28－29 页。

广大群众的组织”。[①] 左联号召其成员下到工厂、农村、战线、社会，不仅要对工农进行政治和文化教育，更要培养工农作家，从而生产出“伟大的苏维埃文学”。[②]

左联的半政党性质遭到了很多人的批评，同样，文作协的“政治主义色彩”也备受诟病。1932年第2卷第3号的《台湾文学》“编后记”中曾提及：“有关《台湾文学》的恶劣谣言到处横行，有的把文化团体误认为政治团体，其它还有当成文学青年集会的”。[③] 对此，杨逵认为从这段话可以看出，“文作协”“意图逐渐从政治主义，回归到它身为文学团体的本来任务”，[④]这一判断不免有失偏差。文作协的“政治主义”既非弃文学而变政党，它集中火力于文化运动，更不是从政治向文学的回归。在30年代国际无产阶级文化运动“布尔什维克化”的情势下，文学已经担负起了组织大众斗争的功能。1931年斯大林发表《论布尔什维克主义历史中的几个问题》，强调了理论工作的党性原则，文艺界肃清了普列汉诺夫、布哈林、波格丹诺夫等人的思想残余，全面进入了理论批评的列宁主义阶段。[⑤] 纳普、左联、文作协等左翼文艺团体，正是在这样的理论指导下重新对文学与政治的关系进行了定义，使“文艺大众化”成为一种争夺无产阶级领导权的运动。

因为考虑到台湾在文化上的“落后性”，文作协并没有完全参照纳普激进的无产阶级文化运动方针，仍然将工作的重点放在扩大读者层上，这与纳普或左联强调培养工农作家的方向可说是相较“保守”。文作协还提出应确保台湾话文运动的自由，设立台湾话栏，[⑥]其理论基础则是野崎“从现存的民族文化发展到国际无产阶级文化，可以在两个斗争中实现”。[⑦] 这一主张的背后自然是列宁关于无产阶级文化必须批判地继承文化遗产的论断，而这对前述纳普否定民族文化的指导意见也是做出了

---

① 《无产阶级文学运动新的情势及我们的任务》(1930年8月4日左联执行委员会通过)，马良春、张大明编《三十年代左翼文艺资料选编》，四川人民出版社，1980年，第153页。

② 同①。

③ 杨逵：《台湾的文学运动》，《杨逵全集(第9卷)》，台南“国立”文化资产保存研究中心筹备处，1998年，第363页。

④ 同③。

⑤ 刘柏青：《日本无产阶级文艺运动简史(1921—1934)》，时代文艺出版社，1985年，第101页。

⑥ 但1932年第6期的《台湾文学》上仍发表了赖明宏反对台湾话文运动的《两个驳论》。

⑦ 《台湾文学运动的霸权、目标、组织——以大众化为中心确立文学的党派性》，黄英哲主编《日治时期台湾文艺评论集·杂志篇·第一册》，台湾文学馆筹备处，2006年，第31页。

调整。① 对于纳普所依循的国际赤色工会第五次会议的基本方针,②文作协也表示不能"直接'从住家到工厂内'拿来用的吧。因为,文学不只要考虑到工厂、农村、公司、政府机关、学校而已,甚至还要更广泛地考虑到他们的亲人"。③ 所谓"广泛地考虑到他们的亲人",即强调文化的无产阶级性之余,仍不能放弃对市民大众的教育启蒙。然而由于资料的散佚,加之"文作协"及《台湾文学》屡遭查禁,仅存在一年左右,尚无法全面展开创作和实践活动,如今我们已无法得知更多的情况。

四、新文学的出路:向目的意识迈进

《台湾文学》创刊后不久,1932 年以大众文艺为诉求的《南音》也创刊了。《南音》提倡超越阶级之分的"第三文学",主张通俗化的大众启蒙,认为大众文艺应该是"写给一般文化的教养较低的大众去鉴赏的通俗文艺",而"台湾自身的大众文艺",须是"以我们台湾的风土、人情、历史、时代做背景的有趣而且有益的大众文艺"。④《台湾文学》和《南音》因郭秋生与赖明宏关于台湾话文的争论而成对峙状态,⑤代表了 30 年代对大众文艺的两种态度,也带来了纯文学杂志的繁荣局面。《南音》停刊后,1934 年,郭秋生、黄得时、朱点人、王诗琅、廖毓文等人在台北成立台湾文艺协会,发行机关杂志《先发部队》。对于 1933—1934 年的台湾文艺界,杨逵曾经总结:"如果把我们在《伍人报》《黄水报》《赤道报》《南音》《台湾文学》等的活动当作侦察战的话,我们这一年的活动可视为前哨战,很明显地已经开始真正行动了"。⑥ 在这一文艺全面走向"行动"的过程中,

① 关于台湾的民族文化特殊性与无产阶级文化之间的关系,在 1933 年创刊的《福尔摩沙》中得到更深入的探讨。该刊物受"克普"影响,以创造"台湾人的文艺"为目标。杂志的发起人之一吴坤煌提出了台湾的乡土文学应为"内容是无产阶级的,形式是民族的"(《论台湾乡土文学》)。关于《福尔摩沙》系统,可参看柳书琴、张文熏等人的研究。

② 1930 年 7 月,国际赤色工会在苏联召开第五次会议,发表文件《无产阶级文化、教育组织的作用和任务》。参加此次会议的藏原惟人回国后向纳普提出了以工厂、农村为基础,重新组织艺术运动的建议,要求把艺术运动扩大为文化运动,建立统一领导的无产阶级文化联盟。这些建议促成了 1931 年"克普"的组建。

③ 《台湾文学运动的霸权、目标、组织——以大众化为中心确立文学的党派性》,黄英哲主编《日治时期台湾文艺评论集·杂志篇·第一册》,台湾文学馆筹备处,2006 年,第 30 页。

④ 《"大众文艺"待望》,《南音》,1932 年第 1 卷第 2 号。

⑤ 杨逵:《台湾的文学运动》,《杨逵全集(第 9 卷)》,台南"国立"文化资产保存研究中心筹备处,1998 年,第 364 页。

⑥ 杨逵:《台湾文坛一九三四年的回顾》,《杨逵全集(第 9 卷)》,台南"国立"文化资产保存研究中心筹备处,1998 年,第 120 页。

台湾文艺协会的《先发部队》明确定位于“纯文学杂志”，虽仅存在两期，却代表了普罗文学由政治领导转向“文学的行动”的转折。

廖毓文在回忆台湾文艺协会的缘起时提及，《南音》停刊后台湾新文学不能进展的原因在于“都缺乏一个健全而有力的组织为主体”。[1] 其时，日本的普罗文学运动已经由盛转衰，许多无产阶级文艺家被捕，日共的佐野学、锅山真亲等人发表“转向”声明，左翼运动陷入混乱的几近崩溃的局面，致使无产阶级作家同盟终于在1934年2月22日宣布解散。在这种情况下，已无法参与政治运动的左翼文学，不得不转向合法的纯文学路线，寻找文学的新方向。《南音》之后，台湾普罗文学的困境也在于此，失去了纳普的指导及无产阶级政党的有力组织，大众化的方向只能从文学自身去实现。因此，台湾文艺协会确立了“谋台湾文艺的健全的发达”的目标，[2]寄望于一个“健全而有力的组织”以推动台湾新文学的跃进。不过，这里“组织”的诉求已经完全不同于纳普式的以文学组织大众斗争的诉求，而仅是作家的联合，有计划、全面地展开“文学的行动”，也就是文学“本格化的建设”，具体工作包括了“关于文艺及与文艺有密切关系的各种问题之研究批判”与“关于文艺知识及文艺趣味的普及上应分的行动”[3]等。

《先发部队》的发刊宣言中指出，台湾新文学的发展已经面临着“从散漫而集约、由自然发生期的行动而之本格的建设的一步前进”[4]的迫切性。

这里所提到的文学与社会的“意德沃罗基”的关系，以及文学发展的“第二期的行动”，都很明显地来自青野季吉的理论。在同期杂志中，郭秋生又发表了《解消发生期的观念，行动的本格化建设化》，系统阐释了文学的“本格化”建设的内涵。这篇文章以“新的内在观念要求新的表现形态”为论述基础，呼吁台湾文学的行动“转向”，由“发生期”跃进到“第二期的建设的本格的行动”。郭秋生讨论了文学的本质、创作方法、文学与生活的关系等问题，而他对文学本体的全面探讨，皆是将其视为一种社会的意识形态的表现。例如，他指出，“基调于某一种主义或主张而发生

---

① 廖毓文：《台湾文艺协会的回忆》，李南衡主编《日据下台湾新文学·文献资料选集》，台湾明潭出版社，1979年，第363页。

② 《本会会则》，《先发部队》，1934年第1期。

③ 同③。

④ 《宣言》，《先发部队》，1934年第1期。

的文学，是随其内在意识的要求以规定其外的底形态，没有变换主义主张，便不能变换行动的态度，已不能变换行动的态度，则形态的类型化公式化是不可避免的果实了”，因此，在发生期的台湾文学，类型化不算什么，但要迈向“第二期”的新文学，就要表现出人生的“热烈的生活力”，“以新的眼光重新看待现实”。所谓“创作的本格化与创作的本质”，就是作家的主观情感，“感觉的世界，是当来台湾新文学的广大的新素地，而内部的心理的底世界，更是当来台湾新文学的渺茫的新大陆。”但是这里所强调的文学的主观性，又区别于“私作品”那种专注于作家自我的创作。这篇文章特别将“私作品”与“本格作品”进行了对比，认为前者“完全根据于自己的体验或心境身边发生的事实为素材以表现”，而后者只是“多从作者的构想里创造出素材以表现”，难以形成创作“活动力的持续”。由此，郭秋生强调，作品中的个人必得是“集团中的普遍的底一个人”，“作品的主要条件，是要着会有普遍性与社会性的”。

这篇文章强调，“文学是现实之真的创造，表现，描写”，虽未使用“现实主义”这个概念，但对于文学的理解已经有了明显的现实主义的自觉。然而，郭秋生同时对于作者主观性的倚重，使这种现实主义包含了复杂的面向。一方面，他有意针对此前普罗文学的“公式化”与唯物辩证法的写法，认为这种文学“似乎倒要被那设有目的意识的行动的作品压倒”；另一方面，他又批评只关心个人主观性的“私作品”，要求文学向现实寻找素材。如何做到“能够以把目的意识沉于作品的里面，而又不至伤作品的自然性，方才是现代文学的，所以叫做文学的尊严”，这一思考正是体现了30年代普罗文学运动失去了政治的组织后，向四方突围的艰难。这篇文章的理论脉络混杂，从中也折射出了纳普及文作协解散后日本“文艺复兴”中思想的混乱对于台湾文艺界的影响。文章运用的“发生期”“本格化”及“目的意识”等关键词，来自经藏原惟人所发展的青野季吉的理论思想。但是，郭秋生此文并没有突出的左翼立场，他对于“目的意识”的讨论，也只是将其泛泛地表述为作家的主观情感，而不是阶级意识。他强调“以新的眼光重新看待现实”，虽有藏原惟人“前卫的眼”的含义在内，但也没有进一步的阐释，反而落实为“感觉”，诉诸“内部的心理的底新探索”，这恐怕也是受到了当时日本文坛“向内转”的影响。而郭秋生对于“私小说”的批评，又是立足于马克思主义的文学社会性，这种主观性与社会性，文学性与政治性之间的矛盾，与当时普罗文学溃败后日本左翼文艺界的思想苦闷不无相关，我们在后来日本文艺家小林秀雄的《私小说论》(1935)中则可以看到充分的讨论。

除了郭秋生对于文学本格化建设的探讨,该期《先发部队》还刊发了黄得时《"科学上的真"与"艺术上的真"》、逸生《文学的时代性》等文章,都强调了文学的现实性,而同期所发表的也大都是反映社会问题的作品。总的来说,《先发部队》仍可算是左翼的文学杂志,但已经少有普罗文学运动的阶级意识与党派性。协会的参与者也立场各异,如郭秋生,既是协会同仁,也曾经是《南音》上支持台湾话文运动的主力,而反对台湾话文的廖毓文,也被囊括在内。因此,台湾文艺协会只能算是一个松散的作家联盟,如其自称的是"以自由主义为会的存在精神"。

《先发部队》第二期即改名为《第一线》,虽然仍延续着行动主义的创刊宗旨,但全面转向了民间文学,以民间性作为大众化的取向,则已可以说是普罗文学的撤退了。1934 年 5 月,台湾文艺大会在台中举行,台湾文艺联盟成立。这个"超越党派和色彩的作家及同好的团体",[1]虽然仍致力于文学大众化的讨论和建设,但几乎已没有了普罗文学运动的阶级色彩,只是一个纯粹的文学团体,台湾新文学也进入了一个前所未有的"同一建设"的时期。

(作者单位:两岸关系和平发展协同创新中心,厦门大学台湾研究院)

① 刘捷:《台湾文学鸟瞰》,《台湾文艺》,1934 年第 1 期。

日据时期旅行文学论述：台湾知识者的国族认同与多维现代性

陈美霞

日本殖民统治下的台湾旅行者，游走于不同的社会和文化之间，在跨文化情境下，在比较和参照中思考和探索台湾的前途命运。为此，日据时期旅行文学视野开阔，带有文化考察的性质，并不注重自然景观和个人情绪的书写，更多的是对政治、经济等人文景观的考察，并与当时台湾社会的脉动息息相关，企图为近现代的台湾甚至整个中国寻找救赎之路。

日据时期，台湾旅外游记创作颇多，如海外逸民《星加坡游记》、沁园《北游谈屑》、陈俊生《游朝鲜所感》、黄朝琴《游美日记》等，但是研究者关注较多的是李春生《东游六十四日随笔》、连横《大陆游记》、林献堂《环球游记》及吴浊流《南京杂感》等著作。这些著作不论是作者身份、旅行目的、旅行对象，还是游记文本的思想内涵都较具代表性。台湾文论界通过对旅行文本的分析和阐释，发现日据时期台湾人国族认同暧昧两难，以及殖民地台湾的现代性的错综复杂。

一、国族认同的暧昧

台湾被割让给日本，使得台湾人的政治归属与固有民族身份产生断裂，台湾人的主体性和国族认同趋于混乱。日本据台前期遭到台湾民众的强烈抵抗，大部分台湾民众心理上还是认同"中国"，把祖国视为摆脱殖民统治的希望。但也有些台湾人受到日本殖民者的误导，太过羡慕和向往日本现代化，把现代性等同于日本性，忽视了其中的殖民环节，从而在国族认同上发生游移甚至背离的现象。旅行的过程中，与陌生环境相遇，在他者对照下容易重新定位自己，因此，旅行文本中的认同意识就显得尤为突出。日据时期的台湾旅行者，既有前往日本感受现代化文明的，也有游历欧美希望借鉴“他山之石”救赎台湾的，更有难忘故国情怀而流连祖国大陆的。不管旅行目的地何在，徘徊在中、日之间的台湾子民，身份认同的暧昧都使他们颇为困扰。晚近，台湾学界对旅行文学与身份认同的论述颇多，而祖国大陆学者亦有相似观照：“……旅日和旅华的经验深深纠葛着作者的国家和民族的认同。”①

关于台湾人国族认同的论述主要有两种，一种论述是指出旅行者因为殖民现代性的误导而认同日本，但心中的故国情怀却一时难以挥去，对李春生的研究多属于此。刘纪蕙指出：“李春生的《东游六十四日随笔》引起研究者的注意，此游记呈现了李春生身份转移的心理状态。”②台湾学界对李春生游记文本与身份认同之关系的讨论相当充分。方孝谦认为当时汉人社会的上下层，观照自身的认同典范，仍旧来自中国传统的道德教化，包括孟子“大丈夫”的模范及合三教为一的谦谦君子形象。为此，李春生实际上流露出眷恋于传统文化和传统道德的文化认同，同时文化认同与现代民族国家认同无涉。③ 方孝谦认为，在李春生眼里，中华传统文化和传统道德的坚守比国族认同重要。确实，这一点从李春生对伯夷、叔齐的批评和颠覆可以看出。徐千惠则认为，从日清战争与国民性等各方面的优劣比较，与游记行文中一再以“吾帝国”“吾国”称呼日本观之，可知李春生的政治认同与身份归属十分明确，而基于现实与事实的考虑，李春生虽有“新恩虽厚，旧义难忘”的眷顾，但选择成为日本子民却是因应时代变革的最好决定。④ 徐千惠和方孝谦把国族认同与文化认同区别对待，认为李春生出于现实考虑虽然国族认同归属日本，但情感和文化认同则归属中国。在日本的强势殖民统治下，渴慕日本文明与固有的汉民族身份之间的矛盾曾经困扰着当时的台湾人，遗毒导致现今依然有少数台湾人在国族认同上较为迷茫，以为自己是日本“皇民”。故国情怀和殖

---

① 朱双一：《从旅行文学看日据时期台湾文人的民族认同——以彰化文人的日本和中国大陆经验为中心》，《台湾研究集刊》，2008 年第 2 期，第 1－9 页。

② 刘纪蕙：《一与多之间：李春生问题》，《跨领域的台湾文学研究学术研讨会论文集》，台湾文学馆，2006 年，第 509 页。

③ 方孝谦：《英雄与土匪：日本据台初期的叙事认同》，《殖民地台湾的认同摸索：从善书到小说的叙事分析，1895—1945》，台湾巨流图书有限公司，2001 年，第 54 页、第 56 页。

④ 徐千惠：《日治时期台人旅外游记析论》，台湾师范大学国文研究所硕士学位论文，2002 年，第 78 页。

民屈辱曾是日据时代台湾人心中的难言之痛，亲日如李春生，他的游记也摆脱不了现实的重压和时代的音符，心理认同上“新恩虽厚，旧义难忘”。虽然李春生积极配合日本殖民统治，为殖民者粉饰太平不遗余力，但客观上“二等公民”的身份使其始终无法与日本人相融。主观与客观的断裂导致李春生面对“新恩”与“旧义”之时左右为难，也使他在国族认同上态度暧昧。中日对比，李春生对日本文明充满渴望，而对中国的守旧则是批评；理智上认同现代化的日本，但感情寄托上则是认同中国。旅行结束，李春生的心理认同从“弃地遗民”转移到“日籍华人”，①说明他游历日本，参观先进的议会、工厂、学校等现代化体制，对他的思想转变、认同转移还是产生了某些作用。

同样是以《东游六十四随笔》作为分析对象，刘纪蕙、黄俊杰、古伟瀛则认为李春生无挣扎地实现认同转移，主要是因为基督教的“世界主义”。刘纪蕙对方孝谦把国族认同与文化认同分开对待的做法持异议，刘认为国族认同与文化认同相去不远，没有太大区别：“无论是以种族、血统、语言、宗教或是文化作为认同的基础，都隐藏了一套抽象选择座标所构成的象征体系以及同一立场。……李春生之所以能够无障碍地从弃地遗民转换身份为日籍华人，主要原因在于他所遵从的绝对真理是天道，而在此天道之下，日本与世界是相通的，因此，服从基督教义之下的天道，使他可以顺利地转换身份而服从于日本。”②刘纪蕙还指出：“他反复援引中国古典哲学思想以翻译他的基督教信仰，这是一个重要的翻译时刻。……从李春生所援引的中国古典哲学思想中，我们正好会看到为何中国儒家思想与现代民族国家治理有内在同质性的同一逻辑。”③而黄俊杰与古伟瀛也把李春生认同转移的内在逻辑归为基督教的“普遍主义”：他的基督教信仰使他偏向于“普遍主义”，而不强调“特殊主义”，甚至将中华文化传统观念如“华夷之辨”与“三代”都纳入基督教信仰的普遍主义。④ 刘纪蕙、黄俊杰、古伟瀛把李春生较无挣扎地认同转移视为基督教的影响，甚至把李春生援引中国古典哲学都视为将中华文化传统纳入基

---

① 古伟瀛：《从弃地遗民到日籍华人——试论李春生的日本经验》，李明辉、黄俊杰、黎汉基合编《李春生著作集（第四册）》，台湾南天书局，2004年。

② 刘纪蕙：《一与多之间：李春生问题》，《跨领域的台湾文学研究学术研讨会论文集》，台湾文学馆，2006年，第510－511页。

③ 同②，第497－499页。

④ 黄俊杰，古伟瀛：《新恩与旧义之间——李春生的国家认同之分析》，李明辉、黄俊杰、黎汉基合编《李春生著作集（第四册）》，台湾南天书局，2004年，第300－301页。

督教信仰的普遍主义。刘纪蕙认为国族认同与文化认同的区别是虚假的，那么如何理解海外华人国族上认同在地国家，但文化上认同中国的现实呢？而刘、黄、古把中华文化传统纳入基督教体系的做法更是牵强。基督教的“普遍主义”下“日本与世界是相通的”，那西方国家不是与基督教、与世界更相通？基督教对日本是外来的并非原生的，基督教“普遍主义”下要认同也是认同西方国家。并没有台湾基督徒在日本据台初期无挣扎地实现身份认同转移的历史事实加以佐证。笔者认为，李春生用中国传统文化诠释基督教教义，甚至用“蓬莱佳境，造化天然”形容日本美景，恰恰说明他的血液里中国文化的因子是实实在在的存在。以中国为参照，更说明李春生情感上是认同中国文化的，转向日本不过是基于商人的审时度势的天性。

另外一种两难的情况是坚守故国的身份认同，但实际生活中却难免受到日本殖民统治的影响，关于林献堂、连横、吴浊流的论述是这方面的代表。张惠珍通过《环球游记》中东西方民族性、国民性的比较，以及文中所呈现出的现代性的探讨，认为林氏有“透过旅行书写以再现其文化想象与国族论述”①的企图。首先，张惠珍从民族性、国民性入手，指出“延续清末梁启超‘新民论’的致力于改造国民性的思路，林献堂就东西方文化差异之要者——民族性的比较部分，发表他的看法。……爱深责切的林献堂还是反求诸己，将矛头指向我族，引述梁启超的说法，警觉中国人不懂休息的道理，事倍功半；不能有高尚的目的，营营于眼前近利；中国人立言坐行皆仪态不雅，秩序混乱，与西人相对之下，真自惭形秽，东西人种之强弱优劣于此可见。林氏对于西人民族性的观察与评价部分，颇为客观可取，但在评断中国人的民族性部分，显然多承袭梁启超说法，因国势的江河日下而生卑弱不如的想法，似有苛责太过之嫌。”其次，张惠珍进一步指出，“折衷于理想与现实之间，他借由耳接目睹海外中国文物的机会，一方面严词批判满清官僚的腐败，迫使国家走向败亡之途；一方面也不忘借西方国家独立成功的历史经验，以教训日本统治者的痴心妄想与殖民政策的不仁不义”。② 张惠珍强调林献堂以西方先进国家为借鉴，“爱深责切”，对中国“国民性”等反省苛责太过；同时又通过成功摆脱殖民统治的埃及等国家向日本殖民统治者抗争。林献堂在国族认同上是倾向中国

① 张惠珍：《他者之域的文化想象与国族论述——林献堂〈环球游记〉析论》，《台湾文学学报》，2005年第6期。

② 同①。

的。在伦敦的时候，日本驻英大使馆给林献堂传来电报，即台湾"总督府"后藤长官欲请他任职台湾府评议会。林献堂回绝："深谢厚意，缘有种种之事情不胜遗憾，谨此告辞。"洪铭水认为这是林献堂不为日本人所笼络。[①] 此外，洪铭水认为，林献堂在游记中特意写到在美国观看闹剧《日本御帝》，特意把此剧介绍给台湾民众，来揭开日本天皇神圣不可侵犯的面纱，把他从神坛上拉下来，此举对日本统治者有着暗讽之意，隐含"抗议精神"。尤静娴也指出："离开台湾到了世界旅行，林献堂注意到了'支那人'在国际上所遭受的不平等待遇，在登上新加坡时，遇到了'支那人'不可以上岸的要求，也使林献堂感到忿忿不平，可以看出即使在被日本殖民三十多年后，从小接受汉文私塾教育的林献堂心中对中国仍有无法割舍的情感。"[②]在游历途中，日本殖民地子民的身份虽然曾经给林献堂带来过便利，但这并没有让他产生自豪感，反而触景伤情，哀叹祖国没落，无力保护人民。在加拿大、美国等地，华人入境总是要受一番波折，而对新加坡禁止华人入境的规定，林献堂不禁感慨："唉！人民无政府之保护，到处被人看作机器，要则用之，不要则弃之，良可慨也。"[③]这里的政府显然是指中国政府，林献堂在心里始终把自己当作中国子民，摆脱日本殖民统治是他的理想和追求。在与殖民当局抗争、寻求自治的过程中，祖国一直是林献堂的精神支柱和效法对象，他在日据台湾被视为"祖国派"的代表。林献堂参与文化协会、领导自治请愿运动与梁启超的影响不无关系。[④] 文化协会分裂后，他效法梁启超游历欧美，希望通过考察西方为台湾未来寻找出路。

日据时期的台湾对祖国大陆是以"支那"称之，并不能用"祖国"这样的字眼，满腔热情只能放在心底，旅行则是靠近祖国的方式之一。"企图以旅行来移替（displace）并舒展他在台湾这个殖民社会的另一种身份（中

① 见林献堂《灌园先生日记》中"一九二七年八月二十五日"之日记，引自许雪姬《林献堂著〈环球游记〉研究》，《台湾文献》，1998 年第 2 期，第 1 - 33 页。

② 尤静娴：《游目欧美，游心台湾——试论林献堂〈环球游记〉中的现代性》，《文学与社会学术研讨会：2004 年青年文学会议论文集》，台湾文学馆，2004 年，第 254 页。

③ 林献堂著，许雪姬主编：《灌园先生日记（卷一）》，"中央研究院"台湾史研究所筹备处、"中央研究院"近代史研究所，2000 年，第 26 页。

④ 1907 年，林献堂与梁启超在日本相见，两人以笔代口交谈。梁启超先写道："本是同根，今成异国，沧桑之感谅有同情。"林献堂非常感动，就台湾争取自由向他请教。梁启超回道："中国在今后三十年，断无能力帮助台人争取自由。故台湾同胞，切勿轻举妄动，而供无谓之牺牲。最好仿效爱尔兰人，对付英本国之手段，厚结日本中央之显要，以牵制台湾总督府之政治，使其不敢过分压迫台人。"

国人)”,[①]廖炳惠对吴浊流的旅行祖国大陆及其身份认同的叙述同样适用日据时期大多数具有祖国大陆经验的台湾人。强烈的祖国情怀,不仅让日据初期不少台湾人内渡迁回大陆,也让留守的台湾人对游历大陆心心念之。林献堂访问大陆,致辞有“林某归还祖国”之语,被“总督府”耳目《台湾日日新报》大肆批评,回台湾后遭到日本间谍的毒打;连横把游历祖国视为人生两件大事之一(另一为撰写《台湾通史》);吴浊流则希望通过一年又三个月的停留来了解祖国的性格。但是,廖炳惠认为旅行并没有把吴浊流带回祖国的怀抱,或远离日本殖民的统治,反而让他发现了两种文化的矛盾及本身的问题。[②] 廖炳惠指出,《南京杂感》和吴浊流小说《亚细亚的孤儿》具有互文指涉性,都书写了非日、非中的困境,以及身份认同上的两难与暧昧。吴浊流《南京杂感》中不乏对祖国大陆的批评,台湾学界对此有不同的认识：有学者认为《南京杂感》体现了吴浊流“幻想的破灭”,[③]也有学者认为吴浊流是“同情的理解”。同情的理解的原因：一是中国本身内部问题无法解决,以致时局动荡而社会紊乱不堪;二是外患杂沓而来,迫使人民不得休养生息,而后者则直指当时占领上海、南京的日本侵略者。[④] 当时的中国内忧外患,日本则是使中国杂乱无序、民不聊生的罪魁祸首。况且如果吴浊流的游记是对祖国“幻想的破灭”,出版之时又怎会遭到“总督府”的阻挠呢？为此,徐千惠认为,“回不去的文化中国与被命定的政治日本,在吴浊流身上产生了撕扯的力量”。[⑤] 吴浊流因为“陌生祖国的召唤”,在中日开战后,企图到祖国寻找自由气息,却发现祖国也处于日本的阴影下。同时,吴浊流不懂北京话,旅居祖国大陆期间连沟通都困难;而《南京杂感》也是用日文书写的,语言障碍和文字表述本身都表明了与祖国的无奈隔阂及日本殖民统治对他的影响之深。

相比林献堂、吴浊流,徐千惠认为连横更为依恋中国。连横所要传达

---

① 廖炳惠：《旅行与异样现代性：试探吴浊流的〈南京杂感〉》,《中外文学》,2000 年 7 月,第 296－297 页。

② 同①,第 295 页。

③ 宋冬阳(陈芳明)在《朝向许愿中的黎明——试论吴浊流作品中的“中国经验”》中表示：“吴浊流对中国的或感到绝望,并非来自想象式推理,而是来自他的切身经验。……然而很不幸的,吴浊流的探访中国,使他整个信仰全然摧毁。”林衡哲《三读“无花果”》中的“大陆经验的最大收获：发现真正的祖国是台湾”“受中国底上海文化熏陶的新台湾人”亦是兼论吴浊流在南京的见闻及对祖国理想的幻灭。

④ 徐千惠：《日治时期台人旅外游记析论》,台湾师范大学国文研究所硕士学位论文,2002 年,第 164 页。

⑤ 同④,第 38 页。

的讯息,无非是对旧中国历史文化的缅怀,对新中国政权变革之希望寄托。[①] 连横素来以明朝遗民自居,执着于汉民族的正统地位,对清朝他并不认可,游历大陆时他积极支持国民党的活动,以"华侨"身份四处活动。徐千惠进一步指出:毕竟连横当时仍是日本子民,故只能以侨居外国的华人身份为心向祖国的自己定位。然而殊为可议之处是,连横既是"久居台湾,郁郁不乐"为远游大陆一事自剖,言论中显然隐含着对日本殖民统治的不满,但一旦到了中国,其言论又常以日本人作为保护伞。连横热衷于华侨事务与民初中国情势,言论中常常臧否人物、批判时事。连横在吉林与儿玉多一编刊《边声》,自诩秉持公论,但在袁世凯政权看来,却是大放厥词地挑战,从而引起袁世凯政府透过外交途径对日方表示抗议。[②] 连横认同的是汉民族身份,但为了现实便利、利益关系等,他虽然抵触日本殖民统治,在实际活动中又放下身段"常以日本人作为保护伞",而不是断绝一切与日本的关系。考察连横的行为,要放在具体的历史语境中。对于连横来说,"日本"在当时只是可资利用的工具而已,"谋大事者不拘小节",在恶劣的斗争环境中对处理事情的方式做适当变通是可以理解的。

从上述旅行文学论述可以看出,日据时期台湾人对日本殖民统治不管是积极配合还是消极依附,在国族认同上都无法做到完全的自主。虽然有些人出于现实利益的考虑,积极配合日本殖民统治,但感情上还是"旧义"难忘,如李春生。更多的人则是坚持民族气节,例如林献堂、连横、吴浊流等。但即便在感情上认同祖国,在实践过程中,则有意无意地与日本殖民统治都有所牵扯,所以身份认同上的暧昧两难对于日据时期的台湾民众来说是普遍的。这种尴尬的处境在远离台湾本岛遭遇异乡的旅行文本中体现得淋漓尽致。

二、现代性的多重面孔

"'现代性'乃是某些不同历史过程在特定历史状况里一起作用所构成。这些过程包括政治的(世俗国家和政治体的兴起)、经济的(全球资本主义经济)、社会的(阶级的形成及进阶的性别与社会劳力分工)、文化

① 徐千惠:《日治时期台人旅外游记析论》,台湾师范大学"国文研究所"硕士学位论文,2002 年,第 149 页。

② 同①,第 38 页。

的(从宗教转变到世俗的文化)。‘现代性’……是这些力量和过程的总和;没有哪一个所谓的‘主要过程’就足以产生‘现代性’。”①对于“现代性”,学界并没有确切和完整的定义,但其大意一般是指国家现代化过程中人们在政治、经济、文化等领域的追求和思考。甲午战败、乙未割台,使得台湾地区被日本殖民统治,台湾的现代性经验不同于中国其他身份,不管是来源还是面貌都是多元的。台湾的现代性并不是单一地以西方文明为中心,其现代性是以日本为中介,同时又受到固有中华文化和本土文化的影响。日本的殖民统治、对祖国大陆的故国情怀等因素使台湾的现代性具有多重面孔,这是台湾文学由于其特殊历史际遇而产生的主要特点之一,这在日据时期的旅行文学里有充分的体现。

乙未割台后,台湾地区被强行纳入日本的现代化洪流。对此,曾有台湾学者指出:“日本所理解的现代性是为了更有效开发岛上资源,以利其资本主义的再扩张。”②现代性随日本殖民风暴而来,台湾地区吸收日本先进的现代文明的同时必然要相应地承受日本的殖民掠夺和压迫。关于日据时期台湾的殖民现代性论述相当多,徐千惠即是从殖民现代性角度分析《东游六十四日随笔》。他指出:“引领李春生参观海军基地要厂与各大生产单位,充分展现日本这个新兴殖民帝国强大武力与现代化进步的一面,日本/中国对应着先进/落后的强烈对比,无疑是促成李春生认同转向的一大关键。”③对李春生与殖民现代性的关系,祖国大陆学者有着相似的看法:“作为一个基督徒,他(李春生)具有普遍主义的观点,并没有十分强烈的民族主义精神,只要是现代、进步、好的东西,不管是中、西或日本,都可接收。”④朱双一认为,李春生是把“现代性”置于“殖民性”之前的,所以李春生对日本的态度一直都比较微妙。日本据台后,出于殖民统治的需要,邀请李春生东游。由于日本的刻意安排,李春生参观和体验了各种类型的先进文明。议会民主、现代教育、妇女解放、工业文明、医疗等各方面的现代性以排山倒海之势冲击着李春生的思维和神经,加上商人的务实性格和基督教世界主义的内在影响,他的心理认同逐渐发生变化。从《东游六十四日随笔》可以看出李春生对现代化的极度渴慕,这

① 邱贵芬:《后殖民及其外》,台湾麦田出版,2003 年,第 74-75 页。

② 陈芳明:《殖民地摩登:现代性与台湾史观》,台湾麦田出版,2004 年,第 47-48 页。

③ 徐千惠:《日治时期台人旅外游记析论》,台湾师范大学“国文研究所”硕士学位论文,2002 年,第 34 页。

④ 朱双一:《“东方逻辑”和台湾现代性接受的多源性——以日据时期台厦场域为实例的文学观察》,《台湾文学现代性学术研讨会论文集》,厦门大学,2008 年,第 174 页。

使他忽视了日本对台湾地区现代性的引导是与殖民统治共生的。游历日本时,不少日本官员和商人主动拜访李春生,他们行为的背后是政治经济利益在驱动。日本人把先进的制糖业带到台湾,李春生“慨然应命”。糖业在日本殖民统治的鼓励和扶持下快速发展,农民纷纷放弃稻谷等传统作物改种甘蔗,从而也被纳入日本的殖民统治体系。日本殖民糖业与台湾地区传统农业的矛盾斗争贯穿日据台湾50年的始终,这是经济领域里殖民现代性与台湾本土性之间的纠结的体现。除了身份认同动摇外,尤静娴认为“殖民现代性”还导致了台湾“现代性迟到的情形”。从林献堂与梁启超的游记中,尤静娴比较得出:“台湾迟到的现代性有其无法避免的背景,除了现代性必须借由日本转介,而在转介的过程中,现代性的内涵以及表现便有所转变,使得台湾所接触到的大多是强调日本权力的现代化生活。”[①]尤静娴把台湾“迟到的现代性”归结为经由日本输入台湾地区的“现代性”都是“得以巩固其(日本)统治权力的现代化科学建设”,“台湾对于现代性的想象停留在比较粗浅的阶段,尚未能全盘了解现代化的精神内涵”。[②] 日本输入台湾的现代文明是经过筛选的,是与其对台湾的殖民统治相伴相生的。要接受日本的现代化,就必须承受来自日本的殖民掠夺和压迫。台湾地区所接受的来自日本的“现代性”是用以强调和巩固日本权力的,这不仅导致现代性的迟到,还造成了巨大的精神戕害——没有真正了解“现代性”的精神内涵,误把“现代性”等同于“日本性”,忽视了其中的殖民权力,致使身份认同动摇。

不过,对现代性与殖民统治的关系,台湾知识阶层看法并不完全一致。虽然有为现代性的假面所蒙蔽从而忽视其殖民意味的李春生,但更有对日本向台湾地区输入现代性的殖民意图有清醒认识和抗拒的林献堂等人。日据时期,台湾知识阶层积极寻求解放之路,不少人把目光转向现代性的源头——欧美。许雪姬的《林献堂著〈环球游记〉研究》以细腻的分析把林献堂游历各国之经验与抒发之感想分类探讨,对欧美民主制度及自治精神、东西文化比较、种族问题乃至各国妇女风情都进行了讨论,并且对林献堂赴美之背景做一全面性研究。[③] 毋庸置疑,许雪姬认为林献堂对西方世界的介绍有着开启明智的启蒙作用。张惠珍则把《环球游

---

① 尤静娴:《游目欧美,游心台湾——试论林献堂〈环球游记〉中的现代性》,《文学与社会学术研讨会:2004年青年文学会议论文集》,台湾文学馆,2004年,第269页。

② 同①,第268页。

③ 许雪姬:《林献堂著〈环球游记〉研究》,《台湾文献》,1998年第49期,第1-33页。

记》视为"'日治时代'台湾人走向世界、寻找民族出路、追求现代化的精神实录"，她认为"亲炙先进国家，因现代化的相对迟到而生的现代性的考察部分，来自东方/传统/落后的殖民地台湾的林献堂，一旦闯进西方/现代/进步的民主国家，并且进一步见识到欧美/民主主义的现代性与日本/殖民主义的现代性的差别之后，虽是惊骇万分，爱恨交加，却也能在斟酌、商榷后，提出颇有见地的批评"。① 林献堂的游记除了向民众介绍西方外，实际上也是一种考察，他希望从西方现代文明中寻找某些借鉴。游记的发表，以及林献堂的演讲，为台湾地区打开除却日本之外的迈向现代化的另一扇窗口。"当他们切实深入到西方社会中去观察时，制度因素和文化因素便彰显出来，本土文化和社会的问题也自然显露出来。将目光凝聚于制度和观念层面，说明看待世界的方式发生了变化，现代性意识已经萌芽。"②在文化协会分裂后，林献堂效法梁启超，游历欧美，希望为台湾寻找救赎之路。为此，研究者往往把梁启超、林献堂的游记做比较研究，社会运动领袖的角色，使得他们都具有学习西方、救国救民的使命感。洪铭水认为，"他们的共同点就是以'文化人'的观点来看待一个国家或民族，甚至于地理景观；随处提供国内读者有关外国的讯息，无非希望提升自己的土地与人民的文化素质"，而且"这一次的外国旅游经验显然影响了他们的政治立场"。③ 林献堂的现代性思考除了实体的都市建设、政治制度外，他对埃及独立、爱尔兰自治、黑人种族歧视等也颇为关注。游记的书写重点与林献堂社会运动领袖的身份和台湾被殖民统治的历史现实是分不开的。同时，林献堂不管是游历欧美还是追求台湾民主自治，都受到梁启超的影响，这其实也说明台湾的现代性不仅以殖民宗主国为中介，同时也深受"祖国"的影响，其现代性进展与祖国大陆并非毫无关系。

但是在林献堂对西方现代性观察和省思的深度上，台湾学界有所分歧。"林献堂笔下的欧美社会，虽是较为进步而自由的国度，然而在其细心观察之下，还是发现帝国殖民主义无限扩张、宗教间互不宽容相待、种族偏见与歧视的严重性，但对于法治精神、自治独立的争取与追求，却也为同是被殖民者的林献堂，上了极其宝贵的一课，因而更加确定台湾和平

① 张惠珍：《他者之域的文化想象与国族论述——林献堂〈环球游记〉析论》，《台湾文学学报》，2005年第6期。

② 周宪：《旅行者的眼光与现代性体验———从近代游记文学看现代性体验的形成》，《社会科学战线》，2000年第6期，第115－120页。

③ 洪铭水：《梁启超与林献堂的美国游记》，《旅游文学论文集》，台湾文津出版社，2000年，第156页。

自治的路线与目标。”①徐千惠认为林献堂虽然也发现了西方社会的不足，但他更向往西方“社会现代性”的政治文明，并更加明确台湾和平自治的未来之路。但也有人持不同意见，尤静娴认为林献堂对欧美现代性的认识，仅停留在对西方现代化生活、都市文明和政治民主的向往和倾慕上，少见对西方现代性的反省。与梁启超的“反思现代性”相比，林献堂对西方现代性消极的一面缺乏足够的认识。“当时台湾在接受现代性的脚步上是远远落后于日本、中国的。在梁启超《新大陆游记》和《欧游心影录》中，他已经对于西方现代化有所针砭，甚至是提出西洋文明破产的论点，而林献堂《环球游记》则是停留在对现代化的想望认同层次上，因而欧美是光明的力量，还未能深刻体会到现代性背后的黑暗”，这“突显台湾因殖民地身份所导致现代性迟到的情形”。② 相比西方与日本，祖国大陆与台湾的现代性都是滞后的。“现代性迟到的情形”是中国的“现代性”与西方不同之所在（时间上有一落差——当中国还在追求“社会现代性”时，西方已进入“反思现代性”的时期）。梁启超强调西方现代社会的一些弊端，与他在“五四”前后的保守性格有关。其实，林献堂对西方现代性的体验和认识更切合于当时祖国大陆、台湾的实际情况。尤静娴从林献堂对西方文明的欢呼和向往上，认识到台湾“迟到的现代性”与台湾日据时期追求现代化的实际情况是相符合的。但她忽视了梁启超的个性经历及其所处的时代背景，单纯从游记文本出发，认为梁启超的认识更高明，祖国大陆已经进入“反思现代性”阶段则有点轻率。不过，尤静娴会得出这样的认识也情有可原，她认为台湾地区的现代性是经由日本转介的输入，不仅时间上滞后，而且就是内涵也是有所变异的，这些都导致了台湾现代性的波折——迟到。

此外，廖炳惠认为吴浊流到祖国大陆是为舒展自身作为中国人的“另一种身份认同”，不仅是吴浊流，日据时期大多数旅行祖国大陆的台湾人都是为了暂时脱离日本殖民统治，到祖国寻找“自由的气息”，如连横、林献堂、赖和等。这说明祖国大陆对台湾的意义更多的是作为祖国及传统文化因素中暗含的抵抗殖民的现代性作用。廖炳惠进一步指出旅行祖国大陆的吴浊流发现台湾现代性的独特所在——“台湾的暧昧、两皆不是的

① 徐千惠：《日治时期台人旅外游记析论》，台湾师范大学“国文研究所”硕士学位论文，2002 年，第 127 页。

② 尤静娴：《游目欧美，游心台湾——试论林献堂〈环球游记〉中的现代性》，《文学与社会学术研讨会：2004 年青年文学会议论文集》，台湾文学馆，2004 年，第 269 页、第 249 页。

异样现代性(alternative modernity)：既不如日本有秩序，也不像中国那样杂乱。”[①]对“异样现代性”，廖炳惠以四种不同模式的现代性情境进行演绎：另类现代性，即“吴浊流在领受台湾的被殖民经验，以及向往祖国的经验回到南京之后”，所发现的“非中、非日的台湾的现代的那种另类经验”；单一现代性，也就是“试图回到大传统中”，认为“只有中国文化才是真正能够引导台湾进入现代阶段的见解”；多元现代性，即认定“现代性经常来自各种不同文化传统”，现代文化工作者“能游走于不同的传统间得到多重的文化认同位置，以及比较模糊而多元的论述策略”；压抑性的现代性，即“国家机器对于其异议分子所采取，透过官检以及种种蔑视人权的方式，来压抑其国民，以种族隔离或政治迫害的方式，让其它族群没办法以比较公平的方式去发展幸存之道”。如此详细的区分和论述，原因是“想透过旅行文学所展现出来的四种现代性，来检视台湾同时并存的这四种现代性，以及他们彼此交织所形成的一种难分难解的族群以及殖民文化的问题，这些是我们可以用来讨论所谓台湾另类现代性的问题”。[②]廖炳惠还谈到“超文化的现代性”，即由启蒙运动所开启的面向全世界的一种单一的历史运动方式。最后，廖炳惠得出结论：“台湾的另类现代性比起其它社会的另类现代性可能要显得更加错综。”[③]以上诸多现代性提法让人耳目一新，“异样现代性”的提法也颇有特色，但遗憾的是，首先，在廖炳惠的论述中“异样现代性”与四种情境之一的“另类现代性”的内涵并无太大区别，那么区分的意义何在？其次，上述繁多的理论有演绎过度之嫌，“单一现代性”“多元现代性”“超压抑的现代性”在台湾社会是存在的，但是就笔者的阅读经验及廖炳惠自身的论述过程而言，看不出《南京杂感》与以上三种现代性有直接关联。而其“超文化的现代性”是介绍了新的现代性类型，与旅行文学并无太大关系。廖文中，比较明确是从《南京杂感》得出的结论是“非中、非日”的台湾的另类现代性，廖炳惠认为祖国大陆的“杂乱”使“旅行并没有把吴浊流带回祖国的怀抱”。对此，朱双一有不同的认识，他认为这是吴氏：“解剖‘中国的性格’，表现出作家对祖国前途的关切，即所谓，‘爱之愈深，责之愈切’。作家并非看不到中华文化优秀的一面，但他信奉‘拍马屁的不是文学’这一准则，最为关

① 廖炳惠：《旅行与异样现代性：试探吴浊流的〈南京杂感〉》，《现代中文文学学报》，1999年，第3卷第1期，第59－77页。

② 同①。

③ 同①。

心的还是如何揭开疮疤,引起疗救的注意。”①朱双一和张惠珍在看待日据时期台湾人书写祖国“国民性”上有相似之处,都认为是“爱深责切”;同时,朱双一更深刻地认识到,吴浊流对祖国大陆社会现实的揭示是继承了鲁迅先生的批判“国民性”的启蒙现代性,是希望“揭开疮疤,引起疗救”,希望“睡狮”能够从沉睡中觉醒。

综上所述,可以看出台湾学界关于“现代性”的提法非常丰富,仅旅行文学领域就有“现代性”“殖民现代性”“迟到的现代性”“异样现代性”“另类现代性”“单一现代性”“多元现代性”“压抑性现代性”“超文化的现代性”“殖民主义的现代性”“民主主义的现代性”等多种不同的表述。这一方面体现了台湾文论界思维的活跃,另一方面则与台湾社会特殊的历史际遇和现实态势不无关系。乙未割台、日本殖民统治,国民党败退台湾、两岸分离等造成了台湾现代性进程与中国其他省份迥异,有着自身独特的发展轨迹。台湾历史的复杂多维造成台湾的“现代性”具有多重不同的表现形态。

(作者单位:福建社会科学院文学研究所)

① 朱双一,张羽:《海峡两岸新文学思潮的渊源和比较》,厦门大学出版社,2006年,第143页。

殖民现代性的除魅

——以台湾新世纪后殖民小说为例

张　帆

殖民统治必然会促使殖民地进入现代化,这个现代化的过程,既是一个经济、科技、社会、思想、精神文化各个层面的文明过程,也是被殖民主义二元化的过程:“所有的殖民主义社会中的权力与利益关系的主要模式是假定的欧洲人的优越和想象中的土著人的低劣之间的摩尼教对立。这个轴心反过来提供了殖民主义认知结构和殖民主义文学表现的中心特征:摩尼教寓言——一个白与黑、善与恶、优与劣、文明与野蛮、理智与情感、理性与感性、自我与他人、主体与客体之间各种不同而又可以互换的对立领域。”[①]因此,台湾长达50年的日据历史遗留给台湾的最重大问题之一就是如何定义殖民现代性。关于台湾“现代性”的议题讨论也非常多,陈芳明在《殖民地摩登:现代性与台湾史观》中认为,台湾地区在日本殖民者到来之前没有发展出现代性,而日本以武力强行对台湾地区进行政治经济和文化上的改造,使台湾地区得以与西方现代性接轨。廖咸浩在《斜眼观天别有天:文学现代性在台湾》中指出,台湾现代性的起源来自不同的途径,“首先是明郑的影响,其次是淡水开埠,再其次是刘铭传”。[②] 这些“现代性是以‘自主近代化’的方式展开”,[③]这一现代性脉络是台湾抵御殖民现代性的基石,“日治时期新文学的主流仍可视为刘铭传

---

① [美]阿普杜勒·R.詹穆罕穆德:《殖民主义文学中的种族差异的作用》,张京媛编《后殖民理论与文化批评》,北京大学出版社,1999年,第196-197页。

② 黄金麟,等:《帝国边缘:台湾现代性的考察》,台湾《群学》,2010年,第408页。

③ 同②,第409页。

'自主现代性'的延续,也就是在企图自主的基础上与'殖民现代性'对话"。[①] 廖炳惠提出台湾的"四种现代性的情境"(2004 年):另类的现代性、单一的现代性、多元的现代性、压抑性的现代性。[②] 可见,台湾的现代性不仅仅是一个时间范畴,它涉及台湾社会、经济、历史、政治、文化、国族认同等历史进程之间复杂的互动关系,而且它自身充满了矛盾和对抗,台湾近代以来多次遭遇现代性,因而关于台湾的现代性究竟起于何时、现代性的特质是什么,一直是悬而未决的难题,体现了台湾知识界对于台湾历史脉络的不同解读,以及台湾社会不同身份认同的对立冲突。随着日本殖民统治而来的殖民现代性是台湾地区现代化进程中影响最为深远的阶段,在这一迈向文明和现代的过程中,不仅充满了血腥和暴力,而且是殖民地被异化、被野蛮化、等级化的过程,同时也伴随着主体性的丧失,导致了一部分台湾人将现代性等同于日本性,从 20 世纪二三十年代的文学创作中就可以看到作家在殖民性与现代性之间的两难,一部分进步知识分子既希望通过学习日本尽快与现代化接轨,又希望通过现代化来反抗日本的殖民统治。"日据时代台湾文化运动者念兹在兹的是如何'启发民智',使台湾'赶上世界潮流'。当时台湾新文化重镇的《台湾民报》在发刊词中便强调,当时西方思潮大变,寻求自由平等已蔚为风潮,台湾须努力提升民智,以求成为'世界文明人'的一员。而台湾新文化运动的重要刊物《台湾青年》在宣言里也提及,发刊的目的'期应世界之时势,顺现代之潮流,以促进我台民智。'而《〈台湾青年〉发刊之趣旨》同样流露不甘人后,追求世界潮流的心情:'夫欲启发社会之文明,必先吸收高尚之文化,尤当顺应世界之潮流,然后可使民智日开'。这些重要的刊物宣言流露的想要急起直追的心情隐然指向'落后的时间'危机意识。批判传统社会习俗以达'启发民智'之效,建立台湾人的信心,再从此发展出反殖民的意识,这是日据时代新文学运动者所勾勒的台湾历史旅程。"[③]但台湾是否只有通过日本殖民才能进入现代化?台湾自身是否能够发展出现代性?这些殖民地时期的作家显然并没有给出满意的回答,而我们将目光放到新世纪,在 90 年代后殖民思潮影响下,台湾地区新世代作家对日本殖民历史的描写显然具有对殖民现代性的重新思考,如果说现代性是一种除魅,那么新世纪的

---

① 黄金麟,等:《帝国边缘:台湾现代性的考察》,台湾《群学》,2010 年,第 411 页。

② 同①,第 3 页。

③ 邱贵芬:《落后的时间与台湾历史叙述:试探现代主义时期女作家创作里另类时间的救赎可能》,http://in.ncu.edu.tw/~csa/oldjournal/28/journal_park229.htm.

台湾小说就是对殖民性、现代性的除魅,这些作品打破了一度困扰台湾知识分子的现代性迷思,试图在本土文化与民族传承中寻找现代性的可能。

一

火车是殖民现代性的一个重要意象。火车是西方工业革命的产物,代表了工业发展的新水平,改变了人们认识世界、探索世界的方式,拓展了人类实践的疆界,日本殖民者对台湾的统治和改造也是从火车开始的。日本殖民者借着火车进入封闭的台湾,重新测量和整合台湾的地理空间,并通过巡查对台湾进行探索、开发、宰制,空间距离的变化也象征着台湾进入了现代化。运送台湾的物资到前线,也将台湾的子民送上战场,《杀鬼》一开头就是火车进了关牛窝,"杀人的大铁兽来到'番界'关牛窝了。他有十只脚、四颗心脏,重的快把路压出水,使它看起来像一艘航在马路的华丽轮船。新世界终究来了,动摇一切"。[①] "铁兽来了,把烟吐上天,搔的群山的棱线微涨了。转过弯,大铁怪亮出蓝绿色车壳,肚子长了十颗轮胎,有四个猛捣的直立式气缸,它是一列不靠铁轨也能走的火车。"[②]作者用夸张、拟人的语言,塑造了一个充满力量、恐怖与魔幻色彩的火车形象,这个形象既刻画了关牛窝人们初见现代化火车的惊异和畏惧,也象征了日本殖民者的强悍和不可一世,火车是新世界/现代性/殖民化侵入台湾的象征,火车进入关牛窝的那一刻,关牛窝就不可避免地被日本殖民者推入现代化的旋涡。那么关牛窝人是怎么面对火车的呢?"有人逃开,有人去凑热闹,只有'龙眼园家族'中的帕(pa)要拦下大铁兽。"[③]火车站/火车在台湾少数民族眼中是"大蛇窝""失火冒烟的河流""哈陆斯巨蛇般的阳具",台湾少数民族女孩拉娃为了阻止父亲尤敏坐上火车去战场送死,紧紧地抱住父亲,最后两个人的肚皮竟连在了一起,成了一对螃蟹人,"一对螃蟹父女在大蛇肚子里活了一年","这种怪房子结合的东西,能颠倒事实,把族人载往战场",[④]火车在刘金福梦中化作"螭蛇作怪",火车还象征着日本人的武力,火车烧死了恩主公的魂魄,还企图轧死拒绝与日本人合作的刘金福。显然,象征现代化的火车并没有给台湾带来理性、文明、

---

① 甘耀明:《杀鬼》,台湾宝瓶文化事业有限公司,2009 年,第 20 页。
② 同①,第 21 页。
③ 同①。
④ 同①,第 162 页。

进步的幸福生活。

李崇建的《日本姨婆》中的火车也是一个贯穿全文的轴心，作者借一个梦魇般的雷雨夜揭示出姨婆的过去，雷电将时间倒回1942年的战争时期，身为少女的姨婆重新在血雨中寻找归家的火车，姨婆在时间交错中试图修改自己的错误，提醒自己离开那辆驶向毁灭战场的火车，但是历史的悲剧已经注定，姨婆只能在无限悔恨中驶入斑驳的历史中去。火车在小说中象征着死亡、离别、苦难，一群在日本战场上战死的台湾鬼魂坐着火车回乡，穿梭过他们无尽的苦难和生离死别，鬼魂作为这段惨痛殖民历史的参与者，在火车上现身诉说他们的经历，既抨击了帝国主义的种种恶行，也开拓了历史的再现空间。火车沿途经过的景物、地点，都代表着故乡的历史和记忆，象征着亡灵无论经历怎样的磨难都不灭的对故乡的向往，这些原乡情怀才是对殖民者最坚强的抵抗。

火车象征着殖民者对殖民统治空间的改造，同样地以空间意象来影射殖民统治的有王聪威的《复岛》，其中的一章“渡岛”是通过日本殖民者留在台湾岛上的灯塔来展现日本对台湾的殖民统治。灯塔是殖民者对殖民统治空间进行监控和引导的权力象征，日本殖民者战败撤退的时候，两个灯塔看守人将灯塔的钥匙交给了爷爷，爷爷无意中发现灯塔中有一条密道，当他沿着密道前进时，发现了海面下的离奇景象：地下藏有一个和地上完全相同的复制岛屿，这座复制岛屿拥有独立的电力和能源系统，原本是被帝国设置来给军队提供后援的，在战争结束后，却被废弃遗忘。这个地下岛不仅完全复制了岛上的地形、区域、道路、建筑等，连岛上每个人的职业和人生角色都被一模一样地复制下去，如果台湾被战争毁灭的话，这个复制岛可以替代台湾继续存在。在这里，灯塔及灯塔下面的复制岛是殖民者的先进现代化技术的象征，但这套现代化同样也只是为了殖民者的统治目的服务。面对这样庞大的殖民现代性体系，爷爷也发出了这样的疑问：“我已经搞不清楚究竟上头的岛是原始的岛，还是海底基地是原始的岛了，该不会上头的岛是完全复制海底基地而存在的，而自己不过是从一出生开始，就被指定要模仿海底基地的那个‘我’……我们祖先早在三百年前就从旧王朝渡海来岛上了……该不会这个岛其实早已不存在了，或者说，这里从来不曾以一个岛的样子存在过的啊，与岛有关的一切事物都是被复制交织塑造出来的。不，这不是一种幻觉，这再真实也不过了，这里是‘被真实复制与塑造出来的岛’，因为一开始就被当成是岛的样子来复制，所以也就自然而然被称为岛了。所以，可能根本没有渡岛这件事啊……可能只是从大陆中心的沙漠,来到另一处大陆中心的沙漠而已。”①

《渡岛》里虽然日军战败撤退,却依然遗留了一个复制岛,而且岛下“装设了海水抽取交换涡轮,一靠近就会被吸到海里死掉”,②导致21世纪一群在海里游泳的学生被旋涡吸住淹死,这一悲剧说明即便殖民统治已经结束了70余年,殖民现代性的阴影依然还在影响着台湾当代社会。

二

现代性首先是人们对自我的自觉,打破一切偶像和权威论述,追求平等自由,更是解开束缚、自我扩张、实现民族独立、重建主体性,这一特性在《杀鬼》中呈现得淋漓尽致,其中的小人物充满了无穷的生命力与创造力,他们看似无知无畏,却总是能在这种质朴中寻求到正面的力量,他们所熟悉的民间信仰、民间宗教、民间风俗,在无意识的传承下,都成为化解、颠覆日本殖民统治的坚韧力量,现代化的武器和逻辑在他们顽强的生命力面前束手无策。其中的代表人物就是主人公帕,他无父无母,继承了泰雅人圣山的神力,胃口也大得惊人,“帕是小学生,身高将近六尺,力量大,跑的快而没有影子渣,光是这两项就可称为超弩级人,意思是能力超强者,照现今说法就是超人”。③ 他有三个心脏,被认定是家神三太子转世,具备“神人鬼”的特质,可以自由地伸缩身体,可以改变时间的轨道,可以和鬼沟通。帕刚出场,就试图拦下日本人的火车,犹如拉伯雷笔下的巨人,震慑了殖民者。帕的这种大与强象征着对人性伟大力量的宣扬,体现了台湾自身所拥有的现代性,表现出对独立和自由精神的向往。

帕在放走逃跑的学徒兵之后,被鬼中佐以“清国奴”“支那猪”呵斥而对所谓的“父子”关系产生怀疑:“多桑,我那么努力当个日本人,努力当你的儿子。好的时候就是好,可是,为什么做错事,我就变成清国奴,就是支那猪?难道再努力,我在你骨子里还是永远成不了日本人?”④这个质疑是被殖民者对殖民意识形态权威的挑战,揭露了殖民者对被殖民者的剥削和压迫,也动摇了鬼中佐的殖民者思维,从而主动废除了“清国奴”

---

① 王聪威:《复岛》,台湾联合文学出版社,2008年,第213-214页。

② 同①,第216页。

③ 甘耀明:《杀鬼》,台湾宝瓶文化事业有限公司,2009年,第20页。

④ 同③,第113页。

这个充满歧视性的称谓。帕意识到所谓的父子关系其实是殖民统治下的主从关系,无论自己如何努力想要成为一个日本人,在殖民者的眼里,还是一个卑下低等的种族。

帕的祖父刘金福是贯穿小说的另一个灵魂人物,相对于帕的懵懂和在认同之间的摇摆,刘金福自始至终都是中华认同的拥护者,他在帕的生命过程中扮演着引导者和保护者的角色。刘金福被日军强迫做奉公的时候誓死不从,自受鞭刑,把自己打得双脚站不稳,用石块把脚板刮烂,"用鲜血和烂肉当做强力的浆糊,把脚板粘死在路上",[①]打完后,他就地画了一个血牢,自囚于关牛窝的土地上,他的血根往下长,脚板在地上生了根,谁也拉不起来。鬼中佐为了逼刘金福踏出血牢,召来火车撞他。为了救刘金福,帕先去拦火车,又找来鬼王,塞夏勇士也带来巫婆出谋献策,村民们帮助帕掘地挖出刘金福的血根。最后,帕在火车撞上的一刹那,把刘金福扔向空中,又落回血牢,躲过了火车的袭击,又没有踏出血牢半步,成功地保全了刘金福的生命和气节,刘金福也由原先被嘲讽的"古锥伯"变成了令乡人敬佩的"九鬐头"。这一系列的描写,把台湾人对日本殖民者的反抗斗争夸张化、神奇化,把台湾民众的硬颈个性表现得淋漓尽致,日本人现代化的军事力量也在这伟大的人性面前折服。

值得注意的是,杨逵、赖和等新文学时期的左翼作家,都把实现现代性的期望寄托在知识分子身上,这些有责任感的知识分子往往承担着启蒙者的角色,台湾学者林载爵在《台湾文学的两种精神——杨逵与钟理和之比较》中就指出:"在台湾文学史上我们很少能看到像杨逵这样,将知识分子置于如此重要的地位,我们能够推测,在杨逵看来,知识分子的觉醒就是社会光明的希望,知识分子的力量就是社会改革的动力。知识分子坚定的信念,威武不屈的抗议精神,正是使社会合理化、公平化的精神支柱。"[②]但是在21世纪的后殖民文本里面,知识分子对殖民现代性的反抗作用是模糊甚至是负面的,他们大多在反抗者角色里面缺席,小说都将目光投向了看似粗俗无知的山野人物。他们略带滑头,并无明确坚定的信仰,甚至还贪生怕死,但正是他们才能延续最朴素的认同,才能在殖民统治之下继续保持民族的内在凝聚力,才能以戏谑的方式翻转殖民现代性的优越性,并产生出自主现代性。《杀鬼》里面几乎没有一个知识分

---

① 甘耀明:《杀鬼》,台湾宝瓶文化事业有限公司,2009年,第56页。

② 林载爵:《台湾文学的两种精神——杨逵与钟理和之比较》,余光中总编、李瑞腾主编《1970—1989:中华现代文学大系·评论卷(一)》,台湾九歌出版社,1989年,第275-276页。

子，对日本殖民现代性的认知是一个由混沌到清晰的过程。刘金福是外省移民的后裔，是前清的遗民，他代表着守旧的、故步自封的大中华认同，他对日本的反抗只是来自于“听说日本人爱抽税，吃饭洗澡放屁要抽头，跟老婆上床还要缴税。他气不过，领了军民一百二十人，携十把防‘番仔’的火绳铳，戳山猪的机油柄镖刀二十支，竹篙插菜刀四十支，加入义军对抗日本的现代化武器”。[①] 抗日失败后他避入深山，自立小国，抗拒日本带来的一切现代性，被村民们笑话为“古锥伯”，这是台湾地区对抗日本殖民的最初阶段，刘金福滑稽的形象说明台湾地区早期对日本现代性的反抗具有盲目性，其封闭落后的状态与台湾本土文化相脱节，无法从中发展出现代性，虽然他们是最早的抗日者，却不具有启蒙者的身份和地位，也无法号召群众。只有当刘金福离开深山小国时，他本身所传承的儒家精神和冒险谋利的海洋文化才真正与台湾本土传统相结合，不仅具有强烈摆脱殖民主义的企图，也逐渐发展出具有领导性和包容性的“自主现代性”。

《复岛》里面的爷爷是一个知识分子，但他是日本军队里的军医，代表着科学理性的现代医学，却为殖民政权服务，是皇民化知识分子的典型形象。他对日本殖民者充满了崇拜之情，对日本文化充满了孺慕之思，对殖民者的彬彬有礼、爱干净等现代化的习惯和社会组织方式赞誉有加，竭力想要复制那样高雅的生活。爷爷每天早上都要像日本帝国的官员一样，修了脸才去上班，在这个日行如仪的过程中，爷爷获得超越自己“低等”种族的能量，他想象自己正躺在旧金山港湾的理发厅里，身穿白色硬浆衬衫的黑男人正帮他服务，威士忌、旋转门、海鸟、咸湿的海风、苦杏仁味，种种优雅、和平、上等、异国的符号被他置换到现实空间之中，帮助他短暂地脱离贫困、落后的原乡。爷爷是殖民教育培养出来的知识分子，并在殖民统治体制中担任公职，他努力地同化于日本统治者，认同殖民主义设定的文明/野蛮等级制度，可见，知识分子身份并无益于他认清殖民现代性的欺骗性，反而成为他被殖民体制收编、自我殖民的重要因素。

三

现代性是否是殖民者所独具的呢？台湾是否只能通过被殖民才能获

① 甘耀明：《杀鬼》，台湾宝瓶文化事业有限公司，2009 年，第 28 页。

得现代性？日据时期朱点人的小说《秋信》就借一个躲避在偏远乡间的斗文先生参观博览会被现代都市震慑的过程，来哀叹殖民现代化的沛然莫之能御，而斗文先生也只能继续抱残守缺、无所作为。即便在杨逵这些抗日文人的作品里，也充满了落后时间的焦虑，日据时期的"新文学运动最重要的目标之一即是破除传统迷信，启发民智，以便让台湾跻身现代化国家"（邱桂芬）。因此，民俗、民间信仰、乡野传奇在日据时期新文学当中是被忽视和批判的对象，是现代性的反面，但在后殖民小说里，落后的乡土世界反而成为打破殖民现代性的重要契机，小说中有一段对迎神庙会的描写，昔日神圣热闹的宗教活动，如今为了避开日本人的巡查，只能偷偷摸摸地在黑夜的河谷举行，小说先是嬉笑怒骂地描绘了扮神的游行队伍落魄猥琐的样子：伯公"沦为地头蛇，走路头懒懒，好像走狗。中间的大神将以前叫妈祖婆，现在是女海贼仔，穿的破烂，旁边是千里眼、顺风耳等一干鲈鳗。之后的恩主公不拿青龙偃月刀，是拿菜刀，不骑赤兔马，打赤脚走，怎么看，都像梅毒上身的罗汉脚。殿后的是狼狈的城隍爷，印堂发黑，眼袋积满眼屎，倒是他的打手七爷、八爷像吃了鸦片一样疯狂摇头"。[①] 昔日受人崇拜的神祇在殖民者的阉割之下失去了神性，其不堪的模样象征着被殖民者受驱逐、压迫和禁锢的状态，但是外表的狼狈却无法掩盖他们"坚持前行的毅力，就像关牛窝溪不分年月溯溪前行的小毛蟹和鳅苗，如此动人，再强悍的溪水都扑不倒"。[②] 台湾民众自发举行的迎神会，是台湾人民对于本土文化与历史的自觉继承与维护，也是殖民者强权无法扑灭的星火，小说颠覆了西方现代性的理性世界观，试图从"落后"的传统元素中寻求现代性，同时"又避开了浪漫怀旧的传统乡土想象危机"。[③] 正如同彼埃特斯和巴雷克所说："殖民主义在新与旧的微妙混合中衍生出一种新的自觉意识，解殖民必须走相同的路。解殖民所需要做的，绝不是回归殖民年代以前被标榜为源远流长、连绵不断的纯正传统，而是要富于想象力地去创造新的自觉意识和生活方式。"[④]

（作者单位：福建社会科学院）

---

① 甘耀明：《杀鬼》，台湾宝瓶文化事业有限公司，2009年，第49－50页。

② 同①，第50－51页。

③ 邱贵芬：《落后的时间与台湾历史叙述：试探现代主义时期女作家创作里另类时间的救赎可能》，http://in.ncu.edu.tw/~csa/oldjournal/28/journal_park229.htm.

④ ［美］彼埃特斯，巴雷克：《意象的转移——"解殖"、"自内解殖"和"后殖民情状"》，香港岭南学院翻译系文化社会研究译丛编委会编《解殖与民族主义》，香港牛津大学出版社，1998年，第104页。

日据时期台湾文学研究综述

蔡登秋

一、台湾对台湾日据时期的文学研究

台湾文学的研究,就台湾本土而言大约出现于光复后,但因政治原因也呈现时断时续的态势。1947 年 1 月,台湾《文化交流》期刊创刊号登载了杨逵的《纪念台湾新文学的两位开拓者》;2 月 10 日《南方周报》发表了王诗琅的《台湾新文学运动史稿》,7 月 2 日《新生报》发表了他的《台湾新文学运动史料》;8 月 22 日《中华日报》刊登了王莫愁的《彷徨的台湾文学》;12 月 21 日《南方周报》登载了欧阳明的《论台湾文学运动》。他们对台湾的新文学进行了简要的梳理,也可以说为台湾新文学的研究开了一个头。50 年代后,在台湾新文学的研究上,比较突出的可以说是王诗琅 1951 年 12 月在《旁观杂志》上发表的《半个世纪来的台湾新文学运动》和 1952 年 3 月 1 日在《中学生文艺》上发表的《台湾新文学的重建问题》,此后有黄得时、杨云萍、廖汉臣、黄邨城、廖毓文、施学习、曹介逸等人,在 1954 年的台北市文献委员会刊物《台北文物》第 3 卷第 2 期发表了黄得时的《台湾新文学概观》、杨云萍的《〈人人〉杂志创刊前后》、廖汉臣的《新旧文学之争》、黄邨城的《谈谈“南音”》、廖毓文的《台湾文艺协会的回忆》、施学习的《台湾艺术研究会成立与福尔摩沙》、曹介逸的《日据时期的台北文艺杂志》等 20 篇论文,以畅所欲言的形式,阐述了个人文艺经历和新文学运动状态。1954 年年底《台北文物》复刊第 3 卷第 3 期又刊发了龙瑛宗的《日人文学在台湾》、郭千尺的《台湾日人文学的概观》、赖明弘的《台湾文艺联盟创立的回忆》等文章,这些论文无疑为后来台湾新文学的研究奠定了基础。

进入60年代,台湾的政治因素依然困扰着文学界,文学研究受到了影响,产量较少。此时较有影响的要数王诗琅、钟肇政和叶石涛等人,如1964年10月王诗琅在《台湾文艺》第3期发表了《日据时代的台湾文学》,1965年叶石涛完成了《台湾的乡土文学》著作,同年10月,钟肇政出版了《本省籍作家作品选集》,共十卷,由台湾文坛社出版发行,其中收入了杨逵、吴浊流、陈火泉等人的作品。作家作品的出现和类似于文学史的撰写,可以说别开生面地为日据时代的文学研究铺平了道路。当然,此时的文献整理也为后来的研究提供了条件,如《台湾文献》刊载了不少的作家与作品,同时也刊载了如丘逢甲、林鹤年、连雅堂、刘铭传、欧清石、林幼春、沈光文、吴汤兴、黄纯青等人的作品与相关史料,这些旧文学资料的刊载对于新文学的研究,也提供了参照。

70年代,台湾新文学研究整体向纵深方向发展,从深度和广度上都有了很大的突破,在资料的整理上也颇下了功夫。如黄得时于1978年7月15日发表于《书与人》第243期的《台湾文人的抗日意识》,在研究深度上有了一定进步。更值得一提的是,1972年5月陈少廷在《大学杂志》上发表了《五四与台湾新文学运动》,阐述了台湾新文学与祖国大陆新文学的关系,深入剖析了五四精神所带来的反抗意识。还有吴瀛涛的《概述光复前的台湾文学》(1971年12月、1972年5月刊发于《幼狮文艺》),也对日据时期的台湾文艺做了分析。此外,林载爵于1974年8月在《文季杂志》第3期上发表了《日据时代台湾文学的回顾》,此文全方位地论述了台湾文学的发生、发展、转型,以及文学论争等方面的内容,对台湾新文学研究的拓进做出了贡献。这一时期台湾的文艺类杂志发表了大量的论文,转载了大量的日据时期作品,如《中外文学》《文季》《夏潮》《大学杂志》等,为台湾新文学的研究提供了良好的平台。此时,台湾新文学研究向纵深发展的主要表现在于对作家研究方面的突破,由前期的整体研究向个体研究方向发展,其中有张良泽、钟肇政等人。张良泽对前人的作家与作品整理,可以说付出了毕生的精力,他对钟理和、吴浊流、吴新荣、王诗琅、张文环等人生平与作品进行整理与汇编,为台湾新时期文学研究提供了很好的史料基础。钟肇政利用担任《台湾文艺》杂志主编之便,也有意识地为前人的文学成果做了编辑并刊发一些作品专辑,如《钟理和作品研究专辑》《吴浊流作品研究》《叶荣钟纪念专辑》《叶石涛作品研究专辑》等。70年代对日据时期文学的基础资料的整理和出版为后来的研究提供了很好的条件。1973 年,东方文化书局出版了《台湾青年》6 册,《台湾》6 册;1974 年出版了《台湾民报》14 册,《台湾新民报》17 册,《新文学杂志丛刊》17 册,其中收集了大量的作家作品,这也是台湾对日据时期的文学一次较大规模的出版。此后,1977 年出版陈少廷编写的《台湾新文学运动简史》,1979 年出版李南衡主编的《日据下台湾新文学》5 册,以及钟肇政、叶石涛合编的《光复前台湾文学全集》8 册,这些集子的出炉,为台湾日据时期的新文学研究提供了丰富的资料。

80 年代以来,台湾高校一批研究生论文对台湾新文学的个体研究比较丰富,如对吴浊流、王诗琅、杨逵等的研究,具体情况这里不述。这一时期,台湾文学研究进入了全方面纵深发展时期,显然对日据时期的新文学研究也进一步深入,一些期刊对这一时期表示极大的关注,如《台湾文艺》《文学界》《新地文学》《文讯月刊》《台湾文学观察杂志》《台湾风物》《文季》等。《台湾文艺》编辑了赖和、张文环、王诗琅、杨逵、翁闹等人的专辑。又如《文学界》从 1982 年创刊到 1988 年停刊,出版了 28 期,对台湾文学史料进行了整理和阐述,都做出了贡献。这些刊物的努力,也促进了台湾文学史的撰写,如 1987 年出版的叶石涛的《台湾文学史纲》,开启了台湾文学史撰写的先河。

1987 年台湾"解严"以后,日据时期的台湾文学研究逐渐深入。自 1991 年 11 月开始,台湾"清华大学"的吕兴昌、陈万益两位教授发起并主持了每月一次的"台湾文学研讨会"。1994 年 11 月,在赖和诞辰一百周年之际,在台湾"行政院文化建设委员会"的支持下,又举办了为期三天的"赖和及其同时代的作家:日据时期台湾文学国际学术会议"。此间台湾的学术研究,从选题到学术含量上都有了明显的进步,除了日据时期作家继续受到关注以外,综合性论证的学术论题比重也越来越大。如 1991 年,东吴大学中文所游胜冠的《台湾文学本土论的兴起及发展》、台湾成功大学史语所廖祺正的《卅年代台湾乡土话文运动》、台湾"清华大学"历史所王昭文的《日治末期台湾的知识社群》,1993 年,台湾淡江大学中文所陈明柔的《日据时代知识分子的思想风格及其文学表现》,都论及了日据时期新型知识分子与文学之间的关系;1994 年,台湾"清华大学"文学所黄琪椿的《日治时期台湾新文学运动与社会主义思潮之关系初探》,从文学思潮和社会诸多关系中论述了日据时期的文学状况,说明 20 世纪 90 年代台湾学者们对台湾日据时期文学研究在深度和广度等方面有了新的发展。另外一些硕博论文也有较为系统的研究,如 1992 年台湾师范大学国文所许俊雅的《日据时期台湾小说研究》,第一次系统地研究了台湾日据时期的小说,在史料方面对台湾日据时期文学的发生和发展进行较为全面的梳理。此外,还有一些专著的出现,如台湾学者林瑞明的《台湾文学与时代精神》(台湾允晨出版社,1993年),较为系统地研究和论述了赖和的文学贡献;邱坤良的《日治时期台湾戏剧之研究》(台湾自立晚报社,1992年),是台湾旧戏与新剧研究成果;还有施淑从80年代始,撰写了近30篇的日据时期有关日据时代台湾知识分子的学术论文,还负责了台湾长安出版社出版的《中国现代短篇小说选析》(1984年)日据时期小说部分的撰写工作。20世纪90年代,台湾学者们对台湾日据时期的研究不管在论题的广度,还是主题的深度上,都有了深入的发展。

到了21世纪,台湾对日据时期的台湾文学研究开始走向了多元与开放时期,不管是学术机构或学术团体,还是研究视角的角度或论题深广度都有了进一步的升华。台湾各地都成立了研究团体和研究机构,学术论文也大量发表,应该提到的是文献资料整理的结集出版工作做得特别出色。如2000年台湾前卫出版社出版了《赖和全集(1-5卷)》;2000年,台湾草根出版社出版了吴浊流的《黎明前的台湾》《无花果》和《台湾连翘》;2006年,台湾春晖出版社出版了《日治时期台湾文艺评论集:杂志篇(1-4卷)》,INK印刷有限公司出版了《吕赫若小说全集(上下册)》;2009年,台湾春晖出版社出版了新版《钟理和全集(1-8卷)》及其他相关钟理和的书籍;2010年(台北)秀威信息科技有限公司出版了《吴浊流及其小说之研究》等。这些工作为台湾日据时期的文学研究提供了完整的资料和研究基础。

二、祖国大陆对台湾日据时期的文学研究

1979年元旦,叶剑英代表全国人民代表大会常务委员会发表了《告台湾同胞书》,海峡两岸的对峙局面开始松动,在这种政治背景下,祖国大陆开始了台湾文学的传播和研究。祖国大陆对台湾文学的研究一开始主要是对台湾文学和作家的介绍,开始时不免带有政治和经济意识倾向,此时正值台湾乡土文学的论争结束之际,特别是20世纪80年代,文学观念开始向文学本身回归,文学的政治工具论慢慢淡出历史舞台,台湾文学作为中华文学的组成部分,受到了祖国大陆学界的关注已经是必然的现象,特别是台湾同胞开始足旅祖国大陆,两岸同胞的民间交往日趋频繁,为祖

国大陆对台湾文学的研究带来了新的契机。祖国大陆对台湾文学的介绍开始于1979年7月《当代》杂志转载白先勇的短篇小说《永远的尹雪艳》。12月,人民文学出版社出版了《台湾小说选》,其后,《台湾散文选》和《台湾诗选》也相继出炉。1981年9月,广播出版社出版了《台湾中青年作家小说集》、中国社会科学出版社出版了《台湾作家小说选集》。1982年,福建人民出版社出版了阎纯德的《台港和海外华人女作家作品选》,主要涉及41位女作家,但主要还是光复后的台湾女作家。1982年,由中国社会科学院文学研究所主持编写的《中国大百科全书·中国文学卷》中,专条介绍了日据时期台湾乡土作家赖和、杨逵、钟理和、吴浊流和钟肇政五位作家。1984年,中国友谊出版公司出版了《台湾乡土作家选集》,主要介绍了赖和、杨逵、吕赫若和钟理和等作家的作品。

80年代后,祖国大陆学者对台湾文学研究的热潮逐渐兴起,在此前提下,一些研究团体和机构也开始出现。如厦门大学成立了厦门大学台湾研究所(现已改称"台湾研究院"),中国社会科学院成立了台湾研究所,暨南大学成立了台湾研究所(现为"台湾经济研究所"),北京大学、中山大学、南开大学、复旦大学都纷纷成立了台湾研究机构,此外还有一些省市成立了台湾研究机构。另外,中国社会科学院的世界华文文学研究中心、北京大学的台港与海外华文文学研究中心、中国人民大学的海外华人文化研究中心,广东的社会科学院、华南师范大学、深圳大学、华南师范大学,福建的华侨大学、福建师范大学,上海的同济大学,江苏的南京大学、苏州大学,山东的山东大学,湖北的中南财经大学,江西的南昌大学等各地研究机构如雨后春笋般成立起来。这些研究机构的研究对象丰富多彩,涉及诸多学科领域,有台湾的历史、政治、经济、文学和其他的人文社会科学等方面,其中文学研究获得了丰硕的成果。

与此同时,学术研讨会也纷纷召开,如1982年举办了第一次"全国台湾香港暨海外华文文学学术研讨会",由福建人民出版社出版了第一部论文集,收入论文17篇。这种全国性会议每两年召开一次,1993年在庐山召开时改为"世界华文文学国际学术研讨会",现已召开第十七届。还有一些会议也在陆续召开,如"闽台文化与台湾文学"研讨会、"海峡两岸台湾文学史"研讨会、"台湾文学教学学术"研讨会等。这些会议无形中促进了台湾文学的研究、传播与交流,引起祖国大陆学术界对台湾文学研究的关注。特别是一些高校如中山大学、深圳大学、暨南大学、汕头大学、北京大学、厦门大学、华侨大学、复旦大学、南昌大学等开设台湾文学课程,并以此作为方向招收硕士生和博士生。在高校和研讨会的推动下，台湾文学研究已经成为学术研究界的常态，产生丰硕的学术成果已势在必然。

刊登台湾文学及研究成果的刊物方面，主要有福建海峡文艺出版社主办的《海峡》(1981 年创刊)，厦门大学台湾研究院主办的《台湾研究集刊》(1983 年创刊)，福建省文联主办的《台湾文学选刊》(1984 年创刊)，这些主要刊登了台港及海外华文文学作品及研究成果，后有江苏省社会科学院《世界华文文学论坛》也刊载了台湾文学研究方面的文章。此后，中国社会科学院台湾研究所主办了《台湾研究》(1988 年创刊)，福建社会科学院现代台湾研究所主办了《现代台湾研究》(2000 年创刊)，这些刊物为台湾文学作品和学术研究成果的发布提供了新的平台。从 1979 年至 20 世纪末的 20 年间，“据不完全统计，这一时期大陆发表的关于台湾文学研究的论文已超过 1000 篇”。[①] 其中七篇论文涉及日据时期台湾文学，由此可见，对台湾日据时期的文学研究还较少。其中原因，除了原始资料缺乏的因素外，主要是由于祖国大陆学者对日据时期的台湾的社会历史状况及当时出现的文学没有足够的了解，对台湾新文化出现的重要性没有充分的认识。尽管如此，其中有两篇文章有一定的代表，其中之一是托德宗的《论日据时期台湾新文学的现代意识》，对日据时期台湾新文学的现代和民族意识进行阐述，从中发现了台湾新文学与祖国大陆新文学的“五四”新文化精神的同质性；另一篇是苏光文的《论战时台湾抗日新文学创作的审美特征》，分析了台湾日据时期作家以独特的方式抵抗日本殖民统治，从而显示出独特的审美特征。

进入 21 世纪以后，随着台湾与祖国大陆政策的开放和民间交流的拓宽，台湾日据时期的文学研究的视野也随之扩大，特别是从多学科视野进入研究的情况较为普遍：有从民族学角度研究的，如朱双一的《中华故事圈中的台湾少数民族口传文学》；有从社会历史角度去研究的，如汪毅夫的《台湾游记里的台湾社会旧影——读日据时期的三种台湾游记》；有从学术史角度研究的，如倪金华的《日本的台湾文学研究之学术检讨》、古远清的《台湾文学理论批评的历史扫描》。针对性的专题研究也有了重大的突破，如沈庆利的《政治高压下的智性求索——从吕赫若〈邻居〉看日据时期台湾作家抗拒“皇民化”和策略》、朱双一的《日据前期的台湾的

① 刘俊：《台湾文学研究在大陆：1979—1999——以“人大复印资料”为视角》，《台湾研究集刊》，1999 年第 4 期，第 83 页。

文化民族主义——以连雅堂、洪弃生、丘逢甲等为例》、朱双一和程晓飞的《日据下台湾"现代化"的文学证伪》、刘红林的《"为大众"的文学语言观——论赖和对台湾话文的主张》、刘勇和杨志的《论日据时期台湾小说的民族认同问题》、计璧瑞的《遵从殖民的逻辑——论日据台湾的皇民文学》、朱双一的《日本殖民侵略的自供、掩饰和美化——日据后期在台日本作家长篇小说析论》、朱立立和刘登翰的《论杨逵日据时期的文学书写》、钱果长的《鲁迅钟理和比较论》、蒋朗朗的《台湾日据时期小说文本精神内涵的解读——以受难感为例》、刘红林的《吕赫若小说的审父意识》、李诠林的《吕赫若小说文本的文化隐喻功能》。更可喜的是一系列的类似于作家传记的研究著作的出现,从作家历史和生活背景入手,对作家进行全方位的观照,赵遐秋和金坚范主编的"台湾作家研究丛书"中涉及日据时期作家的有刘红林的《台湾新文学之父——赖和》、樊洛平的《冰山底下绽放的玫瑰——杨逵和他的文学世界》、田建民的《张我军评传》、石一宁的《吴浊流:面对新语境》、江湖的《乡之魂——钟理和的人生与文学之路》、沈庆利的《啼血的行吟——"台湾第一才子"吕赫若的小说世界》等著作。此外,个人出版的图书也不在少数,如2003年一年内所出版的文学著作有人民文学出版社出版的黎湘萍的《文学台湾——台湾知识者的文学叙事与理论想象》、福建人民出版社出版的朱双一的《闽台文学的文化亲缘》等,这些作品从不同角度阐述了台湾新文学与文化等诸多关系。

近年来,台湾文学的研究比以往的研究更加深入和细致,主要表现在对于台湾日据时期历史和文化的内在情况和生成机制等方面的拓进,特别是对台湾日据时期的皇民文学的讨论是一个亮点。如朱双一、刘红的《日本殖民侵略的自供、掩饰和美化——日据后期在台日本作家长篇小说析论》,论述了西川满的《台湾纵贯铁道》、滨田华雄的《南方移民村》和庄司总一的《陈夫人》如何宣扬侵略台湾的合理性和现代意义,指出了这些小说不同程度地对日本对台殖民侵略的自供、掩饰和美化;刘红林的《论"皇民文学"的本质及其表现》论述了"皇民文学"的本质;陈福郎的《台湾的"皇民文学"和"乡土文学"——读〈海峡两岸新文学思潮渊源和比较〉》,阐述了台湾新文学思潮与祖国大陆的新文学思潮的关系;张羽的《殖民地台湾文学史研究的当代趋向——以周金波的文学叙事与文化认同为中心》,从战时历史情境出发,以台湾医师作家周金波的文学书写来透视其精神光谱中所呈现的认同倾向,论述了殖民地文学历史诠释的错综复杂的原因;古远清的《"泛绿文学阵营"初探》,论述了泛绿文学阵营为"皇民文学"翻案的事实。与此同时,对台湾文学从其他多个角度的细致入微的研究也是近期的一大特征,如蒋朗朗的《台湾日据时期小说文本精神内涵的解读——以受难感为例》,把台湾日据时期小说的研究放置于特殊的历史语境中,阐述此时台湾民众受难感的被殖民的历史印记;蓝天的《日据时期台湾文学形态的嬗变》,从语言、思想内涵等方面论述了台湾文学在特殊日本殖民时期的文学形态嬗变的根源;李诠林的《台湾日据时期现代文学期刊:对抗与规训的纠葛》,阐述了台湾日据时期台湾文学期刊抗争史;李立平的《"防卫的现代性"——论日据时期台湾小说的反现代叙事》,以日本的殖民政策和制度为对象,论述了台湾日据时期小说在"殖民现代化"的干预下反现代化的"共名"叙事的本质;吕若淮的《从〈台湾文艺丛志〉看日据时期台湾同祖国大陆的文学交流》,阐述了台湾传统文人与祖国大陆文化之间的交往。

此外,对日据时期的作家研究也更加深入具体,如蔡登秋的《钟理和研究中的"原乡"与"同姓不婚"的理解偏差》,从历史和文化视角论述了当下对钟理和小说中出现的两个概念,即"原乡"与"同姓不婚"的理解偏差;沐昀的《本土立场与东方视野——吕赫若日记初探》,以吕赫若的日记为研究对象,阐述了日据时期台湾文化语境中作家的思想沿革和转变;沈庆利的《吕赫若小说的乡野民俗》,论述了吕赫若在殖民高压政策下对传统的坚守和反思,反映日据时期台湾知识分子复杂痛苦的心志;阮温凌的《屹立宝岛的不朽雕像——杨逵及其抗日小说〈送报夫〉》,从作家的民族情结角度来透析思想的精粹。当然也从研究之研究的角度对日据时期台湾文学的研究状态进行分析,如刘小新的《台湾文学研究中的殖民现代性幽灵》,重新认识台湾小说现代性与"殖民现代性"的矛盾与暧昧关系,提出了对台湾文学后现代性的影响作用;李娜的《2005 年祖国大陆的台湾文学研究综述》,论及了 2005 年祖国大陆对台湾文学研究的整体情况,其中涉及日据时期的台湾文学的研究成果和特性;游小波的《台湾近代文学边沿研究》,对台湾近代文学研究边缘地带做了一定的阐述,对台湾文学思潮、文学流派、经典文本等文学史问题进行了探讨;朱立立的《殖民体制下的"台湾民族主义?"——从藤井省三的〈台湾文学这一百年〉及相关论争谈起》,探讨了近年来在日本和台湾地区日据时期台湾文学研究领域出现的"台湾民族主义"话语的本质问题和论争的症结。无论从哪个方面来看,在祖国大陆,日据时期台湾文学的研究出现空前的繁荣,涉及面之广、内容之细、深度之入微，都体现了祖国大陆对日据时期台湾文学的重视和热情。这种现象一方面反映了祖国大陆对台湾文学的重视；另一方面也反映了祖国大陆研究者对台湾实际情况的了解的加深；当然也反映了祖国大陆对台湾文学研究水平的提升。

三、台湾与祖国大陆对台湾日据时期文学的研究整体状况与可能空间

就海峡两岸对台湾日据时期台湾文学研究的历史脉络而言，都是从台湾日据时期的作家作品介绍和作家创作整体整理入手的。一些出版社和期刊开始陆续地出版和刊登作家的生平事迹和作家的作品，为后来的小说研究奠定了基础。后来，台湾一些研究者开始对作家作品进行系统的整理，并联系刊物发表，或者联系出版社出版，特别是一些作家有大量的作品在日据时期并没有即时发表，后来逐渐被发掘、整理和刊载出来，如台湾的张良泽和钟肇政对钟理和作品的整理，为后来日据时期的台湾小说研究起到了奠基的作用。对于台湾学者的研究来说，由于本土意识的作用，基础性的工作做得较为扎实，对本岛文学的关注和研究要比祖国大陆早得多，特别是在艰难的历史处境中坚持对日据时期台湾文学进行研究和整理，这是很难能可贵的。1947 年台湾“二二八事件”之后，许多学者能够排除意识形态的压制而义无反顾地进行研究，是值得钦佩的举动。台湾的白色恐怖政策的长期存在，对台湾新文学研究显然有着巨大的影响，真正的批评文章产量很少，更多限于作家和作品的介绍。一直到 1987 年以后，台湾文学的研究开始向多元方向拓进，不仅在经济、政治、历史、文化、民族等各个角度，而且更为重视对作家个体的研究，涌现出丰硕的成果，特别是一些硕士生和博士生的论文，对作家和社会历史的研究更加深入、具体化。祖国大陆对台湾日据时期台湾文学的研究，自 1979 年发凡以来，从作家作品的介绍开始不断向纵深方向发展，研究也呈现多元化角度的态势，从最初较在意政治意识形态的研究，向作家和作品文本回归，并且不断细化和具体化，从更广阔的视野进入作家作品研究，取得了骄人的成果。

台湾日据时期文学的研究视角是多样化、多角度的，无论是台湾，还是祖国大陆，研究者们都从自己研究的学术专长着手，涉及台湾历史进程中的方方面面。在过去的日据时期台湾文学的研究中，无论是台湾的研究，还是祖国大陆的研究，都共同关注了政治、经济、历史、文化等方面，由

于台湾在中国历史发展中的政治特殊性和敏感性，从政治格局角度去研究台湾文学显得尤为突出，但对于文学之于地方文化，特别是之于民俗的研究成果，现在尚少，如沈庆利的《吕赫若小说中的乡野民俗》，从日据时期台湾文学在殖民当局的高压政策的统治下，吕赫若对汉化文化的坚守，分析了台湾知识分子的特殊文化心态；韩春萌的《从民俗文化看台湾新文学的民族精神》，讨论了日本殖民统治下的台湾新文学从民俗文化的书写来捍卫民族文化的抗争精神。由此看来，祖国大陆学者已经意识到了从民俗视角去研究台湾日据时期的小说的价值和意义，但这仅仅是零星的研究，距离系统的研究还有很大的差距。民俗文化是民众风俗生活文化的总和，是一个国家、一个民族、一个地区的民众共同创作、传承和享有的风俗生活习惯，它是普通百姓生活中约定俗成的一系列物质和精神的总体文化现象，具有传承性、变异性、集体性、区域性和立体性等特征。民俗文化主要存在于民间，相对于官方文化而言，是传承千古的较为稳定的习俗惯制，是一个民族文化得以存在的载体，亦是保存每一个民族文化传统的载体。文学本身是社会生活的缩影，它反映了一个历史时代的现实情况，代表着一个民族的理想和想象，亦是一个民族文化的承载体。撇开其他要素不论，对一个民族文化的融入和反映是文学的一项重要功能，在某种意义上说，文学必须从民间文化吸取养分，甚或是直接反映一个地方的文化。因此，文学与地方文化始终是相融的关系，台湾日据时期的小说与其他地区的小说一样，反映了台湾独特的地方文化。

当然，除了从民俗视野去观照台湾日据时期的台湾小说以外，还可以从文学史视角去研究台湾日据时期新文学的现代性问题。台湾新文学的发生，主要人物是张我军和赖和。台湾的新文学与祖国大陆的新文学运动基本上同步，在张我军等人的努力下，受到祖国大陆新文学运动的影响，台湾地区也开启新文学运动与实践。张我军是台湾新文学运动的“开拓者”和“奠基者”，他在白话诗的创作上可以说是台湾新文学最早实践者之一。赖和是台湾新文学的实践者，亦是台湾新文学最有力的推动者之一。当时，张我军在台湾极力倡导新文学，提倡白话文文学创作，发动新文学运动，反对张我军的人纷纷起来反对新文学运动，赖和则发表了《新旧文学之比较》等文论，支持张我军的新文学运动。台湾新文学运动与祖国大陆新文学运动同时期发生，都有很强的反帝反封建性质，台湾新文学运动直指日本殖民主义，发出了强烈的抗击日本殖民统治的声音，在台湾起到了摇旗呐喊的作用。台湾新文学运动在当时的处境比祖国大陆要艰难得多，日本殖民政策对台湾文化实施控制和同化，殖民者大力推行日语，新文化运动除了在语言方面的功夫外，还肩负着抵抗日本殖民统治的担子。所以，台湾新文化运动史，既是文学的革命史，也是文化的抗争史，历史视角研究也是一个很大的研究空间。当然，台湾文学研究的可能空间还很大，还有待于研究者进一步去开拓。

（作者单位：三明学院文化传播学院）

身份认同与精神传承

——海外华文文学的文化溯源

刘桂茹

海外华文文学是以汉语作为语言表达工具的文学，以汉语书写和想象为纽带建构文学的想象共同体。因此，以语言为媒介，以语言所承载的文化为内蕴，离散海外的华文作家在其文学创作中表达了对母国文化或认同，或依归，或焦虑等的复杂情愫。应该说，华文文学的发展、演变以至慢慢走向成熟，都与中华文化在海外的传播紧密联系在一起。中华文化为华文文学创作提供了重要的文化资源和想象支撑，同时中华文化也维系着离散华人作家的文化认同和身份意识。华文文学一方面反映了海外居住国的社会生活、人文景观、自然景观及华人离散者的心理特征，一方面又承继了中华民族文化的传统血脉，表现出特有的对中华文化的体认与思考，是对中华文化的自觉传承。

一

海外华人的身份认同和文化属性是贯穿于海外华人文学写作与研究的重要课题。作为少数族裔的华族，对自身文化身份的追寻一方面是其边缘状态的体现，另一方面也是离散华族遭受主流话语压制的结果。当离散作家遭遇异质文化的冲击时，必然面临自身存在与认同的危机和拷问，即“我是谁，我从哪里来，要到哪里去”的困惑与选择。如果说，“离散”是某种后现代普遍的人类文化特性或生命状态的话，那么不安于这种状态，追寻某种生命归属意义的完整一致，便是离散写作的内在动机。

"离散"揭示了这种追求和追问的精神特质和哲学处境,而不仅仅是一种具体生活的描述。因此,海外华文文学的离散经验,不仅是华人个体可能面对的生存困境与精神困惑,而且是"少数者"关于身份认同的整体性追问。

一方面,"少数者"的文学想象是关于离散者的经验表达。自19世纪西方实行殖民帝国主义以来,移民、流亡、散居、留学等原因造成了大量的人口移动。无论是被迫放逐还是自我放逐,这种放逐的经历及由此引发的漂泊乡愁和故国回望,都成了现代性想象里一个重要的历史与文化命题。"离散族裔"被迫出入于多元文化之间,"离散"在当今的语境下,与早期涉及放逐与大规模族群被迫搬迁的悲苦情境相比,或许在某个层面上,也拥有其更宽广和多元的视角,因而得以重新参与文化的传承、改造和颠覆。因此,海外华文文学的离散经验不仅是华人个体可能面临的精神困境,而且是"少数者"关于身份属性的整体性追问。而在不断的追问与建构过程中,少数族裔主体性的意识才得以渐趋成熟。

另一方面,"少数者"的文学写作是表述自我、再现族裔历史的有效手段。很长一段时间以来,海外各国的所谓正典历史与文学场域有意忽视、遮蔽,甚至篡改华裔族群的真实存在与边缘声音,造成了华族历史的缺失和记忆的混乱。以在美华人的情况为例,早期华工对美国西部建设的贡献并没有进入主流历史的记载,他们的生活经历与个人命运没有得到应有的表现与重视。因此,广大华族作家或书写华人群体普遍受到的冷遇,或建构弱势族裔的历史脉络,这对于对抗单一意识形态与文化体制、修复族裔文化记忆、再现与铭刻族裔历史有着重要的文化与政治意义。

随着各民族和人群在世界范围内的移动,以及全球化对各个国家和地区的民族文化、经济活动空间的压缩,跨越疆界的移民、放逐和迁徙,形成了20世纪以来独特的、全球性的"离散"现象,并且带来了空前突出的包括身份问题在内的文化"认同危机",从而也使文化身份和文化认同问题在文化研究领域内成为聚集了众多矛盾、论争和复杂性的问题领域。"认同"这一概念在文学研究领域的广泛使用应该是在"文化研究"转向以后。全球化及后现代主义的语境中,后殖民主义、女权主义、解构主义等纷纷把边缘群体的话语权、种族差异、移民问题、性别差异、性偏好等问题纳入自己的研究范畴。于是,弱势群体例如妇女、移民、少数民族、第三世界等边缘角色的身份问题成了理论关注的焦点。面临同一性和差异性这个议题时，“认同”这一概念恰好是处理个体怎样融入群体、获得身份的有效术语。被忽视的边缘群体和个人，其“认同”危机及文化身份的建构，是理论家从不同的立场试图处理现代性、全球化及差异性问题的思考，他们试图揭示被遗忘、被遮蔽的问题，从而带来解放的意义。

然而，“认同”理论首先假设了获得身份的主体是单个的人。个人是身份的占有者、建构者，是“认同”的能动力量，并且具有先验的合法性。也即是说，人们通过“认同”的建构，获得一种关于自我身份的认识，而并非一个具体的共同体。在这里，人们争取的是一个差异的个体。然而当代多元文化主义政治的核心和趋势是微观的政治、“差异的政治”，是对某种文化特质与文化结构的承认，诉诸一个集体的目标。“认同”理论所追求的文化政治空间便显得有些狭隘。

20 世纪 90 年代以来，“承认”问题在哲学、政治等领域日益突显。哲学家阿克瑟尔·霍耐特在其代表作《为承认而斗争》中认为，所谓“蔑视”就是拒绝承认，是对承认的否定与剥夺。个人自身完整性、荣誉或尊严的被伤害是不公正感的规范内核，而缺乏承认的社会不可能成为一个被广泛认同的公共社会。加拿大著名哲学家查尔斯·泰勒在《承认的政治》中也指出，我们的“认同”部分是由他人的承认构成的，如果得不到他人的承认，或只得到他人扭曲的承认，就会对人的认同形成消极影响，甚至导致自身被蔑视。蔑视不仅表现为缺乏应有的尊重，它还能造成可怕的伤害，使被伤害者背负着致命的自我仇恨。所以，正当的承认不是人们赐予别人的恩惠，而是人的一种至关重要的需要。

在《承认的政治》一文中，泰勒指出，对于承认的要求，“代表了少数民族，‘贱民’群体和形形色色的女性主义的这种要求，成为政治，尤其是所谓‘文化多元主义’政治的中心议题”。[①] 泰勒认为，普遍主义政治强调公民的平等与自由，而并不诉诸保存文化差异这样的集体目标；差异政治则强调每个人独特的认同，是对于特殊性的承认，而文化承认对于一个移民社会而言已经成为非常重要的问题。因此，泰勒把问题从“认同的政治”转向“承认的政治”，认为如果我们的认同不能得到他者的承认，或者受到扭曲的承认，都是一种压迫的形式。尽管泰勒的观点遭到了来自文化多元主义者和自由主义者的批评，但他关于尊重差异、“文化承认”的观点却值得海外华人文学研究者做深入的思考。随着全球政治文化语境

① 汪晖，陈燕谷：《文化与公共性》，生活·读书·新知三联书店，2005 年，第 290 页。

的嬗变，海外华人作家不仅应该寻求文化身份和认同意识，思索“我从哪里来”的问题，更应积极建构少数族裔主体性，以一种“差异的美学”寻求文化他者的承认，并以此反抗不平等的压迫。

二

除了身份认同的焦虑，海外华文文学的文化溯源还应返回博大深广的中华文化精神。这主要包括中国“儒”文化、中国文化习俗、中国文化符号书写等方面。

（一）华文文学与中国“儒”文化

作为流散海外的华人肯定自我存在的方式，华文文学始终离不开中华文化的滋养。众所周知，儒家思想是中华文化的核心。儒家所倡导的仁义忠孝的伦理观念，以及礼乐的行为规范，如同每个人身体中的遗传基因一样，深深地植根于中国人的生命之中，并且伴随着每一个中国人的生命始终。随着中国移民持续不断地移居世界各地，以儒家思想为主体的中国传统文化，自然也就被深受儒家文化熏陶的中国移民带到了各个移居国。因此，儒家文化不仅成为华文文学的文化纽带与精神坐标，更重要的是，这种文化内核注入华文文学之中，延续并强化着中华文化的凝聚力和向心力。可以说，“儒”意识建构了海外华人的自我生成，也流淌于华文文学的字里行间，成为华文文学普遍追求的自觉精神向度。

儒家思想强调国家、民族、集体、家族的重要性及对于个人的意义。因此，对国族利益的坚定维护、对中华文化的执着认同、对本民族的自信自尊，以及对故土剪不断理还乱的情结，就成了海外华人的一种共同特征和难以释怀的情愫。尤其在早期的华文文学中，深切的中国意识和中国文人情结始终是华人的一种情感内核。在儒家传统“先天下之忧而忧，后天下之乐而乐”及“修身齐家治国平天下”等思想的影响下，早期华文文学普遍表现出“感时忧国”的情怀，在悲愤与感伤的基调下书写对国家、民族不可割舍的深厚感情，并以集体“大我”的方式述说“流浪者”的文化乡愁。某种意义上来说，以“儒”意识强化自身的行动准则，一方面是华人对“自我”与“中国人”及“中国文化”关系的认同，另一方面也是华人面对双重文化语境寻求自我定位的心态表征。

儒家文化最重要的组成部分就是家庭伦理。和西方个人本位相对，儒家文化倡导“家庭本位”和“人伦本位”。中国家庭内部“父与子”关系强调的是父亲的绝对权威，儿子对父亲的绝对服从。而“慈”“孝”“敬”“爱”等家庭伦理观念又使得这样的父子关系上升到至高无上的地位。在“家国同构”的理念之下，家庭内部的秩序规范牢不可破，成为支配中国人关于血缘、宗族、尊卑礼仪等方面的准则。几千年来“儒”意识的家庭伦理观念制约着中国人的价值理念，也同样是曾经浸染其中的华人自觉遵从与维护的中国传输。可以说，华人家庭对于中华文化传统及其价值观的传承和发展起着重要的作用。华人子女最早就是从家庭中受到启蒙教育的。在家庭里，子女要孝顺父母，尊敬长辈，而享受天伦之乐是华人父辈的极大心愿和要求。于是，我们可以发现，华文文学中“父与子”的关系是庄严而神圣的，与家庭、宗族、国家的传承和发展紧密相连。与此同时，父亲的形象高大威严，父亲是家庭的核心力量，父亲也是纯朴温良、勤俭坚韧的性格化身。作为中国传统文化的继承者和发扬者，父亲负责把中华文化传统传输给下一代，而子女则被要求顺从和接受父辈的传输。可以说，儒家的人伦教化和文化积淀，转化成了华人家庭的内部规约，也是华文文学的普遍美学追求。

现今，面对多元文化的冲击与现代社会的种种精神危机，越来越多的华文作家开始呼吁儒家文明中富有人性的因素，追求心物合一、内外合一的创作心态和境界。弘扬“天人合一”“和而不同”，以及兼济天下、与自然和人类兼容共存的精神，逐渐成为当代华文文学人文精神的重要内涵。以新一代华人移民为例，他们在知识与技术的掌握方面远远胜过前几代移民，也因此更能适应移民社会的生存环境，他们的创作于是表现出了面对跨文化语境时更加从容的心态。新移民除了承继母国文化传统，也愿意融入异国文化，表现出对多元文化共存格局的宽容心态，能够以一种主动的、活跃的姿态来表达华人散居者的生存状态及文化处境。因此，新移民文学的主题涵盖了中华文化传统、移民共同经验和个人漂泊经历等诸多因素，融汇了体现中国意识的民族性、逾越地域时空的世界性，以及表达个人品位的独特性。处于文化夹缝的沉痛基调慢慢被一种淡定飘远的风格所取代。这样的文化立场与思考维度不仅有助于提升华文文学开放多元的文化品位，也表明了儒家思想在现代社会的新发展。

（二）华文文学与中国文化习俗

中国文化习俗作为中国传统文化的一个组成部分，是在中华民族特有的自然环境、经济方式、社会结构、政治制度等因素的制约下孕育、发生并传承的。深受中国习俗浸染而后移居海外的华人，并不因为生存环境和文化土壤的改变而背离原有的文化习俗和生活习惯。相反,他们将传统中国习俗带入异域,包括节日、祭祀、庆典、饮食、服饰、社区、会馆等,以富于民族特色的文化方式重温母国的种种文化习俗,彰显对中华文化的执着传承。与此相应,广大华人作家也把海外华人的生活方式与文化习俗融入华文文学创作,使得华文文学弥漫着浓厚的中国文化气息。

唐人街(Chinatown)是初到异国的华人聚居地。“唐人街”也称华埠,是中国文化在海外的一块文化“飞地”。唐人街保留着传统的中国城市风貌,那儿有红檐绿瓦,有匾额楹联,有亭台楼阁,有庙宇寺院,也有酒楼、茶馆、中国书店和专营中国百货、食杂及传统工艺品的商店。共同的语言和风俗,以及与国内相似的文化环境,让许多海外华人觉得生活在类似祖国的环境里而感觉自在。“住在同胞们中间,能减轻由于跨越太平洋后突然变化造成的不安。在这样的‘飞地’上,他们见到的是华人的脸,听到的是汉语,在这种熟悉的环境中他们心里产生一种安全感。”①唐人街的生活方式从某种程度来说,是早期海外华人为适应异域文化所选择的一种特定方式。它不仅指称华人社区,还指向着一种文化价值、种族认同与精神坐标,是广大华族寻找精神慰藉、身份建构与心灵庇护的所在。

在许多华人作家笔下,“唐人街”由于蕴含了中国传统文化习俗的诸多方面而成了后者的代名词并被反复述写。各种节日庆祝方式、中国旗袍、华人学校、家庭会馆、中药店、戏剧演出、婚丧嫁娶之类的风俗习惯等都在唐人街及唐人街华人家庭的日常生活当中一一上演。“唐人街提供了一种延续于移民母国的生存方式……大量的华人社团,诸如同乡会、宗亲会、兄弟会等在这里建立,发挥着华人移民族群的分类整合和社区自律的作用,意味着华人移民族群的一种自我建构方式。而在唐人街社区中发展与传播的华文教育与华文报刊,则又成为移民抵抗文化失忆和建构身份的一种重要手段。因此,唐人街同时也作为华人移民文化保存的一种精神方式。”②当然,唐人街作为“中国传统文化的微缩盆景”,③内部也有许多帮派斗争、权力纠葛及落后的文化传统。因此,在许多华人作家看来,唐人街的生活方式及其所代表的文化传统与道德伦理,是早期华族寻求族裔属性时所认同的那个具体的“共同体”,而更多的华人后代面对家族、家庭的压力却可能选择“出走唐人街”。在一系列“唐人街”书写里,

① [美]宋李瑞芳:《美国华人的历史和现状》,朱永涛译,商务印书馆,1984年,第139页。

② 刘登翰:《双重经验的跨域书写——20世纪美华文学史论》,上海三联书店,2007年,第8页。

③ 蒲若茜:《族裔经验与文化想象·前言》,中国社会科学出版社,2006年,第2页。

唐人街是海外华人活动的现实语境,而且是形塑华人文化性格的特定场域。从对唐人街的风俗描绘,到审思唐人街的生存方式,甚至是挖掘唐人街的悠长历史,"唐人街"想象表明了华人作家通过对中国文化习俗的绘写,历史地建构华族属性的自觉意识。

中华文化习俗是一种无形的纽带,将海外华人"归纳"在一起,而作为母国文化习俗载体的"唐人街"的文化意蕴则成为海外华人族裔和文化存在的象征。文化习俗一方面形构了华人在海外的生活方式,一方面也延续了中华文化的一种自然状态。华文文学中的"唐人街"想象,事实上是海外华人文化行为的一种隐喻,从华人学校、华人社团、华文报刊到华人家族等,华族在对中国文化习俗的自觉传承中寻找实现族裔与文化整合,以抵御异域文化对本族群和文化的压迫与消解的途径。在这个意义上,华文文学对中华文化习俗的书写及相关的"唐人街"想象可看作一种文化政治行为,是华人对自己族裔的历史记忆与文化生存状态的铭刻和建构。不过,多数华人作家的"唐人街"写作无法绕开其写作的悖论,即当他们试图以异国情调的眼光来描写唐人街,迎合主流社会的想象品味时,正好表征了其"少数者"身份的尴尬处境;而当他们试图开掘唐人街错综复杂的历史命脉时,其远离中国文化却意欲从中寻求文化资源的支撑,反而可能陷入另一种困惑——以中国传统文化为想象素材的唐人街书写在所在国主流文化看来是一种少数民族文学,而华人作家对中国文化场域的隔膜又使得其唐人街想象成为远离中国文化语境的"域外写作"。总之,在记录自己独特生存历史与经验的文学书写中,不同国家和地区的华文文学,正是在这样的悖论中建构了迥异于母体文化的独特性格与色彩,同时也因了母体文化资源的支撑而拥有自立于母体文化的文学价值与生命。

(三)华文文学与中国文化符号

本尼迪克特·安德森在其经典著作《想象的共同体》中认为,国家意识的形成,在现代工业社会里是通过报纸、新闻媒体的传播才能达到的。而现代工业社会则为这一想象提供了物质前提。"民族"本质上是一种现代的想象形式,是"想象的政治共同体"。这一概念无疑是我们理解华文文学建构"中国经验"的重要参照。对于离散海外的华人移民来说,这种共同体更是一种想象的结果。"中国"是人们在历史的实时性与具体性下通过文本活动对"共同体"的文化建构,而不同的群落和文化身份使华人作家"中国经验"的建构呈现为有差异的文学图谱。

移居海外的华人在面对当地政治、文化的冲击和压力下，为保持或维系族群的密切联系，继承中华传统文化成为海外华人的“自觉”行为，他们广泛的文化认同正是基于这种“自觉”的文化传承建立起来的。因此，早期华文文学中的“中国想象”大体上是一种原乡记忆，对中国传统文化内涵和价值的体认在华族中形成了普遍共识。而这时的“中国文化符号”即包含了“乡土中国”与“美学中国”的糅合、华人落叶归根的思想、对母国文化在兹念兹的情结、对原乡记忆的执着迷思与认同母国文化的强烈意识。

但是海外华人基于血统和遗传建立的族群认同并不能维系稳定、牢靠的社会关系，这集中体现在文化身份与代际关系上。随着母国与移居国政治文化环境的变动，许多华人不得不逐渐完成其身份的转化，即从“落叶归根”转向“落地生根”，开始以移居国公民的身份融入移居国的生活和政治文化规范之中。因此，第二代、第三代华人移民的后代，常常为摆脱所在地“少数者”的民族身份，逐渐远离代表着中国文化的家庭和华人社区，“出走唐人街”也成了多数华文文学共同关注的主题。

对于多数华人后代而言，祖辈的中国文化传统仅仅是其作为“华裔”身份的背景和注脚。多数华裔出生于移居国，自小受本国文化熏陶，思想和行为方式也完全本地化。即使有些华裔在中国出生，但童年的中国文化印象也渐渐模糊。因此，华裔作家虽然都不同程度地感染了“中国情结”，但他们“中国想象”的灵感要么来自于父辈的规训，要么来自于家族故事和传说，甚至有时就完全从中国古典书籍而来。更多的时候，这三者相互融合，形成了华裔作家关于中国文化的现代思维与想象。可以说，在“原乡记忆”转变成“原乡神话”之后，传统中国文化的价值观念常常被消解，甚至被颠覆而成为所在国的一种“他者文化”。这时华文文学内部所包含的中国文化毋宁说是一种抽离了本源文化的符号。

可见，谈论华文文学对中华传统文化的传承时，政治环境、话语环境是不能回避的话题。一方面，这种传承应视为华文文学的文化自觉行为；另一方面，当海外华人所在国的政治、文化环境与中华传统文化的核心观念相融合时，文化传承就会被推动，而当中华传统文化的核心观念与所在国的主流文化相冲突时，文化传承就会停顿下来，其文化也会不断地被边缘化。如果华文文学的“中国想象”呈现了植根于母国文化语境的价值预设，其中所包含的文化符号就是一种对中国传统文化的认同与延续；而当“中国想象”经历了“本土化”历程，这种想象的维度便建立在中国传统文化缺失从而表征中国文化的符号基础之上了。换句话说,第二、三代华人或华裔所认同的是一种既区别于中华传统文化又区别于本土文化的"第三文化",这种文化生成于对中国传统文化的传承与异变。

当然,随着更多的华人移民活跃于跨文化、跨种族的日常生活,从边缘人迈向国际人,华人离散文学也随之呈现出不同的精神内涵。正如有学者指出的,20世纪80年代以来,一批活跃于北美的新移民文学日益显现出移居地本土社会流变、互动、融会、杂化、交易等杂碎和拼盘式多元文化特质。许多饶有意味的文化主题都一定程度得到了挖掘和表现——"海外华人个体与族群的生存经验和精神状况;跨越国界和文化藩篱的华人移民流动复杂的生命形态与心灵历程;祖国文化与移居国文化相互接触、碰撞、交流、融合等日常生活现实,以及不同的人群对此做出的种种反应;华人的生存状况、婚姻爱情和代际关系,华人移民美国的历史及少数族群的处境与话语权问题,华人性与美国社区文化,公共知识分子式的社会批判与人道关怀……"[①]新一代移民开始重新审视和认知自己的文化身份。因此,华文文学又将在中华母体文化意识与居住国文化意识既相冲突又相融合的状态中建构其"中国想象",并在"中国想象"的谱系中对一系列中国文化符号进行重新编码,从而呈现变动不居的文化传承与文学怀想。

(作者单位:福建社会科学院文学研究所)

① 刘登翰:《双重经验的跨域书写——20世纪美华文学史论》,上海三联书店,2007年,第130页。

日本精神进逼下台湾地区知识者对民族精神的思考

——以张深切为例

杨红英

民族精神作为源于民族存在、民族生活的社会意识，是在国族成员中具有一定共识的社会意识，是一个民族求生存、求发展的精神支柱和精神动力，它与该民族的自然地理环境、历史文化传统有着密不可分的关系。虽然很多时候各族的民族精神很难用一句话归纳出来或者用一篇文章、一部专著来解释清楚，但却为各个国家所珍视，尤其是在民族危亡时刻，是唤醒国人奋起抵御外侮、共体时艰、共赴国难，对国人进行精神动员的重要资源。被日本殖民统治50年的台湾人民，即面临着日本精神的进逼与压迫，台湾人民被要求养成大和心、精神日本化，这种要求在日据第三期的"皇民化运动"时期达到高潮。或抵抗，或挣扎，或接受，台湾人民都难以摆脱日本精神的影响。这种影响当可以从2000年日本右翼漫画家小林善纪出版《台湾论》感叹日本精神在台湾得到保留，并称当时的台湾"总统"李登辉为日本精神的"伟大继承者"中窥得一二。① 但是否"那群在日本统治时代，度过他们的青春岁月"的台湾人，真的就如小林善纪所言是"充满着日本精神的人们"，②本文以台湾近代著名文学家、影剧家、社会活动家、文化自觉先驱者张深切为例探讨台湾知识者迥异于李登辉之流的精神文化抵抗之路。

---

① [日]小林善纪:《台湾论》，赖青松、萧志强译，台湾前卫出版社，2001年，第60页。

② 同①，第10页。

一、何谓日本精神

相对于明据时期才出现的日本精神,代表日本民族精神的表述应是由来已久的大和魂,二者在今日的语境中几乎可以同义互换,从历史的角度来看,日本精神是大和魂的现代表达。虽然对于日本精神或大和魂,不管是日本学者还是中国学者,都没有一个完整确切的定义,但将武士道作为日本价值体系的核心和日本精神的来源是谁也无法否认的事实。

台湾近代著名教育家、国语运动推行者洪炎秋在《何谓大和魂》中对日本精神曾做过一个简要的梳理,他认为日本精神是日本由来已久的大和魂的现代表达。大和魂先叫作大和心,很早就用它来表示日本国民所有的精神特性。在中国的精神文化和日本的精神文化并立互行的平安时代,大和心主要是指精通日本独自的精神文化的才能,“和魂”与“汉才”对举。镰仓和室町时代,兵马倥偬、文事衰微,渐成为社会精英的武士阶层所崇奉的武士道的精神——重节义献身的精神,渐渐就和“大和魂”这个词语连接起来,“大和魂”这个词语的内容日趋充实,已不像在平安时代只是用来标示表面上的才能,而是将其内容扩充到人的性格里面去了。[①] 新渡户稻造[②]因有感于西方对日本传统武士道知之甚少,在 1899 年用英文写下《武士道——日本人的精神》,该书广为流传,成为日本研究的重要文献。他在书中宣传武士道完成了日本道德精神之建立,形成了日本的整体精神,“武士道作为一种无意识的和不可抗拒的力量,推动着日本民族及其国民”,“武士道过去是,现在也依然是生机勃勃,为日本国的动力之源”。[③]

(一) 武士道

武士道,即日本武士所崇奉的道德规范,产生于武士的战争生活实践,最初称为兵之道、弓矢之道等。在公元八九世纪,随着武士成为历史舞台的主角,武家文化主宰日本社会后,武士道逐渐形成,经山鹿素行等武士道学者而体系化。1185 年,关西军阀首领源赖朝集团战胜关东的平清盛集团,官拜“征夷大将军”,在镰仓建立了军事独裁统治——幕府,成

---

① 洪炎秋:《何谓大和魂》,《日本研究》,1944 年第 1 期,第 44-46 页。

② 日本近代著名国际政治活动家、农学家、教育家,1984 到 2004 年流通使用的日本银行券 5000 元的币面人物。

③ [日]新渡户稻造:《武士道》,曹立新译,《日本四书》,线装书局,2006 年,第 263 页。

为日本历史上第一个武士政权。武士对大名(封建诸侯)及将军的效忠机制正式形成。武士是大名的家臣,精于弓马、骑射、刀术,效忠和服从主君,为主君征战沙场、攻城略地。武士领取俸禄,为报答主君的恩情,对主人忠心耿耿。武家社会胜负大都由武士的向背决定,镰仓/室町和战国时代的武士道较之平安时代的主从道德,给武士的礼遇越来越高。武士作为职业军人,是幕府统治的中坚,也是各政治派别极力争取的力量,是日本社会的精英阶层,武士的道德规范自然成为日本全民的道德规范,武士的伦理观也极大地左右了社会标准体系。民谣中也传唱着"花是樱花,人是武士"。新渡户稻造称"日本乃是武士之所赐。他们不只是国民之花,而且还是其根。所有上天美好的恩赐,都是经过他们而流传下来的",[①]更认为武士道是日本近代转型的推动力量,"在王政复古的风暴和国民维新的旋风中掌握我国船舵的大政治家们,就是除了武士道之外不知还有什么道德教诲的人们","他们的思想以及行动就是在武士道的刺激下进行的"。[②]

武士道是"忠的宗教"和忠实反映统治者意志的实践道德,也是深深扎根于日本儒教、佛教、神道教传统基础上的。主要内容有"忠诚"——以生命效忠主君的献身精神,以有限的生命为主君尽无限的义务;"义"——监督和鞭策武士的道德力量,以所谓"正义的道理"命令武士为主君献身;"武勇"——武士的生存资本和效命主君的基本技能,"弓马之事,乃武家之要项";"礼仪"——牢记身份职责义务,从精神上、行动上效忠和服从主君;"诚信"——合格武士的行为期待,真心实意、竭尽全力地侍奉主君;"名誉"——武士的敏感神经,重名轻死、舍身求名;"廉洁"——将武士的追求空间引向精神,防止铜臭锈蚀刀剑,不得"爱财惜命";"勤学"——尚武精神与书本知识相结合,旨在培养和提高履行职责的品质和技能;"复仇与切腹"——武士道英雄主义和非人性的表现。[③]受武士道影响,日本人坚毅执着、百折不挠的民族性格和顽强进取的开拓精神、竞争精神、牺牲精神、冒险精神得以形成。

(二) 从武士道到日本精神

虽然武士这一阶层随着明治维新推翻幕府统治而废除,但其精神却没有被废除。大多是武士出身的明治维新人物通过国家权力和天皇的传

---

① [日]新渡户稻造:《武士道》,曹立新译,《日本四书》,线装书局,2006年,第259页。

② 同①,第264页。

③ 娄贵书:《日本精神溯源》,《贵州师范大学学报(社会科学版)》,2007年第1期,第47-48页。

统精神权威，强制推行“武士道德全民化、全体国民武士化”政策。一方面以天皇名义颁布的《军人敕谕》和《教育敕语》，将武士道奉为最高道德，使之与日本精神融为一体。另一方面，四十余万的武士都被解除军籍降为平民也对社会风气起了潜移默化的作用，张深切曾言：“这些武士的子弟都得和一般贫民子弟一起读书，自然而然地武士的风气也影响了贫民，使一般贫民都能亲炙武士阶级的品德。原来，武士是贫民阶级的统治者，同时也是领导者，他们比贫民较有良好的涵养和习俗，这在学校里发生同化作用，于不知不觉之间默化了日本全国的风气。”①因而自然会出现日本民俗学家柳田国男所说的结果：“明治维新以后，过去只占日本人小数的武士阶级的生活方式成了日本全体国民的思想，日本全体国民的武士化涵盖了明治以后的所有日本知识分子的生活方式。”②只是明治维新通过“王政复古”建立了日本君主立宪制国家，天皇是国家的元首和象征，传统上是武士对主君（大名）的忠，转变为全民对天皇的尽忠，一旦缓急则义务奉公以扶翼无境无穷之皇运。正如学者所言，“到了明治末年，国家神道大行其道，武士道精神也被日本政府抬举为国民的行为规范和道德基准。随着日本在近代向海外的扩张，武士道精神遭到了军国主义当局的恶意滥用，恻隐之心、扶助弱小的精神被丢弃一边，而朝着尚武、愚忠的方向恶性发展，到了战争时期，则只有‘武运长久’的旗帜在乌云密布的天空中飘荡了”。③ 正是这种恶意滥用的武士道精神将日本驱向战争的深渊。战争时期，日本所宣扬的精神力的神话在美国作家本尼迪克特的《菊与刀》中也多有记述。

美国作家克里斯托弗将战后日本从废墟中迅速崛起，虽然国土狭小和资源匮乏，却能发展成为世界第二大经济体的原因归之于日本精神。④ 21世纪初，为了提振日本在20世纪90年代因泡沫经济而受挫的民心，小田全宏在2003年出版了随笔集《日本人的神髓——大和魂，向八位先贤学习》，2005年藤原正彦出版了《国家的品格》。他们所借用的都是作为民族精神资本的日本精神/大和魂。⑤

① 张深切：《张深切全集（卷6）》，台湾文经出版社，1998年，第111-112页。

② 汤晓黎：《儒学日本化的现代诠释——对日本近代军国主义思想的剖析》，《广西社会科学》，2002年第2期，第252页。

③ 徐静波：《〈国家的品格〉所论述的日本文化的实像与虚像》，《日本学刊》，2006年第6期，第124页。

④ 尚杰：《刍论“日本精神”的特色及其启示》，《日本研究》，1989年第3期，第77页。

⑤ 胡稹：《日本精神的实像和虚像——“大和魂”的建构》，《外国文学评论》，2012年第2期，第33页。

二、不能忘却的他者

纵观日本历史,作为民族精神的“日本精神”经历了一个不断被建构、强化甚至达到极致的过程。胡稹先生在《日本精神的实像和虚像——“大和魂”的建构》一文中曾对日本精神的建构历程有过详细的梳理,认为其建构大致经过前、中、后三个阶段,即一是主要表现为“本土的智慧与能力”的平安、室町时代,二是表现为“民族主义精神”的幕府末期和明治初期,三是表现为“超国家主义膨胀意识”的甲午战争以来直至战败时期。① 从其建构历程来看,一向以善于学习而闻名的日本,大量汲取外来文化,第一阶段主要是对中国儒法精神、佛教文化的学习,后两个阶段主要是对西方现代文化的学习,其中第一阶段对中国文化的学习是漫长而深入的。由于这些文化都不是源发于日本本土的土壤,所以难免有存在感、主体性缺失的焦虑,因此通过对本土智慧、能力的提倡,弥补这一缺失,缓解焦虑。这即是第一阶段的“和魂汉才”并举和第二个时期“和魂洋才”的倡导。这种主体缺失的焦虑,与他者理论存在相当的暗合之处。

“他者”一词最初被波伏娃用来诠释女性相对于男性的关系,意在揭露男性主宰下女性的从属地位,陶铁柱在《第二性》译者前言中总结了他对波伏娃“他者”概念的理解:“依照译者的见解,‘the Other’的真正含义,是指那些没有或丧失自我意识、处在他人或环境的支配下、完全处于客体地位、失去了主观人格的被异化了的人。”②该词后来被学者广泛运用于不同类型、范围的对象上,如一个人、一个民族、一个种族、一种性别、一个社会阶层,甚至一种自然或社会常态,进入更广阔的社会领域。他者,作为区别于自我的一个客体,自然具有不同于自我的属性,同时也是经自我建构出来的。所以探讨他者建构背后的意向,以及他者与自我之间可能存在的张力关系就是他者研究的重要课题。日本学者就曾指称“中国始终是一个日本人不能忘却的他者”,而且“这个‘不能忘却的他者’一般是爱憎并存的两重性的存在,保有劣等感的一方强烈地意识到对

---

① 胡稹:《日本精神的实像和虚像——“大和魂”的建构》,《外国文学评论》,2012 年第 2 期,第 33 - 54 页。

② [法]西蒙·波伏娃:《第二性》,陶铁柱译,中国书籍出版社,2004 年,第 4 页。

方”。[①] 在日本向中国进口文化的时期，日本自感是中国文化的他者，极力倡导“和魂汉才”，但在近代明治维新国力大增后，就转而主动将中国建构为自己的一个“他者”，甲午海战失败以来的中国，尤其是被日本殖民统治的台湾地区强烈地感受到对方的存在了。

三、张深切对民族精神的思考

作为台湾近代颇具代表性的知识分子，张深切是一位兼具思考能力与行动热情、深富民族意识的政治、文化活动家。他少年时代即为反抗殖民者禁止在学校说台湾话而不得不负笈东瀛，而在日本留学时，东洋史课程的学习，让他认识到中国的伟大，台湾人就是中国人，祖国悠久辉煌的历史抚平了认同挫折的创伤，从此辗转于海峡两岸和中日两地，为争取解放台湾积极奔走。1928 年，他因参与发起组织“广东台湾革命青年团”运动而被殖民当局检束，下狱三年，在狱中精读诸子百家思想，对中国文化有了深入的认识和研究，从此中国文化即成为其安身立命之精神家园，尤其是老庄思想对他影响颇为深远，遂有他后来更为韧性的战斗。1934 年，他在台湾倡立台湾文艺联盟，发行《台湾文艺》，开创了台湾 20 世纪 30 年代在三大民族运动相继偃旗息鼓后知识分子参与文艺、社会活动的一个重要的公共舞台。1939 年，他在沦陷的北平主编《中国文艺》呼吁振兴中华文化，用文化振奋、凝聚民心来应付国难，战后积极投入台湾电影尤其是台语电影事业，并写下台湾第一部中国哲学专著《孔子哲学评论》，坚守民间自由思想立场，用科学去检视孔子哲学的功过得失，提出从中国固有文化之中开出科学之花、完成中国文化传统的现代转换是民族复兴的应走之路，成为台湾民族自觉的先驱。

在自传《里程碑》中，张深切曾记述了这样的一个故事，民族意识觉醒后的自己因为看不惯一个日本学生辱骂台湾同乡为“清国奴”，大打出手为其抱不平，日本学生不服输的精神让张深切领悟到：“人类还有比武力更强的精神力，精神力可能征服世界和宇宙，没有一件东西能胜过精神力，惟有精神力是不坏的金刚。”[②]正是在与日本人长期的周旋中，日本人的民族性格让张深切感到精神力的重要与自有民族精神提倡的紧迫，所

---

① [日]三谷博：《日本的历史认识与近邻关系——对教科书争论后的思考》，《中日关系史研究》，2003 年第 1 期，第 77 页。

② 张深切：《张深切全集(卷 1)》，台湾文经出版社，1998 年，第 164 页。

以在《中国文艺》上极力提倡民族精神和民族性的讨论。而他因感叹日本人多关注中国的民族性，却对中国民族精神漠不关心，所以特意到北京近代科学图书馆去做了解，发现其藏书中与日本精神有关系的书有60余种，类别册数竟达100册左右，执笔者也有100多人。但这些著作对日本精神的解释都不能令他满意，于是他发表了文章《民族精神与民族性》。他认为民族性是象征民族生活形态的民族生存的本能，民族精神则是民族最伟大的思想与气魄，民族所有或所创造的最理想的政治、最伟大的人物、最灿烂的文化，都无不象征该民族的精神，并指出：

> 凡有伟大文化的大国家民族，都有其伟大的民族精神，除其民族精神消灭，或其民族分崩离析外，无论其盛衰隆替如何，总有复兴的一日。从民族生命力产生出来的民族精神，不时在淘汰其民族性的恶劣根性，民族性跟民族精神渐渐地转向，等到民族劣性完全被民族精神克服的时候，就是该民族复兴的日子。①

因此，他积极呼吁国人寻找中国的民族精神，克服民族劣根性，以实现民族的复兴。而据《谈日本，说中国》的序言可知，对于中日两国民族精神、民族性的具体分析的文章已在北平时期写成，只是未发表。我们只能依据1965年的"稍作修改后"的文章进行分析。

《谈日本，说中国》主要采用一种他者的眼光来观照日本的民族精神与民族性，并在这观照中时常夹杂与中国的对比。上篇的精神、性格分析了日本的立国神话、简要历史及语言文学、市农工商、武术宗教等，下篇分析了日本的风俗、习惯和人情。这里的自我，即代表中国立场的笔者，对于他者日本的建构首先在于破除日本近代经过几场胜仗建立的文明、国体、民族优越感。如对于被日本一再鼓吹的天皇权威，张深切就指出：

> 神道家虽然极力鼓吹天皇中心政治，事实在明治维新以前，政治离开了天皇很久，自大化革新以后，皇室极度衰微，天皇有名无实，由源、平两家设幕府至德川幕府，前后七百余年，幕府心目中已无"天皇"的存在，"皇室"穷至没有一兵一卒的护卫，在此情况下，"皇室"不仅不敢有何怨言，而且谨慎有加，这种谦虚，也许就是日本皇室所以能延长其命脉的最大原因。②

① 张深切：《张深切全集（卷3）》，台湾文经出版社，1998年，第202页。

② 张深切：《张深切全集（卷6）》，台湾文经出版社，1998年，第102页。

揭穿了皇室命脉艰辛保存背后的长期对于天皇权威的漠视的事实，指出日本国学者本居宣长所谓"世界万国无不浴天照大御神的大德，日本是太阳的嫡子，故不需人为，而自然伟大"及其门徒平田笃胤所谓"我皇大国为万邦之砥柱，我天皇为万国之大君"的言论。[①] 虽然很浅薄、固陋、妄自尊大，却是最典型的日本主义者，近卫、东条、松冈等都可以说是拾他一沫的国粹主义者，揭示了神道教对于近代日本的国家建构及走向武力侵略扩张的军国主义的重要影响。这种对神道思想的否定即是对日本在战争期间所宣扬的"八纮一宇""使万邦各得其所""解救东亚于英美帝国主义""建立东亚新秩序的'神圣使命'的解构"，并从中日两国的渊源史上揭示中国文化对日本文化的深远影响，以建立对自我文化的信心。

另一方面，作为一个民族主义者，在观照他者时，张深切保持了一种难得的清醒而理智的头脑，日本的种种优长之处，并没有被盲目地漠视，如日本明治维新的励精图治，日本近代教育在培育高素质国民方面的成绩，以及他们尊师重道的美德，善于保存文化遗产、发扬国粹等诸多方面皆是国人可以借鉴模仿的资源。但这种借鉴是建立在强烈的自我主体精神之上的拿来主义，因为对自我的坚信所以敢大胆地拿来，而不担心丧失自我。如在正视日语的优点的同时，他希望国人对自己的语言不要失去信心，因为中国语言是全世界最理想、最容易学习的语言，这明显是针对日据时期被强制灌输日语教育的台湾人的一种发声与鼓励；在分析日本与我国的住屋方面，日本的精致整洁固有其美，但也易走向危险的取巧小器，而"日人的性格，多器小性急，日本的学者称这种国民性谓'岛根性'，或'岛国劣根性'，恐怕是这种劣性会贻害日本国家，大声疾呼主张改革，但军部的国粹主义——神国论压倒了劣根性论，终于未能举出效果。他们只学会了近代科学，打过几次胜仗，便趾高气昂，心满意足，以为所向无敌，竟奋臂去挑起了第二次世界大战，险些儿自找灭亡"。[②] 反观我国久处大陆，山川雄壮，国人养成了任劳耐苦、百折不挠的精神，多难兴邦之下，前途大有可为；而在比较近代中日在建设国家方面中国的落后，作者认为"倘以六亿五千万的优秀民族为国力，一旦急起直追，当能超越一切，绝无疑问"，并预言中国的复兴是不可阻挡的潮流。[③] 所以说，张深切的他者——日本的建构目的即在于确立自我认同，并给以战后民族文化的

---

① 张深切：《张深切全集（卷6）》，台湾文经出版社，1998年，第167－168页。
② 同①，第203页。
③ 同①，第108页。

重建与复兴为旨归的自我建构提供借鉴与参照，其主体精神至为明显。

民族精神本是一个民族求生存、求发展的精神支柱和精神动力，而日本由于其历史上曾大量地汲取外来文化，所以难免有存在感、主体性缺失的焦虑，以武士道为核心的日本精神在其建构倡导过程中多少含有与外来文化相抗争甚至暴力的意味，近代日本对中国的侵略、太平洋战争对欧美的宣战可为例证。中日两国由于国力的变化成为相互不能忘却的他者，被日本殖民统治了50年的台湾人，即面临着日本精神的进逼与压迫，台湾人被要求养成大和心、精神日本化，这种要求在日据第三期的“皇民化运动”时期达到高潮。或抵抗，或挣扎，或接受，台湾人都难以摆脱日本精神的影响。迥异于李登辉之流对日本精神丧失主体性、不加批判的接受，张深切一方面认识到精神力的强大，另一方面从产生日本精神的历史、文化中去认识日本精神，看清了日本精神的虚妄之处，并从中国悠久的历史文化中去寻找抗争的资源。战争中，他对民族文化振兴的大声疾呼，战后积极投入到民族文化的重建与复兴中去，对中华民族的不可阻挡的复兴潮流抱持坚定乐观的情怀，既是台湾战后解殖的重要一环，也是中华民族不可忘却的宝贵的抗战精神财富。

（作者单位：江苏理工学院人文社科学院）

论台湾泰雅人抗日文学

向忆秋

台湾少数民族中,高山族的泰雅人是一个特别剽悍的族群。传统泰雅人居住高山,山林世界提供了他们生存所需的根本资源,狩猎和农耕是他们重要的生活方式。泰雅人的狩猎生活既是谋生,也是娱乐;既是体能锻炼,更是军事训练。所以当外族入侵泰雅人势力范围时,泰雅人勇猛剽悍的反击行为往往令人胆寒。在日军从基隆港登陆,逐步占领台湾平原后,居住在中央山脉的台湾少数民族却进行了非常壮烈的抵抗,泰雅人数十年的抗日斗争就是最可歌可泣的战绩。在台湾少数民族文学创作中,泰雅作家也积极地歌咏祖先抗日事迹。泰雅两位代表作家瓦历斯·诺干和游霸士·挠给赫都有优秀的篇章表现族群的抗日事迹,特别是游霸士·挠给赫,在笔者看来,简直就以创作抗日文学为他的创作特色。本文以两位作家的三本文学著作《天狗部落之歌》《赤裸山脉》《伊能再踏查》为研究对象,探索其中蕴藏的抗日精神。

一、在太阳、大霸尖山意象再现中投射抗日精神:《天狗部落之歌》

《天狗部落之歌》是游霸士·挠给赫 1996 年初版的小说集,集中的《妈妈脸上的图腾》《丸田炮台进出》《兄弟出猎》《出草》《断层山》《大霸风云》等小说,都是书写泰雅人与日本侵略者进行的不同规模的斗争,可谓一本典型的抗日小说集。在这些抗日小说中,游霸士·挠给赫展示了他最出色的文学才华,以惊心动魄的故事情节、富于特色的叙事方式、色彩浓烈的描述手段、意象反复再现的表现手法,在以上篇章中浇铸了不屈不挠的抗日精神。太阳意象、大霸尖山意象在游霸士·挠给赫的文学创作中反复出现,值得体味。笔者以小说集《天狗部落之歌》为例,探索这两个文学意象所投射的抗日精神。

(一)

《丸田炮台进出》是小说集中极出色的一篇。它采用回忆的叙事方式,以86岁高龄的外公为叙事人,叙述他第一次参加对日作战的故事。小说中"我"的父亲尤巴斯·达拉武大头目拒绝了沦陷部落马衣户头目细亚特·闹给的劝降。第四天早上,二本松山顶上有人大声呼叫。作者用渲染的手法写道:

> 我翘首望去,只见太阳就在山顶下面不远的地方升起,它和平常升起时一样大而且红。不知为什么,这天早上,它使我觉得特别大,也特别红。
>
> 突然间,二本松山巅终于在光辉的旭日照耀下显出了它的庞大黑影。它几乎像一个刚爆裂过后的火山的圆锥体一般狰狞丑陋。
>
> 很多人从屋里奔到外面,大家手搭凉棚,眯起眼睑皮盯住山顶。每个人都愣住了,因为二本松原来蓊郁的森林,一夜之间不知到哪儿去了。此刻,整块山脊已然成了濯濯的童山,依稀还看到处处被人翻掘过的黄褐色土壤暴露在外头,一直绵延到山下比较平坦的一个台地上。
>
> 看到这里,部落里的男女老幼几乎都呆若木鸡地站住不动,没有一个人敢发出声响。
>
> 不久,台地上突然传来很高亢的歌声。然后,我们都亲眼见到一片白布沿着一根细直的木杆冉冉上升,才升到木杆一半高度,白布迎着西南风开始飘扬起来,我们明显看到白布正央,赫然出现一颗圆心——一颗比太阳更红更大的圆心。
>
> "是日本人,大家快躲开。"①

在这段文字中,太阳意象反复再现,而且每次出现,都给人以强烈的刺激。在日军侵略和族人"待战"的特殊处境下,将"我"(外公)、"我们"(部落

---

① 游霸士·挠给赫:《天狗部落之歌》,台湾晨星出版社,1996年,第84-85页。

老小)的感觉投射到“太阳”身上,自然产生强烈的刺激。在“我”的感觉中,当日的太阳“特别大,也特别红”,这种反常的感觉当然是“我”的心境的反应,笔者认为是一种“压力”的表达。“我”作为部落勇士、大头目的儿子,有着保卫部落和族人的巨大责任。日本人为了消灭北势八社泰雅人天狗部落,竟然出动两个旅团一千多名陆军正规部队,以及太母山炮、机枪等可怕的侵略装备。这样严峻恐怖的现实处境和“我”保卫部落的巨大责任,加上日本“太阳旗”的刺激,让“我”感觉中的“太阳”异常地大、异常地红。以至于在“我”的感觉中,二本松山巅在光辉的旭日照耀下显出“庞大黑影”,“几乎像一个刚爆裂过后的火山的圆锥体一般狰狞丑陋”。这虽然是写实,却也是“我”感觉的投射。“庞大黑影”“狰狞丑陋”都给人不愉快、可怕、压迫之类的刺激感,这正是时境、心境交织之下的感觉。当太阳旗升起时,手搭凉棚瞭望二本松山巅的泰雅族人看到白布正央“赫然出现一颗圆心——一颗比太阳更红更大的圆心”。日军太阳旗上的圆心居然“比太阳更红更大”,这既和前文“实”写的太阳意象描述相呼应,也和“我”的心境形成呼应。对泰雅人而言,“太阳”影射“太阳旗”,影射日本侵略者,给了族人巨大的压力。但是,强大的压力反而激发了泰雅人抗争的意志和智慧。炮弹雨点一般落下,大头目带着族人用箭竹顶开通电的铁丝网,再挖掘壕沟到大安溪对岸的斜坡色衣亚地区深不可测的原始森林避难。几个青年人机智地引诱敌人的子弹,然后收集弹头重新加工,获得武器供应;再组织精密的六人袭击队,在侦查敌人装备之后,埋伏在炮台下的箭竹林中,在敌人集中升旗的时候全力袭击丸田炮台。

> 六个人都站起来,把头伸出箭竹林上面开枪了。尤饶·亚悠特的箭一根接一根咻咻地飞出去。……
>
> ……不知怎样,我们走到了炮台的中央地带。日本兵不断有人挥舞武士刀大叫着杀过来,都被我们开枪射倒。……我的堂哥此时不知动了什么念头,他在彼此不能相见的烟雾中最先跳出壕沟,见他正掀开雨布拖出三门太母山炮之中的一门。
>
> “快点!快来帮忙将大炮摔进悬崖里去!”他大叫说。
>
> 我和堂弟很快跳过去。我们合力将大炮拖出,此时上面的机枪便集中火力向我们射击,排枪子弹在炮身上乒乓乒乓响,我们尽量在背面躲着,好不容易拖到斜坡边沿,我们用力一滚动轮

子，大炮就骨碌碌滚进西南面的悬崖里去了……[1]

这一场以弱对强的激烈战斗，打出了天狗部落的威风。日军丸田炮台的损失很大，但“堂哥”也在战斗中失去生命。回到部落，山中回荡着族人的哭声，久久不绝。在《天狗部落之歌》小说集中，大部分篇章也都有泰雅人击杀日本人的斗争，“太阳”意象也在多篇小说中反复出现。联系泰雅人不屈不挠的抗日斗争，可以说，“太阳”意象所暗示的强大压力，激发了泰雅人抗日的意志和智慧。所以，也可以说，游霸士·挠给赫在“太阳”意象中投射了坚强的抗日精神。

(二)

位于雪山血脉的险峻高峰大霸尖山是泰雅人的圣山，在泰雅人的神话传说中，它是祖先的发源地。由于它在泰雅人精神世界里的重要地位，因此在泰雅作家的文学创作中反复出现。游霸士·挠给赫的《天狗部落之歌》小说集的作品中也高频率地出现大霸尖山意象。我们以一篇惊心动魄的小说《大霸风云》为例，仅此一篇小说中，大霸尖山意象就出现了六次以上。

小说叙述了日据时代日军一次惨无人道的屠杀和一位泰雅勇士对日军的英勇斗争。那一次，日军的攻伐箭头指向大安溪上游北势群最后一个部落——福弯巴拉部落。福弯巴拉部落为了准备丰年祭，男人们聚集在比令·铁劳头目家里，“扁扁的上弦月斜挂在大霸尖山山顶上，射出幽微昏暗的余光，大地显得更阴郁、更寂寥、更诡谲”。讨论结果分成三组：第一组去猎敌首，第二组去打猎，第三组头目、长老、老弱妇孺等留守家里。次日一早，比浩·瓦旦带着第一组朝着北方出发时，“第一线阳光正从大霸尖山顶上射下，顿时，山林中霞光万道，在灰蒙蒙的雾气及秋山红叶的余晖中，照得山林像火烧山一样，把部落染成一片血红”。[2] 翌日，第二组部落的年轻人代木·如固勒等人带着所有猎狗去集体围猎。“红红的太阳早已爬上正前方大霸尖山山顶上距离稍远的后方天空上。大霸尖山铁桶也似的腰身遮住了阳光，乌黑的阴影罩住了部落，宛如恶魔幽灵伸

---

① 游霸士·挠给赫:《天狗部落之歌》，台湾晨星出版社，1996 年，第 105－107 页。

② 同①，第 273 页。

出魔爪要攫住地上所有的生灵似的。"①就在福弯巴拉部落青壮年都外出之后,大湖警察警戒所警部长佐藤幸夫命令二本松警察分遣所巡查部长田烟达郎率队攻击福弯巴拉部落。炮弹炮轰、机关枪扫射、武士刀砍杀之下,福弯巴拉部落没有了一丝生命迹象。当日警在部落挨家挨户搜索的时候,部落左上角一栋燃烧着的茅草屋突然动起来,一个全身冒烟的人东倒西歪荡到户外,"他稳稳地站在地上,突出的下巴高高翘起,皱着的浓眉紧紧攒蹙着,他向东方翘首望去,只见太阳已在大霸尖山山顶上面不远的地方升起,……不久,大霸尖山终于在光辉的旭日照耀下,显出了它高耸陡峭、庞大粗重的黑影,看上去,它几乎像一个刚爆裂过后的火山圆锥体一般狰狞丑陋"。② 就在日军面前,大科崁溪流域大头目伊凡・布热那击杀了这支队伍的最高指挥官中尉宫川精兵卫、巡查部长田烟达郎等人。日军终于合力擒住了这位桃园、台北方面"最重要的通缉犯"。日军将勇士两手、胳膊、脖子都捆缚在九芎树干上驱赶着走。正午时分,部队正通过断崖,十几个士兵簇拥在伊凡・布热那的前后左右,"但伊凡・布热那就在那断崖的正中央,拼他这一生最大、却也是最后的一口气,他拼命挥动他肩膀上的树干,一阵推、拖、拉、打、敲;扫、挥、撞、撩,闹了一阵,一下子就把十几个日本士兵给摔进悬崖底下。最后,他自己也纵身跳下悬崖"。③ 他的吼叫声缕缕不绝,回声一山传一山,最后传到大霸尖山上。结尾是富于象征意义的——"这班愣在断崖上的日本人翘首仰望,那山直如一簇擎天的玉柱,高高的支撑着天的穹窿,它巨大的灰褐色的峭壁,像堵天墙立在人们面前,仔细望去,那千万年前被大水劈出的岩壁皱褶,以及被风化划出的一道道深槽,隐隐约约构成一张老人的脸庞。聚神看去,那老人像在撇嘴嘲笑,又像在瞪眼咆哮"。④

在上述的故事情节中,大霸尖山意象六度重现。第一次是月光下的大霸尖山,"射出幽微昏暗的余光,大地显得更阴郁、更寂寥、更诡谲"。这是作者在营造福弯巴拉部落悲剧命运的氛围,大霸尖山似乎隐隐露出了哀痛的一面。第二次是在部落的第一组猎敌首队伍出发之时,作家再度渲染氛围,大霸尖山射下的第一线阳光和部落一片血红的景象,是一种预示,大霸尖山似乎隐隐在预示部落的巨大灾祸。部落第二组围猎队伍

① 游霸士・挠给赫:《天狗部落之歌》,台湾晨星出版社,1996年,第244页。
② 同①,第262-263页。
③ 同①,第280页。
④ 同①,第281页。

出发之时，大霸尖山意象第三次出现，大霸尖山遮住阳光所投射的阴影笼罩住部落，宛如恶魔幽灵伸出魔爪攫住地上的生灵。这是进一步渲染情境，预示部落即将遭遇的巨大厄运。在伊凡·布热那出场的时候，通过泰雅勇士的感觉，第四次凸显阳光照耀下大霸尖山“高耸陡峭、庞大粗重的黑影”，犹如“刚爆裂过后的火山圆锥体一般狰狞丑陋”。这是福弯巴拉部落被日军炮弹、子弹、武士刀彻底摧毁之后，劫后余生的一位泰雅勇士感觉中的大霸尖山。大霸尖山给他的感觉是巨大的压力、格外的沉重、异常的狰狞丑陋。在伊凡·布热那狂吼着击落十几个日军士兵、自己也吼叫着跳进悬崖之后，大霸尖山意象通过日本兵的感觉，第五次出现。作家以此意象的第六次出现结束全篇小说，留下意味深长的一笔。在这批侵略者的感觉中，大霸尖山“如一簇擎天的玉柱”，“像堵天墙”，“隐隐约约构成一张老人的脸庞”，“聚神看去，那老人像在撇嘴嘲笑，又像在瞪眼咆哮”。游霸士·挠给赫在此处一连串地使用比喻、拟人手法，描摹大霸尖山。这时候的大霸尖山意象是强悍的、沧桑的、智慧的、屹立不倒的，它犹如在警告日本侵略者它那不可战胜的强大伟力、不可亵渎的千年神圣。

概而言之，大霸尖山意象在游霸士·挠给赫的小说集《天狗部落之歌》中反复出现。作家用比喻、拟人等手法，通过不同人（部落老小、泰雅勇士、日本侵略者等）的感觉，在作品中反复描写大霸尖山，富有丰富的寓意。但不管大霸尖山在人们感觉中，是沉重的压力、巨大的痛苦、异常的狰狞，还是不可觊觎的伟岸；不管大霸尖山形象隐喻了灾难来临，还是隐喻着不可战胜的强大伟力、不可亵渎的千年神圣，它始终是泰雅人的神圣之地。它所承受的痛苦、灾祸是泰雅人的痛苦、灾难，它所高扬的斗志是泰雅人的斗志，它所显露的沧桑也是泰雅人的沧桑。大霸尖山是泰雅人精神、意志的化身。

二、在落后和现代的反思中隐存抗日情愫：《赤裸山脉》

游霸士·挠给赫不仅具有极其出色的文学表达能力，而且颇具反思意识。在他的小说集《赤裸山脉》中，抗日题材并不突出，但突出了他的反思意识。在泰雅人面对一个变动的强势世界时，在泰雅文化面对“他族”强势文化挤压时，游霸士·挠给赫明显地流露出反思的意识，并在反思中寄寓了抗争色彩。

《赤裸山脉》小说集中有两篇小说涉及泰雅人抗日故事。其中《最后一杆枪》仅有一个抗日背景,现实情境发生在“二二八事件”之后,在新政权/部落制度、中国文化/泰雅文化两者的张力间隐藏着作者的文化反思。《弃械》是小说集中非常出色的一篇,也是真正书写泰雅人抗日故事的一篇。但与《天狗部落之歌》中那一篇篇悲壮的抗日小说相比,《弃械》充满了悲情色彩。它叙述了在日军强大火力的攻击下,北势八社泰雅人沦陷的沦陷、败退的败退。沦陷部落的族人很多成为日本人的帮凶,坚持战斗的三个部落被迫退居深山老林——麻布瓦南部落的头目改怒·奈范老爹带着全部落的人迁徙到合流山,千两山上的塔雅克部落头目亚维·细亚特退据色衣亚南边的皮亚桑山上避难,天狗部落的头目达拉武·福雍老爹带着族人在老松山避难。在台湾“总督府”看来,山地情势空前不稳:“眼前这块膏腴肥肉,想吞都吞不得;天赐的丰富资源,一点也无法开采利用,既不利我大日本帝国的国计民生,将来对外作战……我们竟无法提供些微贡献。”[①]因此,“总督府”实施“五年理蕃计划”,一手强硬镇压“顽劣”部族,一手安抚教化归顺部落居民。对于北势八社中那些避难深山老林的部落,更是采取“攻心”的战术,为他们重建家园:“重建他们原有部落的房舍,分配产业,辟建水田,种植水耕作物,等田地有了收成,再诱导他们进住……最重要的是竭尽最大努力,使他们在最短的时间之内,一个个成为乖乖听话,想跑也跑不掉,想作乱也不敢作乱的温顺农民……”[②]在日本人“攻心”战术下,避居深山的泰雅人陆续回到原部落,接受了日本人的统治。

但是,在这篇描述北势八社泰雅人从抗日到失败,到乖乖缴械、被“去势”的悲情故事中,我们不难发现作家在其中隐存的抗日情愫。特别是在北势八社接受日本人统治后,在所谓现代“文明”文化与泰雅人传统文化的碰撞中,在泰雅人心灵的激荡中,明显流露出作家的反思。当日本人雇请民夫为避难深山的部落居民重建家园后,他们派出归顺部落的长老、头目等一次次充当说客,请部落居民下山参与盛会,声称没有任何政治目的,就是交朋友、大口喝酒、大块吃肉。日本人穿着泰雅人服装,中岛仁彰警部长甚至说一口最地道的泰雅尔语,一举一动都与部落头目没有两样。日本人如此“用心”,使前来参加盛会的部落族人开心、放松,而那些“颜色晶白、粒粒完整、香气馥郁浓厚”“韧韧的,黏黏的,甜甜的”的白米饭,

① 游霸士·挠给赫:《赤裸山脉》,台湾晨星出版社,1999年,第206页。
② 同①,第206－207页。

让族人“不断惊诧着、赞叹着、激赏着”。[①] “往后的几天,大家就跟在日本人和民夫屁股后面跑,见识了新式农业的进化情况,每一个人打从心里深处佩服得五体投地,当然,也引起无限向往的决心与勇气了。”[②]这期间,流落在深山的居民均陆续搬迁回原部落。日据时代,日本采取严密的警察制度控制台湾人民,“每一个日本警察,好像都怀抱着一种崇高的理想,秉持某种高尚的使命感,决心在有生之年,把台湾原住民从狉狉獉獉的绝境中拯救出来,以跻身到繁荣幸福的新天堂。尤其盼望很快见到一线文明的曙光,在山上绽放出灿烂的花朵”。[③] 那年12月中旬,日本警察带一批民夫堂堂皇皇整队踏入部落时,“头目和执事长老都在部落前面的路口列队热切地欢迎他们的到来”。[④] 中岛警部长激动地对大头目说:“尤霸斯老爹,今后我们大家共同合作,彻底改善并提升你们的生活水平,……今后,你们务必要更认真学习,诚心诚意接受文明的教化,不久的将来,我肯定你们必然可以成为我们大日本帝国天皇陛下最忠良的臣民。”[⑤]部落居民学会了新式农业,忙于农业种植,没有再打猎,就连狩猎惯了的台湾土狗也郁闷。尤霸斯老爹墙上的五六支枪,已经蒙上了厚厚的尘土。中岛警部长来告诉头目,日本人决定整顿全岛番地,“针对你们落伍的社会制度,特别残忍的风俗习惯、野蛮粗暴的民族性格、执迷狂热的泛灵崇拜、狂热的祖灵祭礼、狠毒的嗜杀风尚等等,我们都做了全面而深入的检讨。……苦思冥想研究的结果,发现原因就在刀枪泛滥四个字上面”,[⑥]因此,日本人决定管制蕃人的刀枪,“通通缴到警察警戒所或分遣所统一保管”。

从整篇小说情节和上述故事内容中,我们看到,在日本统治者、殖民者和台湾少数民族、被殖民者之间,不仅存在着明显的种族、阶级的差别,更是存在着文化、心态的巨大差异。日本殖民者强化着他们的文化优越感,将日本人带进台湾的文化定位为现代、文明、高等、先进的文化,而将泰雅人的一切文化视为原始、落后、丑陋的文化。正如中岛警部长的集中描述,“落伍的社会制度,特别残忍的风俗习惯、野蛮粗暴的民族性格、执迷狂热的泛灵崇拜、狂热的祖灵祭礼、狠毒的嗜杀风尚等”,这就是日本统

① 游霸士·挠给赫:《赤裸山脉》,台湾晨星出版社,1999年,第225页。
② 同①,第226页。
③ 同①,第234–235页。
④ 同①,第235页。
⑤ 同①,第236页。
⑥ 同①,第248页。

治者、殖民者对泰雅人和所有少数民族文化的定位。那些不断弹出的形容词,累积的其实是殖民者充满种族歧视的偏见和隐而不显的仇恨心理,显示的是统治者用心之深的“攻心”战术。正是在日本统治者、殖民者的强大军力和精心盘算、策划下,北势八社泰雅人最终接受被殖民的命运;又在殖民者盘算、策划和话语掌控下,北势八社的许多泰雅人在心灵上也接受了日本人的殖民统治,认同、倾慕殖民者文化,以日本人输入台湾的一切文化(包括形而下的农耕技术、园艺知识等和形而上的思想、观念等)为文明、先进的标杆,而开始放弃、拒绝泰雅人传统的文化和生活方式。这种心灵的被殖民化,正是日本统治者最成功的地方。但是,游霸士·挠给赫作为北势八社大头目 GAGI · NAOBAS 的外孙,对部分泰雅人这种心灵的被殖民显然是具有深沉的反思精神和忧愤的抗日情愫的。小说中,天狗部落大头目尤霸斯老爹和部分族人与日本人之间自始至终存在着心理距离,而对部落抗日的英勇往事和传统文化抱持着不舍的情感;同时尤霸斯老爹和部分族人在实际行动上存在着反抗精神而没有积极主动地配合日本统治者;对日本人标榜的“先进”文化和渴望泰雅人成为“天皇陛下最忠良的臣民”的强烈期待,尤霸斯老爹也表示了不能肯定的态度。在《弃械》中,天狗部落的头目尤霸斯老爹及族人在接受日本殖民统治之后,并没有表现出很激烈的抗争行为,甚至有些族人向殖民者献媚而唾弃自己的文化,有些族人非常窝囊、无所作为,这使寥寥可数的几位研究者也很难体悟到作家在《弃械》中隐存的抗日情愫。谢佳源的长篇大论难得地指出了作家创作囊括了“‘历史控诉’、‘历史重建’,以及‘都市原乡的冲突’等类型”,也“别开了‘自省’与‘自建’的生面”,①具有“历史题材的运用、古色古香的书写风格,以及自我反省的精神”三种特质,②但一样不曾体会到《弃械》一类小说隐含的抗日精神。实际上,作家本人的态度是清楚的。作家最后写道:“追怀先德,眷顾前途,盱衡他们未来悲惨的遭遇,悲叹他们可怜的命运,从某种角度判断,他们这一弃械,几乎等于一个人被割了胆囊,也去了势了。”③可见,在作家心中,北势八社的“弃械”是一种可悲、可叹的“去势”。从通篇小说来看,作家叙述这么一个悲情的故事,也是借助这个抗日故事表达一种文化的、历史的反思,努力在

---

① 谢佳源:《泰雅族作家——游霸士·挠给赫(田敏忠)作品研究》,台湾“国立”政治大学台湾文学研究所硕士学位论文,2013 年,第 73 页。

② 同①,第 108 页。

③ 游霸士·挠给赫:《赤裸山脉》,台湾晨星出版社,1999 年,第 262 页。

小说中渗透作家本人的反殖民态度和抗日情愫。借用他人的话,“以被殖民者的历史经验去反省、质疑帝国主义的中心价值,强调殖民地文化与帝国中心的不同,进而拒绝殖民势力的主宰,抵制殖民者的中心论述观点”。① 作为天狗部落头目的后裔和接受了现代文化教育的知识分子,作家很自然地对北势八社的悲情历史加以反思,并在对日据时代“殖民者文化—现代、先进、文明”“少数民族文化—原始、落后、野蛮”的二元话语进行文学反省之中,隐存了作家深沉的抗日情愫。

三、喷射着泰雅意象的抗日诗歌:《伊能再踏查》

《伊能再踏查》是泰雅代表作家瓦历斯·诺干的诗集。在诗集中,《马赫坡之歌》《当我们同在一起》《一九一〇年射日》等诗歌都属于抗日题材。作家在这些诗作中,将抗日精神和泰雅文化意象、历史传说交织一体,形成特殊的文学作品。

《马赫坡之歌》以泰雅文化意象“突鲁斯”(泰雅人极为敬畏的鬼灵)和希丽克鸟(泰雅人认为可以占卜吉凶的鸟)、泰雅谚语、泰雅猎头祭颂辞等浓郁的族群文化特色,铺陈泰雅人的抗日事迹,最后将族人的抗日意志推向“制高点”——“在马赫坡的岩洞里/子弹敲击石壁如流水/炮弹擂动山谷一如祭典/我们选择猎人荣耀的仪式/摒弃被俘的懦弱行径/我们选择阳光升起的方向/在万物起点的面前/我们并非死去,孩子/只是投身大自然的归宿/伸出红色的手掌/来到‘灵魂之家’/孩子,你要纪念马赫坡/正像心中存着祖灵的位置。”②最后这部分又在泰雅人的神话传说中歌咏真正的泰雅精神。当族人抗日失败时,他们决不向日军妥协、投降。相反,他们选择猎人荣耀的仪式,选择回归大自然,在通过泰雅神话传说中的“彩虹桥”时,“伸出红色的手掌”而得到祖灵的认可,回归“灵魂之家”。《当我们同在一起》别开生面以三位泰雅人——女孩 Bisui Dali、云豹般男孩 Beisu Shaid、头目之子 Wadang Deimu 的命运波折传达泰雅人的抗日精神,反思社会历史进程中泰雅文化的失落。“……一九一四年,我们的 Bisui 已美得让梅花鹿转身/学会了织布和耕种,就在部落失陷日本枪炮之前/Bisui 在剧痛与欢愉中完成黥面的成年仪式/庆幸自己获致成

---

① 黄金麟、汪宏伦、黄崇宪主编:《帝国边缘:台湾现代性的考察》,台湾群学出版有限公司,2010 年,第 57 页。

② 瓦历斯·诺干:《伊能再踏查》,台湾晨星出版社,1999 年,第 107 页。

年权杖的喜悦并没有维持多久/当部落的上空出现两个太阳/诅咒便像瘟疫蔓延太鲁阁山区……//……一九一六年,Beisu 不知道/部落为何要迁离下山?却清楚地感觉到/离 Babagwarga 愈来愈远,会不会/族人的心也要分手?……没有人回答,只有日警的催促声/一如鹿场大山不断传来崩裂的伐木声。……//……Wadang 捡起一枚炸伤族人的碎弹片/铁青暗黑的色泽里,隐藏哀痛的声音/这是 Wadang 第一次听见无声的愤怒/像一匹兽,它们在胸中蛰伏良久不轻易现身/直到 Wadang 黥面后的一年,一九二〇年/红色的血花一年四季开满部落……”[①]诗歌采取故事叙述的方式,在表现三位主人公类似的命运波折中(黥面、迁村,以及经历新时代泰雅族文化的再冲击、再失落),展示泰雅人的伤痛、愤怒和反抗;又借助三位主人公在日据时代和国民政府时代不同遭遇的比较,反思泰雅文化失落的社会、历史、政治、文化因素。《一九一〇年射日》别致的地方是以季节为线索表现日本侵略军对台湾少数民族的杀戮和台湾少数民族的抗日记忆。

所有的谣言开始被河水证实……
那年冬天,立雾洗、中港溪
大安溪以及未名的溪谷
山羌再也越不过隘勇线饮溪水
……

春天其实并不远了。奇莱山
雪线缓缓融解,春风依旧不凯南下
只有台北城总督府官员手持
刚出炉的‘五年理蕃计划书’
……

没有风暴的春天
上演夏的杀戮。
猎场成为战场,走兽
不愿栖息枪弹驻扎的山林
鹰群收拾羽翅暂别天空

① 瓦历斯·诺干:《伊能再踏查》,台湾晨星出版社,1999 年,第 150-156 页。

败退的部落蓄养复仇的种子
啊！不论白天或黑夜
部落上空飘扬炽烈的太阳

日军的足迹开始赶上落叶的速度
挥动的武士刀足以斩断河流
在秋日每个午后
山里总有几枚精确的炮弹
伴随雷阵雨拜访部落
一九一〇年以后
族人习惯站在山崖上
远望深不可测的谷底

……
传说中射日的勇士于今安在?①

诗作奇特之处在于作者并没有顺从我们习惯的春夏秋冬四季顺序,而是从萧索的冬天开始起笔,这背离常态的写法,既意味着日本侵略者如同冬天一般的冷酷无情,也意味着台湾被日本殖民侵略而造成台湾少数民族背离"常态"人生命运的悲惨,可谓意味深长。最后一句"传说中射日的勇士于今安在?"真可谓奇峰突转,将远古泰雅人射日的神话传说和泰雅人抗日历史不动声色地进行了跨时空"链接",在台湾少数民族被杀戮的悲苦命运中呼唤一种坚韧不拔的抗日精神,真是神来之笔!

泰雅作家游霸士·挠给赫在20年的创作历程(1983—2003)中出版过的纯文学作品集只有《天狗部落之歌》和《赤裸山脉》。两部作品集的题材、主题并不单纯,从中可以探索出多种可讨论的文学议题。然而,抗日题材作品及作家在其中投射、隐存的抗日精神,却是其一生的文学创作中最鲜明的特色,没有任何一位台湾少数民族作家可以与之比肩。泰雅代表作家瓦历斯·诺干一生创作庞杂、著述颇多。因其族群背景等原因,其文学创作也自然地关注泰雅人抗日故事,并将其富有族群特色的诗歌元素和泰雅人抗日历史记忆融汇一体,形成独树一帜的抗日文学。文学

① 瓦历斯·诺干:《伊能再踏查》,台湾晨星出版社,1999年,第130-133页。

总是历史的回响、现实的投影、人性和人心的见证。我们探讨台湾泰雅人抗日文学,既是为台湾的文学“作证”,探索在台湾文学版图中一支独特的少数民族文学,触摸少数民族文学的脉动;也是为台湾的历史“作证”,探索在过去和现在、悲情和热情交织的台湾土地上的一支强劲又虚弱的族群,感应少数民族族群的历史悲怆和抗日情愫。通过文学的触摸、回味、感应,我们依然能够表达一些对现实和历史的思考。

(作者单位:闽南师范大学闽南文化研究所,东华大学华文系)

新时期以来文艺作品中的抗战书写与美学表现

孔苏颜

抗战的硝烟早已散去,但抗战的故事远未完结。抗战不仅仅是一个大题材,也是一个永恒性的题材,它凝聚了全世界人民的共识。“抗战文学”已经成为特指书写抗日战争的文学作品的专有名词。“70 年前的抗战胜利,不仅改变了中国的现代历史和世界的主要格局,也改写了中国现代和当代文学的基本面目。”[①]现今,“抗战仍是广大作家钟爱的重要的文学创作题材,作家们通过潜心创作不断推陈出新,或钩沉史实细节,或塑造英雄形象,或重现历史全貌,体现了广大作家对 70 年前那场伟大胜利所深怀的民族自豪感和反思历史、以史鉴今的民族责任感”。[②] 历经 70 多年的发展演进,抗战文学已然走出了一条从狭窄到宽阔、从一元到多元的文学创新之路,尤其是进入新时期、新世纪以来,抗战文艺的发展更是取得了新的突破。

一、抗战书写的新变与美学突破

抗战题材文艺作品的创作经历了一个不断深入、不断变化的发展轨迹,与之相伴随的是我们对于战争和历史的认识也在不断深入与更新。按照时间发展历程,抗战书写至今经历了抗战时期、抗战胜利后至 1978 年、新时期及新世纪以来等四个发展阶段。抗战题材的写作至今依然是一个重要的领域,扮演着重要的角色,丰富着人们对这一段历史的想象与

① 白烨:《历久不衰的抗战题材写作》,《人民日报(海外版)》,2015 年 6 月 2 日。

② 夏琪:《抗战题材文学何以难与世界经典比肩》,《中华读书报》,2015 年 10 月 22 日。

认识。在新时期以来的抗战文学叙述中，有两类不容忽略的现象：

第一类我们称之为"再现性作品"：经历过战争依然健在的老作家们继续书写自己的抗战故事。如管桦的《将军河》、曲波的《山呼海啸》、艾煊的《乡关何处》、刘知侠的《沂蒙飞虎》、马加的《北国风云录》、黎汝清的《皖南事变》、李尔重的《新战争与和平》、王火的《战争与人》等。老作家们的抗战新作，都在自己生活体验的基础上进行了一定的艺术提炼，较之他们以前的作品，这些作品的故事营构与语言运用也更为老到，作品普遍闪耀着一种现实主义精神的炽烈光芒，显示出了雄浑深沉的思想与艺术风貌。①

第二类我们称之为"表现性作品"：没有抗战经历的年轻作家根据史料与史实，通过艺术想象与虚构来切入历史，表现抗战。主要代表性作品有莫言的《红高粱》、周梅森的《军歌》《孤旅》与《国殇》、张廷竹的《泪洒江天》、叶兆言的《追月楼》、刘恒的《东之门》、池莉的《预谋杀人》等。这些作品有的写土匪的抗战，有的写国民党军队的抗战，有的写不屈的士绅，有的写人性的变异，虽然都是抗战背景下的人物与故事，却普遍摆脱了传统的抗战题材小说的写法，在描写对象与叙事手法上或有新的突破，或有新的开掘，有力地填补了抗战题材小说写作中的不少空白。②

如果说"再现性作品"是从亲历者的角度去尽力还原历史的本来面目的话，那么，"表现性作品"则已不再专注于抗战的过程本身，而是"在这样一个大的历史背景与战争场景之下，去探悉多种形态与方式的抗战，以及着意挖掘战争对于人性的压抑与扭曲，表现出更为宏阔的艺术视野与富于个性的文化思索"。③

21 世纪以来，抗战题材的书写热情不仅没有消退，反而日渐升温，而且在描写对象、人物塑造、情节设置、美学表现与内涵的挖掘等方面都有了较大突破。随着网络技术的迅猛发展，网络小说的兴起与广泛传播，出现了备受追捧的叙写抗战的军事小说、谍战小说、特战小说。可以说，在新媒介崛起的 21 世纪，抗战文艺迎来了发展演进的一个全新阶段。代表性作品主要有宗璞的《野葫芦引》主要书写了抗战时期知识分子的失落与抗争；严歌苓的《金陵十三钗》则以独特的视角叙写了底层妓女的血性迸发与抗争；石钟山的《遍地英雄 vs 遍地鬼子》写了精于内斗的各路"胡

---

① 白烨：《历久不衰的抗战题材写作》，《人民日报（海外版）》，2015 年 6 月 2 日。
② 同①。
③ 同①。

子”面对鬼子这个共同敌人时的合力抗战；常芳的《第五战区》则突显了开明士绅与地主阶层在危难之时的深明大义与积极抗战；温靖邦的《虎啸八年》展现了国共之间既合作又斗争的政治较量与军事运作；范稳的《吾血吾土》以一个远征兵的命运颠簸，书写一个传统学人不变的民族气节。从以上的书写可以发现：抗战题材的挖掘与书写无论是战争场面、人物类型、叙述策略，还是对战争的反思、人性的挖掘，都有了很大的提升。

都梁的《亮剑》、衣向东的《向日葵》、海飞的《回家》、何顿的《来生再见》等作品则让人耳目一新，刷新了我们对共产党及八路军、新四军的抗战认知。《亮剑》不仅仅写了八路军的艰苦抗战，更是塑造了李云龙在抗战这一战场上由农民到将军的个人成长与战火冶炼。《来生再见》通过塑造一个小人物被抗战改写人生的经历，揭示了战争中普通人的复杂性格与隐秘心理。而铁凝的《笨花》、张者的《零炮楼》、尤凤伟的《生命通道》、闫欣宁的《走入 1937》等作品，则以战争背景与乡土场景的有机融合，写出了并非军人的普通乡民以民间方式进行的乡土抗战，并深入探析了抗战既激发民族性又暴露国民性的双面镜特性。

为纪念抗日战争胜利 70 周年，中国作协还采取了有力措施扶持、研讨抗战题材文学创作，包括李西岳的《血地》、马泰泉的《生死界》、海飞的《回家》、何顿的《黄埔四期》、杨树的《决战东宁》、李骏虎的《中国战场之共赴国难》、王秀梅的《一九三八年的铁》等长篇小说，以及彭荆风的报告文学《旌旗万里》、张笑天的《白山黑水》、刘俊杰的《帝国阴谋》、孙昱莹的《雪地金达莱》等电视剧剧本。[①] 这些作品从各自不同的角度切入“抗战”这一主题，具有历史的反思意识和人性的开掘深度，在波澜壮阔的历史叙述中通过人物命运反思历史。

“抗战”这一文学主题，经由抗战时期的战况与苦难叙述，到“十七年”和“文革”时期的着意表现革命精神与英雄情结，再到新时期以来无论是人物塑造、叙事模式还是人性挖掘的突破与超越、新世纪的多方拓展，在 70 多年的发展演进中，抗战文学实现了新的美学突破。这种“美学突破”笔者认为主要表现在以下几个方面：

一是叙事模式。抗战小说一改以往单一的叙事模式，更多地采取了多维度立体呈现，拓宽了视野，也丰富了书写对象，不仅描写红军的主战场敌后抗日根据地，也描写国民党抗日的正面战场。

---

① 宋庄：《抗战题材作品何以经典难现?》，《人民日报(海外版)》，2013 年 7 月 2 日。

二是人物形象的塑造。近年来的抗战作品，不仅塑造了八路军、新四军中的抗日英雄形象，也描绘了国民党抗日部队中的官兵形象，力求还原全面战场的原态和本貌；同时底层百姓的抗日形象也进入了作家的视野，诸如《姥爷的抗战》《女人的抗战》《最后一个老猎人》等作品。

三是对战争的反思与人性的挖掘。作家对战争有了更加深入的反思、理解和表达，更多地关注、书写战争的复杂性和被战争裹胁的人的丰富性，从多种视角体悟个体在国家危亡、生死攸关时刻生命的意义与价值。

二、当前抗战书写的困局

抗战胜利已经70多年，时间给了我们足够的距离、视野去审视这一段历史。70多年来，抗战题材的写作始终是一个很重要的脉络，出现了一系列重要的作家作品，其成就是不可抹杀与忽略的。当前，抗战题材的文学作品创作及影视作品正处于一个“高产期”，但是，作品数量的剧增似乎并没有使我们摆脱这样一种焦虑：抗战这么重大的题材，为什么至今没能创作出诸如《战争与和平》之类的经典性作品？今天，我们当代的作家应该如何写抗战？诚如李敬泽所指出的：“抗战远远没有写尽。如果用很高的标准来衡量，考虑到这是一场中华民族历史上决定命运的战争，我觉得我们甚至可以说那个真正的经典作品还没有出现。”[①]何以有大量重复、平庸甚至低俗的抗战题材作品占据荧屏，甚至取得了哗众取宠的效果？当前的抗战题材写作怎样才能在思想认识、叙述方式、文学观念、史料挖掘、历史意识及现实观照等方面有所突破？

结合抗战文艺作品的现状，笔者认为当前抗战文艺的书写存在以下两个方面的问题：

一是抗战文学作品的概念化、脸谱化，缺乏对人性的开掘与反思。正如周大新所指出的，和苏联相比，抗战题材的作品质量还差一个档次，我们的一些作品是对苏联作家的模仿，对这场战争没有自己的独特发现和表现。很多文学作品脸谱化、概念化的原因，是没有将笔深入到人物的内心世界里去探查。人在战争中的内心世界极其复杂，战争中人的任何选择，都可能牵扯到生与死、荣与辱这些大问题，真正想把那时的人写活，需

① 金涛：《抗战文学，从想象泛滥到历史真实》，《中国艺术报》，2013年6月14日。

要笔者把自己放在那个环境里去思考,去替那时的人做出人生选择。《八月桂花遍地开》的作者徐贵祥更为直接地指出:"过去的抗战题材作品中,有些是没有把人当'人'写。把战争中的一方当作神,把另一方当作鬼,没有回到对人的理解上。"①

二是无视历史的真实。当前,各个电视频道都在热播各种抗日神剧,有种"你方唱罢我登场"的繁荣景象,但是,细究这种繁荣的背后,我们不难发现很多的抗战神剧是"雷剧",对历史进行胡编乱造,缺乏说服力,甚至对抗战的壮举也是一种亵渎。正如评论家周思明所说,看那些吸引眼球的抗战剧,以及根据二三手资料胡编乱造、虚无历史的抗战小说,作者无非是以"神剧"思维,迎合观众的娱乐消费心理,误导更多年轻观众对历史产生错误认知。"文艺创作,唯有正视历史,正视差距,才是对抗日烈士们的最大尊重。在此意义上,当前抗战影视剧及抗战文学的第一要务,还是还原历史真实,失去真实,创作再生动、收视率再高,也没有意义。"

三、当代福建文艺作品中的抗战书写

福建文艺作品的抗战书写是中国抗战书写的重要组成部分,而且呈现出福建地域特色的艺术风格。21 世纪以来,福建的抗战书写从小说、诗歌、散文、报告文学到影视艺术、戏剧艺术都有不俗的表现。以下我们简要梳理一下近年来福建文艺作品的抗战书写:

1. 赖尔:《我和爷爷是战友》

赖尔的《我和爷爷是战友》一书,由福建少年儿童出版社出版,这是国内第一部用"穿越"形式写作的抗战文学作品。该书讲述两名 17 岁的少年,穿越到抗战年代成为新四军战士,在血与火的考验中成长起来的故事。"它开创了革命战争历史题材一个新的写作方式,为儿童文学创作领域打开了一道亮丽的风景线,是一本真正贴近青少年读者的精品佳作,可以称为'零距离'抗战文学作品。"该书荣获全国第十二届"五个一工程奖"。

2. 袁雅琴:《陪楼》

由厦门作家袁雅琴创作的长篇小说《陪楼》,由作家出版社出版,列入纪念抗战原创小说之列。该小说以鼓浪屿百年历史为背景,挖掘本土

---

① 舒晋瑜:《抗战文学作品的现状与反思》,《中华读书报》,2005 年 9 月 7 日。

题材与闽南风情，着重描写了厦门沦陷、日军占领鼓浪屿后的生活场景，塑造了抗日志士二龙、阿敢及支持抗日的侨商龙家人等人物形象。龙家老别墅里佣人住的陪楼也由此承载厚重的历史，特殊时期成为难民、抗日分子、地下党的藏身之地。该书被誉为“一部具有闽南风情的抗战小说”，不直面炮火纷飞的血腥战场，而是聚焦在鼓浪屿老别墅里，从老别墅佣人住的陪楼里选择了一个独到的切入点，以婢女阿秀的一生为主线，从她的视角展开精彩的故事。小说关注底层人物的命运，反映时代的风云变幻，揭示抗日时的动荡不安，沦陷时的狂风暴雨，以及主人公坎坷而坚定的爱情。《陪楼》在暗流涌动中融入了闽南风情、西洋文化、宗教文化元素。鼓浪屿这个诗意的空间，在袁雅琴的笔下变成了奇妙的故事魔方，将读者的想象带到久远的年代和纷乱的战争空间。

3. 颜建国与庄维明合著：《老家厦门》

该书是根据同名电视连续剧《老家厦门》改写而成的，由颜建国与厦门本土作家庄维明合著，海峡文艺出版社出版发行。《老家厦门》以厦门几家名门望族之间的爱恨情仇、商场争斗、悲欢离合为主线，反映清末民初至改革开放、21世纪初这段时间厦门的沧桑变化，始终着眼于《台湾府志》“台湾与厦门如鸟的两翼，厦即台，台即厦”这句话，且贯穿全书，诠释了两岸情浓于血、血浓于水的深厚情缘。《老家厦门》讲述了一个发生在20世纪20年代的故事。厦门码头的少年方闻天、费青、方闻玉、赵扬在不同的境遇里长大成人。方闻天成长为南洋巨商，费青则成了替日本人做生意、走私贩毒的黑老大，方闻玉当了军阀的养女和助手，赵扬则成了一位革命者。最终在方闻天的感召下，亲人与兄弟间的恩怨纠结和浓重的老家情怀凝作一片民族壮志豪情，走向推翻旧政权、彻底解放老家的道路。

4. 林那北：小说《我佛慈悲》，并改编成电影《断天缘》

该书中有许多福州元素，写的是闽侯雪峰山上的尼姑杀鬼子的故事。出家人一直试图在自己、村民、日本兵三者间寻找平衡，她善待日本兵，替他们包扎伤口，但当日本兵发现藏在庵中的村民时，他们却举起屠刀以发泄失败的怨恨。满地鲜血让尼姑做出最后的决断：在食物中下毒，与日本人同归于尽。这是一部描写战争中普通人的命运故事，从人性的角度思考战争。该部小说还由著名编剧孙永明操刀，改编成为电影《断天缘》。

5. 钟兆云：长篇纪实文学《落日——闽台抗战纪实》

该书由鹭江出版社出版，是一部反映海峡两岸人民携手抗战的长篇纪实文学。该书首次展现了“卢沟桥事变”时任宛平县长的福建人王冷斋最先对付日本侵略者的感人事迹；首次披露了广大台胞通过厦门中转，冒死内渡参加抗战，以及两岸同胞在厦门的抗战行为。

四、挖掘福建抗战书写的独特资源

福建由于独特的地理区位与历史传统，自明清以来就有关于“抗倭”的文学书写，如何挖掘福建特有的历史资源与人文资源，创作出具有福建地域特色的抗战文艺作品，从而为中国抗战文艺的宝库增添浓墨重彩的一笔？根据福建在抗战历史之中的贡献与意义，笔者认为至少有三个方面的重要资源值得深入挖掘。

1. 闽台抗战资源

闽台抗战是中国人民抗日战争的重要组成部分，体现了中华民族伟大的民族精神，也体现了两岸同胞休戚与共、血浓于水的同胞亲情，这是我们弥足珍贵的精神财富。许多台湾同胞跨越海峡来到福建，与福建军民一道抗日，其中以李友邦领导的台湾义勇军和少年团尤为突出，他们的丰功伟绩永垂青史。闽台抗战是抗战书写非常有价值的领域，但是至今尚未有经典性作品出现，甚至以此为题材创作的作品亦不多见，这一资源应该引起足够的重视并深入开掘。

2. 闽籍华侨抗战资源

福建是中国第二大侨乡。抗战时，三百万闽籍华侨心系祖国安危，从财力、物力方面为国内的抗战做出了重要贡献，如闽籍爱国华侨陈嘉庚发起成立“南洋华侨筹赈祖国难民总会”（简称“南侨总会”），该会的宗旨是以自己的人力、物力和血汗，“一洗百年之奇耻，一报九世之深仇”。陈嘉庚号召侨胞节衣缩食、增筹款项、推销公债，以救济祖国抗战中之难民。在抗战头四年，华侨平均每月捐款 1350 万元，每年达 1.6 亿多元，等于负担了当时抗战军费的一半，尤其是闽籍华侨，先后捐款将近 1 亿元。广大华侨还募集了大量物资运回祖国。到 1940 年 4 月止，华侨捐献的飞机达 217 架，其中旅居菲律宾的福建华侨捐献了 36 架。广大福建侨胞除了以巨大的财力、物力支持祖国抗战之外，不少华侨青年还告别妻子儿女，回国参战，许多人为国捐躯，壮烈牺牲。他们中的杰出代表，有闽籍抗日女英雄李林，有三次回国参战，最后战死疆场的闽籍华侨沈尔七。[①] 关于华侨的抗战作品书写至今依然被忽略，为了纪念抗战胜利70周年，福建剧团以陈嘉庚的抗战事迹创排了话剧《陈嘉庚》并到北京大剧院公演，但是，这方面题材的书写与挖掘是远远不够的，福建的作家如何利用好这一有利资源，需要引起关注与深思。

3. 以永安为代表的福建抗战文化活动

抗日战争时期，福建的省会迁到永安。随着沪宁杭的相继沦陷，大批知识分子辗转入闽，以永安为代表的福建抗战文化活动亦应运而起，蓬勃开展。永安与战时的重庆、桂林、昆明互相配合，遥相呼应，成为国统区四大抗战文化基地之一，成为中国东南抗战文化的一面旗帜。1940年创办的《现代文艺》是抗战时期国统区内具有影响力的重要刊物之一。[②] 永安进步文化活动贯穿于整个抗战时期，涉及政治、经济、军事、文学、艺术、新闻、教育等社会科学的各个领域。在永安先后出版的76种报刊中，进步和倾向进步的报刊约有13种。据不完全统计，当年在永安各进步刊物发表作品和出版专著的著名作家、学者，先后100多人。强大的作者阵容和雄厚的编辑力量，使永安出版物的质量和声誉大为提高，有的成为东南各省乃至全国畅销读物。关于永安的抗战文化活动书写与研究至今并未引起学界足够的关注，这笔宝贵的历史文化财产在未来的抗战书写中应该得到更有效的配置与开发。

（作者单位：福建社会科学院）

① 林强：《福建人民对抗战胜利的重大贡献》，《福建日报》，2015年5月13日。

② 柯文溥：《抗战时期福建永安的文艺活动》，《南京师范大学文学院学报》，2008年第1期，第61－69页。

守望台湾文学30年的女作家、女性书写及其作品

詹美玲①

一、文学起航

台湾女性文学兴起于20世纪80年代,是主题明显偏向女性的文学。战后的女性读者一直是台湾相当重要的文学支持者,不论是纯文学还是通俗文学,如翻译言情小说,本土言情小说,女性都有一定比例的支持者,从广义来说,亦为女性文学的延伸。严格讲起来,真正表达台湾女性意识的文学潮流,出现于"解严"前后的台湾文坛。不过,在谈女性文学之前,势必先得从中外女性主义思潮的起源说起。

二、女性主义与女性主义小说的崛起

"女性主义"(feminism)一词最早出现于1880年,根源于西方的进步主义。19世纪的改革运动中,女性主义运动是一个跨越阶级与种族界线的草根运动,每个文化下面的女性主义运动各有其独特性,尤其当1929年《自己的房间》一书出版后,第一波女性主义文学破土而出,作者维吉尼亚·伍尔芙以先行者之姿,提出"女人要写作一定要有自己的房间和每

① 詹美玲:中庸实践学会秘书长,艺文论坛杂志社编辑主任,洪建全教育文化基金会、读书会带领种籽老师,震怡文教基金会、读书会带领老师,台北市信义国小课后设团、儿童读书会带领老师。

年五百英镑的收入”,“一个人能使自己成为自己,比什么都重要”。[①] 女性主义左手嘲讽男尊女卑的社会现象,右手控诉父权社会的暴力与偏执。雌雄同体的思维,成为20世纪女性主义小说创作及女性主义文学批评的重点。

然而,在1987年“解严”以前,欧美的女性主义并未在台湾形成气候。20世纪五六十年代,台湾虽然也有妇女会、女青年会之类的妇女团体,然而它的组织宗旨始终停留在以经济条件优渥的女性为主。学者一致认为,台湾妇女运动始于70年代,是以当时年方27岁的吕秀莲在1970年吹响新女性主义号角作为台湾女性主义的开端。吕秀莲于1971年出版的《新女性主义》一书中提出“先作人、后作女人”的新思路,[②]从生命历程的纵断面来看,无疑是伸张“女性自我的存在,本身即是目的,优先于母亲、妻子的角色”。这就掀起了台湾妇女运动的第一波高潮。随着80年代中期的戒严解除,台湾社会进入一种前所未有的转型期,女性就业和受教育的机会大幅提升,加上解除报禁、党禁,台湾文学版图呈现多元化的特色,出现了一批年轻女性作家,女性文学发展到了一个水到渠成的高峰期,虽然书写的流派多元,女性意识却表现出两种倾向,大部分小说主题仍多偏向描写情爱作品,小众作家则开始照见时代女性的处境,并针对社会的现象提出女性议题。

90年代,随着“解严”的全面放开,女性作家也得以出国留学取得学位,格局加大后的这批“解严”后女作家的创作不单只是谈男女两性的题材,身份认同、政治议题逐渐浮出台面,作品百花齐放、写法光怪陆离,更将女性文学推向一个新的里程碑。

三、台湾女性文学史的三阶段与代表作家

台湾女性文学史的建构虽是一项巨大的工程,但在20世纪50年代到60年代甚至90年代,已有诸多学位论文建制、收编进而出版,因此我想沿袭一般以三阶段为分期的做法,从中各找出一位代表作家做纵深探讨,开展新起点的私阅读。台湾女性文学重要代表作家大致分为三阶段:第一期(约1950至1969年)、第二期(约1970至1985年)、第三期(约

① [英]伍尔芙:《女性书写的逃逸路线:自己的房间》,张小虹导读,大块文化出版股份有限公司,2011年,第27页。

② 吕秀莲:《新女性主义》,台湾敦理出版社,1993年,第154页。

1986至1999年)[①]：

(一) 第一期(约1950—1969年)

代表作家有琦君、张秀亚、罗兰、钟梅音、徐钟佩、艾雯、林海音、季薇。

1. 风格特色

20世纪50年代，可谓台湾女性文学的奠基期，反共与怀乡文学是50年代文坛的两大霸主，两者实为表里，此时以从事写作为志业的专职女作家群体，似乎尚未成形，而几位享有一席之地的女作家，又大多来自中产阶级家庭。从创作者的基点来看，情感认同与地方色彩绝对是此期女性作家创作的重要维度。这段时期文学题材的取向提醒我们去省思“家”对女性的意义到底是什么。看似怀乡、怀家的主题，其实隐藏着现代小说中逃家、离乡的另一条支线。60年代来台的第二代作家，引进了存在主义、意识流、超现实主义及反小说等西方前卫文学写作技巧与意识形态，而台籍作家则注重本地现实及社会观感的文学。

2. 人物写真——林海音

被台湾文坛尊称为“林先生”的林海音，1918年出生于日本大阪，父亲是苗栗的客家人，母亲是台北板桥姑娘，三岁时随父母回到台湾，五岁又搬到北京，在北京住了25年，一直到抗战胜利后的1948年才随夫婿夏承楹回到台北。夫妻两人从此开启了从北京到台北的文学创作和出版之路。林海音发表了三部长篇小说、四部短篇小说集、19部散文集，以及十部儿童文学作品。其中被两岸文学界推崇备至的就是《城南旧事》，1982年拍成电影。这部描写北京20世纪30年代人民生活，探讨传统女性成长的作品，奠定了林海音在文学界的传世地位。

《城南旧事》透过主角英子童稚的双眼，以小孩的角度去观看大人世界与人间的悲欢离合，书中将城南风光适切地融入字里行间，展现真实热闹的市民生活之余，更为读者架设了一个明晰的时空背景。全书共有《惠安馆》《我们看海去》《兰姨娘》《驴打滚儿》和《爸爸的花儿落了》等五篇，各自独立，组合起来则成为完整的长篇。其中有三篇触及那个时代不同女性的不幸遭遇，分别是《惠安馆》《兰姨娘》和《驴打滚儿》，正好包括了老、中、青三代的三种典型。作者以一种自然、柔顺，也充满力量的文字，让读者意识到男女是不平等的，因为不作评断的观点之下，才能更深入女

---

① 台湾女性文学重要代表作家分成的三个阶段，请详见维基百科“台湾文学”，http://zh.wikipedia.org/zh-tw/%E5%8F%B0%E7%81%A3%E6%96%87%E5%AD%B8.

性当时所处的位置。作家郑清文就指出:“林海音所处的是一个特殊的时代,很多人写大时代、大主题,她却写生活、写爱情、婚姻与家庭。她写作的重点是女人的欢喜与悲哀。”①

《城南旧事》谈的是中国女性实际生活中琐碎感受的小叙事。对传统的中国妇女而言,真正主导她们人生的不是宏大的家国民族情感,而是日常真实的生活。书中的人物,如宋妈、爸爸、妈妈、兰姨娘、秀贞等鲜明形象,让读者掩卷后仍然忘不了书中人物的形貌。诚如陈芳明在《台湾新文学史》所言:“林海音主要在于建构生命中消逝的乌托邦,因为最美好的人情、友情、爱情,都在梦中发生过。她写古都,毋宁是在稀释五〇代过于紧张的政治空气。”②

像是半自传式的故事,书中后记有言:“读者们别问我是真是假,我只要读者分享我一点缅怀童年的心情。每个人的童年不都是这样地愚骙而神圣吗?”③当然要认识此时期这么重要的作家,不能只从她素朴、纯真的作品风格出发。林海音在43岁,也就是1961年创办了《纯文学》杂志,使新起作家的各种不同类型的文学作品有了发表的舞台。由《纯文学》培育出来的青年作家之一郑清文先生就说过,如果没有林海音女士,台湾文坛的繁盛也许会晚个十年、八年也说不定。回顾台湾文坛的历史,您不能不想到读者心目中这位“永远的英子”。

20世纪60年代,台湾本土的女作家开始在文坛崭露头角。这时期的台湾社会受到西方文化思潮的猛烈冲击,也影响到新生代女作家的创作。台湾本土女作家大多模仿西方现代主义的叙述方式,主题侧重以在地观察来呈现台湾社会的乡土面向。“中西文化论战”“全盘西化”的提倡,是台湾文学史上重要的分水岭,宣称要藉“横的移植”来促进文学现代化,不仅在相对稳定的政经方面有着小部分开放,文学领域也盛行着存在主义与超现实主义。

(二) 第二期(约1970—1985年)

代表作家有张晓风、三毛、杏林子、林文月、陈幸蕙、席慕蓉、马以工。

1. 风格特色

20世纪70年代之后,出现首波描绘台湾真实生活面貌的作品。它们在本质上有两大主题。第一,就是强烈表达女性意识。在此主题下,虽

① 林海音:《林海音小说全集·序篇》,台湾游目族出版社,2000年。
② 陈芳明:《台湾新文学史》,台湾联经出版社,2011年,第314页。
③ 林海音:《城南旧事》,台湾尔雅出版社,1960年,第238页。

然作品明白阐述出文学特质,但是未涉及此意识的男女配角成为扁平角色,文学意向模糊。第二,就是男女两性关系的本质。在此主题下,台湾女性文学除了对于台湾旧有伦理或家庭制度对女性的不公平表达批判与不满,还矛盾地出现了一份理解与同情。因此,在某种程度上,女性文学也间接传达了台湾在传统与现代中间,无法摆脱的纠结。

2. 人物写真——张晓风

1941 年出生的张晓风,原籍江苏省铜山县(今属徐州)。笔名晓风、桑科、可叵,台湾东吴大学中文系毕业。曾任教东吴大学、阳明大学。24 岁出版的《地毯的那一端》,获中山文艺散文奖,为至今得奖人中最年轻的一位。1980 年,张晓风以一篇《许士林的独白》获得第二届《中国时报》散文推荐奖,再以《步下红毯之后》荣获"国家文艺奖"。张晓风丰富的文学涵养,来自她早期看了很多西方文学名著,以及学院派的训练,这些都使她走向了融入古典精神的文学创作之路。张晓风的创作涉及散文、小说、戏剧、杂文等,她对自己写作的态度和看法是:"写作的过程,就好像是把一个虚构的灵魂放进文字的肉体里。"

余光中先生曾赞张晓风的文章"有一股勃然不磨的英伟之气""亦秀亦豪"。痖弦说她是"美文作家""以文为诗,以诗为文"。她的作品确确实实具有两种分属于两性的特质——阴柔与刚毅。

2012 年 3 月 23 日,张晓风在"立法院"进行质询时提出"剩女论",提出台湾男人现在大多娶外籍女人,而台湾有那么多好女人为何台湾男人不娶,并要求给予这些"剩女"补助。此话一出引起各界哗然,包含妇女团体都到"立法院"要求张晓风道歉,某些网络评论则批评张晓风是"晋惠帝曰何不食肉糜"。台湾女权主义崛起,许多女性拥有经济自由,故大部分已不再依靠男性,并不视婚姻为终身大事。现代社会,婚姻不是必走之路,拒婚的男女多的是,单独把"不婚女性"放大检视,还把外籍配偶打成抢走男人的反派角色,责怪男人不爱台湾女性实在是太过简化整个现象,无法看到现代社会的全貌。但张晓风面对妇团的抗议时坚决认为自己没有错。

(三) 第三期(约 1986—1999 年)

代表作家有简媜、洪素丽、龙应台、陈文茜、吴淡如、钟怡雯、张惠菁。

1. 风格特色

20 世纪 80 年代前后,台湾政治环境与社会呈现巨大变化。在政治控制力道减弱的情况下,文学研究意图打破中国传统框架,走向文化研究,出现了主题单纯的政治文学与女性文学。虽然此种主题鲜明的文学在论述中容易失真,但确切反映了台湾真实的状况。此两种主题,即使在21世纪,仍广受欢迎。刘春城于1992年发表的《台湾文学的两个世界》一文中提到:"八〇年代以前台湾只有女作家,而无所谓女性文学,琼瑶、张晓风、琦君、席慕蓉等读者熟知的传统'闺秀派'女性作家已逐渐褪色……取而代之的是大量校园出生的更年轻一辈少女作家。值得注意的是,新一代的青少年作家造句炫奇,用语生猛跳脱、异形奇花,足令半辈子修练中文功夫、坚守文学理想的老一辈作家自叹落伍。"①

或许源自题材、结构、语言等的完整文字策略,为后起者学习之内容。

90年代之后,台湾文学继续呈现多元化并存状态。除了稍早期的政治文学、女性文学,甚至乡土文学、怀旧文学以新形态继续活跃外,也出现了以网络文学与励志文学为主的通俗文学。随着台湾本土化的省思与脚步正常化,以母语为创作要素的少数民族文学、口传文学、闽台语文学等也相继受到重视。另外,随着台湾社会对同性恋态度的开放,以LGBT②为书写主体的"同志文学"亦占有一席之地。1983—1993年,同志文学呈现百家争鸣的状态,比起60年代"同志文学"的先驱白先勇的《月梦》和《青春》来看,经由时间催化,就出版量来说,后来的"女同"文学作品反而出现偏多的有趣现象。

2. 人物写真——简媜

20世纪80年代台湾女作家人才辈出,她们均不同程度地接受了新女性主义的洗礼。新女性文学以强烈的反叛精神,对传统文化积淀予以揭露,对男权中心秩序进行颠覆。新女性文学以直面人生的现实精神,从婚姻结构、家庭模式、爱情观念、事业前程等问题切入,写出了台湾妇女从传统女性到现代女性之间角色转换的难题。新女性文学以重建与再塑的积极导向,塑造出一大批充满现代精神的女强人形象,以唤起女性勇于不断发展自我、完善自我。简媜为台湾著名散文家,曾获第一届"全国学生文学奖"大专组散文第一名、第三届梁实秋文学奖、吴鲁芹文学奖、第15届《时报》文学奖散文首奖、第20届国家文艺奖散文奖等。简媜自以《水问》一书崭露头角后,写作不辍。她将这本书视为大学生活的"断代史"。全书分为六卷,每卷有多篇散文从各个角度描述了自己的大学生活。第

① 刘春城:《台湾文学的两个世界》,台湾派色文化出版,1992年,第320页。

② LGBT文化,又称LGBTQI文化,是由女同性恋(Lesbian)、男同性恋(Gay)、双性恋(Bisexual)、跨性别(Transgender)、酷儿(Queer)、双性人(Intersex)所构成的次文化群体。

一卷“花诰”,写花草树木给她美的感动,以及她从花木身上得到的启示;第二卷“水经”,写逝水年华的大学生活,表达她对创作的热爱,也交代一段消逝的恋情;第三卷“悲赋”,以旁观者的角度看红尘中的生离死别,流露悲天悯人的情怀;第四卷“碎词”,是心灵深处的低语,写自己的孤独和感伤;第五卷“断语”,写自我追寻的艰难,与自我超越的方式;第六卷“化音”,是大学毕业前的告别作,可看到简媜对台大人的期许,对心灵之交的定义,对情同姊妹的同学的疼惜,并为大学的恋情画上句点。

此次女性议题研究笔者则着重探讨她的第十一本散文集《女儿红》,[①]比起在美国取得比较文学博士、以知识分子强势姿态出现的龙应台来说,“国立”台湾大学中文系毕业、专事写作的简媜,自古典文章里练就一种圆融的句式,梳理出对世间女子的感悟与理解。《女儿红》出版时,简媜已为人妻,而且即将为人母,这个有诗的晦魅诡艳,介于散文与小说之间的混血体,意在探讨女性各种不同层面的内在世界。在她笔下,传统的女性形象是驯良的、是温柔的,是隐声于粗藤崎岖的丛林中仍具有原始母性的丰厚,笔者最喜欢的是收录于“砖头红”四篇中的其中一篇《母者》:

> 她随着不可思议的温柔而回飞,企望成为永恒的一部分;她抚触自己的身体,仿佛看到整个宇宙已缩影在体内,她预先看见完美的秩序运作着内在沃野:河水高涨形成护河捍卫宫殿内的新主,无数异彩蝴蝶飞舞,装饰了绚烂的天空,而甘美的蜜奶已准备自山巅奔流而下……她决定开动沃野,全然不顾另一股令人战栗的声音询问:
>
> “你愿意走上世间充满最多痛苦的那条路?”
>
> “你愿意自断羽翼、套上脚镣,终其一生成为奴隶?”
>
> “你愿意独立承担一切苦厄,做一个没有资格绝望的人?”
>
> “你愿意舍身割肉,喂养一个可能遗弃你的人?”
>
> “我愿意!”
>
> “我愿意!”
>
> “我愿意成为一个母亲!”她承诺。[②]

母亲为了子女而愿意套上脚镣,甘愿一辈子成为奴隶,甚至愿意喂养

---

① 简媜:《女儿红》,台湾洪范出版社,1996年。

② 同①。

一个可能遗弃自己的人。这并不是代表著者对于现今现实的失望，而是期许不久的将来，我们所生存的社会也能成为一个宠爱女儿的国度！简媜其他早期作品中，《水问》《胭脂盆地》到后来针对女性特殊经验所书写的《红婴仔》，处处酝酿着“母者”如日如月的阴柔，更因为年少时对佛法的亲近与思维，她的作品兼具“禅”的沉思与顿悟，终为“散文体”的一方翘楚。

美学家朱光潜在其作品《文学与人生》一书中提到：“文学作品在艺术价值上有高低的分别，鉴别出这高低而特有所好，特有所感，这就是普通所谓趣味，辨别一种作品的趣味就是评判，玩索一种作品的趣味就是欣赏，把自己在人生自然或艺术中所领略得的趣味表现出就是创造。”[①]循此观之，作为一名文学爱好者，笔者认为无论处于哪个世代，在经典文学作品前，我们应该不是指东划西的评论者，而是该做一位沉静认真的读者。以女性文本作为此次的研究论述，并非与男性文学对立或对抗，而是以此呈现台湾女性作家较全面的状况，并谨此对每一位垦拓文坛的女作家，带给读者的生命视界的书写，致上十二万分的谢意！

（詹美玲：台湾学者）

① 朱光潜：《文学与人生》，台湾写作天下出版社，2008年，第27页。

台湾教科书中文化台独的表现及其批判

陈秋红/隋欣卉

1997年9月,台湾初中一年级采用了新版教科书——《认识台湾》,这套教科书分历史篇、社会篇与地理篇。“该教科书从历史、文化、政治等方面肆意割裂台湾与祖国大陆的联系,刻意美化日本在台湾的殖民统治,从而沦为宣扬、落实‘台独’谬论和李登辉‘两个中国’‘一中一台’政策的工具。”①

对于这套新版教科书中罔顾史实,所存在的文化台独的表现,引起两岸许多专家学者的抨击,彭维学在《台新版教科书〈认识台湾〉评析》②一文中,从三个层面加以详细评析。

第一,割裂台湾与祖国大陆自古以来的血脉联系。

台湾自古以来就是中国不可分割的一部分,在历史、文化等方面与祖国大陆有着密不可分的联系,但《认识台湾》以大量的篇幅否定台湾与祖国大陆自古以来的联系。

1. 以“我们都是台湾人”的鼓噪来诱导学生“不做中国人”。新教科书刻意宣扬所谓“台湾意识”,如“社会篇”第一章标题是“吾土吾民”,该章第三节标题是“我们都是台湾人”,其他章节也大讲“台湾意识”“台湾魂”,却绝口不提“台湾人都是中国人”的事实,也不曾出现“中国人”“中华民族”等概念,这与台湾过去教科书宣传“台湾人都是中国人”,培养学生中华民族意识的做法大相径庭。

---

① 彭维学:《台新版教科书〈认识台湾〉评析》,《台声杂志》,1998年1月,第13-16页。

② 同①。

2. 以“台湾文化是外来文化”的说辞来削弱学生对中华文化的认同。其实质就是否定台湾文化是中国各民族人民创造的中华文化一部分的历史史实，割裂台湾文化与中华文化的内在联系，从而削弱台湾中学生对中华文化的认同感，为建立所谓“新台湾文化”服务。

3. 以缩短台湾历史的手法来割裂台湾与祖国大陆的历史联系。“社会篇”第一章第一节“我们的舞台”从16世纪葡萄牙人入侵台湾开始谈台湾历史，“从17世纪开始”，“中国大陆的汉人开始陆续移来”。这种说法与“台独教父”史明的“台湾四百年史观”及李登辉与日本作家司马辽太郎对谈时所称“台湾是无主之地”“四百年来的台湾史是一部悲情的历史”相一致，通过否定台湾与祖国大陆的历史联系，进而否定台湾自古以来就是中国领土一部分的历史史实。尤其必须指出的是，新教科书的表述还隐藏着“台湾地位未定论”的含义，明显是为“台独”分子鼓吹“住民自决”论调寻找“理论依据”。

4. 以“台澎金马”作为“主权与政权”的范围来误导学生“中华民国在台湾”的“国家认同观”。“社会篇”公开鼓吹建立“新台湾……国度”，维护“中华民国在台澎金马的主权和治权”，并宣称“台湾社会的地域范围包括台湾、澎湖与金门、马祖”；“历史篇”最后一章“未来的展望”一改过去“实现中华民族和平统一”的表述，只表示“建设新台湾”，而不讲“未来的统一”。新教科书还把传统教科书中的“大陆”一词改为“中国大陆”，凸显台湾与中国的对等关系。很显然，它是与“台独”分子鼓吹建立“台湾国”的主张，与台湾是“一个主权独立国家”、台湾与祖国大陆是“对等政治实体”等谬论相一致的，目的就是为了否定台湾是中国的一部分的事实，淡化学生的国家统一观念，误导中学生“中华民国在台湾”的“国家认同观”。

《认识台湾》置历史史实和《国际法》准则于不顾，割裂台湾与祖国大陆历史、文化、政治的联系，明显是企图淡化台湾学生对中华传统文化和中华民族的认同感，以所谓“台湾主体意识”塑造台湾中学生的所谓“台湾文化观”，进而形成“中华民国在台湾”的“国家认同观”。由此可见，《认识台湾》是假认识台湾之名，行为“台独”“两个中国”“一中一台”铺路之实。

第二，美化日本殖民统治。

新教科书“历史篇”以大量的篇幅极力美化日本在台湾地区的殖民统治，淡化乃至遮蔽日本殖民统治所犯下的滔天罪行。

1. 颂扬日本在台湾地区的殖民统治。

《认识台湾》历史诠释的主体本应是祖国大陆各民族人民和台湾少数民族开发、建设台湾的历史和中华文化的播迁史，而不应该是日本帝国主义殖民统治台湾的历史；即使简单介绍日本殖民统治时期的种种政策、设施和活动，也都应该定位为帝国主义对台湾的侵略、对台湾同胞的剥削和奴化。只有这样，才能认清日本殖民统治台湾的本来面目，达到爱祖国、爱台湾乡土的教育目的。但《认识台湾》并未客观、公正地分析日本殖民统治台湾的实质，不提日本殖民统治对台湾同胞的歧视和台籍"慰安妇"、台籍日本兵的痛苦，反而在"历史篇"中以大量篇幅，吹捧"日治时期""人口激增"，"放足断发普遍""守时观念养成""现代卫生观念建立"，台湾的学术研究配合殖民政策而发展，"成绩卓著"。《认识台湾》还站在日本殖民统治者的立场，把日本殖民者掠夺台湾资源和剥削台湾同胞的罪恶行径视为对台湾的贡献，比如在述及台湾当地的制糖工业时，说"总督府即致力于制糖工业的近代化……制糖业成为台湾最具代表性的产业……是台湾成为世界的糖业王国之一"。须知，此种用无数台湾蔗农的血泪浸红的"糖业王国"实际上是日本殖民者对台湾同胞的敲骨吸髓，其根本目的是为了供养日本帝国主义。《认识台湾》对日本殖民统治的赞扬，与李登辉同司马辽太郎对谈时称赞"殖民地时代日本人所留下的东西很多"、与"台独"分子在日本春帆楼纪念《马关条约》100 周年时公开赞扬日本殖民者统治的论调如出一辙，实际上是美化日本殖民统治，为日本殖民统治歌"功"颂"德"。

2. 掩饰、淡化日本帝国主义屠杀台湾同胞的罪行。

《认识台湾》替日本帝国主义掩饰，说日本侵占台湾地区期间杀戮台湾军民仅 1.4 万人，淡化日本帝国主义屠杀台湾同胞的罪行。

3. 承认日本帝国主义侵占台湾地区的"合法性"，抹杀台湾同胞反抗日本帝国主义侵占、殖民统治台湾的历史功绩。

4. 淡化日本殖民者"皇民化"运动的危害。

第三，配合"台独"与"两个中国"论调的需要。

《认识台湾》通过割裂台湾与祖国大陆自古以来的联系、向台湾当地学生灌输非中国的台湾意识等手段，来形塑学生的"台湾民族意识"，是台独势力不遗余力地推动教育本土化的目标。而新版教科书的出笼则完全适应、配合了“台独”和“两个中国”“一中一台”论调的需要。①

任海鸣在《没了“北京人”没了“黄花岗”“台独”黑手伸向台湾教科书》②一文中也指出,台湾新版高中历史第二册《中国史》教科书中的用词有大幅修改,将旧版教科书中的“我国”“本国”“大陆”等用词全改为“中国”;清末具有革命正当性意涵的“起义”,如武昌起义、广州起义等一律改为中心用语的“起事”。

中国历史上汉朝“征伐”或“征讨”匈奴,被改为“攻击”匈奴。“秦始皇并灭六国,统一天下”中的“统一天下”被删除。

台湾1999年以前的高中历史教材,采统编本,第一、二、三册“本国史”,第四册“近代世界史”,供高一、高二学生使用。③

最近的课程从2006年9月开始实施,其中变化最大的就是历史课程。

第一册是所谓“崭新的台湾史”,把过去的禁忌话题《旧金山和约》和《中日合约》编入教科书。第二册是“不包含台湾史在内的中国史”。因为“中国史”是浓缩成一册,所以采取“略古详今”的原则编写,从新石器时代的彩陶、黑陶文化,一直编写到目前的两岸关系。“略古”之下,旧石器时代的北京人从中国史中消失了,夏商周三代及长达400年的魏晋南北朝要在一节课50分钟内教授完毕。因为“详今”,明末以后的中国历史大约占整册教材的一半。但因仅一册,“黄花岗七十二烈士”史实也消失了。

亲民党发言人李鸿钧曾经表示,“武昌起义”变成“武昌起事”,一字之差,意义差别很大。依据“教育部”颁定的“国语”词典,“起义”是指为正义起兵,“起事”是指起兵发事,就是发动战争,可见“起义”与“起事”虽一字之差,但含义却相差十万八千里。“教育部”是用“台独”的意识形态去乱改历史。李鸿钧说,杜正胜自己也是学历史的,应了解历史教育的意义在于使后代能尊重、记取历史教训,但杜正胜领导的“教育部”却成天想要毁灭中国的历史。

台湾大学历史系主任吴展良指出,台湾高中历史教科书在编审过程中,有政治力强烈介入。只准一种声音,否则就技术性杯葛,让书商无法

① 彭维学:《台新版教科书〈认识台湾〉评析》,《台声杂志》,1998年1月,第13-16页。

② 任海鸣:《没了“北京人”没了“黄花岗”“台独”黑手伸向台湾教科书》,《人民日报·海外版》,2007年1月30日,第003版。

③ 同②。

出版或强迫修改。这根本是“政治机器”控制,学者应该强烈抗议才对。他举例说,自己曾经主编的教科书版本中,原先是“日据”和“日治”两次并陈,但当局的审查委员一定要求改为“日治”。他坚持不改,结果“被整得很惨”,最后教育主管部门自动替他改,而该版本也因此落得最后错过了高中选书时程,被“技术性封杀”。一位参与编写《台湾史》的台大历史教授指出,高中新课程教科书审查小组如果以政治立场审书,是让台湾学术环境更劣化的行径,他不能接受审查委员戴着有色眼镜审书。“现在教科书面临不可思议的审查。”“这根本是思想钳制,审查者怎可用自己的政治立场审教科书?”

另一位台大历史教授说,关键核心有两大问题,一是不该让政治力介入教科书编写,其次是此举对教学的干扰,“《台湾史》和《中国史》都是一册篇幅,是令人吃惊的失衡”。他说,《台湾史》只有1/4谈古代台湾,1/4谈战前日据台湾,1/2谈战后台湾,“淡化渊源部分”。《中国史》则有高中教师反弹:“根本教不完吗!”①

京文在《意在分裂——评台“认识台湾”教科书》②一文中指出,“认识台湾”系列教科书,肆意割裂台湾与祖国大陆自古以来的不可分割的联系,为日本在台湾地区的殖民统治歌功颂德,甚至掩盖日本侵略者在侵华战争中对台湾人民所犯下的滔天罪行。对日本的殖民统治不惜笔墨,称之为“日治时期的政绩”“人口激增”等。这套教科书一出笼,台湾民众多次到“教育部”门前举行抗议活动,严正指出“认识台湾”教科书是“台独”教材,强烈要求“教育部”重新编订。

台湾的一些民意代表严厉抨击这套教材严重背离历史事实,混淆黑白,已经沦为媚日、“台独”的教科书。他们还尖锐地指出,这套教科书多次出现“我们都是台湾人”“台湾意识”的字眼,却不曾出现过“中国人”和“中华民族”的字眼。因此,不应在9月1日贸然供学生使用,而应当立即停止印刷并重新编写。

李登辉、陈水扁当局的所作所为得到当地“台独”分子的喝彩。在新版教科书出笼后,他们马上发表声明,支持台湾教育主管部门新编的《认识台湾》教科书,希望如期在9月出书及供学生使用。台独“建国党”的声明,还指责台湾民众的正义要求,企图阻碍海峡两岸和平统一的进程。

---

① 任海鸣:《没了“北京人”没了“黄花岗”“台独”黑手伸向台湾教科书》,《人民日报·海外版》,2007年1月30日,第003版。

② 京文:《意在分裂——评台“认识台湾”教科书》,《时事报告·中学生版》,1997年4月30日。

李登辉、陈水扁当局与“台独”分子公然声称，对“台独”分子提出的“要重新建立台湾民族与文化意识”的主张深有同感。认为不教台湾的事而尽记些祖国大陆的事，是荒唐的教育，要求在台湾中小学教育里删除有关中国历史、地理的教育，加入台湾历史、台湾地理，以及根在台湾的教育。并要人们忘记“一个中国”“两个中国”这种字眼。其最终目的是为其制造国家和民族分裂逐步建立思想基础。①

陈晓星在《由教科书争论看台湾教改》②一文中则指出台湾教科书的变革。

第一，教科书：从“统编”到“一纲多本”。

1984 年台湾成立“行政院”教育改革审议委员会，标志着教改的开始。教科书的改革一马当先，由过去“国立编译馆”权威出版的指定教材（即“统编本”），改为“一纲多本”（即“教育部”只颁定《课程纲要》），“国立编译馆”不再出版教材，由各家出版商比如南一、翰林、康轩等编辑出版课本，各中小学自行选用。改革的初衷是优胜劣汰，引进多元教育，让孩子轻松学习。一纲多本有诸多弊端，其一是不能转学，同一年级不同学校的进度、课本完全不同，换校就衔接不上。其二是不同版本侧重点和历史解释不同，学生或重复学习，或一题几解，无所适从。一位母亲曾经无奈地说：“我大儿子学的明朝史是中国史，到我小儿子就变成了外国史，不知道现在的学校在搞什么。”其三，加重了家长的负担，家长要多买几个版本，再加上参考书，经济负担明显增加。“一纲多本”的弊端引起越来越多的反弹，“教育部”又从 2005 年起重新出版中小学课本，被称为“部编本”。目前，很多学校回归“部编本”。

第二，“去中国化”：“台湾光复”变“终战”。

台湾开始实行教改之时，也正是李登辉背离一个中国、公开推行“台独”的转折点，其后李、陈当局 20 年间，台湾中小学教科书在教改的名目下日渐“去中国化”。陈水扁时期，“教育部”制订了一份教科书“不适合用词检核”，教科书中具有中国人意识或以中国为主体的习惯用词，皆被列为“不适当”而禁用。比如：“抗战胜利后”改“战后”，“台湾光复”改“终战”，“全省”改“全国”，“武昌起义”改“武昌起事”，“两岸”改“两国”，“郑成功收复台湾”改为“取得台湾”，“日据时代”改“日治时代”，而

① 京文：《意在分裂——评台“认识台湾”教科书》，《时事报告·中学生版》，1997 年 4 月 30 日。

② 陈晓星：《由教科书争论看台湾教改》，《两岸关系》，2012 年 3 月，第 15 页。

且这段时间的历史不准使用清朝与民国纪元，必须使用日本天皇纪元，如“大正某年”“昭和某年”，等等。如果教科书不改用词就不能通过审查发行，因此，出版社只得奉命自查文字，“去中国化”的影响借教科书贯彻到校园。

对此，台湾一直有反对的声音，比如台湾大学教授王晓波多年来一直呼吁重视教科书的乱象。王晓波教授早就指出，高中历史课纲因为要实现“去中国化”，已经违背了史实。比如，刻意降低日本在台湾杀人的数字，有美化日本殖民统治的倾向；不仅把中国史压缩成一册，只排一个学期的课，还把近代中国历史划为世界史，把过去高三选修课“中国文化史”改为“专题”。王晓波还指出，美国把中国史列在世界史的课程里，这是很正常的，但台湾把一部分中国史移到世界史的课程中，用意何在？其意不言自明。

台湾师范大学教授潘朝阳说，台湾历史课纲中“台湾史”“中国史”“世界史”并列，这样的基本架构已经形成“台湾人不是中国人”的概念。

此外，地理课也落实“去中国化”的政治主张。王晓波说，地理教科书上“中国第一大岛是海南岛”“我国最高的山是玉山”，诸如此类都是在贯彻“一边一国”主张，似乎“中国不包括台湾，‘我国’不包括大陆”。[①]

台独分裂势力把黑手伸进中小学教科书，用“台独”意识形态扭曲教科书，篡改历史事实，造成台湾民众认同的混乱，尤其影响台湾青少年的历史文化认同，对两岸关系和平发展的危害十分巨大和久远。两岸教育界、文化历史学界必须对台湾教科书中文化台独倾向予以严正批判，正本清源。

（作者单位：陈秋红，福建社会科学院；隋欣卉，两岸关系和平发展协同创新中心）

① 陈晓星：《由教科书争论看台湾教改》，《两岸关系》，2012 年 3 月，第 15 页。

台湾青年投身祖国抗日的文学标记

——朱天顺早年的文学创作①

朱双一

朱天顺是台湾省基隆市人，出生于1919年，八岁时进入基隆第一公学校读书，14岁就到台阳矿业株式会社当工友、见习职员，并在夜校继续念书。1939年12月，刚满20岁时入伍，来到祖国大陆，先在日军40师团当翻译，却于1940年10月转而投身抗日救国革命运动，在敌区从事地下工作，1942年1月在武汉地区参加新四军，1943年11月加入中国共产党。1946年6月中原突围，随359旅到了革命圣地延安，受到毛主席和朱总司令的亲切接见。随后在延安中央党校学习，并参加陕北土改运动，担任华北军政大学台湾队政治教员。中华人民共和国成立后，先于上海市工作，后调至福建省委台湾工作委员会，1952年到厦门大学。1953年至1956年为北京大学哲学系研究生，毕业后长期在厦门大学工作。改革开放后，曾任厦门大学台湾研究所所长，并先后兼任全国政协委员、福建省政协常委、中华全国台湾同胞联谊会（简称“台联”）副会长、福建省台联会长等职。

有谁知道，青年时代的朱天顺是一位文学爱好者，甚至是小有名气的诗人！而他频频发表诗歌、小说、散文的1938年7月至1940年10月，正是他由一位企业的底层职员，入伍当兵来到祖国大陆，在短短10个月时间里，由日军翻译幡然转变为一名义无反顾的抗日战士的传奇经历的时期，因此，这些作品堪称血管里流着中国人血液的台湾同胞，采取不同方

① 本文为教育部人文社科重点研究基地重大课题“甲午战争以来台湾文学、文化与台湾民众认同问题研究”（项目批准号：13JJD810012）成果。

式突破异族殖民统治的沉重拘囿,恢复和实现其固有民族身份的曲折经历的一个见证。

这些作品都发表于文艺杂志《风月报》上。包括新诗作品《给"女给"们》(第68期,1938年7月15日)、《我是笼牢里的小鸟》(第72期,1938年9月15日)、《你给我明白吧》(第80期,1939年2月15日)、《青年的心》(第89期,1939年7月7日)、《摇篮歌》(第91/92期,1939年8月15日)、《月夜》(第101期,1940年1月15日)、《大地》(第102期,1940年2月1日)、《给放弃羊儿的牧童》(第103期,1940年2月17日)、《冬》(第104期,1940年3月4日)、《苦闷》(第105期,1940年3月15日)、《战地诗抄》(第109/110期,1940年6月1日),散文或小说作品《失恋》(第87期,1939年6月1日)、《雾夜》(第98期,1939年11月1日),战地报告《游击队》(第118期,1940年10月1日)。其中《战地诗抄》中的《问鸥》一诗注明1939年12月9日写于赴沪轮船中,可知这是朱天顺前往祖国大陆的确切时间,而自《大地》之后发表的作品,亦都写于祖国大陆。上述作品都是汉文作品,从小进入公学校学习日语的年轻作者,却坚持用不甚流利和规范的中文来写作,这一选择本身就颇耐人寻味。

《风月报》的前身为《风月》,创刊于1935年5月9日,初采文言,多刊载传统诗文,第45期起改名《风月报》,第50期后改用白话文,1941年7月又更名《南方》。该刊既以"风月"为名,自称"是茶余饭后的消遣品,是文人墨客的游戏场",不避风花雪月之作,常刊登艺妲、"女给"的风流韵事,明确宣称:"若批评时事,议论政治,超越文艺范围者,概不揭载,原稿废弃",其实还是难免一些所谓"顺应国策"的言论和举动,这也许是它成为当时台湾汉文被禁后硕果仅存的一份中文综合文艺杂志的原因。然而,也正因为它是仅有的中文综合文艺杂志,无形中为不愿或无法放弃中文写作的台湾作家们提供了一块园地。因此该刊呈现出某种复杂性,时时可见其也有严肃的一面,并非单纯的风花雪月所能涵括。如第114期上叶绍尹《祝风月报发刊三周年纪念》一文称:

> 追溯改隶而后,沧桑以来,文武衣冠异矣,斯文亦扫地矣。凡有心于世道者,莫不感慨系之。不料于台北……竟有名士出身者,居然把孔孟之道德,负责在身。邀集主事及编修者,费尽万端精神心血,刻苦耐劳,创刊风月报成功。每月朔望二回发行,早已风行海内,四民咸仰。其趣旨端为维持风雅,及日华文化,亲善提携,真堪谓有东亚新秩序建设之一助也,将来一大观

> 也。即先觉后觉,俱皆赞叹。从来报中刊载,尽是东西学识,无论长篇小说,俱有含唤醒一般,自胜晨钟一杵。附记诗坛,亦可兴可观可群可怨。所谓文章报国,岂曰小补之哉……

其中虽也有对所谓“日华亲善”等的颂词,但更多的是流露对于日本据台的耿耿难平的心绪,以及对于中国传统文化的崇仰追慕之情。这才会有“文武衣冠异矣,斯文亦扫地矣”“莫不感慨系之”“把孔孟之道德,负责在身”“亦可兴可观可群可怨”等语。这段话或可视为《风月报》之复杂性的典型写照。即如多年主持《风月报》编务的吴漫沙,平时的刊前编后不无呼应(或敷衍)“国策”之语,但其连载后又出版单行本的小说《桃花江》,却被日本殖民当局指其内容有煽动反日、隐喻祖国大陆要来重建台湾的嫌疑,而被悉数没收,作者更遭逮捕讯问。从 1939 年 6 月起延绵两年多的一场“台湾诗人七大毛病”争论中,鲁迅、胡适、老舍等五四新文学作家屡屡被提起和引用,成为论争中不可或缺的重要角色,由此可见台湾与祖国大陆新文学的千丝万缕的联系。《风月报》的这种复杂性,就为不同主题、不同倾向作品的发表,留下了较为广阔的空间。了解这一情况,有助于我们更好地解读朱天顺的这些早期作品。

首先,这些作品呈现得最为鲜明的,是一个遭受欺压、困囿而极端苦闷、悲郁的抒情主人公形象;这位悲愤青年并不甘心任人宰割,而是力图冲破这囚人的牢笼,飞向自由、幸福的天地。如《我是笼牢里的小鸟》写道:

> 我是笼牢里的小鸟
> 我是为一块饵被擒捉的
> 在这狭小的笼牢里
> 那不自由的锐刀、不断底割着我的弱小心胞流血
> 那食不惯的汗(污)秽东西使我日日枯庚
> 可是极恶的人间们,把我视为玩具侮视
> 看我在笼牢里流泪和着急的情态在地(正在)高兴
> 听我在笼牢里叹息和悲哭在地(正在)心乐
> 啊! 他们是多么可恶

作者向往着“那广大的天空是我们的自由世界”,“那青青的山峰和碧绿的树是我们的乐园”,虽然“在这笼牢里尝尽了万般的痛苦”,并曾决定“要自断如蝉翅的生命,永却着痛苦”,但是想到了身上的使命也就不能

死了："我已经知透了他们所张的鬼计/我若不冲出了笼牢外、将他们所张的鬼计告诉了我的兄弟们/我们定不能脱了他们的欺侮/噫！我的使命是多么大呀！"诗的最后写道：

随（虽）然被监禁在这铁般的笼牢里
但是我还不失望
我信"成功"是从努力中得来的结果
我要忍耐和努力
我信我有能得跳出笼牢外的一天
我信我有达到了完果的一目（日）
噫！运命之神呀！你给我一点成功吧！

诗中所谓"铁般的笼牢"显然指日本的殖民统治，而作者担心"我的弟兄们"同样陷入敌人的"鬼计"之中，而意识到自己肩负的使命，决心加倍地忍耐和努力，期待着摆脱欺侮、跳出牢笼的一天。

朱天顺还有直接以"苦闷"为题的诗作，更具哲学意味。作者发现"自己的存在"和"生活上生出了一种的变形"，乃觉得人生的空洞，为此寻找科学、宗教、哲学求得解答，却更陷入迷惑之中，于是彷徨、疲倦、失望。此外，朱天顺还有若干诗作和短文写"失恋"，而"失恋"显然也寄托着苦闷、悲郁的心情，以及对纯洁、真诚感情的追求和向往。

其二，朱天顺的作品充满对于被压迫、被侮辱的底层民众的深切的同情，这主要表现在几篇以"女给"为写作对象的作品中。如前所述，艺姐、"女给"是《风月报》的常见题材，但大多作品写其风流韵事，既无社会意义，却有侮辱女性、以风尘女子的痛苦来消遣，甚至满足追逐声色的读者们龌龊心理的嫌疑。而朱天顺却反其道而行之。在《给"女给"们》一诗中，作者首先表达了对"女给"的理解和同情："你们投入灯红酒绿的光彩里/谁都了解你们是被环境的压迫/你们是为家庭的生存而使然/谁不称赞你们"；同时也对"女给"们提出劝诫，希望她们"自重"，不要"为一时的快乐失却了纯真的性情"，不要"为一时的虚华去掉了向上的心思"，因为这样将使她们的将来"受到莫大的挫折"。作者强烈地希望"女给"们——

抱着坚强的意志
扫尽了丑恶的一切
把善良的种子埋下在青春的田园

最后你们才会收到幸福的果子!

《雾夜》似乎是朱天顺唯一的一篇小说作品。小说中的一对男女青年,女的当“女给”,男的则是富家子弟,两人曾热烈相恋并定下终身,然而男青年终于在社会偏见的压力下退却了。女青年勇敢地质问道:“我不相信,女给和一般的女子有甚么差异呢?女给不是一个女子么?怎么和女给结婚,会坏名誉呢?”“我们的爱,是神圣的爱,精神上与肉体上都是纯洁的,两人相爱来结合,这是正当的,怎么社会这样无理解!”男青年则辩解道:“社会所认识你们的印象都是很坏的,而且我是在社会的上流行踏的人,假使我和你结婚,必定会受社会批评,禁不住人家的恶嘲。”“你,你不要迫我吧?当时我也曾想过,若是为你,虽是财产,名誉都愿放弃,不料它们的魔力有这么大,我自己都不知道到这个时候会变得这样软弱!”最后走到十字路口,女青年毅然离去,留下男青年茫然站立于夜雾中。小说批判了当时社会对于女性,特别是沦落于社会底层的风尘女子的歧视和偏见,同时也表达了对于受侮辱、受压迫人们的深切同情。

值得指出的是,这一主题的出现与作者出身于贫穷工人家庭,在14岁时就辍学到工厂当工友的经历和处境有关;而这种同情贫弱的阶级感情,也为他后来走上革命道路埋下了伏笔。

其三,朱天顺的部分作品表现了破旧立新、努力上进的意愿,倾吐了对于美好理想和良善人格的追求。这些作品在主要刊登风花雪月的《风月报》中,是闪闪发光的亮点。如《青年的心》一诗写道:

像钢般被打不碎,
像水般碎后会再结合,
这就是青年的心儿。
青年的心儿,刻刻都有理想的热火地(在)燃烧,
都有向上的热血地(在)沸腾,
理想的热火会烧尽我们身上一切的污秽,
向上的热血会酿出勇气和新鲜的毅力给我们,
台湾的青年们呀!
请你看看你抱着的心儿是青年的心儿不是,
若是青年的心儿,就不愧为人了!
若不是青年的心儿,请你用些精神来造成吧?

此外,朱天顺还有不少表达对于真挚爱情、高尚人生、纯洁人格的不

懈追求的作品,如《你给我明白吧》等,也可归入此类。

其四,朱天顺前往祖国大陆后寄回《风月报》发表的作品,透露了作者的大陆观感及思想感情发展变化的若干痕迹,值得加以特别的讨论。

《战地诗抄》中的《问鸥》一首写于1939年12月9日前往上海的轮船中,显然是朱天顺大陆诗作的首篇。作者看到无沿无际、狂涛怒吼的海洋上,有几只寒鸥在飞舞,于是发出问语:“鸥儿啊,鸥儿! 何处是你的家乡?”这显然是一首乡愁诗,而《战地诗抄》中的《梦》一首,同样写乡愁。“我”在从玻璃窗射进来的月光下,梦想着越过千重的山,万重的海,“跑到我的家里/跑到爱人的身边”。对于一位首次远离家乡的20岁青年,产生这样的乡愁应是十分真实的。

紧接着触动朱天顺的是祖国大陆不同于台湾的一些景观。时当隆冬,“寒冷”似乎给来自亚热带岛屿的作者极深的印象,在《战地诗抄》中有《下雪》一首,而写于南京的《冬》一诗,以“个个鼻子吐着雾也似的白烟”,“壶里的水,冻结的(得)和玻璃一样”,大地铺满白霜,一阵北风吹来,“呆呆站在庭前的少年,忽然打了一个冷颤”等几个意象,将寒冬景观生动呈现。然而给作者更大震撼的,似乎是祖国大陆那一望无际的辽阔幅员,并由此极大地开阔了作者的视野和心胸。作于京沪铁路车中的《大地》一诗写道:

因我是一岛屿的人,
所以初看着大地的时候,
实在禁不住惊疑!
想不到宇宙中,
有这如海洋般的大地;
火车走了几个钟头,
若不是草原就是水田;
都没有看见一个丘陵!
没有看见一座山峰,
远远的前面所有看的,
都是一字形的地平线!

在这首诗写后一个多月,也是朱天顺赴祖国大陆后一个多月,他写下了《战地诗抄》的主题诗《战地》。该诗分为相差不多的两节,这里仅录后半部分:

在这风光明媚，山水秀丽之中
虽没有清静的箫声
但有烈烈的琴声
没有幽雅的琴声
但有轰轰的炮声
没有娘子的歌声
但有打仗的唤声
打仗的旋涡中都是充满着诗情的诗境
世界上的诗人呀
愿你们来这战地吧！

须指出，从表面看来，朱天顺是在抗日战争爆发、殖民当局鼓吹“进出中国”，许多台湾青年感觉应征入伍在所难免的情况下，遂将祖国大陆作为自己前途的发展地，即所谓“雄飞大陆”的风潮中来到祖国大陆的，刚开始似乎也应报刊编辑之约充当起“战地记者”；然而细加分析，朱天顺并非真的想要“雄飞”，他的入伍当兵，另有隐衷。这从当时他的另一首诗中，可以看到一些蛛丝马迹。《给放弃羊儿的牧童》写道：

几多被牧童放弃的羊儿
彷徨于旷野
旷野中没有青草儿
慈悲之神看得很难过
化出几多的粮草给它们吃
导它们到了有青草儿的原野
几多被牧童放弃的羊儿
现在都很快活地过了日子

这样的诗，很容易让人想到日据时期台湾著名诗人杨华，因杨华也经常将彷徨无依的羊儿当作饱受殖民压迫的台湾同胞的自拟。从诗中可以看出，朱天顺始终感觉自己是一个孤苦的弱者，毫无日本“皇军”那种趾高气昂、不可一世的“雄飞”之气。如果联系前一阶段他在台湾时所写的诗，可知朱天顺是因无法忍受贫穷困顿、苦闷沉郁、前途迷茫、令人窒息的殖民地氛围，想要“跳出笼牢”、改换一个环境而到祖国大陆来的，这和所谓“雄飞”有着本质的区别。这应是后来朱天顺很快地就脱离了日军，转而从事抗日地下工作的原因之一。

朱天顺发表在《风月报》上的最后一篇作品，是战地报告《游击队》。不过这是一篇只闻其声、不见其影的作品。1940 年 10 月 1 日出版的《风月报》第 118 期的目录上有此文，编者在《编后随笔》中也写道："现地报告的《游击队》，是本报特约投稿者朱天顺君在枪林弹雨中的结晶，这一篇珍贵的作品，希望读者不要把它忽略。"然而在内页中，该文却因殖民当局的检查删禁而开了"天窗"。此文的具体内容现在我们不得而知，但题目的所谓"游击队"，应指抗日游击队，因日本"皇军"和伪军都是"正规军"而非"游击队"；而此文为《风月报》上为数并不很多的遭禁文章之一，可以猜想其内容有对日军不利之处，或许就因包含"抗日"的内容而被删禁。人们也许会注意到，该期《风月报》出版日期 1940 年 10 月，正是朱天顺转身投入抗日斗争的日子。这也许是一种巧合，不过，即使没有实际的联系，这两件事情的同时发生仍不无某种象征意义。

从上述诗文作品中，我们或许可以勾勒出青年朱天顺及其传奇经历的大致轮廓。朱天顺是一位朴实、正派、上进、富有理想，对穷苦人民充满同情心的台湾青年，在日本殖民统治下，内心十分苦闷，感觉前途迷茫，为了跳出这令人窒息的"笼牢"，他入伍来到祖国大陆，目睹祖国风物人文，开阔了视野，心灵受到触动和震撼，并进一步思索自己和祖国大陆同胞同样受压迫、被奴役的处境，固有的民族身份、祖国认同得以苏醒和光大，于是毅然转身投入祖国抗日斗争的行列，成为一名义无反顾的革命战士。而这整个过程仅为 10 个月的时间，如果不是其内心始终存在着"我是中国人，不是日本人"的认知，那是不可想象的。朱天顺的这段经历在当年的台湾同胞中具有某种典型意义，是日本殖民统治未能泯灭台湾同胞的民族身份、祖国认同的一个明证，对于当前某些"台独"分子鼓吹的所谓日据时代台湾人已形成了对立于"中国"的"台湾意识"，在日本统治下的台湾人就是"日本人"等谬论，是一个有力的否定。

（作者单位：两岸关系和平发展协同创新中心，厦门大学台湾研究院）

杨逵的身份建构及其日据时期创作的记忆政治

朱立立

一、庶民身份认同与知识者自我建构

杨逵的身份认同看上去单纯,其实颇有意味。① 对庶民身份的纯朴认同是杨逵毕生不变的,这与他对知识分子自觉保持距离的态度形成了有趣的对比。虽然以作家和左翼运动者留名,但是杨逵在20世纪80年代接受访谈时却这样说:"我莳花已近四十五年;在东京,我送过报,做过土木零工;台湾的运动瓦解后,我又干过各种活,最后进入园丁生活。我写文章,但不把自己说成是作家,而自称为'园丁'。我写文章的量很少,因此,打开头起就没有过靠笔杆子生活的念头。"②尽管杨逵的务农和种花带有无奈退隐的意味,但终其一生,工人、农民的庶民生活是杨逵持久的日常生存样态。建立在农工生活体验基础上的社会实践给他带来了生命的充实感、成就感和意义感,也给他的艺术创作带来了土地的强健力量和大自然的明朗气息,而自食其力的普通劳动者则是他最基本的身份

① 身份认同是一个含义颇丰的概念,在后殖民论述中,它涉及政治认同、文化认同、族群认同、国家认同、性别认同、阶级认同等诸多方面。本文的身份(identity)概念主要指涉杨逵建构自我认同的以下几个方面:一是日常生活中的职业性身份及相关的认同;二是指阶级认同;三则指民族认同;四是指与个体的思想认知、情感结构、精神和信仰活动相关的价值认同。在20世纪90年代后台湾文学和台湾文化的学术讨论空间里,文化认同、历史认同和国族认同成为热门话题,其间不乏充满学理性的历史钩沉和辨析之作,但也存在违背学术良知和历史理性的偏执认知,有待两岸学术界共同努力加以澄清。

② 戴国辉,[日]若林正文:《台湾老社会运动家的回忆与展望——杨逵关于日本、台湾、中国大陆的谈话记录》,《文季》,第2卷第5期,1985年。

归属。

杨逵拥有底层庶民的生存经验和本色情感，同时也有知识分子强烈的社会批判意识和理想主义色彩，社会运动将他那种淳朴的庶民情感升华成一种推动历史前进的力量，也是他的社会理想可能实现的现实途径。在作家和社会运动家这两重身份中，历史学者尹章义甚至主张："作家"不过是杨逵的兼职，文学不过是杨逵的影子，文学是为其生命理想打先锋、为其实践生活做记录的工具。① 这样的观点提示了"社会运动家"在杨逵多重身份中不容忽略的重要性。事实表明，创作不仅是杨逵社会运动的记录工具，更是杨逵左翼社会实践遭遇挫折后的一种战略转移，他最终也是在文学世界里复活和延长了自己遭受困厄的社会理想和信仰。从这一角度看，杨逵的左翼作家和社会运动家的身份是合而为一的。正如杨孟所言："不了解杨逵农民运动的经验，就难以理解他整个文学的基础。"庶民、左翼知识分子及社会运动家，这些丰富的身份和社会体验使杨逵的文学必然是有立场的文学，必然是主体投入其中的文学。杨逵的创作成为他的庶民体验和社会实践的另一种表征，文学家杨逵也成为日据时期台湾庶民阶层的代言人。

在日据与光复后的两个世代里，杨逵的政治诉求和社会理想具有某种连续性，也因语境的变异而发生微妙的变迁。早年留日期间，杨逵接受了社会主义和民主主义影响，加入由台湾青年会设立的左翼政治团体"社会科学研究部"，参加东京工人运动和学生运动；回台后，积极从事农民组合的抗议运动，被捕十次，留下了在日本殖民者监狱里度蜜月的传奇。30年代台湾左翼民族运动进入低潮之后，杨逵退耕田园，将农场命名为"首阳农场"以明伯夷之志。他投身文学创作和文化活动，创办抗日性文学刊物《台湾新文学》，创作出《送报夫》《模范村》《无医村》《泥娃娃》等系列作品，立足于日据时期台湾社会现实分析的基础，表现其记忆的政治含义，并以文学叙事摹写殖民地庶民的生存状况，进行阶级意识的文化启蒙，他的不少作品因存在抵抗殖民统治的意识而被禁。他曾说，日据时期的"台湾文学既对抗日运动发生了影响，而抗日运动也给台湾文学打下了坚定的基础"，明确认识到台湾文学与中华民族的抗日运动有着密不可分的关联。杨逵此间的认同架构除却庶民的情感认同外，还具有中华民族认同意识。光复后，杨逵对于民族国家的中国建构更是表现出真诚热切

① 尹章义：《杨逵与台湾农民运动》，《台湾近代史论》，台北自立晚报社，1987年，第76页。

的期盼,民族国家的和平统一成为他追求的目标,因此才有了他翻译鲁迅作品、撰写《"台湾文学"问答》、起草《和平宣言》等一系列有利于和平统一的文学活动和社会活动。

因为起草《和平宣言》,杨逵入狱12载。他和他的家庭、儿女都受到了巨大伤害,这在《绿岛家书》中可窥一二。但他一直靠书信书写一个不在场的父亲的父爱与愧疚,呈现了一个细腻、温情、智慧和坚强的父亲形象。最有意味的是,他在狱中常常描画的家庭远景总是与耕读的充实、劳动的欢乐紧紧相连,具有中国传统农业社会的田园诗意特性,那幅图景里有着果树、花朵、草木、鸡鸭鹅羊等生机勃勃的意象。[①] 值得一提的是,其中的田园自然风物意象,也是杨逵作品中常常出现的喻象,它们常常是杨逵精神的一种自然化,而且获得了意义的拓展和升华而成为象征。不难看出,在政治分裂、民族国家破碎、个人身陷囹圄的冷酷现实里,中华化的庶民田园美景成为杨逵社会理想模型的一个可以盼望的实体。在被限制字数和被监控的家书里,杨逵的乐观规划慰藉和感染了当时悲观绝望的家人,显示了杨逵的生存智慧和勇气,亦含有某种价值皈依的意味。其实,他实际生活中的农场生活也有些近于传统中国那种庶民化的风骨高洁的高士行宜,如似道实儒的陶渊明;他多年的农场生涯与兴起于20世纪初日本的新村运动是否隐含着类似的理想,[②]值得有心人探微。戒严体制下,民主和自由成为台湾社会和民众的迫切需求,杨逵在69岁生日的演讲稿里代无数受迫害者诉说心声,并向暴政发出了严正抗议和批判:"自由民主是对抗独裁专制的无二法宝,也是打倒独裁专制的唯一政治资本;在自由民主国家里就不应该有文字狱,却出了那么多的文字狱,实难以叫人信服。从颜元叔、朱文伯、寒爵等许多大作家的文章中,我们时常都可以看到'话到口边留半句'之苦,甚至有更多的才俊根本就不敢开口。"[③]不同的历史语境,杨逵那种敢为弱势群体代言,以民生、民权、民主追求为依托的抗议精神并未改变。

---

① 关于杨逵《绿岛家书》的内容,参看杨翠的论文《不离岛的离岛文学——试论〈绿岛家书〉》。家书中的家庭乌托邦图景勾画和其中的亲情表现感人至深。

② 新村主义的基本思路是先在一个小的地方建立一个"新村",人们在此过着平等的生活,后推广到全世界。1918年由日本著名作家、思想家武者小路实笃在九州岛日向建立起"新村",这是一个空想社会主义的实验地。新村主义营造的无政府、无剥削、无强权、无压迫,没有脑力和体力劳动对立的新生活,和互助理论所追求的社会模式极其相似,新村运动带有和平主义与世界主义的理想。

③ 杨逵:《台湾文学对抗日运动的影响——十一年前一项文艺座谈会上的书面意见》,《文季》第2卷第5期,1986年。另,这篇文稿当时无人敢登,11年之后才得以发表。

毋庸置疑，杨逵早年的左翼社会实践和他一生不断的牢狱生涯见证了一个忠实于民族和庶民立场的近代中国知识分子的坎坷命运；而杨逵在挫折中持恒的坚毅与乐观，则透彻地体现了他与众不同的强健自我。他立足于弱势族群和底层立场，发出台湾人民不屈的抗议之声，是日据时期杨逵文学弥足珍贵之所在。在台湾文学史的脉络里，杨逵的创作在表现反抗殖民的民族意识和反抗压迫的阶级意识两个方面都非常突出，二者相互交叉也形成辨证。他被人们视为日据时期抗议文学的代表作家，同时也是赖和文学精神的杰出继承者之一。[①] 如海峡版的《台湾文学史》称他为“昂扬民族意识和抗争精神的文学斗士”。叶石涛也认为，“杨逵是本省老作家之中，唯一在日据时代直接参与民族解放运动，被日警逮捕达十次之多而始终写作不辍的一位富于坚强抵抗精神的作家”。[②] 确实，无论是在日据时期，还是国民党治台的戒严时代，杨逵文学最易辨识也易引起关注的特征是其间涌动的强旺的生命力，即作者强烈的主体精神：不妥协、不屈服的坚强意志和怀抱希望的理想主义气质，以区分于同时期其他那些更多散发出郁悒、矛盾、苦闷、悲情气息的作者。

笔者以为，知识分子身份与庶民认同的结合、民族意识和阶级意识的统一、社会分析的理性眼光与理想主义情怀的交融，形成了杨逵基本的情感结构(structure of feeling)形态。杨逵以他个性鲜明的感受方式和叙事逻辑，创作出一系列刚劲质朴、富于感染力和批判性的现实主义文学，在台湾乃至祖国大陆左翼文学系谱中都占有重要位置。那么，他的庶民认同和民族意识究竟以怎样的形式参与了记忆政治的文学书写？杨逵日据时期的文学创作究竟有着怎样的解构与建构意义？

二、记忆政治：台湾的庶民叙事

历史不仅是一种知识形式，和所有的话语一样，它也是一种权力形式，是意识形态争斗的产物。在殖民主义的权力结构里，被殖民者的民族意识、文化特性及话语权受到压制，难以发出自己的声音。“被殖民者往

---

① 台湾学者林载爵的《台湾文学的两种精神——杨逵与钟理和比较》一文认为，杨逵和钟理和分别继承并光大了赖和精神的两个方面：尖锐、刚强的冲创意志(或抗议精神)，默默隐忍的悲悯情怀。与此相呼应的是陈芳明在《赖和与台湾左翼文学系》一文中也认为，作为台湾左翼文学的两个侧面，赖和作品的明朗与黯淡由杨逵和王诗琅分别承继并发展之。

② 叶石涛：《杨逵的〈鹅妈妈出嫁〉》，杨素娟编《杨逵的人与作品》，台北《民众日报》，1979 年，第 143 页。

往必须面对‘无史’或者历史被湮灭、扭曲的历史窘境。历史显然是殖民者的围堵策略中不可或缺的一环，是殖民者赖以进行文化与思想监控的重要工具。……但历史也是建构后殖民主体性的重要知识方法与形式，透过这种知识方法与形式所找回(reclaim)、重述或重建的过去——不论是后殖民主体的个人或集体记忆——往往是构成后殖民性(postcoloniality)的重要成分”，[①]因此，对于被殖民者和后殖民主体而言，不断回忆、铭刻与再现个体或集体的民族记忆，就成为质疑、解构和颠覆殖民者霸权话语的一种知识方法和形式；而解构殖民性的叙事意味着挖掘“被殖民的经验中种种被噤声、压制、湮灭但却以不同形式的叙事残存于人民记忆中的‘过去’”。[②]

杨逵发愿写作，是因为早年被殖民者编造、歪曲的历史所震惊而产生强烈的书写冲动。通过文学叙事得以书写和保存被殖民者的庶民记忆，并寻求对台湾历史公平的阐释权，以此解构充满谎言的强势历史叙事即日帝殖民者的历史话语，成为杨逵发愿写作之初最为迫切的动机。日据殖民历史结束之后，杨逵曾经多次回忆这段极有意义的个人历史体验，而他的个人记忆所涉及的又是台湾的一段最为伤痛的集体记忆：1915 年发生在日据台湾的最后一次武装抗日起义及其被日军血腥镇压的历史性事件，史称“西来庵事件”，又叫“噍吧哖事件”。这次事件中，日军的残酷镇压造成台南县玉井乡男丁丧尽的惨剧，据史载，“日人血洗甲仙埔、噍吧哖等地，台胞被害者数千，被捕二千、被判死刑的多达八百六十六人”。[③] 在 1982 年接受访谈时，杨逵这样回忆：“在我孩提时代，台湾曾发生西来庵事件(别名“噍吧哖事件”，指一九一五年余清芳、江定等领导的反日武装起义事件)。当时我家在新化，我从家门口的缝隙中亲眼看见弹压起义的日军通过。……后来，我从当时被日军征为军夫的哥哥那里，听说了日军是怎样残杀同起义有关系的村庄的村民的。在中学时代，去旧书店涉猎，发现了《台湾匪志》一书(秋则鸟川著，台北杉田书店，1923 年)。这部书的最后部分记述了西来庵事件的来龙去脉。明明是对日本压迫政治的反抗，但在书中却被当作‘匪贼’来处理，我深感这是对历史的歪曲。我决

① 李有成：《〈唐老亚〉中的记忆政治》，单德兴、何文敬主编《文化属性与华裔美国文学》，台湾“中央研究院”欧美研究所，1994 年，第 116 页。

② 同①。

③ 尹章义：《中国民族奋起运动与台湾的光复》，《台湾近代史论》，台北自立晚报社，1987 年，第 33 页。

心研读自己所喜欢的小说,并想藉小说创作,来矫正这被歪曲的历史。”[①]

这段从少年到青年期间的个人记忆对于杨逵如此重要,对杨逵的文学创作具有始源性价值,而他在后殖民时代的一次次回忆,更是对个人记忆的历史在场体验的铭刻与再现,其本身就具有解构殖民者历史霸权叙事的意义。这里再提供杨逵写于1975年的更为详尽、具体的回忆:“我亲眼从我家的门缝里窥看了日军从台南开往噍吧哖的炮车轰隆而过,其后,又亲耳听到我大哥(当年十七岁)被日军抓去当军夫,替他们搬运军需时的所见所闻。其后,又从父老们听到过日军在噍吧哖、南化、南庄一带所施的惨杀。每谈到‘搜索’两个字都叫我生起了鸡皮疙瘩。所谓‘搜索’就是戒严吧,站岗的日军每看到人影就开枪,一小队一小队地到每家每户,到山上树林里的草寮、岩窟去搜查,每看到人不是现场杀死,便是用铁丝捆起来;承认参加的则送到牢狱,不承认的便送到大坑边一个个斩首踢下去。到我稍大,在古书店买到一本《台湾匪志》,它所记载十多次的所谓‘匪乱’,当然噍吧哖事件也记载在里头,这才明白了统治者所写的‘历史’是如何地把历史扭曲,也看出了暴政与义民的对照。我决心走上文学道路,就是想以小说的形式来纠正被编造的‘历史’。”[②]

这段回忆的再三强调完全可以视为一种反殖民者记忆政治的铭刻与再现,其本身就具有口述历史的追溯记忆的特征,它表征了台湾历史记忆的危机和记忆政治的必要性。当今历史学者的研究也印证了这一点。方孝谦的《殖民地台湾的认同摸索》一书有说服力地表明,日据时期殖民主的历史叙事系谱制造出“本岛人”(即台湾人)负面的刻板印象:好利、迷信、情浮意动,闽族人(即由福建移居台湾的居民)更是“锱铢之利必争又擅逞狡猾,其淫荡、无赖的风俗长远地保留至今”。[③] 在有关“西来庵事件”起义者的论述中,殖民者从那套刻板印象谱系出发,认为他们都是些危险的、暴乱的匪徒,血腥屠杀遂获合法化;但是,作者从西来庵善书的分析可以获知,西来庵参事者“视‘取财有道’和‘敬神孝亲’为重要的社会价值,但更重要的是‘保身’”,其实,这些被日本殖民者称作“匪贼”的参

① 戴国辉,[日]若林正丈:《台湾老社会运动家的回忆与展望——杨逵关于日本、台湾、中国大陆的谈话记录》,《文季》,第2卷第5期,1985年。

② 杨逵:《台湾文学对抗日运动的影响——十一年前一项文艺座谈会上的书面意见》,《文季》,第2卷第5期,1985年。

③ 出自长尾景德主编的《台湾匪乱小史》,见方孝谦《殖民地台湾的认同摸索——从善书到小说的叙事分析,1895—1945》,台北巨流图书公司,2001年,第48页。

事者,只是一些信奉中国元明以来南方流行的明教的谦谦信众罢了。[①]方孝谦以学术辨析、杨逵以亲身经验的在场记忆,解构和颠覆了殖民话语。

当代后殖民批评里,记忆政治(politics of memory)的概念用来指称当“记忆”被污名、无视或扭曲,后殖民主体或被殖民者采用种种方式解构和抵抗殖民(de-colonize),以重溯历史始源、再现历史缝隙、铭刻人民记忆。杨逵日据时期创作的《送报夫》《鹅妈妈出嫁》《模范村》等作品都带有记忆政治的意味。作为一个左翼作家,杨逵的抵抗殖民意识通常与他的阶级分析和社会状况分析视阈相联系,但是阶级视野并未曾遮蔽明确的民族意识。一种看法认为,杨逵的抗议行动“本质上是超越尖锐的种族冲突,而放眼于阶级对立”。[②] 在我们看来,日据时期杨逵的抗议行动和文学作品,虽然阶级意识在其中有着非常重要的位置,但却很难超越种族冲突。因为日据时期台湾社会的主要矛盾是殖民与非/反殖民的民族矛盾。在许多阶级对立、阶级冲突的现象背后,主导冲突仍然存在于异族的殖民统治与台湾民众的抗争之间。尾琦秀树认为,50 年的日本殖民统治,一言以蔽之,是假借一视同仁、日台同化的精神教育,将经济社会的差别状态掩饰,并削弱台湾民众抵抗的意志,或以利诱欺骗,把它们塑造为顺从的“皇民”的历史。[③] 以日据时期台湾有代表性的蔗农与制糖会社的激烈冲突为例,的确也属于阶级矛盾,但正如矢内源教授所言:“甘蔗糖业的历史即殖民历史。”割台不久,殖民者即“奠定产业振兴为殖民政策之中心”,大力推行糖业,日本人掌控的糖业株式会社遂星罗棋布于台湾各地,总督府给予制糖业主很多优厚政策,对蔗农却连基本的保护项目也没有,这样就造成弱势的蔗农与强大的业主之间的悬殊差别和激烈矛盾。杨逵的《送报夫》里主人公父亲就是因为不愿意贱卖土地给制糖会社而被打死,正是这种社会现实的反映。在这种不公平的殖民地社会现实中,台湾的民族运动与阶级反抗运动呈现出合二为一的形态,取消民族冲突枉论阶级对立,显然是片面的。叶荣钟先生认为,“台湾民族运动的目的在于脱离日本的羁绊,以复归祖国怀抱为共同的愿望,殆无议论余地”。[④]

① 方孝谦:《殖民地台湾的认同摸索——从善书到小说的叙事分析,1895—1945》,台北巨流图书公司,2001 年,第 60 页。

② 许素兰:《普罗文学作家——杨逵(一)》,原刊于《台湾周刊》2003 年第 4 期,转自“中国网”,http://www.china.com.cn/chinese/archive/269453.htm.

③ 王小波:《台湾的殖民地伤痕》,台北帕米尔书店,1985 年,第 211 页。

④ 叶荣钟:《日据下台湾政治社会运动史(上卷)》,台湾晨星出版有限公司,2000 年,第 19 页。

而杨逵参加的农民组合等抗议行动正是台湾民族运动的重要组成部分。

对于殖民者而言，杨逵的创作无疑提供了一种“另类记忆”(alternative memories)——被殖民者自己的记忆，反讽的是，作者当时发表的作品都用的是殖民宗主国的语言——日语。可以想象这种反抗性的“另类记忆”的书写是很艰难的，但杨逵仍坚持最大限度地以笔为旗。

以1932年创作的《送报夫》为例，作品以第一人称叙述，带有自传色彩。小说有两条线索，一条叙述台湾青年杨君即“我”的异国生活和心智的觉醒；一条回忆“我”的故乡地狱般的庶民生存境况。“我”企图为苦难的台湾乡村和亲人寻找解救之道而来到东京，却在报馆老板的盘剥下，连生计也难以维系，所幸与同甘共苦的日本工友建立了友谊，并渐渐受到左翼思潮影响，参加报馆罢工并赢得与报馆老板斗争的胜利，个人也在成长过程中觉醒。这条线索突出了左翼思想中的世界性阶级视野，这确实构成了杨逵日据时期创作的一大特色。庶民患难与共的底层体验和情感认同使作者较易接受“天下穷人一家亲、富人乌鸦一般黑”的朴素二分法，这也是阶级意识的最初萌芽。

> “在台湾的时候，总以为日本人都是坏人，但田中君是非常亲切的！”
>
> “不错，日本底劳力的人大都是和田中君一样的好人呢。日本的劳力的人不会压迫台湾人，反对军阀糟塌(蹋)台湾人。使台湾人吃苦的是那些像把你的保证金抢去了以后再把你赶出来的那个老板一样的畜生。到台湾去的大多是这种根性的人和这种畜生们底走狗！但是，这种畜生们，不仅是对于台湾人，对于我们本国的人也是一样的，日本不少的人也一样吃他们的苦头呢。”(《送报夫》)

这个发现是杨逵小说阶级意识的基本原型，它为被殖民统治的青年打开了一个广大的、平等的人际世界，虽然身份低微却精神健旺、充满民主气息的世界。这个国际主义色彩浓厚的阶级认同也使得《送报夫》中的另一条黯淡悲惨的线索不至陷入绝望的沉闷与悲观。但是，与这种简单化了的明朗的左翼想象相比，另一条黑暗阴郁的线索还是给予我们更为深沉的触动，它向我们倾诉了台湾乡村的地狱般的记忆。那里的农人受到地主和日本人的双重压榨，难以生存：父亲死了，弟妹们死了，母亲也死了，村庄上到处是同胞死亡的阴影和不幸的冤魂。这条叙事线索的重要功能就是铭刻被殖民统治的伤痕，通过制糖公司强制低价收购农民土地来展开情节冲突：

……木村的警察分所主任，他一站到桌子上，就用了凛然的眼光望了一圈，于是大声地吼：

"……听说一部分人有'阴谋'，对于这种'非国民'我是决不宽恕的……"

他的翻译是林巡查，和陈训导一样，把"阴谋""非国民""决不宽恕"说得特别重。大家又面面相觑了。

因为，对于怀过阴谋的余清风林少猫等的征伐，那血腥的情形还鲜明地留在大家的记忆里面。

"非国民"这类字眼提示读者，殖民者与被殖民者之间等级分明的位阶关系和强弱悬殊的敌对关系；而余清风、林少猫武装抗日领袖当年被杀害的血腥历史依然"留在大家的记忆里面"。大部分人被震慑而无奈地顺从，但"父亲"选择了对抗。于是被定了"阴谋首领"的罪名：

拖出去，这个支那猪！

父亲被打得奄奄一息，"均匀整齐的父亲底脸歪起来了，一边脸颊肿得高高的，眼睛突了出来，额上满是疱子……身上全是鹿一样的斑点。那以后，父亲全变了，一句都不开口"。不久，父亲死去。而土地还是被制糖公司用远低于市场价的价钱买走。

在这个情节里，现实中的父亲之死与历史记忆中的余清风、林少猫之死，父亲的沉默和武装抗日被镇压后台湾民众的沉默，是平行同构的关系。父亲之名被置换成为"阴谋首领"的莫须有之罪名及"支那猪"的低贱物，而被残酷折磨致死。其实"被殖民者"这个身份就是他们唯一的罪名。在20世纪30年代，杨逵的这种叙述显然固化了这种悲惨记忆，"父亲"身体上惨不忍睹的创伤的展示，在压抑的沉默中强化了叙述者的愤怒！

"斯皮瓦克认为，民族主义是帝国主义的产物，民族主义的叙事是帝国主义文化的产物。……强调民族主义，强调共同的历史，培养心理上的独立感，对于某一集团整体意识的铸成是必要的。民族主义唤起具有同一历史、同一宗教和语言的人民反抗来自异国的殖民者。但是，所有的对抗性政治都带有一种讽喻，即它是依附在其敌对者身上的。民族主义与帝国主义的关系便是如此。”[①]日据时期台湾民族主义意识的孕育也是如此，日本帝国主义的强力殖民压迫正是台湾民间反抗意识产生的原因。

小说《送报夫》被胡风翻译成中文，它的著名的结句如下：

> 我满怀着确信，从巨船蓬莱丸底甲板上凝视着台湾的春天，那儿表面上虽然美丽肥满，但只要插进一针，就会看到恶臭逼人的血浓(脓)底迸出。[②]

不难理解，在异国流浪的孤儿眼中，“台湾的春天”是一个已然丧失免疫力的肌体意象，病毒已经侵蚀了躯体的内部，表面看有着虚假的健康和美丽，“恶臭逼人的血脓”却告知人们这具躯体已病入膏肓。这样的表述，与所谓的殖民地台湾在日据时期发展了现代性的无知说法之间只存在深刻的讽喻关系。“台湾的春天”这个肉感的意象还带有被玷污了的女性的意味：殖民地常常被隐喻成易受伤害蹂躏的弱势性别，而且，她已经颓败腐烂、无可救药。

殖民话语所赋予的自我形象是扭曲的，如何从本土文化传统中寻找自我？叙述者表达了对前殖民时代安稳和平的田园生活的留恋：

> 到父亲一代为止的我们家里，是自耕农，有两甲的水田和五甲的园地。所以生活没有感到过困难。

日本推行“皇民化”时期，杨逵曾经写过一篇微言大义的散文：《一只蚂蚁的工作》，刊发在1943年8月3日的《台湾新民报》上，“文章寄寓着这样一层意思：虽说是一只蚂蚁微不足道的工作，却能成为民主主义，或者说是民族解放的基础”。[③] 这只蚂蚁也是杨逵自己的隐喻，而“蚂蚁”，这种大地上的小小生物，平凡、沉默、勤劳、不懈、团结，也可以看成台湾无数底层庶民的隐喻。

本尼迪克特认为，民族的自我在故事和象征中的形成过程，往往被称为“对一个民族进行想象”(imagining the nation)，而对于一个被殖民的国家和地区，“在争取独立过程的每一个新的阶段——都需要这个民族国家

---

① 张京媛编：《后殖民理论与文化批评：前言》，北京大学出版社，1999年，第8页。

② 杨逵：《杨逵全集(第4卷·小说卷1)》，台南“国立”文化资产保存研究中心筹备处，1998年，第100页。

③ 戴国辉，[日]若林正丈：《台湾老社会运动家的回忆与展望——杨逵关于日本、台湾、中国大陆的谈话记录》，《文季》，第2卷第5期，1985年。

在人们的集体想象中重新加以建构;或者说,让这种属性化作新的象征形式”。[①] 杨逵笔下的玫瑰花、牡丹花、田园、蚂蚁、苦难的台湾乡村,以及前殖民时期岛屿田园的祥和美丽,特定语境里的这些意象及其象征显然附带有一种不言而喻的反抗殖民统治意味。

三、解构殖民性与建构自我的精神资源

杨逵曾经说:“一个自主的人,心中有能源;这一生我的努力,就是追求民主、自由与和平。我没有绝望过,也不曾被击倒过,主要是由于我心中有股能源,它使我在纠纷的人世中学会沉思,在挫折来时更加振作,在苦难面前展露微笑,即使到处碰壁,也不致被冻僵。”[②]类似的乐观进取的自我勉励的表达,常常出现在杨逵的各种作品与言说里,不仅在那些具有社会效应与外展性质的文学文本和政治文本里多有流露,就连在私人性的家书中也处处可见。[③] 不难理解,这段话里提到的“能源”,也就是杨逵一生社会实践与文学书写之精神原动力。

关于杨逵的政治身份和社会理想,至今存在不少有歧义的说法,虽然这些看法可能互有交叠。林梵的《杨逵画像》说道:“影响杨逵的首先是日本的社会主义运动,其次是台湾本岛文协的左右倾辩,再者是中国大陆南方国民党的新兴力量。”可以看出,杨逵所信奉的便是社会主义,其中所说的“中国南方国民党的新兴力量”,正是国共合作时期所宣扬的共产主义。[④] 彭瑞金也认为,杨逵是信仰社会主义的小说家。在杨逵早年社会实践生涯里,他与台湾共产党之间存在怎样的关联,这个问题曾经十分敏

---

① [英]艾勒克·博埃默:《殖民与后殖民文学》,盛宁、韩敏中译,辽宁教育出版社、牛津大学出版社,1998年,第211页。

② 方梓:《人生金言》,台北自立晚报社,1983年。

③ 参见杨翠论文《不离岛的离岛文学——试论〈绿岛家书〉》。在杨逵写于绿岛监狱的《绿岛家书》里,充满乐观昂扬的开朗情绪。虽然杨逵本人被囚禁12年,家人生活极为艰辛坎坷,他也因此感到亏欠和痛苦,但他通常的态度都是积极面对问题,以坚强、乐观、幽默的心态去感染和激励家人。1959年给儿女的信中,他这样告诫和期许:“我们虽然穷于物质,精神生活却是富有的,今后一定能更富,终成巨富。这就是说:设使陷在万丈深坑,我们还可以保持乐观与信心,明智耐心打开出路。把快乐分给别人。”笔者认为,除了杨逵个性中原有的气质因素,他在困厄中保有心灵的舒展从容与明净高华,实与他所说的那种精神“能源”有关。

④ 宋冬阳:《放胆文章拼命酒——论杨逵作品中的反殖民精神》,《台湾文艺》总第94期,1985年第5期。

感，至今仍众说纷纭没有定说。[①] 此外，杨逵作品里的国际主义色彩、民族主义内涵也吸引了人们的视线："杨逵的格局之所以比赖和还大，主要在于他在社会主义之外，又注入了国际主义的色彩。"[②]早年读书和留日期间吸引过杨逵的还有无政府主义等。在尹章义看来，"杨逵是理想主义的社会改革运动家，在20年代后期的台湾农民组合运动中，他的思想和实践倾向于左翼社会民主主义"。[③] 这种观点与将文学看成"补正史之阙"的中国"史传"传统观念不谋而合，也显示出历史学者所侧重的叙述视角。这种判断当然只是一家之言，但却触及如何理解杨逵的生命价值等问题，而杨逵的思想与社会运动实践的性质被认为倾向于社会民主主义。杨逵是否属于尹章义所说的"社会民主主义"者？作为资本主义工业化时代社会矛盾的产物，社会民主主义主张走议会道路，反对暴力革命，是一种反对资本剥削、将生产资料由私人占有转归社会所有的运动，它"以民主主义的方法改造社会，但是这种改造始终不超出小资产阶级的范围"。[④] 20世纪80年代杨逵本人在接受访问时，当被询问起他的思想和信仰时，他的回答是："人道的社会主义者。"[⑤]这些相互交叉重叠又相互区隔的概念提示我们：杨逵赖以自我建构的资源不是单一的。

众所周知，杨逵的笔名来自《水浒传》中的李逵，这个小细节已然流露出杨逵骨子里的中国人意识。中华人文传统中自强不息的文化底蕴构成了杨逵生命里不容被忽视的一种精神资源。童年杨逵正处于台湾从武装抗日向文化抗争的转型时期，以"希延汉学于一线""维系诗文于不坠"为宗旨的台湾汉学运动所形成的社会文化风气，不可能不对成长中的杨逵产生潜在影响，使中华文化传统成为杨逵思想和性格构成的文化底蕴。这从杨逵在困境中经营首阳农场引述东方朔《嗟伯夷》诗句作为自己的人生励志铭言，可窥一斑。儒家关怀社会人生的忧患意识和道家旷达乐

---

① 杨孟《历史性的一生》一文指出："据叶石涛说法，杨逵是受台湾共产党东京特别支部的命令回台湾从事农民组合的农民抗议活动。"www.freeleaf.idv.tw/essays/yang.htm；在杨薇蓉《从杨逵看台湾文学》一文中，作者认为："上海台共成立之后，在同年九月二十三日东京等别支部成立，杨逵与许乃昌、苏新是支部的主要成员。"参见：www.usc.edu.tw/college/general/edu/planthree/web_a/student_work/bio/bio_05.htm。叶石涛也曾经指出杨逵与台湾共产党的关系至死是一个未解之谜。

② 陈芳明：《赖和与台湾左翼文学图谱——殖民地作家的抵抗与挫折》，《联合文学》，第11卷第6期，第138页。

③ 尹章义：《杨逵与台湾农民运动》，《台湾近代史论》，台北自立晚报社，1987年，第76－84页。

④ 中共中央马克思恩格斯列宁斯大林著作编译局编译：《马克思恩格斯选集（第1卷）》，人民出版社，1995年，第632页。

⑤ 林进坤：《杨逵访问记》，《进步杂志》创刊号，1981年4月。

天的自然态度，都在杨逵生命中留下了深深的印记。归耕农场的杨逵在创作中大量运用了自然意象来隐喻现实，寄寓传统文化“天人合一”的哲学意识，如《关不住的春天》，以石板下顽强生长的“压不扁的玫瑰花”为隐喻，不仅礼赞了一种反抗外侮与强权的主体精神，也成为杨逵自我人格的象征。“天行健，君子自强不息”的儒家思想铸就了杨逵的刚健风骨，而自孔子的“礼运大同”到孙中山的“三民主义”，都成为杨逵有意继承的思想文化传统。中华民族人文精神体现在杨逵及其作品中带有作家自我色彩的人物形象身上。一是刚健有为、自强不息，不畏强暴、反抗外敌，争取和捍卫民族独立解放的斗争精神；二即“富贵不能淫，贫贱不能移，威武不能屈”的浩然之气与“不为五斗米折腰”的人格风骨；三则为“仁者爱人”“民吾同胞”的人道情怀；四乃“情系田园”“天人合一”的境界。晚年杨逵在《冰山底下七十年》中仍坚信：“能源在我身，能源在我心。”可以说，中华人文传统的文化底蕴已内化于杨逵生命中，成为他最可贵的精神能源。

杨逵的文学书写饱含着社会理想和民族情感，体现出一个“人道的社会主义者”的思想倾向。究其渊源，既有来自日本和西方社会的近现代民主主义价值观念，也有源于国际左翼思潮的复杂影响，还可以看到中国文化传统的熏陶。日据时期，杨逵身上的阶级意识和抗争精神形塑了殖民地台湾的反抗性典范。他始终站在底层庶民的普罗立场发声，而他的文学叙事则呈现了一种解构殖民性的庶民记忆和地方知识。

（作者单位：两岸关系和平发展协同创新中心，福建师范大学文学院）

论巴金的战时书写

辜也平

在两个口号激烈论争的1936年8月初，徐懋庸写给鲁迅的信中有一段关于巴金的文字："再说参加'文艺家协会'的'战友'，未必个个右倾堕落，如先生所疑虑者；况集合在先生的左右的'战友'，既然包括巴金和黄源之流，难道先生以为凡参加'文艺家协会'的人们，竟个个不如巴金和黄源吗？我从报章杂志上，知道法西两国'安那其'之反动，破坏联合战线，无异于托派，中国的'安那其'的行为，则更卑劣。"两天后，鲁迅在回复徐懋庸的信中则明确为巴金辩诬称："巴金是一个有热情的有进步思想的作家，在屈指可数的好作家之列的作家，他固然有'安那其主义者'之称，但他并没有反对我们的运动，还曾经列名于文艺工作者联名的战斗的宣言。"[①]撇开两个口号论争的历史恩怨和法国、西班牙等问题，徐懋庸的言下之意是：巴金是中国的"安那其"，而"安那其"之于抗日爱国则完全是南辕北辙。的确，如果从理论上讲，"安那其"否认"社会、国家、宗教、家庭所强加于个人身上的一切义务责任之负担"，[②]即使对于民族，安那其主义者一般也都认为"应该在狭义的民族主义之旁，宣传大道为公的世界主义"，"应该揭穿民族主义的罪恶，及说明世界上所有国与国的争斗大半皆因有民族主义的原故"。[③] 而巴金早年也明确表示："'爱国主义'是人类进化的障碍"；"战争之起源，都是由于'爱国'"；"所谓'爱国

---

① 鲁迅：《答徐懋庸并关于抗日统一战线问题》，《鲁迅全集（第6卷）》，人民文学出版社，1981年，第527、536页。

② 巴金：《俄国社会运动史话》，《巴金全集（第21卷）》，人民文学出版社，1993年，第587页。

③ 《震天复格拉佛的信》，《民钟》第2卷第4、5期合刊，1927年5月。

主义'出现,其原因,其作用,无一处不是作伪、自私、自利"。[①] 那么,是什么促使鲁迅对巴金做出"他并没有反对我们的运动"的判断?而在之后漫长的反法西斯战争中,巴金是否持续了其"热情"与"进步"的书写状态呢?

一

鲁迅答徐懋庸时,抗日战争并未全面展开。但在连续经历的"九一八"和"一·二八"两次事变时,巴金都迅速做出反应,并且通过自己的书写公开表达了鲜明的民族立场与爱国情怀。

1931年9月18日,日本侵略军在沈阳发动"九一八事变"。十天后(29日)的深夜,巴金写完他的短篇小说《我们》。这一作品讲述了一个13岁小孩因外族入侵而感到恐惧和愤怒,并请求哥哥杀死自己的故事。小说诉说了"那些新进城的高举太阳旗的兵在抢劫,在放火,在杀人",而"我们的弟兄们遭到残酷的屠杀"[②]的惨状,鲜明地表达了反对日本侵略者的爱国立场。当天晚上,巴金还写下《我说这是最后一次的眼泪》的诗歌,控诉"武士道的军人"在中国土地上"烧""杀""抢"的罪行,呼吁民众擦干眼泪"站起来","靠自己来决定我们的命运"。[③] 这些文字,就发表在当年11月出版的《小说月报》第22卷第11号上。

1932年年初,日军又在上海挑起事端,制造了"一·二八事件"。日军进攻闸北的1月28日晚,巴金正从南京乘火车回上海,到丹阳时因日军进攻闸北,只好又乘火车返回南京。经过一番周折,他终于在2月5日中午回到上海。五天后,他就写成揭露侵略者暴行、抒发强烈爱国主义感情的《从南京回上海》。他以亲身的经历控诉侵略者在中国土地上犯下的滔天罪行。闸北废墟上的残墙与瓦砾,侵略者枪刺下的焦尸与鲜血,唤醒了巴金的民族自尊心和爱国主义情怀。面对闸北那"快要遮蔽了整个的天空"的大火,他发出了愤怒的心声:

> 烧罢,你屠杀者,像尼罗王那样把整个上海当作罗马城来烧罢;杀罢,你屠杀者,像尼罗王那样把中国人民当作初期的基督

---

① 巴金:《爱国主义与中国人到幸福的路》,《巴金全集(第18卷)》,人民文学出版社,1993年,第14-15页。

② 巴金:《我们》,《巴金全集(第9卷)》,人民文学出版社,1989年,第274页。

③ 巴金:《我说这是最后一次的眼泪》,《巴金全集(第12卷)》,人民文学出版社,1989年,第581页。

> 徒来杀罢。历史上没有一次的血是白白流了的。我们的血会淹没了你。我们的血会给我们带来解放。为了求得自由,没有一个人害怕流血!没有一个人害怕战争![①]

紧接着,巴金在《一个回忆》《〈海的梦〉序》《〈新生〉自序二》《写作生活的回顾》《我们的纪念》等文中还不断回忆这段痛苦的经历,表达对于日本帝国主义者的愤怒和对民族、国家命运的担忧,并调整已经开头的中篇小说《海的梦》的构思,假托童话故事揭露侵略者和投降派的罪行,歌颂人民反侵略的决心与勇气。

另外,1932 年 2 月初,巴金从南京回到上海即和 129 位爱国文化人士联署《中国著作者为日本进攻上海屠杀民众宣言》;1936 年 6 月,他还作为主要起草人之一,积极参与了《中国文艺工作者宣言》的起草和签名。所以,并非鲁迅的主观臆想或偏爱,而是因为巴金在这一系列事件中体现出的鲜明爱国立场,鲁迅才可以明确为巴金辩诬,说他"固然有'安那其主义者'之称,但他并没有反对我们的运动,还曾经列名于文艺工作者联名的战斗的宣言"。在这之后,巴金也没辜负鲁迅的期望,他始终坚持爱国的立场,积极投身各种抗日救亡活动,同时也用手中的笔,为伟大的民族解放事业奋力书写。

1936 年 10 月,民族矛盾进一步恶化,"华北五省与福建又危在旦夕",战争一触即发,巴金又列名于《文艺界同人为团结御侮与言论自由宣言》之中,和鲁迅、郭沫若、茅盾、叶绍钧、冰心、洪深、丰子恺、夏丏尊、张天翼、林语堂、包天笑、周瘦鹃等 21 人共同呼吁"全国文学界同人应不分新旧派别,为抗 × 救国而联合"。[②] 这一宣言的签署,一般也被认为是文艺界抗日统一战线初步形成的标志。

1937 年 7 月 7 日,"卢沟桥事变"爆发,8 月 13 日,日军进攻上海,淞沪战争爆发,历史由此进入长达八年的全面抗战时期。而从这一年的 7 月 20 日开始,巴金即连续写下《只有抗战这一条路》《站在十字街头》《生》《一点感想》《自由快乐地笑了》《认清敌人》《火》等一系列的杂感,以及《给日本友人》等公开信和《自由在黑暗中哭泣》《给死者》等诗歌,谴责日本侵略者针对平民的轰炸,也为反击侵略者的炮火而欢呼。"八一三"当天的下午,巴金和茅盾、冯雪峰商量创办抗战小刊物《呐喊》(周

---

① 巴金:《从南京到上海》,《巴金全集(第 12 卷)》,人民文学出版社,1989 年,第 541 页。

② 《文艺界同人为团结御侮与言论自由宣言》,《文学》第 7 卷第 4 号,1936 年 10 月 1 日。

刊),8 月 22 日创刊号即在上海出版。从第三期起,又因故改名《烽火》,并标明“编辑人茅盾、发行人巴金”。10 月初茅盾离开上海,之后《烽火》实际的编辑、发行工作都由巴金完成。11 月 12 日上海沦陷,巴金虽仍滞留孤岛完成《春》的写作、出版工作,但《烽火》出满 12 期后被迫停刊。第二年 3 月他离开孤岛经香港进入广州,经全力筹备,5 月,《烽火》又在广州复刊,直至 10 月广州沦陷被迫再度停刊。

在流亡和敌机轰炸声中,巴金还冒着生命危险编辑出版紧密贴近战时形势的一套“烽火小丛书”,包括已出版《控诉》(巴金)、《我们的血》(章靳以)、《横吹集》(王统照)、《在天门》(邹荻帆)和《大上海的一日》(骆宾基)五种,以及已经发排并刊登广告,后因广州沦陷而未能出版的《炮火的洗礼》(茅盾)、《战地行脚》(钱君匋)、《不愿做奴隶的人们》(朱雯)、《苦难的开始》(罗洪)和《在东战场》(黄源),并选编、配写和出版反映西班牙民众反抗法西斯入侵的画册《西班牙的苦难》《西班牙的血》和《西班牙的黎明》。

另外,中华全国文艺界抗敌协会 1938 年 3 月在汉口成立,巴金虽然当时不在汉口,但仍被推举为理事,并被指定为桂林分会的筹备成员之一。① 所以,在广州沦陷前夜巴金乘木船撤离后,经近 20 天的颠簸到达桂林,不久就和夏衍、盛成等文艺工作者组织成立中华全国文艺界抗敌协会桂林分会,并被选为理事。之后巴金来往于孤岛上海和昆明、贵州、重庆、成都等地,虽然继续过着漂泊不定的生活,但几乎每年换届,巴金都被选为分会理事。

抗战期间,除了短期蛰居危巢般的上海完成《激流三部曲》外,巴金还克服战时生活的种种困难,写下一系列记录战时生活的通讯报道和散文随笔,并迅速创作了正面反映抗战生活的《火》三部曲等小说。总之,巴金不仅以积极的行动,也以其丰富的战时书写,投入到伟大的民族解放战争之中。

二

巴金战时书写的主要内容和其重要意义,首先在于真实记录和控诉了日本侵略者在中国土地上犯下的滔天罪行。从 1932 年 1 月巴金亲历

① 《新华日报》,1938 年 3 月 28 日。

战火开始,巴金就用他的通讯报道或散文随笔,迅速向读者传达自己"身经百炸"的所见所闻。

"一·二八"之后巴金回到上海,他同一个朋友找了机会从北四川路底绕道进入闸北的土地。他后来用文字记录了亲眼所见的惨状:

> 在我们的面前横着许多烧焦的断木和碎瓦,路已经是不可辨认的了。到处是瓦砾,大部分的房屋都只剩下空架子,里面全是空洞……
>
> 在地上瓦砾堆旁边,我看见了一滩黑红色的迹印。人的血!活人的血管流出来的血。
>
> 在一堵残缺的墙壁下,瓦砾中躺着好几具焦黑的尸体。身子那样小,而且卷曲着,完全没有人的样子……
>
> 一对日本帝国的兵士在瓦砾堆旁边走过了,尽是得意的面貌,他们在一些乡下女人面前表示他们的英勇。几个江北人弓着腰在瓦砾堆里挖掘。一个老妇人坐在她的成了废墟的家门口低声哭泣。另一个女人牵着两个孩子找寻她那个失去的丈夫。几个中年人一路上摇头叹气。"完了,什么都完了!作孽啊!"许多人这样说……①

"八一三"之后,巴金也在他的文章中记录了上海被轰炸的一个个场景:

> "大世界"前广场上落下炸弹的那个下午,我在电车里看见两边人行道上人们成群结队,身上带血,手牵着手默默地往西走去……
>
> "大世界"前的血迹后来给雨冲洗干净了。但是十几辆炸毁了的车子还留在马路上:有汽车、黄包车、老虎车……
>
> 我今天走过某一条街口。一两百具死尸躺在一块空地上,排列得非常整齐。头和脚全露在外面,只有身上盖得有东西。大卡车刚刚卸下棺材开走了。一些人在工作,把棺材一具一具地放好,然后将尸首一一放到棺中去。②

上海沦陷之后,巴金从广州、桂林、昆明、重庆、贵阳一路持守一路退

---

① 巴金:《一个回忆》,《巴金全集(第12卷)》,人民文学出版社,1989年,第107-110页。

② 巴金:《一点感想》,《巴金全集(第12卷)》,人民文学出版社,1989年,第548页。

却，他不止一次戏称日寇是一路追着他轰炸，所以他的文字也及时记录了不同城市所遭受的灾难：

> 我们听说法国礼拜堂前面也落了炸弹，死伤的人更多。这一天共有二十多卡车的受伤者送到中山医院去，有一个朋友亲眼看见。他说有些小孩在卡车上痛苦地哭叫。但是另一个朋友告诉我的故事却更悲惨：一个人从地上爬起来拾起自己的断臂接在伤口上托着跑；一个坐在地上的母亲只剩了半边脸，手里还抱着她的无头的婴儿。①

> 惨死并不是意外的不幸，我们看见断头残肢的尸首太多了。前几天还和我谈过几句话的某人在一个清早竟然倒插在地上，头埋入土中地完结了他的生命。有一次警报来时我看见十几个壮丁立在树下，十分钟以后在那里只剩下几堆血肉。有一个早晨我在巷口的草地上徘徊，过了一刻钟那里就躺着一个肚肠流出的垂死的平民。晚上在那个地方放了三口棺材，棺前三支蜡烛的微光凄惨地摇晃。一个中年妇人在棺前哀哭。②

> 我带着一颗憎恨的心目击了桂林的每一次受难。我看见炸弹怎样毁坏房屋，我看见烧夷弹怎样发火，我看见风怎样助长火势使两三股浓烟合在一起。在月牙山上我看见半个天空的黑烟，火光笼罩了整个桂林城。黑烟中闪动着红光，红的风，红的巨舌。十二月二十九日的大火从下午一直燃烧到深夜。连城门都落下来木柴似地在燃烧。城墙边不可计数的布匹烧透了，红亮亮地映在我的眼里像一束一束的草纸。那里也许是什么布厂的货栈罢。③

> 在那个中了弹的防空洞旁边，在地上或者在坡上，我记不起了，躺着三具尸首，是用草席盖着的。中间一张草席下面露出一只瘦小的腿，腿上全是泥土，随便一看，谁也不会想到这是人腿。

---

① 巴金：《在广州》，《巴金全集（第13卷）》，人民文学出版社，1990年，第121页。
② 巴金：《在轰炸中过的日子》，《巴金全集（第13卷）》，人民文学出版社，1990年，第126页。
③ 巴金：《桂林的受难》，《巴金全集（第13卷）》，人民文学出版社，1990年，第214页。

> 人们还在那里挖掘、远远地在一个新堆成的土坡上，也是从炸塌了的围墙缺口看进去，七八个人带着悲戚的面容，对着那具尸体发愣。这些人一定是和死者相识的罢。那个中年妇人指着露腿的死尸说："陈家三小姐，刚才挖出来。"①

二战期间，日本对中国实行的是"无差别轰炸"，巴金的书写用如山的铁证，把蹂躏无辜平民的侵略者永远钉在了历史的耻辱柱上。在揭露帝国主义侵略罪行的同时，巴金的许多通讯报道也客观记录了中国普通民众为捍卫民族尊严的同仇敌忾。当上海"八一三"那"神圣的炮声"响起，当每个人都可以自由地在大街上喊出"打倒日本帝国主义"的时候：

> 等不到别人来动员他们，民众自己动员了。宣传、募捐、参加救护工作、扶助难民……还有许多许多。年轻人，中年人甚至老年人都伸出手交出自己所有的东西，而且谦逊地向一些机关，一些团体要求："给我一件工作，我愿意为这神圣的抗战牺牲我的一切。"这些人的确是不自私的。他们中有的已经舍弃了在闸北、虹口、江湾一带的财产和事业；有的甚至经历了和家族"生离死别"的惨剧。便在"大世界"炸弹事件发生以后也没有人发出一声怨言。大家只觉自己所牺牲的还不够多，他们还应该把剩余的一点力量贡献出来。我看见一个小孩自动地打碎了扑满把几年来的储蓄全交给父亲送到收捐款去，我看见一个娘姨把她的有限的工钱含笑地亲手送给进来捐款的女学生。②

这种同仇敌忾的动人场面，同样也出现在连续被轰炸的广州街头：

> 许多人自动地将自己的家屋用具献出作为一些老弱同胞的避难处，壮丁们也甘冒危险去挖掘炸毁的房屋，救出受伤的同胞；献金的热诚并不曾因接连不断的空袭警报而减少一分。在灯火管制中也还有大队的群众立在每个献金台下狂呼口号，或者静听台上男女青年高唱救亡歌曲。一切都照着预定计划进行，敌机的威胁也不能使它们改变。③

除了这些热烈的场面，除了一致抗敌的勇气和热情，巴金的通讯有时

① 巴金：《废园外》，《巴金全集（第13卷）》，人民文学出版社，1990年，第408页。
② 巴金：《感想（二）》，《巴金全集（第13卷）》，人民文学出版社，1990年，第231页。
③ 巴金：《广州在轰炸中》，《巴金全集（第13卷）》，人民文学出版社，1990年，第124页。

也记录普通民众为抗战默默地劳作。在从广州到乐昌途中,一个叫银盏坳的小站受到敌机轰炸之后不久,工人们就开始连夜抢修了。“铁路上的工作开始了。好几处都有人拿了汽灯照着工人掉换枕木。铁锤敲着钉子发出铛铛的声音。另一些小工挑着土走来走去。未完成的候车室里点着煤油灯,好几个工人用葵叶在盖屋顶。”望着这样的场面,巴金不禁发出由衷的赞叹:

> 也许铁轨明天又会炸断,房屋明天又会成为灰烬,但是这样的工作精神是不会消灭的。水永远向前流,山永远青绿,这些人的工作,也永远存在。他们没有悲观,也没有乐观,他们只知道沉默地、不屈不挠地埋头工作。几十架飞机一年来接连不断的轰炸,甚至不能够阻挠这一个小站的工作。在这里我看出了未来中国的希望。在这里我们对于最后胜利的信念得到了更有力的保证。①

在抗日战争全面爆发之后,巴金还多次公开致信日本人士,揭露侵略者在中国土地上的暴行,呼唤和期待日本人民的觉醒。1937 年 9 月 19 日,巴金从日本报纸上读到山川均写的《华北事变的感想》,对文中恶毒咒骂“支那军之鬼畜性”,恶毒攻击中国军队的“残虐性”感到十分愤慨。为了捍卫民族的尊严,巴金当即写公开信予以揭露与驳斥。他一针见血地指出,虽然山川均曾是一个社会主义者,但从《华北事变的感想》看,他已经变为浪人棍徒;虽然通州事件“是一个不幸的事变,但它却绝非‘偶然的’,它有它的远因和近因”。巴金说:

> 在“皇军”的威压与贵国官民的欺凌下过了将近两年屈辱日子的保安队举起了反抗的旗帜。忍耐到了最高限度,悲愤的火终于燃烧,少数武器并不精良的军人不顾环境的恶劣,站起来用血和肉争取自己的自由与生存。在混战中,每个人的生命的毁灭都是一瞬间的事。仔细的考虑没有了,复仇的念头会占据他们的心。血会蒙蔽他们的眼睛。当被压迫的人民起来反抗征服者的时候,少数无辜者连带地遇害,也是不可避免的事,何况这回的死者还是平日惯于在那个地方作威作福的人,而且大半是卖白面,打吗啡,作特务工作的。根据一个外国通讯社的电

---

① 巴金:《从广州到乐昌》,《巴金全集(第 13 卷)》,人民文学出版社,1990 年,第 136 页。

报,我们还知道在通州事件发生的前一天,有四百名保安队兵士因有不稳的嫌疑被贵国的"皇军"枪杀,那么报复的行为也并不是不可以解释的了。

巴金愤怒地质问道:

> 我们是被迫而拿起武器的。我们是站在自己的土地上防卫自己的利益的。我们是顺着人类繁荣的法则,而给阻碍人类发展的力量以打击的。而你们遣派重兵远涉重洋来毁坏文明的都市、和平的乡村,你们是为了什么而作战的呢?

针对山川均文中关于"通州事件可以说是中国政府一心一意普及抗日教育、培植抗日意识、煽动抗日感情的结果"的指责,巴金义正词严地反驳道:

> 在这里,你和贵国的军阀、政客以至新闻记者、浪人、棍徒一样,将因果倒置而混淆黑白了。产生通州事件的直接原因乃是贵国军阀的暴行,而抗日运动也是贵国政府历年来对中国土地的侵略行为所促成。是你们的"皇军"亲手普及了抗日教育,培植了抗日意识,煽动了抗日感情。是你们用飞机,用大炮,用火,用刀,教育了中国人民,使他们明白"抗日"是求生存的第一个步骤,并非中国人生来就具有抗日的感情的……中国人民是流了够多的血以后才来发动抗日运动的。这是自发的民众运动,没有力量可以阻止它,也没有力量可以抗拒它。现在是偿还血债的时候了。①

武田博是巴金 1934 年旅日时的房东,他也曾信仰过社会主义,但在社会、政治和家庭的压力下已变成拜佛念经的信徒。当年旅居日本,巴金还曾以这位房东为原型,创作过《神》和《鬼》等短篇小说。1937 年的 10 月和 11 月,巴金也连续给武田博写了两封公开信。针对日本报纸的虚无报道和军阀政客的恶毒宣传,巴金在前一封信中又一针见血地指出:"是你们的'皇军'在中国的土地上做了种种的暴行。你们的军人烧了中国百姓的房屋,毁了中国人民的财产,害了中国人的生命。却从没有见过一个中国人带着凶器踏上你们的国土。在我们这里没有一个人想过到你们

---

① 巴金:《给山川均先生》,《巴金全集(第 12 卷)》,人民文学出版社,1989 年,第 563-571 页。

那里去妨害你们的和平生活，或者将种种暴行加到你们的身上。"①在后一封信中，巴金劝告武田博和他的同胞"不要做征服中国的痴梦"，要求他们自我"反省"，"起来和我们共同努力，毁灭那个破坏人类繁荣的暴力"。②

石川三四郎是位曾经的"安那其主义者"，"一·二八"淞沪抗战时，巴金曾读过他写的一些短文，知道他始终持反强权、反侵略立场，并且曾叫出"不要打中国的兄弟"的呼声。1933 年年底巴金在北平与其相识，1935 年在日本时又到东京郊外千岁村看望过他，并受到石川父女热情的接待和殷勤的挽留。全面抗战爆发后，巴金虽然知道由于日本当局的监视与迫害，石川三四郎已经很难发挥号召民众的作用，但巴金在 1938 年 6 月还是提笔写了一封长达 5000 多字的公开信，分三期在《烽火》上发表。在信中巴金深情回忆彼此间深厚的友谊，也揭露日本法西斯的暴行，表达中国人抗战的决心和必胜的信念。他希望"作为先知者"的石川三四郎们能够"加紧地从事唤起人民的工作"，以"烧毁法西斯蒂的宫殿"，拯救日本。巴金说：

> 东亚两大民族的解放，应该是我们和你们的共同的目标。这自由的花树已经受到了我们这个民族的赤血的灌溉，我们的血还在不断地流，现在应该由你们来贡献你们应当交出的一部分了。先生，我等着听你们的雄伟的呼声；我等着看你们的壮烈的行动。当你们无产阶级弟兄向着法西斯统治者举起结实有力的拳头的时候，他们的末日就到了。日本帝国的崩溃不过是指顾间的事。残杀者将以自己的血来报偿他所犯的罪恶，留一个污秽的名字在历史上，而让位给为创造新时代而努力的人民。这个"历史的宿命"，并不是一百万军队，或十万吨炸弹，和一万尊大炮所能改变的。凭借武力为子孙树立万世不朽的基业，这只是少数痴愚者的迷梦。连喑呜叱咤不可一世的拿破仑也只得作圣海仑岛上的囚人，而悒郁地度其残生。路易十六却为了祖先的罪孽身死在断头台上。至于尼古拉二世的受刑，威廉二世的流亡，都是可以昭示来者的前车之鉴。但是野心家如军阀政客之流，却非白刃加颈不能明白真理。他们害怕的只是有组织

---

① 巴金：《致日本友人(一)》，《巴金全集(第 13 卷)》，人民文学出版社，1990 年，第 575 页。
② 巴金：《致日本友人(二)》，《巴金全集(第 13 卷)》，人民文学出版社，1990 年，第 580 页。

> 的民众运动。这是可以致他们的死命的。现在当我们立在门前用抗战的炮声来叩门的时候，你们应该起来发动这样的运动了。[①]

虽然巴金不知道石川三四郎是否还自由地生活在千岁村，是否已经在当局迫害下牺牲了生命，但他相信总有一天会有日本友人看到这封信，深信他们会用行动来回答。

除了迅速记叙自己在战火中的经历与见闻，揭露侵略者的罪行和谎言外，巴金的战时书写也时刻向读者传达抗日救亡的决心和抗战必胜的信念。在《从南京回上海》一文中，巴金记叙了自己在"一·二八"战火中的经历，同时也表达了反侵略的鲜明立场："我虽然是一个反战主义者，但是为自卫，为抵抗强权的战争，我却拥护，而且认为是必要的。"[②]几个月后，巴金再次谈道："我隐约地听见海的怒吼，我仿佛又进到海的梦中。但这不是梦，这海也不是梦里的海。这是血的海、泪的海。血是中国人民的血。泪是中国人民的泪。我把我自己的血泪也滴在这海里了。"他坚信，"将来有一天它会怒吼得那么厉害，甚至会把那些侵略者和剥削者的欢笑淹没"。[③] 在回忆上海沦陷那一天的经历和心情时，巴金说：

> 四年前上海沦陷的那一天，我曾经隔着河望过对岸的火景，我像在看燃烧的罗马城。房屋成了灰烬，生命遭受摧残，土地遭着蹂躏。在我的眼前沸腾着一片火海，我从没有见过这样大的火，火烧毁了一切：生命、心血、财富和希望。但这和我并不是漠不相关的。燃烧着的土地是我居住的地方；受难的人们是我的同胞、我的弟兄；被摧毁的是我的希望、我的理想。这一个民族的理想正受着熬煎。我望着漫天的红光，我觉得有一把刀割着我的心，我想起一位西方哲人的名言："这样的几分钟会激起十年的憎恨，一生的复仇。"我咬紧牙齿在心里发誓：我们有一天一定要昂着头回到这个地方来。我们要在火场上辟出美丽的花园。我离开河岸时，一面在吞眼泪，我仿佛看见了火中新生的凤凰。[④]

---

① 巴金：《致一个敬爱的友人》，《巴金全集（第13卷）》，人民文学出版社，1990年，第273页。

② 巴金：《从南京到上海》，《巴金全集（第12卷）》，人民文学出版社，1989年，第524页。

③ 巴金：《〈海的梦〉序》，《巴金全集（第5卷）》，人民文学出版社，1988年，第4页。

④ 巴金：《火》，《巴金全集（第13卷）》，人民文学出版社，1990年，第412页。

理想主义、乐观主义和英雄主义是巴金人格中一以贯之的精神内核，当这些精神和民族的兴亡、人民的命运相联结，巴金的战时书写就一反平日感伤忧郁的笔调，慷慨激昂地传递着抗战必胜的理想与信念，他那炽热的文字也就充满了激励斗志的思想张力，召唤着人们投入伟大的战争：

> 就在炸弹和机关枪的不断的威胁中我还看见未来的黎明的曙光。我相信这黎明的新时代是一定会到来的。我们在这抗战中的巨大的牺牲便是建造新的巨厦的基石。这些日子里我们的救护队含着眼泪埋葬了成千的死者，无辜者的血染赤了广州的街市。但是在这里依旧充满着愤怒的呼喊和坚定的信念，却听不见一声乞怜的哀号，犹如在东西北线各战场上默默地贡献了最后一滴血的千百万的士兵，他们的脸上也不带一点畏怯的表情，所有的人都为了一个伟大的目标牺牲，这目标会把中国拯救的。①

当然，巴金既不是一味盲目地“呐喊”，也不是任由激情无节制地发泄。在收入《感想》②里的一系列随感中，巴金冷静地分析批判了战时出现的失败主义者、国家主义者、最后胜利主义者、公式主义者及和平主义者的种种观点。针对“杀尽日本人”“杀到东京去”“把朝鲜拿回来”之类的话，巴金清醒地指出：

> 我们不是好战的民族，甚至在今天，我还觉得“好战”并非可奖励的事。然而当我们的自由被剥夺，生存受到威胁时，忍辱苟安便成了一种不可宽恕的罪恶，它害了自己还不够，并且会连累别人，甚或贻祸子孙。我们这许多年来所忍受的耻辱，所经历的灾祸，以及近一年来在抗战期间所贡献的那么巨大的牺牲，这一笔欠账还是满清的统治者和甘愿在那横暴统治下做奴隶的我们的祖先留给我们的。现在必须用我们的血来把债偿清，我们才可以获得自由。我们将来留给我们子孙的应该是一个光荣的遗产，而不是一笔欠债。忍辱偷安的生活是债，以武力建立的霸业也是债。征服别的国家，征服世界，那是侵略者的迷梦。日本的统治者整天都生活在这样的好梦里。我们现在竖起抗战的大

---

① 巴金：《写给读者(〈烽火〉)》，《巴金全集(第17卷)》，人民文学出版社，1991年，第83页。

② 巴金：《感想》，1939年7月烽火社初版，现收《巴金全集(第13卷)》，人民文学出版社，1990年。

旗来偿还从前的忍辱偷安的债。日本的统治者，遣派大军远涉重洋来实现侵略的企图，也是在偿付从前的穷兵黩武的债。我们还了债可以得到自由；他们还了债则趋向灭亡。忍辱苟安违反了所谓人类繁荣的法则；穷兵黩武也违背了它。所以中国不抗战则必灭亡；日本继续侵略也必归于毁灭。武力并不能征服人类繁荣的法则，它倒会被那法则征服。这是千真万确的道理。一时的阴云虽然可以遮蔽天空，但一阵大雨又能洗出一个清明的世界。[①]

三

除了通讯报道或散文随笔，巴金的抗战书写也包括《海的梦》、《火》三部曲、《第四病室》等中长篇小说及一些短篇小说。如果从纯艺术的角度看，这些作品可能都“不是成功的作品”，[②]有的甚至“是失败之作”，[③]但如果从整个民族的抗战文学角度看，它们还是具有独特的价值和意义的。

巴金在小说中表达抗战的主题开始于本文开头谈到的《我们》。虽然由于环境所限只能用曲笔，但这一完成于“九一八事变”后第十天深夜的短篇小说，还是表达了鲜明的抗日爱国的思想主题。从《我们》开始，巴金在抗战全面爆发之前就已经创作了不少包含抗日救国思想的短篇小说。其中和《我们》有异曲同工之处的是写于1936年9月的《窗下》。这一短篇小说以抗战全面爆发前夕上海弄堂生活为背景，讲述一个年轻女佣迫于父亲的威严跟热恋中的男友分手，与日本东家迁往国外的悲剧故事，表达了鲜明的民族意识和高涨的爱国热情。稍早的还有1935年5月旅居日本时写成的《人》。小说讲述了1935年4月溥仪访日时，日本当局到处搜捕爱国的中国侨民，“我”莫名其妙地被抓入监狱，后又莫名其妙地被放了出来。小说直接揭露和抨击日本军国主义者与中国民族败类相勾结的丑恶行径，同时也描绘了狱中犯人所受的非人待遇，发出了“我是一个人”的强烈呼喊。另外，在1934年，巴金还用风趣的笔调，创作了一

① 巴金：《国家主义者》，《巴金全集（第13卷）》，人民文学出版社，1990年，第240页。
② 巴金：《〈火〉第三部〈后记〉》，《巴金全集（第7卷）》，人民文学出版社，1988年，第613页。
③ 巴金：《关于〈火〉》，《巴金全集（第20卷）》，人民文学出版社，1994年，第636页。

篇讽刺在民族危难关头还主张宽容、忍让，缺少民族气节的学者形象的短篇小说《沉落》。这些作品都洋溢着炽热的爱国情怀，具有鲜明的时代色彩。

在1932年的"一·二八事变"之后，巴金改变了《海的梦》的构思，把满腔的爱国热情融进事变前已经写了开头的这一中篇小说里。小说以《给一个女孩的童话》为副题，假托岛国的故事表达抗日救国的主题。在这岛国上住着酋长、贵族和奴隶三种人，酋长、贵族勾结外国人对奴隶进行残酷的压迫和统治，而贵族的叛逆者里娜则和奴隶们站在一起，为争取自由进行不屈不挠的抗争。整篇小说洋溢着反帝爱国的热情，同时也包含了号召民众一致抗敌的深刻寓意。

1938年5月，巴金开始其"宣传"抗战精神的小说《火》第一部的创作，到1943年9月《火》第三部最后完成，巴金克服动荡战争年代和漂泊流亡生活的诸多困难，为伟大的民族解放战争留下了一份艺术的见证。小说以"火"为题自有其独特的寓意：帝国主义在和平的土地上燃起了侵略的战火，中国人民在民族存亡的严峻时刻举起了抗战的圣火；侵略的战火给人民带来了巨大的灾难，但抗战的圣火必将使凤凰获得新生，这就是巴金力图在长篇小说《火》中表达的思想与信念。这正如作者自己所说的："我写这小说，不仅想发散我的热情，宣泄我的悲愤，并且想鼓舞别人的勇气，巩固别人的信仰。我还想使人从一些简单的年轻人的活动里看出未来中国的希望。"①

《火》的创作前后历时六年，这期间，正是抗日战争从一开始的激情高涨转向持久抵抗的阶段。所以，《火》第一部讲述发生在"八一三事变"前后到上海沦陷前夕这短短两三个月中的故事，这时抗日战争刚刚拉开序幕，全国上下处于群情激昂、同仇敌忾的热情之中，所以小说写出了全民救亡的雄壮画面。第二部的故事则发生于1938年的夏季。此时，战争正逐渐转入相持阶段，一方面，民众的抗战热情仍未消退，另一方面，抵抗的不力也正逐渐地显示出来。因此，小说仍然以具体的描绘，写出广大民众的抗战热情。如第八章中，当工作团演出《放下你的鞭子》这一街头剧时，在抗日的口号声中，观众与演员的情绪都达到了高潮："在这喊声中许多人的心似乎连结成了一颗，为着一个共同的目标在跳动。残暴的行为和悲惨遭遇似乎都被勇敢、热情和坚强意志赶走了。大家的眼前仿佛

① 巴金：《〈火〉第一部〈后记〉》，《巴金全集（第7卷）》，人民文学出版社，1988年，第173页。

现出了一片光明的境界。”但与此同时,小说也透露出人们对于当局抵抗不力的不满,“九一八”时从东北流亡出来的杨文木曾苦恼地说过:“七年了。像这样不断地往后退,我不知道哪一年哪一天才能够回去?我不知道在那里还能够找到几个家里的人……”“我说做得慢,并不单指我们几个人……”“我是指上面那些掌握——”他甚至怀疑说:“我看司令长官部并没有死守的决心。”而写于1943年的第三部,战争已进入最为艰巨的相持阶段,国统区的种种弊端已明显地暴露出来,民众的抗战热情也由受挫而变为冷却。因此,巴金在小说中真实地揭露和批判了“那个社会里一方面是严肃工作,一方面是荒淫无耻”①的不良状况。

第一部描写了两个抗日救亡团体的活动,一个是以曾明远为首的“青年救亡团”,另一个是以流亡上海的朝鲜青年为骨干的秘密团体。同时,小说还写到中国军队的八百壮士坚守四行仓库的战斗,写到伤兵医院紧张而有序的工作。小说的主要人物冯文淑、周欣、朱素贞及刘波等出身于不同的家庭,有着不同的生活经历和不同的性格特点,但却无一例外地走进了抵抗侵略者的行列。周欣的母亲深明大义,不但自己积极为战士做棉背心,热心为抗战捐款,还热情地支持女儿从事抗日救亡工作。冯文淑的家庭环境与周欣截然不同。她的父亲是一个唯利是图的人,为保住自己的财产,不惜手段地巴结、奉承“准汉奸”马先生;因为害怕连累自己,又极力阻止女儿参加救亡活动,甚至想包办女儿的婚事。但是,在救亡热情的激励之下,冯文淑还是大胆地冲出家庭的牢笼,主动到伤兵医院服务,参加青年救亡团。最后,在母亲和哥哥的帮助下,冯文淑又加入战地服务团,离开上海到艰苦的地方从事救亡工作。朱素贞的家庭则是冰冷的,她从家中得不到任何的温暖。在抗战的热潮中,她毅然参加救护工作,加入救亡团体,最后又告别热恋中的爱人,随伤兵医院撤往内地。

作品中还描写了刘波和一群朝鲜青年的抗日活动。“八一三”之后,刘波热心支持并参加朝鲜青年的抗日宣传活动,积极请求参加处决侵略者走狗的行动。在上海沦陷前夕,他又以民族利益为重,劝告与自己难分难舍的朱素贞随医院撤退,自己则坚持留在上海从事地下抗日工作。朝鲜青年的抗日活动也是作者着力表现的一项重要内容。朴元、鸣盛、永言、子成、老九这些失去祖国、失去亲人的朝鲜流亡青年,自觉地顽强从事着团体的抗日活动,积极争取参加危险的、困难的工作,有的甚至为工作

① 巴金:《关于〈火〉》,《巴金全集(第20卷)》,人民文学出版社,1994年,第644页。

身陷囚牢,为掩护同志而英勇献身。

不难看出,《火》第一部的主题是抵抗,是全民族对侵略者的积极顽强的抵抗。小说中最具这一象征意义的是第十一章所描写的上海市民与坚守四行仓库的八百孤军相互遥遥致意的场面。像堡垒一般的四行仓库高耸在泥城桥的对岸,它的屋顶有一面"在天空飘扬的国旗","仅仅这一面大旗就使得在闸北天空中飘扬的无数的'日章旗'黯淡无光。这一面旗帜代表一种视死如归的牺牲精神。体现这种精神的便是那几百个愿以少数人的热血跟胜利的侵略者作决死战斗的中国壮士"。"屋顶上,就在旗下面不远的地方,有一个持枪的兵士。那钢盔,那枪刺,那动着的头",这边的人看得很清楚。"他们似乎也看见了这边的人,他们在向这边挥手。"而在这边,"好些人揭下了帽子在空中挥舞着,许多只手举了起来"。"这阴霾的天也因为那些手挥去了暗云,而射出了亮光。"作者描绘出了中国军民同仇敌忾、英勇抵抗侵略者的热烈场面,写出了抗战必胜的乐观精神。

第二部讲述的是上海沦陷后,曾明远、冯文淑、周欣等人组成的战地工作团深入民间,进行抗日宣传,发动民众抗日的故事。由于作者缺少这方面生活的积累,小说中的人物刻画和故事叙述都不是很成功。但是,故事与人物怎么样在这部小说中并不显得十分重要,重要的仍然是作者力图表现的那种全民抗战的精神。曾明远领导的这个工作团的成员来自不同的地方、不同的家庭,有着不同的生活信念和不同的思想性格,但抗战的圣火把他们召唤到了一起。尽管他们中的一些人有着这样或那样的不足甚至缺点,但为抗战尽力则是他们共同的自觉追求。

这部小说的另一价值则是对于战时大流亡场景的真切描绘。如第十四章中就描绘了这样的场景——在大别山,"在群山中起伏着,蜿蜒着的公路"上,行进着无数疲惫的流亡者:

> 公路是宽敞的,公路又是拥挤的。人不断地增加。路不断地翻腾。山像不知道疲倦似地涌起那一座一座波浪般的峰顶,一匹浪连接一匹浪,仿佛一直连到天边。路跟着山弯,人跟着山动。手推车,扁担,马蹄,人脚,千千万万的缚着裹腿或者单单穿着军裤和布鞋的脚,还有那些逃难的男人的脚,女人的脚,老人的脚,小孩的脚,络绎不绝地从两个相反的方面来填塞公路。它们翻过了一个山岭,又爬上第二个去。山好像没有完结,路好像也没有尽头。灰色的碉堡威武地立在每一座山头,骄傲地哂笑

> 着那些渐渐现出疲劳样子的脚步。夫子们的背弯下去了，手推车的声音成为断续的了。谈笑的嘴闭上了，脚步也开始缓慢了。但是山峰一座一座无情地拦在前面。太阳没遮拦地直射下来，晒黑了那些年轻的脸。

一方面是向大后方疲惫地逃亡与徙迁，另一方面则是向着战争前线大步的挺进与开拔。不同的声音，不同的意象，构成了战争初期全民族的流亡图。

从第一部的抵抗，第二部的流亡，到《火》的第三部，作者开始讲述一个温馨、和谐的基督教徒家庭的故事。田惠世出生于一个宗教家庭。他的父亲是一个“虔诚、固执、拘泥地守着教义的基督教牧师”，在家中又是一个“专制的君主”。田惠世小时候聪明好学，很有抱负，但父亲却把他送入教会的医院学医。在学医的几年中，他接触到基督教的教义，抓住了“爱”的精神。后来，父亲又决定让他与一个素未谋面的女子结婚。婚后，田惠世才发现，妻子也是一个具有美貌外表的基督徒。在妻子的帮助下，他又学会了教义中的“忍耐”精神。父亲死后，田惠世到上海主持一个刊物的编辑工作。上海沦陷后，他在广州等地流亡了一阵子，后来到了昆明筹备刊物《北辰》的出版。

田惠世是一个虔诚的基督徒，但他又在自己的刊物上积极地宣传抗日救亡的思想；他几年来为杂志付出了全身心的力量，却不能碰到一个真正的同志，也看不到宗教奇迹的出现。他看到的只是“贫穷、残杀、痛苦的景象”，“他仿佛掉进了罪恶的海里”，“他周围的哭声没有停过，死亡也每日增加”，连他自己的儿子田世清也惨死于侵略者的轰炸中。最后，田惠世“觉得自己竟然被上帝离弃了”，他终于在疑惑和彷徨之中离开了人世。小说讲述了田惠世的“生与死”。他的生，是从教义中获得“爱”和“忍耐”的信仰的生；他的死也是一种虔诚的宗教殉道式的死。作者对他热心地从事抗日救亡宣传表示了极大的赞赏，对他的遭遇表示了深切的同情，同时，也对他的宗教信仰表示了异议。

值得注意的是，小说极力地渲染了田惠世恬静、安宁、和谐的家庭生活。一家人有着共同的思想与信念，家庭中的每个人相互尊重，相互关心，相互体贴，“全家的人聚在一起吃饭、喝茶、谈天的时候，整个屋子里都充满着和平、甜蜜的爱的空气。望着彼此的笑脸，四个人都有同样的一种感觉：自己是世界上最幸福的人；为了自己，对世界不应该再有所要求了”。曾有人认为这样的描写与抗日战争最困难年头的大后方生活极不协调。实际上，这里反映出的恰是动荡时期广大民众对“家”的期望与向往，它体现了战时人民热切期待寻找宁静家园，寻找精神皈依的一种共有心态。在这里，“家”成了人们理想的栖息之地。

如果说，抵抗、流亡、寻找栖息的家园是《火》第一、二、三部所表达的不同意念，那么，“火”则是贯穿整个三部曲的总体意象。从第一部到第三部，“火”的意象不断地出现，不断地叠加，它是那样地鲜明，那样地强烈，那样地富于象征意义。“八一三”时上海的土地上，“在重叠的楼房后面，从高低不一的屋顶下冒出大股黑烟，像旋风似地伸向天空去。烟越来越浓，几股烟互相挨近，很快地就卷在一起成了一大股。下面露出红的火光，一闪一闪地推动着黑烟，使它增加速度再往剩余的灰白天空中扩张势力”（第一部第九章）。而在故事人物的梦境里，火的意象同样是那样鲜明：“天渐渐地红起来。夜来了。但是街道也被红光照亮了。漫天的火星在空中飞舞……火光逐步扩大，烟雾四处弥漫。迎面扑来的焦味变得更浓。每张脸都烤得红红的，映着火光，好像涂上了鲜血一样”（第三部第一章）。这一切象征着侵略者点燃的战火，它烧毁了人们的一切——生命、财富与希望，同时也燃尽了人们栖息的家园。但是，它给人们带来无尽恐惧的同时又在召唤着人们去战斗，使人昂奋，催人上阵。面对“八一三”熊熊的火焰，刘波就曾感动地对冯文淑说道：“文淑，不要怕。你还记得火中的凤凰吗？它们从火中得到新生。我们也应该在火中受洗礼。这是我们的苦难……苦难可以锻炼我们……”因此，“火”的命题、“火”的意象带有双重的象征指向：它是侵略者带来的罪恶之火、毁灭之火，同时又是英勇的中国人民奋起抵抗的正义之火，是使中国这古老的凤凰获得新生与希望的神圣之火。

《火》创作的过程，也是巴金创作风格逐步发生重要变化的过程，他的创作正逐渐由早期着力于英雄人物的塑造转向对于普通小人物日常生活琐事的真切描绘。因此，《火》讲述的大都是普通小人物的平凡故事。第一部虽然以上海人民爱国激情高涨、军民一致团结抗敌为背景，但展现的只是冯文淑、周欣、朱素贞、刘波等普通爱国青年的救亡工作。他们所从事的只不过是那个时代里一般青年学生积极参与的工作，如到伤兵医院服务，参加救亡宣传，出版抗战刊物，等等。没有慷慨激昂的陈词，也没有惊天动地的壮举，但其中无不隐含着普通青年满腔的报国热情。第二部描写战地工作团的年轻人的工作与生活。从某种程度上看，冯文淑他们所从事的宣传、鼓动民众的工作，与巴金 20 世纪 30 年代前期的中篇小说《电》中青年革命者的工作有点类似。与《电》中的革命英雄相比较，冯文淑们的生活却显得更为普通与平凡，他们的身上也存在着这样或那样的不足。第三部中对田惠世的描绘更明显地体现了作者创作上的这种转向。在这一部中，战争的阴影和民族解放的号角已经成为故事的背景，小说详尽描述的只是一个普通小人物默默无闻的生和死，是大起大落时代里一幅幅平凡而又琐碎的生活画面。

这种创作的转向，也反映在抗战后期巴金的其他短篇小说中。收在《小人小事》中的五篇短篇小说大多以生活在社会底层的小人物为主人公，通过对他们日常生活琐事的描写，反映抗战期间国统区人民的艰难生活。而写于1941年的《某夫妇》讲述的女主人公在丈夫死于日寇的轰炸之后，强忍悲痛抚养儿子的故事，《还魂草》中战争对袁利莎和秦家凤之间纯真友谊的摧残，也从侧面反映了山城重庆战时的苦难情景。到抗战胜利前夕写的《第四病室》，巴金虽然已经把批判的矛头指向腐败黑暗的社会，但造成底层小人物的创伤与病痛，使他们挣扎无力、求救无门，更为直接的原因也还是罪恶的侵略战争。所以说，创作的转向使巴金抗战后期的小说缺少了之前高亢激昂的抗战色彩，但对战时小人物艰难的日常生活的描写还是透露出反侵略、反压迫的爱国底色。

总而言之，虽然巴金在《答徐懋庸并谈西班牙的联合战线》的公开信中还表示："我自己很喜欢被称为安那其主义者，我到现在还相信着那主义"，①在后来的岁月中他有时也还宣称自己是"安那其主义者"，②但从1931年"九一八事变"开始到1945年反法西斯战争取得最后的胜利，巴金用手中的笔做武器，投入了伟大的民族解放战争，同时也用抗战的书写，完成了自我灵魂的蜕变。他没辜负鲁迅先生的信任，无愧于我们的国家和民族，也无愧于他一以贯之的反强权、反压迫的理想追求。我们缅怀所有为我们的国家独立、民族解放而努力奋斗的先贤志士，我们同样也缅怀曾经为我们国家独立、民族解放而书写、呐喊的巴金。

（作者单位：福建师范大学文学院）

① 巴金：《答徐懋庸并谈西班牙的联合战线》，《巴金全集（第18卷）》，人民文学出版社，1993年，第377页。

② 巴金：《只有抗战这一条路》，《巴金全集（第12卷）》，人民文学出版社，1989年，第544页。

台湾日据时期作家的“抗战精神”
——以杨逵与赖和为中心

古大勇

从1895年清政府与日本签订了丧权辱国的《马关条约》之后，一直到1945年日本投降，台湾地区一直处于日本殖民统治之下，这段时期通常称为日据时期。杨逵及其同时代作家正是成长和生活于这个时期。日本在台湾进行了残酷的殖民统治，其统治方式主要有以下几点特征：第一，实施民族压迫，台湾人民与日本人之间存在着严重的不平等现象。第二，在台湾实行总督专制独裁统治，建立严密的警察统治体系监视、抓捕台湾人民，使台湾成为一个高压的“警察王国”，同时，加强巩固封建保甲制度。第三，在社会经济上，执行“工业日本、农业台湾”政策，让台湾主要发展以制糖业为支柱的食品加工业，使台湾地区成为日本殖民者的糖库或工业仓库，经济结构呈现严重的畸形特征。第四，日本企图从政治、社会和文化等方面也将台湾人改造成“新日本人”。后期大力推行“皇民化运动”，落实日本“皇民思想”，要求台湾人说日语、穿和服、住日式房子、放弃台湾民间信仰、改信日本神道，重点从文化上来同化台湾人。面对日本高压殖民统治，台湾人也掀起了多次的抗日运动。如杨逵曾数次回忆他生命中一段难忘的经历，即1915年在台湾发生的被日军血腥镇压的武装抗日起义，史称“西来庵事件”（又叫“噍吧哖事件”“余清芳事件”）。这次起义的主要领导人是余清芳、罗俊、江定等人，他们不满日本人的殖民统治，以西来庵为中心，以农民为主要争取对象，积极组织武装力量，准备武装起义。1915年7月至8月，起义军与日军在噍吧哖等地交战，由于寡不敌众，起义失败，余清芳被捕。有史书记载：“日人血洗甲仙埔、噍吧哖等地,台胞被害者数千,被捕二千、被判死刑的多达八百六十六人。"
"西来庵事件"是1907年至1915年台湾民众抗日斗争中参加人数最多、规模最大、范围最广、牺牲最为惨烈的一次起义。杨逵以个人的亲历确认了台湾民众这段惨痛的"集体记忆":

> 我亲眼从我家的门缝里窥看了日军从台南开往噍吧哖的炮车轰隆而过,其后,又亲耳听到我大哥(当年十七岁)被日军抓去当军夫,替他们搬运军需时的所见所闻。其后,又从父老们听到过日军在噍吧哖、南化、南庄一带所施的惨杀。每谈到"搜索"两个字都叫我生起了鸡皮疙瘩。所谓"搜索"就是戒严吧,站岗的日军每看到人影就开枪,一小队一小队地到每家每户,到山上树林里的草寮、岩窟去搜查,每看到人不是现场杀死,便是用铁丝捆起来;承认参加的则送到牢狱,不承认的便送到大坑边一个个斩首踢下去。到我稍大,在古书店买到一本《台湾匪志》,它所记载十多次的所谓"匪乱",当然噍吧哖事件也记载在里头,这才明白了统治者所写的"历史"是如何地把历史扭曲,也看出了暴政与义民的对照。我决心走上文学道路,就是想以小说的形式来纠正被编造的"历史"。①

台湾这段被日本殖民统治的历史给台湾作家带来了极深的耻辱感和时代伤痛,激发了他们反抗殖民统治、"抗拒为奴"的内心渴望和民族诉求。

一、文学创作:"被奴役"的血史和"抗拒为奴"的心史

杨逵的小说就是一部活生生的台湾人民被日本殖民者奴役的历史和"抗拒为奴"的心史。首先,杨逵小说中展现了台湾人民被日本殖民者奴役的历史。如《送报夫》《模范村》《蕃仔鸡》《鹅妈妈出嫁》《难产》《灵谶》《死》《泥娃娃》等作品,从不同角度生动再现了台湾底层人民被殖民、被奴役的苦难经历。《无医村》中的穷苦农民不幸得了瘟病,无钱治疗只能等死;《难产》中的大群儿童因营养不良而眼球腐烂;《蕃仔鸡》中的台湾女孩素珠被日本雇主老关强奸有孕,嫁与明达,婚后的素珠,迫于生存压力,仍受到老关的摧残,后因明达不能偿还债务而上吊身亡;《灵谶》中

---

① 杨逵:《台湾文学对抗日运动的影响——十一年前一项文艺座谈会上的书面意见》,《文季》,第2卷第5期,1985年。

的林効夫妻，辛勤劳作，却不够温饱，无法养活孩子，三个孩子陆续死亡；《模范村》中的憨金福因为交不起日本殖民者强制要求交纳的维修门户和道路的钱而自杀；《送报夫》中，日本殖民者的“××蔗糖公司”强征土地，造成广大台湾农民流离失所，家破人亡——“跳到村子旁边的池子里被淹死的有八个，像阿添叔，是带了阿添婶和三个小儿子一道跳下去淹死了”，杨君的母亲则是“在×月××日黎明的时候吊死了”，杨君的父亲因不愿把土地贱卖给日本制糖会社，被定了莫须有的“阴谋首领”的罪名，活活遭受一顿毒打，卧床50日后，含恨死亡，而土地还是被制糖会社以低廉的价格强行征收。小说中写道：

“拖出去，这个支那猪！”父亲被打得惨不忍睹，均匀整齐的父亲底脸歪起来了，一边脸颊肿得高高的，眼睛突了出来，额上满是疱子。衣服弄得一团糟，换衣服的时候我看到父亲底身体，大吃一惊，大声叫了起来：“哦哦！爸爸身上和鹿一样了！”……身上全是鹿一样的斑点。那以后，父亲全变了，一句都不开口。①

《死》中，少爷陈清波被活活打死，农民江龙伯却能买通警部和公医以“脑溢血”开脱罪责，农民阿达叔因无力承受日本殖民者与地主的双重盘剥而不得不撞火车自杀，作品耐人寻味地描述了两个殖民者井上公医和警察室主任左藤面对阿达叔惨烈死状和尸体的“凝视”“赏鉴”和“嘲笑”：

“嘻！排叠得真凑巧！头壳走来在××的下面”，还以戏谑的语气评论道：“脚手这样的细小，真是贫弱的人呀！看起来怕一日食无一顿饭，营养这样不良。这样的人还是死了干净。既不能做工，活着空秽地面。”

在两人判断阿达叔的死亡是否源于自杀的问题上，井上认为：

“哈哈！左藤君，看来明明是失注意的。么虫都也爱命，虽然他与么虫是无大差异的人，想是没有自杀的道理。因为自杀也要一点勇气，这个人一定是失注意的。”②

① 杨逵：《杨逵全集（第4卷·小说卷1）》，台南“国立”文化资产保存研究中心筹备处，2001年，第84页。

② 同①，第280页。

杨逵通过冷静的、不动声色的笔调刻画出日本殖民者丧尽天良的无耻兽性。总之，杨逵的很多小说生动描绘出日本帝国主义统治下台湾底层人民被日本殖民者奴役的地狱般的苦难图景。

赖和的小说同样也书写了一幅幅惨烈的台湾人民的“被奴役”的历史，展现台湾人民在日本殖民者统治下于政治、经济、文化等多方面所受到的压迫。《一杆“秤仔”》中，“勤俭、耐苦、平和、顺从的农民”秦得参失去了耕地后借钱借秤去做卖菜的生意，以勉强维持生计，然而遭到一位日本巡警的恶意勒索刁难，秤杆被巡警“打断掷弃”，年关之际，还以“违反度量衡规则”之罪被判监禁三日。《丰收》写的是台湾版“丰收成灾”的故事。勤劳安分的蔗农添福，辛勤劳作，获得甘蔗的大丰收，期望以卖掉甘蔗的钱给儿子娶媳妇，但遭到日本制糖会社的盘剥与欺诈。50万斤甘蔗被克扣成30余万斤，致使添福卖蔗所得的钱款在还掉肥料和种苗等的开支后，已经所剩无几了，添福为儿子娶媳妇的美梦也破灭了。小说形象地表现了日本殖民者对台湾人民进行残酷的经济掠夺的无耻行径。《惹事》中，一只母鸡和一群鸡仔飞扬跋扈、肆无忌惮地糟蹋别人家的菜园，但人们敢怒不敢言，不敢撵赶它们，因为它们是查大人所养的鸡，“所以特别受到人家的敬畏”，一只鸡仔不小心被扣进寡妇家弄翻的篮子里，于是引来一场大祸：由于寡妇曾拒绝过查大人的调戏，于是他“决定尚有几处被盗，还未查出犯人，一切可以推在她身上”，寡妇由此被诬为偷鸡贼而遭到斥骂，并被巡查押进衙门。新诗《流离曲》中，一场水灾使农民失去土地，为了生存，农民无奈卖儿鬻女，拼命劳作，终于把水灾冲击下的荒滩垦为良田，然秋收之际，当局竟以“无断（擅自）开垦”为由，将田地没收，批售给日本官员，如此一来农民流离失所，无以为生。黄立雄曾经系统分析赖和文学作品里的抗日意识，他将赖和文学作品里的抗日意识分为五大点：批评殖民政府宏观性的经济、农业政策，批评殖民政府农业压榨政策，批评殖民政府的糖业政策，批评殖民政府的民族差别待遇，批评殖民政府的警察制度。每一大点又细分成多个小点，例如第二大点又分成六个方面：赖和汉诗作品中关于对蔗农劳力压榨的描写，赖和文学作品中关于对稻农劳力压榨的描写，赖和文学作品中有关征发人夫问题的描写，赖和其他作品中有关劳力压榨的描写，赖和小说中的农民运动，赖和新诗歌中的农民运动等方面。①

① 黄立雄：《赖和文学作品里的抗日意识研究》，玄奘大学中国语文研究所硕士学位论文，2006年。

哪里有压迫,哪里就有反抗。杨逵的小说同时也书写了一幅幅台湾人民反抗日本殖民统治的生动画面,再现了台湾人民“抗拒为奴”的内心渴望和民族诉求。值得注意的是,这种反对日本殖民者的行为往往又与反对台湾本地地主联为一体,反帝反封建在杨逵的小说中很多时候表现为合二为一。日据时期的台湾实行严格的文艺审查制度,作家的创作并不自由,如1930年,《明日》《伍人报》《赤道报》《洪水报》《台湾战线》等左翼刊物创刊,旋即被查禁;1932年,杨逵的《送报夫》刊登于《台湾新民报》,便遭腰斩;1937年,日本殖民者禁止使用中文,废除报纸中文栏,中文杂志停刊;李献璋编的《台湾小说选》收赖和、王诗琅、杨守愚等人的作品,送审后即被销毁。正是在这种文艺审查制度之下,杨逵的小说除了一部分直接表现台湾底层民众的反抗、被奴役的命运之外,更多的是通过隐喻、暗示、象征、谐音,以及小说光明式的结尾等曲笔的方式来表现反抗意识。《送报夫》中,杨君的父亲宁愿忍受日本殖民者的毒打,至死也不向其屈服,显示出一个台湾农民的铮铮铁骨。《自由劳动者的生活面》中的主人公金子君鼓励受剥削的贫穷劳动者团结起来,共同与资本家进行斗争,要求合理的薪资。《死》中的明彻计划发动农民与陈宝抗争,并援助同学宽意去日本求学,回来后拯救家乡。《犬猴邻居》中,由于实行特别志愿兵制度,老太太的儿子被迫从军,孤苦的老人始终不忘儿子跟她说过的“台湾如果变成台湾人的台湾那有多好”,日本殖民者虽然在台湾强制实施了多次的“皇民化运动”,但在台湾民间大众那里还顽强地存留着不屈的民族意识,这种意识甚至表现在一个普通的老太太身上,这其实是被压迫者反抗日本殖民统治的群众基础。在《春光关不住》中,那一棵被水泥块压在下面的玫瑰,“被压得密密的,竟从小小的缝间抽出一些芽,还长出一个拇指大的花苞”,它“象征着在日本军阀铁蹄下的台湾人民的心”。而在日本宣布投降之际,林建文收到他姐姐的来信,信中写道:“你寄来的那枝玫瑰花,种在黄花缸上,长得很茂盛。”“黄花缸”是“黄花岗”的谐音,象征着不屈的正义的革命力量,从而给读者一股振奋人心的力量。《模范村》中,主人公陈文治是一个具有先进思想和革命意识的热血青年,他受到左翼思想影响,明白农民悲苦命运的根源在于日本殖民者和台湾本地地主的相互勾结、盘剥,他企图说服身为地主的父亲弃恶从善。在小说的后半部分中,阮新民给陈文治及村里的年轻人寄来了一批新书,告诉大家祖国大陆发生了“卢沟桥事变”,日本人企图吞并整个中国,“台湾人是中国人,日本人曾经把台湾占领了,叫台胞过着牛马都不如的生活……台湾虽然被日本人管了,不过,我们还是有祖国存在,这是在隔海那边……","大家希望能够做自己的主人,不要让人家管,不愿当人家的奴隶……"这里不但体现了"抗拒为奴"的思想,同时也表达了对祖国大陆抗日战争的关注,认为台湾人抗日是整个中国抗日运动的一部分,台湾是祖国母亲不可分割的一部分,台湾与祖国大陆荣辱与共、休戚相关。这些农民在陈文治的小屋里热烈地讨论"卢沟桥事变"与他们之间的关系,并从日本农民组合报纸《土地与自由》上了解到千叶农民的土地斗争。虽然农民们并没有明确的斗争方向,但他们开始了解外面的世界,正在走向觉醒,给人一种新的希望。在《泥娃娃》中,"泥娃娃"象征日本殖民军事侵略,而小说结尾写道,"一场雷雨交加的倾盆大雨,把孩子的泥娃娃们打成一堆烂泥……"这个结尾无疑含有深刻的寓意,寄寓着作者对日本殖民侵略政策的曲折反抗和批判,表达了对民族战争胜利的由衷渴望和不屈信念。《萌芽》中,侵袭"洋牡丹"的"夜盗虫"喻指日本侵略者,而"洋牡丹"则隐喻在日本殖民者暴力统治下的台湾人民顽强的生命力和不屈的反抗精神,小说通过"萌芽"这个意象隐喻革命运动,暗喻只要坚定革命信念,保留革命火种,那么革命就像"洋牡丹"一样,不论是暴风雨的袭击还是"夜盗虫"的侵害,都无法阻挡其"萌芽"生长。杨逵曾在1943年发表过一篇名为《一只蚂蚁的工作》的文章,而此时正是日本殖民者在台湾推行"皇民化运动"的高潮时期,"文章寄寓着这样一层意思:虽说是一只蚂蚁微不足道的工作,却能成为民主主义,或者说是民族解放的基础"。① 杨逵即使在最艰难的时代,也能设法通过曲笔的方式表现出对未来的希望和胜利的信念。陈芳明说:"在杨逵的作品中,从来找不到任何的'败北感'。那种持续不懈的抵抗,等于大大发挥赖和曾经具备的战斗意志。"②

另外,杨逵小说的结尾有一个共同特征:"在小说结尾的安排上,杨逵自有其特殊的安排与风格,他往往能从黑暗的最底层为主角找到光明的希望。小说家会透过结尾事件的选择,表现他的主题。本论文研究范围内的二十五篇小说中,除《田园小景》在文末注明未完待续,是《模范村》的前半段,没有结局之外,其中有八篇属于黑暗的结局,其中十五篇有

① 戴国辉,[日]若林正文:《台湾老社会运动家的回忆与展望——杨逵关于日本、台湾、中国大陆的谈话记录》,《文季》,第2卷第5期,1985年。

② 转引自吴素芬:《杨逵及其小说作品研究》,台南大学硕士学位论文,2005年,第65页。

光明的结局。”[①]另外，杨逵的小说还塑造了一些觉醒的知识分子形象，如《送报夫》中的“杨君”，《模范村》中的“阮新民”，《鹅妈妈出嫁》中的“林文钦”和“花农”，《春光关不住》中的“数学老师”，《萌芽》里“狱中的丈夫”等。这些知识分子多具有崇高的理想、忧国忧民的情怀、疾恶如仇的品格，同情下层民众的人道主义思想，他们是小说中的灵魂人物。“在台湾文学史上我们很少能看到像杨逵这样，将知识分子置于如此重要的地位。我们能够推测，在杨逵看来，知识分子的觉醒就是社会光明的希望，知识分子的力量就是社会改革的动力，知识分子坚定的信念、威武不屈的抗议精神，正是使社会合理化、公平化的精神支柱，征诸台湾历史，尽管台湾知识分子的抗议行动，最后仍将被日本帝国主义的警察力量所压制，但在台湾的文化启蒙运动上，社会、政治的改革上，确有其光荣的成绩，杨逵替那个时代的知识分子做了最好的见证。”[②]

赖和的小说也生动表现了殖民统治下的台湾人民“抗拒为奴”的内心渴望和民族诉求。《一杆“秤仔”》中的农民秦得参不堪日本巡警的欺辱压榨，在除夕之夜不能入睡，发出叹息：“人不象个人，畜生，谁愿意做。这是什么世间？”无路可走的秦得参，最后选择了以死相拼，勇敢刺死可恶的巡警，表现出一个被压迫者的反抗精神。《惹事》则塑造了一个勇敢正直、没有丝毫奴颜媚骨、具有反抗精神的知识分子“我”的形象。“我”对查大人欺辱寡妇的恶行深感愤怒，一再启发鼓动群众起来进行斗争。在一次有查大人和保正参加的村民群众会上，“我”公开揭露经过多日调查而得到的查大人的劣迹，查大人怒不可遏，保正劝“我”向查大人道歉以免难，“我”大义凛然地说：“我不能，由他要怎样！”这种掷地有声的“抗拒为奴”的姿态真是难能可贵。《阿四》中的阿四，是一个从医校毕业的知识分子，对日本的殖民统治政策深感不满，因此辞职，成立抗日文化协会，从事启蒙民众的反抗运动。《丰收》中的蔗农们由于日本殖民者的恶意盘剥，丰收成灾，涌向日本制糖会社事务室，大胆与日本殖民者交涉采蔗规则。《善讼人的故事》中，财主志舍霸占山林、压榨百姓，使当地的穷人处于“生人无路，死人无土，牧羊无埔，耕牛无草”的困境。财主的账房林先生痛恨地主行为，为民请命，宁死不屈，控告志舍强占山地的罪状，却因志舍买通官府而遭监禁，后被勇敢地打入衙门的群众救出来，又渡海到

---

① 吴素芬：《杨逵及其小说作品研究》，台南大学硕士学位论文，2005年，第59页。

② 林载爵：《台湾文学的两种精神》，《中外文学》，1973年第12期；又载杨素娟主编《压不扁的玫瑰花——杨逵的人与作品》，台湾辉煌出版社，1976年，第94页。

省城福州上告，终于在百姓的帮助下打赢了官司，解除了百姓的困苦。《善讼人的故事》取材于台湾民间传说，其故事发生在日据前的清代，但赖和在日本殖民统治时期把它改编成小说，是别有深意的。林先生这一形象表现了台湾人民反抗强权的勇气、智慧和精神力量，他的为民请命、疾恶如仇、爱憎分明的立场，永不妥协、不怕牺牲、“抗拒为奴”的顽强斗志，以及紧紧依靠群众的战争路线，正是长期被压迫的台湾人民所需要的最可贵的品格和精神力量。“抗拒为奴”的反抗意识也体现在赖和的诗歌创作中，《南国哀歌》歌颂“雾社事件”中抗暴起义、英勇奋战的同胞们；《觉悟下的牺牲》感佩在彰化二林地区揭竿起义的蔗农们；《低气压的山顶——八卦山》纪念在彰化保卫战中为抵抗日军牺牲的烈士们。他的旧体诗也不乏体现反抗精神的诗句，如“世间未许权存在，勇士当为义斗争”，“头颅换得自由身，始是人间一个人”，“满腔碧血吾无吝，付与人间换自由”等，这些表现抗争意识的作品，意在鼓舞或唤起日本帝国铁蹄践踏下、处于水深火热中的台湾人民，为了独立和自由，勇敢地与日本殖民者进行殊死斗争。

二、“抗拒为奴”的自身践履

杨逵作为被日本殖民统治下的台湾民众的一分子，他本人的一些行为和社会活动也表现出了自觉的“抗拒为奴”意识。第一，杨逵将日本殖民者统治下的台湾人民被奴役的苦难生活用作品展现出来，本身就是一种无声的反抗和斗争，潜在地表达了“抗拒为奴”的立场。第二，杨逵在日本军发动“七七事变”之际，开辟垦植首阳农场，这并非一个单纯的个人行为，而是寄寓着鲜明的政治立场和情感态度。他生前多次接受访问，对此表达了大致相同的观点。[①] 1982 年，杨逵在辅仁大学演讲时说：“‘七七事变’后，整个台湾的文化活动几乎被‘皇民化’运动淹没了，于是我只有放弃一切，全力垦殖（按：‘植’之误）首阳农场（取自首阳山典故，自勉宁可饿死也不为敌伪说话），一直坚持八年。”[②]他还在《沉思、振作、微笑》一文中说：“‘七七事变’后，台湾的文化活动已被‘皇民化’了。我

---

① 参看：《访台湾老作家杨逵》《一个台湾作家的七十七年》，杨逵《杨逵全集（资料卷）》，台南“国立”文化资产保存研究中心筹备处，2001 年，第 228 页、第 259 页。

② 杨逵：《日本殖民统治下的孩子》，《杨逵全集（资料卷）》，台南“国立”文化资产保存研究中心筹备处，2001 年，第 28 页。

只好放弃一切,全力垦植首阳农园(取自伯夷、叔齐的典故,自勉宁可饿死,也不为侵略者说话),并在报上发表《首阳园杂记》,公开表示我的反日态度,绝不改变。这期间,我用锄头和笔,整整坚持了八年,直到日本投降,得偿'民族自决'的宿愿。"①在《首阳园杂记》中,杨逵引东方朔《嗟伯夷》之诗句"穷隐处兮,窟穴自藏。兴其虽佞而得志,不若从孤竹于首阳",以伯夷、叔齐耻食周粟,隐居首阳山,不与世俗同流合污自比,鲜明地表达了对日本殖民者的"抵抗"意识。第三,对日本殖民者污蔑台湾文学是"粪便现实主义"观点的驳斥。1943 年,日本殖民者文人西川满在该年5 月 1 日的《文艺台湾》上发表了《文艺时评》一文,辱骂台湾文学是"粪便现实主义",以日本文学为坐标,全盘否定台湾文学:"向来构成台湾文学主流的'狗屎现实主义',全都是明治以降传入日本的欧美文学的手法,这种文学,是一点也引不起喜爱樱花的我们日本人的共鸣的。这'狗屎现实主义',如果有一点肤浅的人道主义,那也还好,然而,它低俗不堪的问题,再加上毫无批判性的描写,可以说丝毫没有日本的传统。"②他公然提倡"皇民文学"创作:"在大东亚战争中,不要成为投机文学,应该力图树立'皇国文学'。"③针对西川满对台湾文学的污蔑,杨逵在 1943 年 7 月 31 日的《台湾文学》杂志上发表了《拥护粪便现实主义》一文,全文分为三个部分:粪便的功用、浪漫主义、现实主义。作者在有理有据的基础上,驳斥了西川满的谬论,揭露了西川满践踏和污蔑台湾文学的丑恶面目和险恶用心,正义凛然地拥护台湾的"粪便现实主义",抵抗被日本殖民者的奴化,有力地维护了台湾文学的尊严和价值。第四,在日本殖民统治期间,杨逵数次参加进步革命活动,被捕入狱十余次。杨逵与其夫人叶陶参加领导台湾各地的农民运动,发动农民群众,为维护争取农民的利益而同日本殖民者进行不懈的斗争。有一次,梅山农民大会通过了一篇抗议文,由杨逵执笔,并把它寄给日本总理大臣和台湾总督府,杨逵因此被捕。台南高等法院开庭审判,法官宣读抗议文,竟把抗议文中的"日本政府是土匪"也念出,引起满堂听众的阵阵掌声,令日本法官尴尬不已,"杨逵因为参加社会运动而被捕,竟然达到十次之多,这在台湾文坛乃至台湾历史

---

① 引自杨逵口述,方梓记录:《沉思、振作、微笑》,《杨逵全集(资料卷)》,台南"国立"文化资产保存研究中心筹备处,2001 年,第 43 页。

② [日]西川满:《文艺时评》,曾健民译,转引陈映真、曾健民:《噤哑的论争》,台湾人间出版社,1999 年,第 124 页。

③ 同②,第 125 页。

上,也算得上'坐牢之最'"。[1] 第五,对社会主义思想的信仰。杨逵到日本求学,受到日本国内社会主义思潮的影响,从而成为一个社会主义的信仰者。他在日本和台湾地区参加过各类有关社会主义的组织和实际活动,并通过文学来宣扬社会主义。对社会主义的信仰事实上也是对日本殖民统治的一种反抗,是通过另一种方式表达了自身的"抗拒为奴"的诉求。

赖和也进行"抗拒为奴"的自身践履。第一,借助各种文化组织,参加到反抗日本殖民者的斗争中去。赖和于1921年加入台湾文化协会,当选为理事,1927年,台湾文化协会分裂,他参加了"民众党",继续从事反抗日本殖民者的斗争。他因此也和杨逵一样,数度入狱。1923年12月,台湾殖民主义当局借口违反"治安警察罪",逮捕了赖和,入狱两个月,但他并不屈服,写出了"戴盆莫望天,坐使肝肠裂"的诗句,表现对殖民者的痛恨之情。1941年12月,赖和因"思想"问题再次被捕入狱,他仍坚持以笔墨为武器,写了《狱中日记》,表达了他的抗争精神。第二,借助各种文化载体,在文化战线上进行反殖民的斗争。赖和曾经主持《台湾民报》文艺栏,参加《台湾新民报》文艺栏及《台湾新文学》《南音》等文艺杂志的编辑工作,一方面,建设台湾新文学,另一方面,团结一批台湾新文学作家,利用文学创作来从事反殖民的斗争。第三,日本殖民者强制推行日语同化教育,强制灌输日本语,强制台湾人用日语写作,剥夺台湾人民的母语,赖和等有识之士深感丧失母语的危机,始终坚持用汉语白话文写作,宁可先用文言草就,然后改为白话,也决不肯用日文写作,坚守住民族文化的最后一块阵地。除了赖和之外,台湾新文学作家如杨云萍、杨守愚、杨华、朱点人、吴浊流、张深切、吕赫如等人也坚持相同的汉语写作立场。另外,赖和一生永远只穿中国服装,从来不穿日本服装,从这个细节也可以看出他对日本文化的抗拒。赖和支持台湾民间文学的搜集整理,他认为本土的民间文化也是抵抗殖民文化、保存汉民族文化内质的一种方式。

三、"抗拒为奴"的两个层面:"众"对"个"的遮蔽

杨逵和赖和的"抗拒为奴"与鲁迅的"抗拒为奴"既有联系又有区别。

---

① 参看樊洛平:《冰山底下绽放的玫瑰:杨逵和他的文学世界》,作家出版社,2006年,第37页。

首先,鲁迅的"抗拒为奴"是以"个的自觉""个"的思想为基础的。鲁迅的个人主义早在其日本留学时期就已形成,其核心思想主要体现在《文化偏至论》中。从思想渊源上来说,鲁迅的个性主义受到尼采、施蒂纳和克尔凯郭尔的影响;从个人和群体的关系上来说,鲁迅更重视"个",更重视"每一个"具体的"个体"生命的价值和意义。个人不是或不仅仅是群体的一分子,而被视为自觉的"个人的存在",按照日本伊藤虎丸的话来说:"个对于全体(如部族、党派、阶级、国家等)不是部分的关系。"也就是说,个人的价值不依赖于群体,具有独立于群体之外的根本意义,伊藤虎丸认为,"个"的思想代表西方近代文化的"根底",而鲁迅对"个"的接受和理解是抓住了西方文化的"根底"。[①] 其次,"立人"和"立国"是鲁迅的两大目标,两者之间,人们往往认为前者是手段,后者是目的。但是,鲁迅认为"立人"是本,"人"是终极目的与价值,主张"立国"必先"立人","立人"是"立国"的逻辑起点与基础,"立人"和"立国"两者之间是本末关系。鲁迅并非不重视国家民族的独立、民主与强盛,但他更关注强调的是"立人"所蕴含的"人的个体生命的精神自由"。鲁迅意识到,如果个人得不到解放,如果个人还处于奴隶状态,国家的强与弱与他何干?在他看来,国家民族的独立、民主与强盛,是以保障每一个具体个体生命的精神自由为前提的,国家不可以凌驾于个人之上,不应该打着国家民族的旗号来剥夺个人的自由权利。凭借对个体精神自由的剥夺来实现所谓国家的独立、民主与强盛,就不是真正意义上的现代国家。第三,鲁迅终其一生都在不懈反抗一切对人的个体精神自由的压制。来自一切方面、一切形式的奴役现象,特别是精神奴役现象,都在鲁迅的反对之列。他的底线就是"不能当奴隶"。鲁迅主张人的精神必须从奴性人格中彻底解放出来,"尊个性而张精神","张灵明"而"任个人",追求人的自由、独立与平等,产生个性的自觉,人的觉醒,最后达到"致人性之全"的终极目的。从上述命题来说,鲁迅的"抗拒为奴"首先强调的是"个"与"己",然后才是"众"和"类",前者是后者的基础。因此,鲁迅的"抗拒为奴"体现为两个层面,其一是"个体"层面的"抗拒为奴",其二是"国家民族"层面的"抗拒为奴"。前者体现了个体的自觉,后者体现了民族的自觉。杨逵的小说由于特殊的时代和个人原因,其"抗拒为奴"的诉求更多地体现在"国家民族"的层面,更多地出于一种民族救亡的需要,杨逵(包括绝大部分日

① [日]伊藤虎丸:《鲁迅与日本人》,李冬木译,河北教育出版社,2011年,第12页。

据时期台湾作家)实际是以"代言人"的身份,通过小说等文学形式,表达了日本殖民统治下全体台湾人民"抗拒为奴"的决心和民族诉求,渴望摆脱日本殖民者的奴役和统治,拒绝成为日本人的奴隶,寻求台湾的独立、尊严和富强,体现了一种作为与"个"对立的"众"的性质的"民族的觉醒意识"。杨逵的小说创作基本是在这个层面上与鲁迅的"抗拒为奴"的思想产生契合的。

"抗拒为奴"的"个的觉醒"的层面在鲁迅那里还有另一种表现形式,即揭示国民劣根性,它是鲁迅"立人"思想的逆向表达方式或否定性存在形式,改造国民劣根性的目的就是为了"立人",即鲁迅所谓的"揭示病苦,以引起疗救的注意",从而达到"致人性之全"的目的。杨逵的小说也有部分内容揭示了日据时期台湾人民身上所表现出的国民劣根性,《模范村》《田园小景》中的农民,面对日本殖民者为建设所谓"模范村"而强制修路的劳役及繁多的杂税,虽有抱怨但不敢反对,特别是当日本殖民者为"模范村"建成庆贺时,这些农民即使自己交钱吃饭,仍感"与有荣焉"。《死》中的阿达叔因为无力交租,决计一死了之,已经决定撞火车的前一天,仍然平静地面对宽意的催租。《灵谶》中的林効夫妻,对于殖民者和地主的税金、佃租及劳役,即使卖了铺盖也不耽误,即使孩子夭折也只是以哭泣和求谶来解决,心底没有丝毫的怨恨、批判和反抗意识,是标准的"良民"。《水牛》中的阿玉父亲,为了要偿还地主的两石稻谷钱及为准备承租,竟然把女儿卖给地主当丫鬟。杨逵小说中的以上这些描写表现了农民身上所体现出的麻木、怯懦、安于现状、畏官及根深蒂固的奴性意识,尚沉睡在封建意识的"铁屋子"里,缺乏个性意识的觉醒。但杨逵是把这一主题放在"抗拒为奴"的民族救亡的宏大主题之下,放在对农民和民族的苦难叙事的主题之下,前者是显在主题,是杨逵主观上想要表达的,符合当时读者的阅读期待视野,即当时读者所需要、所期望的主题。而后者是潜在主题,未必是杨逵主观上想要表达的或作为重点表现的对象,而只是一个多义文本在内涵意蕴上的自然呈现。因此,显在主题造成对潜在主题的遮蔽,民族层面的"抗拒为奴"主题遮蔽或压抑了个人层面的"抗拒为奴"主题。

值得注意的是,杨逵本人的一些行为也表现了一定的"个的自觉"意识。杨逵的小说表达了日本殖民统治下台湾人民"抗拒为奴"的愿望,但当1945年日本宣布投降后,这个愿望终于实现了,杨逵用自己的行为表达了这样一个主张:抗拒做日本人的奴隶,也不愿做自己人的奴隶。鲁迅曾经说过："用笔和舌，将沦为异族的奴隶之苦告诉大家，自然是不错的，但要十分小心，不可使大家得着这样的结论：'那么，到底还不如我们似的做自己人的奴隶好。'"[①]光复后的台湾，从一个被日本帝国主义殖民统治的地区变为中国的一个省，台湾变成了自己人的台湾，但国民党统治下的台湾仍然政治腐败，实行专制统治，奴役人民，不给人民民主和自由，台湾人成为鲁迅所谓的"自己人的奴隶"。杨逵积极参加到台湾人抗拒做"自己人的奴隶"、争取民主和自由的时代大潮中去，积极支持声讨台湾"二二八事件"，并起草《和平宣言》，转载于上海《大公报》，触怒了当时的台湾省主席陈诚，被捕入狱，移囚绿岛 12 年。《和平宣言》的主要内容是希望国共两党停止内战，希望台湾实现民主建设，释放政治犯，"从速还政于民，确切保障人民的言论集会结社出版思想信仰的自由"。[②] 这篇《和平宣言》的发表是杨逵抗拒做"自己人的奴隶"的宣言，表达了"言论集会结社出版思想信仰的自由"的个体的觉醒意识，是社会政治意识和个人意识觉醒链接的产物。其中的"言论集会结社出版思想信仰的自由"是标准的西方自由主义的理念，虽然与鲁迅的"个人主义"的自由观有差异，但这两种自由主义本是同根所生，有共同的思想渊源。

从"个的自觉"这个角度来说，赖和的小说表现得更为明显，或者说赖和在创作时，有这个主观自觉的创作意识，这一点有别于杨逵。杨逵的小说主要表现"救亡"主题，而赖和的小说虽然也侧重表现"救亡"主题，但显然对"启蒙"主题有所重视。赖和的小说受到鲁迅的"改造国民性"的启蒙主义思想的影响，部分小说揭示台湾下层人民精神上的病态和劣根性，旨在"把还在沉迷的民众叫醒起来"，[③]像鲁迅一样，"揭示病苦，以引起疗救的注意"。小说《惹事》中的热血青年"我"面对恶意欺凌寡妇的事件，决定伸张正义为她打抱不平。"我"努力奔走游说，呼吁群众抵制甲长会议的召开，群众表面上都赞成这个主张，并对查大人的恶劣行径愤愤不平，但是到甲长会议召开的那天，群众却因为害怕查大人和官府，都来参加会议了。"我"感到"已被众人所遗弃，被众人所不信，被众人所嘲弄"。小说批判了中国农民根深蒂固的"怕官"的心理，暴露了他们对权力的畏惧、骨子里的奴性、明哲保身、逆来顺受与冷漠的劣根性，没有"人"的意识的觉醒。同样的情况也体现在《丰收》中，蔗农添福由于日本

① 鲁迅：《半夏小集》，《鲁迅全集（第 6 卷）》，人民文学出版社，2005 年，第 617 页。
② 杨逵：《和平宣言》，《大公报》，1949 年 1 月 21 日。
③ 赖和：《赖和全集（第 2 卷）》，台湾前卫出版社，2000 年，第 255 页。

制糖会社巧取豪夺、盘剥欺诈，因而丰收成灾，其他同样受损害的蔗农们能大胆与会社交涉斗争，但添福却不敢参加，“他恐怕因这层事，叛逆会社，得奖励金的资格会取消去”。虽然这场斗争与自己的切身利益有关，但添福始终对之采取旁观的态度。作者对添福之类的态度是“哀其不幸，怒其不争”，一方面同情他们的不幸遭遇，另一方面也批判了他们懦弱卑怯的性格和奴隶的生存状态。《斗闹热》通过一场街镇之间费钱费力、“无意义的竞争”斗闹热，揭示民众麻木和愚昧的精神状态。他在一篇随笔中直接对台湾人的国民性进行批判：“我们岛人，真有一个被评定的共通性，受到强横者的凌虐，总不忍摒弃这弱小的生命，正正堂堂，和它对抗，所谓文人者，藉了文字，发表一点牢骚，就已满足，一般的人士，不能借文字来泄愤，只在暗地里咒诅，也就舒畅。天大的怨愤，海样的冤恨，是这样容易消亡。”[①]这句话其实一针见血地点出了台湾人（中国人）国民性中的“瞒”和“骗”、卑怯、苟且、健忘等劣根性，所谓的“只在暗地里咒诅，也就舒畅”与阿Q受欺负时所采用的“腹诽”方式并无二辙。鲁迅曾经也描述过类似的国民性：“我觉得中国人所蕴蓄的怨愤已经够多了，自然是受强者的蹂躏所致的。但他们却不很向强者反抗，而反在弱者身上发泄，兵和匪不相争，无枪的百姓却并受兵匪之苦，就是最近便的证据。再露骨地说，怕还可以证明这些人的卑怯。卑怯的人，即使有万丈的愤火，除弱草以外，又能烧掉甚么呢？”[②]在小说《辱?!》中，赖和批判了类似的劣根性，他描画了出现在台湾社会中的一种心理现象：“在这时代，每个人都感觉着一种说不出来的悲哀，被压缩似的苦痛，不明了的不平，没有对象的怨恨，空漠的憎恶；不断地在希望这悲哀会消释，会解除，不平会平复，怨恨会报复，憎恶会减亡。但是每个人都觉得自己没有这样力量，只茫然地在期待奇迹的显现，就是期望超人的出世，来替他们做那所愿望而做不出的事情。这在每个人也都晓得是事所必无，可是也禁不绝心里不这样想。”[③]赖和把这种心理表现称为“殖民地性格”，其中体现了不敢面对现实、求诸内、耽于空想、软弱、自欺的心理特征和精神症候。赖和在一篇没有命名的书信体文章中，对“新妇女”的内涵和“真价值”作了独特阐释，[④]在他看来，“新妇女”的标志不是“衣装是怎么样讲究而且体面，社会上是

① 赖和：《赖和全集（第2卷）》，台湾前卫出版社，2000年，第260－261页。

② 鲁迅：《杂忆》，《鲁迅全集（第1卷）》，人民文学出版社，2005年，第238页。

③ 同①，第129页。

④ 赖和：《赖和全集（第3卷）》，台湾前卫出版社，2000年，第210－213页。

怎么样欢迎而尊贵啊！家里头是怎么样珍重而奉承啊”，他认为“新妇女”应该有独立的思想和个性，有追求两性平等的意识，不能在男性面前“畏缩缩不敢放言高论”，而能“要求正当位置，谋取实在的幸福”。妇女应该团结起来，成立妇女组织，让其成为“自主的自动的女性集合体的试验场”，让妇女的“人格”和“德智”得到修炼，推动妇女解放的事业。[①]

赖和的文学呈现出救亡和启蒙的双部声调，虽然在赖和看来，在缺乏现代性的台湾，启蒙也是一个重要问题，但赖和（包括其他日据时期台湾作家）所面临的首要问题是从殖民统治的状况中解放的问题，这是他的存在之本，也是他的文学的出发点和重心，所谓“救亡压倒启蒙”，“救亡”成为赖和与他的时代的最重大的主题，文学也被悲壮地纳入这一总的时代主题之下，义无反顾地和多灾多难的民族一同承受“苦难”，承担时代的使命。而对于知识分子来说，因为有了“救亡”的时代任务，所以他们不再纠缠于启蒙所带来的困惑，知识分子感受到“不再受外国侵略者欺压侮辱”的旋律是那样的激动人心、令人神往，“种种启蒙所特有的思索、困惑、烦恼都很快地被搁置在一旁，已经没有闲暇没有功夫来仔细思考、研究、讨论它们了”。[②] 因此，民族救亡自然成为知识分子文学创作的主旋律，启蒙主题则退为副部音调，赖和的文学也不例外。[③] 李泽厚认为，中国现代文学的总主题便是“启蒙与救亡”主题的双重变奏，但五四时期则是启蒙主题占据主导地位，直到1937年，启蒙主题因为抗日战争的遽然来临而让位于救亡主题，退居幕后。但那时鲁迅已经去世，所以对于鲁迅来说，他没有像赖和那样深刻的殖民统治体验，他的一生对封建文化的体验也许更为深刻，所以反封建和启蒙主义自然成为其文学创作的基点和核心。

（作者单位：泉州师范学院文学与传播学院）

---

① 参看刘红林：《“台湾的鲁迅”——赖和文化思想论》，《台湾研究集刊》，2002年第3期，第15－22页。

② 李泽厚：《中国现代思想史论》，天津社会科学出版社，2003年，第27页。

③ 参看徐纪阳，刘建华：《殖民“现代性”悖论——赖和文化选择的两难境地》，《汕头大学学报（人文社科版）》，2009年第6期，第46－49页。

鹿桥小说的文化精神

——以《未央歌》和《人子》为中心

刘舒源/刘小新

鹿桥本名吴讷孙,祖籍福建福州,1919年出生于北京,1942年毕业于西南联大,1949年在耶鲁大学获美术史硕士学位,1954年获得博士学位;曾在耶鲁大学、旧金山州立学院、日本京都大学任教;1965年到圣路易华盛顿大学美术史系工作,担任系主任;1971年发起成立"亚洲艺术协会",成为海外推动亚洲艺术的重要人物之一。鹿桥的文学作品主要有长篇小说《未央歌》、短篇小说集《人子》和散文集《市廛居》,数量不多,但质量上乘,在港台与海外华人世界中有着广泛的影响。

《未央歌》完稿于1945年,但原稿遗失,鹿桥旅美后重写并于1959年自费由香港人生出版社推出了第一版,1967年台湾商务印书馆印行出版。《未央歌》深受华人读者的喜爱,这从它在台湾先后发行九版、重印50多次、海外销售超200万册等数据中可见一斑。但长期以来这部写作于抗战时期的长篇小说却并没有得到文学史家和批评家足够的重视,只得到少部分文学史家的注意,除被周锦的《中国现代文学作品书名大辞典》提到外,要数司马长风的《中国新文学史》给予的评价最高:"在战时战后时期,长篇小说有四大巨峰:一是巴金的《人间三部曲》,二是沈从文的《长河》,三是无名氏的《无名书》,四便是鹿桥的《未央歌》了。《未央歌》尤使人神往。"①新世纪之前祖国大陆研究鹿桥的成果并不多见,1990年孔范今主编的《中国现代文学补遗书系》收入了鹿桥的《未央歌》。近

① 司马长风:《中国新文学史(下册)》,香港昭明出版社,1978年,第112页。

些年来,这部书写战时西南联大校园生活的小说逐渐引起学者的研究兴趣,在“中国现代文学与宗教文化的关系”“抗战文化格局中的中国文学”“新小说与旧文化情结”“现代教育题材小说”“人格完善的理想追求”等阐释框架中都可见对鹿桥《未央歌》的讨论。2008年《未央歌》首次在祖国大陆出版,引燃了迟到的鹿桥热,对鹿桥及其创作的学术评论也日渐增多。围绕鹿桥创作的相关讨论是现代文学批评界对20世纪40年代文学兴趣的一部分,而鹿桥作品的“文化精神”则成为诸多论者共同关注的核心。

有趣的是,人们对《未央歌》文化意蕴的阐释存在着比较突出的差异,其中有三种观点尤其值得我们注意:

第一,《未央歌》贯穿着一种基督教精神,“加强宗教文化与现代文学之关系的研究,对于现代文学历史的重构是有深远意义的。一方面,这种研究可以开拓领域,把那些无法归纳到意识形态领域但又确实属于精神产品的文学创作纳入到文学史的研究视野。如鹿桥的《未央歌》、苏雪林的《棘心》等长篇小说,里面贯穿着的是一种基督精神,所运用的是一种地道的基督教话语,无论是在内容的深厚性还是在艺术表达的成熟性方面,都可以称得上现代文学史的上乘之作,但历来的现代文学史几乎不加评论。这实在是因为作品的宗教观念太显著的缘故。”①这种判断存在两个疑问:一是基督教话语在《未央歌》中果真占据着主导地位吗?事实并非如此;二是认为宗教观念的显著导致作品被文学史忽视,这一判断缺乏可靠论证,只能说是某种臆测。

第二种观点认为,《未央歌》反映着新儒学思想的深刻影响:“抗战爆发以后,民族文化传统成为有助于民族复兴、抗战建国的重要精神资源。这在国统区和解放区的文化建设、文学创作中都有所反映。在国统区,新儒学的崛起引人注目。而鹿桥写于40年代、出版于50年代的长篇小说《未央歌》,在对战时西南联大学生精神成长的描绘中,以赞赏的笔触表现了儒、释、道等传统文化在年轻一代的人格塑造上仍有积极的价值。这种态度显然反映着新儒学的影响。”②这一论述突出了新儒学的影响却忽视了小说所塑造的理想人物蔺燕梅人生选择的文化象征意义。

第三种观点指出《未央歌》体现了中国20世纪40年代文学“宗教浪

① 谭桂林:《宗教文化与二十世纪中国文学研究》,《求索》,1999年第1期,第26-39页。

② 解志熙:《“别有一番滋味在心头”——新小说中的旧文化情结片论》,《鲁迅研究月刊》,2002年第10期,第12-22页。

漫”的特点：“到了40年代，时代环境的更趋严峻，导致宗教对文学的渗透方式和宗教与文学关系的格局进一步趋于现实化，同时也为作家关于宗教的书写注入某些新的质素。当大多数作家对宗教采取实用功利的态度，而在40年代文坛上红极一时的作家徐讦、无名氏等，却在作品中恣肆谈论有关宗教的义理，并借以敞露自己的浪漫意趣……这里有必要提到40年代名不见经传的年轻作者鹿桥及其长篇代表作《未央歌》，在这部‘以情调风格来谈人生理想的书’里，作者杂糅了儒、禅、道的理念及基督教的情调，通过塑造几个具有浓烈宗教情怀的人物，来探讨人生的理想和生命的真谛。值得注意的是，《未央歌》里大段哲理性议论和心理铺叙，以及徐讦、无名氏作品中关于宗教的抽象谈论，表明宗教在现代文学中的渗透已经逐步趋于‘理念化’。这正是40年代文学宗教浪漫的一个特点。”①

上述这些观点无疑为鹿桥小说研究打开了思考的空间，可惜的是大都没有依据具体的文本阐释来展开论述，而几种观点之间的差异与矛盾则十分显明。这表明《未央歌》的文化主题有着某种复杂性和丰富性。《未央歌》书写的究竟是地道的基督教话语，还是新儒学文化精神？抑或儒、禅、道与基督教的杂糅？这无疑是值得我们进一步讨论的课题。我们赞同关注鹿桥创作的学者宋遂良的意见，理解《未央歌》的思想还须从小说人物入手。的确，鹿桥“集中探讨了一个人在成长的道路上追求人格的完备和完善的问题”。② 小说所呈现出的文化精神是与“人的成长”主题密切相关的。在《再版致未央歌读者》中，鹿桥说，《未央歌》的“主角”是由“四个人合起来”的一个“我”：“书中这个‘我’小的时候就是‘小童’，长大了就是‘大余’。伍宝笙是‘吾’，蔺燕梅是‘另外’一个我。”③童孝贤、余孟勤、伍宝笙和蔺燕梅是《未央歌》的四个中心人物，有着各自不同的气质特征。小童具有自然的天性，纯真、率性、善良、热情，毫不矫揉造作，对世界充满好奇，是具有一颗赤子之心的“光明之子”和“自然之子”；余孟勤以学业为中心，孜孜以求，勤奋刻苦，而在情感生活上少些情调，显得有些迂板；伍宝笙有着母性的慈爱、宽容、包容等美好品格，总是那么细致入微地理解和关怀他人；另一位女性人物蔺燕梅则充满青春气息与艺

① 张桃洲：《宗教与中国现代文学的浪漫品格》，《江海学刊》，2003年第5期，第188－193页。

② 宋遂良：《追求人格的完备与完善——读长篇小说〈未央歌〉》，《岱宗学刊》，1997年第1期，第47－51页。

③ 鹿桥：《未央歌》，台湾商务印书馆，2002年，第18页。

术气质，光彩迷人，是一个理想化的人物，她最后逃离学院生活“苦修苦炼”的压抑而去做了修女，可见鹿桥还是把人的“自然心性”即合乎健康人性的性情放在更高的位置。四者合而为一，共同构成一种西南联大的青年文化精神，即鹿桥所说的“情调”：“那些年里特有的一种又活泼、又自信、又企望、又矜持的乐观情调。”①这种文化精神就是鹿桥小说中那种具有乌托邦色彩的人性理想。

蔺燕梅在《未央歌》中显然占据着相当重的分量。表面上看来，她最后逃离学院生活“苦修苦炼”而遁入天主教，似乎意味着对余孟勤入世精神乃至整个学院生活的否定及对基督教精神的肯定，这也是有些学者得出《未央歌》贯穿着的是一种基督精神的判断的主要原因，但这一判断与《未央歌》的总体思想并不完全吻合。事实上，鹿桥是用小说的形式阐释一种中西合流、古今合璧的“人学”思想，一种文化大同的哲学理念，一种事功与超越、朝气与成熟、个体与社会、诗意与智能、情感与理性、宽容与操守、自然放任与节制矜持、自由与规约协调统一、平衡发展的人性理想。

我们认为这就是鹿桥所谓“四个人合起来”的一个“我”的真正含义。在《再版致未央歌读者》中，作家已经把小说的这一文化主题清晰地阐释出来：“中国人在天圆地方的结构之下，在自然的大圈子里面划出人的方的世界，一规一矩，给幻想、神奇与理智仪节以互不妨碍而互相激励的发展生生无尽。人在中央，以恻隐之心、忠恕之道调节他的世界。‘不语怪力乱神’也不受‘原罪’的迫害。他在家族与社会里找感情的坐标点，在历史上追求他的评价，在他人的心目中照着自己的一举一动的影子。在这种情形下演化而出的大同思想会是狭义的一个中国的么？谁都可以到这个世界中来，面南正坐、想人生个体的崇高理想与群体的永恒协调？这种观念里的‘人’，正是与未央歌里面抽象的‘我’是一样：是‘人人’，不但是今日各国各地的人，而且是近人、古人，及将来的人。这个大同世界理想中的国度，是宇宙的‘中国’。”②所以，论及《未央歌》的文化精神，与其说它表达了一种基督教的文化精神，不如说更接近于新儒学的“文化中国”理念。鹿桥所建构的“人学”当然具有浓厚的乌托邦色彩，也是抽象的超越语言、民族和国界的普遍的人性理想，作家显然赋予它一种人类普世性的价值含义，如同鹿桥自己所言：“每次提到‘人’，都是泛指人类每

① 鹿桥：《未央歌》，台湾商务印书馆，2002 年，第 17 页。

② 同①，第 22 页。

一份子。这与如今纷争的国际情势及野心的国际政客头脑中分辨敌友的'人',有基本观念上的区别。所以用的虽是自家人谈话的中文,而观照的是文化上国际间的趋势及我们的理想,其对象是不分国界的。"①

《人子》不同于《未央歌》的抒情、诗意与青春浪漫的情调,而是简练、魅丽且意味丰富的寓言和童话式的短篇集子,以鹿桥本人的话说,"是写给从九岁到九十九岁的孩子们看的故事"。② 但这部小说集的文化主题与《未央歌》存在着相似之处,所关切的同样是普遍的"人性"命题。《人子》"……描写的风光、情境,又都尽力避免文化同时代的狭窄范围,好让我们越过国界,打通时间的隔膜来向人性直接打招呼"。③ 这个集子包括《汪洋》《幽谷》《忘情》《人子》《灵妻》《花豹》《宫堡》《皮貌》《鹞鹰》《兽言》《明还》《浑沌》和《不成人子》等13则小故事。《人子》的结构是"依了人生经历的过程来排列:从降生、而启智、而成长,然后经过种种体验,才认识逝亡。最后境界则是在有限人生中只可仿真、冥想而不可捉摸的永恒"。④《人子》以寓言的形式书写的是普遍的"人"的故事,一部关于抽象"人生"的戏剧。开篇《汪洋》可视为整部《人子》的浓缩,它引出了一系列的故事,而接下来的一系列的故事都是对《汪洋》更具体的诠释。终篇《浑沌》是大结局,"人"的故事在曲折展开之后最终复归于自然的"浑沌"。鹿桥是乐观的,他不希望人们把《人子》读成一个灰色的故事而得出颓废的结论。在"人子"戏剧谢幕后,鹿桥加上了一则"人子"故事的"补遗"——很温暖的《不成人子》。生而为"人子"是幸福的,许多自然生命都企望经历长久的修行而"成人",但却只具人形。所以尽管人的故事终归于浑沌,但人生还是要好好珍惜。在《汪洋》中,年轻的航海手胸怀大志,企望凭借科学知识战胜汪洋大海抵达港口。但他最终获得了自然的启悟,在放弃港口、航海图、罗盘和帆之后与"汪洋"合为一体。这个故事与福克纳《去吧,摩西》中的《熊》有些相似,《熊》中的白人少年麦卡斯林在大自然与老印第安人的启迪下,放弃了罗盘与枪走进大自然,从而真正认识了自然的奥义与白人历史的罪恶。不同的是支撑福克纳《熊》的价值核心是基督教精神,而鹿桥的《人子》的价值世界则更多建基于东方文化,也更注重中西文化精神的会通与融合。

---

① 鹿桥:《未央歌》,台湾商务印书馆,2002年,第4页。

② 鹿桥:《人子·前言》,台湾远景出版事业公司,2001年,第1页。

③ 同②,第2页。

④ 同②,第4-5页。

有论者曾经认为,“人子”原是《新约》中耶稣的自称用语,依《新约》的观点,耶稣启发人类求“生”的真谛,是人类新生的开拓者;鹿桥书命名“人子”或承新约原义,含有人类新生、体悟人生之意。[①] 我们认为,《人子》的底色主要是东方的:儒家的积极入世精神、道家的自然放达与佛教的出世智能。正如胡兰成所言:“鹿桥的文学根底是儒与浑沌,浑沌通于究极的自然。”[②]但胡兰成把鹿桥的“浑沌”归于婆罗门,“与中国民族乃有一疏隔”。这一看法却难以令人信服。在我们看来,鹿桥的“浑沌”应该更近于《易经》与庄禅。当然,与《未央歌》相比,《人子》的文化色调要驳杂得多。《汪洋》颇有道家“反智主义”和人与自然合一的意味;《幽谷》中的一棵小草受累于至美的期望,在选择自己花朵的颜色时犹豫不决而错过了开花的时辰。在千千万万应时盛开的丛花里,这棵有着美好枝梗的小草,“擎着一个没有颜色、没有开放,可是就已经枯萎了的小蓓蕾”,这里有着很平凡的人生智慧与生命的悲剧感;《忘情》写人的诞生,人的智能、健康、理智与美,唯独没有“感情”;直接以“人子”为题的故事的确有些胡兰成所说的“婆罗门”色彩,故事中出现一个“婆罗门”法师,但这则故事所写的善与恶的分辨问题,不只是“婆罗门”的,庄子的“齐物论”也存在;《灵妻》则很有些原始主义的色彩与楚文化的瑰奇,其原始宗教意味让人想起英国作家 D. H. 劳伦斯的短篇小说《骑马出走的女人》;《花豹》写的是长大成人的故事;《宫堡》写“王子”一生的追寻与幻灭;《皮貌》包括《美貌》与《皮相》二则,前者讲述月光下的美少女充满幻想与热情却又寂寞孤独,月光在她睡着时褪去了她美艳的容颜,生活从此变得实在,充满了慈爱;而《皮相》的想象有些怪异,老法师从自己刮胡子的小口子揭开自己的脸皮,从镜子里看见自己出了壳的老精魂;《鹞鹰》写鹰师与鹞鹰之间的故事,写鹞鹰飞翔的自由;《兽言》写人类文明与自然的关系,对文明的批判意味十分明显;《明还》则是一篇十分有趣又很美的童话;《浑沌》可视为“人子”故事的“总结陈词”,写一种“亘古稀有的正大绝顶智能”,“在这极顶光明里,上无天空,下无大海,中间也没有了自己”。[③] 显然是以易经、老庄的智慧收尾。而《不成人子》中的“民胞物与”则体现了一种儒家情怀,同样是一种志异故事,但却显出人间的气息,

---

① 参见廖上信:《人子之谜》,台湾永望文化事业有限公司,1984 年;常秀珍:《鹿桥〈人子〉研究》,台湾中山大学文学研究所硕士论文。

② 胡兰成:《中国文学史话》,上海社会科学院出版社,2004 年,第 223 页。

③ 鹿桥:《人子·原序》,台湾远景出版事业公司,2001 年,第 237 页。

表明鹿桥最终从“浑沌”的超拔境界返回到人间。

总而言之，鹿桥关于“人”的理念是超越民族语言与空间地理的，他的小说呈现出一种以东方或亚洲艺术精神为底蕴的世界大同文化情怀。当然，《未央歌》和《人子》都是作家对一种文化会通融合理想的文学想象，前者以青春叙事方式予以呈现，后者则是一种文化寓言，都具有智慧与情愫合为一体的美学魅力。

（作者单位：刘舒源，福建师范大学文学院；刘小新，两岸关系和平发展协同创新中心，福建社会科学院）

龙瑛宗小说中的“多余人”形象研究
——兼与俄罗斯文学中的“多余人”比较

倪思然

自1937年以处女作《植有木瓜树的小镇》获日本内地《改造》杂志征文的佳作推荐奖，龙瑛宗以其显著的影响力，成为日据时期活跃于台湾文坛的重要小说家。尽管光复后他的创作生涯曾一度中断，然而1976年退休后，这位执着于文学理想的小说家重拾文笔，陆续创作出《夜流》《红尘》等佳作。

当我们回顾龙瑛宗漫长的小说创作生涯时，不难发现他从少年时代就开始以日文为工具，长期阅读日本、俄国、法国等国家的世界级文学名著，吸取多元的文学养分，为其后进行文学创作打下了重要的文学基础。正是如此丰赡的文学积淀，成为龙瑛宗小说艺术殿堂的坚实根基。笔者在阅读龙瑛宗作品的过程中，较多留意到其小说创作与俄罗斯文学的联系。屠格涅夫、普希金、果戈理、列夫·托尔斯泰、莱蒙托夫等俄罗斯作家都是龙瑛宗本人倍加推崇的，他们无疑对龙琮英的创作生涯产生了颇为深远的影响。

在文本解读的过程中，笔者被龙瑛宗笔下的“多余人”形象深深地触动了。他们不仅与屠格涅夫、普希金等俄罗斯作家笔下的“多余人”形象有显著的可比性，还具有独特的思想艺术价值。本文拟将龙瑛宗小说与19世纪俄罗斯文学中的“多余人”形象的异同点进行比较分析，并对龙瑛宗在文本中塑造“多余人”形象的抒情策略进行一番探讨，试图得出有益的结论，以求教于方家。

一、同中见异：龙瑛宗小说与俄罗斯文学中的“多余人”形象

19世纪俄罗斯小说家塑造的“多余人”系列形象，成为俄罗斯文学宝库中兼富思想价值与时代内涵的经典形象，并且带来了不容忽视的世界影响力。“多余人”形象的突出特质是具有高尚的理想，却缺乏实践能力；对现实不满而不愿同流合污，却因社会环境因素或自身的懦弱性格而无力改变现状。从这些形象特征出发，我们会发现在龙瑛宗作品中像《植有木瓜树的小镇》中的陈有三、《黄昏月》中的彭英坤、《黄家》中的黄若丽和黄若彰等，可划分为其作品中“多余人”形象系列的成员。

目前，学界一般将赫尔岑笔下的别尔托夫、普希金笔下的叶甫盖尼·奥涅金、莱蒙托夫笔下的毕巧林、冈察洛夫笔下的奥勃洛莫夫、屠格涅夫笔下的罗亭和拉夫列茨基等列为俄罗斯文学史上“多余人”形象谱系的成员。本节拟运用比较文学的视角，将该形象谱系与龙瑛宗小说中的“多余人”进行较为深入的比较分析，并对形成异同点的原因予以探讨。

（一）两个“多余人”形象谱系的相近之处

龙瑛宗笔下“多余人”不幸而无望的人生遭际和苦闷彷徨的形象，在日据时期台湾知识分子群体中无疑是具有典型代表性的，他们与19世纪俄罗斯文学中的“多余人”形象有如下相似之处：

首先，龙瑛宗笔下和俄罗斯文学中的“多余人”都曾怀有可贵的理想和抱负，却因种种主客观原因而无法实现。陈有三曾刻苦攻读准备文官考试和律师考试，在试图通过考试途径出人头地的理想破灭后，仍坚持将读书作为丰富自己精神世界的手段；其渴求获得真挚爱情的过程也曾怀有与拉夫列茨基类似的丰富而细腻的情感。黄若丽对留学日本本土，施展自己音乐才能的渴望曾经是那样的迫切。彭英坤在学生时代，亦曾是学业优秀、体格矫健的有志少年，并拥有罗亭式的出众口才。然而他们具有理想化色彩的人生憧憬与冷酷的社会现实相去甚远，在社会中脆弱得不堪一击。当他们意识到这一点时，性格中懦弱的一面就成为他们的人生走向颓废消沉境地的重要主观因素。

其次，在对人生出路感到迷惘、困惑的窘境中，两个“多余人”形象系列中不少人物均在自省的基础上对“我该何去何从?”这个问题进行过痛苦的思索，却无法从根本上改变自己在社会中碌碌无为的命运。陈有三和拉夫列茨基即是其中的突出典型。

再次,两个形象系列的人物与身处的社会环境格格不入,想为社会所用却处处碰壁,因而显得多余。如黄若丽拥有与奥涅金相似的为社会尽力的志向,然而他那极为天真的艺术理想却和留学东京的愿望一起,被殖民统治下家乡的残酷现实击得粉碎,他也被母亲视作不肖子。

由此可见,龙瑛宗笔下与俄罗斯文学中的“多余人”都是具有丰富思想意蕴的生动形象。然而,这两个“多余人”形象系列在比较文学视阈下的可比性,更在于二者的同中见异。对二者的同中之异进行仔细分析考虑,有助于我们为龙瑛宗小说创作特色做出具有新意的注脚。

(二) 两个人物形象系列的相异之处

龙瑛宗与俄罗斯作家笔下的“多余人”形象系列的不同之处可简要归纳为以下三点:

第一,二者代表的社会阶层不同。龙瑛宗笔下的“多余人”是台湾被统治阶层的小知识分子;而俄罗斯作家笔下的“多余人”是19世纪俄罗斯文学中贵族阶层知识分子的一类典型。龙瑛宗笔下的“多余人”向往着通过不懈的个人努力,改变自己受日本人歧视和差别对待的命运,并真正提高自身卑微的社会地位。然而,身处被统治阶层的台湾小知识分子既无法撼动统治者的优越地位,也无法在台湾人饱受日本殖民统治者歧视的社会秩序中实现自己固有的人生目标。作为龙瑛宗小说中知识分子形象系统的重要组成部分,他们那走向颓废的人生境况中渗透着作者真真切切的迷茫和哀伤情绪。而俄罗斯作家笔下的“多余人”由于自身的贵族身份,往往拥有优厚的社会地位和良好的教育背景。他们“否定上流社会而又无法与之彻底决裂”,[①]憧憬全新的理想生活却无法真正与下层民众融合,因而无法找到实现理想的恰当途径,大都耽于空谈或幻想,缺乏实干能力。尽管如此,在19世纪中叶俄国社会发生剧变的时代,他们的思想仍具有渴望破除社会旧秩序的进步因素,因而他们虽平庸无为,却往往被作者赋予一些积极的时代意义。如屠格涅夫在《罗亭》中借列日涅夫之口道出:罗亭拥有“激情”这一“我们时代最可宝贵的品质”。[②] 显然,年轻一代渴望变革的“激情”对改变俄国农奴制之下如一潭死水的社会状况是十分必要的。

第二,二者的命运轨迹不尽相同。由于殖民地台湾不公正的社会秩

① 任光宣主编:《俄罗斯文学简史》,北京大学出版社,2006年,第108页。
② [俄]屠格涅夫:《罗亭·贵族之家》,戴骢译,上海译文出版社,2003年,第111页。

序,龙瑛宗笔下的"多余人"形象往往是人生美好理想破灭,随之走向颓废、消沉的状态,与原先积极进取的生活态度相比完全判若两人。而俄罗斯作家笔下的"多余人"形象则大多在意识到自己的庸碌后仍然安于现状,难以迈出明显改变自我人生境遇的步伐。罗亭选择战死于巴黎革命的结局,这可算是个特例。然而从人物性格发展逻辑看,包括罗亭在内的俄罗斯"多余人"的人生发展轨迹相对较为平稳,几乎没有彭英坤式的人格剧变的痕迹。

第三,二者在自我身份认同上具有差异性。龙瑛宗笔下的"多余人"形象既向往日本内地的现代文明和先进教育制度,又无法摆脱台湾本土传统观念的影响;既渴望融入日本的生活方式,又对身受日本人差别待遇的遭际深感痛苦和无奈。如陈有三和黄若丽的身上均突出体现了这样的国族身份认同尴尬。而俄罗斯作家笔下的"多余人"形象如奥涅金与毕巧林等人,虽对当时上流社会一些丑恶现象心怀不满,却并不否认他们自己从属于上流贵族阶层的身份,也并没有出现明显的身份认同危机感。

（三）同与异背后之深层动因

同是具有"多余人"特征的形象系列,龙瑛宗小说与19世纪俄罗斯小说塑造的人物形象呈现出同中有异、异中含同的特征。其原因或许可从社会历史语境和作家艺术创作个性两个角度进行阐释。

从社会历史语境的角度来看,龙瑛宗笔下的人物身处日本殖民统治之下的台湾社会;而俄国"多余人"所处的19世纪中叶的社会环境,正处于由封建农奴制向资本主义制度急剧转变的过渡时期。二者生存的时代环境可谓差异显著。

从作品中不难看出,日本统治下的种族歧视可视为龙瑛宗笔下"多余人"产生的最直接的社会环境因素。在当时台湾教育领域,从小学阶段就实行歧视台湾人的制度:日本人上教学设备齐全、师资优良的小学校,台湾人上设备简陋、仅能片面提高日语技能的公学校;仅有学业优秀的少数台湾人子弟可接受中等教育;而大学更是几乎全被日本人子弟所垄断。在台湾各类社会机构中,日本人占据各部门要职,而即便能力出色的台湾人也常受排挤或差别对待。在这样的社会环境中,陈有三式的人物无论怎样努力,始终无法真正出人头地,因而显得"多余"。令人感到如此压抑和无望的现实环境,更"激活"了人物性格中敏感、脆弱的因子,于是"多余人"迅速走向颓唐的境地。

此外,需特别指出的是,龙瑛宗笔下"多余人"所处的日据时代台湾社会具有本土性、殖民性与现代性复杂纠葛的特征。一方面，日本殖民政府推行的同化政策无法彻底消泯台湾民众根深蒂固的中华传统观念；另一方面，日据时期的台湾社会"殖民当局表面看来的一些'现代化'的措施，其实都包含强烈的殖民目的。因此台湾人民在'享受'现代文明'恩惠'时，不得不同时吞下被殖民的苦果"。[①] 正是在这样的社会背景中，小知识分子在思想上徘徊于传统与现代、本土性与殖民性之间，在寻求个人出路和自身国族身份的认同时，难免陷入尴尬和无望的境地。例如，陈有三既羡慕统治阶级的地位和生活方式，又对自己受到的日本人的蔑视和不公平待遇深感痛苦；虽对"吝啬、无教养、低俗而肮脏"[②]的同胞表示轻视，在思想上却不可能摆脱根深蒂固的传统观念。而《黄昏月》中，彭英坤的性格由积极上进到怠惰消沉的变化背景虽然没有得到直接交代，但读者从作品渲染的乡村中弱者遭欺、人言可畏的炎凉世态中，不难明了社会环境对其思想和行为产生蜕变的客观作用。

反观俄国作品中"多余人"形象，他们大多是游离于上流社会主流群体边缘的人物。19 世纪中叶的俄国社会矛盾激化，人民革命运动高涨，资本主义取代农奴制已是不可逆转的时代潮流。"多余人"虽属社会旧制度下的贵族阶层，却不同程度上拥有要求变革社会旧秩序的构想。然而由于时代的局限性，他们无法与他们社会理想的实践载体——广大普通民众真正融合，因而"思想上的先进和行动上落后的矛盾无法解决"，[③] 只能庸碌无为地度过一生。尽管如此，无论是罗亭式的激情，还是"奥勃洛莫夫性格"，都是 19 世纪中叶俄国社会剧变时期具有典型时代意义的形象，并或多或少地昭示着俄国社会历史向进步方向发展的新希望。因而俄国作家们常常突出笔下"多余人"身上蕴藏着的积极时代意义，同时充分展现出他们性格特征的复杂性，使之成为血肉饱满的人物形象。

通过比较两个"多余人"形象系列的社会背景，我们可以清晰地看出：龙瑛宗笔下的"多余人"因苦寻人生出路不得而走向堕落，并且产生深切的国族身份认同危机感，其根源均在于日本严酷的殖民统治。由此可见，龙瑛宗笔下"多余人"的独异之处在于：在他们所处的被殖民统治

---

① 朱双一：《〈台湾民报〉对五四新文学作品的介绍及其影响和作用》，《台湾研究集刊》，2008 年，第 4 期，第 84－93 页。

② 龙瑛宗：《植有木瓜树的小镇》，参见钟肇政、叶石涛主编《光复前台湾文学全集 7》，台湾远景出版社，1979 年，第 19 页。

③ 张伟：《"多余人"论纲——一种世界性文学现象探讨》，东方出版社，1998 年，第 213 页。

的社会中,统治阶层无条件地独占优越地位,他们自己则丝毫看不到为社会所用的希望,因而出人头地的梦想只能是幻想。龙瑛宗以其出色的艺术观察力、捕捉力和表现力,淋漓尽致地展现出台湾小知识分子在殖民体制的压迫和奴役之下难以平复的精神创伤。

从作家创作个性的角度看,作为一名善于学习借鉴的作家,龙瑛宗长于吸收外国文学的营养,并与他本人所处的时代环境及独特的创作个性相结合。自少年时代,他就熟读普希金、屠格涅夫、莱蒙托夫等人的代表作。正如叶笛所说的:龙瑛宗“曾经大量地读过外国作品,浸淫于那种文学作品多年,不受其影响也难”①,对19世纪俄罗斯文学的充分熟悉,无形中为他本人接受其深厚传统的熏陶创造了良好条件。俄国作家笔下的奥涅金、罗亭、毕巧林等“多余人”形象,潜移默化地增进了龙瑛宗的文学积累,并对其小说创作有所启发。他创造出的“多余人”的“兼具理想性与懦弱性”②的性格特质,可谓深得俄罗斯文学“多余人”形象的精髓。然而,龙瑛宗并不是“食洋不化”,而是与日本殖民统治下台湾独特而复杂的社会状况紧密结合,不仅体现出日本殖民统治下台湾知识分子无望的人生窘境,也使陈有三等典型形象具有颇为动人的艺术魅力。

此外,龙瑛宗在塑造“多余人”形象的创作过程中,体现出“自叙传”的创作特色。若我们结合作家生平经历来审视,则不难发现:陈有三和黄若丽等人敏感而柔弱的个性气质,纤细而多思的情感抒发方式,以及自我身份认同的尴尬处境,都或多或少地有着龙瑛宗本人的影子。需特别指出的是,若我们放眼海峡此岸的“五四”新文学长廊,则会发现:龙瑛宗“自叙传”特色的融入,恰与郁达夫《沉沦》《银灰色的死》等作品中“零余者”形象的塑造过程颇为相似。于质夫们的身上不仅具有郁达夫本人在特定环境中灵与肉双重苦闷的特征,还寄予着作家自身深切关注国家前途命运的忧郁情怀。诚然,我们并不能将龙瑛宗与陈有三、郁达夫与于质夫完全等同,两位作家的艺术技巧也各有特色,但他们以“自叙传”塑造“多余人”形象的手法可谓有异曲同工之妙,并且共同为丰富世界文学“多余人”形象谱系的艺术风格做出了可贵贡献。

由此可见,龙瑛宗笔下的“多余人”形象是日据下台湾小知识分子一种独特的“苦闷的象征”,也是作家接受俄国文学营养及卓越的艺术构思

---

① 叶笛:《中外小说上“多余的人”系谱之探索——龙瑛宗的〈植有木瓜树的小镇〉和〈罗亭〉、〈贵族之家〉、〈奥勃洛莫夫〉、〈浮云〉的比较》,《文学台湾》,2000年第33期。

② 王淑蕙:《试论龙瑛宗小说中“多余的人”与“无能者”》,《台湾文学评论》,2002年第3期。

的结晶。

二、浪漫的诗意笔调：龙瑛宗塑造“多余人”形象的抒情策略

在中外文学作品中，由“概念先行”理念指导下塑造出的某些人物形象虽然能够承载一定的思想意蕴，却显得颇为扁平或苍白无力。这样的形象往往只能纯粹地成为作家思想观念的传声筒，自然无法获得长久的艺术生命力。可见，作家欲在作品中塑造形神兼备的艺术形象，不仅需要巧妙的构思，还需要用适当的艺术手段来对人物进行形塑。而龙瑛宗笔下的“多余人”形象不仅具有独特而深刻的思想意蕴，还具有颇为动人的艺术魅力，这显然与作家在人物塑造过程中采取的恰切艺术策略密不可分。

自《植有木瓜树的小镇》起，龙瑛宗小说浓厚的抒情性和优美的诗意性特征，在日据时期台湾本省籍作家中堪称一个独异的存在。他在小说创作中往往以颇具浪漫色彩的抒情笔致，将自己“纤美与哀愁”①的审美感触传达至读者面前。通过赏析龙瑛宗的作品，我们可以明晰地看出：这种诗情浓郁的浪漫抒情笔调在作家笔下“多余人”形象的塑造过程中发挥了尤为重要的作用。

第一，龙瑛宗在塑造“多余人”形象时，善于将人物丰富多彩人格世界的开掘与自然环境的诗意描摹有机结合起来，从而呈现出人与景浑融一体、情景相生的艺术境界。在以成名作《植有木瓜树的小镇》登上台湾文坛后，龙瑛宗迅速成长为台湾作家中刻画人物内心世界的高手。在描绘“多余人”形象的心理时，他较少直笔切入人物内心进行全知全能式的剖析，更不愿为他们做漫长心理活动的直接代言人。他所擅长与偏好的是以景写情，使“多余人”细腻的心理活动经过诗意的艺术加工而实体化，从而将人物突出的性格特质自然地呈现出来。例如，《植有木瓜树的小镇》中描写陈有三怀着落寞伤怀的复杂心情离开无缘厮守的林杏南之女翠娥的情景：

> 寂寞的白花，深夜叹息的花，在滚落感伤与起伏激动中，陈

① 此处引用了张恒豪《纤美与哀愁——龙瑛宗集序》的标题，参见龙瑛宗《龙瑛宗集》，台湾前卫出版社，1991年，第9页。

有三像只受伤的野兽,迷失于黑暗的山野中。[1]

在文学作品的人物描写中,“背景即环境……背景也可能是一个人的意志的表现。如果是一个自然背景,这背景就可能成为意志的投射”。[2] 在这段文字当中,失神落魄的陈有三以己观花,白花亦随着他一同“寂寞”“叹息”;以哀伤的心境独处山间,黑暗的山野也仿佛有了灵性。可见,白花、山野都成为陈有三爱情理想破灭后感伤迷茫心境的投射。在这里,“多余人”的情感流露与周边被“人化”的自然环境十分巧妙地融合在一起。

又如《黄家》中描写若丽、若彰兄弟对易逝流年的感喟:

> 风好强,树梢飒飒而鸣,浓绿不住地摇荡,在树梢的缝隙里湛蓝的天空倏忽地隐现着。
>
> 在这风与树梢的鸣叫声里,两人都仿佛觉得一去不复返的青春岁月被风攫走了,不禁悲从衷来,眼眶都为之炽热起来了。[3]

天高风鸣、树影婆娑的景致在常人看来本为自然界的大好风光,然而兄弟俩却由风声、树声觉察到易逝韶华的不复归返,并由此一道感时伤怀。可以说,此处自然风景的描摹不仅是作者谋篇布局的抒情策略,更是展现黄氏兄弟敏感细腻的“多余人情怀”的精妙手段。而事实上,《黄家》中多处具有浓郁浪漫气息的风景描写,均与“多余人”个性的塑造紧密结合,使若丽、若彰的人格特质淋漓尽致地展现出来。

第二,龙瑛宗为了体现“多余人”抱持理想甚或耽于幻想的个性特征,有时会让自己的想象插上翅膀,与笔下人物一起进行一次颇具天真烂漫色彩的幻想之旅。例如:

> 然而若彰有时不免也会对未来落入绮丽的幻想之中。——天才画家,羡慕的眼光、嫉视的眼光、赞扬的眼光、东京上野的林子、巴黎、拉丁区、展览会、个展、美妙的恋爱、充满幸福的生活、神圣的喜悦、流泪的感激、世俗的超越、不朽的杰作、和平的晚

---

① 龙瑛宗:《植有木瓜树的小镇》,参见钟肇政、叶石涛主编《光复前台湾文学全集7》,台湾远景出版社,1979年,第60页。

② [美]韦勒克、沃伦:《文学理论》,刘象愚,等译,江苏教育出版社,2005年,第260页。

③ 龙瑛宗:《黄家》,参见钟肇政、叶石涛主编《光复前台湾文学全集7》,台湾远景出版社,1979年,第84页。

年、死、痛惜……。[①]

这一段对未来人生轨迹的憧憬和构设，都是那样的令人欣羡，然而结合若彰的生活环境来看，这又只能是海市蜃楼般的幻梦。在这里，龙瑛宗不仅生动形象地展示出若彰过度耽于幻想的气质特征，还将现实社会与幻想世界之间不啻天壤之别的差异活脱脱地呈现出来，进而间接暗示了“多余人”之所以多余的重要原因——幻想世界固然过于美丽，然而，令本地青年看不到出人头地希望的社会现实的确太过冷酷无情了。可见，龙瑛宗并不是单纯地为追求浪漫情调而写幻想世界，其目的仍在于使“多余人”形象更加血肉丰满。

第三，龙瑛宗在以抒情笔调塑造“多余人”形象的过程中，往往十分注重语词的多义性，通过双关、象征等手法以增强文本的含蓄蕴藉属性。例如，《植有木瓜树的小镇》中写道：“这美丽色彩而丰盛的南国风景，温暖了他的心；在空洞的生活里，微弱的阳光透射进来，”[②]这里的“阳光”既可视作上文提到的三月里暖暖的阳光，也可看作生活中的一点新希望。作者在篇末写道：“陈有三于醉眼的白色幻像中，浮起死者的遗言；有如黑暗洞窟的心中，吹来一阵寒风，突然浑身战栗起来。”[③]“寒风”既指林杏南发疯对陈有三的心理冲击，又暗指与当时无比温和的初秋风光形成尖锐反差的无望窘境，从而使“多余人”走向颓败的遭遇更加震撼人心。

又如《黄昏月》篇末，“我”在帮彭英坤家减免债务的努力失败后，硬着头皮来找彭太太，无意中听到了她教导儿子长大后要以“阿爸”为诫、勇敢而努力工作和生活的话语。耐人寻味的是作品最后部分：

> 我的心也一直像夕暮，沉沉的，听了这些话，好像渐渐地开朗了。
>
> 我无意间回头，看到黄昏月正挂在部落上头。
>
> 土墙上印着柚子的叶影，在微风下，月光与叶影好像戏耍着。[④]

无论作者是否自觉为之，从客观上看，这段描写迥异于前文略显阴郁的叙

---

① 龙瑛宗：《黄家》，参见钟肇政、叶石涛主编《光复前台湾文学全集7》，台湾远景出版社，1979年，第79页。

② 龙瑛宗：《植有木瓜树的小镇》，参见钟肇政、叶石涛主编《光复前台湾文学全集7》，台湾远景出版社，1979年，第44页。

③ 同②，第63页。

④ 同②，第125－126页。

事格调，并让读者或多或少看到彭家未来的一丝希望。黄昏月的高挂一扫夕暮的暗淡，月光与叶影的嬉戏更是具有欢快的意味，它们都是这种希望的象征。更重要的是，作者似乎要以这一结尾引发读者对彭英坤人格与命运的思考：他消极怠惰、麻木不仁地度过自己颓唐潦倒的一生，待去世后妻儿都期望以他的行为为诫。正是这一点点“希望”，更加反衬出彭英坤的无所作为，于社会、家庭无益。而作者塑造“多余人”的艺术策略到了这里才最终完成，具有立体感的主体形象跃然纸上。

总之，龙瑛宗笔下“多余人”的性格特质与作品中具有诗意的浪漫抒情格调相得益彰。作者在塑造“多余人”形象的过程中，或发挥善于以景写情、情景交汇的专长，或展开诗意想象描绘人物的幻想世界，并在文本中赋予看似普通的语词以言中深意、弦外之音、韵外之旨，从而将鲜活而饱满的人物形象展示于读者面前。

综合以上的探讨，我们不难发现：龙瑛宗善于吸收俄罗斯文学的丰富养分，并结合日据下台湾那令本省籍民众举步维艰的社会语境特质，充分发挥自身长于“自叙传”书写与浪漫抒情笔致的创作个性，从而塑造出具有独特思想意蕴和艺术魅力的“多余人”形象。

台湾乡土文学界的耆宿叶石涛曾称誉龙瑛宗为台湾“日据时代最有世界性规模的作家”。[①] 的确，由于龙瑛宗长期广泛涉猎外国文学经典，其小说创作因接受外国作家作品影响而在相当程度上具有“世界性”的特征——笔下“多余人”形象的出色塑造，似乎正体现出这种特征的一个方面。而从龙瑛宗所接受的外国文学影响的视角切入，对其创作奥秘进行剖析和诠释，或许能有助于我们更加全面深入地了解这位作家的艺术创作生命，并收获更多有价值的创见。因此，“龙瑛宗的文学创作与外国文学之关联”正是一个值得文学研究界进一步探究与完善的课题。

（作者单位：华侨大学文学院）

① 叶石涛：《论龙瑛宗的客家情结》，参见龙瑛宗《杜甫在长安》，台湾联经出版社，1987年，第5页。

抗战文学应该如何书写

——赛珍珠《爱国者》引发的论争述议

王　伟

赛珍珠(Pearl S. Buck)与中国有着深厚的渊源。作为美国传教士的女儿,她在"不满四个月之时"就被带到中国,学说话时先学汉语再学英语。[①] 她在江苏镇江度过了自己的童年,而且跟中国孩子一样,接受了中国式的传统启蒙教育。很大程度上可以说,正是这段经历让她从此与中国、与中国传统文化结下了一世情缘。1931 年之前,赛珍珠还是南京一所大学的普通教员。而当年 3 月其长篇小说《大地》在美国出版后,她迅速成为美国最受欢迎的畅销书作家。普利策文学奖(1932)与诺贝尔文学奖(1938)接踵而来,赛珍珠赢得了国际声誉。耐人寻味的是,这部以中国为题材的作品并未得到中国文学界的广泛认可。虽有叶公超等人的高度赞扬,但赵家璧、胡风、伍蠡甫甚至鲁迅都对其持否定态度。"中国的事情,总是中国人做来,才可以见真相,即如布克夫人,上海曾大欢迎,她亦自谓视中国为祖国,然而看她的作品,毕竟是一位生长中国的女教士的立场而已……她所觉得的,还不过一点浮面的情形。只有我们做起来,方能留一个真相。"[②]尽管此后鲁迅曾怀疑过自己所读译本的可靠性,但他的意见的确代表了其时文学界的主流声音。此刻,人们抛开了"他山之石,可以攻玉"的古训,共同对一个外国人能否真实地反映中国现实、在多大程度上反映,以及这种书写又会怎样左右西方人对中国的想象深表怀疑与担忧。1939 年 1 月,诺奖得主赛珍珠的另一部长篇小说《爱国者》在

① 林如斯:《赛珍珠传》,《杂志》,1939 年第 5 卷第 1 期,第 53 页。

② 鲁迅:《鲁迅全集·书信集(第 12 卷)》,人民文学出版社,1981 年,第 12 页。

美国出版,旋即在上海出现“抢译”风潮。因为作品涉及抗日战争,加上被个别学者誉为“一部时代的伟著”“伟作”“抗战文学的一个足资学习的范本”,[①]赛珍珠再一次陷入了舆论的剧烈风暴之中。之前对赛珍珠《大地》的批评至此再度升级:《爱国者》竟让一些中国知名作家感到愤怒不已,被贬为一钱不值的伪作。多少让人疑惑的是,一个出自曾经获得诺贝尔文学奖作家笔下的长篇小说,何以会低劣到恁般地步,臧否的标准又是什么?个中因由值得探究、玩味。

一

《爱国者》以男主角伊万为中心,讲述了这位上海银行家的少爷,如何从二次北伐到抗战之间由一心革命、到革命失败窜逃日本、再到归国抗战的心路历程。实事求是地说,无论从时间跨度上,还是就所涉及的重大时事而言,这部小说确有非同一般的气势。尽管白樱将其上升到“伟大”明显夸大,但诚如其所言,《爱国者》“故事的布局既充满了现实性,同时又富有罗曼传奇的情调。这是一部以写实主义为经而以罗曼的克传奇为纬的文学作品。在表现人物的个性上,每个人都能恰如其人。而题材的新颖,文笔的生动,更是本书的大贡献”。[②] 在白樱看来,无论对伊万有限的革命性,对其在革命遭遇失败后的彷徨与苟安,还是对以其妻子珠子为代表的日本女子性格的描写等,这部小说都入木三分。巴金对此却不屑一顾,拍案而起,在《关于〈爱国者〉》[③]一文中全盘否定了《爱国者》。他满腔愤慨地指出:“我不明白赛珍珠女士的《爱国者》为什么会这样地被中国(上海)著作家和出版家注意。我更不明白为什么会有那么多的‘文化人’抛开别的更有意义的工作抢着翻译这一本虚伪的书。”他嘲讽《爱国者》还未写完时就已被美国读书社选为“最好的小说”,只要以“公正的中国人的眼光仔细地读一遍”,就会发现它绝非“为中国抗战鼓吹的名著”。巴金断定,《爱国者》是一部虚伪的书,其“最大的证据便是在这书里面没有一个真实的中国人。有的只是捏在外国人手里的灯影,中国人至少应该知道自己的面孔和《爱国者》中所绘的面孔究竟差了多少”。应

---

① 白樱:《爱国者(特稿)》,《杂志》,1939 年第 5 卷第 1 期,第 62 页。

② 同①,第 62 页。

③ 巴金的这篇文章 1939 年在三种刊物上都有刊载,分别是《中学生》战时半月刊第 6 期、《现实》第 2 册(8 月 10 日出刊)、《鲁迅风》第 13 期(4 月 12 日出刊,该文多了一小段“附记”)。

该说,这个印象式的指责多少有些武断。毕竟,中国人是个复杂的群体,三教九流,包罗万象。而且,作为小说中的人物,判断其真实与否,关键还要看他与所处的关系网络有否龃龉,是为艺术真实。

《爱国者》之所以令巴金如此愤怒,是因为它在内容上犯了不可饶恕的编造与污蔑之过错。“这书里到处都是对我们这次抗战的有意或无意的误解”,巴金赞同林英举出的许多证据,①并特别强调其中“关于八路军虐待俘虏的描写就完全与事实不符”。云时也严词批评虐俘情节,认为“虽然是小说,但有关现实的,决不应这样的任意污蔑”。而且,“中国优待日本俘虏,中外报纸皆有记载,赛女士充耳不闻,还从中挑拨离间,若不是别有居心,何以盲目如此!”②与巴金和云时等的一棍子打死相比,秦英也认为虐待俘虏的题材并不真实,但他从写作技巧上着眼,推测“作者的用意是在充分表明中国人的恨之切骨非生吞其肉不可的情感,但是这种热烈的报仇情绪,终究是原始的,所以因彝范的力争,而终于由理智克服了情感,不再有此种情形发生”。③ 换言之,这个虚构的、让国人难以接受的材料恰恰在艺术上是真实的,合乎情节发展的逻辑。君不见,岳飞《满江红》中亦用“壮志饥餐胡虏肉,笑谈渴饮匈奴血”之句来表达“臣子恨”。巴金自己也举出了“作者的胡说”:

> 她(以璜的日本妻子)冲到他那里,摇动他的肩膀:“可是一九三七年三月二十七日谁在南京杀死日本人的?一九三二年谁在上海杀死日本人的?”
>
> “你是几年来一向把它当作话柄——反对着我——”他喊道。
>
> 可是她摇摇头:“不——只是反对你们国民。”

针对上述段落,巴金指出:“假如《爱国者》的每一个翻译人还有中国

---

① 林英:《读过了爱国者》,《申报·自由谈》,1939年6月21日,第16版。林英批评说:“它不仅认识不足简直‘胡说’。她的描写,结构,更是散漫零乱。”总之,“这是一册含有毒素的书,凡有正义感的文人都应该揭发它”。“自由谈”的编者在“余谈”中也给出了《爱国者》内容、技术均“一无可取”的判词。

② 云时:《评“爱国者”》,《现实》,1939年第2期,第141页。另,该文又以“爱国者”为题刊载于《国际月刊》1939第1卷第1期的“书报园地”。除了批评西北游击队的虐俘不实之外,该文还指责另两处不实。一是对蒋介石的描写不实,“有侮辱中国领袖的地方”。二是国民党在上海与财阀勾结、清除共产党,“恶意的侮辱中国的政府和领袖”。有鉴于此,云时断定《爱国者》是“一部不值一顾的坏东西”,“毫无一读的价值!更没有译成中文的价值!”就这两点,唐琼则持相反的观点,认为赛珍珠所写的“清党”是“史实”,且这一节写得好,写出了满怀革命热情的青年何以会被出卖,而伊万何以能够凭着家庭背景出走日本避难等。(参看唐琼:《评〈爱国者〉——兼质林英先生》,《岛风》,1939年第1卷第1期,第33页。)

③ 汝雷,叶峰,等:《“爱国者”书评座谈会记录》,《中行杂志》,1939年第1卷第1期,第86页。

人的良心(还不说艺术家的良心),他们便应该出来证明一九三七年三月二十七日并没有日本人在南京被杀;一九三二年并没有日本人在上海被杀。(一·二八之战役战死的兵士当然不算;中国方面阵亡的人更多,并且还有成千上万的无辜平民遭害。)"即是说,小说中的这个情节子虚乌有。既然如此,令人费解的是:"为什么中国人以璜会承认那莫须有的事可以当做'话柄'。"如果译者不能把这一点解释清楚的话,那么,他们的翻译便是"拿造谣和胡说来污蔑自己民族的抗战了"。林语堂曾撰文赞扬赛珍珠在美国是中国最有力的宣传者。巴金奚落道,"大概我们自己太缺乏宣传人材了,竟然把赛珍珠也当作了我们的宣传者","别人污蔑了我们,戏弄了我们,捏造出我们未犯过的杀人罪名,我们还要称颂她的'伟大',将她的书当作恩物似地抢着翻译出来","糊涂到将财主当作父母连自己的是非都不知道"。最后,巴金甚至发出了"我控诉"的呼声。

从《爱国者》中的一段"不实"的对话,巴金整个否定了赛珍珠本人、赛珍珠的著作及翻译,其拳拳爱国之心溢于言表。问题是,爱国热情的冲动使其失去了应有的理智与逻辑,从而做出了有失中肯的评价。试想,设若其做出推论的依据本身站不住脚或不够充分的话,那么,所有据此对赛珍珠义正词严的指斥将轰然坍塌或摇摇欲坠。作为译者之一的哲非就巴金的论据指出:"我不晓得这里的'她',巴金先生看作是作者的赛珍珠女士呢还是书中人的日本女子珠子?如果这话是出诸作者之口,那真是胡说。可是若果是出诸一个日常受侵华宣传洗礼的日本女子之口,我们决不能说是作者的胡说。"事实上,"赛珍珠这里放在日本女子珠子口中的话,既没有使我们'中国人的良心'有所不安的必要,而且作者还确是表现了她的'艺术家的良心'呢!"[①]显然,这个回应入情入理。因此,巴金对赛珍珠的批评言过其实,显得热情有余而理性不足。

在对赛珍珠的挞伐(包括一些为赛珍珠的辩护)过程中,真实始终是一个锐不可当的利器。问题在于,这种真实必须是合乎历史的真实,文学被视同历史,担负着"信史"的功能,而文学的虚构、文学更高层次的真实被理所当然地置之一旁。实际上,文学与历史在话语系统中有着不同的分工。亚里士多德的《诗学》就说,文学书写可能发生之事,而历史则叙述已经发生之事。换言之,文学之真与历史之真并不能完全等同,更不能相互替代。前者固然须在大体上尊重后者,但这并不意味着前者没有丝

① 哲非:《〈爱国者〉批评的总答复》,《上海评论》,1939年第1期,第42页。

毫可以腾挪的空间。另外,真也并非是单面的,而是多维的。因为即便是同一事件,不同的视角或立场得出的结果不见得全都一模一样。所谓"横看成岭侧成峰,远近高低各不同",它们可能相互补充,也可能相互博弈乃至相互矛盾。就《爱国者》这部长篇小说而言,依照批评者的意见,就算它有一些不实之处,仅仅以此全盘否定它仍有失妥当。需要承认的是,作为一个外国人,赛珍珠认识中国的能力有限,何况她以中国为题材的小说并非是为了诋毁中国。正因如此,讨论中有学者指出,一些批评家对赛珍珠的批评过于严苛,不利于争取国际友人。还有学者直言:"有的时候我们中国人的爱国心太偏狭太极端了一点,对外国作家的批评也太过苛刻了点,一点不对就动气,似乎是不必的。"①而偏狭的真实观念之所以成为至上的标杆,跟中国源远流长的"诗史"传统、僵化的现实主义反映论、抗战的特殊时代背景等因素密切相关。

二

《爱国者》的男主角经历了国共分裂,潜逃日本后,长期处于消沉状态。到他回国之前,这期间发生了日本侵略中国的诸多重大事件:"九一八事变"、"一二八抗战"、卢沟桥抗战、"八一三抗战"等。让评论者十分不满的是,赛珍珠对于这些大事,"都是那样轻轻的一触,那样轻描淡写,而此外××对于中国的侮辱,挑衅,压迫,毒害,走私,侵占领土,破坏主权,制造傀儡,极尽侵略的各种伎俩,另一方面相应而起的中国的反抗,抗战,救亡运动,都被忽视地滑过了"。② 更让人匪夷所思的是,伊万从消沉转向回国抗战的诱因竟然还不是这些血淋淋的事实,而是他在码头上所听到的一段充满狭隘的爱国观念与赤裸的侵略主义的话——它出自一个领取自己死于前线的儿子骨灰盒的日本老妇之口。因此,评论者诟病伊万转变的关键不当、节奏太慢,而且跟其过去爱国者的身份判若两人。司马圣批评这种取材上的缺陷:"避难就易,避重就轻,避繁就简。"③他认为,这个故事的题材既然包括了最近十年来的大事变,既然展开到对日抗战甚至汉口撤退以后的大事变,那么,小说就应重在描写这些事变所反映出来的中国人抗战的英姿。然而,小说却花了大量笔墨描写伊万与珠子

① 汝雷,叶峰,等:《"爱国者"书评座谈会记录》,《中行杂志》,1939 年第 1 卷第 1 期,第 85、88 页。
② 周木斋:《读〈爱国者〉》,《东南风》,1939 年第 1 卷第 2 期,第 27 页。
③ 司马圣:《我对于〈爱国者〉的感想》,《申报·自由谈》,1939 年 6 月 23 日,第 13 版。

的恋爱故事。汝雷也批评《爱国者》实在很平凡,中国抗战期间赛珍珠不在中国,所以就"只得避免正面地采取抗战为题材,即使有采取,也不过是摭拾一些她本国报纸上的报道罢了"。[①] 即是说,小说的着力点走偏了。素鹤承认取材避重就轻的缺点,但指出之所以如此是因为"一个作者特别是外国作者取材的观念角度,不必一定要和我们读者的相同。就作者以往的作品看,可以断定她是一个个人主义的人道主义的作家,描写缠绵悱恻的恋爱,远胜于如火如荼的革命,所以不从群体来表现中国抗战的精神,却企图从一二个家庭,三四个人物的私生活上反映抗战中国场面的一角。这与其说是作者避重就轻,倒毋宁说是作者自知其特长的所在"。[②] 换言之,尽管这种小叙事未能满足当时文艺界对抗战文学宏大叙事的热望,但依然有其存在的合理性与必要性。这里的关键是,囿于个体的能力与文类的规则,作家如何处理与消化纷繁复杂的抗战历史,并以文学话语的形式叙述出来。

作为第一部有关抗战的长篇小说,《爱国者》遭遇了严厉的批评。它的译者哲非甚至认为它的出现本身就是对中国文化人的一种羞辱。因为像这样的作品,中国文艺界不是没有人能写,但现实是我们的作家就是没有及时地拿出干货来。更有论者愤然指出:"中国文坛上不知还有多少比她更浅薄的作品。"[③]我们知道,就长篇小说而论,巴金的抗战三部曲《火》《炎》《灾》要到 1940—1943 年才面世,茅盾的《腐蚀》是 1941 年、《第一阶段的故事》是 1945 年,而老舍的《火葬》则是 1944 年。《火》写的是战争发生之后,上海青年怎样开展抗日救亡的工作。《炎》(又名《冯文淑》)写的是上海青年怎样离开上海沦陷区,深入阵地,组织战地工作队进行抗日宣传。《灾》(又名《田惠世》)写的是革命青年冯文淑与宗教徒田惠世的交往,借以说明基督徒如果真正相信真理、播撒生命之种,就一样可以参与革命活动。不难看出,巴金的抗战书写并未正面描写抗战的宏大场面,也是选取自己熟悉的青年抗日那一部分题材来展开情节。由于担心时过境迁,自己未能留下反映时代的作品,老舍写了长篇小说《火葬》,但他自己并不满意,甚至说假如搁在抗战前,一定会将它扔到废纸篓里。到了《四世同堂》,老舍就舍弃了那些不真实的战争场面,捡起了自己最拿手的北平胡同,描写了"小羊圈"葫芦巷内居民在抗战期间的历

① 汝雷,叶峰,等:《"爱国者"书评座谈会记录》,《中行杂志》,1939 年第 1 卷第 1 期,第 84 页。
② 同①,第 84-85 页。
③ 司马圣:《我对于〈爱国者〉的感想》,《申报·自由谈》,1939 年 6 月 23 日,第 13 版。

史。值得注意的是,有学者指出:老舍的抗战小说“爱国思潮的高亢和疾恶如仇的激愤,给我们的印象是深刻乐观的,但是这只是作家基于爱国情绪,欲激发民心士气的文字表现品罢了。这些作品,与抗日战争的史实是不符的,因此并不能真正表现那个时代”。[①] 与此相比,茅盾的《腐蚀》更是等而下之。“他技巧地透过女性的心态,反映出了政府区的黑暗面,甚至捏造情节加以渲染。完全站在政治的立场上来写小说,既没有考虑国家民族的利益,也不曾顾到全民的福祉和抗战需要,至于故事的真实性和合理性,更不在考虑之列。”而《第一阶段的故事》主要在表现沦陷区上海的全貌,“主题似在宣传全民抗日,以及全国同胞对日本侵略的觉醒,骨子里却揭发了社会中的丑恶,不像为抗战所写”。[②] 因此,茅盾的抗战小说不仅谈不上激励,反倒“腐蚀”、分化了抗战。相比之下,瑕瑜互见的《爱国者》自然不应受到过低或过高的评价。无论是它所存在的缺陷还是取得的成功,都为后来的抗战文学作品设定了一个借以衡量自我的坐标点。

(作者单位:福建社会科学院文学研究所)

---

① 尹雪曼:《抗战时期的现代小说》,台湾成文出版社,1980年,第67页。

② 同①,第79、70页。

《台湾人三部曲》的人物形象塑造

程燕婷/李诠林

台湾乡土文学发生于20世纪20年代，由赖和揭开乡土文学的帷幕，并得到杨逵、吴浊流、钟理和等作家的盛情追随。最后在钟肇政的笔下得到接力并发扬壮大。因此钟肇政可以算是台湾乡土文学领域里“承前启后”的代表，有着举足轻重的地位。他本人也因此被誉为“战后第一代台湾乡土作家中最有宏大气魄和坚韧创作力的一代翘楚”。[①]《台湾人三部曲》是他最杰出的长篇作品之一，分别是第一部《沉沦》、第二部《沧溟行》、第三部《插天山之歌》。书中人物有血有肉、个性鲜明，特别是女性形象和她们的情感生活，更是日据时期台湾妇女的经典代表。

一、《台湾人三部曲》的写作场域

钟肇政1925年出生在台湾的桃园——此时台湾仍处于日本帝国的残酷殖民统治下。人民生活举步维艰，处处受到殖民者的无情压迫、残酷剥削。那些为虎作伥的民族败类竟也转过头来欺压自己本民族的人，实属应受到人民的指责与控诉。

钟肇政从小就喜欢读书，尽管所受的是日文教育，但是由于自幼便目睹台湾人民的不幸遭遇，他自小深感亡国之痛，“立志依据亲身经历，写下中华民族不堪受异族凌辱，抗争不已的悲壮历史，为下一代留下见证”。[②]1951年，钟肇政发表第一篇作品《婚后》，从此步入台湾文坛。由于“钟肇

① 刘登翰，庄明萱主编：《台湾文学史（第二册）》，现代教育出版社，2007年，第559页。
② 同①。

政所关心的是台湾本土的人民和他们半个世纪以来的悲痛的历史”，[①]因此台湾乡土民间成了他的取材关注点，“故事的背景大多是台湾较偏僻的客家人的农村生活”。[②] 尽管作品中偶然涉及知识分子，但是我们可以清楚地看到他笔下的知识分子基本上也是显现出和农民至亲的关系。就像《台湾人三部曲》中第二部、第三部的主人公陆维梁与陆志骧一样。

站在反思历史的角度，加之他从小的志向，钟肇政构思了《台湾人三部曲》。第一部《沉沦》执笔于1964年，到1968年才完成，历时四年之久。在阅读作品时，我们会发现第二部与第一部间有一定的断隔。原来作者在第一部《沉沦》中是有为第二部《沧溟行》埋下伏笔的，但是根据作者的言辞：“然而当我搜集第二部的背景资料时，处处碰了墙。那些日据中期台湾文化协会以及民众党、农民运动等事迹，不但资料难以掌握，而且处处是不能碰的禁忌。因此，在第一部写完以后，不得不将这部书搁下……过了五年……，心中大起恐慌。”[③]因此，1973年，钟肇政便草草先完成了第三部《插天山之歌》，并设计主人公陆志骧躲进大山深处，还特意安排他遇到一个来自大陆的国民党军人，[④]从而证明陆的思想不会出错，也间接表明自己对当局者的态度。而第二部《沧溟行》一直到1975年才写完，这也就是说《台湾人三部曲》整整历时11年才算真正完成。但是此时的《台湾人三部曲》已经脱离了原本思路，和作者的本意有了距离感。因为每个台湾作家在创作与日据时期的台湾人抗日斗争相关的作品时，都是顶着极大的压力、恐惧的心情，甚至存在丧命的危险，进行“伪良心”创作。为了防止被当局抓走，在作品中不能使用真人真事，这一点足以表明台湾作家创作环境的艰难。但这也正从侧面说明了部分台湾作家个人坚守的坚韧性和坚持正义的勇敢性。

二、《台湾人三部曲》与民族史诗

从阅读作品开头的楔子中，我们就可以发现钟肇政自己说的《台湾人三部曲》是“用血、用泪、用骨髓”[⑤]写就的反抗日本殖民统治的“一部可歌

---

① 中国社会科学院文学研究所当代文学研究室编选：《台湾作家小说选集（二）》，中国社会科学出版社，1982年，第12页。

② 同①。

③ 同①，第17页。

④ 同①，第17页。

⑤ 钟肇政：《台湾人三部曲·第一部·沉沦》，中国广播电视出版社，1983年，第3页。

可泣的伟大民族史诗”。[①] 这部长篇小说由三部分组成，分别是《沉沦》《沧溟行》《插天山之歌》。总体来说，作品围绕着台湾北部的一个山寨——九座寮庄的陆氏家族的抗日斗争，以小见大，描述了一幅台湾人民50年来不屈不挠、坚决反对日本侵略主义、誓死与台湾共存亡的生动画面。作品是从1895年的中日甲午战争，中国晚清政府战败后，台湾被迫割让给日本开始写起，一直到1945年日本帝国主义的投降，整整50年，跨越了半个世纪。在这50年里，台湾人民受到日本殖民当局的残酷剥削、无情压榨与非人待遇。台湾人民从武装反抗、被迫顺从、无奈接受、忍受屈辱到黎明前的最黑暗，经历了三个阶段：武装反抗、民主运动和台湾光复前期。台湾人民心中一直坚信，日本殖民侵略者必将失败，滚出台湾，受到历史的惩罚。

第一部《沉沦》重点描写了中日甲午战争中晚清政府的失败，被迫割台，台湾人民的武装反抗过程，可以分成两个部分：第一部分是记录陆家来台祖荣邦公从广东长乐县渡台开始创业及以后的情况。小说附带了人物图：

荣邦公(来台祖)——天贵——信河——仁发、仁祯、仁德(从大到小排)
——信溪——仁宽、仁训、仁辉、仁望
——信海——仁烈、仁智、仁勇
——天送

从这幅人物图，我们可以知道陆氏家族的枝繁叶茂。这也是为第三部《插天山之歌》主人公陆志骧到这些远房亲戚家躲避，得以一次次逃脱日本殖民当局的逮捕埋下伏笔。第二部分则是讲述中日甲午战争后，清廷战败，台湾迫不得已被割让给日本殖民者。九座寮庄人民安静祥和的日子被迫停止，大家勇敢地拿起武器和殖民者拼个你死我活。结局却是以失败告终。毕竟日本人的武力强大且先进。

随着时间的推移，到20世纪20年代，日本殖民当局转变对台的治理方式：从“武治”改为“文治”，因此台湾人民的斗争方式也从武装斗争转化为民主运动。这就成了第二部《沧溟行》的背景。作品以陆氏家族六世孙陆维梁从事反日的民主运动为主线，辅之以陆维栋的生活和陆维梁的情感经历。在这里也描述了在“皇民化运动”的强力执行下，台湾部分人民受不住压力，竟加入统治本岛人民的殖民者行列中。但是，这些人是

① 钟肇政：《台湾人三部曲·第一部·沉沦》，中国广播电视出版社，1983年，第4页。

"伪殖民者"。陆维梁则一次次组织农民进行以抗租为内容的民主斗争，尽管他在赤牛埔事件中被捕入狱，但是他不惧日本殖民统治的威胁，出狱后，仍然组织斗争。陆维梁身上的不屈不挠的反抗精神，不仅仅是陆家人的宝贵精神，更是台湾人民乃至整个中华民族的宝贵精神。

第三部《插天山之歌》讲述了光复前台湾的各种社会现象，刻画了陆家第七世孙——陆志骧由于秘密参加抗日活动而受到日本当局的通缉，偷偷潜回家乡——台湾农村，最后无处可藏，只好借助插天山来隐藏自己，一直到日本战败前一天才被捕，幸运的是，第二天日本投降，他被释放了。这一部里，台湾人民的抗争性已经明显落潮了，作者着重讲述陆志骧与黄奔妹之间的爱情故事。此时，已经看不到第一部中采茶女们对爱情的含蓄表达，更多的是奔妹对陆志骧的时时关心、刻刻入怀。

通读三部作品，可以发现三者既可以独立，又能够相连。它不仅以台湾人民的反对日本殖民统治为主线，还以作品主人公陆氏子弟们的爱情婚姻故事为副线，不管在三部中的哪一部，我们都能发现陆氏子弟们的情感经历贯穿其中，作品中特别描绘了台湾妇女们的感情波折。因此三部整合起来就成为一部宏大生动的"台湾近、现代史"。①

三、《台湾人三部曲》的人物形象展

作品自身跨越时间长，历史容量足，气势庞大，结构宽广，人物形象更是精彩纷呈。

（一）坚持抗日的爱国英雄形象

这类人是一系列有血有肉的民族英雄形象，如第一部中的"仁勇"和"信海"老人，其实那些选择参加抗日战争的农民都是我们推崇的英雄，包括第二部中的陆维梁和他的母亲，第三部的陆志骧及帮助他逃避追缉的所有乡亲。尽管这些人帮助他有血缘关系的因素，但是更多的是因为陆志骧所从事的反日活动是陆家人世世代代在做的、正确的、人道的反抗事业，人们支持正义的、勇敢的爱国行为。这里便隐隐点明了在日本"奴化"行为下，台湾人民隐藏在血液中的抗争精神的坚韧性与持久性。

让人印象深刻的是第一部中的"信海"老人。在中国传统的思想中，每个老人最大的愿望就是能够安享晚年，膝下儿孙满堂，家族兴旺，享受天伦

① 刘登翰，庄明萱主编：《台湾文学史（第二册）》，现代教育出版社，2007 年，第 566 页。

之乐。老舍先生《四世同堂》中的祁家老人便是在封闭的家中对外面的事情不管不问,也不愿意自己的子孙触碰。在"卢沟桥事变"后,老人依然安之若素。"信海"老人的做法是截然不同的,他坚持留在台湾岛上,而且当他听陆仁勇说要去抗击日本兵时,立马表明支持态度,并让仁勇组织成立陆家子弟兵。在陆家子弟兵出发前,他还按照客家人的习俗,为出战的孩子们一一倒酒,并在祖宗牌位前宣誓:"执戟攘夷,誓与共存……"①从这位老人身上,我们看到了不因命运而停滞不前的中国人的坚强、勇敢的不屈精神。一个老人尚能如此,更何况年轻人呢?陆家的纲仑等小辈及陆家的长工阿赓伯更让我们明白:在殖民者面前,台湾人民,不管老人、年轻人、小孩子,都以誓死守护自己家园为重任,他们勇敢、不怕牺牲、坚决抗日。这也从侧面展现了中国人民不惧困难、坚决反对殖民侵略的爱国精神。

(二)在殖民统治下苦苦挣扎的贫苦百姓

这类人更多体现在第二部作品中。尽管第一部中陆家在九座寮庄算是大户人家,但到第二部《沧溟行》,我们就发现陆家已经不再是九座寮庄的富家。由于日本人的入侵,陆家人和其他百姓一样失去了部分祖先辛苦开垦的土地。他们又开始了和祖先一样辛苦的劳作。那些原本属于他们的财产,早已被日本人无情夺去了。陆家这个大家族都沦陷了,更何况是比陆家更穷的百姓呢?在第二部中,人民已经转到了民主斗争,我们便看到知识分子陆维梁领导下层受剥削压迫的人民进行民主运动了。人民又有了新的希望,他们"生的坚强,死的挣扎"——那是台湾人民日据时期的生活状态,更是中国人民面临不正义战争时的生活场景,这是多么真实的存在!

(三)《台湾人三部曲》中熠熠生辉的女性形象

这些女性大多数都有着可怜的身世和为时不长的甜蜜爱情。像第一部中的秋菊。亲生父亲早逝,生活变得愈加贫困。秋菊母亲只能通过和阿熊师搭伙生存。不料,阿熊师竟然越来越懒惰,成为懒鬼,而且还是个不折不扣的酒鬼。秋菊母亲只好安守本分,"嫁鸡随鸡,嫁狗随狗"了。还好,秋菊是早熟懂事的孩子,从小帮母亲做事,长大后更成为出色的采茶女。秋菊在替陆家人采茶时,与陆纲仑情投意合,两人就差父母之命,媒妁之言。纲仑和秋菊二人的爱情确切开始于纲仑去抗日前与秋菊的偷偷见面。在黑夜中,纲仑将秋菊紧紧抱在怀里。一个问:你会等我吗?

① 钟肇政:《台湾人三部曲·第一部·沉沦》,中国广播电视出版社,1983年,第172页。

一个回答说：我一定等你回来。作品没有写到纲仑回来之后和秋菊的婚姻，但是我们知道秋菊会一边等纲仑，一边受传统思想的折磨。钟肇政给我们一个悬念。这类可怜人还有风春等人。

再如第三部中黄奔妹这个女性形象。其出场颇具特色。主人公陆志骧在躲避到老叔公家时，因无聊上山，听到口号声，寻去见到一个“彪悍”女子。这个从小帮父亲照顾幼小弟妹的女子，在没遇到陆志骧之前看不上志骧家的两个堂兄弟。她勤劳、节俭、会持家，一句话，就是上得了深山，下得了厨房，还喊得了口号，当得了队长。但是在她见到陆志骧之后，那颗青春之心怦然狂跳起来。她开始运用当地女子独特的相处方式与陆志骧接触，从口头语言到行为动作，从羞赧到大方。而陆志骧却傻傻地不知所措。日本警察的调查使志骧与奔妹有了第一次深入接触——奔妹送志骧去姑妈家躲避追捕，二人的感情也就由此迅速升温。明明知道志骧是逃命的“犯人”——于日本殖民当局而言，但对于深明大义的台湾人民来说他是英雄好汉，奔妹毅然决然选择与志骧相爱，并做好思想准备。在爱情路上，奔妹比陆志骧更为勇敢坚决，但是日本帝国主义没消灭前，二人的生活根本没有保障，奔妹选择跟志骧一起逃命、一起辛苦。此时的奔妹已经转变为为爱勇敢前行的勇者，当然少不了黄父的支持、理解。日本殖民者总算投降了，奔妹的爱情有了盼头，二人的生活出现了转机，未来开始变得美好而漫长了。

值得注意的是第二部《沧溟行》中与陆维梁相爱的日本女子松崎文子。她可以算是日据时期台湾的“伪台湾女性”——毕竟她是日本人。这个接受过现代教育的殖民者的女儿，竟然爱上了被殖民者的儿子。这种夹杂在两种尴尬身份中的爱情，可想而知是多么缺乏生长的养分，不仅仅是文子父母强烈反对，更得不到陆维梁家人的祝福。这个毅然冲破国籍障碍、勇于追求自已心中理想爱情的女子，她的爱情之路满是荆棘。陆维梁的不辞而别，让她从城市找到乡下。那幅“……一个是素净淡雅的妙龄洋装少女，一个是戴顶笠仔，穿台湾衫裤，赤脚的年轻小伙子”①成为我们脑海中唯美而感动的画面。我们不仅因为文子的大胆，更为爱情的不可替代性和纯洁性而感动。然而，这不只是城市人与乡下人的差距，更是殖民者与被殖民者间的鸿沟。台湾在等待祖国大陆人民抗战胜利的消息，尽快摆脱日本殖民当局的管治。他们二人的爱情虽然灿烂，却如泡沫

① 钟肇政：《台湾人三部曲·第二部·沧溟行》，中国广播电视出版社，1983年，第153页。

般易逝。陆维梁最后选择和玉燕——从小养来“做堆”的勤劳、节俭、善良的台湾传统女性结合。可怜的文子会不会一直等下去？还是迫于家里压力，选择一个自己不喜欢的男子结婚，过完下半辈子呢？不管文子结局如何，我们不应该忘记陆维梁之前奋力组织民主斗争，不仅仅是受民族、家族使命感的驱使，更有文子的加油鼓励。

（四）卑鄙无耻的民族败类

日据时期的台湾，到处可见为虎作伥的民族耻辱、民族败类。例如，第一部中的张达，被日本兵抓走后，受不住拷问，竟然带日本军队去攻打抗日部队——陆家子弟兵投靠的胡老锦抗日组织。一副贪生怕死的嘴脸就鲜明浮现在我们的面前。“人固有一死，或重于泰山，或轻于鸿毛”，想必日本人利用完张达，张达只剩下惨死的结局吧。像第二部中的陆维扬也是民族败类的代表之一。他比张达更让陆家人心寒。首先，他做保正，死心塌地地替日本人做事。为了升官，给日本长官送礼、请吃饭更不在话下。最令人气愤的是，他竟然打压陆维梁的哥哥陆维栋。平日里，更是一副以日本人自居的嘴脸，那贼头贼脑、自负、卑鄙无耻的面目就印在读者的脑海中。最后作者揭示了他的真实身份——他不是真正的陆家人，只是顶着陆姓的外姓人。这类人是作者排斥、痛恨的。他们在日本帝国主义的奴化教育下，已经从台湾人转化成“伪日本人”，并且在生活方式、语言使用等方面主观上要同日本人一样。

《台湾人三部曲》是一部可歌可泣的民族史诗，是日据时期台湾人民悲惨生活、勇敢抗日的爱国行为的真实再现。作者希望通过反思那段悲惨的被侵略、被殖民的历史，再现日据时期台湾民众的英勇抗日，来告诫人们不能忘记历史，且更应该珍惜这来之不易的安静、和平、幸福生活。这部作品在一定程度上实现了作者儿时的志向——“写下中华民族不堪受异族凌辱，抗争不已的悲壮历史，为下一代留下见证”。[①] 小说中那些可爱、可敬、可恨的人儿，不仅在我们脑中留下深刻印象，还是台湾文学史人物典型不可或缺的一员，更是中国现代文学中一个个无可替代的典型。身为当代人的我们必须谨记历史，并从历史中得到某些启发。

（作者单位：福建师范大学文学院）

① 刘登翰，庄明萱主编：《台湾文学史（第二册）》，现代教育出版社，2007 年，第 559 页。

吕赫若小说中的闽台风俗文化

林岚彬／李诠林

祖国大陆与台湾同根同宗、同源同脉，而闽台文化关系是台湾与祖国文化血缘之亲最直接的体现。自明末清初开始，闽地的中原移民后代大规模地南迁入台，中原文化也经由闽地本土化发展后再延伸至台湾从而形成一个特殊的闽台文化区。1937 年的“七七事变”之后，日本发动了全面侵华战争，日本殖民当局试图将台湾建成侵略中华计划中的支持后方，对台湾的文化教育、社会政治及民间活动进行全面性的殖民同化。在这种政治高压下，作为日据时期文学创作重将的吕赫若，他的小说刻意地以民俗风情作为言说背景，从正面抵抗日本殖民主义到退守到汉民族文化母体中汲取力量以抵御异族侵略的转变，不仅是作者在平时生活中对民风民俗、汉文化有较为深入的关注而使然，更是作者在夹缝中反抗异族、坚守民族精神的巧妙的叙事策略。

一、源与缘：闽台民间信仰之说

民间信仰的共性则是闽台民间风俗文化的重要组成部分。日据时期，一切宗教活动都在一定程度上受到打击，“日本人所推行的皇民化运动，项目之繁多实在不胜枚举：甚至还要台胞把祖宗牌位烧掉，消灭中华文化；家家户户被迫供奉日本皇族‘天照大神’，各地寺庙的神像也被损毁”。[①] 吕赫若的小说对民间信仰的态度是矛盾的，一方面透露出殖民统治打压下本土神灵崇拜式微的失落感，另一方面又从对民间信仰活动的

① 许金用编著：《台湾民俗文化汇编》，乡土文化研究会，1992 年，第 104 页。

追忆与细描中表达台湾民众对本土神灵崇拜的坚守之心。

(一) 忠义之神——关帝信仰

关帝信仰是中国民间传统文化中的独特现象,其形成原因根本在于民众的认同或者说是民族文化心理的需求。从历史的角度而言,关帝爷忠勇仁义及除暴安良的精神是台湾民众奋起抗争的力量来源,其影响在反抗封建压迫与异族统治的斗争期间尤为显著。据记载,“台湾之关帝庙祀,始于明郑时代,台湾、诸罗两县各地皆有庙祀”,[①]台湾民众信仰关帝的目的在于“于文庙以习礼乐冠裳之盛,于武庙以作其忠诚义勇之气”。[②]此种特殊的政治背景下,关帝的忠义精神在台湾地区备受尊崇。在日据时期,关帝爷的忠勇仁义成为台湾人民保持民族气节、抵御外敌的信念支柱。据《关帝信仰在台湾》中记载,“苗栗县头屋乡‘曲洞宫’,主祀关帝等三恩主,其对联为‘曲洞建神宫,显赫长昭唐社稷;沙河扬圣德,雷威永护汉山河’”。关帝爷忠义精神在此得到了现实意义上的回应。

吕赫若小说多次提及关帝信仰,并且关帝意象在他的小说中沿着时间线轴有着一种文化深意的转变。小说中的关帝庙承载着“我”与表妹翠竹儿时的回忆与浮沉的人生经历。文中不仅描写“我”与表妹观看关帝祭典的盛大景况,还加入“乩童”这一细节。乩童在闽台民间信仰中被奉为神的代言者,借神威附体,用似懂非懂的话口述神灵的旨意,相当于天神与部落民众之间的灵媒。吕赫若对关帝庙会场景的重现说明了在偏僻落后的乡村中,庙宇是民众祈福谢恩、避祟消灾的重要场地。在庙宇中举行进香、祈福、谢恩、谢罪、消灾的活动,已成为村民们的精神寄托。

小说中如今的关帝庙庭院内杂草丛生、人迹罕至,已不复当年热闹的祭典盛况;墙壁上石灰剥落、结满蛛丝则暗示了关帝庙长期被废置的处境;偃月刀与神旗任其荒废,曾经摆放祭祀品的长桌布满斑斑鸡粪。关帝庙在时代潮流的冲击下,已然逐渐没落。这座关帝庙不仅见证了“我”与翠竹儿时的友情、热闹的祭祀盛况,而且也目睹了“我”与表妹人生浮沉及如今台湾本土神灵崇拜的日渐式微,作者将主人公悲惨命运与关帝庙的兴盛和衰败联系在一起,既哀叹生活每况愈下,又感慨关帝庙的衰败。

小说《清秋》中这样描绘道:“这座关帝庙的建筑相当古老……地方居民的信仰深厚,耀勋在少年时,母亲也经常带他来这里……如今所看到

① 瞿海源编纂,刘宁颜总纂:《重修台湾省通志·卷3 住民志宗教篇》,台湾省文献委员会,1992年,第991页。

② 同①,第992页。

的色彩已腐朽成个冷清、模糊的单色。”作者在小说中极力渲染关庙的破败场景，除了表达个人的伤感、失落情绪外，显然还有隐藏的文化深意：关帝庙的鼎盛时期与记忆中美好的民众生活融为一体，而关帝庙的破败场景则暗示了在日本殖民统治下台湾民众生活每况愈下。小说中人物对关帝庙昔日盛况的怀念实则是对日本当局打压中国民间信仰含蓄而坚定的抗议。

（二）开漳圣王

开漳圣王原庙在福建省漳州府诏安县南闽内将军庙，“福建省漳州移民来台之处，为求开拓平安顺利，多从家乡带来‘开漳圣王’，当做随身守护神及至安居之后，在漳民聚居地方，建庙供奉”。[①] 开漳圣王是唐僖宗时的武进士陈光远，为平定漳州而被朝廷任命为元帅。故园有祠，闽台有庙，陈光远所创建的开漳文化和开拓精神在闽台地区世代相传、影响深远。吕赫若小说《邻居》中田中夫妇要强行抱养台湾孩子阿民，在阿民生病的时候，田中夫人与阿民生母李夫人之间的争执实则是日本与中国风俗习惯的冲突：“我虽然不知道谁是开漳圣王，可是我讨厌奇怪的药草。”而李夫人则坚持要将阿民带回家治病，向开漳圣王求取药草来治疗。田中夫人对本土风俗的排斥、李夫人对开漳圣王信仰的坚持彰显了在日本殖民统治下尚未被殖民化的民间信仰力量。《吕赫若日记》中记载，“一九四二年九月十六日在芝山顶抽神签，求问将来以作家为生，移住台北如何”，[②]有趣的是日记中还给出了观音佛祖与开漳圣王的签文，说明吕赫若本人对本土神灵也有着深刻信仰，反映到作品中才会有这些本土神灵的出现，折射出他对本民族风俗习惯、民间信仰的认同与推崇，并以此作为与日本文化渗透相抵抗的有力武器。

（三）财子寿三神

财神爷在台湾地区也叫作邯郸爷，指赵公明。在中国神话中由于他被姜子牙射去双目不以势利眼看待信徒、能公正办事而在民间受到崇信。禄神，最早是主司人间功名利禄的文昌帝君，在明代演变成手抱孩子的送子张仙。寿星，起初由星辰转化而来，后被奉为长寿之神。财子寿三星起源于古人对星辰的自然崇拜，在流传的过程中被百姓赋予非凡的神性和各自的神职，走入寻常巷陌成为民间世俗中人们向往理想生活的精神寄

① 许金用编著：《台湾民俗文化汇编》，乡土文化研究会，1992年，第138页。

② 吕赫若：《吕赫若日记（1942—1944）中译本》，钟瑞芳译，台湾文学馆，2004年，第212页。

托。吕赫若小说《合家平安》《财子寿》中都提到财子寿画像："在与他的起居室邻接的'后龙厅'之正面，挂着一幅画有代表财子寿三人的画轴，他每天总要眺望多回"[①]，"上面的墙壁，正中挂着有财子寿的画幅，两旁是写着'常在祖德永流芳''远接宗功庆泽长'金字的对联"。[②] 中国民间习俗中对财子寿三神的信仰正如小说中周海文"对人生的态度尽在'财子寿'三个字上，即增多财产、繁荣子孙，以及长寿"，这是民众普遍共有的对世俗生活的愿景，然而吕赫若小说中运用到这个意象却有着不同的意味。日据时期，在殖民者强权压制与殖民者带来的"现代文明"对落后的传统生产结构与传统家族制度毁灭性打击的双重困境下，民众远不可能实现"多财、多子、多寿"的愿望。《合家平安》《财子寿》两篇小说描写的都是旧地主世家的没落史，《财子寿》里的周海文一边祈盼能多财、多子、多福寿，但另一面却做着人性沦丧的事情，结局写到钱财被下女偷走，母亲去世，妻子疯癫，"财子寿"在此富有讽刺的意味。《合家平安》描写封建旧贵族范庆星靠着当年父辈的财产吸食鸦片而彻底败落，生活稍有起色又故态复萌，导致入不敷出，儿子们纷纷离他而去，"合家平安"的愿望在烟雾缭绕中粉碎。可以看出吕赫若在这两篇小说中对民间信仰既坚守又反思的特殊文化心态。一方面，他在小说中植入民间习俗中"财子寿"三星信仰；一方面，又暗示了在外部异族强权统治与内部家庭结构崩塌的双重困境下，"多财、多子、多寿"的愿景只能是空想甚至是对自甘衰败家族的一种讽刺，对自寻没落的民众有着哀其不幸、怒其不争的内在情绪。

二、慎终追远的丧葬之俗及"气"与风水

台湾移民大部分来自闽粤地区，故而婚丧之俗，有所相似。自然神灵和祖先崇拜一度受到原始初民的狂热追崇，并由此建构了完整、严密的鬼神文化和民间信仰体系，同时渗透了中国民间大众深信的佛教轮回报应之说，受佛教思想熏陶，对死者的丧葬务必要尊礼尽孝。"闽台的祖先崇拜是一种信鬼尚祀的表现"，[③]在各种祭祀中，以有血缘关系的鬼魂作为崇信对象，求其庇佑家族兴旺、子孙平安。小说《财子寿》中写到一场盛

① 吕赫若：《财子寿：台湾第一才子吕赫若小说精选》，林至洁译，中国友谊出版公司，1996 年，第 50 页。
② 同①，第 148 页。
③ 焦红辉主编：《源与缘：闽台民间风俗比照》，海风出版社，2007 年，第 193 页。

大的葬礼,“桂春夫人的葬礼举行了两昼夜。对贫穷的牛眠埔部落居民而言,被称作‘九舍娘’夫人的葬礼之盛大,成为部落居民的热门话题”。[①]黑夜降临,部落居民全部聚集到灯火通明的福寿堂。小说中描述了感人的“耙砂”场面:

> 在院子里的正中央堆一座小砂山,周围铺上稻草,遗族们穿着生麻的丧服坐下来。砂山上插了两颗鸡蛋当做眼珠,然后点上蜡烛,遗族们屏息凝视。戴着牛头与马面假面具的两个道士隔着砂山对骂,四处,等他们一消失,出现一位胸前披着长白布的道士,带领着遗族们环绕砂山的周围,一边又以充满悲调的声音哭泣……道士哭着唱出“十二月怀胎”的悲伤词句,以及感谢母亲养育的哀痛之情,深深感动了周遭看热闹的人群,女人们的眼睛已经哭肿了。他们回想从怀孕、生产到养育过程母亲无限的劬劳,思及与母亲永别的哀痛,不禁潸然泪下。[②]

吕赫若对丧礼的细节化描写,不仅仅是出于文学表现的需要,而且承载着民俗描写与传承的价值。在“慎终追远”观念的影响之下,中国人对死者坟墓的择定十分重视。“风水即坟墓,出自阴阳五行之说,风水的好坏很重要,若风水不好就会作祟子孙,通常都会请风水先生选定后才建筑坟墓,以佑后代。”[③]中国人对风水的看法可认为是支持家、墓地的循环大地的“气”脉,在古人的哲学思想中,认为万物皆由“气”而生。“气”以祖先的坟墓为媒介,当祖先遗骨沐浴在大地之“气”中并与其产生感应时,就会由大地之“气”传达至后代子孙。再者,坟墓乃祖先永久安息的阴宅,为了对祖先尽孝及后代子孙的繁荣兴旺,中国人对风水吉地特别重视,而闽台两地民间对此尤为讲究。吕赫若在小说中除了屡屡表现出乡野百姓对风水的无限信仰之外,笔者认为他更强调的是传统家族尊敬祖先、重视礼节的中国伦理美德。吕赫若在《清秋》中描写了耀勋与妹妹等人去野外祭拜祖先;在《风水》的结尾中写到周长干老人对昔日家中祖父发号施令让家中子孙敬祖尊宗的怀恋;在小说《石榴》中也有金生带着木火两兄弟去祭拜双亲在山上的墓地的描写。吕赫若本人也是重视这一礼节的,在《吕赫若日记》中提到“一九四二年十月十八日,今天是重阳节,要祭拜

---

① 吕赫若:《财子寿:台湾第一才子吕赫若小说精选》,林至洁译,中国友谊出版公司,1996年,第72页。
② 同①,第73页。
③ 林川夫主编:《民俗台湾第七辑》,台北武陵出版有限公司,1991年,第56页。

祖坟……先替曾祖父等先人的新坟做盆祭,之后下来,祭扫祖父母、父、母、哥哥的坟墓……感慨无限!痛感在春秋两季有祭拜祖坟的必要”。①可以看到,传统的孝道、血脉的传承是作者希望能被维持和保留的。

三、“托梦”“招赘”及其他

托梦,在民间信仰中的作用基本在于明鬼神之不诬或传达因果报应的观念。鬼神若有指示,可在人的梦中出现以语言示意吉凶福祸或是给予嘱咐。小说《风水》写到周长干老人连续三个晚上做同样的梦:

> 十五年前去世的父亲出现在枕边。说是自己被压在现在已经颓圮的房屋底下,肩膀疼痛,赶快把屋顶扶起。脚被蚂蚁咬,深感痛苦啦。一下雨就会浸水。诸如此类,每……晚重复同样的句子。像这样的梦,几年前也曾经梦过几次。②

小说《石榴》中也有相似的场景,金生在寻回因疯病失踪的幺弟木火后,梦到死去的父母对他的责备:

> 难得父母对坐在正厅。仔细一瞧,中案桌上的灯火通明,香的烟袅袅上升,一种庄重的香味扑鼻。……大声喊时,这才想起木火发狂的事实,连忙向双亲禀告,他们的脸上浮现冷淡的表情。
>
> “你是个不可委托的家伙,我是这样拜托你照顾木火与大头的吗?”
>
> “他会变成这样,也是因为送给别人家。金生,我看了判官的账簿才得知的。”③

关于死去的亲人来托梦这一说法,《地藏经》的解释是:“若未来世诸众生等,或梦或寐,见诸鬼神乃及诸形,或悲或啼、或愁或叹、或恐或怖。此皆是一生十生百生千生过去父母、男女弟妹、夫妻眷属,在于恶趣,未得出离,无处希望福力救拔,当告宿世骨肉,使作方便,愿离恶道。”④这个解

---

① 吕赫若:《吕赫若日记(1942—1944)中译本》,钟瑞芳译,台湾文学馆,2004年,第220页。

② 吕赫若:《财子寿:台湾第一才子吕赫若小说精选》,林至洁译,中国友谊出版公司,1996年,第111页。

③ 同②,第182页。

④ 宋先伟主编:《地藏经》,大众文艺出版社,2004年,第114页。

释更适用于周长干老人的梦境,说明家中去世的长辈或因风水堕落得不到救助而出现在子孙梦境中希望能得以解脱。《石榴》中的鬼魂托梦更多是预言及谴责的意味。小说中的金生兄弟因父母早亡,过着家徒四壁的生活。为了生存,大哥金生入赘,二弟大头当佃农,三弟木火则过继给福春舍的同族当螟蛉子,但木火却发疯失踪了。面对这种艰难的现实,金生的内心是压抑的。因此,金生的梦境更多的是潜意识与幻想的结合,弗洛伊德在《释梦》中认为:"被压抑的潜意识愿望,由于其实现被梦者自我体验为痛苦的事情,便抓住因前一天痛苦残余而持续存在的精力关注所提供的机会,支持这些经历关注并由此使之进入梦境。"[①]按弗洛伊德的理论,金生隐蔽的自责和情感被浓缩成一种"受牵制的复合物",它们只有在梦里才能从潜意识的心理层次中分离出来。此外,在梦中"父母不正眼瞧他,站了起来,拉起木火的手走出房间"。这个细节则暗示了木火的悲惨命运,有预言吉凶福祸之意,更符合民间习俗对鬼魂托梦的认知。中国民间将亡灵托梦当作冥界与人世间交流的一种方式,梦的应验是一个虚实交错互证的过程。对亡灵托梦的善恶报应及对六道轮回之说的笃信,源于佛教、道教、儒家道德思想的糅合,其目的主要在于推行道德教化及宣扬宿命、报应等观念。

吕赫若在《石榴》《牛车》两篇小说中,还提及有关"招赘"的婚俗。"有男方孑然一身无以为家,或兄弟众多,无为婚娶,而愿意给女方招赘。"[②]虽是招赘,在婚前一般要作婚姻契约书,即住女方家年限及小孩的所属问题。在小说《石榴》中,这一习俗有据可寻,"入赘的条件只说是八年,之后就无条件让他独立……当然,并没有说生下的小孩归属他们家"。[③] 然而在有些家庭,入赘者的地位十分卑微,与正常婚姻认知中妻子的地位相近。如《牛车》中的杨添丁被妻子屡次辱骂:"'出去! 家是我的。窝囊的男奴。出去。'因为杨添丁入赘她家。家的户长是阿梅。"[④]在日据时期,靠牛车运输为生的经济来源被宽敞的马路、便利的卡车严酷切断,家庭经济万分贫困,又加上妻子动辄打骂,最后落得妻子卖淫来养活全家。作为入赘者的杨添丁在无法忍受双重屈辱的境况下,最终走上了

---

① [奥]弗洛伊德:《释梦》,长春出版社,2004年,第347页。

② 许金用编著:《台湾民俗文化汇编》,乡土文化研究会,1992年,第174页。

③ 吕赫若:《财子寿:台湾第一才子吕赫若小说精选》,林至洁译,中国友谊出版公司,1996年,第180页。

④ 同③,第18页。

不归之路。《石榴》中的大哥金生因家庭贫困不得以入赘别人家，对无法为自家传宗接代或者说是辱没祖先的行为深感不安与愧疚。因此，在文中还提及他在入赘之前带弟弟二人为父母扫墓，跪拜、忏悔并告别。他入赘妻子家中无法直接供奉祖先，因此将祖先牌位放入吊笼里祭拜，说明他在内心仍然坚持对祖先的敬仰之心。

《石榴》一文还提及闽台地区收“螟蛉子”的风俗习惯。中国人自来重视传宗接代，“在台湾，没有子嗣的男子或为了增加劳动力，往往会用钱买异姓的养子来代替子嗣，不管是有钱人家或名门望族的儿子，都可以过继给异姓人当儿子，这就是所谓的螟蛉子”。[①] 文中的木火便是给别人当螟蛉子，螟蛉子不称自己的生父为父亲，而跟随养父入他家户籍，与原有家庭的骨肉亲情被隔绝。文中的金生梦到已故父母前来托梦怪罪将木火给他人当螟蛉子，在木火发病死去后，更加痛苦自责，认为做了有悖祖先的事情。因此，他在木火死后，迫不及待地请回木火的灵牌，希望木火在死后能在自家族谱上找到本属于自己的位置。金生还将次子过继给木火，让未娶妻就早亡的木火能有一个血脉的继承。中国民间对传统宗法人伦中的血脉相承的重视是作者想要传达给读者的一个信息：在日据时期隐晦地表达这一思想，是对中华民族血缘的捍卫与坚守，显露了极为鲜明的中国文化特征和属性。

人类学家雷德斐提出“大传统与小传统”的概念来说明民族文化传统中存在的两个不同层次的传统。在中国文化研究中，大传统主要指官方、知识精英们所代表的文化，小传统则指活跃于底层社会的民间通俗文化（包括民间信仰与民风民俗）。民间通俗文化源自底层民众的口耳相传，不受官方意识形态的强制约束，具有更为稳定的传承性。民间通俗文化是知识体系的底色，而文字的消费则是在特定的时空内才能发生。民间叙事的抽象方法在于用有限的主题传递无限的精神文化，日据时期的台湾社会处于政治话语权力被异族霸占，甚至连汉语也失去其主体位置的特殊关头，祖辈传承的民风民俗自然而然地肩负起给予底层民众抵抗异族统治、保持民族气节、捍卫民族特性的神圣使命。对殖民主义者而言，建立共同的社会文化体系极为重要，通过共同殖民教育，这些来自不同族群背景的人拥有了共通的语言……另一方面，歧视性的殖民地行政

① 陈盛韶：《问俗录：福建·台湾的民俗与社会》，台湾武陵出版有限公司，1991 年，第 160 页。

体系与教育体系同时将殖民地民众的社会政治流动限定在殖民地的范围之内,为被殖民者创造了想象民族的领土基础。日本殖民主义者显然也充分认识到这点,他们对台湾采取的是社会政治与文化渗透相结合的殖民政策。在日据时期大肆破坏台湾与祖国大陆共同的民间信仰、民俗文化。因此,对传统民间风俗文化的深刻挖掘与着力刻画,在这一特殊时代语境下成为消除皇民话语与抵抗日本殖民统治隐忍而又坚决的反抗之声。挣扎于日本殖民者高压统治、同时又接受了现代教育的吕赫若,以觉醒的现代知识分子的眼光审视在这一特殊语境下生存的传统民俗文化时,是怀着焦虑与怀念的双重痛楚的。一方面,出于对传统的民俗文化存在自身落后、愚昧的现象的焦虑与失落;另一方面,日本殖民当局的强烈打压与异族文化的侵入又使得吕赫若对闽台风俗文化异常地坚持。在这种失落与坚守中流露出对汉民族传统习俗文化的追寻与皈依。通过分析吕赫若小说中的闽台风俗文化,我们可以看到作者的赤子之心,同样也能体会到他的良苦用心。他在日本推行“皇民化”“本土化”等殖民文化政策时,通过对台湾本土的民风民俗的细致刻画,既实现了自我的言说目的,又超越了自身的言说场域,在更高层次上实现了作品的现实意义。他在具体的文本中,既有力挖掘了本土文化中的落后性因素,又呈现了台湾民众尚未被殖民同化的民族特性与文化之根,这实际上也是隐晦地写出了对殖民主义的无声的憎恨与坚决的抗争。

(作者单位:林岚彬,福建师范大学文学院,福建省社科研究基地中华文学传承发展研究中心;李诠林,福建师范大学文学院,两岸文化发展研究中心,福建省社科研究基地中华文学传承发展研究中心)

“一切都是无可奈何的”①
——《植有木瓜树的小镇》知识分子形象探析

郑丽霞

《植有木瓜树的小镇》是台湾作家龙瑛宗的处女作，也是其成名之作。目前学界暂无这篇中篇小说的研究成果。作者以陈有三的社会活动为线索，观照日据时期台湾社会的真实图景，探寻台湾社会今后的正确发展道路，展示日据时期台湾知识分子的生活处境和精神困境。小说展示了三类知识分子的形象：第一类，以戴秋湖、林杏南等旧知识分子为代表的“麻木者”形象；第二类，以主人公陈有三为代表的“失落的理想者”；第三类，以林杏南长子为代表的少数“时代的清醒者和牺牲者”。小说着重反映当时知识分子的生存困境和精神困境。本文主要探讨这三类知识分子的形象建构及其意义。

一、“麻木者”：戴秋湖、林杏南等知识分子

小说描绘了戴秋湖、林杏南等旧知识分子的“麻木者”形象，他们不仅有其自身的复杂性，还面临着知识分子的精神困境。

（一）“麻木者”的复杂性：“吃人”与“被吃”

小说中除了主人公陈有三之外，还重点描绘了雷德、戴秋湖、林杏南等知识分子的形象。他们的形象具有复杂性和两面性，一方面，他们具有当地特有的自私、狡猾、算计、巧言令色等特质，另一方面，他们具有的

① 本文为2014年黑龙江省社会科学规划项目“台湾文学中的东北书写”（14E101）的研究成果。

“坏”的特质也是为生活所迫，是黑暗社会制度下可怜的牺牲品。

戴秋湖把妹妹当作商品，贪恋放荡子的地位及三千圆，不曾理会妹妹的厌恶，明知富家的放荡子终日耽溺花柳，依旧将妹妹嫁予放荡子，使妹妹连遭厄运，终日凄苦。妹妹无法忍受，企图自缢，终被接回家，等待再婚。此时，他将目光瞄向新进同事陈有三，对其表现十分亲切，实则“别有用心”。[①] 他精明打算，心怀鬼胎，对陈有三亲切无比，不动声色地旁敲侧击，实则想打听陈有三的家境，好把自己的妹妹嫁给他，但当探听得其家境贫寒，便推介远亲的姑娘。他自私而又狡猾，将陈有三的“人格与潜力完全置之度外”，“单看你家的富裕与否”。[②] 即使后来不将自己的妹妹介绍给陈有三，还一直推介远亲的小姐，依旧是为了获得“从远亲得来的利益”，或者只是为了从陈有三那里获得些“媒人钱”。[③] 戴秋湖的所作所为都是为了自己的利益，所做的事情都是从个人利益出发，是个自私、狡猾、贪图利益之人。但同时，戴秋湖也是十分不幸的，他也是包办婚姻的受害者。当地规定父母死后三年内忌讳结婚，于是在他母亲出殡的前几天，他被安排结婚。作为新知识分子的他，“大为反对”，“到友人家里躲藏了一个礼拜”。[④] 但最终失败。用“唱歌、喝酒与女人补偿婚姻的不幸”。[⑤] 在生下一个儿子之后，他的希望则为存钱几年后买个小妾，买小妾现象在本岛人社会习以为常。他只能用喝酒来排解婚姻的不幸，把买小妾作为自己未来生活的希望。这说明新知识分子在面对封建旧势力之时的软弱无能，看似反对封建包办婚姻，却又生了个儿子，身上也依然留有封建主义的影子——买小妾。这类新知识分子对待封建传统只是虚张声势，从行为上看似强烈反对，其实内心不仅欣然接受，还将其发扬光大，是不折不扣的“伪”知识分子。

林杏南作为工作20年的旧知识分子，老朽无能，在工作中被同事轻蔑疏远，谣传随时会被解聘。他善拍马屁，对上级唯唯诺诺、恭顺谄媚，且十分吝啬。他不抽烟、不喝酒，认为金钱十分重要：“决定人的幸与不幸，绝不在于知识与道德，而是金钱。在金钱之前，没有道德，也没有人情、怜

---

① 龙瑛宗：《植有木瓜树的小镇》，钟肇政，叶石涛主编《台湾文学全集·7·植有木瓜树的小镇》，台湾远景出版事业公司，1979年，第26页。

② 同①，第27页。

③ 同①，第27页。

④ 同①，第52页。

⑤ 同①，第52页。

悯与道理。"[①]他认为,当人们无法解决基本的温饱问题时,礼义廉耻在这个社会便消失殆尽,哲学家、儒学先生等知识分子都无法生存。而林杏南对于金钱十分重视的背后,正是其家庭生活的不堪重负。所以,他尽管受尽嘲笑与屈辱,也要保住现在的位置不可,哪怕延长一天也好。他对陈有三的提亲感到十分惋惜,虽然他心底也愿意将女儿嫁给他,但是因为现实条件,不得不把女儿嫁给邻村的富豪,"卖高一点价钱"。[②] 他对于女儿的态度,也是将其视为商品。但是,即使这般对生活屈服、忍让,活得战战兢兢、如履薄冰,依旧无法逃脱命运的摆布。他被辞退,失去唯一的经济来源,长子也因肺炎死去,他失去最后的希望,发了疯,只能"跪在天空祈祷膜拜"。[③]

戴秋湖和林杏南作为那个时代一类知识分子的代表人物,他们身上具有人的丰富性和复杂性:一方面他们作为社会的"吃人者",无情地吞噬着周围的一切,只为获得金钱、地位和利益,他们为夺取更多的社会资源(地位、金钱)变得自私、吝啬、麻木、狡猾、算计;但是另一方面,他们也被这个社会的黑洞无情地吞噬,由于社会的黑暗,他们的生活得不到保障(林杏南、戴秋湖),他们的婚姻不能自主(戴秋湖),于是,他们变得更为自私、狡猾、算计。他们无情地吞噬着自己的妹妹、女儿,将貌美如花的亲人当作商品,以获得更高的地位、更多的金钱,但是他们自己依旧被社会无情地吞噬。他们是社会的"吃人"者,同时也是社会中"被吃"的对象,他们无力抵抗。

(二)"麻木者"的精神困境:"知识无用"与"致幻剂"

这些知识分子面对社会,无力反抗,便从女人身上寻找慰藉。以戴秋湖、廖清炎、黄助役、雷德为代表的知识分子生活在醉生梦死的世界中,他们人生最大的乐趣就是"玩弄女人",[④]只有女人拯救他们的"绝望"。[⑤]这些知识分子不但不读书,也劝阻积极上进的陈有三不要读书。他们从自我实际经验出发,告诉陈有三"知识无用";他们浑浑噩噩地生活,对生

① 龙瑛宗:《植有木瓜树的小镇》,钟肇政,叶石涛主编《台湾文学全集·7·植有木瓜树的小镇》,台湾远景出版事业公司,1979年,第46页。

② 同①,第57页。

③ 同①,第62页。

④ 同①,第40页。

⑤ 同①,第52页。

活感到十分苦闷，“一切都幻灭了”，[①]所生存的时代是“反调”[②]的时代，知识分子在社会中不能“学以致用”，无法改变自己的境遇。相反，由于知识的存在，会加深现实的苦痛，加剧现实与理想矛盾冲撞之后产生的严重失落感，因为未来“除非有奇迹出现”，“否则必然一片漆黑”。[③] 黄助役作为陈有三的上司，他甚至认为“我认为社会的不幸，在于因为知识过剩。知识经常伴随着不满”。[④] 因为知识会让年轻的知识分子或反抗社会，或自暴自弃，而工作只需要全神贯注、工作正确和字体漂亮的实用性人物。不仅如此，知识还会阻碍管理者对于知识分子的管理，管理者需要的是只会工作、任人摆布的“木偶”，而不是有血有肉、会不满会反抗的“知识分子”，便于其统治和管理。知识在知识分子自身和管理者看来，都是十分无用的，会给现世带来许多不必要的麻烦。“知识无用”的论调使他们看不到未来的希望，情欲的满足是他们生活的唯一支柱和乐趣，女人不仅是他们打发无聊生活的工具，更是他们在这个世界上最后的精神慰藉。他们无力改变自身的命运，更别提改变黑暗的社会，只得以女人的安慰作为最后的致幻剂，肆意放纵、堕落，找寻现世中最后一点虚幻的精神慰藉。

二、“失落的理想者”：陈有三

陈有三身处中日文化交汇的日据台湾时期，他是地道台湾人，却鄙薄着本岛人。他蔑视着“吝啬、无教养、低俗而肮脏”的同胞，他厌恶自己被看成与他们同列的人，所以他刻意模仿日本人，“着和服，使用日语”，以此拉开与同胞的距离。不过，为了自己的利益，他又愿意改成“内地人户籍”，[⑤]以和日本女人通婚为奋斗动力和目标。但是，他却无法摆脱命运的牵制，过着中日交错的滑稽生活。他想要通过勤学改变自己的人生命运，但最终却归于失败。他从一个积极上进的青年知识分子到放纵、堕落，经历了“昂扬的斗志”——“矛盾的动摇”——“彻底的沦落”三个心理阶段。

---

① 龙瑛宗：《植有木瓜树的小镇》，钟肇政，叶石涛主编《台湾文学全集·7·植有木瓜树的小镇》，台湾远景出版事业公司，1979年，第36页。

② 同①，第37页。

③ 同①，第39页。

④ 同①，第43页。

⑤ 同①，第19－20页。

（一）昂扬的斗志

此时的陈有三是踌躇满怀的知识青年。他是从多数的志愿者中脱颖而出的佼佼者，到职场中做会计点钞的工作。作为社会的中上层阶级，他斗志昂扬。

刚开始，面对生活的困境，他想尽一切办法努力改变现状。他租住好房子之后，在墙壁上贴了几个大字：“精神一到，何事不成。”[①]此时，他充满昂扬的斗志，立志在明年之内通过普通文官考试，十年之内通过律师考试，并且认为“相当可能”[②]实现。主要基于以下三个原因：第一，他不满足于当下的经济境遇。第二，他的聪明和优秀使他能够开拓自己的境遇，他过往的经验证实凭借努力就可以解决一切。第三，他对本岛人的轻蔑。为了摆脱目前的生活境遇，他寄希望于用功读书，严守时间，发奋上进，最终目标是和日本女人结婚。此时的他怀抱梦想，谨慎品行，精励公务，勤学上进。在戴秋湖想把远亲小姐介绍给他之际，他还想要“改革”“本岛人早婚的陋习”，[③]颇具知识分子的姿态。

（二）矛盾的动摇

小镇的人们只谈论谣言、金钱或者女人，满足于现状，不求上进。陈有三身在其中，不可避免与他们交往，渐渐被同化。他深刻意识到这一点，但也只能采取观望[④]的态度。但是廖清炎的来访对于陈有三的打击十分巨大，他用自己的经验告诉陈有三“知识无用”，理想与现实矛盾重重，知识并不会改变境遇和命运，相反，知识会让人意识到理想的破灭与崩塌，让知识分子更觉得痛楚。只有少数人能因知识改变生活，大多数人只能彷徨迷惘。在交谈中，陈有三被深深刺痛了。陈有三始终想辩驳廖清炎的“知识无用”，但被其一一驳回。廖清炎描绘的未来一片黑暗、不可用知识和个人力量改变。陈有三的信念开始瓦解，他开始对读书感到厌倦。知识无用的论调纠缠着他，但是他依然没有立刻放弃学习。作为知识分子的陈有三厌恶堕落荒淫、碌碌无为的生活，在矛盾的心理冲突之后，他毅然选择勤学的生活方式。拥有新知识，成为他比同族人骄傲的唯一筹码。而林杏南的话语则将陈有三重新振作起来的上进信念瓦解无

---

① 龙瑛宗：《植有木瓜树的小镇》，钟肇政，叶石涛主编《台湾文学全集 · 7 · 植有木瓜树的小镇》，台湾远景出版事业公司，1979 年，第 17 页。

② 同①，第 18 页。

③ 同①，第 25 页。

④ 同①，第 41 页。

余,陈有三的上司黄助役对于知识和下属的态度更击溃了他精神的最后一道防线,知识分子上进的通道被封死。陈有三几经挣扎,最后终于选择放弃——放弃勤学上进,放弃对现有生活的最后抵抗,开始行尸走肉的生活。

（三）彻底的沦落

陈有三开始相信“知识无用”,他用知识改变命运的理想也随之瓦解。他在雨夜答应了戴秋湖和雷德的邀约——造访妓院,这是其彻底堕落的正式开始。此刻,他的心中冲撞着两种情绪,一面“一刻也想早些逃遁这场所”,一面却被“不知什么力量强烈吸引着”。① 虽然他并没有在行为上堕落,但是去妓院的这一行为对他而言便是堕落的象征,他开始接受并尝试同侪们堕落的行为。林杏南长子对于社会未来走向分析的犀利言语对陈有三没有起到任何的作用。陈有三在失却对知识的热情之后,关心的只有林杏南美丽的女儿——翠娥,他想求婚,这是他生存于世上的最后一点希望。他和其他知识分子一样,将生活的希望寄托在女人身上。但是,林杏南一家为生计所迫,将女儿嫁给了邻村的富豪。陈有三最后的希望破灭了。

陈有三“苦难中昂扬的斗志”——“矛盾的动摇”——“彻底的沦落”三个逐渐堕落的心理阶段说明,在日本殖民下的台湾社会,个人想要通过自己的努力获得命运的改变、幸福的婚姻是十分困难的。在生活中,他们没有目标与希望,只能从放纵堕落中获取一丝慰藉。正如林杏南长子指出:“一切都是无可奈何的。”②

三、“时代的清醒者和牺牲者”:林杏南的长子

林杏南的长子是“时代的清醒者和牺牲者”,他以“长久卧病不起”的形象出现,虽身有残疾,心灵和思想却清晰无比。他想通过自我的牺牲换取幸福的明天。他的死亡正预示着微弱的民族希望。

林杏南的长子给以陈有三为代表的彷徨绝望的年轻人指出一条明路:“只有不掺杂感伤与空想的严正的科学思索,才能带来鲜明的答案。”“感伤与空想”正是当时年轻人的特质,在面对社会的腐朽气息,积极向

① 龙瑛宗:《植有木瓜树的小镇》,钟肇政,叶石涛主编《台湾文学全集·7·植有木瓜树的小镇》,台湾远景出版事业公司,1979年,第52页。

② 同①,第58页。

上、改变命运的幻想被金钱一点一点瓦解之时，知识分子徒留黑夜中的感伤。他认为，“任何现象都是历史法则所显示出来的姿态，吾人不该诅咒”，因为“真实的知识解释现象的时候，会把我们拉进痛苦的深渊也说不定”。他认为，当今社会出现的痛苦和黑暗正是社会走向幸福的必然准备。而年轻人该做的，则是“我们处在这阴郁的社会，唯有以正确的知识探究历史的动向，切勿轻易陷入绝望与堕落，非正确地活下去不可”。①他是麻木腐朽的时代空气中唯一存活的“时代的清醒者”形象。但是，他也面临着理想与现实的困境。他虽然对这个时代看得透彻，主张用“正确的知识探究历史的动向”，但是他却同小说中的其他人一样，囿于无钱买药买书的困境，金钱阻碍他身体的复原、阻碍他接触最新的思想，进步的、革命的书籍成为他最后的慰藉，但就连这最后的慰藉也只能勉强获得。

林杏南的长子具有强烈的牺牲精神，他愿意用他的“死”换取幸福的明天。在社会的黑暗中，他牺牲自己，“群树”在他的肉身扎根、吸取养分，开出“可爱的花朵”。“我以深刻的思维与真知，获得了事物的诠解。”②他获得“事物的诠解”，预示着他的肉身虽灭，但精神存活的27年之后看到的将是幸福美满的社会，力证“用正确的知识探究历史的动向”历史法则的正确性。他坚信未来必定是幸福美满的，正是由于如此坚定的信仰，他认为，“现在虽是无限黑暗与悲哀，但不久美丽的社会将会来临”。带着坚定的对未来的希望和憧憬，他毅然决然地壮烈死去：“我愿一边描画着人间充满幸福的美姿，一边走向冰冷的地下而长眠。”③

林杏南的长子在与陈有三临别之际，说道：“个人的力量虽然微弱，但在可能的范围内，非改善生活、正确地活下去不可。”④他希望陈有三用个人微弱的力量改变自己的生活，选择正确的生活道路。但是，在陈有三听来，“不过是空空洞洞的话而已”。⑤ 陈有三对于林杏南长子的牺牲已经麻木无感。少数的“时代的清醒者和牺牲者”发出的声音过于微弱，力量过于薄弱，无法拯救被金钱腐蚀的堕落的知识分子。

在日本殖民统治之下，台湾知识分子无法通过个人的力量获得上进

① 龙瑛宗：《植有木瓜树的小镇》，钟肇政，叶石涛主编《台湾文学全集·7·植有木瓜树的小镇》，台湾远景出版事业公司，1979年，第56页。

② 同①，第61页。

③ 同①，第61页。

④ 同①，第59页。

⑤ 同①，第57页。

的渠道、婚恋的幸福，暴露出日据时期台湾人民生活的困苦和知识分子的精神困境。虽然有少数如林杏南长子一样的“时代的清醒者与牺牲者”，但他们力量十分微弱，连他们的牺牲与死亡都无法触动堕落知识分子麻木的精神和心灵。积极上进的个人在日本殖民的黑暗时代无法生存，只能被周围环境所腐蚀，逐渐堕落。

人物形象的建构是本篇小说最为优秀的艺术特质，但小说中的主题先行痕迹过于明显，人物有时会陷入“喊口号”的模式，如林杏南长子与陈有三的两段对话。在那样的时代中，实际上，林杏南长子难以有超乎同侪的觉悟，这在人物建构上稍显突兀和生硬，但从中也可窥见作者想要建构家国叙事的宏伟愿景。

（作者单位：泉州师范学院文学与传播学院）

鲜活的历史见证

——试析新加坡作家姚紫小说的艺术特色

李　莉

姚紫原名郑梦周，另有笔名黄槐、符剑、欧阳碧、上官秋、吴笙、司徒然等。姚紫于1920年出生于福建省泉州市的安海镇，1982年2月18日因患癌症于新加坡去世，享年62岁。

姚紫中学毕业时正碰上抗日战争，于是辗转于福建各地，当过小职员及报刊编辑。这段时期的经历为他后来创作几部反映抗日战争的小说提供了丰富的素材。抗日战争结束后，他在厦门《江声日报》担任副刊编辑，由于生性耿直，曾写文章揭露国民党的黑暗统治，遭到国民党政府的通缉，于1947年底不得不只身南渡新加坡。

他的小说所表现的内容大多集中在抗战时期和新加坡殖民时期，其作品反映了这一时期的骚乱、不安、哀吟、控诉及希望。因此，有人说姚紫的作品是这一时代鲜活的历史见证。

姚紫的成名作是《秀子姑娘》，之后他还出版了《马场女神》《乌拉山之歌》《阎王沟》《风波》《半夜灯前十年事》《没有季节的秋天》《带火者》《窝浪拉里》《萍水记》《咖啡的诱惑》《新加坡传奇》《木桶鸭》和《潜龙记》等多部小说，其中，《窝浪拉里》成为姚紫的又一代表作。当然，除小说外，姚紫还创作有散文集《情感的野马》《九月的风》，杂文集《黑夜行》《杂文，这支队伍》《短长书》，评论集《西楚霸王——项羽》，白话诗集《夜歌》，旧体诗集《郑梦周诗词集》等，都具有很强的思想性和艺术性。

在姚紫的创作中，小说创作具有很强的个人特色和异域风采。他的小说以现实主义的创作手法营造跌宕起伏的情节故事，其作品中的人物形象，特别是女性形象，如秀子、蒋桂花、吴娟娟、兰娜等成为新加坡华文文学史上不朽的艺术形象。本文将尝试分析姚紫小说的创作特色。

第一，姚紫善于使用也喜欢使用第一人称来结构小说，使其小说具有本土意识。从他的成名作《秀子姑娘》到《阎王沟》再到巅峰作品《窝浪拉里》《咖啡的诱惑》，一直到《新加坡传奇》，主人公均是第一人称“我”。作者以“我”作为亲身经历者去观察和叙述，充分展示了主人公的内心世界，使作品的主观色彩更为浓厚，人物心理刻画更为细腻，抒发的情感更为动人，不仅增强了小说的真实性，也加强了作品的感染力，同时拉近了作者与读者之间的距离，使读者感同身受，犹如身历其境，更能从中发现作家主体身份、本土意识及情感认同的转变。

《秀子姑娘》中的“我”是中国籍的俘虏营主任，为了获取情报主动接近日本籍电讯员秀子，结果两人擦出了爱情的火花。但作为敌对双方，他们的爱情注定不能有好结局——“我”失手杀死了秀子。小说中的“我”站在中国人的立场上关注国家命运、东南亚局势，面对日本战俘，民族情感占据了第一位。作品中的爱情跨越了国界却无法跨越主人公的使命感。这时的姚紫虽人在新加坡，但心中装着的是中国，新加坡还未被他纳入视野。

《咖啡的诱惑》中的“我”是一个记者，二战后来到新加坡发展。作品中描写了许多新加坡的风土人情，读者可以从中发现，对于“我”来说，中国是第一故乡，新马是第二故乡。可见“我”对中国的故国情感还在，但已加入了新马元素。

《阎王沟》中的“我”是一个南洋爱国华侨，二战时到中国参战，抗战结束后再回南洋。显然这时“我”的祖国已经不是中国，情感的天平发生了重大的变化，但小说的故事却发生在中国的阎王沟，所以描写重点还是中国的风土人情。

《窝浪拉里》中的“我”是念过书的中国人，因为躲避战乱来到了印度尼西亚。小说中“我”的身份虽然是中国人，但我开始使用印度尼西亚语，生活习惯也开始印度尼西亚化，印度尼西亚在“我”身上留下了深深的印迹。这说明，此时的姚紫已经被南洋化了，南洋的本土意识逐渐强烈。

《新加坡传奇》中的“我”已是中国移民到新加坡的第三代，虽然留着中国人的血，也到中国上过大学，但“我”的思考方式、生活习惯、思想意识、审美情趣等，通通都是新加坡式的了，也就是说这篇小说的本土意识几乎完全取代了故国意识。

从这五部小说的第一人称"我"内涵的演变过程,我们看到了姚紫思想上的重大变化:客居他乡到融入主居国的变化,侨民意识到公民意识的转化。

第二,姚紫的作品均以现实主义的手法来揭露当时社会病态的、不合理的现象。如发表于20世纪50年代初的《新加坡传奇》有这么一段描写:

> 你别单看那些高楼大厦、别墅幽宅——那些宽大舒服的房屋,都是富豪的人家住的;有的只是寥寥几个人,住不下那么多的房间,但是他们满不在乎地空下许多房间,让给蛛孙蚊子去住,却不愿分租出来。至于那些贫苦的人家,住的都是阴隘狭小的房子,像"牛车水""豆腐街""惹兰勿刹"一带,有的一幢三层楼,上上下下住了六十多人……但是,这些人还算是幸运的哩!他们还有一间房子来容纳他们的家,更有许许多多的人们,他们在房屋堆里寻找房屋,在门与门之间寻找一个门,却像哥伦布飘荡在浩浩茫茫的大海上,仰天叹息道:"遍地都是水!水!水!但没有一滴水可以供我止渴!"

作者以现实主义的创作方法,以轻松幽默的笔调、形象生动的比喻,把一个小职员"我"生活的心酸同殖民社会的贫富对立,通过艺术的多棱镜的折射,酣畅淋漓地表现出来,让人读来不禁感慨万千、同情无比。

第三,姚紫擅长塑造女性形象。他笔下的女性形象都别具一格。有人说姚紫的大多数小说情节结构较单一,主要的人物往往只有两个,而且大都是一男一女,小说情节只是简单地围绕着这一男一女单线进行。也许读惯了复杂情节的读者一时难以接受姚紫这种相对简单的小说,但本人认为情节的简单并不影响作者对作品人物性格复杂化的成功塑造,有时反而是因为情节的简单更能体现人物性格的复杂。例如《秀子姑娘》里,姚紫以娴熟的笔法述说着二战背景下的一段爱情故事。在秀子这一人物身上,姚紫一改当时抗战题材小说人物脸谱化、概念化的通病,对复杂的人性进行了生动的、曲折的描绘:秀子既有尽忠天皇的侵略性的一面,又有渴望和平的一面;既有凶悍倔强的一面,又有温柔多情的一面;既有多疑的一面,又有轻信的一面……这些看似相互矛盾的性格特征构成了一个真实的、活生生的秀子。难怪这部小说能够成为新加坡当时最畅销的小说。还有兰娜,她身上时常表现出来的种族歧视、忘恩负义、作威作福等言行举止都是那么令人讨厌,但作为二战时期的战争受害者,她的遭遇又是令人同情的。

第四,姚紫的小说中,每一部作品都闪耀着一抹光亮的灵魂。《秀子姑娘》中的“我”是战争中正义的代表,也是光辉人性的象征。“我”试图用爱来化解仇恨,用人性来代替兽性,可惜“我”自始至终也没能用爱情来软化秀子,转变她的思想偏见。正如作者在书的后记里提到的困惑:“人类的祖先用爱来维续后代的生命,为什么子孙们要用血和泪来栽培仇恨的花果呢?”这一命题深刻隽永,至今也没人能够给出一个完美的答案。而《阎王沟》不但揭示了日本帝国主义侵略者的残暴,还揭露了国民党政权的腐败。姚紫在历史的总结和反思中再现了真实的历史,流露出这位海外赤子在当时历史条件下的心态。

再如《窝浪拉里》,作品的主题得到又一次的升华:姚紫从关注故国的时局转向关注南洋各族人民的命运,从关注反法西斯侵略战争到关注反殖民统治,再次表现了其作品的日臻成熟。小说中的女主人公兰娜是以一名殖民者的身份出现的。在她逃离日军凌辱的时候,是“我”这个化名为“窝浪拉里”的中国人冒着生命危险收留了她。期间,她还受到过去曾被殖民者虐待和压榨的印度人的庇护。兰娜当时为此也曾表示感激:“有一天,我会报答你们的!你们待我太好了!太好了!”兰娜甚至对“我”说:“你们的中国真伟大,尤其是你们的民族精神!”然而,当“我”在战争胜利后再次与她相遇的时候,兰娜却凶狠地瞪着“我”,喊道:“我不认识你,滚开!可厌的中国人!”这充分暴露了一个殖民主义者的傲慢、忘恩负义及他们根深蒂固的种族歧视。作者以此表明了自己鲜明的反殖民主义立场。而且兰娜在暴露自己忘恩负义的殖民者的嘴脸时是高高地坐在新加坡庆祝英皇加冕的观礼台上的。作品如此设定,使充满南洋情调的爱情故事和作品中表现出来的强烈的民族意识、反殖倾向相辅相成,主旨寓意深远、耐人寻味。

所以说,姚紫笔下的人物形象是多姿多彩的,他们的性格大多丰富而复杂,这也使他的小说呈现出一种炫目的艺术魅力,使他的作品成为当时新加坡现实主义创作的高峰。

总之,崛起于20世纪40年代末、活跃于50年代文坛的姚紫,可以说是新加坡华文文学史上杰出的作家之一。姚紫已离我们而去,我们将永远缅怀他。

(作者单位:泉州师范学院文学与传播学院)

台湾光复初期小说中的反日描写

——论谢哲智的小说《怒吼》

隋欣卉

台湾光复初期，《新生报》副刊在调动年轻人积极性的过程中起着举足轻重的作用。《习作》第一期的“编者的话”中曾这样呼吁：“光复两年来，本省作者的国文写作，已很有进步，为适应当前需要，从今天起，我们把‘学生世界’的‘学习园地’分开来，并予扩大，改名《习作》，在这里另起炉灶。过去由于篇幅限制，只能容纳本省学生文稿，刊登五六百字短文，致使这园地束缚得毫无生气。今后，凡是本省青年的作品，我们决定尽量刊载，使大家练习写作，多一个机会。稿件，不论论文，短篇创作，散文，诗歌，生活报告，读书杂记，以及图画木刻，均所欢迎。朋友们，拿起笔来吧！让我们在国文习作上，向前更进一步！”①由“编者的话”，我们不难推断当时文学投稿的踊跃，以及文学园地的匮乏，因篇幅限制而要予以扩大。不仅如此，光复初期的文学无论是小说、诗歌、散文、戏剧都有为数众多的创作，不胜枚举，使得光复初期的文学，在语言转换的背景下于整个台湾文学史中，承上启下、继往开来，为台湾文学增加新的色彩。

《桥》上刊载了来自省外和省内作家的诸多作品，其中本省作家的小说作品主要有：文瑛的《夜》，蔡德本的《苦瓜》《啤酒》，绿炎的《台风》，王溪清的《女扒手》《鹦哥》，邱妈寅的《叛徒》《再相逢》《有个早晨的港口》，叶瑞榕的《高铭戟》，黄昆彬的《雨伞》《琉球的孩子们》《美子与猪》《毁灭了的偶像》，叶石涛的《河畔的悲剧》《来到台湾的唐·芬》《澎湖岛的死

---

① 《新生报》，《习作》第一期。

刑》《汪昏平、猫和一个女人》《三月的妈祖》《伶仃女》《天上圣母的祭典》，谢哲智的《怒吼》《拾煤屑的孩子》，张红梦的《十八坟》，萧金堆的《芥川比吕志中佐》，子潜的《黄昏的脉搏》，杨逵的《无医村》《萌芽》等。其中既有一些暂时不能以国语写作的作家创作的小说，它们都是先以日文写成再被翻译为国语；也有一些直接以国语创作的作品，如叶瑞榕、萧金堆、吕赫若的小说。

叶石涛在《台湾文学史纲》中曾这样描述："一般说来，在《桥》副刊上出现的台湾作家的评论和小说，都是倾向批判性浓厚的写实主义作品，藉用省外作家的话而言，是属于所谓'新现实主义'的作品吧？他们共同的特色是台湾人意识很强，翔实地反映了光复初期台湾社会的悲惨状况，有一股抗议和控诉的激情隐藏在字句之间。可惜，这一群优秀的作家，后来有些人被捕坐牢，有些人逃离台湾埋骨于异乡，有些人噤若寒蝉忧苦度日，由于传统的中断，使得他们爱与死的故事埋葬于历史的坟墓里。"[①]这个有些含糊的说辞隐隐约约把批判的矛头指向了国民党台湾当局，台湾本土与祖国大陆也成为一个相互对抗的二元对立项。然而，通读这批作品可以发现，它们的确以现实主义的笔法绘出了台湾社会的悲惨景象，饱含着强烈的控诉情绪。但从小说题材上看，既有批判社会现实的作品，也有歌颂友谊、亲情与爱情的作品；从小说背景的时间上看，其控诉时段不仅仅是光复初期，还包括荷兰统治时期，最多的是日据时期，其次才是光复初期；从批评对象上看，的确有对光复初期物价高涨、民不聊生的批判，但更多的是以日本侵略者的殖民统治为靶子，批判殖民统治对于台湾人民多方面的压迫，物质的掠夺、精神的扭曲与心灵的戕害。换句话说，这种台湾意识的对立项更多的是针对日本帝国。谢哲智的小说《怒吼》即是这类反日描写的小说作品之一。

谢哲智是台湾本省作家，《怒吼》[②]是他在《桥》上发表的第一篇作品。小说以"一八九五年的十一月，全岛的人民已经是在横暴的日本军队压迫之下"为写作背景，描写痛恨日本殖民统治的台湾青年革命者蔡纯木（阿木），他痛恨日军那残酷无比的政策，和一些同志等待着时机，上了一位叫作郭先生的汉学者的私塾。郭先生除了精通书法之外，对国学很有研究，每有闲暇就把这些教授予塾生。他因为有着刚毅的胆量及明敏的头脑，

① 叶石涛：《台湾文学史纲》，台湾春晖出版社，1987 年，第 79 页。
② 谢哲智：《怒吼》，《桥》第 148 期，1948 年 8 月 4 日。

承受着郭先生的宠爱。一天,他由私塾回家后发现父亲不在,焦急地到处寻找父亲未果,后从邻居老黄那里得知,“下午你刚去不久,就来了十数个的倭奴。他们的目的是为了不久之前的参加袭击台北的嫌疑,所以要抓你。但由于你的爸爸不说出你的所在,他们就痛打了你的爸爸……假如现在不在,那也许是被他们带去了。我很想去告诉你。但怕他还在近边彷徨,所以也就不敢出去”。阿木愤怒地向日军驻地狂奔,心里想着:“畜生!我的爸……我的瞎眼的爸爸有什么罪呢?我不过也是个善良的人民。我再也不能忍得住了。倭奴,我们才是台湾的主人翁,我们不愿被任何人支配。为了自由……为了幸福……”他淋湿了全身,到了淡水河畔的时候,忽然听到郭先生在叫他,对着激动的他说:“你疯了吗?你的力量有限,不可随便牺牲生命。为了我们还有更重大的使命。”郭先生告诉阿木,他父亲的尸首已经被郭先生领回家里。阿木看到父亲的尸体放声大哭:“我不过是痛恨而已。个人的悲哀是很小的问题。但这一愤慨不仅是我一个人的,是台湾全岛的人民的愤慨,我已经决意了,我们须要把这一愤慨转变成为救民的一个强大的原动力……”先生听后说:“正如阿木所说,他的愤慨并不仅是他个人的。那是我们的愤慨,也是全岛被剥削与虐待的老百姓的责任。台湾已经变成倭奴的隶属,刘大帅虽然回本国去了但我们的意志还没挫折。下午我接到台北义勇军长蓝先生的信。我现在把它念给你们听:郭先生公鉴:概自倭奴强横,侵浸台湾,荼毒良民,淫辱妇女,神人共愤。今也万众一心,忠义愤发,胆识过人,勇敢有为之士,一呼百万;联络义勇,讨伐倭奴,光复台澎,安宁桑梓。今本统军,奉接刘大帅密札,委以总统台北各义勇军,筹谋恢复。素仰贵官,大负众望,委任分统‘捷’字义勇军等各营。就速筹军械,饷粮,戮力同心,相机乘势,进攻台北、基隆、虎尾、宜兰、新竹……等处。克复平定之后,同浴厚赏,本统军切望之至也。总统台北各义勇军长蓝白。”“对了。一定要做。把倭奴由这个美丽岛驱逐出去,才能建设真正乐园。”其他的青年也一齐站立起来响应。

叶瑞榕在《关于怒吼》①一文中写出自己的读后感。首先,他对于本省作者积极参与创作予以肯定:“目前《桥》上的作者当中,本省作家已占有不少的数目。这表示着本省作者从一向消沉、冷落的状态中脱出,开始积极的文艺工作。因此我们认为台湾新文艺运动刚开始踏出第一步的时

① 叶瑞榕:《关于怒吼》,《桥》第150期,1948年8月9日。

候,已有如此热烈的,积极的拥护者与工作者,它的前途必是光明的。”随后,他提出必须要特别注意而不可忽视的问题:“如何使本省作者于今后更加发展他们的天才与技能,避免他们推动工作的中途停止或效率的减低;因为他们是新文艺运动主要的推动者,今后它将会如何发展,全要看这些文艺工作者的成就如何。”为此,他认为:“在这种要求之下,我们认为对于《桥》上的各作品的批评与检讨是切不可缓的工作,并且即使谈不上批评或检讨,我们也应该拿出自己的意见或读后的感觉。”

叶瑞榕指出,谢哲智的《怒吼》是一篇描写50多年前日本控制下的台湾热血如潮的反帝运动的短篇小说。作者对日本帝国主义以武力霸占台湾地区并施行高压统治,以及台湾青年的革命活动,都有相当详细的研究,这是值得我们钦佩的。“谢先生是本省作家;《怒吼》是他在《桥》上第一次发表的作品。因此特地引起了我们的注意与关心。”但是细读作品后他发现几个问题:

第一,他认为作品主人公缺少典型性和普遍性。“谢先生写《怒吼》,从过去在台湾的历史事实找取材料,与叶石涛先生写小说,取材于荷兰人统治台湾时的社会状态有点类似,谢先生想在过去的历史过程中,描写一个台湾青年阿木的父亲如何被日人残杀与他如何地决心起义,反抗且推翻日本帝国主义的事实。但我们知道,写小说应该彻底对于具有特殊性的主人公加以描写,使得有深明的典型,进而使它能够寓有普遍性。这才可说写了成功的小说,不朽的小说。谢先生所描写的主人公——阿木,则没有此种性质了。”

他认为,阿木的父亲在异族统治下遭受了虐杀,阿木因此对异族更加痛恨,最终与其他同志起来反抗。在此过程当中,始终没有对主人公加以详细的描写,因此使得他变为一个平凡、不具有典型性的私塾里的青年,只不过跟身旁的许多青年一样参加着反帝运动的工作罢了。这可以说缺乏了艺术的洗练。同时他认为小说作者为了使阿木具有普遍性,借着阿木的话说“……个人的悲哀是很小的问题。但这一愤慨不仅是我一个人的,是台湾全岛的人民的愤慨。”这种手法当然无法达到使主人公具有普遍性的目的。因此,这是写作技巧上不熟练的地方,也是使得读者觉得很惋惜的地方。

第二,艺术表现手法拙劣。他引用陈显庭的观点,认为一个好的作品,绝不露出作者本身。假使作者借作品中人物的嘴巴喊出他的主张乃至口号或者代替他强调哀叹和喜悦,那么这将会被称为拙劣的手法(陈显庭先生言);这种作品必会等于没有一点文艺价值的宣传作品,引不起人家的感动,至于共鸣当然是谈不上的。

他认为《怒吼》可以说有这种重大的缺陷。作者不但靠着作品中诸人物的谈话或自语喊出他的主张口号,而且还靠着他们来维持故事叙述。前者例如阿木要跑到日军驻在所时,所喊的话:“……我们才是台湾的主人翁,我们不愿被任何人支配。为了自由……为了幸福……”后者例如老黄对阿木所说的一段话:“下午你刚去不久,就来了十数个倭奴。他们的目的是为了不久之前的参加袭击台北的嫌疑,所以要抓你……他们就痛打了你的爸爸……”当然这种写法在各小说里我们常可以见到,但叶瑞榕认为除了要显示人物的特性以外,使他们讲一些对他们性格的表现毫无作用的话是不高明且累赘的写法。

为使得这种缺陷更明显,叶瑞榕做了一个假设的比喻:“假使把《怒吼》用电影来演看,(然这是不可能的)那么所有的观众除了看一些莫明其妙地兴奋着的人在高唤以外,恐怕看不得其它的什么了。”观众必会批评说:“荒唐!简直是荒唐。”他认为这就是表现手段的拙劣了。他提出建议,阿木的父亲被日人虐待的情形也用不着以老黄的话来叙述,只要作者能对于他被残杀后的死尸加以详细的描写,日本人残虐无比的暴行必会赤裸裸地现于读者的眼前。

此外,他还指出,作者对于倭寇在台湾实行的种种暴行与台湾青年们联络祖国勇士积极从事反帝工作的情形,不加以具体活泼的描写,使它活生生地显露出来,却用一种单调、死板的方法(以第二段的记述与台北义勇军长给私塾老师的信文代替了描写叙述),在文学的范畴中,不但失去了它的作用,还使读者好像在读着历史的记载。如此写法不亲切,故引不起读者的共鸣。

第三,翻译不够准确。“《怒吼》由林曙光先生翻译。虽然已翻为中文能够使我们读者体会到作者本来的意味与深刻的情感,但一方面我们还感触到许多地方有着浓厚的日本式的表现法。我们虽然并不要求像刚才所说过渡、修改到那么多,但至少我们希望能够多修改几次使得它更接近完全的地方。”

最后,关于作品的选材,由于本省作者许多作品取材于历史,叶瑞榕认为不仅要批判旧的现实,还要侧重对未来生活的描写。“我觉得目前本省作者的作品是涉及个人伤感及过去历史性的,对于这种作者我有点意见,我们作家不要将全部注意、生活关心与思索单留在自己身上,不要单写自己的生活和思想,不要慨叹生活的痛苦,因为几万的人民像我们一样甚或生活在比我们坏得许多的状态中。我们的事实是困难而复杂的,那不但是在于批判旧现实,或者暴露旧现实的恶点。我们的任务是研究具象、表现和依靠这些手法来燃起而且燃旺未来的火焰。”

(作者单位:福建师范大学闽台区域研究中心)

抗战时期大学教育浮世绘

——以《围城》中的三间大学为例

赵宗梅

在《围城》中，钱锺书借用褚慎明和苏文纨的对话对“围城”的含义进行了诠释：结婚是被围困的城堡，城外的人想冲进去，城里的人想逃出来。而实际上，每一个特定的时间和空间甚至一种愿望或想象都可以看作一座“围城”，三间大学作为钱锺书笔下人物活动的一个重要舞台，也无疑在与外界之间筑起了一道围墙，成为令人又爱又恨的城堡。在这座城堡中，教师与学生作为教学活动的两极，其言行举止恰似一面反映那个时代的镜子，照出了抗战时期大学教育的一个侧影。“历史上向前一步的进展，往往也伴着向后一步的探本穷源。”①为了更好地观照历史的原貌，笔者尝试做一幅三间大学的浮世绘，以作今天不再重蹈的镜鉴。

一、全面抗战语境下的抗日救亡情怀全面缺失

《围城》②中的故事时间开始于 1937 年 7 月下旬，正好在 7 月 7 日“卢沟桥事变”之后，而这时抗日战争已经全面爆发，留学欧洲的方鸿渐恰于此时乘船回国，但其回国目的却与当时投身于抗日救亡的仁人志士不同，是因为“第四年春天，看银行里只剩四百多镑，就计划夏天回国”，脑海中并无抗日救亡的影子。作者这样安排不无用意，意在把故事中人物置于一种特定情境，而在此情境中的主人公居然无动于衷，正可见其思

---

① 宗白华:《宗白华全集(第2卷)》，安徽教育出版社，2008 年，第 356 页。

② 钱锺书:《围城》，人民教育出版社，1991 年。

想之麻木,与抗日志士仁人回国后积极救亡图存的行动形成鲜明对照。

更可悲的是,《围城》中的人似乎对抗日救亡集体免疫,上至归国留学生、大学校长,下至社会青年、在校学生,对于当时的抗日形势,仅止于被动地接收消息,他们想的只是一己之安乐,如甜蜜的爱情、舒适的职业、体面的地位。家国的概念在这里缩小为只有小家,国则无人想起,更无人提及。对他们来说,抗日救亡离他们很遥远,都采取了事不关己、高高挂起的姿态。

爱国主义情怀缺失,也导致他们在课堂上对抗日战争只字不提。大学校长不倡导抗日救亡,教授们只埋头于宣扬讲义,潜心经营自己的小天地,钩心斗角、尔虞我诈,为一己之私不惜让学生参与到自己的阴谋诡计之中! 作者之所以如此安排,意在勾画出抗战时期部分人群的麻木,也同时为那个时代抗日救亡运动的艰难做了注脚。

学生们则以给老师捣乱为能事。仿佛抗日的硝烟丝毫没有影响到他们的小天地,每个人都生活在超时空里。只有一次提到战争,还是以插科打诨的方式。那是大家都普遍反对李梅亭推行变味了的导师制而要求教师和学生一起吃饭时,高松年说:“我觉得在坐下吃饭之前,由训导长(李梅亭)领导学生静默一分钟,想想国家抗战时期民生问题的艰难,我们吃饱了肚子应当怎样报效国家社会,这也是很有意思的举动。”这是全书唯一一次从三闾大学的校长口中说出“抗战”二字,但其目的并非鼓励学生抗日救国,而是让老师们服从与学生共同吃饭的规定,在这里,抗日救亡的元素依然是缺席的。

学校管理不善,教学秩序混乱。明明知道汪处厚经常去王家打麻将,校长高松年却是睁一只眼闭一只眼。因为他不敢得罪自己对其美色十分垂涎的汪太太,所以居然替“他们掩饰,说不会有这种事”,并且赞同汪太太“只要想个方法引诱他到王家也去打一次牌,这不就完了吗?”在为了捉奸而不得不到王家去时,竟然还道声打扰。对于李梅亭嫖娼这种有损教师形象的恶劣行径,他却十分淡定,对其进行偏袒,说:“君子隐恶而扬善。这种男女间的私事,最好别管。”可见学校管理制度只是形同虚设,并不能起到规范教师言行的作用。

全书没有一个积极抗日的正面人物,只在一处含混提到了地下工作者,“有志之士被压迫得慢慢像西洋大都市的交通路线,向地下发展”,但也十分语焉不详。

二、教师队伍乌烟瘴气，教学资料极度匮乏

（一）自私自利的官本位主义者：高松年、李梅亭、韩学愈、赵辛楣

在三闾大学，人际关系错综复杂，教师们的去留完全由校长高松年一人操控，因而人格不能独立，只能俯首听命或冲出“围城”，因而不能形成良好的学术氛围，教学质量也可想而知。高松年作为三闾大学的校长，本是学校的精神领袖，是一校之灵魂和旗帜，但其所作所为却着实为人所不齿。当几个老朋友担心三闾大学是尚未成名的大学，恐怕请不到名教授时，高松年却笑道：“我的看法跟诸位不同。名教授当然很好，可是因为他的名望，学校沾着他的光，他并不倚仗学校里的地位。他有架子，有脾气，他不会全副精神为学校服务，更不会绝对服从当局的指挥。万一他闹别扭，你不容易找替人，学生又要借题目麻烦。我以为学校不但造就学生，并且应该造就教授。找一批没有名望的人来，他们要借学校的光，他们要靠学校才有地位，而学校并非非有他们不可，这种人才真能跟学校合为一体，真肯出力为公家做事。学校也是个机关，机关当然需要科学管理，在健全的机关里，决没有特殊人物，只有安分受支配的一个个分子。所以，找教授并非难事。”

从高松年的这一宏论中不难看出，他的办学宗旨不是要建立一个学术氛围良好的学校，让学生们学有所成，而是要培植一批对自己俯首帖耳、唯命是从的奴性十足的追随者。因此，在三闾大学的教师队伍中，少有真才实学的真学者，而多是与他有各种私人关系的关系户。如赵辛楣是他的门生，李梅亭是他的朋友，顾尔谦是他的亲戚，汪处厚则是当局汪次长的伯父（掌管着他的前途命脉），就连方鸿渐和孙柔嘉，也都是因了赵辛楣的关系才来到三闾大学。在这样一种任人唯亲的空气中，有真才实学而又不善于经营的人自然会受到排挤，从而注定了三闾大学的学术空气充满了虚与委蛇与尔虞我诈，教授们即使想潜心教学也终成泡影。

而作为训导长的李梅亭则贪财好色、虚伪做作、毫无底线。在去三闾大学的路上，为了省钱，自己和顾尔谦买了房舱的票，给方鸿渐他们买了较好的大菜间的票，却偏要说大菜间的票十分难买，要方鸿渐和赵辛楣感激他们。他已有家室仍十分好色，对路上所遇女子心怀不轨。对孙柔嘉乱开玩笑，言语轻薄。对路上遇到的寡妇也想入非非，当看出其与自己的佣人阿福关系不一般时，居然还心里酸酸地吃起了干醋。对妓女王美玉

更是想尽办法去接近,还说方鸿渐和赵辛楣两个年轻人不老实。去三间大学之前就提前印好了精致的名片,上面写上“国立三间大学主任”“新闻学研究所所长”,甚至连什么县党部的前任秘书都要提到,可见其官迷心窍。当得知自己的西方文学主任之职被汪处厚捷足先登时,恼羞成怒,直闯进校长室“咆哮得不成体统”,经赵辛楣苦劝居然提出条件要学校照他开的价钱买他带的西药。做了训导长后,更是变本加厉,为了树立威望、满足官瘾而强势推行变相了的导师制,使学生和教师都叫苦连天。

韩学愈不学无术,阴险狡诈,毫无廉耻。他不但用假文凭招摇过市,在三间大学骗取了历史系主任一职,在得知方鸿渐明了自己学籍的底细之后,还千方百计陷害他,不惜让少不更事的学生也参与阴谋,意图把方鸿渐撵走。为了让自己冒充美国人的白俄老婆去教英语,先是与刘东方反目成仇,后为了表现自己的大度,主动让刘东方的妹妹到历史系任教,以此博取刘东方的好感。虽然暂时未获得刘东方的认可,却在校长及全校师生面前摆出了宽宏大量的高姿态。当高松年主动提出下学年聘用其白俄老婆时,还故作高姿态说:“下学年我留不留,还成问题呢。统一大学来了五六次信要我和我内人去。”其丑恶嘴脸跃然纸上。像韩学愈这样全凭假文凭做幌子,既无人品又无学识的人却在三间大学享受最高待遇,可见三间大学已经腐朽糟糕到了极致。所凭的仅仅是国立大学这一金字招牌,带给学生的不是学术的营养,而是从内而外的欺骗。

因为高松年只重文凭,不看能力,任人唯亲,所以其招募来的教师都各具病态,而少有真才实学。只有赵辛楣是唯一货真价实的留美政治学博士,被其聘来做了政治系主任,也算是人尽其用。但他也有自身的弱点,因为汪太太长得与苏文纨有几分相像,他不由自主地被其吸引,却被同样垂涎汪太太美色的高松年识破,只好远走重庆。赵辛楣有能力,在社会上颇有手段,因此能数次帮助方鸿渐谋到差事。他虽不乏良知,但却仅限于自己生活的小圈子,也表现出官本位主义的自私自利。

(二)受到排挤的弱势群体:方鸿渐、孙柔嘉、顾尔谦和路子潇

而方鸿渐和孙柔嘉则同属于在三间大学不受重视、备受欺凌的弱势群体。不同的是,方鸿渐毕竟有四年的游学经历,即使学问不深但至少阅历颇丰,而孙柔嘉却是刚刚大学毕业的外语系毕业生,因此更加处于劣势。因此,方鸿渐勉为其难被封了个副教授,而孙柔嘉只是助教。

对方鸿渐来说,高松年对他的待遇可谓不公,因为对于同样拿着虚假文凭沽名钓誉的韩学愈,不但委以重任,让其担任历史系主任,还给以教

授中的最高待遇,连货真价实美国留学归来的赵辛楣都比他低一级。而对把用假文凭当作耻辱,老老实实填写履历的方鸿渐则费尽心机进行降职,只让其当副教授,并且不属于任何院系,教授无足轻重的"论理学",使其在学校自觉是"帮闲打杂,承办人家剩下来的科目",既无地位,又颜面尽失,自然教学的积极性也会大打折扣。

但实际上,对于方鸿渐的能力,赵辛楣的评价中肯而入木三分。"你不讨厌,可是全无用处。"虽可能亦是戏谑之语,但不可谓不恰当,因为方鸿渐确是一个胸无大志,容易感情用事,并且喜欢逃避的人。如失恋后逃往三闾大学,在三闾大学不堪人事倾轧又逃回上海,在上海处理不好与两方父母和亲戚的关系又准备去重庆投奔赵辛楣。这一系列事实都刻画出方鸿渐的"无用"。可以想见,这样一个人,也不可能是一个品格高尚的好老师,因此,他尽管口才很好,上课时仍然"自以为预备的材料很充分,到上课才发现自己讲得收缩不住地快,笔记上已经差不多了,下课铃还有好一会才打……心慌意乱中找出话来支扯,说不上几句又完了,偷眼看手表,只拖了半分钟"。后来不得不"发明一个方法,虽然不能一下子杀死时间,至少使它受些致命伤。他动不动就写黑板,黑板上写一个字要嘴里讲十个字那些时间。满脸满手白粉,胳膊酸半天,这都值得,至少以后不会早退"。这些都暗示出方鸿渐上课虽然也还算是努力准备,但由于自身能力及教学参考资料的缺乏,其上课效果必定难如人意。请看学生的表现——"不过这些学生作笔记不大上进;往往他讲得十分费力,有几个人坐着一字不写,他眼睛威胁地注视着,他们才懒洋洋把笔在本子上画字"。老师讲得既乏味,学生又无认真求学的动力,教学效果可想而知。这非常生动地反映出那个时代一些大学教育的侧影,教师们机械地教,学生们被动地听,宝贵的教学资源演变为对宝贵时间的无效浪费。

顾尔谦则是一个奴性十足的人,他因为和高松年是远亲而被聘为历史系副教授,自觉受宠若惊。因为自己没有真才实学,所以一味对李梅亭谄媚巴结,来到三闾大学后自然也默默无闻。路子潇却代表了另一种接近变态的虚荣。他把行政院的亲戚写给他的信和自己写给外交部的朋友的信"轮流地在他桌上装点着",当"该死的听差收拾房间,不小心打翻墨水瓶,把行政院淹得昏天黑地,路子潇挽救不及,跳脚痛骂。那位亲戚国而忘家,没来过第二次信;那位朋友外难顾内,一封信也没回过。从此,路子潇只能写信到行政院去,书桌上两封信都是去信了"。把这样两位对自己根本不屑一顾的"重要人物"的信看得这样重,一方面折射出其过分的虚荣,也可以照见其骨子里的自卑。因为自身太过卑微,而希望用大人物的光芒来照亮自己。

（三）教学资料的惊人匮乏

在教学资料方面,三间大学表现出惊人的匮乏。在这所抗战时期的"国立"大学,开设了"论理学"课程却没有相应的教材。以至于"鸿渐上图书馆找书,馆里通共不到一千本书,老的、糟的、破旧的中文教科书居然大半,都是因战事而停办的学校的遗产……鸿渐翻找半天,居然发现一本中文译本的《论理学纲要》",因此方鸿渐才打起了小算盘,觉得"只靠这本书来灌输知识,宣扬文化,万不可公诸大众,还是让学生们莫测高深,听讲写笔记罢。自己大不了是个副教授,犯不着太卖力气的"。因此教学中无法迎合学生的心理,难免枯燥无味。学生们"来上他的课,压根儿为了学分"。以至于在方鸿渐准备发愤图强,超过李梅亭时,也只能寄希望于来年"暑假回上海弄几本外国书看看,下学年不相信会比不上李梅亭"。而李梅亭作为文学院的教授,教学中用的也是自己带来的教学卡片。虽然其班上学生"笑声不绝",但就其学识及人品揣测,恐怕在班上所讲多半是奇闻逸事,而非真正的学识。而孙柔嘉的英语课,只教学生作文和造句,以至于学生无聊而生事,也可见出教学资料的捉襟见肘。

在如此不堪的教师队伍带领下,教学资源又是极度匮乏,三间大学难以培养出学识广博、人格健全的学生也就理所当然了。

三、学生势利欺人、精神空虚

学生的势利欺人、精神空虚首先表现在欺负没有教学经验的助教孙柔嘉。"教务处一公布孙小姐教丁组英文,丁组的学生就开紧急会议,派代表见校长兼教务长抗议。理由是:大家都是学生,当局不该歧视,为什么旁组是副教授教英文,丁组只派个助教来教。他们知道自己程度不好,所以,他们振振有词地说,必须一个好教授来教好他们。"逻辑不可谓不严密,理论也实在是很高明,只是用错了地方。在战火弥漫的抗日战争时代,这部分学生不仅不埋头读书,还要在学校逞口舌之强,与教师为难,可见其精神之麻木到了什么程度。至于后来在课上侮辱孙柔嘉,在表现出他们不懂得尊师重道的事实的同时,也映射出他们空虚的精神状态。因为战争使他们来到三间大学这个偏远的地方,"在平成县乡下一个本地财主的花园里,面溪背山。这乡镇绝非战略上必争之地,日本人唯一豪爽不吝啬的东西——炸弹——也不会浪费在这地方”。他们在地理位置上与世隔绝,心理上也难免与世隔绝,从而既不问世事,又不专心学业,无聊之中倒生出诸多事端。

其次表现在他们瞧不起没有强大靠山的方鸿渐。他们认为“论理学是‘废话’,教论理学的人当然是‘废物’,只是个废物,而且不属于任何系的。在他们心目中,鸿渐的地位比教党义的和教军事训练的高不了多少。不过教党义的和教军事训练的是政府机关派的,鸿渐的来头没有这些人大,‘听说是赵辛楣的表弟,跟着他来的;高松年只聘他做讲师,赵辛楣替他争来的副教授’”。

不仅如此,他们有人还助纣为虐,受韩学愈经常请客吃饭的收买,帮助韩学愈阴谋陷害方鸿渐,诬陷方鸿渐在课堂上指摘外语系主任刘东方的错误,幸亏孙柔嘉及时得到消息,才使得方鸿渐有所准备而侥幸躲过了这一暗箭。

《围城》中的三闾大学作为抗战时期新组建起来的“国立”大学的一个侧影,虽然不能代表那个时期的大学的全部,但也折射出当时黑暗社会中大学教育的诸多弊端。抗日战争的烈焰熊熊蔓延,三闾大学中的广大师生却抱残守缺,无动于衷,不仅不以家国危亡为己任,甚至连起码的做人的道德都不愿遵守,这既是时代的悲哀,也是教育的悲哀,时至今日,也值得我们广大教育工作者深刻自省和反思。

(作者单位:福建师范大学文学院)

电影《好男好女》的历史与审美

蓝博洲

1937年7月，卢沟桥事变爆发。台湾地区进入所谓"战时体制"。日本加紧对台湾地区进行所谓的"皇民化运动"。台湾新文学运动领导人之一张深切感受深刻地说："我想我们如果救不了祖国，台湾便会真正灭亡，我们的希望只系在祖国的复兴，祖国一亡，我们不但阻遏不了殖民化，连我们自己也会被新皇民消灭的！"[①]基于这样的认识，他只身奔赴华北沦陷区。

事实上，随着中国抗战的全面爆发，长期以来台湾人民孤军作战的抗日民族革命运动，不再只是台湾一地人民反对日本殖民统治、要求民族解放的运动；它已经纳入国共两党重新合作的中国抗日民族统一战线，并且成为世界反法西斯统一战线的一个组成部分。

历史事实告诉我们，一直到抗战胜利以前，那些接受日本帝国主义殖民教育成长起来的台湾青年，仍然努力克服这样或那样的限制，络绎不绝地组团或者个别前往祖国大陆，到重庆或延安参加抗战。其中，参加东区服务队的钟和鸣（1915—1950）等五名台湾青年就是其中的典型。

1940年，为了抗战而放弃日本明治大学学业的钟和鸣与新婚妻子——文化抗日运动领导人蒋渭水的女儿蒋碧玉、表弟李南锋，以及台北帝大医学部第一届毕业生萧道应和妻子黄素贞，先往上海，再转香港，在九龙搭乘火车进入广东，然后一路走向东江流域的惠阳。热血澎湃的他们并不了解国内复杂的政治环境，只知道国民党的蒋介石领导抗日，又听说惠阳有个国民党党部，于是天真地认为：到了惠阳，就可以通过党部安

① 张深切：《张深切全集（卷2）》，台湾文经出版社，1998年，第635页。

排,前往重庆了。然而,他们抵达驻防广东的第4战区12集团军所属"惠淡指挥所"营部所在的大祠堂时,却因为没有"良民证"而被扣押。由于语言沟通存在一定的困难,无论他们如何表明身份、动机及爱国热情,审问的军官都一口咬定他们五人是"日谍",硬要枪决他们。幸好刚从罗浮山区到惠阳领军饷的少将参议丘念台听说了他们的事情。他认为,他们五人是第一批结伴而稍具组织雏形回国抗战的台湾青年,所以决定设法救他们,于是请求12集团军总司令香翰屏,让他跟他们面谈。丘念台不但认识蒋碧玉的父亲蒋渭水,也认识钟和鸣的父亲和萧道应的叔父,而且被他们冒险回国参加抗战的热情所感动;可他也不能完全担保,只能要他们先各写一份陈情书,说明回国的动机、过程和遭遇,然后呈送上级,请求暂免执行枪决。

他们五人在丘念台的力保之下,被辗转押往桂林军事委员会察看、侦审。一个月之后,也就是1941年新历年后,快要过旧历年的时候,他们的身份问题解决了,并且到韶关接受正式的工作派令:钟和鸣与李南锋到韶关民运工作队受训,从事民运。萧道应、黄素贞夫妇与念过护校的蒋碧玉一同被分到南雄陆军总医院。

南雄陆军总医院是用木头、竹子和茅草等搭建的临时野战医院,包括内科、外科、眼科、皮肤科及为一般老百姓服务的门诊部;此外,也设有一间克难式的手术房。萧道应是上尉医官。起初,黄素贞和蒋碧玉都是上士护士。黄素贞在外科,蒋碧玉在内科。不久,她们又一同升为准少尉护士。1941年农历年(1月27日)后,蒋碧玉和黄素贞先后产下一个男孩。

另一方面,丘念台听到他们五人被释放的消息后,立即呈请第4战区司令部,调派他们到他领导的东区服务队工作。当年9月,他们辗转接到丘念台的邀请信,信中强调必须五个人整体行动,小孩不能带去。初为人母的黄素贞和蒋碧玉虽然难舍,最终还是为了实践参加祖国抗战的初衷而把孩子送人抚养。他们五人随即背起包袱,徒步前往位于罗浮山山脚的东区服务队驻扎地——博罗县徐福田,为抗击日寇奉献自己的青春岁月。

抗战胜利,台湾回归祖国。他们先后回到家乡,为战后的台湾重建继续奋斗。钟和鸣经丘念台推荐担任基隆中学校长,其后历经"二二八"事件、国民党败退台湾,而于1949年8月因《光明报》事件入狱,再因拒绝感训而于朝鲜战争后的1950年10月14日被枪决。

从1949年到1987年,在"反共戒严令"实施长达38年时间的"冷战—民族分裂—反共国安体制—对美日依附”的历史结构中，钟和鸣那一代台湾青年在那一段激荡的历史中澎湃的青春激情不但被官方刻意压制、扭曲，而且成为台湾社会最敏感的政治禁忌。在严厉反共的社会气氛下，为了生存，大部分当年的受害者也不敢言说那段被侮辱与被伤害的历史记忆。这样，钟和鸣那一代台湾青年的历史也就在台湾民众的集体记忆中失落了。也因此，1989 年，第一部以这段历史做背景、由侯孝贤导演的电影《悲情城市》，在上映期间即以“在今天以前，这个故事，你听不到，也不敢讲……”作为宣传的广告词。

事实上，电影《悲情城市》是“解严”前后，伴随着台湾社会澎湃汹涌的政治、社会运动发展起来的重新寻回被湮灭的历史记忆的产物。它与笔者 1988 年发表的关于钟和鸣生命史的《幌马车之歌》有关。从《悲情城市》开始，侯孝贤更有计划地拍摄了《戏梦人生》与《好男好女》，以此构成他通过电影再现台湾历史与文化的“台湾三部曲”。《悲情城市》记录了台湾地区自 1945 年日本投降、台湾光复至朝鲜战争以后的白色恐怖历史。《戏梦人生》则通过布袋戏大师李天录的前半生，呈现了从马关割台至台湾回归中国的日据时期的历史和庶民生活。但真正触及台湾人归返祖国参加抗战的历史的还是 1995 年的《好男好女》。

在《好男好女》之前的 20 世纪 70 年代，随着国际与两岸形势的变化，国民党党营事业中影公司所摄制之政令倡导片的主旋律，也从先前“反共抗俄”的“匪谍片”转为抗日题材。其中，第一部是描述张自忠将军英勇殉国的《英烈千秋》（1974），其后有以四行仓库保卫战为背景的《八百壮士》（1976），以及描述空军传奇名将高志航故事的《笕桥英烈传》（1977）。另外，也有虚构故事的几部“台湾人抗日”系列电影《梅花》（1976，在殖民统治下的台湾人仍如梅花般坚忍、不畏难而屹立不摇）、《望春风》（1977，殖民统治下的台湾人希望早日归返祖国怀抱）与《香火》（1979，殖民统治第三代的台湾人回到祖国，参加抗战，并成家立业、生儿育女，直到日本无条件投降、抗战胜利）。总体来说，这些特定政策下制作的抗日电影的套路不外乎激情的戏码搭配煽情的歌曲，死板的日本人形象加上虚假的爱国情操。所以，很快就走到尽头了。

我们当然不能把已经成为世界级导演的侯孝贤的《好男好女》看作前述主旋律的余绪。

《好男好女》以常见的交叉剪接手法，处理过去、回忆和现在三个不同时空，对比两个时代的“好男好女”。一名 20 世纪 90 年代的台湾年轻女演员正在排演电影《好男好女》，也就是40年代的蒋碧玉与钟和鸣等人前往祖国参加抗战的真实故事，同时穿插着80年代的她与已逝于一场黑社会仇杀行动的男友的恋情回忆。叙事依序展开，并且以彩色影像呈现90年代和80年代的时空，以黑白影像讲述蒋碧玉及其夫钟和鸣已然逝去的四五十年代。侯孝贤以如此复杂的方式叙述钟和鸣与蒋碧玉的历史，使得许多原本想一探真实历史的观众因而对影片的历史可信度有所质疑。

然而，我在这里谈《好男好女》，仅仅是因为它呈现了钟和鸣等五名台湾青年参加抗战的历史。仅此一点，从政治正确的观点来讲，侯孝贤就已经表现了一个大师级导演难得的道德勇气；他把一个长期被视为“罪大恶极”的“共匪”，还原为一个真实的、有血有泪的、追求殖民地解放而在民族内部战争中不幸牺牲的爱国青年形象。也因为这样，他一度被圈内人扣上“亲共”导演的红帽子。同样也因为这样或那样的社会制约，其历史叙事的美学及策略就创造了这样一部结构繁复的电影。

（蓝博洲：台湾学者）

留下了英灵化入树干而滋生
——九叶诗派关于民族战争下的“玄学”思考

黄科安

20 世纪 40 年代,从西南联大走出来的穆旦、杜运燮、郑敏、袁可嘉,以及辛笛、陈敬容、杭约赫(曹辛之)、唐祈、唐湜等汇集一处,共同探索现代性的思想和现代性的诗艺,构成现代文学史上的九叶诗派。他们独树一帜地建构现代主义诗学理念,其核心在于凸显民族战争下的“玄学”思考。

一

著名新诗理论家孙玉石说:“‘中国新诗’诗人群体,是一批诗歌艺术的‘沉思者’。”[①]九叶诗派进行现代化的诗学建构,体现在“现实”层面上,增添了“象征”和“玄学”的内涵。这一理论是受到 17 世纪英国玄学派诗人艾略特、叶芝、里尔克、奥登等的美学思想的影响。因此,他们也可以称为倾向表现“智性”的诗人。然而,正如叶芝在《论象征》中曾经说的:“诗人应该有哲学,但不应表现哲学。”袁可嘉对此解释说:“此处所谓‘表现哲学’实际含义相当于仅仅‘说明哲学’;其间重点的倒置极易引起与政治感伤类似的毛病,只是观念性质略有区别而已;17 世纪玄学派诗人及受他们影响的现代诗人,都不时提醒我们,抽象观念必须经过强烈感觉才能得着应有的诗的表现,否则只是粗糙材料,不足以产生任何

① 孙玉石:《中国现代主义诗潮史论》,北京大学出版社,1999 年,第 324 页。

效果。"①

为了避免诗人误入"说明哲学"的歧途，九叶诗派重视个体化的感觉，使抽象观念必须经过强烈感觉才能得到应有的诗的表现。穆旦曾参加缅甸抗日远征军，有一次随队伍执行自杀性殿后战，遭遇日寇的追杀，并在断粮的情况下在胡康河谷迷失八昼夜。平常，穆旦绝口不提这段惨烈的经历。王佐良在《一个中国新诗人》里回忆："只有一次，被朋友们逼得没有办法了，他才说了一点，而就是那次，他也只说到他对于大地的惧怕，原始的雨，森林里奇异的、看了使人害病的怒长的草木，而在繁茂的绿叶之间却是那些走在他前面的人的骷髅，也许就是他的朋友们的。"他后来写的《森林之魅》，其副标题为"祭胡康河上的白骨"，就是以此为素材创作的。诗人将"森林"和"尸骨"这种强烈的个体化的感性体验，通过艺术升华成功地转化为拯救民族苦难的思想：

过去的是你们对死的抗争，
你们死去为了要活的人们的生存，
那白热的纷争还没有停止，
你们却在森林的周期内，不再听闻。

静静的，在那被遗忘的山坡上，
还下着密雨，还吹着细风，
没有人知道历史曾在此走过，
留下了英灵化入树干而滋生。

抗日战士"为了要活的人们的生存"而捐躯，而他们的归宿正是"原始的自然"——这个人类最初的"故乡"。唐湜提醒读者，"值得注意的是'树干'两个字，它说明了自然的生命必须以肉体为基础"，这是诗人强烈的感性体验的形象化表述。而这种肉体与感官的知觉化，充分表明了穆旦要在诗中表达这样一个理念："以自然主义的精神，以诚挚的自我为基础，写出他的心灵的抒情，以感官与肉体思想一切，使思想与抒情、灵与肉完全浑然一致，回返到原始的浑朴的自然状态。"②显然，这首诗已大大超越穆旦内心铭刻的那段惨烈经历，而赋予一层形而上的玄学意味。因此，对这样诗的意义的求索，确实要领会"感官和肉体去思想"的诗学真谛。

---

① 袁可嘉：《诗与主题》，《论新诗现代化》，生活·读书·新知三联书店，1998年，第76页。
② 唐湜：《穆旦论（续）》，《中国新诗》，1948年第4期。

诚如史彭德所说："批评家不能单注意诗人的意识和题材就算了事，他首先必须注意作者有没有把他的题材和信仰真正地创造在诗歌中。这只有感性的写作方能达到，也就是说必须把题材活生生地感觉过来，从诗人的特殊的经验中引申出来才行。"①

九叶诗派对"玄学"的嗜好与表现，反映出他们与西方现代派大师有着千丝万缕的联系。唐湜论道："艾略忒、奥登们被称为形而上诗人的，除了对现代文明的骚扰有一点厌恶与不满外，还有一个并非开倒车的有风格或意象意义的形而上理念，不断地追求又不断地放弃，一种完满的人性的追求，而他们更有一份矫健的生命力充沛在字里行间，在绝望与挣扎间只愈见其旺盛，如满身筋肉弓起的斗士，有着悲剧性的庄严。"②

在唐湜看来，以艾略特、奥登为代表的现代派诗人追求的是"形而上理念"，属于"形而上"诗人。而这种"形而上理念"，既体现对人性、社会、文明的深刻洞见，同时又强调与现实相联系，与感性相融合。因此，所谓"他们更有一份矫健的生命力充沛在字里行间，在绝望与挣扎间只愈见其旺盛，如满身筋肉弓起的斗士，有着悲剧性的庄严"，这段话形象地概括了西方现代派大师关于"玄学"的哲理内涵和审美风貌。

正如西方现代派诗人关于"形而上"的思考离不开西方的现实背景，尤其是一战、二战后出现的精神废墟现象，九叶诗派的玄学思考同样与当时中国的现实语境密切关联。只不过因各人的天资禀赋、知识结构、性情爱好不同，其美学趣味、价值取向或多或少地凸显于对不同的西方现代派大师的接受和影响中。以里尔克、奥登为例，袁可嘉说："里尔克代表沉潜的、深厚的、静止的雕像美，奥登则是活泼的、广泛的、机动的流体美的最好样本。前者有深度，后者则有广度。"③因而，"中国40年代这一批诗人，对现实政治不满而倾向社会主义革命，大抵是奥登式的，即本着良知，指斥社会的不平，而渴求人的心灵与社会的改变。他们感到个人的命运与群体的命运固不可分，但也不能抹煞个人的感受，而且正须从感受开展，以透入事物的本质与现实的真相。大抵说来，受里尔克影响的，多向深度推进；受奥登影响的，多向广度拓展。在实际创作之中，两者汇合映衬，构成个人与社会的相互关连。我们为叙述的方便，姑且把这批诗人分为两类：一类从哲学的思索开始，通到时代与社会；另一类则以刻划社会

① 史彭德：《现代诗歌中的感性》，余峥《九叶诗派综论》，海峡文艺出版社，2000年，第21页。
② 唐湜：《论·手掌集》，《诗创造》，1948年第9期，第23－29页。
③ 袁可嘉：《新诗戏剧化》，《诗创造》，1948年第12期，第1－6页。

现实为主，而加理性的综括。前者可以郑敏、穆旦为代表，后者则以杭约赫成就较大。”[①]应该说，一个诗人的成长历程是复杂的，他所接受的影响也是多方面的，上述对九叶诗派的类型划分也许过于平面和机械，但以接受某个现代派大师为主的影响，在九叶诗人中却是一个不争的客观存在的事实。如郑敏推崇里尔克，称：“里尔克的诗传给我星空外的召唤。”（《天外的召唤与深渊的探险》）而杜运燮却较喜欢奥登等一批英国年青诗人，他说：“把个人抒情和现实描写结合起来的写作手法很对我当时的胃口，教给了我重大题材也是可以通过抒写个人心情来表现的。”[②]不过，对九叶诗派的“玄学”探讨，还是以综合性的分析较为妥当，也较能反映整个诗派的哲理品位。

二

在20世纪40年代，战争主要作为一种时代背景进入到九叶诗派诗人的视野。“在这种方生与未死交织的生活中，作为知识者自身处世立身的思考更见紧张。”[③]而自觉审视社会与自我的双重愿望，使他们进一步以一种积极介入的人生姿态参与对现实社会的批判和人类精神家园的重建。因而，西方现代派大师对“现代文明的骚扰有一点厌恶与不满”，在九叶诗派笔下，演变在特定的战争语境中，诗人传递着那份批判的意识、苦难的承担和抗争的精神。杭约赫的长诗《复活的土地》对战争与人性这对矛盾做了纵深的思考。诗人说：“一群可恶的疯狂的二十世纪的/兽。人与人之间稀薄的友情/是片绷紧的笛膜：吹出美妙的/小曲，有时只剩下一支嘶哑的竹管。”“战争”使“人”变成“兽”，原本“人与人之间”纯洁的“友情”能够吹奏出美妙的“小曲”，却遭到破坏，成了“一支嘶哑的竹管”，这是战争对人性的无情践踏和侵蚀。当然，“战争”也唤醒“反战”的人士，他们以“最后战争”的姿态，“奔赴，/扑灭这历史上最大的/一次，也应该是最末的一次/火灾”。从这个意义上，战争也促进人性的大复苏。诗人接着这样揭示：“而人类/最大部分的人类/从这一次战争里，已经感受了/新的爱情——不再单纯做个/兵士，使用武器的时候也会/意识到自

---

① 黄继持，等：《现代中国诗选》导论，王圣思选编《“九叶诗人”评论资料选》，华东师范大学出版社，1995年，第70页。

② 金海曙：《西南联大与中国新诗——郑敏、杜运燮访谈》，《滇池》，1999年第8期，第56－61页。

③ 余峥：《九叶诗派综论》，海峡文艺出版社，2000年，第189页。

己是‘人’，找寻着/方向。”因此，“复活新的伊甸园/一个仅是‘地理上的名词’，/现在，敢于站起来/它将成为坚强的巨人”。杭约赫的这首长诗，在全面复活人的理性的视野下来复活“烧焦的土地”，构成了在战争背景下，对复杂的人性做了立体的现实观照和纵深的历史透视。

九叶诗派的“玄学”思考，突出表现在对个体生命的体验和内心的探索，进而形塑出“智慧痛苦”的崇高形象。九叶诗人之所以能够在时局艰难的情况下，以心的诚挚和坚忍迎接苦难，用诗的创造顶住来自战乱时代的生活挑战，是因为他们在前辈诗人冯至的引导下，走近了奥地利德语诗人里尔克。里尔克的诗作以开掘内心世界为最鲜明的倾向，他以心灵的成就顶住苦难世界对人生和艺术的挑战，是一个典型的“向内转”的诗人，特别是他敏感的气质乃至对大战反思的深切痛苦，使他的诗具有更深意义上的“人生”涵盖。因此，里尔克的诗作能引起中国现代诗人的共鸣。冯至从20世纪30年代就开始译介里尔克及其作品，而他在40年代初创作的《十四行集》则是成功地将里尔克诗学“中国化”的典范之作，进而为九叶诗人架起通往里尔克诗艺世界的心灵桥梁。冯至在《工作而等待》一文中，有感于奥登创作的《战时中国作》“把中国的命运和里尔克融会在一首美好的十四行”，进而认为，“里尔克的世界使我感到亲切，正因为苦难的中国需要那种精神”。他认为，里尔克在第一次世界大战的紊乱现实里，自觉地以“沉默”担受“寂寞”，以“‘不显著’之生活”的方式“居于幽暗而自己努力”地从事艺术工作，从而在十年沉默和痛苦之后得到升华，一切“都有了个交代”。里尔克这种对“苦难”的承担、对“工作而忍耐”的精神，正是战时中国最需要的品格和精神。冯至所揭示里尔克的“生命承诺”和“工作承担”，是对九叶诗人最具吸引力之所在。

郑敏在西南联大是学哲学的，她在老师冯至的引导下，对里尔克的诗歌产生了兴趣。她说：“里尔克给我的影响主要是在内在节奏上，让我在写作中注意到一种比较沉郁的叙述语调，所以我的诗很少那种慷慨激昂的东西，是偏思索性的。”[①]因此，唐湜称她的诗作，“那种哲人的感喟却常跃然而出”。[②] 如《金黄的稻束》一诗中，诗人将站在田里丰收后的“金黄的稻束”巧妙比拟成“疲倦的母亲”，这不仅带出一个新奇的比喻，而且诗人以此为基点做形而上的哲学玄思：“没有一个雕像能比这更静默。/肩

① 金海曙：《西南联大与中国新诗——郑敏、杜运燮访谈》，《滇池》，1999年第8期，第56-61页。

② 唐湜：《郑敏静夜里的祈祷》，《新意度集》，生活·读书·新知三联书店，1990年，第143页。

荷着那伟大的疲倦,你们/在这伸向远远的一片/秋天的田里低首沉思/静默。静默。历史也不过是/脚下一条流去的小河/而你们,站在那儿/将成了人类的一个思想。”唐湜面对郑敏诗作“丰盈的思想与生动的意象”,以及出色的艺术表现,做出惊叹式的论断:“这仅仅是过于绚烂、过于成熟的现代欧洲人思想的移植,一种偶然的奇迹,一颗奇异的种子,却不是这时代的历史的声音。”①不过,唐湜这个论断有所偏颇,尚欠精确。事实上,郑敏很多蕴含哲理的诗作虽明显反映出与欧洲现代派诗人的密切联系,但同时也是在中国特定的历史语境下创作的,烙有一名中国知识分子丰富复杂的内在心灵的印记。她的《人力车夫》有别于五四以来同名题材的作品,不是将人力车夫限定为社会的一个底层代表来予以表现,而是从一个“雕塑”的视角来展示人力车夫的“腿”的姿态:“举起,永远地举起,他的腿/在这痛苦的世界上奔跑。”诗人把人力车夫置于人类生命存在的背景下来凝视:“路人的希望支配着他/他的希望被掷在路旁/一个失去目的者为他人的目的生活。”尽管现实生活如此不公,但人力车夫还是“用那饥饿的双足为你们描绘/通向千万个不同的目标的路径”,诗中通过不断重复着“永远地举起,他的腿”的动作,意在昭告:人力车夫这一抒情形象是“时间”里“屹立的人”,也是“这古老土地的坚忍的化身”。处在民族存亡生死斗争之中,民主与黑暗交战的复杂现实之下,郑敏所做的形而上的玄学思考离不开当时的现实背景和生活中的感悟。《荷花:观张大千氏画》,诗人先写一朵盛开的荷花,它快乐地立在那里,“像耸直的山峰”,“载着人们忘言的永恒”;次写“那一卷”“不急于舒展的稚叶”,它的可爱在于“纯净的心里保藏了期望”。然而,真正让诗人倾心并感到灵魂震颤的是那画中“弯着的”“一枝荷梗”:

但,什么才是那真正的主题
在这一场痛苦的演奏里?这弯着的
一枝荷梗,把花朵深深垂向

你们的根里,不是说风的摧打
雨的痕迹,却因为它从创造者的
手里承受了更多的生,这严肃的负担。

① 唐湜:《郑敏静夜里的祈祷》,《新意度集》,生活·读书·新知三联书店,1990年,第156页。

诗人将这枝不起眼的“弯着的”荷梗，认作画中“真正的主题”，因为它进行着“一场痛苦的演奏”，是从“创造者”手里“承受了更多的生”和“严肃的负担”。郑敏通过观看张大千的中国画——荷花，进而从画中体验到生命的悲剧性展示，以及因“承受了更多的生”和“严肃的负担”而产生悲壮般的坚忍和崇高感。谁能说诗人的玄学思考没有折射出战时民族抗争的深厚内涵和强烈的时代色彩?!

战争的残酷和紊乱使诗人们在追求真理、直面人生时，不能不深切地感受到人类苦难的深重，这带给九叶诗人的不仅是一种“智慧的痛苦”，更是一种自觉的“苦难的承担”。唐湜说：“特别使我们感到真切的欧洲诗人们对人生意义的‘哲学的焦虑’，从莎翁、约翰·邓到现代诗人所感到的那个人类受难的形象。”[①]对于“受难感”的体验和观照是九叶诗派表现“玄学”思考的重要内容之一。余峥分析道：“以哲学的焦虑探寻生活意义，体现了九叶诗派追求深度生活的姿态，而生活本身具有的苦难不能不使诗人深感痛苦。于是，在忠实于自我与社会的双重意义上，九叶诗派自觉承担着自己作为‘人’的受难，从而也承担了‘人类的受难’。这样，就使哲学的焦虑免除了陷入自娱与纯粹玄学的危险，而与生活的时代感取得了一致。”[②]在九叶诗派中，穆旦堪称是擅长表现“受难”者形象的代表性诗人。王佐良称穆旦有“一种受难的品质”，使他显得“与众不同”，是一个“懂得受难，却不知至善之乐”的人(《一个中国新诗人》)。穆旦在《出发》中写道：“告诉我们和平又必需杀戮，/而那可厌的我们先得去欢喜。/知道了‘人’不够，我们再学习/蹂躏它的方法，排成机械的阵式，/智力体力蠕动着像一群野兽。”“给我们善感的心灵又要它歌唱/僵硬的声音。个人的哀喜/被大量制造又该被蔑视/被否定，被僵化，是人生的意义；/在你的计划里有毒害的一环。”战争机器以“和平”为幌子，干着灭绝人性的活儿，将“人”改造成“机械的阵式”，“智力体力蠕动着像一群野兽”。不仅如此，战争还钳制着人们“善感的心灵”，“个人的哀喜”被“蔑视”“否定”“僵化”。然而，正是在这种艰难的境遇下，作为社会启蒙和反战思想的中国知识分子却能在这一片生灵涂炭的土地上，毅然地承担民族的“苦难”重担：

就把我们囚进现在，呵，上帝！

① 唐湜：《论意象的凝定》，《新意度集》，生活·读书·新知三联书店，1990年，第16页。
② 余峥：《九叶诗派综论》，海峡文艺出版社，2000年，第55页。

在犬牙的甬道中让我们反复
行进，让我们相信你句句的紊乱
是一个真理。而我们是皈依的，
你给我们丰富，和丰富的痛苦。

“丰富的痛苦”是以穆旦为代表的中国知识分子因受难与焦虑而导致灵魂“挣扎”的具体又真实的形象写照。“作为一个对中国民族的苦难和力量有所自觉的现代知识分子，通过自己的体验和刻画，使自己的诗成为那个时代的痛苦和矛盾形成的一个知识分子的痛苦和矛盾的表征：这就是穆旦。”①唐湜称这群诗友为“现代的哈孟雷特”，他说：“他们的气质是内敛又凝重的，所要表现的与贯彻的只是自己的个性，也许还有意把自己夸大，他们多多少少是现代的哈孟雷特，永远在自我与世界的平衡的寻求与破毁中熬煮。”②确实，在他们的诗中常有涉及哈姆雷特的命题——思想与行动、个体与群体、自我与他人、肯定与否定、希望与绝望、理想与现实、爱与恨、生与死……都在这里汇集、纠结、较量、展开，并且为现代意识所照亮。

在九叶诗派中，穆旦是最具有“张力”意识的现代诗人。而最为难能可贵的是，他的思索高出那个时代一般人的思维，那就是他站在民族战争的背景下，却能做出超越时代的反战思想。穆旦的《野外演习》即是一例：

我们看见的是一片风景：
多姿的树，富有哲理的坟墓，
那风吹的草香也不能伸入他们的匆忙，
他们由永恒躲入刹那的掩护，

事实上已承认了大地的母亲，
又把几码外的大地当作敌人，
用烟当掩蔽，用枪炮射击，
不过招来损伤：永恒的敌人从未在这里。

人和人的距离却因而拉长，
人和人的距离才忽而缩短，

---

① 邵燕祥：《重新发现穆旦》，杜运燮等编《丰富和丰富的痛苦——穆旦逝世20周年纪念文集》，北京师范大学出版社，1997年，第34页。

② 唐湜：《诗的新生代》，《诗创造》，1948年第8期，第20－23页。

危险这样靠近,眼睛和微笑
合而为人生:这里是单纯的缩形。

也是最古老的职业,越来
我们越看到其中的利润,
从小就学起,残酷总嫌不够,
全世界的正义都这么要求。

“多姿的树”“风吹的草香”,这是一片美丽的“风景”,然而这美丽的“风景”却变成“野外演习”的“战场”,“多姿的树”不可思议地变成“富有哲理的坟墓”。“风吹草香”的田园风景,与“他们”演习的匆忙身影构成极不相称的、带有强烈反差的画面。“战场”改变了人与自然的关系,凸显了人与自然的矛盾,既已承认“大地的母亲”的亲和联系,却矛盾地“又把几码外的大地当作敌人”。“敌我”的战争逻辑粉碎了自然状态下人与人之间的亲和情谊,因此,又出现一组强烈对照的矛盾关系:“人和人的距离却因而拉长,/人和人的距离才忽而缩短”,“危险”的游戏与“眼睛和微笑”竟如此结伴相随。对于发动战争机器的侵略者而言,这是一项“最古老的职业”,因为他们看中这其中有丰厚的利润;然而作为被侵略者的一方,“从小就学起,残酷总嫌不够”,因为“全世界的正义都这么要求”。诗人总是在“矛盾的张力”上展开思维的想象空间,不断地推出“矛盾”、展现“矛盾”,深化诗人对“战争”这把双刃剑所带来残酷现实的清醒认识。诚然,这首诗描写的是“野外演习”,并不是展示真实的“战场”,但同样已让人分明感受到真正“战争”的残酷性。穆旦的可贵之处,还在于他已在诗中注入一种“反战”的人道主义思想,这种思想已经站在人性的高度,超越具体的历史现实的时空,让后人读来仍受到深刻的启示和回肠荡气的震撼。

总之,在20世纪40年代,战争作为一种时代主题进入九叶诗派的创作视野。他们的诗作集中反映在对“战争”与“人性”的纵深思考。一方面,他们致力于探索与体验个体生命的存在价值,进而形塑出“智慧痛苦”的崇高形象;另一方面,战争的残酷和紊乱,使他们深切地感受到人类苦难的深重,从而彰显他们“苦难的承担”的精神境界。因而,九叶诗派的“玄学”思考折射出民族战争背景下的深厚历史内涵和强烈的时代色彩,是一份弥足珍贵的精神文化遗产,值得后人加以重视和研究。

(作者单位:福建师范大学文学院)

抗战期间林语堂文化活动的思考

陈煜斓

战争，最容易体现出民族精神。爱国是中华民族文化的重要组成部分。

全民抗战开始前夕，林语堂带着全家去了美国；中途两度回国，也是来去匆匆，而且与国民党领导人多有接触；几次演讲，又多是文化问题，而非与战争紧密联系的话题。因此，抗战期间林语堂的言行颇受争议。实际上，抗战期间的林语堂，有着强烈的民族意识和爱国情怀，除了与旅美华侨一起，以各种方式支持祖国人民的正义斗争，捐钱捐物，支持家人参与救亡工作之外，他还充分利用自己在国际上的知名度，写文章宣传抗日，发表《日本征服不了中国》《日本必败论》等许多著名文章，为祖国在国际新闻领域赢得了话语权，也引起了世界热爱和平的人对中国抗战的关注；他还大力宣传中国文化，创作以抗战为背景的《京华烟云》《枕戈待旦》等具有广泛影响的作品，重建民族的自信。他是在另一个战场——文化战场上进行战斗，这种文化努力，对中国人民抗日斗争是起着激励作用的。当然，作为一个自由主义者的林语堂，他的文化抗战，也有着自身的局限性。

一、林语堂的抗战立场是一贯的

作为文化人，反抗民族压迫是林语堂的一贯思想，尤其是在抗击日本帝国主义的残暴罪行上，林语堂比当时很多文化名人要早。蔡公时，1927年林语堂在汉口外交部的同僚，1928年5月在济南事变中遭日本人残酷杀害（日本人挖出了他的眼睛，切下了他的鼻子）。惨案发生之后，林语堂与朋友(刘大钧)在上海创办了一份英文杂志《中国评论周刊》,该杂志的第一期就发表了关于济南事件的深入调查报告,其中还包括了目击证人的证词,揭露日本军国主义在中国所犯下的罪行。

林语堂对当局面对日本人的不抵抗政策的讽刺不遗余力,最著名的是《论语》第 11 期上的《等因抵抗歌》:“照得长期抵抗,业经要人提倡。前准努力杀贼,内开我心忧伤;等因枕戈待旦,奉此薪卧胆尝;相应礼义廉耻,理合慷慨激昂。是否打得日本,伏维计议从长。”这首诗对国民党南京政府以“长期抵抗”为幌子,实行不抵抗政策,进行了有力的揭露和讽刺。在“以闲适为格调”的《人间世》中,林语堂仍在闲谈中夹杂着对不抵抗政策的讽刺,如《中国人之联盟》一文中就有这样的言论:“锦州之退,聪明所误也。使糊涂的白种人处于同样境地,虽明知兵力不敌,亦必背城借一,宁为玉碎,不为瓦全,与日人一战。夫玉碎瓦全,糊涂语也……然则聪明是耶,糊涂是耶;中国人聪明耶,白种人聪明耶,吾诚不敢言。”[①]在民族危亡关头,林语堂的主战立场是明确的、坚定的。

1935 年底,林语堂又为《论语》写了《国事亟矣》一文。文章一开始,他就批评:“政府向来要我辈安分,服从,莫开会,莫游行,莫谈国事,莫谈外交,吾辈亦安分,服从。”结果呢?却是“国事亟矣!”谁真能负起救国重任?“凡中国父母所生者,焉有不同心同德听命服从之理?”他就时事谈了自己的三点看法:“一、今日亡国之捷径莫如缄民之口。应付国难,非二三高明士大夫带白手套举香槟杯所能应付也,须全国上下一心共赴国难,而后有济。”这是针对政府压制民权,造成民众意志消沉而言的。二是针对“不安内无以攘外”的托词,提出:“今日国势危急,要在上下一心一意;以诚相见,能对外自然团结,不能对外,自然不能团结,不在威风不威风也。”并警告“宋之亡,明之亡,皆自大臣猜忌,击杀正士始”。“三、今日大家说,中国万万不能战,吾说战不战,皆不要紧,只是态度而已。态度坐以待毙,和亦死,战亦死;态度还想做人,还想为国,和亦不怕,战亦不怕,固不必战死。”[②]这是针对政府不让国人谈国事而谈的国事,而且是那样的义正词严,一针见血,态度十分鲜明。从中我们可以看出在国家民族的大是大非问题上,林语堂是相当敏感而且立场也是十分坚定的。

在全国人民抗日热潮日益高涨、民族解放运动蓬勃发展之际,林语堂

---

① 林语堂:《中国人之聪明》,《林语堂名著全集(第 18 卷)》,东北师范大学出版社,1994 年,第 18 页。

② 林太乙:《林语堂传》,《林语堂名著全集(第 29 卷)》,东北师范大学出版社,1994 年,第 115 -118 页。

和许多进步文化人士一起,参与了《文艺界同人为团结御侮与言论自由宣言》的签名,拥护为抗日救国而联合的主张。

林语堂从没忘记日本帝国主义对中国的侵占:“民国四年之二十一条件;凡尔塞和会上割据山东之野心;二十年东三省之侵占;二十一至二十五年间无耻在陆军及领事保护之下大规模的华北走私;二十二至二十三年之进察哈尔;二十五年之暗袭绥远。”[①]对侵略者的仇恨,林语堂也在逐步加深:“日本的炸弹到处爆炸着,反日仇恨和炸弹碎片像深入人体一样深入了中国的人心。如果有哪个中国人怀疑日本是否侵略中国的话,那么日本的轰炸机是会除去他的怀疑的。对于外来干涉侵略的反作用,中国人是跟别种人民完全一样的。”[②]

1937 年 7 月 7 日,日本帝国主义攻打卢沟桥,开始对中国发动全面侵略。当时身在美国的林语堂听到这个消息,他与其他旅美华侨一样,义愤填膺、同仇敌忾。林太乙在《林语堂传》中特别立了一章写抗战时林语堂“为国宣传”:“语堂努力为文为国宣传。他接受《纽约时报》的访问,注销的标题是:‘林语堂认为日本处于绝境’,他写信投《纽约时报》的读者来信专栏,时报发了五封,毫不隐讳地指责美国的两面手法。他在《新民国》(*The New Republic*)、《大西洋》(*The Atlantic*)、《美国人》(*The American*)、《国家》(*The Nation*)、《亚洲》(*Asia*)及《纽约时报周刊》等杂志写文章,谈‘中国对西方的挑战’,‘中国枪口直对日本’,‘西方对亚洲需有政治策略’等问题。总之,林语堂说话,美国人肯听。”《纽约时报》请林语堂写文章阐释中日战争的背景;中国驻美大使王正廷也请他去华盛顿,向美国人讲中国的立场。[③] 8 月 29 日,《时代周报》登载了林语堂赶写的《日本征服不了中国》一文,直言中国人民的抗战决心与勇气。“这时我方新闻工作人士努力搞宣传工作,争取友邦同情。有一些人像乔志高,四处奔走,声嘶力竭,在报上也争不到三五行的篇幅。在北平沦陷,南京被敌人蹂躏的关头,看到《纽约时报》用显著的标题发表林语堂作《双城记》的长文,那时他们是多么兴奋和鼓舞呀!”[④]

1938 年 7 月 1 日,林语堂在《宇宙风》发表《日本必败论》,在长达数千余字的文章中,他从政治、军事、经济、外交等六个方面提出了中日关系

---

① 林语堂:《啼笑皆非》,徐城斌译,陕西师范大学出版社,2004 年,第 16 页。

② 林语堂:《林语堂名著全集(第 15 卷)》,东北师范大学出版社,1994 年,第 181 页。

③ 林太乙:《林语堂传》,台湾九歌出版有限公司,1999 年,第 163 页。

④ 林太乙:《林语堂传》,《林语堂名著全集(第 29 卷)》,东北师范大学出版社,1994 年,第 155 页。

及其在世界格局中的地位与影响的五十点看法，最后得出结论："日本军力万不足以征服中国，财力万不足以长期作战，政治手段又不足以收服人心。"①

抗战的第一年，日本因为打得很厉害，上海、南京、武汉相继沦陷，可以说当时的政界和学界的精英层大多对战争都极其悲观，甚而是一种绝望的心理。包括陈寅恪、胡适他们开始都说不能打，一打真的要亡国。他们都希望早点跟日本谈和，因为谈和可能只亡掉一部分，只亡掉华北，不会亡掉全中国，这样以后还有慢慢恢复的可能，如果一直打下去，中国都亡掉，那真是一点办法都没有。日本必败！在当时中国乃至世界一片"亡国论"声中，林语堂能以事实说话，高瞻远瞩地预言中国必胜，这对重振民族精神起着多大的作用啊！

在1939年《吾国与吾民》的修订本中，林语堂增加了《中日战争之我见》一章，记录了他在中华民族危急关头的思考。他明确指出，战争的基本特性从1939年初开始将会发生改变，日本将会在占领区打一场消耗性的防御战，并会小心翼翼而又极其艰难地在中国其他地区逐步推进。中国将要在各条战线上，同日军展开一场拉锯式的攻防战。而中国的疆域如此广阔，中国军队将会从战争的被动方转为进攻的主动方，使日本人应接不暇。他还分析道，征服中国一直是日本的夙愿，中国唯一的选择是坚持抵抗。日本人拥有坚强意志，且军队训练有素，而中国是为本民族的生存自由和国家独立而战，故双方都不会有妥协的想法。这样一来就是日本以国内财政实力与中国坚忍不拔士气较量。不论哪一方，只要拥有比对方更持久的力量，胜利就属于它。从表面上看，目前日本占领的地方很多，但它占领的越多，它付出的代价，尤其是在人力物力方面的损失消耗也就越大。这样，即使中国遇到最糟糕的局面，整个被日本占领了，那样就算他们仅仅把占领维持下去，也会置自己于死地。因为一方面是日本要随时补充并保持所有占领区的100多万军队；而另一方面日本军人强奸中国妇女、枪杀百姓、在污秽的草棚里囚禁战俘并泼上汽油烧死他们、残杀婴孩、围捕青壮劳力、溺杀难民、炸沉渔船、大规模轰炸城市，种种暴行，令人发指。日本帝国主义的惨无人道更加激发了中国人的抗战决心。正由于这样，才会出现中国各阶层的团结一致，顽强抵抗。在四万万同胞的觉醒与抵抗下，日本必定会被拖垮！林语堂曾十分赞赏和肯定中国共

---

① 林语堂：《日本必败论》，《宇宙风》第73期，1938年7月1日。

产党及其所领导的军队英勇抗战的杰出表现，拥护中国共产党及其领袖毛泽东等人逼蒋、联蒋抗战的方针政策，特别是对中国共产党能以民族大义为重，不计前嫌，正确处理西安事变的做法深表敬佩。他在该文中说道："共产党，还有张学良将军，他们做事从不计较个人恩怨，而是从爱国主义出发，他们的诚意，早已得到证实。"①另外，文章还探讨了关于旧文化能否拯救中国，关于中国未来的道路等问题。

林语堂不满欧美国家对日本侵华战争奉行所谓"中立"态度。抗战初期，他就撰文痛斥这些貌似不偏不倚的"和平家"和"中立家"，揭露了他们为避免卷入战争旋涡姑息日本侵略的实质。1943 年出版的《啼笑皆非》，更是站在中国抗日立场批评美英政府的远东战略和对华政策的失误，既劝其痛改前非，也让世界尤其是中国人民清醒，认清大国霸权主义的危险和虚伪。"在中国人眼里，西方失去其声誉，不仅仅是因为欧洲在远东的灾难性动乱中所持的冷漠态度，因为他们只关注和争论商业盈亏，……中国人意识到，如果欧洲不愿意为正义而在西班牙作战，那末，正义也难在其它任何地方担当起解决国际事务的重任。"②所以，中国要打败日本，真正富强起来，必须要靠自己的努力奋斗，任何寄希望于美英大国的企图都是错误的。

二、林语堂的文化活动是为抗战服务的

抗战及国际反法西斯战争，不仅有厮杀的军事战场，还有外交战场、文化等不见血的战场。

林语堂说过："要做作家，必须能够整个人对时代起反应。"他做到了。《京华烟云》《啼笑皆非》《风声鹤唳》等作品创作于国难当头、民族危亡之际，这不仅是宣传，还包含着对西方的文化输出。对西方文化比较了解的林语堂知道什么样的文化西方民众能够接受，且有利于提升中华民族形象。要让世界认识到中国抗战的英勇、中国抗战的建设、中国抗战中文化政治等的进步，也就是要让世界认识到活着的中国及抗战的积极和希望的一面；不应该把输出的重点放在具有悠久历史文化的民众的受难上，不能让他国有声援中国是出自于同情一个无生路的乞丐或垂死的病

① 林语堂：《中国人》，郝志东、沈益洪译，学林出版社，2003 年，第 370 页。

② 同①，第 346－347 页。

人的心理，要让他们的认识到援助中国就是援助自由、援助文化、援助一个伟大的将来。当然，所输出的中国传统文化后面藏着“一种特有的战斗心理”，如果不是“传统文化蕴蓄身后”，我们有何种力量能团结四万万民众对强寇做殊死的抵抗？个人至大至刚的浩然之气自然就与凛然的民族气节紧紧胶合在一起。

在美期间，林语堂除写了大量介绍中国文化的论文、专著外，也进行文学创作，尤其值得我们注意的是《京华烟云》《风声鹤唳》和《枕戈待旦》这几部作品。

1938 年，国内抗日战争的爆发，激起了林语堂的爱国热情，他觉得自己的命运是与祖国人民相联系的，身为作家，最有效的武器只能是作品。《京华烟云》是纪念全国在前线为国牺牲的英勇儿女们，激励同胞们抗战的小说。林语堂的创作动机是要写出抗战前线的人民、勇士，而不是局限于家族故事、人情恩怨，正如他给这部著作的献词所言：“全书写罢泪涔涔，献与歼倭抗日人。不是英雄流热血，神州谁是自由人。”①

《京华烟云》既揭露日军的残暴：日本人的魔爪伸进了北京，曾家媳妇曼尼和她的儿媳妇避难逃到乡下，可日本人并没有放过那里，在搜查与血洗村庄时，婆媳俩均被奸而死，小孙子也被残忍地杀害；同时又浓墨重彩地写“山河不重光，誓不回家乡”的军队歌声再度传来：“这歌声离他们越来越近，木兰心中涌起一阵强烈的情绪，是一种快乐感，一种光荣感，她想那是必然无疑的。她的激动为从前所未有，这种激动，只有个人融进伟大的运动中，才会感觉得到……使她激动的不仅仅是那些士兵，还有那广大的移动中的人群，连她自己在内的广大的人群。她感觉到自己的国家，以前从来没有感觉得这么清楚，这么真；她感觉到一个民族，由于一个共同的爱国的热情而结合，由于逃离一个共同的敌人而跋涉万里；她更感觉到一个民族，其耐心，其力量，其深厚的耐心，其雄伟的力量，就如同万里长城一样，也像万里长城之经历万载而不朽……她觉得这四千万人是以基本上共同的韵律在移动……她听见，所有这些人，都宁愿要战争，不愿身为亡国奴，曼娘就是一个例子，虽然这场战争毁灭了他们的家，杀死了他们的骨肉，使他们一无所有了……他们不悔恨。这是人类精神的胜利。再大的灾难，人的精神都能克服，能超而上之，由于精神的坚强弘毅，能改变而成为伟大荣耀，光芒万丈……木兰所见的外在的光景改变了，她的内

① 林语堂：《京华烟云　扉页》，张振玉译，陕西师范大学出版社，2005 年。

心也改变了。她失去了空间和方向，甚至失去了自己的个体感，觉得自己是伟大的一般老百姓中的一份子了……她知道这广大逃难的人潮越往内地走，中国抗战的精神越坚强。因为真正的中国老百姓是扎根在中国的土壤里，在他们深爱的中国的土壤里。她也迈步加入了群众，站在群众里她的位子上。"[①]这是一部能使人如历其境、如见其人的作品，让人们了解现代中国优秀的人民，了解"才子佳人"故事背后抗日救亡的决心。主人公姚木兰的个人遭遇与时代潮流休戚相关，她性格发展的过程是她达到理想美境界的过程。从"三·一八"惨案中的失女之痛，到结尾处包含民族主义与爱国主义的激情，她的爱恨不再局限于个人人道主义的层面，而是上升到与民众共呼吸同命运的高度。

1940 年，林语堂又出版英文小说《风声鹤唳》，这可看成是《京华烟云》的续集，主人公姚博雅就是《京华烟云》里姚思安的孙子。作品写的是抗日战争年代的男女青年，在民族解放浮沉中获得新生的故事。与老彭一同在大后方参加救济工作后，梅玲受到老彭人道主义的感染，精神上获得了新生。博雅为了成全二人的幸福，单身持枪阻击十二个日军骑兵，打死五名敌人后壮烈牺牲，从而由一个人道主义者变成了献身于友情、献身于抗日战争的英雄。林语堂通过主人公在抗战期间的巨大变化，向美国读者宣传中国人民在抗战时期新的风貌。

1944 年出版的《枕戈待旦》，是献给"ATC"（飞虎队）的飞行员和全体将士及许多正在中国政府和军队工作的外国友人的。书名就已揭示了战斗的心态。当年英文版出版时的书名题记是：

Above, in the author's own calligraphy, is the Chinese title of this book_ literally "Pillowed[on] Spears Awaiting[the] Dawn." Thefitness of the phrase is apparent throughout the book and particularly in the closing passage.

这里强调了书名是"抱着武器（长矛）等待黎明"的本意，从整本书的立意尤其是结尾的段落来看，这个成语用得恰到好处。

纵观林语堂这一时期的文学创作，都是富有民族感情、伸张民族正义的作品。强烈之民族意识的兴起，足以推动民族解放文化运动的开展。

林语堂的文化宣传，还包含着对西方的文化输出。抗战初期，西方很多人还是以看 19 世纪末、20 世纪初古董的眼光来看中国，不仅会将中国的现实看得遥远，还会产生听中国打仗是在听古代战争故事的感觉。当

---

① 林语堂：《京华烟云》，张振玉译，陕西师范大学出版社，2005 年，第 610－611 页。

时，英语和法语等语言作为国际语言，成为英法等国及其他国家人民的交流工具。中文是倍受冷落的，以语言为载体的中国文化，更不为其他民族所了解。而中国的文化不仅仅局限于《论语》《孙子兵法》这样的古代经典，当文化神秘感逐渐消失的时候，后继乏力。对西方文化比较了解的林语堂知道什么样的文化有利于提升民族形象，又容易为西方民众所接受。

《吾国与吾民》的出版，开启了林语堂用英文讲中国文化的大门。林语堂旅美期间，为向西方宣传中国文化，先后出版了《生活的艺术》《孔子的艺术》《中国与印度之智慧》《啼笑皆非》等著作，好像他手中的笔充满了无限的能量，一刻都停不下来。之所以能如此源源不断地写出作品，那是因为他的心中始终有着祖国。林语堂感到自己负有一种让西方了解中国的责任。正如他 1932 年在牛津大学和平会演讲时所说："中国文化，盲从颂赞者有之，一味诋毁者有之，事实上却大家看他如一闷葫芦，莫名其妙。因中国文化数千年之发展，几与西方完全隔绝，无论小大精粗，多与西方背道而驰。所以西人之视中国如哑谜，并不足奇。但是私见以为必欲不懂始称为伟大，则与其使中国被称为伟大，莫如使中国得外方之谅察。"①所以，他梳理出民族文化的一部分，包括将生活起居在内的文化纳入自己信奉的现代文化领域之中，既让世界人民感受到中国的良好文化氛围，增加对中国文化的认同，又能使海内外中华儿女引以自豪，从而增强民族的凝聚力。林语堂的具有中国特色的文化输出，就像当年赛珍珠为《吾国与吾民》写的序中所表达的那样："中国人向来就是一个骄傲的民族，它具有坦率与自豪的资本。对中国的理解应该是具有智慧和洞察力的理解，因为中国人在理解人类本质时就胜其它所有民族一筹，是聪明而富有洞察力的。""这本书问世了，正如所有伟大的书籍总会问世一样……它实事求是，不为真实而羞愧，它写得骄傲，写得幽默，写得美妙，既严肃又欢快，对古今中国都予以正确的评价。我认为这是迄今为止最忠实、最深刻、最完备、最重要的一部关于中国的著作。"②

1940 年 5 月，林语堂全家由美国经香港抵达重庆，后在北碚买了一栋房子。此时，正是日机狂轰滥炸的高峰期，他饱尝了跑警报、躲防空洞的滋味，也亲眼看到了国人同仇敌忾的气魄，很受感动。由于战局混乱，无法写作，再加上他觉得在国外宣传中国人民抗战，要比在国内跑警报更

① 林语堂：《中国文化之精神》，《林语堂散文经典全编（第 2 卷）》，九州出版社，2002 年，第 8 页。

② 林语堂：《中国人》，郝志东、沈益洪译，学林出版社，2003 年，第 7－8 页。

有贡献，于是决定再度赴美。临行之前，林语堂找到作家王向辰，表示愿将其在北碚新村购置的四室一厅的私宅连同家具，捐赠给被日军炸毁会址的中华全国文艺界抗敌协会，并留下一封充满爱国热情的信。从中可看出，他不是如传闻所说的受不了国内的艰苦生活、当"逃兵"，而是"中国很需要有人在国外替国家做宣传，他人在缙云山上无法在这方面为国家做出贡献"。[①]

三、对林语堂的文化活动的认识

抗战文化是一种爱国主义的文化。当日本帝国主义发动侵华战争时，无论是信仰新民主主义，还是信仰三民主义、民族主义、自由主义的知识分子，他们都忧心如焚：有的投笔从戎，进行不屈不挠的武装斗争，英勇悲壮，可歌可泣；也有的由于种种原因，未能参加武装斗争，但却坚守气节，期盼着国家的振兴。

站在世界反法西斯战争的层面上考察，无论身在何处，只要坚持反对战争、残暴，就是为反法西斯出力。

站在中华民族的立场上来考察，无论是歌颂国民党领导的军队，还是歌颂共产党领导的力量，都是歌颂民族抗战。

站在文化的层面上考察，林语堂创作于民族危亡之际的作品，有宣传，也包含着对西方的文化输出，有利于提升民族形象，让世界认识到活着的中国及抗战积极和希望的一面。

以此为依据来考察林语堂的文化活动，应该肯定他弘扬中国文化的努力也是一种爱国行动。文化复兴关乎民族自信、民族的凝聚力。民族复兴未必以文化复兴为前提，但是必然是以文化复兴为最高标准。

在武装到牙齿的日本军国分子面前，我们军事上处于劣势。所以抗战初期，很多中国人比较悲观，"亡国论"甚嚣尘上。这种时候，自信尤其重要。近代以来，有人认为国人丧失了自信是因为中国的积贫积弱，也有人认为是因为文化的衰落。早年，林语堂认为奴性、愚昧、虚伪、自私、怯懦等造成国人的人格欠缺，是中国的惯有原因。到了 20 世纪 30 年代，尤其是抗战期间，林语堂又从曾被我们抛弃的传统文化中来寻找民族的自信力。了解了这一点，就不会对他这一时期的著述产生非议了。"左派作家

① 林太乙：《林家次女》，西苑出版社，1997 年，第 154 页。

说中国书有毒,三国水浒忠孝节义的话都有毒。现在从抗战来看,大后方的老百姓,所听的就是三国水浒关羽武松的戏,全没有受过上海租界消毒的洋青年的洗礼,然而抗战的力量,反而靠这些老百姓。你说中国书本上忠孝节义的思想有毒,试想怎么四千年传到今还能产生并保存这样的好百姓?可见左派理论与事实不符,一味抹杀固有文化的理论,为抗战的事实所驳斥。"[①]这也不完全是"钩沉战前关于中国古书的过节"。因为其中包含激发国人对本国的信心,尤其是激发思想界对中国固有文化之景仰的元素。

林语堂不是一个文化的守旧者,他非常明确地指出:"我们愿意保护自己的旧文化,而我们的旧文化却不可能保护我们。只有现代化才能救中国。"[②]那么在这场民族保卫战中,"光有那种古老民族的自负,很显然是不够的。如果中国获胜——我相信她准能获胜——那是因为新的民族精神大放光彩"。[③] 这种"新的民族精神",就是"一种民族的自信"和"大众觉醒的无形力量所带来的新民族主义"。林语堂是要取传统文化中的精华来构筑"新的民族精神"。

一个民族的自信力、凝聚力,就是这个民族得以生存发展和壮大的重要保证。如果一个民族失去了自信力、凝聚力,也就失去了精神支柱,失去了生命活力。能使本民族成千上万的大众团结一心、奋发向上的力量来源于中华民族的文化传统、人文精神和浩然正气。

爱国忧民的历史使命,清正廉洁的高尚品格,自强自信的奋斗意志,抗击强暴的英雄气概,革新图强的治国谋略,勤奋好学的开拓意识,勇于进取的创新精神,热爱乡土的纯朴真情等,无不是中华传统文化的优越性和民族精神。在林语堂看来,中国人自信传统的养成,主要得益于中国文化特别是儒家文化的教育和熏陶。儒家历来强调"从道不从君",甚至宁可"杀身成仁""舍生取义",也绝不为物欲所诱惑,也不为外界所裹挟,面对强者总能从容自信、不卑不亢,因为他们已养成了孟子所说的至大至刚、充塞天地的"浩然之气",成为"富贵不能淫,贫贱不能移,威武不能屈"的"大丈夫"。奴颜婢膝的人,与其说是儒家文化所培养,不如说是没有彻底遵循儒家文化的价值准则所造成。中国的传统文化不是我们今日寻找自信的负担,相反,传统文化是我们民族重建自信心的内在动力。林

---

① 林语堂:《论东西文化与心理建设》,《林语堂散文经典全编(第2卷)》,九州出版社,2002年,第289页。

② 林语堂:《中国人》,郝志东、沈益洪译,学林出版社,2003年,第347页。

③ 同②,第351-352页。

语堂多次提到的顾炎武是一位从事反清复明斗争的学者。他的高风亮节,人所共仰。尤其是《日知录》卷十三说:"保天下者,匹夫之贱,与有责焉耳矣。"意思是说"天下兴亡,匹夫有责"。每当国家民族处于危机之时,顾炎武的至理名言都成为激发人们强烈的爱国感情的凝聚力量。

林语堂认为,中国人的自信也应该来自中国文化主体性的确立,这包括两层含义:在风俗习惯等表象层面,需要体现出中国传统韵味;但更重要的是在价值观念、精神理念等内在层面,需要体认并遵从中国文化的一些基本价值准则,如仁义礼智信、温良恭俭让等。如果每个中国人都是具有"浩然之气"的"大丈夫",何愁自信心缺乏呢?林语堂自己敢于批评美国及欧洲强国的两面派手法和强权政治,不正体现了中国人民不畏强暴的浩然正气和伟大的民族精神吗?

抗战是全方位的,有军事战场,也有文化战场。文化战场有国民党占统治地位的国统区,也有共产党占统治地位的解放区。所以,抗战文化也打上了意识形态的烙印。正如洛甫在《抗战以来中华民族的新文化运动与今后任务》中指出,这个中华民族的新文化,"服从于抗战建国的政治目的",是"一种重要的斗争武器"。这个武器在抗战的不同阶段发挥的作用有所不同,武汉失守之前的"抗战第一阶段,以配合军事抗战为主",之后的第二阶段"则是配合政治抗战为主"。林语堂 1944 年出版的《枕戈待旦》在当时引起争议,与此不无关系。

《枕戈待旦》正如林语堂自己在"序"中所言:"我从未写过一本关于旅程的书。这似乎要比写小说来得困难,因为我们不能发明事物,它就像拍照,要在恰当的时候摄取恰当的镜头,否则那些照片是无用的。"(笔者译)那么,他拍摄了什么呢?他为人们拍摄到不为人知的国民党队伍的事实。譬如,他在第 9 章中写道:"而事实还不止如此,在 1942 年,宋希濂麾下胡宗南的部队在怒江组织了对日军的进攻,只要外电观察员没有睡着,就会了解到这被称指'滞留'的部队是从四川泸州往云南方向不断稳步推进。流言的无知和对事件真相的破坏告诉人们,派性宣传因素还很活跃。但从中国一线发回的第一手报道却还停留在一个比较低级的阶段。"(笔者译)该书重点写到了"ATC"(飞虎队)的英勇参战、国民党军队的顽强斗争和当时的国家领导人蒋介石的智慧与才能。大家对"飞虎队"的抗战贡献没有什么争议。争议聚焦在对国民党军队和对蒋介石的描写态度上,从第 4 章 THE NATION'S LEADERS(国家领导人)到第 15 章 REFLECTIONS ON DEMOCRACY AND THE FUTURE(民主和未来的走向)的内容对国民党军队和蒋介石多有溢美之词。

《枕戈待旦》出版后,写过《西行漫记》的斯诺对林语堂大加指责,甚至有人怀疑林语堂是拿了国民党的钱。对《枕戈待旦》的理解与批评,不只是简单的文本解读问题,还包含着对抗战历史的认知,尤其是对国民党军队在抗战中的作用的评价。

随着许多历史资料的解密,对有些历史事件,我们可以再认识。《环球时报》2007 年 9 月 29 日的第十版刊有该报特约记者刘新的文章《蒋介石日记揭开内心隐秘》。文章说:"据最新一期《亚洲周刊》报道,海峡两岸的学者在美国斯坦福大学胡佛研究所经过两年多的研究,一致认为蒋介石日记具有高度真实性及权威性,从 1915 年到 1972 年长达 50 多年数以千万计的文字,不仅记录了蒋介石的个人隐私,也披露了他在做重大决策时的心理状态。"

日记中披露,蒋介石"对日本爱恨交织"。日本侵华后,蒋介石曾在日记中每日写上"雪耻"二字,并提出一条如何"雪耻"的措施。他认为"中日难免一战",但又认为中国没有能力对抗日本,所以想尽量拖延中日正式开战时间。1931 年"九一八事变"爆发,也是蒋介石的民族主义情绪表现最强烈的时候,他在日记中以"日倭"和"倭寇"称呼日军。他拒绝与日本和谈的思想,可能在此期间首次出现。1939 年,日本暗中策划扶植汪精卫政权,并在香港释放消息,称蒋介石如果愿意和日本谈判,日本就不再支持汪精卫,并且会除掉汪。孔祥熙主张派人和日本谈判,蒋介石坚决反对,批示说:"今后如再有人借汪精卫事来谈与日本和谈之问题,以叛国罪论处,杀无赦。"据《亚洲周刊》报道:"大陆研究民国史和蒋介石历史的权威学者、社会科学院荣誉学部委员杨天石教授说,过去他读到这一批示,以为蒋介石是批评孔祥熙,可见他确实是坚决反对与日本和谈的。"胡佛研究所研究员郭岱君说,中共权威学者张海鹏坦承,他是抱着怀疑观点来看蒋介石日记的,结果却不得不承认,蒋确实是民族主义者。

2005 年 9 月 3 日,胡锦涛主席在纪念中国人民抗日战争暨世界反法西斯战争胜利 60 周年的讲话中第一次明确指出:"中国国民党和中国共产党领导的抗日军队,分别担负着正面战场和敌后战场的作战任务,形成了共同抗击日本侵略者的战略态势。以国民党军队为主体的正面战场,组织了一系列大仗,特别是全国抗战初期的淞沪、忻口、徐州、武汉等战役,给日军以沉重打击。"抗战是中华民族的大事,不是哪一个党派的利益,也不是党派之争。今天,我们党和国家领导人正视了历史的事实,承认了国民党军队是抗战的一支主力。蒋介石是当时的委员长,代表着政府和人民。歌颂蒋介石领导抗战,歌颂国民党军队的抗战行动,这没有什么过错,也不存在为谁涂脂抹粉。当然,林语堂没有直接参加战斗,而且大部分时间是在国外,书中有许多事件、人物,他不曾亲历而是道听途说,缺乏甄别、缺乏事实依据的地方也是有的,但这不是问题的关键。他没有投降的言论,有的是坚决反对分裂的主张。这难道不正是我们当时所需要的吗?如果排除政见,站在民族抗战的立场上,我认为《枕戈待旦》是一部现实主义的力作。那些所谓的“溢美之词”,胡锦涛同志今天不是再一次重复了吗?他说:“在空前惨烈的抗日战争中,中国军民前赴后继、浴血奋战,面对敌人的炮火勇往直前,面对死亡的威胁义无反顾,以血肉之躯筑起了捍卫祖国的钢铁长城,用气吞山河的英雄气概谱写了惊天地、泣鬼神的壮丽史诗。杨靖宇、左权、彭雪枫、佟麟阁、赵登禹、张自忠、戴安澜等一批抗日将领,八路军‘狼牙山五壮士’、新四军‘刘老庄连’、东北抗联八位女战士、国民党军‘八百壮士’等众多英雄群体,就是中国人民不畏强暴、英勇抗争的杰出代表。”[①]2015 年 9 月 3 日,习近平同志在纪念抗战胜利 70 周年阅兵式上的讲话,更进一步强调国共协同抗战的作用。

中国人民的抗日战争是世界反法西斯战争的重要组成部分。打败法西斯侵略分子,成为当时拯救人类文明最紧迫的任务。世界爱好和平与正义的国家和人民奋起抵抗,建立世界反法西斯统一战线,开展抗击法西斯侵略的英勇斗争。这样,无论在世界何地,只要是为反法西斯出力,都是值得称赞的。中国人民的抗日战争是世界反法西斯战争的东方主战场,“抗战”应该是当时最大的政治,无论哪个政党,哪个团体,只要为抗战出力,就是服从于这个“政治”,都应该给予充分肯定。

国难当头,在民族问题上,林语堂没有态度轻佻,出语儇薄,没有忘记民族大义和个人的责任,这一点是毋庸置疑的。他大部分时间在美国从事抗日宣传和文化传播工作,每说一句话,都传达了这样一个信息:中华民族是一个伟大的民族、进取的民族,我们呼唤自由、平等的新生活,我们要摆脱悲观狭隘的自我,重新振兴中华!他在抗战时期的一切文化活动,加深了世界人民对中华民族的认识和理解,的确起到了宣传的作用。

(作者单位:闽南师范大学文学院)

① 胡锦涛:《在纪念中国人民抗日战争暨世界反法西斯战争胜利60周年大会上的讲话》,《人民日报》,2005 年 9 月 10 日,第 1 版。

宏论与私言：论钱穆的战时文章[①]

吕若涵

一、儒家信仰与战时文章

对于钱穆在抗战时期的文章，不少钱穆学术思想的专门研究中已有涉及。如作为钱穆香港新亚书院时期的弟子余英时就在《钱穆与新儒家》《一生为故国招魂》等文章中提及，钱穆受梁启超“中国不亡论”影响很大，16岁时，读过梁氏《中国前途之希望与国民责任》一文，“他的爱国思想和民族文化意识至迟已萌芽于此时，也许还可以追溯得更早一些。梁启超这篇文字在当时激动了无数中国青少年的国民民族的情感”。[②]尽管后来钱穆说自己在“五四”时期也感受到了新思潮的冲击，“逐月看《新青年》杂志，新思想新潮流纷至涌来。而余已决心重温旧书，乃不为时代潮流挟卷而去”。[③] 少年时奠定下的国族情感在后来学者生涯中没有改变，但时代思潮的渗透与影响也不可避免，甚至会落实到更为细微和深厚处。比如，当他开始史学研究时，面对西方文化冲击和中国的变局，他所有的思考都集中于“中国的文化传统究竟将何去何从”这一问题，而西方文化冲击是他思考的缘由，西方文化的短长是他探讨中国文化的参

① 本文为国家社科基金项目“战后香港散文七十年(1945—2015)”(15BZW175)阶段性研究成果；福建师范大学文学院创新团队支持计划、福建师范大学海峡两岸文化发展协同创新中心课题研究阶段性成果。

② 参见余英时：《钱穆与新儒家》《一生为故国招魂》等文章，《现代学人与学术》，广西师范大学出版社，2006年，第6、8、45页。

③ 钱穆：《八十忆双亲　师友杂忆》，生活·读书·新知三联书店，2005年，第93页。

照系。再如，《中国近三百年学术史》一书虽然完成于抗战前夕，但在20世纪30年代中期，中国是否会“亡国”的大问题，决定了许多学者和文化人（当然也包括当时的政治家）后来的政治选择、文化选择及这种选择所带来的后世荣辱。而钱穆的态度在战前写作此书时就很清楚。较迟些出版于战争期间的《国史大纲》写于战时的昆明宜良，在那种“生活不安，书籍不富”的日子里，钱穆“庶得山水之助，可以闭门撰述”，“只就平日课堂所讲，随笔书之”，便以一部简明教科书讨论中西文化这一困扰20世纪中国学者的大问题，其中战时的背景与气氛直接融入书中，他鲜明的民族文化立场直接影响许多青年对抗战必胜的信心。①

本文无意探讨钱穆作为史学家在抗战时期的学术成就，而主要关注他除撰述教材、学术文章外用了许多心力写就的、发表在当时报刊上的文章，这些文章当然有他治学的积累与学术含量，但从时政文章的意义上看，更体现一个现代学人介入现实的行动方式。文章中所提出的问题、给出的建议、显示的态度，值得我们在“抗战与中国知识分子”这一研究主题下给予关注。

1937年冬，已居北平八年、在北京大学教学七年的钱穆，与北京大学教师、学生一样，选择了“离平南下”，开始了辗转不定的战时生活。此间除学术活动、讲学及撰写《国史大纲》和《〈史记〉地名考》等教材和考证论文外，他开始向报刊投稿，讨论文化、教育、政治甚至未来建国问题，这些题旨与内容表明他中国不亡的大立场。另一方面，战时的文章与他此前的历史研究既有联系又有些许不同：不同处在于，他的这些文章都应时局、应刊物或应演讲需要而作，非纯粹的学术文章，直接切入当前战局、政治文化乃至未来新中国建设等有关的大问题，让这些文章带上了浓厚的政论、时论色彩；有联系之处在于，钱穆仍然是从他对中国文化体系的认识这一思路来阐述看法、提出建议的，因而即使时过境迁，他的诸多报刊文章在文化与教育、文化与政治等论述上仍然有其思想价值。当然，正因为多为报刊文章，一向不太为人所看重。原因之一是，学人论政，文章难免空蹈，既无学术考证的精密，也未必能切中时政要害。原因之二是，学人文章容易陷入“学术与政治”的瓜葛，即使钱穆一直以教育为职，自觉与政治保持距离，但文章的刊发还是受到当时很多因素的影响，如与蒋介

① 钱穆：《八十忆双亲　师友杂忆》，生活·读书·新知三联书店，第208页。钱穆鲜明的文化立场在战时曾引起巨大的反响，有批驳其为全然保守的“冥顽不灵”者，也有赞叹其文是以西方作为对照的大文章。

石大力推崇儒家思想有关,与战时国民党的某些“国策”有关,也与国民党为争取文教界学人参与到党务与政务中而出资帮助创办刊物有关。[①]这些错综,有的并不为写文章的当事人所能左右。因此,在左翼思潮开始影响更为广泛的知识分子的40年代,在许多自由派知识分子(如对钱穆学术颇为不屑的傅斯年)仍然坚守学术“自由主义”立场时,钱穆的文章易引来立场不同者的议论与批评,也是事实。

钱穆主动而积极地写下系列时政文章,是一种学人参与战时“言说”、学人参与战时“行动”的方式,对此应做更积极的评价。更有意思的是,作为受儒家思想影响极深的现代学人,他的“言说”中,传统的儒家文化是与现代的文明、文化与思想融合在一起的,是强烈的“儒家信仰”的驱动与现代知识分子参与时代所收获的结果。从下面一段慷慨陈词可以看得很清楚:

> 顾余自念,数十年孤陋穷饿,于古今学术略有所窥,其得力最深者莫如宋明儒。虽居乡僻,未尝敢一日废学。虽经乱离困厄,未尝敢一日颓其志。虽或名利当前,未尝敢动其心。虽或毁誉横生,未尝敢馁其气。虽学不足以自成立,未尝或忘先儒之榘矱,时切其向慕。虽垂老无以自靖献,未尝不于国家民族世道人心,自任其匹夫之有其责。(《宋明理学概述·序》)

钱穆“儒家信仰”的自剖,何尝没有现代知识分子的诉求?战时所处的环境,正是整个民族陷入“乱离困厄”之际,如钱穆这般怀抱儒家于世道人心有益、不忘匹夫之责之情怀的传统型学者,与那些深受西方自由主义思想洗礼的学术精英,在“知识分子与政治”关系的处理上,实有殊途同归之处。钱穆所写的报刊文章,今天看来有的或已失去其语境;所刊载的刊物,有的隐然带着官方背景。但并不能因此否定其入世的价值与意义,即使用上韦伯的“学术与政治”“儒教与道教”等理论也未必就不合适。

论文选择“战时”与“文章”两个关键词。文章,取中国传统文章学定义,其概念或大于一般人理解的文学散文。当然,如果依艾布拉姆斯的《文学术语词典》的定义,它们原本也就是“杂文”“随笔”。本文选取的钱穆文章,不包括《国史大纲》《〈史记〉地名考》等史学著作,而是特指作为西南联大学者的钱先生,不仅在那个时期成就了一生学术史上成果斐然

① 参见桑兵:《抗战时期国民党策划的学人办报》,《文人论政:知识分子与报刊》,广西师范大学出版社,2008年。

的一页，同时还提笔在报刊上撰写大量文字，探讨中国的文化、教育、政治与制度，这方方面面关联着以复兴中国传统文化为己任的现代学者的“中国梦”。这些文章之所以有别于钱穆专门的学术史论，恰因其主旨在于复兴中国文化、坚信中国必胜，因而在观点与说服力上，融进抗战时期空前高涨的文化复兴思潮。钱穆声称所作之文只是一家“私言”，但不妨碍它们整体上体现出了中国儒家文章一贯的“载道”传统。这是现代知识分子在国难期间的道义与责任意识使然，是抗战文化史上有光彩的篇章。宏论也好，私言也罢，承载了民国学者的现实思考，有儒家文章的熔经铸史，兼有理学文章之深微理趣，这是钱穆文章的特色。

当然，“战时”文章，也可做另一种理解，即包括记录“战时”主题与“战时”的学术活动与日常生活内容的文章。抗战时期，北京大学、清华大学、南开大学三校南迁，联合办学，先在湖南长沙组建“长沙临时大学”，一学期后，迁往云南昆明，更名为“国立西南联合大学”。钱穆这段人生经历在其《师友杂忆》一书中占了整整三章，包括他与同事、朋友或同行的点滴回忆，包括他的阅读与著书，他的西南至东南的山水游历。在他笔下，战时一批学者神采各异，陈寅恪、钱锺书父子、冯友兰、顾颉刚、马一浮、吴宓、沈有鼎、闻一多等，多有卓绝与过人之处，风趣得当的评价、温厚的性格实录与生活细节写真，使这部《师友杂忆》堪称一部散文体的“中国民国学术史”；而抗战时期的山水跋涉间的游历，更是备记周详、描绘细微，在这位理学气质突出的史家看来，“山水胜境，必经前人描述歌咏，人文相继，乃益显其活处”，“游历也如读史，尤其是一部活历史”，[①]更传导出传统型学者山水与人文融合无间的气息。这部回忆录具有珍贵的史料价值，文中有史，史中有文，为战时中国学术和一代学人的文化生活做了生动的注疏。这些私人记载实际上是对冯友兰所撰《国立西南联合大学纪念碑》碑文中联大精神的一种具体鲜明的补充。

二、熔经铸史的文化宏论

抗战时期，钱宾四先生随北京大学迁往后方，在昆明与成都陆续发表了系列的讨论时事之文刊于两地报刊，如昆明《益世报·星期评论》、重庆《文化先锋》《大公报·星期论文》等。1942 年由重庆国民出版社汇编

① 钱穆：《八十忆双亲　师友杂忆》，生活·读书·新知三联书店，2005 年，第 189、191 页。

成《文化与教育(上、下卷)》出版,有关文化问题的为上卷,讨论教育问题的为下卷,计20篇。① 今天的学者多从抗战时期的时局、政府与学术的关系出发,给予那个时期钱穆的《中国文化史导论》《文化与教育》等著作客观评价,研究者认为,这些论著与当时一批历史学家如贺麟的《宋儒思想的新评价》《五伦观念的新检讨》《儒家思想的新开展》,马一浮的《宜山泰和会语》,梁漱溟的《中国文化问题》《理性与理智之分别》等抗战时期著作或文章一道,对于促进抗战时期文化复兴思潮的空前高涨起了极为重要的作用。

把钱穆的《文化与教育》《中国文化史导论》等著作中的文章一一读过,可能会有这样的疑问:哪些原因促使钱宾四先生以极高的热情参与当时的"中国文化复兴"思潮?走出书房撰写时文是否是当时知识分子参与抗战的一种普遍现象呢?学术型知识分子所写的这类"宏文大论",是否与他们在战争时期的自我身份定位与身份想象有关?抗战时期催生出的传统文化保卫战,放在"五四"现代文化的框架中应该如何认识?

王泛森在《近代知识分子自我形象的转变》一文中提出,近代以来知识分子所发生的自我贬抑运动"归根究底,皆与近代儒家自我定位的危机有关":

> "士"原来的自我定位是什么?简言之,即以四书五经为其训练,去实践治国平天下之理想,其职业则是做官,"做了官是大夫,没有做官是士;士是候补的大夫"。但近代中国现实上的变局使得四书五经中的"规范知识"远远敌不过声光化电的"自然知识",即使在治国平天下方面,西方那一套政经制度看来也要远比中国的四书五经所规范的那一套强。1905年废科举则从现实上彻底切断旧读书人原先认定的天经地义的出路——做官。以上种种严重动摇了旧读书人的自我定位。②

钱穆正是这没落的"士"之一员,他深深体会到原本作为四民之首的知识分子在百年间地位的下降。比如,他到晚年还对自己小学教育及教员记忆犹新。20世纪初,小学学校尚能网罗"于旧学有深厚基础,于新学能接

① 此书因在抗战时期出版,纸张与印刷皆劣,难以阅读,坊间称为"国难版"。后经钱穆修订字句,1976年2月由台湾三民书局出版。

② 王泛森:《近代知识分子自我形象的转变》,《中国近代思想与学术的系谱》,吉林出版集团有限责任公司,2011年,第301页。其中引文为朱自清语,见朱自清《文学的标准与尺度》。

受融会"之良师，而70年后"欲在乡村求如此一学校，恐渺茫不可复得矣"。[①] 这并非一般九斤老太的思维方式，新式教育中教师地位大大下降，原本教师作为传统儒士的培养者与儒家学说的传承者的地位已经失去，令他痛感今不如昔。在他心中，一直想象着一种天地之师的风范，他回忆在浙江大学上课时见农人肩挑路过，"即在课堂外坐地小休，侧耳听课室中作何语。余每忆及王心斋泰州讲学时景象"，发出感叹，"天地仍此天地，古今人不相及，乃人自造。非天地强作此限制也。念此慨然"。[②] 可见，在钱穆心中，今天埋头读书做学问、以授业解惑为职业的现代知识分子，虽然有的是规矩的职业精神，少的却是心怀天下的士之情怀。

不过，抗战对所有人而言，都是非常时刻，这不仅是知识分子走出安定的书斋而流离于乡野之间，还包括在一切的不确定中，知识分子迎来了重新想象自己身份的契机。根据许多回忆资料，西南联大知识分子在教学、学术研究、文艺创作、日常生活之外，有着丰富的政治生活，"同抗战前的北大、清华和南开一样，联大也为各种政治意识形态（从执政的国民党到其实力强劲的对手共产党）提供了生存空间"。更值得一提的是，联大生成的教授论坛，使"昆明的思想地图为之一变"——精英主义与民粹主义、西化与文化保守主义、战国策派、左翼人士、自由主义者都在各种刊物中关心国际事务、思考中国政治制度、描绘未来的理想蓝图。[③] 可见，中国知识分子在战时这样的特殊时期，对自己的角色及自己的言说都有了更现实的定位与想象。与钱穆先生交往频繁但学术观点与治学方法很不相同的哲学家冯友兰，在其《新原人》的"自序"中便直剖其儒家心迹："'为天地立心，为生民立命，为往圣继绝学，为万世开太平。'此哲学家所应自期许者也。况我国家民族值此贞元之会，当绝续之交，通天人之际，达古今之变，明内圣外王之道者，岂可不尽所欲言，以为我国家致太平，我亿兆安身立命之用乎？虽不能至，心向往之。非曰能之，愿学焉。"冯友兰这段话充满了知识分子抗战时期著书立说的自我期许与自我想象，以儒家的身份去参与，用历史学家的眼光去总结中国历史的经验与教训，诚为现实所需，并代表了当时一批积极倡导中国文化的哲学家、思想家的立场与理念。

钱穆亦如此。一开始，对于是否要以自己手中的笔参与到时代中，发

---

① 钱穆：《八十忆双亲　师友杂忆》，生活·读书·新知三联书店，2005年，第53页。

② 同①，第234页。

③ [美]易社强：《战争与革命中的西南联大》，饶佳荣译，九州出版社，2012年，第236页。

出自己的声音,他是有疑虑的。《文化与教育》之"序"中,他将自己从"未尝敢轻援笔论当世事"到"国难以来,逃死后方,遂稍稍破此戒"的矛盾心绪写得婉转曲折而又坚忍弘毅:

> 昔李塨尝言:"莱阳沈迅上封事,曰:'中国嚼笔吮毫之一日,即外夷秣马厉兵之一日。卒之盗贼蜂起,大命遂倾。天乃以二帝三王相传之天下,授之塞外。'吾每读其语,未尝不为之惭且痛。"郭嵩焘亦云:"自宋以来,尽人能文章,善议论。无论为君子小人,与其有知无知,皆能用其一隅之见,校论短长,攻剖是非。末流之世,恨无知道之君子,正其议而息其辨。覆辙相寻,终以不悟。"穆髫龄受书,于晚明知爱亭林,于晚清知爱湘乡。修学致用,窃仰慕焉。而深味夫李郭二氏之言,未尝敢轻援笔论当世事。国难以来,逃死后方,遂稍稍破此戒。譬如候虫之鸣,感于气变,不能自已。①

忧思感奋之情溢于言表,"候虫之鸣",表明知识分子服从自己的内心要求,在战时以自身的学术积累,参与到现实论政之喧哗之中。有人认为,蒋介石当时有意倡导宋明理学家言,因此"命国立编译馆主编宋元明清四朝学案之简编",钱穆以极认真的态度接受了任务。不错,从20世纪30年代中期开始,国民党政府开始提出民族文化复兴,但这也只能视为外在因素之一。重要的是,儒家入世精神与道义感在这些传统型或现代型的知识分子身上,犹如血液一般运行。"不能自已",钱穆才会不顾战时生活清苦、营养短缺,而"日夜尽力","先读诸家集,读一集,始撰一稿,绝不随便钞摘",几十万字,字字皆亲手抄写。② "战时"中的学者,当其学问一旦有了被看重或可实施抱负的机会(并非去做官),尤其有益世道人心时,便会破戒而出。这是现代知识分子内心深处隐藏着的儒家情怀的真实体现。

战争让怀抱着传统儒士情怀的学者从象牙塔中走出来,钱穆个人所具有的内在的激荡性格,与特殊时空里审时度势之需要,推动他以创辟新学的冲动,来补救现代中国文化衰弱的困境。钱穆虽被留洋博士胡适等讥讽为"从未出国门的苦学者",未直接汲取西学养化,但所要复兴的中国文化传统已然为新的情势所打开时,他是正视不加回避的。这正如他

① 钱穆:《文化与教育·序》,台湾联经出版事业公司,1976年。
② 钱穆:《八十忆双亲 师友杂忆》,生活·读书·新知三联书店,2005年,第235页。

所说："余之所论每若守旧，而余持论之出发点，则实求维新。"①《文化与教育》这批宏文大论，恰好证明了他的新构想，从历史上中西文化的比较，寻找中国文化的固有精神，这个构想堪称宏大，却立场鲜明。钱穆甚至改弦更张，将自己的历史研究与"对民族虚无主义的批判""对中国文化之特殊性的阐释""对中国文化复兴道路的探索"等问题结合起来，展示出理性的历史研究者与关注现实的思想者之间所达到的知识与行动的平衡。由此，他晚年认为，抗战就是自己学术与思想的获得"新转变"阶段。

钱穆战时文章，体现了一个传统学者用大问题与大视野来建构文化信念的方式。在《中国文化与中国青年》《中国文化与中国军人》《建国三路线》《东西人生观之对照》等文章中，作者纵向梳理历史，同时也相应地对西方的历史进行简要的脉络清理，尤其前一个方面，他与陈寅恪等史学家一样，具有"通古今之变"的才能。这种史才，在议论性文章中，体现为作者擅长总结一两个关键词，并围绕它们进行纵横开阖的论析总结。他总结西方近代的政治历史，认为不外乎"民主政治"与"专制政治"两潮流之震荡起伏；对中国政治历史的微妙与复杂，则显然更有心得，尤显史学家对封建宗法制的变迁之于今日政治制度的深刻影响的整体把握。

钱穆的文化探讨处处以"比较"的方法进行，但这种比较，目的不是区分高下，与全盘西化派固然有本质区别，却非持"冥顽不化"的守旧立场。在中西文化比较方面，立足于各有所长这一立场，目的只是要提醒人们，"人类文化事业，乃为千百年根本大计"，因此在文化与政治制度上，有必要提防东施效颦之丑。钱穆认为，中西方文化间存在隔膜，不仅中国人对西学盲目跟进，西人对中国文化更缺少应有的尊重与耐心研究。他对晚清以来人们醉心西化的急功近利，导致对中国文化的轻视颇有微词，认为在文化的价值上，不能用商业与军事上的贫富强弱作为标准，而丢弃了"中华传统文化之优美"(《东西文化学社缘起》)。可见，钱穆的中国文化讨论，并非笼统、偏激、非此即彼的思路。从秦汉史学的研究至近三百年的学术史研究，到战时转向广泛的文化探源与文化复兴的呼吁，缘于战争爆发后，钱穆对两次世界大战的发生与西方现代文化的危机有了自己的反省，因此，当战争降临中国时，他更希望从中国文化内部发掘出新的质素来。这使得钱穆的系列时文在陈述其构想与梦想时，把这场战争置于整个世界大战的格局中，也把中国文化置于整个人类文化格局中。

---

① 钱穆：《国史新论·再版序》，台湾东大图书公司，1989年。

三、议政学何以称“私言”

抗战末期,钱穆又将他在《东方杂志》《思想与时代》等刊物上的文字共计15篇,辑成《政学私言》,1945由商务印书馆出版。钱穆在“自序”中解释“私言”之意涵:“其所论刊,皆涉时政,此为平生所疏,又不隶党籍,暗于实事。”“抑时论所尚,必有典据,或尊英美,或师马列,蜾蠃之祝,惟曰肖我。其有回就国情,则以党议为限断,区区所论,三俱无当,谥曰‘私言’,亦识其实。风林之下,难觅静枝,急湍所泻,无遇止水,率本所学,吐其胸臆,邦有君子,当不悯笑。”钱穆有自己的准则与自负,学者之私言,无主义、无党派,只取事实,只说自己的话而已。

长久耽溺于书斋的学者一旦介入时事,意味着知识分子对自己身份的重新建构。如上文所论,这些“私言”确与当时国民党在文化教育方面的一系列举措有一定关系。根据蒋介石指示,从1937年开始,国民党加快了拉拢并策划学人办报(刊)的步子,一些关于“优礼贤士”的具体措施很快出来。钱穆曾在回忆录中谈及他的中国文化系列文章如何在报刊上发表的过程:“得晓峰来信,为其所办之杂志《思想与时代》征稿,嘱余按月投寄。余应其请,遂将《文化史导论》各篇,及续写有关中国文化与宋明理学方面论文数篇,络续寄去。此为余入蜀以来思想与撰述上一新转变。”①《师友杂忆》中对抗战后期自己乐此不疲地写论政文,也有过一段回忆:

> 余撰《神会》一文外,又旁论及于当时的政治问题,投寄重庆的《大公报》,得六七篇。又兼收在赖家园旧作八篇,辑为一编,名《政学私言》,付商务出版。

时钱穆从齐鲁大学转至华西大学,住成都华西坝,而梁漱溟正招人拟创办一文化研究所,邀请钱穆参加。钱穆应允。梁漱溟同时还在参与国

① 钱穆:《八十忆双亲 师友杂忆》,生活·读书·新知三联书店,2005年,第235页。关于晓(哓)峰《思想与时代》,见竺可桢1941年6月14日的日记:“哓峰来谈《思想与时代》社之组织。此社乃为蒋总裁所授意,其目的在于根据三民主义以讨论有关之学术与思想。基本社员六人,即钱宾四(穆)、朱光潜、贺麟、张荫麟、郭洽周、张哓峰六人。主要任务在于刊行《思想与时代》月刊及丛刊,与浙大文科研究所合作进行研究工作。”“每月由总裁拨7500元作事业费,其中2500元为出版费,1500元为稿费,编辑研究2000元,与史地部合作研究1500元。”事实上,蒋介石出资,但此刊发端,并非蒋介石授意,而是由张荫麟发起,刊物在广大地区文教界学人中的影响不小。转引自桑兵:《抗战时期国民党策划的学人办报》,《文人论政:知识分子与报刊》,广西师范大学出版社,2008年,第223页、第229页。

民党政府筹备的政治协商会议，而钱穆因为曾经写过数量不少的政学文，他便也上门动员：

> 又曰：君之《政学私言》已读过，似为政治协商会议进言也。余曰，不然，书生议政，仅负言责。若求必从，则舍己田耘人田，必两失之。君欲作文化研究，以倡导后学，兹事体大，请从今日始。若俟政治协商会议有成果，则河清难俟，恐仅幻想耳。漱溟闻余言，大不悦，起座而言曰，我甚不以君言为然。①

引用这样的事实，不过要说明，书生议政，仅负言责，如果说抗战时期的钱穆与抗战前有何区别，那就是在整个国难期间他不懈地参与"讲学与议政"，当他对陈铨等人的《战国策》刊物及其主张有异议时，他也发文相诘。他还曾将当时的梁漱溟与冯友兰加以比较，认为前者"语不忘国"，而后者"自负其学，若每语必为世界人类而发"，前者有行动，后者则多空言。但是具体到自己，钱穆则专为学问兼而议政，却不从政，或者说仅是保持"士于道""从道不从君"的传统，这实际上代表了不少有着根深蒂固的入世情结却又警觉地与政治保持一定距离的学人态度。

如果说，在中西文化的问题上，钱穆确是以儒家的入世精神、以文化守成的立场，来对近代以来的中西文化问题发抒已见，那么《政学私言》虽然名为"私言"，其篇章旨意却也非小问题，尤其当战争已至尾声，他所涉及的论元首、论首都、论地方自治等重要问题，都带上某种战后治国策略的方案与草图，所有的具体问题，不仍然是在强调"中国之前途，将决于中国之文化"这一信念么？钱穆从"文化建国"的角度，提出了"道统尊于正统""师统尊于君统"、政教分离，给予教育与学术自由、善用考试制度选拔贤才等主张，并直接探讨选举、民意等敏感性问题，这哪里又是保守与复古的学者所言，分明是现代性的眼光与立场了。

按钱穆所说，这些文章多为个人管窥与私见，因此，即使在那些直接议论首都、议论教育、议论政治体制的文章上，也少有对政府的附和，而是秉持可贵的私人立场。历史学家由历史经验而看现实的角度，与政治家们对现实的认识，显然有很大不同，但发出言论本身就是态度，至于能否得到政府采纳与看重，均非文章的第一要义。比如，《论首都》《战后新首都问题》《道统与法统》《中国人之法律观念》里所提出未来国家建制的设

① 钱穆：《八十忆双亲　师友杂忆》，生活·读书·新知三联书店，2005 年，第 243 页。

想,无非是借历史经验教训与历史沿革变化,来促进决策者知晓兼听则明的道理而已。

这些写得并不轻松的文章,无论宏论还是私言,无论乐观还是严正,都带着战争惘惘的威胁,是在"值寇氛嚣张,独山沦陷。后方惶扰,讹言日兴"的背景下,"郁结百端"、握笔排闷的产物。它们的内容如何,今天还有多少启示意义,似乎不是最重要的了。重要的是,钱穆在政治与学术的关系上,既有分明之处,也有缠夹之处。虽然儒家的着意事功与入世心态非常明显,但同时,也就止于文人议政、建言建策而已。在这一点上,或与钱穆尊崇理学的气质有关,宋朝的"儒学"与"心学"相互对立,形同水火,但两派学者所使用的却是唇舌,辩难的终极目的是探求真理。从民国时期知识分子来看,大都愿意且能够议政,只是议政仅止于批评、议论或建言建策而已。胡适是这样,钱穆这种传统型学人也是这样。

钱穆战时关注中西文化比较的"政论",特点在于"通",显示了他对中国的文化系统及其流变的整体眼光与全方位把握。而《政学私言》却针对当时实际的政治社会与教育现状(当然这只是相对而言,实际上在《文化与教育》中也可发现许多文章主旨都是从现实中来)。既为论,且更为具体到写作者的"当下",那么"理""辨""论"的特长便显示出来,成为中国传统论说文章样式。这与钱穆深厚的传统文化修养有关。他曾自叙其为学过程:"入中学,遂窥韩文,旁及柳、欧诸家,因是而得见姚惜抱《古文辞类纂》及曾涤生《经史百家杂钞》。"此后,"决意先读唐、宋八家,韩、柳方毕,继及欧、王。读《临川集》论议诸卷,大好之","进韩文公所谓因文见道者,其道别有在,于是转治晦翁、阳明。因其文渐入其说,遂看《传习录》《近思录》及黄、全两《学案》。又因是上溯,治五经,治先秦诸子,遂又下迨清儒之考订训诂。宁、明之语录,清代之考据,为姚、曾古文者率加鄙薄之,久乃深好之。所读书益多,遂知治史学"。[①] 晚年,钱穆在与弟子余英时的通信中,更明确地分析了近世章太炎、梁任公、陈援庵、王静庵、陈寅恪、胡适诸大家论学之文的文体特征,他推崇章太炎的文辞"最有轨辙,言无虚发,绝不枝蔓,但坦然直下,不故意曲折摇曳";而梁任公的书体制言,"大可取法";陈援庵"其文质朴无华,语语必在题上,不矜才,不使气,亦是论学文之正轨"。[②] 钱穆之评点当然也透露出自家文章

① 转引自余英时:《钱穆与新儒家》,《现代学人与学术》,广西师范大学出版社,2006年,第3页。
② 《钱宾四先生论学书简》,《现代学人与学术》,广西师范大学出版社,2006年,第58页。

心得。

文史不分家的中国学术传统，使论学文章也往往富于文之韵味，二者相得益彰。杨树达曾特别指出钱穆在《中国新三百年学术史》中"文亦足达其所见"，对此，余英时的解释是："钱先生在此书中每写一家必尽量揣摩其文体、文气而仿效之，所以引文与行文之间往往如一气呵成，不着剪接之迹。"①这种葆有中国文章传统的论学论道之文，"为学须从源头处循流而下"，挥洒自若。钱穆论证时的宏阔视野，使其文章即使上下纵横开阖，也依然简洁而不芜杂。如果说论说文讲究以理服人，那么，他也长于在文中引经据典，尤善将稔熟的儒家如孔子、孟子的经典语录用于文章之末以增加其论说力。而另一方面，作为"战时"的报刊文章，还要考虑更多的普通读者，因此，绝不枝枝蔓蔓，而多出以清简朴实的文风甚至还有相当多平易通俗的取譬与语言。

行文至此，似乎钱穆战时文章只备上述论学论道一格，其实未必。战时的钱穆曾在这些宏论私言中，夹杂着少许别致之文，文意隐约，意蕴深美。两部书的"序"与"自序"自不必说，《病与艾》《新原才》《过渡与开创》等，均为笔墨潇洒、意态自由的随笔短章。尤其是《病与艾》显示出史学家的另一种幽曲与文章趣味。孟子的"七年之病而求三年之艾"，他在《东西文化学社缘起》中就曾引用过。钱穆在《病与艾》中回味这句话，先从病人的立场说，继而联想到艾草："我忽想假使那艾草亦有理智，亦有感情，它一定亦有一番难排布。"一面是久病中急切盼"艾"的病人，一面是未到三年便无药效却也急着救人的"艾草"，钱穆写道："这是一件怪动人情感的事。我不知别人是否如此想。病是十分危笃了。百草千方胡乱投，那艾却闲闲在一旁，要在此焦急中耐过此三年。艾乎艾乎！我想艾而有知，艾而有情，确是一件够紧张亦够沉闷的事。"文章从 20 年前背诵《孟子》说起，而后先是病人立场，再到"艾"的心理想象，直至发出"艾乎艾乎"的感叹，这其中的纠结，果真是理学家对一草一木的千回百转，也正应了钱穆自己所说"刻意沉潜反复，有甚深自得之趣"。只是这种文章在战时实在太少。

（作者单位：福建师范大学文学院）

① 余英时：《一生为故国招魂》，《现代学人与学术》，广西师范大学出版社，2006 年，第 50 页。

一位学者未完成的梦想

亮　轩①

沿着重庆大足宝顶石刻细细地看，可以见识到这些宋代的石刻，主持其事的是一位大和尚赵智凤——我从小便听说的一位宋代的旷世奇人。他以生命中的70年完成了宝顶石刻的功业，要不是享90余岁，能否完成自有疑问。石刻是一个长长的故事，用牛与人的生活和生命形象，述说着人生及其价值。他是用连环画的观念，在山壁上刻出了两万尊佛像与人和动物的故事，且务求妇孺都能了解。道理不难懂，基本上是典型的、世俗化的儒家思想。然而，其中因果报应却含有浓厚的道家思想，其悲悯之心则明显出自佛家。石刻包括人像、佛像、动物、文字等，这一长列的石刻有两万多尊，非常可观。造像大到与山等齐，小到两三寸，各式各样。这个地方在重庆大足，大足本身就是石刻之乡，全山南南北北，有造像五万多尊，石刻铭文十万处。石刻始于唐代永徽、乾封年间，历代增刻不断，直到南宋末年。之后依然有些零零星星的石刻，至今已经1200多年了。

大足，位于重庆市郊，东周时就已经开发，是巴蜀属地，占地1200平

① 亮轩，本名马国光，台湾著名作家，美国纽约市立布鲁克林学院传播研究所硕士。经历：中广公司“早晨的公园”“快乐儿童”“工商时间”等节目主持人或制作人，台湾《联合报》专栏组副主任，台湾“国立”艺专广电科主任，台湾《中国时报》《联合报》《中时晚报》《联合晚报》《中华日报》《大成报》等专栏作家，从事时评写作30年。台湾公共电视“空中张老师”“儿福百宝箱”节目主持人，世新大学口语传播学系客座专任副教授。获奖情况：中山文艺散文奖、《中国时报》吴鲁芹散文推荐奖。现任台湾“少数族群权益学会”理事。著作：日记《2004亮轩》；散文集《在时间里》《江湖人物》《吻痕》《笔砚船》《石头人语》《书乡细语》《说亮话》《细品痴中味》等；评论集《定风波》《偶然与必然》《不是借题发挥》《纸上张老师》《边缘电影笔记》《风雨阴晴王鼎钧》等；回忆录《坏孩子》(大陆版《飘零一家》)、《青田街七巷六号》；小说集《亮轩极短篇》《情人的花束》。在校教授课程：语意学、语言与逻辑、政治传播、小说创作与欣赏、散文创作与欣赏、中国古代经典选读与研究(研究所)、艺术修辞(研究所)，目前在自宅中开讲“亮轩书场”，网络开放报名，自由参加，来去随意，每周一次，讲述中外文学与艺术，至今已历时四年。

方公里，是一块古老、丰沃、广阔之福地。其石刻有千余年累积的历史，全县有32个乡镇，石刻所在就有28个乡镇，全县多山，此起彼落，上上下下、大大小小，极为壮观。要想一窥究竟，一生一世都无法读完看完。其数量之多、历时之久、意含之深、思想之广，云冈、敦煌石刻都无法比拟。特别是文字碑刻部分，竟达十万处，只就铭文部分就足以成为一部大书。目前还没有见到《大足石刻全集》，有朝一日成真，应该可以达到数十册之多。而其中可以持续研究、组成专题论文者，相信至少可供百年之需。

"宝顶"这个名称，像许多从小就在眼耳间出现的名词一样，非常熟悉，然而又遥不可及。现在回想从个位数字的年龄到我站在真实的大足石刻的这一尊《地狱变相图》之前，印象中的宝顶是什么样子？

第一，我本以为全山只有宝顶石刻，从来不知道还有五万尊佛像和十万处的文字经书。

第二，我从来不知道这些石刻还有着色。

第三，我知道赵智凤穷一生之力完成了宝顶的石刻，但是到了现场，包括展示的文件在内，没有格外突出这一点。

第四，我以为在此会有一所大学，专门针对大足的石刻艺术与思想进行研究与教学，而我可以参观到这一所大学，甚至可以住在学校里，一年到头从事于专题研究撰述。

以上所想，几达60年未变，可见宝顶在我心目中地位如何了得。当然，后来真实所见又是另一番景象。

首先让我惊讶的是大足全县皆石刻，完全没有料到我本预计用半天的时间看看宝顶石刻的想法是多么浅陋无知。这不是一处，而是一大片的石刻艺术，有那么广阔的范围。大到澳门的60多倍。敦煌、云冈石窟都远不及此。要全部看完，即使走马观花，也要十天半月；要细看细读，大概要至少半年；要研究，便是一生一世。原先孤陋寡闻，以为这里只是一处"名胜"而已，没有想到是人类世界极为罕见的宝藏。

曾经担任过大足县副县长也是学者的郭相颖先生，对此有一段描述：

> 大足石刻可谓是纵贯千余载，横容释儒道的一座艺术宝库，其间的宝顶摩崖造像，更是于今他处难觅的一个完备而有特色的密宗道场，古人称其为"几乎将一代大教搜罗殆尽，凡释典所载无不备列"。今之学者公认其为宋时社会思潮、民俗民风之缩影。造像盈万、图文并茂，系治宋史和中国哲学思想史难得的实物史料。面对如此造像精美、内涵丰富的大足石刻，古人留下的

有关文献却寥寥无几。①

仅仅这一段话,就可以看出大足石刻的价值是如何不同凡响。祖国大陆还有好几处尚未受到应有重视的摩崖石刻艺术,我在河南见过,那也是奇迹。而在如此浩瀚的历史文化中,遗珠之憾随处都有。以民国以来的四大考古发现为例,其中的安阳甲骨文的发现真是匪夷所思。这种3000多年前就已经十分成熟的文字,却直到民国之后方才出土,在此之前全无文献记录。这样的事实表现出的并不是某一个案的古代事物,而是整个文化的体系俱无踪迹。这也表示,3000多年来,历代学者们居然从来就没有人见到过这种文字,更遑论文化。还有敦煌古艺术,上溯尚不足2000年,然而要不是英法考古学家发现,人们可能依然只如王道士一样,把宝卷文书用来升火跟点水烟袋。所以说,大足石刻极少见诸史料文献,也属正常。

然而大足石刻更让人惊讶的是其年代并不久远,唐宋之时也不过千年左右,千年的历史,算不得太久。然而这么重要的历史文化遗迹,却长年被淹没不见。

当然,大足石刻不会没有人看到,千年以来,有很多人就在这些石刻当中生活,代代相沿,这不免让人联想到昔日台湾有的人家的厨灶间就有石碑,其中有的极具文物价值,然而对这些居民而言,却一点用处都没有。祖国大陆刚刚改革开放的时候,我曾登上了杭州西湖的小孤山,见到脚下踩踏的石板是清代遗物,还有字迹。祖国大陆的宝贝太多,当时懂得珍惜的人太少,于是乎身在宝山而不知,由于疏忽而淹没的宝贝不知道有多少。读沈从文笔记发现,国民革命时,也有许多文物遭到无知乡民的破坏。政治运动中被有意破坏的文物也不可胜计。大足石刻的发现,当然不是指有没有人见到。否则,那位王道士就会成为文化史上的关键人物,首先挖出兵马俑的那位农民也成了照耀万古的人物。发现,指的是发现其来历、其价值,并非指仅仅见到实物而已。

我之所以到宝顶一游,自有其曲折的渊源。我的出生地在重庆北碚,也就是目前北温泉所在地。那是1942年10月间的事。抗战期间,国民政府迁都重庆,相隔不过二三十公里的北碚当然也成了重要的地方。童年时便听说过,北碚这个地方是一位名唤卢作孚的人开发出来的。在他开发北碚之前,此处人烟稀少,盗匪出没。

---

① 重庆大足石刻博物馆,重庆市社会科学院大足石刻艺术所编:《大足石刻铭文录》序文,1999年。

毛泽东说过，中国百年来最具影响力的企业家有四人，他们分别是重工业方面的张之洞、化工方面的范旭东、纺织方面的张謇、交通方面的卢作孚。抗战之前，卢作孚的民生公司在长江江面上来来往往的轮船就有一百多艘。他还创立了近代史上最早的社会福利制度，办学校、办休假中心、办老人院、办医院。他自奉甚简，遭遇陷害自杀而死时身无片瓦。然而其人格受到无数人的肯定。在大足宝顶的发现过程中，他扮演了十分重要的角色。

原先宝顶那一区也不是随随便便就能进入的。无论是国民党人还是共产党人，想要进入宝顶都很不方便。普通人来往都没有问题，只要是官方人士，就进不去。

抗战期间，大后方重庆、成都等地一时人文荟萃，许多学者也都跟随当时的中央政府到了重庆，其中就有一位教授、史学家杨家骆先生。

杨教授在1930年创办中国辞典馆，抗日战争期间迁移到重庆北碚。1945年秋，中国辞典馆改名为世界学院中国学典馆。1944年冬，有一位陈习删先生携所纂《大足县志》来到学典馆，而此时的杨家骆因从前也读过有关大足石刻的文献记载，对大足石刻充满了浓厚的兴趣。但是有两个问题要克服：第一，大足石刻范围广阔，可资研究的专业牵涉极广，不是一个人就能窥其全豹的，所以，要组成一个学术调查团。第二，许多石刻区都已经是浓林密布，没有道路，而且强梁出没，怎么进去是个问题。

第一个问题，杨教授能在一定时间内解决。不久之后，他便组成了一个调查团，包括顾颉刚、马衡、梁从诫、庄尚严等十几人。但是怎么进去的问题就得由当地宿绅出面，与这些所谓的盗匪谈判，有无把握完全不知道。杨教授于是便请实业家卢作孚等人出面交涉，达成了一个很有意思的协议。

强梁先问，这些人要到山里面来干吗？学者们想来想去，要让他们了解大足石刻的价值，是个不容易说清楚的问题。后来，杨教授便说了一个很单纯的理由：“对于中国的文化会很有重大贡献。”这些人一听便了解，想想对中国文化有贡献，大家都是中国人，当然要放行了。然而怎样放行？技术上要解决一些问题。他们担心有国共的人在里面自由行动。于是，官方的车轿只能到强梁的地界为止。为了尊重对中国文化有贡献的学者，强梁便在地界以车轿迎接。考察团就这样顺利进入这个地区，特别是宝顶。

杨教授后来担任台湾地区的世界书局的总经理、总编辑，那是早期中国的四大书局之一(四大书局分别是商务印书馆、中华书局、开明书局和世界书局),即便是在台湾地区,出版的图书质量也非常过硬,但是,知道的人也许非常少。世界书局每本出版物的封里,都印着大足石刻宝顶部分的地狱变相图。也就是说,世界书局出版的几千种书,都以大足石刻为封里。

考察团进入石刻区的时间只有十几天,又有记载是七天。大家分头对各种要研究的专业材料做了记录或是照相,时值 1945 年 4 月。大家总以为很快就会回到大足继续研究。但是,那一年 8 月日本无条件投降,而国共战争也在如火如荼中,这件事便从此中断。

我在重庆北温泉还是个小娃娃的时候,便常在杨府玩耍。先父是地质学家,这一专业在抗战期间是非常重要的,开山架桥、挖掘隧道、探查山海资源及其他重大建设,无不需要地质学家。于是,先父在家的时间极少,先母对我也乏于照应,我自幼年起便常在杨府生活。我们家就在北温泉公园的上面,杨府在国寺旁边,来往方便。到了台湾,先父与杨府依然住得近,走动频繁。

若干年前,笔者内人赴四川旅游,也到了大足,她在宝顶参观时,看到了一块石碑上刻着发现此处的经过,还有调查专家学者的名字,当场大吃一惊,因为为首的杨家骆教授正是我们结婚时的证婚人。专业的导览女士听了也大为兴奋,说他们想要找杨教授本人及其后人已经很久了,却没有什么头绪。

两年之后,我们也到了大足,还有李泽椿院士专程从北京来蜀作陪。他是杨家兄妹的表兄。我们特别约了杨教授之子杨思成、其女杨思明夫妻同来大足。杨教授早年曾经写过一篇《梦游宝顶》的文章,然而一时遍寻不着。杨教授也曾经在台北举行过一次大足石刻照片展览,展出地点在台北市社教馆。但是参观的人很少,在台湾,这是个很冷门的题目。

那一次的大足石刻参观经验非常特别。因为承续了两代的生命,从抗战开始,到国共战争,再到今天,跨越了中国社会整个时代最为重大的几次变动。调查团只在当地工作了至多十余日,却为整个大足石刻的艺术、史学、思想等开创了百年的开发潜能,难怪杨教授毕生念兹在兹的都是大足石刻。

遗憾的是,杨教授原拟在 1992 年亲赴大足,再见他 34 岁英年之际带团进入的大足石刻山区,并且也与石刻博物馆信函来往决定妥当。却不幸在 1991 年 10 月 6 日去世,享寿 80 岁。尔后,大足博物馆便与杨氏家人失去了联络，直到笔者内人旅游到了大足为止。

这是一段百年的缘分，跨越了整个时代。如今追忆中，感慨有之、庆幸有之，而目前留在手边的，也只有当年杨教授赠与的大足石刻描绘小长卷上下两幅。展物思人，怅惘无限。

（亮轩：台湾学者）

战争淬就的另一个冰心[①]

陈　卫

八年全面抗战虽然给我们民族带来很多悲伤和痛苦的记忆，但是抗战就像一把烈火，也淬就了许多优秀的作家，他们勇于承担国家的命运，饱含爱国爱民的情怀，至今还感动着我们，作家冰心便是其中不能被忘怀的一位。

一、冰心在抗战时期的写作情况

1937 年 7 月 28 日，燕京大学附近的西苑兵营被日本轰炸机的 30 多颗炸弹炸成废墟，冰心夫妇决定带着孩子离开京城。1938 年全家抵达云南昆明。吴文藻在云南大学工作，冰心在呈贡县的简易师范学校里义务教课。1940 年抗日战争最困难的阶段里，宋美龄以美国威尔斯利女子学院校友的名义，请冰心到重庆参加妇女指导委员会的工作，投入抗战活动。为此，冰心全家来到重庆。

据卓如所编的《冰心全集》（海峡文艺出版社，2012 年，下文所涉引用冰心文字内容均来自此版本），可以看到冰心抗战期间的创作如下：

（1）1939 年　《〈小难民自述〉序》

（2）1940 年　《默庐试笔》《呈贡简易师范学校校歌歌词》《乱离中的音讯》《鸽子》

（3）1941 年　《从昆明到重庆》《为实秋寿》《关于女人》《献词》《评

① 本文为福建师范大学文学院“创新团队”支持计划“现代散文与诗的关系及其文体力量研究”的阶段性成果。

阅述感》《寿郭沫若先生》《悼沈骊英女士》

(4) 1942 年 《我的童年》《生命》《关于自传》《〈蜀道难〉序》《再寄小读者(通讯一—四)》

(5) 1943 年 《对于妇女参政的意见》《题〈悲鹭春懋图〉》《写作的练习》《写作经验》《力构小窗随笔》

(6) 1944 年 《赠逖生病中》《空屋》

(7) 1945 年 《我的良友——悼王世英女士》

从文体归纳:序三篇,旧体诗题诗两首,现代诗三首,歌词一首,祝寿文两篇,悼文一篇,小说一篇。散文有《乱离中的音讯》《我的童年》《生命》《再寄小读者》《力构小窗随笔》等多篇,最著名的是散文集《关于女人》,还有关于写作的文章两篇等。

同时期保存下来的通信若干篇:

(1) 1940 年致梁实秋 1 封,巴金 2 封。

(2) 1941 年致刘英士 1 封。

(3) 1944 年致梁实秋 1 封,赵清阁 7 封。

(4) 1945 年致赵清阁 9 封。抗战结束前 3 封。

二、冰心信中有关抗战时期的日常生活

与冰心的朋友老舍、巴金等作家相比,冰心有关战争生活的文字可谓相当少。低产不单单有战争使冰心居无定所的原因,还有她本身的一些原因。

战争发生时,冰心已有两个孩子,儿子吴平,女儿吴冰,1937 年 11 月,第三个孩子吴青出生。虽然冰心有一个非常富有爱心、心灵手巧的女佣帮助,但丈夫吴文藻的工作非常忙,经常出差,育儿之责基本由冰心和女佣承担。重庆气候多雾,冰心的鼻炎比较严重,在她写给朋友的信中,多次提到忙碌和身体疾病(《冰心全集》第八卷),如:

(1) 致巴金:“这些日子伤风头痛,鼻腔发炎,头痛得八日夜不能睁眼。”(1940 年除夕,第 14 页)

(2) 致赵清阁:“我忙得要命,忙家务。”(1944 年 2 月 2 日,第 16 页)

(3) 致赵清阁:“山上极美,春来我又头痛。”(1944 年 4 月 1 日,第 17 页)

(4) 致赵清阁:“大伤风,鼻膜炎头痛了十八天。但山头之雪,从枕上便能望见,此山居之乐也。”(1944 年圣诞夜,第 19 页)

1940 年除夕夜，冰心给老友巴金的信中，除提到自己的身体疾病，还有版税问题、上海的债务等。可见冰心家庭过着捉襟见肘的生活。其生活来源，一部分仰仗版税，但家中还欠下了一些急需偿还的债务。在节庆的时候，这位哺育三个孩子的著名作家，“房子仍无着落”，她内心不免着急。

梁实秋是冰心的好友，他们曾一同坐船去美国留学，二人之间无话不谈，从她给梁实秋的祝寿词可看出他们之间的知己关系：“一个人应当像一朵花，不论男人或女人，花有色、香、味，人有才、情、趣，三者缺一，便不能做人家的好朋友。我的朋友之中，男人算实秋最像一朵花，虽然是一朵鸡冠花，培植尚未成功。实秋仍需努力！”（1941）面对好友，1940 年给梁实秋的信中，冰心写出了她对生活的忧虑。

这封信写于 1940 年 11 月。写此信时，丈夫吴文藻出差到贵阳，一去就是 10 天。冰心平时忙得连回信的时间都很少，也知道朋友“不满之意溢于言表”。在信中，她简略回顾了在云南呈贡的生活：“只病过一次，日常生活，都在跑山望水、柴米油盐、看孩子中度过。自己也未尝不想写作，总因心神不定，前作《默庐试笔》断续写了三夜，成了六七千字，又放下了……我们这里，毫无高尚娱乐，而且虽有义可仗，也无财可疏，为可叹也。”（《冰心全集》第八卷，第 12 页）虽然这里风景极美，但人到中年，感觉“萧索”。

战争这几年的生活，给冰心带来的感受，还可在她 1945 年 12 月致赵清阁的一封信中看到：“抗战这几年，闹得我头昏脑胀，一事无成，于人于己，两无益处。”（《冰心全集》第八卷，第 25 页）

这样一位热爱自由与和平的作家，八年全面抗战，使她不得不在有限的空间，过着身体与精神都十分拘束且窘迫的生活。因而在抗战结束后的一篇散文中，冰心会且喜且狂地庆幸《无家乐》，因为她感到让自己时时牵挂的家，可以暂时放下，“没有了家，也没有了责任，不必想菜单，不必算账，不必洒扫，不必……于是平常你听不见的声音，也听见了；平常看不出颜色，也看出了；平常想不起人物和事情，也一齐想起了”（《冰心全集》第三卷，第 72 页）。不是冰心不关心家，而是这八年，她的心思都集中于家和国，精神高度紧张。

抗战生活如此紧张和单调，平时用什么来调剂呢？除了交友，写一些让自己轻松一点的文字来调节，冰心在《无家乐》中，还写到纸牌游戏：

> 十年前我是决不玩的，觉得这是耗时伤神的事情。抗战以

后，在寂寞困苦的环境中，没有了其它户外的娱乐，纸牌就成为唯一的游戏。到了重庆，在空袭最猛烈的季节，红球挂起，警报来到，把孩子送下防空洞，等待紧急警报的时间，也常常摊开纸牌，来松弛大家紧张的心情。(《冰心全集》第三卷，第73页)

疾病、育儿、写作、参与女性指导工作、躲警报、空袭时用纸牌放松，这就是冰心在抗战期间主要的日常生活。

三、冰心有关抗战的文字

冰心在抗战期间最著名的文学作品是《关于女人》。对于这部作品的写作缘由，她在1980年写的三版自序中有过谈论："我那时——一九四〇年——一九四三年——经济上的确有些困难，有卖稿的必要(我们就是拿《关于女人》的第一篇稿酬，在重庆市上"三六九"点心店吃的一九四〇年的年夜饭的)。"可见，这部作品是为家庭，也是为调剂抗战中的读者生活而写。这部作品作者用了男性视角，写了14位生活在他周围的女性，文字风趣，给抗战中的读者以轻松感，如"我的择偶条件"，所列25条以上，估计读过此文的读者会心一笑后难以忘记。后记中表达的女性观，给中国现代女性以做人的影响，"世界上若没有女人，这世界至少要失去十分之五的'真'、十分之六的'善'、十分之七的'美'"。有的篇章，如《我的学生》《我的房东》《我的邻居》《我的朋友的母亲》等，都写到抗战的生活，由于对这部作品的研究已有不少，本文略过。

这部作品不仅仅为女人而写，也是为抗战中的男人和女人而写，冰心不用说教的方式，这与她的写作观有关。在《写作的练习》一文中，她这样写道："作家应当呈示问题，而不应当解决问题。也就是说作家应当站在客观立场来透视社会，揭破社会，把社会黑暗给暴露出来。"她反对为主义而写文章，"因为先有主义便会左右你的一切"。她的建议是："最好先根据发生的现象，然后再写文章。"抗战文艺中很多宣传文字，冰心并不完全赞同那些表现方式，她的主张是"不要受主观热情的驱使，而写宣传式的标语口号的文艺作品，使人看到感觉滥调和八股"。(《冰心全集》第三卷，第30页)

正由于冰心有这样的写作观，我们在今日读到她抗战时期创作的作品时，依然会为她的文字和情绪所打动。

《小难民自述·序》收录在《冰心全集》中，是冰心抗战后的第一篇文字。据冰心说,这是她愿意写的。一个13岁的女孩,自"七七事变"起,经历南京、和州、桐城、武汉等九个月的流浪而到达昆明,写下四万字的流浪经历,"使后方的小朋友们知道战区中同胞的痛苦"(《冰心全集》第二卷,第475页)。虽然《小难民自述》我们现在并不得见,冰心将它推荐给读者,出于爱国之心,对小朋友和大朋友读者一定有触动,鼓动卫国之情。

《乱离中的通讯》以书信方式谈论抗战给百姓带来生活状态的改变,让读者难以忘记的是,谈到日常饮食的变化:"从前是月余吃不着整个的鸡,现在是月余吃不着整斤的肉……我们自慰着说:'肉食者鄙'。等到抗战完结后再做'鄙人'罢。"(《冰心全集》第二卷,第491页)这封信写于1940年,可见,后面更艰难的日子里,冰心和她的全家,以及全国人民是如何度过的。

《从昆明到重庆》中描写颠沛流离中的穷教授,穷而不酸,上课穿着"一件破蓝布大褂,昂然上课,一点不损教授的尊严"。谈穷,谈轰炸,"却很幽默",他们是"最结实最沉默最中坚的分子"。(《冰心全集》第二卷,第499页)

《评阅述感》中谈及宋美龄组织的抗战征文活动,冰心作为评委,她肯定了征文作品反映抗战生活,抗战意识在增进。(《冰心全集》第二卷,第598页)

《对于妇女参政的意见》是冰心抗战中的公众发声。她认为"女参政员和男参政员一样是政府的辅助者",应随时随地观察报告"人民的需要和意见,以及政治设施上应当改进之点","对于妇女儿童的福利","民间疾苦的感觉"都要去做(《冰心全集》第三卷,第25页)。冰心自己身体力行,加入到抗战队伍当中。

《力构小窗随笔》写的是冰心在重庆潜庐的生活。其中有一篇《做梦》,描写"天崩地陷一声巨响",有人唤着自己的名字"往下看是一团团红焰和黑烟"。这样的梦是因为"重庆的台阶和敌人的轰炸,交织成的一些观念"(《冰心全集》第三卷,第44页),战争给作家留下了噩梦。

《空屋》用小说的方式,写了颖与女友虹的恋爱,时代背景设置为抗战时期,小说多次写到空袭,"因为躲避空袭,和虹在这庙上,抱膝对坐","虹的清脆的语声,以及她带笑含忧的侧影,便把我整个灵魂,旋卷了起来,推塞在这所空房子里面",可是因为战争,主人公不能不面对现实生存,这个爱情故事最后以悲剧结束。

《我的良友》是冰心回忆好友王世瑛的文字,其中写到她们在重庆的生活,“她住在汪山,我住在歌乐山,要相见就得渡一条江,翻一座岭,战时的交通,比什么都困难,弄到我们每年才能见到一两次”。由此可知战时交通的不便。

冰心有两首现代诗,都与战争有关。《鸽子》写的是警报来袭时,孩子与母亲躲警报的情形。孩子们从睡梦中惊醒,问母亲:“娘,你听什么响?”母亲回答:“别嚷,莫惊慌/你们耳朵病聋了/这是猎枪。”孩子天真,又继续问:“娘,你头上怎有这些土?/你脸色比吃药还苦。”枪声又响起,孩子继续问,母亲撒了一个善意的谎:“你莫做声,/这是一阵带响的鸽子,/让我来听听。”实际上哪是鸽子,是“铁鸟”——五十四只鸽子。当孩子问娘:“有几个带着响弓?”母亲流泪:“可惜我没有枪!”面对残酷的战争伤害无辜,作为母亲,作为诗人,冰心用文字表达了她的仁慈与不可遏制的愤怒。

另一首现代诗《献词》为抗战而作,富有鼓动精神,“我们在烽火里出生,成长,/在抗战的洪炉里锻炼——/锻炼成意定志坚,身强手健;/……/自愿投入血腥火焰里,/徒手作战,为民族谋自由独立,/为妇女解除沉重的锁链”(《冰心全集》第二卷,第594页)。曾经这个“满蓄着温柔,微带着忧愁”的作家,为了国家和民族命运,也和前线战士一样,大声呐喊了。

四、并不沉默的默庐

《默庐试笔》是冰心于1939年底在呈贡默庐写的一篇正式的文艺作品。自1936年到这个时期,在流离失所的日子里,她几乎停笔。

这篇散文一共八节,分两部分发表,前六节发表在1940年元旦,第763期的香港《大公报》,后两节发表在2月底的同报。据她给梁实秋的信中所说,“断续写了三夜,成了六七千字”,该是前面的章节。

第一节写的是呈贡的美景,菜畦、朝霭,晚霞的“朴素,静穆,美妙,庄严,好似华兹华斯的诗”,第二节写“从万丈尘嚣的城市里,投身到华兹华斯的诗境中来,一天到晚,好像是做梦”。半夜醒来,心情复杂:“也是凄婉,也是喜悦,也是企望,也是等待,也是茶会,也是恋爱。不是少年人的飞跃,而是中年人的深沉,我不但是在恋爱,而且是在失恋,我是潜意识的在恋着那恝然舍去,凄然生根,别后不曾一梦见的北平!”散文笔锋一转,描写到令作家难以忘怀的北平。第三节再次写呈贡的美景,在一派江南风光似的美景之中,忘不了北平,“别时不曾留恋”,只做了一次关于大雪的梦——“万山俱白，雪珠在脚下戛戛有声，雪的背景，说不出在哪里”（《冰心全集》第二卷，第482页），作家用声音和画面表达了丧家者的悲哀。第四节写在默庐的生活，孩子、客人占用了她不少时间，只在烛影下独坐、看书、写信、做活计，因为朋友的催迫，才写点文字。她虽然没有直接谴责战争扰乱她的生活，但是她的停笔，已是迫不得已。第五节，作者进入回忆，情绪激动起来，文字似洪流，从记忆的各个角落里窜出来，写各种人和事，“新的脸，旧的脸，老年人，中年人，少年人，男人，女人的悲哀感慨，愤激和奋兴，静静听来，危涕断肠，惊心动魄”，写各种声音，“有枪声、炸弹声、水雷爆发声、宫殿倒塌声，夜禽惊起声，战马鸣嘶声，进行曲合唱声，铁蹄下的呻吟声，战壕中的泥水声，婴儿寻母生，飞机振翼声，火炬燃烧声，宣誓声，筑路声，切齿声，赞叹声”。冰心所写到的这些声音，几乎把战争中的一切细节都浓缩其中，敌人的血腥侵略，战士们的奋起反抗，老百姓的支持，孩童的无助。这时的冰心，不是一个弱小的女子，而是在替老百姓描述人生、感动天地的一个作家。“北平景山的古柏，和天安门两旁的华表，我也看见他们在狂风中伸着巨指，指着天，听见他们发出如雷的洪声，说，‘中华的儿女那里去了？没有北平无宁死’！”远在西南，忘不了沦陷的文化中心，冰心借北京的地标性建筑，发出了呼喊。为此，她反思这个时代给她带来的各种感受，她坚定了为抗战而写作的决心。

第六节，作者又回到呈贡的现实生活中，写自己的矛盾：“在静境中，我常常觉着自己心思之飘忽与迷茫。最实在的是，我每夜都在做着杂乱无凭的乱梦，梦里没有一个熟识的脸，没有一处旧游的地方，没有一串连贯的事实。乱梦醒时，在惺忪朦胧之中，往往不知自己身在何处！”宁静只是外在的，作家内在不平静的心，正说明她内心的担忧、牵挂和无可言表的丧家之痛。

第七、八节是续写，冰心特别分析自己在潜意识里为何苦恋北平。第七节写默庐的风光，作者用了极美的文字写那里的风景。如画家的画笔，她用各种颜色、植物、人物勾勒出它在战争外的田园风光和生气：“我的寓楼，前廊朝东，正对着城墙，稚堞蜿蜒，松影深青，霁天空阔……最好是在廊上看风雨，从天边几阵白烟，白雾……下楼出门转向东北，松林下参差地长着荇菜，菜穗正红，而红穗颜色，又分深浅，在灰墙、黄土、绿树之间，带映得十分悦目……我最爱早起林中携书独坐，淡云来往，秋阳暖背，爽风拂面，这里清极静极，绝无人迹，只两个小儿女，穿着橘黄水红的绒衣，在广场上游戏奔走，使眼前宇宙，显得十分流动，鲜明。”

如果作者内心没有对北平的牵挂，从描写默庐的文字里可以让人感受到天人合一的和谐美。然而，这种美发生在战争当中，它只留给作者暂时的宁静和稍纵即逝的悲伤。如果没有第八节，作者就是忘我的，可是她忘不了，有似杜甫在夔州，生活的困苦、流年的悲戚，使他无法忘记都城长安。那里曾铭刻着他青春的生命、事业的顶峰，那里还是为国效劳之所。

“在这里住得妥帖，快乐，安稳，而旧友来到，欣赏默庐之外，谈锋又往往引到北平。”想起北平的大觉寺杏花、香山花叶、笔墨笺纸、涮羊肉、糖葫芦、炒栗子，等等。还想到自己与北平结缘的日子，亲人，朋友，“五四”游行，“九一八”的卖报声，“国难至矣”的大标题，等等。作者内心难以遏制悲痛：“北平死去了！我至爱苦恋的北平，在不挣扎不抵抗之后，断续呻吟了几声，便恹然死去了！”

冰心用速写的笔法，写到北京被侵略者抛下炸弹的具体情形。日子记得非常清楚，“二十六年七月二十八日早晨”，飞机和炸弹也记得很清楚，“十六架日机，在晓光熹微中悠悠的低飞而来”；冰心的文字依然古典优雅，但接下去揭示了优雅之后的真实：“投了三十二颗炸弹，只炸得西苑一座空营。”国防的衰弱，侵略者的残暴，在这几行文字中都得以显现。她写了声音的死去，写了旗帜的高悬，“日本旗，意大利旗，美国旗，英国旗，黄卍字旗，红十字旗……只不见了青天白日旗”。北京被日本人占领，“西直门楼上，深黄色军服的日兵”，“晴空下的天安门”，小学生拖着太阳旗，“后面有日本的机关枪队紧紧地监视跟随着”。日本的游历团在“景山路东长安街横冲直撞的飞走。东兴楼，东来顺，挂起日文的招牌”，街上广播着“友邦的音乐”。

冰心把这些揪心的场景写出来，感觉这个“女神王后般美丽尊严的城市，在蹂躏侮辱之下，恹然地死去了”。这些有力的文字，给非战区的民众带来亲身可感的体会，乃至今天，我们还能感觉出作者那按捺不住的悲愤。然而，冰心不是一个软弱的女子，也不是一个在战争面前束手无策的女子，她的文字力透纸背，表现出中国人的顽强：“我走，……我仰首看到了一面飘扬的旗帜，我站在旗影下，我走，我要走到天之涯，地之角，抖拂身上的怨尘恨土，深深的呼吸一下兴奋新鲜的朝气；我再走，我要掮着这方旗帜，来招集一星星的尊严美丽的灵魂，杀入那美丽尊严的躯壳！”

这篇散文读下来，很容易令人联想起杜甫的《秋兴八首》。杜甫当年从皇城长安逃出，几经颠簸，最后的日子偏居长江边的夔州。面对茫茫东逝水，他内心忧伤。长安当年的繁华，自己建功立业的理想，在战乱中一去不返,只能在"玉露凋伤枫树林"的季节,"每依北斗望京华",想起"百年世事不胜悲"。杜甫在夔州与长安的记忆中来回穿梭,欣喜、悲叹,愉悦、哀伤,最后不得不低下他的头,"彩笔昔曾干气象,白头吟望苦低垂"。杜甫无奈地沉重地低下头,冰心却在苦难中昂起了头。这篇并不沉默的散文,可谓冰心的"抗战八首"。

与在战场中负荷刀枪的战士不一样,在抗战中,冰心没有展示她的体力优势,她也与活跃在前线的女记者杨刚和以隐藏身份活动在敌伪区的关露不一样,冰心有对家的牵挂,作为一个母亲,她还要保护孩子。但是人到中年的她,不仅只为了自己的小家,为了更多的人投身抗战,挽救国家的命运,她响应了政府的号召,毫不迟疑地把整个家迁徙到战火连天的陪都,与更多的抗日人士参与到后方的抗战活动中。面对灾难,她不盲目伤感、忧郁或绝望,而是显示出旷达、幽默的态度及坚强的决心,她关心难民,引导读者寻找积极向上的生活,用自己独特的方式,冷静而热诚地服务于民众——与五四时期那个在宗教和家庭中寻找寄托,在诗文中思考人生的女学生不同的另一个成熟的冰心诞生了!

参考文献:

1. 卓如:《冰心全集》,海峡文艺出版社,2012 年。
2. 肖凤:《冰心传》,北京十月文艺出版社,1987 年。
3. 卓如:《冰心全传》,河北教育出版社,2002 年。

(作者单位:福建师范大学文学院)

台湾诗人陈千武诗歌创作的精神追求

刘小新

陈千武本名陈武雄，笔名桓夫，1922年出生于台湾南投县名间乡，是台湾著名诗人，其诗歌创作开始于20世纪30年代，是"笠"诗社中著述最丰的一位。诗集有《彷徨的草笛》《花的诗集》《密林诗抄》《不眠的眼》《野鹿》《剖伊诗稿》《妈祖的缠足》《安全岛》《爱的书笺》《写诗有什么用》等。

陈千武曾引用法国象征主义诗人波德莱尔的一句名言"诗是一种崇高美的热望"来阐明自己诗歌创作的精神追求，他说，"我们都相信他所讲的这种美的热望，是永恒不灭的美的感动"，[①]这种对崇高美的热望贯串了陈千武诗歌的始终。

西方美学史中，朗吉弩斯第一个对"崇高"这个重要的美学范畴做了系统分析，他是从修辞角度提出问题的，但他首先强调的是"庄严伟大的思想和强烈而激动的感情"。康德强调崇高的根本在于人面对强大的异己力量时所显现出来的"人的勇气和自我尊严感"，"它们（指异己力量）把我们心灵的力量提高到超出惯常的凡庸，使我们显示出另一种抵抗力，有勇气去和自然的这种表面的万能进行较量"。[②] 陈千武论及的诗人所追求的崇高美，实际上就是指诗人必须用"庄严伟大的思想和强烈而激动的感情"来抵抗强大的异己力量，以显示人的勇气和尊严。这是陈千武诗歌创作最重要的精神追求。1964年《笠》诗刊专栏介绍他时，他曾简明扼要地阐述了自己的诗歌创作观："一、对于飞翔自由世界的梦幻、树立理

① 陈千武：《写诗有什么用》，台湾笠诗社，1990年，第118页。

② 朱光潜：《西方美学史》，人民出版社，1979年，第379页。

想乡的憧憬：现实的丑恶常变成一种压力，以各种不同的手段，挟制着存在的实际生活，导诱人于颓废，甚至毁灭的黑命运里，迷失了自己。感受这种丑恶压力，而自觉某些反逆的精神，意图拯救善良的意志与美，我就想写诗。二、认识自我，探求人存在的意义，将现存的生命连续于未来，为具备持久的真、善、美而努力；就必须发挥知性的、主观的精神，不断地以新的观念批判自己，并注重净化自然流露的情感，不惑溺于日常普遍性的感情，而追求高度的精神的结晶。”①台湾诗评家李魅贤认为，陈千武所说的第一部分是认识论，第二部分是表现论。我则以为整段都是诗人精神追求的自述。陈千武始终认为，只重技巧、漠视现实社会的诗歌现象是一种“精神不在家”的具体表征，他追求的是“高度的精神结晶”，即波德莱尔所说的“对崇高美的热望”。诗人对崇高美的追求由两个方面构成：对于飞翔自由世界的梦幻、树立理想乡的憧憬；对丑恶现实的批判和反抗。一个执着追求真、善、美的理想世界的诗人，必定不能容忍现实中的丑恶，而对现实丑恶的批判和反抗更激发了诗人对理想乡的憧憬。这两方面在诗人的诗歌世界里相辅相成、浑然一体。康德在论述崇高感时，也是强调人的心灵世界在与粗暴、恐怖的外部世界的对抗中显示出来的刚强和伟大，一方面生命力遭拒，另一方面理性的胜利却使心灵在对自己的估计中提高到一种崇敬和惊羡。康德所指的与人相对抗的主要是“狰狞可怕、威胁着人的、带着巨大毁灭力量”的大自然。而陈千武诗歌中与诗人理想世界相龃龉的则是丑恶的现实和专制的政治，所以诗人一再强调诗人必须“认清现实的丑恶变成的一种压力，感受并自觉对其反逆的精神，意图拯救善良的意志和美”。崇高美的热望已成为诗人创作的动力和追求的目标，这种追求贯串其创作历程的始终。

20 世纪三四十年代是陈千武诗歌创作的出发期，陈千武这个时期的诗歌大都是略带感伤的田园牧歌似的抒情诗，陶醉在少年的优美的抒情里，在写景里会有淡淡的恋情和浓郁的孤独影子。这个时期，陈千武的诗歌创作值得研究者注意的，首先是他开始多源头地接触横光利一、川端康成等新感觉派和表现社会现实的左派作品及波德莱尔以来的近代诗。新感觉派培养了诗人对美的存在的敏感心灵和对美的丧失的哀愁情绪；左派作品及近代诗则教给他对现实社会中丑的敏锐发现与批判，他“开始认识自己，有了一点批判自我的意义”。1940 年 9 月，他创作了《苦力》等

---

① 陈千武：《桓夫的文学观》，台湾《自立晚报》，1984 年 8 月 22 日。

“工场诗”。这时他已经结束了文学创作的学徒期,一方面放弃了少年伤感的抒情,诗歌直接切入现实生活;另一方面开始孤独地寻找自己的灵魂归宿和精神家园:“苦力们/一模一样”(《苦力》,“独自/心思寂寞的绘画啊/从小丘上/伸向不知去向的谜般的小径”(《无题》)。

陈千武早期诗歌创作值得我们注意的第二点是他对日本殖民者的反抗。日据末期,诗人刚 18 岁就读高中时曾发动全校学生反对日本殖民者强迫台湾人改姓名的“皇民化运动”,并因此遭到监禁,《油绘》一诗摄下了他当时的心绪:“监禁室的墙上/我凝视着一张油画/浮出鲜明的赤黄/的风景/毕竟在诉说甚么?/寂静的房间/挟在钟的敲打声里/遥远的昔日的梦/奔向我的脑中闪过/赤黄的风景的山 /是怀念的故乡/毫无华美的生活/人生二十的烦恼是甚么?/童心唤起我/看,在将来/我底童心也知道/命运会怎样啊……”18 岁的青年从故乡丧失的原始乡愁想到人生二十的烦恼,“是对政治环境污染人心感到的忧虑”,诗人反抗日本殖民者的愚民政策,而趋向艺术追求永恒的真理。诗人已明确自己未来所要走的道路即用一颗真挚的童心自由翱翔,去追寻艺术永恒的美,抵抗丑恶的一切。

陈千武的早期诗集《彷徨的草笛》和《花的诗集》都是用日文创作的。二战结束后,陈千武面临的是“语言的障碍”和诗人社会角色的重新定位。他停笔十余年,直到 1959 年始以中文创作诗歌,1963 年出版了第一本中文诗集《密林诗抄》,这时他的精神追求已日趋成熟和明朗。陈千武这一代诗人大都成长于战争年代,体验过殖民地的屈辱生活和战争的残酷,在他们的诗作中,诗人个体的生命史往往凝聚着民族和历史的悲剧经验。陈千武对崇高美的执着追求就是建立在这种民族和历史的坎坷经验上的,《密林诗抄》的内涵也因此变得更加丰富和复杂。

《密林诗抄》中的《信鸽》是陈千武写战争生活体验的最著名的诗篇,“埋设在南洋/我底死,我忘记带回来/那里有椰子树繁茂的岛屿/蜿蜒的海滨,以及/海上,土人操橹的独木舟……/我瞒过土人的怀疑/穿过并列的椰子树/深入苍郁的密林/终于把我底死隐藏在密林的一隅/于是/在第二次/激烈的世界大战中/我悠然地活着/虽然我任过重机枪手/从这个岛屿转战到那个岛屿/沐浴过乱军射击的目标/听过强乱动态声势/但我未曾死去/因我底死早先隐藏在密林的隅/一直到不义的军阀投降/我回到了祖国/我才想起/我底死,我忘记带回来/埋设在南洋岛屿的那唯一的我底死啊/我想总有一天,一定会象信鸽那样/带回一些南方的消息飞来”。

这首诗前后共用五个“我底死”，含义显得十分复杂，在台湾诗评界产生了各种各样的阐释。笠诗人和诗评家李魁贤认为诗中的“死”具有俗世的、文学的、哲学的多种含义。从主题意蕴来看，我以为这首诗实际上表达了诗人强烈的、知性的主观精神和自我意志，以此来反抗“导诱他于颓废甚至死亡的黑色命运”。首先，诗人追忆了以死反抗日本侵略者的经历，在太平洋战争后期，日本侵略者即将失败，便煽动日本青年“为国捐躯”的死战情绪。陈千武是被日本军阀强招的台湾特别志愿兵，这首诗写的就是这段历经艰险被迫充当炮灰的生活。诗人把自己唯一的死埋藏在南洋密林中，含义是拒绝日本侵略者的欺骗性号召，表现出诗人强烈的反抗精神和自由意志。其次，诗人在《信鸽》中也阐明了生与死的辩证关系，直到1947年的《剖伊诗稿》，诗人还写道：“埋入大地的死/大地的死是永远健康的/我们必须等待/从大地萌芽的死/……/真正脱离假死的状态为止/我们必须等待”。死等于生、爱等于恨、全体等于部分，诗人这种同时赋予看得见两极点的眼光，敏锐发现了事物的崭新含义，这种对生与死的形而上思考赋予诗人生存和反抗的勇气。再次，这首诗还表达了诗人努力将过去的反抗黑暗的精神带回到现实生活中的思想。《信鸽》开头写到“埋没在南洋岛屿的那唯一的我底死啊/我想总有一天，一定会象信鸽那样/带回一些南方的消息飞来”，这是诗人的自我反省和期盼，他“不断地以新的观念批判自己”。通过对二战的回忆，认识自我，探求人的存在意义，将知性的主观反抗精神延续到当下和未来。从《信鸽》中，我们可以看出诗人20世纪50年代后文学生命的再生契机确实埋藏在南洋帝汶岛的密林深处，与死亡一起存在着。

战后陈千武停笔十余年，表层原因在于诗人必须努力跨越语言的障碍。深层原因则在于社会政治体制的转型。1980年，陈千武回答了李敏勇、拾虹、陈明台等年轻诗人的询问，他说：“空白的原因，我想，语言只占一部分因素，语言的改变固然使我很难继续写下去，但如果一定要写，也可用日文啊，主要是战后政治社会体制改变了，连带使用的语言也变了。以致不能马上适应，造成精神上的空虚。”[①]《信鸽》的产生实际上标志着诗人创作生命的新生。再生的艺术生命联结于由战时的死亡体验与思辨所获得的历史意识和反抗精神。陈千武从历史的传承中重新找到了属于自己的表达情感与思想的艺术语言，重新确定了自己的社会角色。正如

① 陈千武：《从现实的抵抗到社会的批判》，《笠诗刊》，1980年第6期。

笠诗人陈明台所说的,“在这首诗中,诗人宣告了他一历史阶段的死,以及回归于根源的再生,而战争中埋设地南洋岛屿的‘那唯一的我底死’成为作者思想的骨肉,成为他活生生的历史,经常复醒”。陈千武的死亡体验的背后,隐藏着他回归故乡和新的历史的焦灼期盼,陈千武对理想乡的憧憬和崇高美的热望正是透过他内心世界的鲜烈的感受和体验来加以把握的,以明朗晶莹而又复杂暧昧的形象来塑形。

诗歌对陈千武而言是一种生存方式,甚至可以说是生命本身,“时间,遴选我作一个鼓手/鼓面是用我的皮张的/鼓的声音很响亮/超越各种乐器的音响/鼓声里掺杂着我寂寞的心情/波及远处神秘的山峰而回响/可是收到回响的寂寞时/我不得不又拼命地打鼓/鼓是我痛爱的生命/我是寂寞的鼓手”。这里的鼓手形象便是诗人自我的写照,鼓手之歌成为诗人精神追求的象征,诗人以生命创作,用激越的灵魂之歌来抵抗时间宿命和回响的寂寞,超越现实的各种混杂的音响。正如李魁贤所言,陈千武的诗世界带有哀愁的浪漫精神和提升人的尊严为矢志的理想主义色彩。诗人以强烈的自我意志和主观战斗精神来反抗现实的丑恶和平庸,《雨中行》便很典型地体现了诗人的这种精神追求:“一条蜘蛛丝　直下/二条蜘蛛丝　直下/三条蜘蛛丝　直下/千万条蜘蛛丝　直下/包围我于/——蜘蛛丝的槛中//被摔于地上的无数的蜘蛛/都来一个翻筋斗,表示一次反抗的姿势/而以悲哀的斑纹,印上我的衣服和脸/我已沾染苦斗的痕迹于一身//母亲啊,我焦灼思家/思慕你温柔的手,拭去/缠绕我烦恼的雨丝——”被千万条雨丝围困的诗人已沾染了反抗和苦斗所留下的创伤的痕迹,诗中母亲的形象是诗人精神家园的守护神和生命根源的象征。陈千武是乐观的,但这种乐观主义和对崇高美的追求却充满了悲剧性意味。

陈千武曾指出他个人的诗的出发,是对日本殖民统治下的一个人的自觉,他对于一诞生下来就要受外来者的主宰和左右产生了一种根源性的疑问。这种民族意识和历史意识是陈千武诗歌创作的思想基础,反抗政治上的恶性,批判社会的丑陋面,力图拯救善良的意志与美是其诗歌的主要内容。诗对千武来说既是一种救赎的方式,更是一种批判的武器。《给蚊子取个荣誉的名称吧》对一种冠冕堂皇的掠夺进行了尖锐的批判的讽刺:“嗡嗡不停地飞来/叮在我瘫痪的手背上/说是过境/过境就抽一丝利己的致命的血去了/究竟/有多少蚊子真正无依/有多少蚊子值得同情/在我的手背上/在广漠的国土里/我底手背越来越瘫痪了。”这首诗显像意义是对蚊子叮人的日常观象的揭示和讽刺,诗人从手背扩大到土的联想,使诗从日常现实现象的揭示转变为极富深度的政治批判,诗的深层意蕴就自然呈现出来,即对侵略者掠夺弱小民族和国家的尖锐批判。而且,诗的题目“给蚊子取个荣誉的名称吧”又极有反讽意味。

韩国当代诗人金光林认为,陈千武作品中批判性表现得最强烈的诗作是《咀嚼》:“下颚骨接触上颚骨,就离开。把这种动作悠然不停地反复,反复/牙齿和牙齿之间挟着糜烂的食物/——就是他,会很巧妙地咀嚼/不但好咀嚼,而味觉神经也很敏锐/刚诞生不久且未沾有鼠嗅的小耗子/或渗有硷味的蚯蚓/或特地把蛆虫丛聚在烂猪肉再把吸收了猪肉的营养的蛆虫用油炸……/或用斧头敲开头盖骨,把活生生的猴子的脑汁……/坐吃了五千年历史和遗产的精华/坐吃了世界所有的动物,犹觉饕然的他/在近代史上/竟吃起自己的散慢来了。”这首诗是对国人传统劣根性的尖锐批判,表面效果十分强烈但略显肤浅,艺术上也比较粗糙,而且,陈千武对传统文化的理解也有所偏颇,他说:“这首诗是写中国人食欲的习俗,他们甚么都要吃,蚯蚓、老鼠甚么都吃。也许可以说是以吃达到艺术的境界吧,就中国人来说,吃的欲求等于就是艺术,五千年的文化却成立于吃的精神的酸味上。”[①]陈千武对五千年中国文化的这种理解和批评过于偏激而显得肤浅,但诗人对现象的刻画很生动传神,把习俗中丑陋的一面很具体地表现了出来。当诗人从文化的层面来批判社会丑陋面时,他的作品便具有深刻和丰富的意蕴,《妈祖的缠足》就是这样一部诗集,从文化层面上表现诗人对台湾的历史和现实的关怀。

陈千武曾指出其诗歌创作的视点是“面对那些历史与应该自由、自主的个人存在这一关系上的”。陈千武对专制政治和宗教信仰的批评都是从这个视角出发的,殖民主义者和专制主义者剥夺了个人的自由和自主存在,而人们把救赎的希望寄托在对神的信仰上,实质也是个体对命运的自由自主性的丧失。“她叩头祈祷抽签/笃笃她的高跟鞋/在供坛与得炉之间/她的虔诚以及/她的愿望烧红了一束一束贿赂/从金纸纸亭　　笃笃/回到妈祖的缠足下跪拜/她俯伏/拾取弓月形杯交的时候/她俯伏/拾取欺骗自己的错觉的时候/她那彪大的臀部就遮掩了/妈祖的全身。”(《春喜》)台湾诗评家郑炯明针对这首诗说:“从一个妈祖的信徒的眼光,这是极平常的事,但在诗人巧妙的处理下,却有意想不到的效果。”[②]确实

① 陈千武:《亚洲现代诗的动向》,台湾《笠诗刊》,1993年第2期。

② 郑炯明:《桓夫诗中妈祖世界的探讨》,台湾《笠诗刊》,1980年第97期。

如他所言，这首诗表达的不是诗人对神明的不敬，而是对参拜者虔诚地把自己的命运交给神明的自我欺骗现象的讽刺。诗人通过对神明的虔诚信仰的批判来提升人的尊严和自主意志。在《不要哭》中诗人写道："不要哭傻孩子/你不知/命注定一生就是给人家做媳妇/竹篮子拿来赶快/把斗笠戴好/赶快　　拜妈祖去/妈祖会保佑你。"在《隐身术》中，诗人仍揭示了相同的生活状态："没有一个男人会单恋你/为了逃避你那无意义的灾祸/没有爱　没有恨/象完全归依妈祖那么/用安全的反抗……/把正身隐藏了的我们……"另一首《影子》如是说："你是妈祖庙前那个石狮子生的！/小孩半信半疑/只睁大了眼睛不敢哭/为什么不敢哭/为什么不敢哭！/喊一声冤枉也不敢！"这些诗篇主旨都很明显，诗人对那种忍耐一切并把自己命运完全交给神的生活状态进行了非常直接的揭示和批评。陈千武在诗集《妈祖的缠足》后记中说："封建意识的形式，使这个社会的佛心变成了化石……那种古老得像妈祖婆缠足的状态，十分顽固地绊缠着这个社会，使这个社会失去了新的活力。"可见，诗人所承担的仍是五四文学的使命和任务，即对封建意识的批判和人的启蒙与重建，诗人的目的是要"摇醒你那睡在妈祖的金衣裳里的灵魂"(《迷》)。更为深刻的是，诗人把人们对神的迷信批判和对野心家的揭露结合在一起："……信神吧/信那镇坐在庙宫黑暗供坛的全身木头像/神在！/自私、欲望发挥本领的野心家们/野心家们的口号/谁都要无条件相信一般/信神吧/神在野心家们的法制里睡着。"(《神在哪里》)诗人一针见血地指出，神说穿了，就是世界上所有野心家们用来欺骗和压迫、统治平民百姓的一种工具。

陈千武的诗歌是用批判的火焰燃烧自己而完成的，社会批判和自主意志是其诗作的灵魂。但诗人也很清醒地看到封建意识仍很强盛："新锐的潮流，侵不蚀你的领域/甚么现代、甚么象征、甚么超现实派或者/抽象派都不值你主持的乩童的法术那么幻惑……/你是旧礼数的遵奉者/而你的姿态永恒青春。"面对自主意志和生命力遭到异己力量的强烈抗拒时，陈千武常常采取反讽的方式，透过反讽的效果使诗人的反抗显得更为悲壮和剧烈。因此，陈千武的一些作品从表面上看是冷静冲淡的，但深层却有着火焰般的热情，这种热情来源于诗人的审美理想和精神追求，即对崇高美的热望。

（作者单位：两岸关系和平发展协同创新中心，福建社会科学院）

台湾著名诗人、抗日爱国进士施士洁简谱

孟建煌

施士洁(1856—1922),台南安平人,字应嘉,号云舫,又号耐公,与丘逢甲、许南英合称"台湾诗坛三巨擘"。光绪三年(1877)进士,官至内阁中书,因无意仕途,即辞官回乡,担任山长,主讲于台湾彰化白沙书院、台南崇文书院和海东书院。甲午战争前夕,入幕台湾巡抚刘铭传参赞议事。1895年台湾沦日即内渡,1911年任马巷厅通判,1917年入福建修志局,是菽庄吟社的活跃人物,被称为"祭酒",著有《后苏龛合集》(诗钞十二卷、诗钞补编一卷、词草、文稿二卷、文稿补编)、《耐公哭》等。施士洁为海东进士,骚坛领袖,但至今却无研究他的专著,这与他在台湾近代诗坛的地位很不相称。施士洁担任海东书院山长期间,丘逢甲、许南英、汪春源、郑鹏云皆就读于此。其父施琼芳、叔父施昭澄曾分别担任海东书院山长。内渡前,施琼芳、施士洁父子两代进士,父、叔父(施昭澄,福建晋江人,优贡。曾在江南的建平、溧阳等地任教谕,咸丰初年赴台湾协助其兄施琼芳教授于海东书院)、施士洁本人又皆掌任全台首善书院山长,社会地位极高。但目前对施士洁等离台内渡的海东诗人,特别是对施士洁只有一些零星的介绍性文章,缺乏系统、翔实、客观的论述。写作施士洁年谱有一定难度,台湾的资料不易搜集,祖国大陆的资料大多是第二手,谬误较多。望拥有施士洁资料的学者多指教,以便补充、修正。

下文便为施士洁先生简谱。

1856年(咸丰六年丙辰)　1岁

英、法等帝国主义发动了第二次鸦片战争。

1856年1月26日（清咸丰五年乙卯阴历1855年12月19日）出生于台南赤嵌楼畔石兰山馆（现在的台南市民族路六巷三零之七号）。

施士洁先生遗照，由台湾文藻外语学院向丽频老师提供

祖父施菁华又名泰岩，国学生，始移迁到台湾府治（现在的台南市）大西门外的南河（现在的中西区和平街）。

父施琼芳（1815—1868），初名龙文，字见田，一字昭德，号珠垣。中进士后改名琼芳。清台湾县治（今台南市）人，原籍泉州府晋江县。生性恬淡，好学不倦，遍读经史诸子百家。道光十七年（1837）拔贡，连捷乡试。来年参加礼闱，落榜，遂伫留京城，闭门苦读，杜绝浮华奔竞之习。与林晴皋、冯虚谷、蔡廷兰等结为至交，常相唱和。道光乙巳（1845）中恩科进士，铨选六部主事，久滞京城后，始补为江苏知县。未就职，乞养回乡。返台担任海东书院山长，潜心性理之学，以培养后进为己任。施琼芳生平著作颇多，从作品中可见其“恬退”之性格。近人王国璠谓施琼芳作品径端言正，繁芜尽去，得迹象浑然之旨；其诗则荟集众人长处，有清妙之音，而无奥衍之病，可谓东宁诗坛大家。

施琼芳担任海东书院山长期间，日与诗史共晨夕，潜心研究性理之学。他为人开明，随时顺变，讲学不蹈守旧规，设诗、赋、杂作等课目，拓展学生视野，将自己研究宋明理学的心得编纂成《春秋节要》，作为启迪后进之范本。道光二十八年（1848），施琼芳与徐宗干等在海东书院实行教学改革，“以赋诗杂作相与切磋”，鼓励学生联系台湾民情民风进行创作，倡导以俚语方言入诗。这项教学改革的直接成果——海东书院课选录《瀛洲校士录》印行后，在台湾具有广泛影响，是台湾文学史上的重要作品。施琼芳为人耿介庄肃，恭谨孝友。日本领台之际，兵马倥偬，诗文稿大多散佚，仅《春秋节要》《石兰山馆诗文集》由其子施士洁携带至内地而得以幸存。1922年，施士洁卒，士洁之子施奕畴再将之携回故里。今《春秋节要》亦佚，仅存《石兰山馆遗稿》。1965年，黄典权曾为点校、排印，刊于《台南文化》8卷1期，于1992年由龙文出版社出版。

台湾乡试始于康熙二十六年（1687），止于光绪二十年（1894），台湾之文举人共251人,文科进士共32人(含光绪二十五年补录之汪春源),其中道光二十五年(1845)进士施琼芳和光绪三年(1877)进士施士洁父子为台湾208年来唯一一对父子进士,均在于府城台南赤崁楼畔。台南米街出了"父子进士"自然是一件很荣耀的事,所以米街一带的"土地公"破例也戴有官帽。

1857年(咸丰七年丁巳)　2岁

1858年(咸丰八年戊午)　3岁

第二次鸦片战争期间,英、法、俄、美四国使节于咸丰八年(1858)乘军舰由海河驶抵天津城外,强迫清政府签订了《天津条约》。两年后,天津开埠。这是资本主义列强打开中国北方大门的关键性条约。

1859年(咸丰九年己未)　4岁

1860年(咸丰十年庚申)　5岁

1860年11月13日至12月11日台北、苗栗地震。

1861年(咸丰十一年辛酉)　6岁

自幼聪颖,读书过目不忘,已是头角峻秀,异于常童。六岁就能以两语缀成对联,触类旁通。

1862年(同治元年壬戌)　7岁

1863年(同治二年癸亥)　8岁

1864年(同治三年甲子)　9岁

1865年(同治四年乙丑)　10岁

1866年(同治五年丙寅)　11岁

1867年(同治六年丁卯)　12岁

1868年(同治七年戊辰)　13岁

施士洁之父施琼芳去世。施士洁由母品娘一手教养,长大后其性情狂放不羁,与施琼芳的性格迥异。

1869年(同治八年己巳)　14岁

1870年(同治九年庚午)　15岁

1871年(同治十年辛未)　16岁

施士洁文藻多采。知县见之称神奇而拔为童试第一名。施士洁《艋川除夕遣怀》:"我年十七时,文场藻采何纷披。邑宰见之称神奇,拔以童军第一枝。"

1872年(同治十一年壬申)　17岁

施士洁勤习制艺(指八股文),常列前茅。但赴省城福州参加考试,竟然未中。母亲安慰他，兄长疑他不经意，师长责他欠用功。他自感无脸见江东父老，令亲友讥薄他，婢仆看轻他，因此作《病虎》（两首）："英雄千古伤心事，如此於菟大可嗟。翘首向天一长啸，枢星今亦失精华！纷纷伥鬼任揶揄，谁信今吾即故吾？便被犬欺心岂死，人间还认少师无？"聊以自慰。

1873 年（同治十二年癸酉） 18 岁

1874 年（同治十三年甲戌） 19 岁

1875 年（光绪元年乙亥） 20 岁

慈禧太后逐步专权，中国更加走向水深火热之中，百姓日子更加难过。

这年，施士洁举茂才。县、府、院三试均为第一，号称"小三元"。其兄名应浚，乳名增川，学名士沅，号瞿仙，邑廪生，与施士洁等同拜苏东坡像。因为士洁与苏东坡生日的月份与日期相同，士洁就以此为题写一诗，题为：《二十初度，瞿仙长兄招同刘拙庵、陈榕士两司马、杨西庚、朱树吾两明府、梁定甫拔萃、傅采若上舍、沈竹泉布衣□□颖轩礼东坡像，以洁与坡老同生日也。次日，□题苏诗后，成八十韵》，诗曰："公生乙卯时，我生乙卯岁。十二月十九日，生日遥相对。初公字和仲，厥序实居□。□我亦复然，一类靡不类。惟公乃天人，其生也有自。我独何人斯，曷敢仰而企？……"

1876 年（光绪二年丙子） 21 岁

赴省城参加丙子科，中郑瀛州榜举人。

1877 年（光绪三年丁丑） 22 岁

春，施士洁参加丁丑科春试，中三甲第二名进士。举人、进士联捷。他引作《礼闱联捷》一诗曰："名场磨我总书痴，得失无端衹自知。今日官衫容易着，一衿苦忆未青时！莫嗤舞袖太郎当，还算春婆梦一场。绝倒曲江唐进士，不禁忍俊少年狂。"经殿试，为赐同进士出生，钦点内阁书。真是春风得意，但他性情狂放不羁，不喜仕途，乞养回籍。弃官归来，春婆梦醒时，作《竹溪寺题壁和韵》。

后即赴台湾中北部周游，所游历的地方，均留下诗歌。

冬，客于艋川。

1878 年（光绪四年戊寅） 23 岁

3 月 15 日，游历台湾中北部七月余的施士洁回到府城台南。有诗《三月望日到家》曰："春欲归时我始归，登堂含笑拜萱帏。家人喜索他乡物,稚子争牵远客衣。入橐青蚨都渺渺,迎门黄犬尚依依。山妻熟视还低语,郎觉今年瘦不肥?此行何物压归装,赢得粗诗满客囊。旧雨先询吟草读,新泉共试细茶尝。洗尘岂必援成例?对月真堪爱故乡。蟾魄也知团聚好,今宵放足十分光。"

台南崇正社创立,发起人为许南英。施士洁、丘逢甲、汪春源、陈卜五、王泳翔、陈梧冈等先后入社。

1879 年(光绪五年己卯)　24 岁

1880 年(光绪六年庚辰)　25 岁

10 月 14 日,施士洁应县令朱树吾的邀请,同赴彰化办某巨户积案,有感作《朱树吾明府别三年矣,至是始复来台。大府檄办彰邑某巨户积案,招余同往,馆于乌日庄,极承款洽,感而有作(庚辰十月十四日)》。

1881 年(光绪七年辛巳)　26 岁

10 月,施士洁和县令朱树吾再赴彰化,目睹庸吏误民,作《朱树吾明府重至台郡,旋奉檄赴彰邑会办一巨户历年京控积案。适余客鹿浦,明府馆于乌日庄,时复往返,出示近作,因和原韵(辛巳十月作)》。

1882 年(光绪八年壬午)　27 岁

9 月,与弟子沈啸洲、丘筱岑、张岱亭、李鼎丞分袂,作《和杨西庚明府留别原韵(壬午九月)》。

1883 年(光绪九年癸未)　28 岁

主讲白沙书院,见《寄答陈槐庭代柬》。

1884 年(光绪十年甲申)　29 岁

时值中法战争,施士洁与祁征祥等朝夕唱和,颇多忧国感时之作。其《后苏龛合集》中收有《越南闻捷,与祁莘垓同年夜谈联句》(甲申六月初二日)、《越南闻捷,与祁莘垓同年夜谈联句:叠前韵》(甲申六月初三日)、《甲申闰夏和同年祁莘垓大令(征祥)〈月夜有怀原韵〉》等诗。祁征祥(1852—?),云南通海人,光绪六年(1880)进士(二甲七十四名)。1882 年在台湾知县任上"得汪春源、陈润二茂才,即选入衙署,聘幕友李占五教之,后陈不寿,汪果成进士"。1883 年移知闽县。1884 年因事来台小住,常与施士洁等唱和。

5 月 25 日作《与江子仪孝廉、李洪九广文同星皆明府旅馆小饮联句(甲申五月二十五日)》,作《(甲申)闰重五日,同星垓、子仪饮于胡耀庭城守协署,夜集星垓旗馆,子仪托倦先归,遂与星垓口占联句》。

闻刘铭传到台,作《闻刘省三爵帅到台,张幼樵星使到省有感,仍用前韵(甲申六月初四日)》。

1885 年(光绪十一年乙酉)　30 岁

刘铭传任台湾巡抚,在台六年,于台湾兵备、文治、拓植等方面多有贡献。刘铭传(1836—1895),字省三,号大潜山人,淮军名将,抗法英雄,台湾首任巡抚。1854 年为对抗太平军在乡办团练,1862 年编为李鸿章淮军,开赴上海镇压太平军,升参将,所部号"铭军",为淮军主力之一。1864 年以功升至直隶提督。1884 年以巡抚衔督办台湾军务,抗击法军八个月,取得胜利。1885 年,台湾设省,他被任命为第一任台湾巡抚,在台湾修铁路、开煤矿及新式学堂,筹划加强军事防务,对开发台湾多有贡献。1890 年,加兵部尚书衔帮办海军军务,不久因病退职。著有《刘壮肃公奏议》《大潜山房诗稿》等。

1885 年台湾第一任巡抚刘铭传

刘铭传引进的人力车

1886 年(光绪十二年丙戌)　31 岁

唐景崧来台履台湾兵备道任。唐景崧(1841—1903),清末大臣。字维卿,亦作薇卿,号南注,一号请缨客,广西灌阳人。同治进士,选为庶吉士,后改吏部主事。1882 年,法军侵入越南时,自愿赴越,会同刘永福黑旗军抗击法军。1883 年,受张之洞之命招募兵勇四营,号景字军。1885 年春,率部同黑旗军等与敌激战于越南宣光等地。战后晋福建台湾道员。1891 年,任台湾布政使。1894 年,署台湾巡抚。中日甲午战争爆发后,曾策划防务。《马关条约》签订时,反对割让台湾,并筹划措施抗敌。清政府命其内渡时,绅民愤极,决心领导抗日,被台湾绅民推为"台湾民主国"总统,勉强接受。1895 年 6 月,日军在基隆登陆后,遂弃台乘英轮逃回厦门。1903 年病死。著有《请缨日记》。在台期间,主持斐亭吟社、牡丹诗社,于台湾文学推动颇力。

台南斐亭吟社于本年创立,发起人为唐景崧,施士洁、许南英、丘逢甲、汪春源、林启东先后入社。

施士洁之父施琼芳曾任海东书院山长。施士洁于1886年底由当时的台湾巡抚唐景崧聘请亦出任海东书院山长。在施士洁主持、主讲海东书院期间,书院出了四位进士。父子都是进士、且先后任同一所书院的山长,堪称中国书院发展史上的一段佳话。施士洁在海东书院"倡为诗古文词之学"。后来在台湾文坛久负盛名的丘逢甲、许南英、汪春源、郑鹏云等人都曾随施士洁受教。

1887年(光绪十三年丁亥)　32岁

台湾由福建分立建省,原台湾府改台南府。罗大佑调属台湾府知府。罗大佑,字谷臣,江西德化人,以进士宰闽中。施士洁与唐景崧、罗大佑、丘逢甲交往甚密,有《四进士同咏集》。

4月7日作《浴佛》。

1888年(光绪十四年戊子)　33岁

台湾建省后,巡抚刘铭传为裕筹财源、建设地方,于1886年起开始清丈定赋。部分地方官员为求绩效,难免发生不公情事。彰化知县李嘉棠在清丈过程中,措施不当,激起民怨,许多百姓抗领丈单。李嘉棠情急之下,欲以极刑威吓,致民心浮动。1888年,彰化各地出现抗议清丈的揭帖。10月5日,施九缎(为笃实之耕农,住彰化二林上堡浸水庄,即今彰化县盐埔乡新水村附近)率众数千围彰化县城,索焚丈单,其行为乃为民请命,当时有"公道大王"之誉。李嘉棠紧闭城门。6日,原驻嘉义的武毅右营提督朱焕明率兵勇回援彰化,在城外为群众截杀。11日,林朝栋率营兵来解彰化城围,施九缎等四散逃逸。事后,官府以几位倡首者为缉捕目标,施九缎亦在其列,但因百姓多甘心为其掩护,因此始终未为官府缉捕到案。

刘铭传依靠彰化绅士平息了施九缎起事,对同情或暗中支持施九缎的绅士则加以惩处。刘铭传电拘教谕周长庚,提解鹿港游击郑荣,进士蔡德芳,生员施家珍、施藻修、吴景韩等,到巡抚行辕集讯。周长庚已请假赴京会试,即通电福州、上海等处捕之。施家珍、施藻修以徇隐庇匪斥革功名。1888年,浸水庄总理王焕被捕杀。施九缎之变,折射出刘铭传与彰化士绅之间复杂而多变的关系。拥护查田清赋的林朝栋、蔡占鳌、李启东、徐德钦固然是正绅,站在施九缎一边支持民众反抗贪官污吏的浸水庄总理王焕、施家珍、施藻修也是正绅,只有那些与贪官污吏及与外国侵略者勾结,盘剥、鱼肉人民的是劣绅。可惜刘铭传虽是清政府的封疆大吏,却错将那些持不同政见的正绅称为劣绅。施士洁与施藻修关系密切。

1889 年(光绪十五年己丑)　34 岁

施士洁海东书院的学生丘逢甲(1864—1912),原名秉渊,字仙根,号蛰仙、仓海,也称仓海先生,诗文中常自署"东海遗民""台湾遗民"。本年春,丘逢甲中为三甲第十九名进士,授工部主事,回台讲学于书院,入巡抚唐景崧幕府。甲午战争后,清政府割弃台湾,丘逢甲联合台绅驰电抗议,并倡议自救,率义军抗击登台日军。失败后离台内渡,定居镇平,往来潮、汕、广州之间,一度赴港、澳、南洋等地,曾与康有为、梁启超会晤。后顺应时代潮流,从赞同维新保皇逐渐倾向革命,掩护同盟会员的反清活动,致力于兴办学校,推行新学,培植人才。先后担任两广学务处视学、广东教育总会会长、广东咨议局副议长等。民国成立后,以广东代表身份赴南京参加筹组临时政府,被推举为参议院议员。1912 年初,扶病南归,随即病故。

抗日保台英雄丘逢甲

本年,施士洁等呈请建立沈葆桢、吴赞诚专祠呈文于光绪十五年(1889)四月二十四日由台南府转行巡抚刘铭传批。台南府转行巡抚刘铭传批发绅士施士洁等呈请建立沈葆桢、吴赞诚专祠呈文。

1890 年(光绪十六年庚寅)　35 岁

施士洁海东书院的学生许南英(1854—1917),祖籍广东揭阳,出生于台湾府城(今台南市)。1890 年春中三甲第六十一名进士,授官兵部主事,但自请回台垦土"化番"。甲午战争期间,率众抗击日军,终因局势难挽,1895 年举家迁回祖国大陆,先在厦门小住,尔后转潮汕。1897 年,由吏部主事改任广东即用知事。1899 年,受潮汕镇总兵黄和庭(金福)聘请,到惠潮嘉一带辨理"清乡"事务。先后在广东为官十数年,曾任乡试阅卷官、税关总辨、知县等。1917 年底,客死印度尼西亚棉兰市。工诗歌,辑有《窥园留草》等;兼擅画梅和书法,书法颇得王羲之神韵,秀丽飘逸,所书《许春熙墓志铭碑》为潮汕金石瑰宝。

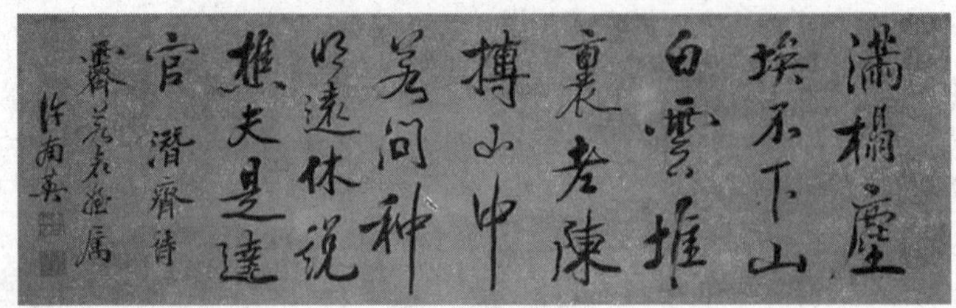

许南英书法《潜斋诗》

1891 年(光绪十七年辛卯)　36 岁

唐景崧升任台湾布政史驻台北。施士洁应聘入幕。施士洁返府城十余年,为其生涯最愉快的时光。留有《登赤嵌楼望安平口》曰:"一度登临一惘然,红毛遗迹渺苍烟。两三点鸟层霄外,十万人家落照边。隐约市声当暮沸,微茫山影抱城圆。我来正值凉风起,鼓角防秋又几年。蓬飘不到此间楼,难得乡关共胜游。绕郭岚光初过雨,隔帘海气欲生秋。数声钟磬前朝寺,一片帆樯估客舟。极目城西纷蜃市,腥尘无地可埋愁。鹿耳鲲身水一方,草鸡仙去霸图荒。茫茫天地此烟景,寂寂江山空夕阳。不觉目随高鸟远,悠然心引片云长。园林到处供诗料,谁吊瀛南古战场?"

1892 年(光绪十八年壬辰)　37 岁

唐景崧驻台北期间,政务余暇,招施士洁、丘逢甲、汪春源等数十人,聚会署中,先后成诗钟 4000 余唱,1800 余联。

1893 年(光绪十九年癸巳)　38 岁

正月,台北牡丹诗社成立。发起人为唐景崧,社名也出自唐景崧。施士洁、丘逢甲、林启东、林鹤年、林景商、林仲良、翁安宁、黄宗鼎等为社友。牡丹诗社是台湾文学史上第一个有全台影响的诗社,集合了来台游宦之士、台籍诗人等全台各地诗人。唐景崧为发起人,林鹤年、林景商(辂存)、施士洁、林仲良、郭宾石、林启东、黄宗鼎、丘逢甲等为百余人为社友。

1894 年(光绪二十年甲午)　39 岁

朝鲜东学党乱起,清朝派兵平乱,与日本交恶。

1894 年 4 月,唐景崧赴京陛见还台,取历唱诗稿,重加删汰,分门编辑,凡正编八卷,外编两卷。所以命名《诗畸》,是因为正字通曰:"零田不可井为畸。"该书多卷皆属零句无片段的对句,"亦诗之畸而已"。唐景崧编《诗畸》一书大半属牡丹诗社作品。诗社拈题具趣味性、刺激性、随意性,易使诗社活动流为游戏。

唐景崧编辑《诗畸》分四册八卷，收诗钟和七律，书前有唐景崧的序，主要是斐亭吟社、牡丹诗社及部分社外诗人的作品合集。其中收录施士洁作品四百多联，在数量上居第三。

五月，施士洁的母亲黄太夫人品娘患病，于五月十三日去世，享年78岁。

八月，甲午中日战争爆发，台湾军民积极备战。文人学士也参加到抗日保台的斗争中，施士洁、许南英、丘逢甲、陈浚芝等全力以赴参加到台湾义勇的招募、编练和统领的工作中去。施士洁作赋《同许蕴白兵部募军感叠前韵》。本年，台湾兵备道陈仲英作《感时示诸将》七律四首，慷慨激昂、情词感人，一时和者甚多。台湾诗人施士洁、许南英、蔡国琳等均有和作。施士洁的《感时示诸将和陈仲英廉访韵》四首中有"尚方愿赐微臣剑，先斩和戎老桧头"这样的激昂诗句，把矛头直指代表清政府签订《马关条约》的李鸿章。

1895 年(光绪二十一年乙未)　40 岁

3 月，清政府派李鸿章与日本签订了《马关条约》，中国社会进一步沦为半殖民地半封建社会，国弱民穷。

4 月，施士洁海东书院的学生、在京参加举人会试的台湾举人汪春源挺身而出，到督察院上书，表示"与其生为降虏，不如死为义民"的决心。

5 月 2 日，汪春源等人又参加了由康有为发起的"公车上书"，再次"垂涕而请命"，要求清政府"拒和、变法、迁都"，表现出知识分子崇高的爱国主义精神。

5 月，"台湾民主国"成立。施士洁、许南英、丘逢甲、陈浚芝、林鹤年等积极参与其事。

本年，台湾诗人以"感时""哭台""别台""悼亡"为题写作爱国主义诗篇。施士洁作《别台作》(三首)，其中"逐臣不死悬双眼，再见英雄缚草鸡"诗句，悲愤而不悲观，读来饱含愤恨、悲壮，也有深深的期待。丘逢甲《吊台湾》、许南英的《吊吴季篯参谋》等传诵一时。

本年，施士洁、许南英、丘逢甲、汪春源、陈浚芝、林鹤年等先后离台内渡，归籍、寄籍于闽、粤两省。施士洁归籍于祖籍地——福建石狮永宁镇西岑村，却展开了他生命的双重旅途，魂牵梦绕地飘荡在自己居住过的满怀深情的台湾故乡和陌生的祖籍地福建石狮永宁镇西岑村这两个世界中。他满腹牢骚，时常以歌当哭，作《避地鹭门，骨肉离逷数月矣，岁暮始复团聚。举家乘小轮船赴默林澳，风逆浪恶，不得渡，晚宿吴堡，感事书怀》。

1896 年(光绪二十二年丙申)　41 岁

1897 年(光绪二十三年丁酉)　42 岁

5 月,施士洁作客榕城福州,在福州的日子里,他经常纵情声色,出入狎妓,也有红巾翠袖与之相伴。这年,老家西岑通报小妾谢浣霞、郭燕玉相继病逝。五月初一,小妾谢浣霞疫死于西岑,谢姬殁 20 日,郭姬亦染疫而殁。写有《金缕曲(哭谢姬浣霞)》《前调(哭郭姬燕玉)》。

1898 年(光绪二十四年戊戌)　43 岁

3 月 16 日作《一剪梅》。

1898 年,岑江(西岑)施氏族人重修家庙,施士洁主其事,并撰《重修岑江家庙碑记》。时有施学盾者居于岑江,学盾施氏出于"钱江"一派,不同于岑江施氏所属的"浔海"一派。依照岑江施氏旧典,"凡入赀三十金者,概从庙祀,科甲仕宦者,有特别之典焉"。施学盾殷然而请曰:"学盾虽系出于钱(江),而先世则一本之属也,愿以百五十金,进先世四栗主于庙。"施士洁从学盾所请,开创了两派归于一宗、不再"自生区别""构衅成仇"的风气。

施士洁的四儿子施奕熊 10 月 18 日丑时出生。

1899 年(光绪二十五年己亥)　44 岁

1900 年(光绪二十六年庚子)　45 岁

重九日,施士洁于西岑二松寄庐作《后苏龛诗钞自序》。

十月初六寅时,孙子施沧湄出生。

1901 年(光绪二十七年辛丑)　46 岁

作《寿蔡晓沧观察五十(生闰八月,与今闰同)》,表现出:"小别瀛台已六年,……避地终存报国心。"作《挽陈纫石(浚芝)贡士》。

9 月 9 日作《重九别毓臣》。

11 月 20 日到厦门游玩,住在侄儿瘦崔家里。

因悼念亡妻,天各一方,触景生情,国破家亡之感油然而生,在厦门写下《秋居悼亡》两首。其二:小别那知成永诀,况堪吊逝又伤离。鹭门咫尺秋江水,不如天河会有期。

1902 年(光绪二十八年壬寅)　47 岁

正月初二,施士洁在厦门接家书得知自己的二儿子施奕畴与黄家定亲。

正月二十六,施士洁乘轮船回老家福建石狮的西岑村,参加处理林、许两姓的械斗。

五月初四午时,孙子施沧湄殇。

5月25日，四儿子施奕熊病逝。

7月11日，从安海乘轮船经五个小时后抵达厦门。

8月25日，抱张荣水的儿子为四子。

9月20日，施士洁的太太病殁。

11月13日，第三妾秀娟染疫而亡。

12月28日，二儿子施奕畴在厦门完婚，入赘黄家。

施士洁命运乖舛。这年他的大孙子施沧湄、四儿子施奕熊、太太、第三妾秀娟先后染疫，病死。妾殁后，施士洁又得一场大病，幸好后来痊愈。

1903年（光绪二十九年癸卯） 48岁

正月元日，纳喜为妾。

病痊愈后，赋诗《癸卯岁除，病几殆。而获愈：新正岁友来贺，书此以博一笑》，其中有"去岁贱子四十九，一病几乎不可讳。年未五十尚称夭，凄然茹痛彻心肺。巫医束手妻孥哭，男儿死耳复谁怼。"

春，施士洁海东书院的学生汪春源（1869—1923）中为三甲第一百二十名进士。汪春源，字杏泉，号少羲，晚号柳塘，台南人，著有《柳塘诗文集》，他是清末台湾最后一批举人。1895年，以汪春源为首的台湾举子上书清政府，反对清政府割让台湾。有史书记载他们当时在都察院门口"垂涕而请命"，被称为台湾的"公车上书"，后来又参加了康有为组织的"公车上书"。汪春源之子汪受田曾任《漳州日报》主笔，是闽南地区知名的诗人和书法家，他爱国进步，是一位德高望重的辛亥老人。汪春源之四世孙汪毅夫现为台盟中央副主席、福建省人民政府副省长、博士生导师。汪毅夫先生在闽台文化研究领域独树一帜，出版专著十多部。

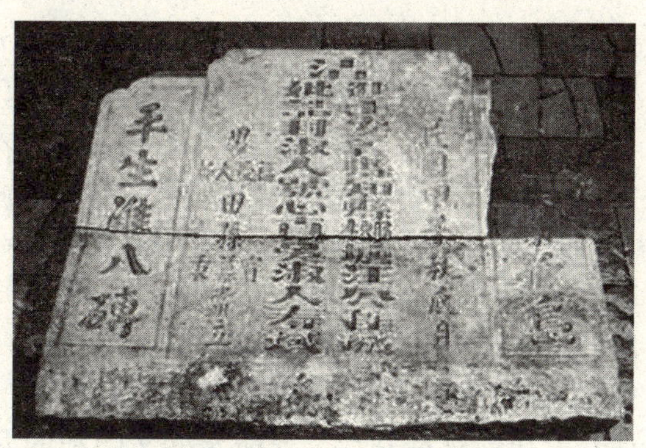

汪春源先生曾孙汪一凡前往郑顺明家中察看台湾著名诗人、爱国进士汪春源墓碑

7月,施士洁海东书院的学生郑鹏云《师友风义录》刊行。该书分内篇、外篇、附篇3卷,收有诗127家270首,是台湾近代诗人的诗歌总集和近代咏台诗的汇编,具有较高的文献价值。书前有施士洁序和郑鹏云自序。施士洁序曰:

不佞曩与桂林诗人倪耘劬大令同入灌阳唐公维卿中丞幕中,朋樽雅游,蠹然念人生修促、显晦、离合之故,尝拟辑《师友风义录》,网罗海内诗人,藉吉光片羽之珍,存知己一言之契。尘事泄沓,卒之未果。会唐公入觐,不佞橐笔与偕;重晤耘劬津门佛照楼,为言《风义录》近已脱稿。于是不佞怏其有志竟成,唐公亦欢喜赞叹,愿助剞劂之役。亡何,耘劬溘逝,此稿罔知所之。不佞忉忉至今,若膺重责。

客岁旅食鹭门,吾友郑毓臣上舍手两诗册见示,大抵东亚诸名士之作,题曰《师友风义录》;嘱不佞重为选校,将以寿之枣梨。嗟夫!海水群飞,黑风吹梦;此种零膏剩馥,往往流落人间。上舍乃能相印以心,不谋而合;为白香山广大教化主,亦复何惭!异时新罗国聘萧颍士为师、吐谷浑购温子升之集,不佞尤将拭目俟之!

猥授末简,枨触前尘;率肊序此,愿以质之同志者。

癸卯七月望日,鲲海逸民施士洁序;时侨鲤郡澥謻。

唐景崧(维卿)去世。施士洁作《唐维卿中丞挽诗》,称赞他"犹幸筹边传一疏,'请缨'人说是奇男"。

1904年(光绪三十年甲辰)　49岁

幼女痘殇,作《幼女痘殇,天遗邮诗相慰,次韵为谢》。作《如梦令(自题四十九岁小影赠孙韶青茂才)》。

5月20日夜,连横在厦门参与一次诗人唱和集会。与会者有施士洁、黄鸿藻、黄鸿翔兄弟和王人骥、许仰高、郑鹏云、郑以庠等当年厦门名士、地方闻人。这次盛会,缘于"公饯将归朝鲜之日人山吉盛义(字米溪)"。米溪是日本驻厦门领事馆书记官,在厦任职四年间,公余常与厦门的士大夫过从,畅饮、吟诗、赋词。公饯宴会上,"酒酣,盛义唱七绝三首摅谢,士洁以次诸人俱有和作,先生亦作一首"。"夏,先生次山吉再告别诸君七律韵赋诗一首。"连横与盛义唱和的两首诗,都收入王人骥等为这次集会唱和而编的《送米溪先生诗文》。

6月3日，施士洁移寓厦门，受荐襄理厦门商政局，主办贡燕业务，时常往来福州、厦门之间。作《六月三日移寓厦门》一诗，其中有："志和奴婢半樵渔，鹭水浮家六月初。悬磬室中真自在，立锥地上已无余！赁春我且依皋庑，近市人皆陋晏居。门外热尘千万丈，夜深私读短长书。"

施士洁作《甲辰除夕》，回顾自己50年的人生历程，感慨万千。其中有："男儿少壮不得志，垂老安用毛锥为？何况鲰生生长鲲身海，坐困书佣五十载。二十登凤池，三十拥皋比，四十伤哉墨绖而戎衣。"说明自己离开泉州故乡的原因："鹭门江水清，朅来鲤鱼城。西岑之山少薇蕨，居者不可以石耕。况我妻孥半鬼录，劫外有劫谁能平？浮家十除夕，还作鹭门客。吟髭长几丈，带围减几尺？不管神州有陆沈，何谕区区一顽魄！鹭门腊酒生春红，拥炉团坐欢儿童。"

1905年(光绪三十一年乙巳)　50岁

作《乙巳元日》："新旧两年灯，日夕一窗雨。中有读史人，心口自相语。"作《元夕》："杀气辽阳正渺漫，鹭门佳节醉乡宽。须眉落拓愁中见，骨肉团栾劫后难！浮白何人同领略？栖乌与我共酸寒。可怜十度灯宵月，不向瀛南故国看。"

离开台南故土不觉已有十年矣，抚今追夕，感慨万千。作《乙巳除夕感怀，寄示林彭寿公子》："妙龄可惜施芸况，老丑于今号'耐公'！毕竟耐公偏不耐，鹭门到处市尘红。腊鼓笼东白松催，桃符如火眼慵开。题门不作平安语，历尽红羊劫过来！逋客无家已十年，志和泛宅亦神仙。平生浪迹烟波惯，且喜江鸥伴醉眠。……回首瀛南旧凤鸾，同时飘泊羽毛残。许浑作客汪伦别(允伯、杏泉二门人，远宦于江右、粤东)，剩有孤松守岁寒！努力加餐还痛饮，屠苏屈指几回过。林、潘、陈、蔡都仙去(荫堂观察、翘江太守、君聘明府、玉屏孝廉先后溘逝)，奈此灵光一叟何！晏宅何堪近市嚣，依人压线总无聊(襄理商政)。治生未解鸱夷术，祇解扁舟泛阿娇。人间不幸有诗名，磨蝎奇穷过半生。自古诗人穷不死，千秋留作不平鸣！敝帚年来不自珍，词场衣钵付何人？相逢浊世佳公子，大好酣吟浪屿春。"移居厦门曾担任厦门商会作办(襄理厦门商政局)，但不久便离职。从其中"晏宅何堪近市嚣，依人压线总无聊"可看出他对经商倍感无聊，同时"许浑作客汪伦别，剩有孤松守岁寒！努力加餐还痛饮，屠苏屈指几回过。林、潘、陈、蔡都仙去，奈此灵光一叟何！"表达了亲朋好友不在身边的寂寞。

王松《台阳诗话》刊行。连雅堂《台湾诗乘》记："王松字友竹，新竹人，耽吟咏，曾以所为诗乞施云舫山长删定，名曰《如此江山楼诗存》。”

5月，丧长男施奕福。见《闽游客胡恂如广文署中话旧》。

1906年（光绪三十二年丙午） 51岁

这年施士洁到福州，住在旧识胡恂如家里，经常结伴到台江歌楼寻欢买醉。

1907年（光绪三十三年丁未） 52岁

1896—1906年，施士洁五次造访福州，留下不少艳体诗。本年3月3日回顾往事，作《台江新竹枝词》。

1908年（光绪三十四年戊申） 53岁

作《戊申除夕和鹓尘用前韵》。

1909年（宣统元年己酉） 54岁

福建女弟子丘韵香寄诗作予施士洁，表达“愿拜门墙”之意，作《韵香来诗，有“愿拜门墙”之语，如韵答之》。

1910年（宣统二年庚戌） 55岁

作《韵香以泰西酒饼相贻，作答代简》。

除夕作《庚戌除夕，鹭门提帅公署梅花盛开。坦公时在幕中，折赠数枝，以为寒斋清供，并索偿诗》。

1911年（宣统三年辛亥） 56岁

辛亥革命推翻清王朝，建立中华民国。施士洁出任福建同安县马巷厅长（马巷厅通判），但是，不久因福建省光复，清帝退位，即挂冠离去。施士洁在通判任期虽短，但他所受的风险却是毕生最大的。通判称为二府，比三府的同知官大一级，官秩属正六品，主要掌管粮运、督捕、水利、抚民等事务。当时的马巷厅辖管同安县属的民安、同和、翔凤三里，即今天的马巷区和金门全境。治安局势严峻，盗匪猖獗，连通判衙署也被洗劫焚毁。施士洁上任后只好寄寓于舫山书院。这年腊月，竟有盗匪啸聚琼头，蠢蠢欲动。施士洁亲自率领义勇营的官兵前往搜捕，逼使盗匪作鸟兽散。其间所作的《马巷途中》《衙斋书感》《舫山官楼夏坐》《辛亥舫山楼除夕》《舫山罢篆留别代者诸君问樵》等诗歌，就是施士洁在通判任上的半年里的真实写照。满腹牢骚，以哭当歌，颓唐困厄之情充溢字里行间。

1912年（民国元年壬子） 57岁

离开马巷，施士洁隐居于与厦门隔海相望的鼓浪屿，更见贫困，终日郁闷。

重九，作《岁壬子重九日，菽庄林先生浪屿别墅宴集同里诸诗人。时，菽将有海外之行,挈其长君小眉就姻于日里;不佞躬兹胜会,乌得无言?倡为近体二章,权当喤引;饯菽庄,兼以贺文郎也》。

冬,作《和恕斋留别韵(壬子冬同客鹭门)》:“十八年前事,天留一弃民。”

国破家亡之感在《壬子除夕》一诗中也表现得淋漓尽致。诗云:“醉矣一千日,乐哉三百年。沧桑又陵谷,隐逸即神仙。鹿耳家何在,峨嵋老可怜。屠苏应笑客,今夕不成眠。”

福建厦门鼓浪屿岛上施士洁题“古避暑洞”摩崖石刻,笔者摄于鼓浪屿

1913 年(民国二年癸丑)　58 岁

厦门菽庄吟社创立。发起人为林尔嘉、林景仁父子,施士洁、汪春源、许南英先后于 1913 年、1914 年、1915 年入社,并成为诸社友所推崇的执牛耳之人。时或登临,时或酬唱,心情才逐渐开朗。

10 月 5 日,许南英夫妇寿诞,作《许允伯六丰第开九双寿》,畅叙许南英的经历,以及与自己的友情。

11 月,施士洁与自己的学生兼好友汪春源、许南英在漳州相见。作《许允白、汪杏泉两君,劳燕分飞,倏逾十稔。今日芗江萍水,天假之缘。读允白‘寿杏泉诗’,感憾系之;走笔次韵,用质吟坛》:“南许劭存乡粹,潭水汪伦识友心。不分辞官效彭泽,依然寄食类淮阴。此生薇蕨仍周土,吾道荆榛遍孔林。安得芗江都化酒,三人邀月影同斟。”将李白的《赠汪伦》之诗意发挥得淋漓尽致,将无形的情谊转换为生动的形象,空灵、自然而耐人寻味。

作《送别关介堂明经(其忠)归莆阳(癸丑十一月同客龙溪邑署》。

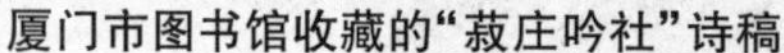

厦门市图书馆收藏的“菽庄吟社”诗稿

菽庄吟社发起人林尔嘉

1914 年(民国三年甲寅)　59 岁

5 月,厦门鼓浪屿菽庄主人林叔臧 40 寿辰。施士洁、汪春源、汪受田(汪春源之子)、许南英、许赞书(许南英之子)等皆有贺诗。施士洁还作贺联一副。

1914 年,施士洁 60 岁作《耐公六十自祭文》:

> 呜呼耐公!生惭人杰,死愧鬼雄。六旬无用,一窍不通。生不如死,赍恨长终!
>
> 回思少壮,吐气如虹,二十登第,三十从戎。不图转眴,万念皆空,桑田沧海,历劫重重!四十避地,五十飘蓬,不仕不隐,不商不工,不樵不牧,不钓不农。渊明无菊,宏景无松,嵇康癖懒,阮籍途穷。琴焦爨下,锥伏囊中,一生磨蚁,到处泥鸿,骈枝赘拇,朽秃成翁。而今已矣,漏尽鸣钟,天人交迫,贫病相攻。神州莽莽,万丈尘红,浮沈人海,曼衍鱼龙。掀髯一笑,头脑冬烘,强装瘖哑,故作痴聋:目不欲视,耳不欲聪,贞我困厄,笃我罢癃。昔贤八十,尚兆非熊。繄予小子,花甲刚逢,业不加广,爵不加崇。形骸木偶,眷属萍踪,老而自吊,大耋嗟凶!
>
> 咄哉坡老,磨蝎命宫!嗟予小子,生日与同。绶不拖紫,笔不珥彤,春婆唤醒,一梦朦胧。迢迢千载,仰止遗风:铜琶铁板,高唱江东。心香一瓣,聊效吟蛩,敢云自寿,祝岳称嵩?自怜自哂,自恧自恫!
>
> 古有达者,祈死祝宗。矧予小子,碌碌庸庸,谀墓无金,买山无铜。孰承堂构?孰绍裘弓?埋头矮屋,终老书佣。兹当览揆,

文酒过从：骚坛巨子，鼎阀名公，举觞寿我，恳款优隆。瓜投李报，负疚藐躬！怡园有言，启我颛蒙：欲为生祭，以寿吟筒。奈何食约，为谋不忠，萧萧逆旅，落落穷冬，宜吊而贺，宜啬而丰。享我绮馔，酌我黄封。金迷纸醉，一局匆匆，费而不惠，将伯无功。告存有例，饯岁从容，生刍一束，付之祝融。

杖乡伊始，老或还童，狂来呵壁，欲问高穹。寄人篱下，如鸟在笼，偶然饮啄，造化鸡虫。债台兀兀，腊鼓冬冬，德星小聚，藉瞀朋悰。红灯绿罣，醉倒花丛，紫裘腰笛，一曲玲珑，哀丝豪竹，百榼千锺。言酬言酢，恕我不恭，曲终奏雅，江上青峰。敬鸣谢悃，兼表愚衷。老而不死，呜呼耐公！穷而不死，呜呼耐公！

时施氏不愿接受日本之殖民统治，携眷回到泉州晋江西岑故里；缅怀一生，躬逢乱世，不禁悲慨交并，而有“自祭”之举。从文中可以看出施氏人虽不在台湾，但心心相念，都在台南故都的苦衷。一般祭文往往以动人的文字悼念亡故的亲友，来彰显逝者生前的功业或事迹。《耐公六十自祭文》由祭文衍生而来，是作者为自己作祭吊之文，有书情怀、表心志，回顾自己平生事谊，并自我评价的意味。

此文以四言体行文，多隔句押韵，属骈丽韵文。全文情感昂扬，激愤澎湃，足以表现作为乱士弃民的施士洁在迁徙内渡之后的悲苦心境。

1915 年（民国四年乙卯） 60 岁

1915 年，林辂存为父林鹤年之《福雅堂诗钞》再版，于北京刊行，付印之前，特别托施士洁、连雅堂编校，此亦为连雅堂与福建友人情谊之表现。

11 月 2 日，作《菽庄寿菊雅集次健人韵（乙卯十一月二日）：再叠前韵》。

12 月 12 日作《乙卯十二月十有二日，林季绳公子二十有一初度，健人其犹子也，以诗为寿，如韵和之》。

1916 年（民国五年丙辰） 61 岁

正月初二作《丙辰正月二日健人二十四初度，以诗寿之》。

11 月 16 日作《菽庄林侍郎偕配龚夫人举行泰西银婚礼式（丙辰十一月十六日）。西俗：婚后五年行纪念礼曰“木婚式”，十年曰“锡婚式”，十五年曰“水晶婚式”，二十年曰“瓷婚式”，二十五年曰“银婚式”》。

1917 年（民国六年丁巳） 62 岁

施士洁应聘往福州，入福建省修志局，寄寓荔支园。当时，陈衍主持修志局，同事颇多，时有诗酒之会。但施士洁因贫病交加，其间或有所作，总不离苦闷之慨。《灯节冒雨，病卧兼旬，时正赴闽省修志局之聘》中所言："冻雨萧斋不是春，冁余灯节黯伤神。沈阴天亦如人病，冷僻居真与鬼邻（寓荔支园）。……八口之家浮鹿耳（鹿耳礁也），一身以外等鸿毛。达夫肯作呻吟语？床下寒虫唧唧号。"《病中和志局同事诸子迭前韵》中所言："残灯描瘦双肩耸，短榻支愁一卷亲。……持较平生萧瑟最，荒鸡卧听两三号。"《和同局林天遗大令韵》中所言："沧桑小劫莫须有，君我相怜如是观。老泪酸辛无处着，吟场跌宕此才难。"

1918 年（民国七年戊午） 63 岁

这年，施士洁以水土不服，辞去福建省修志局的职务，再返鼓浪屿，仍寄寓菽庄花园。

四孙施沧池殇，悲痛写下《四孙沧池殇，感怀书此》。

1818 年 2 月 26 日，江杏邨（春霖）病逝于莆田故里，施士洁作祭文。

江春霖（1855—1918），字仲默，号杏村，晚号梅阳山人，莆田萩芦梅洋村人。光绪二十年（1894）进士，授翰林院庶吉士、散馆检讨，历充武英殿纂修、国史馆协修、撰文处行走。光绪三十年（1904）考取御史，先后任江南、辽沈、新疆、河南、四川等道监察御史。

晚清时期，外敌入侵，吏治腐败，国势日蹙。身为御史，江春霖曾数十次冒死弹劾亲贵权臣，试图为清王朝兴利除弊，挽狂澜于既倒。被弹劾的有都御史陆宝忠、军机大臣袁世凯、庆亲王奕劻等。他直言敢谏，言人所不敢言，被誉为"清御史第一人"。然而，病入膏肓的清政府讳疾忌医，江春霖虽是医国能手，却也回天无力。宣统二年（1910），他弹劾庆亲王"老奸误国，多引匪人"，疏中指出，"若皇上、摄政王复听奕劻引荐私人，大局之坏，何堪设想"。忠言逆耳，江春霖此举被认为是"莠言乱政，有妨大局""信口雌黄，意在沽名"，将他"着回原衙门行走"。于是他愤而辞归。过了一年，清朝也就灭亡了。

江春霖晚年在家乡，热心公益事业，勇于排难解纷。他几次辞去民国政府的征聘，因兴修水利被授予四等嘉禾勋章，上书谢绝，并言"道人不需此也"。

江春霖有《梅阳江侍御奏议》《梅阳山人诗文集》行世。今人辑有《江春霖集》四卷，含奏议 68 篇、文 129 篇、诗 100 首、书信 23 篇。春霖工书法，字清劲有风致，瘦劲有骨气，字如其人。1914 年前后，江春霖就开始与厦门鼓浪屿菽庄吟社的施士洁、汪春源、许南英等台湾诗人交游。

1918 年，厦门旅居越南的华侨黄仲训（号瞰青主人），在鼓浪屿建远尔亭,邀请名士酬唱。施士洁借题发挥,赋诗《瞰青主人黄铁彝〈远而亭题壁〉次韵》题壁:“鳞鳞云水作之而,半入丹青半入诗。篱下白衣征士宅,壁间黄绢外孙碑。相期苕霅闲鸥侣,小憩林泉古鹭湄。莫问神州沉陆事,故宫回首黍离离。”

该诗饱含作者的故园情,有“深沉内敛、性情之作、凄恻动人”之誉。

作《戊午除夕》。

1919 年(民国八年己未)　64 岁

1920 年(民国九年庚申)　65 岁

菽庄吟社成立八年,作《菽庄吟社自癸丑至庚申八年矣,花事惟菊特盛,主人属同社十八子各以八律咏之》。

除夕作《庚申除夕,菽庄主人为馈岁会,同吟社诸子作》。

1921 年(民国十年辛酉)　66 岁

中冬,定慧老人施士洁于鹭屿寄庐为许南英的《窥园留草》作序,曰:

> 予与允白,生同岁、长同里,处同笔砚、出同袍泽;凡所遭际,科名、仕宦、兵革、羁旅,举一生安乐忧患,盖亦未尝不同。允白年六十有三,客死南夷中,今墓已宿草。遗诗数卷,仅犹恒河、仓海之一沙、一粟耳。其孤雅不忍先迹之就湮也,奉其剩稿,问序于予。予年六十有七,燹余槁朽,自顾婆娑,生意尽矣;拊今追昔,其何忍序允白之诗!既而幡然曰:“世之号称为诗人者众矣,其不足当允白之一吷者亦多矣;则予又何忍不序允白之诗!”
>
> 允白家世凋窭,而雏声特异,崭然见头角。光绪之初,予主海东讲院,允白以博士弟子员肄业焉;乘锐攻苦,跌宕文场。春秋两闱,脱颖而出。通籍后,贫不能供驾部职,请急还山。
>
> 寻值甲午中东之役,乙未廷旨割让台湾,仓葛大呼,王人不服。允白与吾党诸子枕戈泣血,连结豪帅,敌忾同仇,而终于无效。允白遂宦粤东,宰烦剧者若而年,而朝政又鼎革矣。
>
> 陆沉归隐,与予啸傲于洞天鼓浪屿中,觞咏菽庄吟社又若而年,卒之以贫而客于夷以死:此允白之诗之所以不可不为之传也。
>
> 嗟呼,允白之诗,其传也、否也?予不敢知也!允白交遍海内外,而其少而壮、而老者,惟予相知最深;今序其诗,允白之真面目见矣,允白之诗亦见矣,此允白之诗之所以传也,又何沾沾于世之所谓诗者为哉!

1922 年(民国十一年壬戌)　67 岁

5 月 23 日,施士洁病卒于鼓浪屿寄寓。他的第十个太太是温州人,时年十几岁,还未及到鼓浪屿,施士洁就去世了。在台南的四太太就做主把她嫁给相士郑清莲。施士洁的灵幡送回台湾时,日据当局设在高雄的海关认为施士洁的灵幡是无价之宝,课了不少税。

鸣谢:本课题从选题到梳理资料再到撰写的过程中,都得到我的博士生导师汪毅夫教授的悉心指导;得到福建省闽台高校交流促进会会长朱旭研究员的大力支持;得到我的同门游小波、李豫闽、张宁、李诠林、黄乃江、黄涛、吕若淮、吴巍巍的关心;得到台湾学者谢碧莲、陈昭瑛、向丽频、黄美娥、余美玲,台湾施士洁的亲属施宏铭、宗亲施义修和施文瑞,福建石狮施士洁的亲属施文彬、宗亲施性山和施学仪,福建省教育厅黄新宪、福建石狮博物馆李国宏、福建石狮永宁乡卫生院郑天应、福建晋江文化馆曾阅、福建厦门施士洁宗亲施亚耀、福建厦门图书馆洪卜仁、福建厦门郑成功纪念馆何丙仲等热心人士的帮助,在此一并表示衷心的感谢。

(作者单位:莆田学院文化与传播学院)

家国忧思与师生深情的真诚抒写

——论菲华诗人陈明玉的诗作

戴冠青

旅菲华侨诗人陈明玉先生(1901—1967),晋江金井溜江村人,晚年号紫霞山人。年少时即离别故土,远赴菲律宾创业谋生。在经商之余,他写诗作词,抒发情怀,吟咏性灵,几不间断。翻开他印制精美的诗词结集《陈明玉吟稿》,顿时感到一种沉甸甸的分量。全书近200首诗作囊括了五言律诗、七言律诗、七言绝句、古风等数种诗体。诗作题材也相当丰富多样,有写景诗,如《游碧瑶》《秋心》《春雪马蹄寒》《杏雨》《中秋月》《残花》《霜桥晓月》等;有咏物诗,如《盆松》《红豆》《钱》《燕子》《寒暑表》《盆鱼》《暮燕》《琼花》《墨梅》《纸鸢》《热水瓶》等;有纪事诗,如《四十初度十五韵》《舞场纪实》《小青扮演茶花女予在返菲途中未及参观补赋》《回力球场纪实》《慰彬儿字谜落选》等;更多的是与亲友的唱和诗,这些诗占了所有诗作的一半以上。这不仅可以看出陈明玉先生对中国古典诗词不同诗体的熟练把握和诗人涵泳深厚的古典文学修养与功底;也可以看出陈明玉先生的诗歌创作十分活跃,拥有大量诗友,体现出他善于以诗会友、豪爽重友的诗人本色。但不管是什么题材的诗作,字里行间所涌动的那种对诗意人生的追求、对故国家园的守望、对亲情友情的呵护,让我每一次阅读都会怦然心动、感慨万分、回味不已。然而,让我印象最深刻的是他传达家国忧思和师生情深的诗作,我在这些诗作里感受到了诗人心系家国、守望家国、呵护亲情、珍爱师情的一腔深情,至真至诚,感人至深!

一

陈明玉先生是位商人，长年在异域他乡经商谋生，可以遥想商务是何其艰辛、何其繁杂；而整天与俗而又俗的金钱货物打交道，又可以想象到其胸中的诗情画意该受到多么巨大的挑战；再加上他青年时期所处的是“祖国的贫弱特别是日军侵华国家涂炭”[①]的艰难时世，这又不能不给他正当涌动澎湃的诗情带来强大的冲击。但是陈先生热爱生活，豪爽侠义，兴趣广泛，多才多艺，“先生耽于翰墨，虽商非富。英俊潇洒，倜傥不羁。爱体育，善射击，人称神射，每归家，则邻居皆喜，夜可安眠，盖盗贼闻名，无敢试火者。好游泳，尝同余泳于溜江海滨，往返数里而兴犹未尽”。[②]陈先生尤其具有深厚的中国古典诗词修炼和涵养，“酷爱格律诗，在国内，曾师从同乡陈君谅秀才，在菲岛又师承闽海师家汪照陆举人，经多年之精心评点，诗作甚多，著有《二如真影室诗存》，其诗清矫拔群，韵锵流畅，才思横溢，情真而辞丽。尚性灵，主张诗中有我。时有嘎嘎独造，惊人之笔。汪老对其评价甚高，有‘天南作手’‘海外诗坛独标赤帜’之誉。是菲岛骚坛一代才人”。[③] 这就使他形成了一种独特的审美心态，能在风云变幻中静观风景，能在灰暗现实中守望光明，能在世俗生活中捕捉风雅，因此无论他所处的环境多么纷纭复杂，他都能用审美的眼光去观照现实人生，用诗意的心胸去打造生命价值，在营构自己优雅的精神家园的同时，也为人们打开了一个个美妙典雅的审美空间，让我们惊喜非常而流连忘返。

对故国家园的忧思和守望是陈明玉先生诗作抒写的突出内容，也许这正是旅居在异域他乡的华侨诗人寄托家国之情、排遣乡愁之苦的独特形式。在《吟稿》中，我们可以看到，陈明玉先生的这种抒发常常沉浸在对农时节日的抒发之中。如《已亥客中七夕》：“侨乡十里星双宿，一样人天感别愁。”又如《客中端午》：“彩绳绿箬儿时事，一度思量一涕零。”又如《客中重阳》：“江楼隔雨谁高咏？引得征人尽望乡。”端午、七夕、重阳等都是中国传统的岁时节日，我曾经在《闽南民俗文化对菲华文学的影响》一文中指出，闽南人十分注重过节，几乎是逢节必过，特别是除夕、春节、元宵节、清明节、中秋节等。因为，岁时节日民俗是一种极其复杂的社

---

① 王蒙：《陈明玉吟稿·序》，菲律宾博览堂，2010 年，第 5 页。
② 陈志曾：《陈明玉吟稿·序》，菲律宾博览堂，2010 年，第 6－7 页。
③ 同②，第 7 页。

会文化现象，闽南人往往通过过节来营造团圆的气氛，表达对故友亲人的思念，消解生活的沉重压力。正像苏联文艺理论家巴赫金狂欢节诗学理论所揭示的，狂欢节可以“把人们的思想从现实的压抑中解放出来，用狂欢化的享乐哲学来重新审视世界”。① 从闽南晋江客居菲岛的陈明玉先生和所有的华侨华人一样注重中国传统的岁时节日，他的乡愁和忧思也因此得到了宣泄和排遣，这种宣泄和排遣曲折蕴藉地通过诗情画意幽怨缠绵地传达出来，别有一种动人心扉的悲怆之美，深沉而凝重。

最感人肺腑的是那首《望中原》：

群情如海气如虹，银汉秋高劫火红。
扬子江云愁暗淡，昆仑山色忧珑葱。
成城众志横胸臆，退虏旌旗在眼中。
我亦九夷属陋俗，巍巍大责一肩同。

可以看出陈明玉先生这首诗是写于国难当头、日寇的铁蹄践踏着祖国大好河山的危难时刻。诗中，远在菲岛的先生不仅表达出对愁云惨淡的故国家园的深深忧思和殷殷关注，更喷涌着一股同仇敌忾、抗敌御侮的豪情壮气和国民责任感，既感人至深又催人奋起。正像王蒙先生在为《吟稿》所做的序中所揭示的：“身为异客，心系故园，天赋诗才，笔耕不辍，‘万劫湖山羁旅泪，一篇珠玉性灵词’，赤子心思乡泪书生志尽抒纸上。……海外华人对自己文化之根的热恋，对于自己精神上的故园的呵护，给我留下了难以忘怀的印象。读陈先生的诗稿，我又一次体味到中华民族文化所具有的无形的却又是强大无比的凝聚力，也为陈先生的‘中国心’而感动不已。”②

作为菲律宾华文诗坛一位具有深厚“中国心”的诗人，陈明玉以他如火的激情、对家国的深沉忧思、昂扬的情感传达，抒写了一代华侨诗人在祖国危难时刻的生命追求和责任担当，那些掷地有声的诗句，在带给我们心灵感动的同时也温暖了我们的生命。

二

如前所说，陈明玉先生诗作中有一半以上是与亲人朋友的唱和诗。

① 朱立元主编：《当代西方文艺理论》，华东师范大学出版社，1997 年，第 266 页。
② 王蒙：《陈明玉吟稿·序》，菲律宾博览堂，2010 年，第 5 页。

我们从这些诗作中不仅看出了陈明玉先生善于以诗会友,拥有豪爽洒脱的诗人本色,更可以看出诗人对亲情友情特别是师生情谊的珍重。正是在这种温情脉脉的诗意传达中,诗人独特地演绎了自己呵护亲情、守望友情、珍爱师情的一腔深情,让读者深受感动、久久回味。

这些唱和诗形式多样,五律、七律、七绝、古风都有,而且所吟咏的人物和题材也相当丰富,但无一例外都温婉地传达出诗人对亲情、友情、师情的精心呵护。他为吟友生日喜(《次柯子默吟弟五十书怀元韵》),为朋友的母亲长寿乐(《李协和吟兄令堂杨太夫人九秩吉旦》),为吟友丧女哭(《虚白吟兄丧女当哭》),为送别老师惆怅(《寄照陆师即以送别》),为词友珠婚庆贺(《杨佛心词友贤伉俪珠婚纪念》),等等。总之,大到菲律宾《华侨商报》20周年庆典和南熏吟社百期诗刊纪念,小到儿子字谜落选或师生合影,他都能化为词,融入诗,或祝贺,或抒怀,或慰藉,或遣兴。字里行间,透露的是诗人对亲人的脉脉深情,涌动的是诗人对朋友的默默牵挂。其中抒写得最多的是诗人与汪照陆老师的亦师亦友之情,计20首之多。

正因为陈明玉年轻时就师从汪照陆学诗,又在老师的指点下诗艺大进,成为"菲岛骚坛一代才人",所以这些师生唱和诗中抒写得最多的是诗人对老师的感恩和崇敬之情。如《寄照陆师即以送别》二首:"归期缓缓让春先,无限飞花落马前。云梦一朝吞八九,李桃万里化三千。退闲夏日长秋日,乘兴南阡又比阡。知否桃花潭水外,有人相约展蛮笺。""闭门晴雨不须虞,误用聪明亦下愚。上小楼要风月伴,消长日仗酒诗娱。自从师去开三径,更有谁来举一隅。獭祭让人夸典雅,不惊人语不如无。"在这两首诗中,我们可以看到诗人以非常真切的语言,抒写送别老师的依依不舍之情。在第一首末尾,诗人巧妙地化李白《送汪伦》诗句,蕴藉地传达出自己与老师亦师亦友、相约赋诗的感人情怀。在第二首中,我们不仅感受到诗人对老师诗才"独举一隅"的推崇之情,也看到了诗人鲜明的诗歌美学主张,那就是要作"惊人之语","不惊人语不如无",而不作像"獭祭"那样堆砌词语的诗。在《小诗梓成诗以志喜》一诗中,诗人更是由衷地抒写了老师对自己诗艺长进的独特扶持:"文章不厌自吹毛,著作千秋有贬褒。俗语曾经师改雅,微名幸负友提高。学书腕底惭归赵,问字腰肢敢效陶。一卷诗成人一世,吟情销尽秃霜毫。"这首诗温暖地回顾了自己学诗学书过程中,老师和友人对自己的帮助和提携,字里行间充溢着一种发自内心的恳切,由此我们不难把握到老师对诗人的深远影响,以及诗人对老师的爱戴之情。

在这些诗作中，通过师生唱和透露出华侨华人共有的家国之思和守望之情也是其中一个很鲜明的情感特征。如五律《和照陆师寄赠元韵》："海外双星夜，怀人独倚楼。二三千里路，五十九春秋。风雨宵宵梦，云山片片愁。此心随去雁，长日绕南洲。"路途遥远，年华已逝，可是故园难归，愁心片片，只能心随雁去，长日守望。另一首七律《和照陆师自那呀寄赠元韵》也深沉地表达了同样的情感："且将郢曲和阳春，百尺楼台旧主人。从入秋来多恨事，自违师侯少嘉宾。愁看王粲楼前月，懒扫陈蕃榻上尘。一语叮咛唯郑重，暮年况是客中身。"一句"一语叮咛唯郑重，暮年况是客中身"可以说道尽了师生两人共同的"独在异乡为异客"的离散之愁、别家之恨！在这里我们不难发现，情感的相通、心灵的感应是两人成为亦师亦友的知已的一个重要原因，难怪汪照陆会充满感情地在诗后即兴评点道："应亦衔感百拜以谢次韵，非三生知已脉脉关情，不能道只字。"[①]在另四首也是抒写送别老师的七绝《送到照陆师讲学那呀》后，汪照陆也同样情不自禁地评点道："情厚故挚而能超，才高故韵锵而独响。"[②]由此不仅可以看到老师对诗人诗才的充分认可和褒扬，也可看出师生两人的友谊之深、情感之厚。

在这些师友诗中，写得最感人的是在汪照陆老师去世后，诗人悼念、追忆先师之情的诗歌。如《与汪先师合影题词》二首："风紧雨如丝，书灯暗降帷。遥天牵远水，死别继生离。一息怜才虑，千秋创体诗。珠玑遗墨迹，读罢展双眉。""寿尽菊花先，音容两渺绵。门墙高九仞，桃李化三千。瓣热双心印，画阁一角天。偶然开卷页，如拜佛生年。"诗人深切地回忆了老师的千秋诗才，珠玑墨迹，可是物是人非，斯人已去，怎不让人痛彻心扉！只能在"偶然开卷页"之时，才能感受到先师"如佛再生"般的存在。整首诗睹物思人、愁肠百结，师生之间的生离死别之情感人至深。汪照陆老师谢世一周年，诗人在为先师整理遗稿影拓件的工作即将完成时，不禁悲欣交集，在《汪师谢世周年遗稿影箨有日悲喜之余诗以当哭》二诗中进一步抒写了自己对老师的追念之情："秋回蓬颗草离离，北望骚坛哭我师。彩笔未销才子气，新声惯赋女郎词。仙人小劫成长别，吟友多情少挽诗。不尽桃潭千尺意，去年今日夜来时。""双塔攲危尚宛然，归真已趁菊

① 陈明玉：《陈明玉吟稿》，菲律宾博览堂，2010 年，第 78 页。

② 同①，第 104 页。

花先。钧霄鼓乐横天际，华国文章坠劫年。病榻有诗缄寄我，验方无药挽回天。老来第一开怀处，手校遗书入简篇。”在第一首诗中，诗人再一次抒写出自己对老师逝去的痛心，再一次缅怀老师的才气和诗声，末两句也再一次借李白诗意境，动人地传达出与亦师亦友的老师永别时的沉痛。第二首诗则诚挚地表示，虽然老师已经离去，华章也已不再，但自己老来最开心的事情是能够定校出老师的遗著，完成老师的遗愿。在这里，师生亲密无间、用心传承的如海深情被演绎得十分真挚动人，让人心酸不已。在这些哀悼汪照陆老师的诗中，写得最情真意切、动人心魄的当推《哭汪夫子照陆》两首，其中之一为：

悔将韵语落言诠，隔海长生谶憬然。
月会三三人厄运，韶华七七佛生年。
伫看诗卷留天地，不许吟才让鬼仙。
一瓣香心万万古，风骚无际月无边。

诗中，诗人忏悔当年遥祝老师长生的诗语竟成谶语，再一次真挚地追忆了老师的杰出诗才，沉痛地抒发了自己的无边思念和不尽惋惜。整首诗以忏悔自责开篇，以表白心迹结题，师生之间的深厚感情，回肠荡气，催人泪下。

更感人的是，当惊悉25年前在国内学诗时的老师陈君谅去世时，远在3000里外异国他乡的诗人依然以弟子身份在诗中表达了自己深深的哀恸之情：“故国春风旧降帷，巍然父执作经师。无双福慧耽翰墨，一半风骚在酒棋。方喜高齐邻小筑，早知死别会生离。可堪烟雨逢寒食，杜宇声声助涕夷。”“隔岁伤春唱渭城，怆闻消息旅魂惊。三千里外人仙感，廿五年前弟子情。一别谁知成永诀，重逢宁信待来生。桃源深处遥相忆，异地心丧泣落英。”(《哭陈君谅师》两首)诗中的那份真情、那份悲伤，百转千回、感天动地！

“一瓣香心万万古，风骚无际月无边。”陈明玉原籍晋江，年少时离别故土远赴菲律宾创业谋生。在经商之余，他写诗作词，抒发情怀，吟咏性灵，成为海内外颇负盛名的华文诗人。精美的古典诗词凝聚了陈明玉和老师的深情厚谊，陈明玉则通过古典诗词这一平台动人地演绎了一个晋江汉子有情有义的审美取向。可以说，把师生之间的深情厚谊写到这份上，把尊师重道的传统美德这么真诚、艺术地表现出来，在古今中外的诗作中还很少见到。也许，这就是《陈明玉吟稿》中最令人感动的地方，也是诗人陈明玉留给我们最宝贵的精神财富。

也许正因为陈明玉先生善于用其独特的审美去建构那一个个真诚的情感空间，当他以丰赡的诗篇赢得后人的追忆和缅怀的同时，也打造出了自己隽永的诗意人生和生命价值，并因此在读者心中刻下了一个鲜明的诗人形象。

（作者单位：泉州师范学院）

丹心照青史

——日据时期台湾抗日诗歌管窥

萧　成

众所周知，中国近现代历史上最沉重的篇章都是与日本纠缠在一起的。1894年中日甲午战争爆发后，腐朽清政府的失败导致了割台的《马关条约》签订。从1895年到1915年，这短短20年间，从刘永福、丘逢甲、徐骧、简大狮、柯铁、林少猫到罗福星、江定、余清芳领导的抗日武装风起云涌，大小武装起义不下百余次。四百万台湾人民“椎心泣血，北向痛哭”，先是千方百计阻止清政府割台、弃台；继而毁家纾难，抛妻弃子，前赴后继地“奋空拳、拼残躯”，以血肉之躯与六万日军相激战，保家卫国。被誉为“晚清诗界革命二巨子”之一的丘逢甲愤然召集台湾乡绅联电奏请清政府抗争，先后上疏四次、血书五次以示愤慨和“万民誓不服倭”的决心，要求废约抗战保国。在“无主可依”“无人肯援”又强敌压境的危急情况下，悲愤至极的丘逢甲力倡自救，建立了义不臣倭的“台湾民主国”，不惜毁家纾难，组织和率领数万抗日护台义军，横刀跃马与日寇浴血奋战，并向国内外发表讨日檄文：“愿人人战死而失台，决不愿拱手而让台。”尽显誓死不做亡国奴的崇高爱国情操和英雄气节。后人评曰：“志虽未酬，而义声震于天地，名节已堪千古。”“台湾民主国”失败后，各地抗日义勇军前赴后继，直至1902年林少猫遭日本军队残酷镇压为止，有组织的台胞武装抗日运动才告初步结束。然后，又有1915年的“噍吧哖事件”，以及1930年少数民族武装抗日的“雾社事件”发生。此后，由于日本殖民当局严酷的警政体系已逐步建立与完善，台胞被迫转换抗日战场，从武装斗争转而开辟文化战线和社会运动战场继续坚持抗日。1915年以后，武装抗日转化为文化抗日，台湾民族资产阶级知识分子进行坚决的文化抵抗，林献堂、蒋渭水等成了名震全台的文化抗战指导者。台湾抗日文化启蒙运动就是在这样的背景下发轫、发展的，台胞始终将其抗日反殖斗争与祖国民族运动紧紧联系在一起，成为中国革命与民族解放运动的重要一环。

1895年《马关条约》签订，腐败的清政府把祖国宝岛台湾割让给日本，从此台湾骨肉同胞在侵略者的铁蹄蹂躏下，痛苦地呻吟、挣扎和反抗了整整半个世纪之久。在那风雨如磐的岁月，台湾爱国诗人丘逢甲、洪弃生、连横、许南英、赖和等，伤时感世、忧国忧民，写下了许多悲壮雄浑、洋溢着强烈爱国主义精神和传统中华文化家国情怀的诗篇，深刻"反映全体台湾民众的共同意愿：推翻日本人的殖民统治，获得解放和自由，重归祖国的怀抱"。[①] 由于日据时期台湾抗日诗歌中这一"慎终追远，不忘己出"的家国文化情结与爱国主义情怀表现得特别鲜明和突出，我们可以从以下四个方面来具体观察和领会。

首先，抒发国土沦丧的愤慨，怒斥卖国贼的无耻罪行。乙未之年，割台凶耗传出，台湾同胞"若午夜暴闻轰雷，惊骇无人色，奔走相告，聚哭于市，夜以继日，哭声达于四野"。[②] 许多人抗议示威，发布檄文，声讨清政府的卖国行径。当时，台湾人民将抗战檄文张贴于彰化府的府衙大门上，坚定表达了"誓不服倭、抗战到底"的决心，同时愤怒声讨李鸿章等卖国贼："我台民与李鸿章、孙毓汶、徐用仪不共戴天，无论其本身、其子孙、其伯叔兄弟侄，遇之船车街道之中、客栈衙署之内，我台民族出一丁，各怀手枪一杆，快刀一柄，登时悉数歼除……以为天下万世无廉无耻、卖国固位、得罪天地祖宗之炯戒！"[③]当时，台湾许多爱国诗人也挥笔疾书，严厉鞭挞卖国贼。这些情境在台湾爱国诗人的笔下得到了淋漓尽致的反映。唐赞衮的《悲台湾》："千里金汤沦异域，竭来白日暗无光。"许南英的《如梦令·别台湾》："望见故乡云树，鹿耳鲲身如故。城郭已全非，彼族大难相与，归去归去，哭别先人庐墓。"这一作品同样深刻反映了台湾同胞对祖国神圣领土沦为异域的无比哀痛。"春愁难遣强看山，往事惊心泪欲潸。四百万人同一哭，去年今日割台湾。"这首诗是台湾著名爱国诗人丘逢甲为纪念台湾割让一周年而作的，因台湾割让在春暮，所以题为《春愁》。作者回忆往事，痛定思痛。一年来，为了护台救国，他曾"刺血三上书"，驰

① 叶石涛：《台湾乡土作家论集》，台湾远景出版社，1979年，第3页。
② 江山渊：《徐骧传》，《小说月报》，第9卷第3号，1918年。
③ "讨李鸿章檄"的内容引自网页 http://www.huaxia.com/zl/tw/dsj/00002788.html.

电清廷，宣告“台湾士民，义不臣倭”；同时毁家纾难，组织义军抗日，在弹尽粮绝的情况下，才被迫离开抗敌的前线。作者内渡后眼见山河破碎，故土沦为敌手，百感交集、潸然泪下。“四百万人同一哭，去年今日割台湾”，强烈反映了台湾人民悲愤填膺、同仇敌忾、爱国怀乡的深厚家国情怀。此外，许南英的《和陈仲英观察感时示诸将原韵》：“茫茫谁似济川舟，费杀筹边已戍楼。已撤屏藩资广岛，那堪保障督并州。”张秉铨的《哀台湾》：“皮如已失毛焉附，唇若先亡齿必寒。我是贾生真痛哭，三更拊枕泪阑干。”这两首诗不仅形象地说明了台湾地理位置重要，割让给日本后，祖国东海失去了天然屏藩，而且清醒地认识到日本侵略者贪得无厌，占领台湾后必然得陇望蜀，将觊觎江浙，垂涎闽粤，充分表达了作者对外寇侵凌日甚、国难日深之忧心如焚的感情。

其次，讴歌爱国志士英勇抗敌的光辉业绩和为国捐躯的牺牲精神。日本侵略者残酷的杀戮和压迫激起了台湾同胞的强烈反抗。他们发出了“我君可欺，而我民不可欺；我官可玩，而我民不可玩”，“与其生为降虏，不如死为义民”的怒吼，[①]这也是台湾同胞钢铁般的誓言，宁“愿人人战死而失台，决不拱手而让台”，抱定“众志成城，有死无二”的决心，“人自为战，家自为战”，[②]展开了持续不断、轰轰烈烈的反抗斗争。在1895年反割台的武装抗日斗争中，彰化八卦山战役是最可歌可颂的。抗日义军首领吴汤兴牺牲前作《闻道》一诗明志：“闻道神龙片甲残，海天北望泪潸潸。书生杀敌浑无事，再与倭儿战一番。”这是抗日义士决心“临危受命”，誓与日寇血战到底的真实写照。诗人林南强因抗日身陷囹圄，却威武不屈，奋笔疾书《吊吴汤兴茂才》一诗：“三户英雄竟若何，吴公近事感人多。草间持梃长酣战，夜里量沙独浩歌。看月有年皆带甲，迴澜无力且凭何。累累丛葬磺溪路，策蹇荒山未忍过。”热情讴歌了吴汤兴的壮烈牺牲，高度评价了抗日义军“楚虽三户必亡秦”的昂扬斗志所产生的巨大激励力量。此外，许南英的《吊吴季篯参谋》与吴德功的《延陵季子歌》，也都通过凭吊英雄或缅怀烈士，表达对抗日志士捐躯报国的无限钦佩之情。当时，许多诗人还对爱国将领的抗日行动给予充分肯定。刘永福曾任“台湾民主国”大将军，是抗日精锐部队黑旗军首领。他“忠肝义胆，誓不以寸土之地轻让敌人”，率黑旗军与日寇进行了艰苦卓绝的斗争。杨文藻诗

① 王国璠，邱胜安：《三百年来台湾作家与作品》，台湾时报出版社，1977年，第28页。

② 同①，第31页。

《闻刘渊亭军门台南内渡》热情颂扬了刘永福“舍死忘生,抗击倭寇,卫我中华”的崇高爱国主义精神。杨文莘在《书愤》中既严厉谴责屈膝投降的“误国群奸真是贼”,又赞扬刘永福坚韧不拔的抗敌意志,“独喜将军刘越石,海天重返鲁阳戈”。一褒一贬,是非分明。台湾抗日烽火从来没有熄灭过。1895 年起,台北农民抗日领袖简大狮“聚众万余”与日军“血战百次”,最终惨遭杀害。诗人钱振煌饱含对简大狮烈士的深情写道:“痛绝英雄洒泪时,海潮山涌泣蛟螭。他年国史题忠义,莫忘台湾简大狮。”台湾同盟会会员罗福星在抗日运动中被捕入狱,在狱中赋《祝我民国词》一诗以言志:

独飘彩色汉旗黄,十万横磨剑吐光。
齐唱从军新乐府,战云开处阵堂堂。
海外烟飞突一岛,吾民今日赋同仇。
牺牲血肉寻常事,莫怕轻生爱自由。
枪在右肩刀在腰,军书传檄不崇朝。
爷娘妻子走相送,笑把兵事行解嘲。
背乡离井赴瀛山,扫空东庭指顾间。
世界腥膻应涤净,男儿不识大刀还。
弹丸如雨炮如雷,喇叭声声战鼓催。
大好头颅谁取去,何须马革裹尸回。
勇士飞扬唱大风,黔首皆悲我独雄。
三百万民齐奋力,投鞭短吐气如虹。
青年尚武奋精神,睥睨东夷肯让人。
三岛区区原弱小,莫怕日本大和魂。
军乐扬扬列队过,天朗风清感慨多。
男儿开口从军乐,同唱台疆报国歌。

罗福星以此激励“青年尚武奋精神”“莫怕日本大和魂”;“枪在右肩刀在腰”“背乡离井赴瀛山”。他在英勇就义前还留下了脍炙人口的名句:“杀头相似风吹帽,敢在世中逞英雄”,充满了激昂的爱国主义精神和大无畏的牺牲情怀。

再者,全面揭露日本帝国主义者惨绝人寰的法西斯暴行,同情处于水深火热之中的同胞。日寇占领台湾后,骄横残暴,视台湾同胞为奴隶牛马。政治上残酷压迫,疯狂镇压;经济上横征暴敛,巧取豪夺;思想上进行愚昧、奴化的“皇民化”教育；妄图把台湾经营成专供自己恣意享乐的“天堂”与进攻中国大陆的桥头堡。1898—1902年，这四年间就有11900多名抗日志士牺牲在侵略者的屠刀之下。侵略者的血腥镇压激起了台湾爱国诗人的无比愤慨。毛乃庸的《赤嵌城——哀台民也》可谓是揭露敌人惨无人道屠杀暴行最有代表性的诗篇之一。“赤嵌城头鬼夜哭，白骨如山压城麓。炮雷一轰城门开，长须虾夷海上来。虾夷得意肆荼毒，日日刮金还刮粟。……横行淫掠复何堪，轻则拘囚重诛戮。城中碧血化青磷，城外狐狸饱残肉。天寒日暮哀遗民，北望神州泪盈掬。”诗人怀着强烈的忧国爱民的正义感，愤怒控诉了日寇的滔天罪行，抒发了对沦于水深火热中的骨肉同胞的无比哀痛，真可谓“声声似诉台民苦”。台湾著名爱国诗人洪弃生在日据时期的创作格调悲壮苍凉，其中对日寇残暴行径的血泪控诉是他作品表现的最主要的内容。他的《老妇哀》和唐代诗人杜甫的《石壕吏》及韦庄的乐府诗《秦妇吟》有异曲同工之妙。作品通过一个老妇人的哀吟，控诉了倭兵的残暴：“出门逢老妇，白发蓬压眉。倭兵蹴之行，哀哀泣路歧。乞食不得饱，眼泪垂作縻。问妇何所苦？呜咽不成辞。有室无可归，残年丧子儿。一家八九人，遭杀不胜悲。”他的《田野即事》则是一组新的“悯农诗”。其中有一首这样写道：“去年雨烂苗，今年风残稻。坡塘处处干，水租征更早。野田莹如龟，无禾亦无草。农民畏出门，坐饥成枯槁。妇孺啼于床，牛羊号于皋。粒米贵如珠，况乃乏刍藁。荷锄何处施？悠悠望有昊。”这些作品给读者展现了一幅幅血迹斑斑的图画。后人评论：“弃生的诗，大抵多系三台掌故……日人横暴之状，民生疾苦之深，都以沉丽之笔触写出来，信乎不愧诗史。”①台湾新文学的奠基者赖和在《吾民》诗中也揭露了日寇对台湾人民政治和经济的双重压迫使台湾同胞的生活饥寒交迫、走投无路。“剥尽膏脂更摘心，身虽苦痛敢呻吟。忍饥粜谷甘完税，身病惊寒尚典衾。终岁何曾离水火，以时未许入山林。艰难幸有天怜悯，好雨兴苗滴滴金。”台湾同胞既受殖民者苛政的蹂躏，又受瘴疠的毒害，苛政使瘴疠毒上加毒，逼得民不聊生。诗人许剑渔的《苦疫行》在揭露苛政和瘴疠交相侵凌方面，可谓淋漓尽致、入木三分：“不幸生此世，苦疫甚苦贼。苦贼犹可避，苦疫无处匿。”诗人因感家国离乱，沧桑倏变，因此“咏物、怀人、哀时、感事，无不蕴蓄精微，淋漓尽致，恺恻沉痛，

① 王国璠，邱胜安：《三百年来台湾作家与作品》，台湾时报出版社，1977年，第34页。

情见乎辞。”①

最后，尽情抒发台湾同胞眷怀故土，思念骨肉团圆，期盼祖国统一之情。爱国诗人丘逢甲在武装抗日失败内渡后，积愤难平，梦寐以求雪耻复土。他常对后辈说：“台湾同胞四百万，尚奴于倭，吾家兄弟子孙当永念仇耻，勿忘恢复。”②他不仅把长子丘琮改名为“念台”，以示永远不忘故土台湾，而且在弥留之际，还留下“要面向南方安葬”“我忘不了台湾”的遗言。他的《往事》诗云：“往事何堪说，征衫血泪斑。龙归天外雨，鳌没海中山。银烛尘诗罢，牙旗校猎还。不知成异域，夜夜梦台湾。”诗人不仅回顾过去的战斗历程，而且响亮地喊出了台湾同胞的心声——“夜夜梦台湾”。经过抗日护台的洗礼，丘逢甲的思想也有了很大提升，他晚年作品的爱国主义精神更加昂扬，如“未报国耻心未了，枕戈重与赋无衣”（《病中赠王桂山》），“沉郁雄心苦未灭，他年卷土傥重来”（《春感次许蕴伯大令韵》），均表露了作者立志“斩尽仇头再升天”的气概。这些作品“激楚苍凉，有渔阳三挝之声，又如飞兔腰褭，奔放绝足，平日执干戈、卫社稷的气概，腾跃纸上”。③ 近代著名诗人柳亚子曾在《论诗六绝句》中赞扬丘逢甲之诗是：“战血台澎心未死，寒笳残角海东云。”许南英内渡后，身在祖国大陆心系台湾。他的“一掬思乡泪，松楸弃祖茔”（《台感》），以及“家山洋海隔，乡梦又重来”（《寄台南诸友》），都寄托了深厚的思乡爱国之情与怀友恋亲之意。长期遭受日本殖民者蹂躏的台湾同胞，对亡国痛和遗民苦更有切肤之感。他们决心化悲愤和渴望为力量，为收复故土竭忠尽智，爱国诗人们也为此创作了不少催鼓助力的诗篇。连横的作品善于通过咏史寄情于怀念，托思于现实。他的《重过怡园晤林景商》诗云：“拔剑狂歌试鹿泉，延平霸业委荒烟。挥戈再拓田横岛，击楫齐追祖逖船。眼看群雄张国力，心期我党振民权。西乡月照风犹昨，天下兴亡任仔肩！”全诗表达了诗人继承郑成功遗志，完成统一祖国大业的决心。当国家民族处于危亡之际，民众盼望出现叱咤风云、力挽狂澜的英雄人物，率领大家缚长龙、斩鲸鲵、收故土。这种感情，反复见之于许多台湾诗人的笔底。丘逢甲《剑花》咏道：“英雄愧说郑延平，目断残山一角青。何日天戈再东指，誓师海上更留铭。”诗人期盼如郑成功那样的英雄再现，率领大军重新光复台湾。林痴仙在《春日杂感》、连横在《过平户岛吊郑延平》中亦均如

① 王国璠，邱胜安：《三百年来台湾作家与作品》，台湾时报出版社，1977 年，第 76 页。
② 丘逢甲：《岭云海日楼诗钞》，上海古籍出版社，2009 年，第 122 页。
③ 江山渊：《丘沧海传》，丘逢甲《岭云海日楼诗钞》，上海古籍出版社，2009 年，第 84 页。

饥似渴地希望早日“重生不世才”“神鲸再跃波”，驱逐外敌，收复故土。赖和于1941年底因反抗日本侵略者被捕入狱，但身陷囹圄仍坚持不屈不挠的斗争，于狱中作《夕阳》诗云：“日渐西斜色渐昏，炎威赫赫竟何存？人间苦热无多久，回首东方月一痕。”虽然眼前“风凄雨冷”，但抗日斗争的火种从来不会熄灭。赖和此诗不仅对台湾光复满怀着“无穷希望”，而且还给日寇敲响了末日的丧钟，不久之后的1945年8月15日，日本帝国主义无条件投降，台湾终于重归祖国怀抱。很显然赖和的作品确实能“以冷静的思考，注视着台湾的历史苦难和社会现实，以怜悯的心怀，忍看苍生含辱，以不屈服的意志，奋斗不懈，为台湾的作家树立了典范，也带引了日据下台湾新文学的拓展方向”。① 由这些诗句可见，台湾同胞始终苦苦眷恋着“唐山”，义无反顾、前赴后继地为重返“原乡”的梦想而牺牲与奋斗的精神，必然永远镌刻在中国文学史的丰碑上。换言之，这些诗作都秉笔直书了从拓荒、兴台、割台、保台到光复的历史，令人深深感受到海峡两岸惊人一致的文化同构性，不啻是中华民族一个世纪沧桑的生动文学鉴证。当我们沉浸于民族、家国的锥心刺骨沉痛中时，这些文学作品不仅将这段抗日历史带入了一种广袤的境界，更以一种漫无涯际的慷慨态势、汪洋恣肆的激情，给予了我们关于“天下兴亡，匹夫有责”的无穷精神淬砺。这些作为台湾抗日运动文学鉴证的作品，不仅令我们重闻了台湾抗日英灵悲天泣血的叹息声，而且让我们再见了沉埋于连绵山脉之间的不灭青史，以及浩瀚大海掀起的“勿忘历史”的狂涛。毕竟光复后的台湾同胞从此不再是“亚细亚的孤儿”，而应该成为实现未来中国统一梦想的先锋。

毋庸置疑，近代台湾历史的悲剧其实是整个中华民族悲剧的一部分，日本殖民统治台湾的50年，也是台湾同胞奋起反抗、浴血斗争的50年，更是中华民族近代以来民族自救运动的起点，其间始终闪烁着台湾同胞“慎终追远，不忘己出”的传统中华家国文化情结。他们以惊风雨、泣鬼神的爱国主义精神和前仆后继的牺牲情怀成为中华民族抗日解放运动不可缺少的一环。台湾抗日诗歌不仅继承和发扬了我国古典诗歌的现实主义精神，在中国近代爱国运动史和近现代文学史上谱写了光辉灿烂的篇章，而且台湾抗日诗人深深植根于社会和历史的土壤里，国难当头之际，他们中的不少人毅然投笔从戎、英勇杀敌，甚至为国捐躯。所以，他们不但是诗人，同时也是真正的抗日志士。而且，特别值得注意的是，正是在

① 林边：《忍看苍生含辱》，李南衡编《赖和先生全集》，台湾明潭出版社，1979年，第4页。

甲午战争之后发生的这场波澜壮阔的抗日运动中,400 万台湾人民以自己的赤子之心倾诉了对祖国的衷情,引发了震惊中外的"公车上书",促进了中华民族的近代化觉醒。中国近代诞生的两大政党——康有为、梁启超为首的资产阶级"维新派"和孙中山为代表的"革命派"都在台湾人民浴血保台卫国的漫天硝烟中登上了历史舞台。今天对台湾抗日这段痛史的追忆,对丘逢甲、徐骧等几代抗日民族英雄的敬仰和怀念,是对维护世界和平、期待两岸统一的热切呼唤。而这一段台湾史与近代中国民族运动的关系,正如林献堂所说:"应知台胞在过去五十年中,不断向日本帝国主义斗争,壮烈牺牲,前仆后继,所为何来,简言之,民族主义也,明乎此一切可不辩自明矣。"海峡两岸的抗日民族运动是互动共生、同呼吸、共脉动的。2015 年,正值第二次世界大战胜利与台湾光复 70 周年之际,我们重温这些洋溢着炽热的爱国主义精神与深厚的"慎终追远,不忘己出"的传统中华家国文化情结的诗篇,对于传播中华传统文化,促进民族复兴与台湾早日回归祖国仍然有现实意义。这段丹心映照的青史,恰似那遮不住的青山隐隐,流不断的绿水悠悠!

(作者单位:福建社会科学院文学研究所)

印尼华人华侨抗日戏剧研究

张　桃

印度尼西亚约有600万华人华侨，是世界上华人华侨人数最多的国家之一。华人华侨在印度尼西亚的国民经济及政治思想文化生活中都占有举足轻重的地位。我们从语言、文学、艺术、建筑、医药、生产技术及风俗习惯等方面，都可以看到中国同印度尼西亚之间文化交流的许多痕迹。其中，戏剧的交流就是重要的表现之一。我国的一些传统地方戏曲，特别是沿海的广东、福建等省的戏曲，早在清代就流传到印度尼西亚，并与印度尼西亚传统戏曲相融合，成为当地多元文化机体的一个组成部分。印度尼西亚华语戏剧从20世纪20年代起步至今，经历了振兴、繁荣—延续、调整—冰冻、复苏等几个阶段，而抗日战争期间及战后初期正是印度尼西亚华语戏剧的振兴与繁荣时期。

20世纪30年代，中国抗日战争爆发后，抗战的热潮很快涌到印度尼西亚，并对印度尼西亚的戏剧运动产生了深刻的影响。印度尼西亚华人同仇敌忾，戏剧工作者纷纷组织流动戏剧团体，以极为大众化的艺术形式，把戏剧的种子撒向各地，借以宣传抗日。当时，印度尼西亚主要的戏剧团体有："青年剧社"的"博爱歌剧团"、巨港的"自由剧社"、井里汶的"自由青年社"、万隆的"国风剧社"、泗水的"青光剧社"、玛琅的"青年剧社"、锡江的"兴星剧社"、三宝垄的"南星剧社"等。[①] 这些剧团成员以青年、学生和一些爱好文艺人士为主，主要演出方式有游艺会募款演出、"国父"诞辰募款演出、双十国庆及其他一些纪念日募款演出等。演出内容丰

① 吴佩芳：《抗战戏剧海外传演之研究——以1937至1945南洋剧运为例》，《复兴岗学报》，2005年第83期，第157页。

富、形式多样,主要有话剧、歌剧、歌仔戏、相声等。[1] 正是这些大大小小的戏剧团体,构成了印度尼西亚抗日救亡戏剧运动的主体力量。剧社成员还深入到街头巷尾、农村乡野,广泛地开展了活报剧、街头剧、独幕剧的创作和演出。像街头剧《放下你的鞭子》就是当时深受群众欢迎的抗日剧目。群众不仅欣赏到这些爱国青年的表演艺术,也受到了深刻而生动的抗日救亡教育。

抗战时期,印度尼西亚主要戏剧工作者有:陈清木(1899—1985),印度尼西亚华人话剧、电影、歌唱演员,生于雅加达,先后加入西龙达列农剧团、因德拉贵族巡回剧团、达达尼尔剧团,担任歌唱演员、配角等。日军占领期间,他参加瓦扬奥朗、鲁德鹿克等爪哇地方剧团,并与友人组织话剧剧团。菲菲·杨(1914—1975),印度尼西亚华人话剧、电影演员,生于苏门答腊岛。他抗战期间加入"Dardanella"剧团并随团赴印度尼西亚、新加坡、印度演出。日军占领印度尼西亚期间,他组织"泗水之星"剧团巡回公演,在印度尼西亚文艺界享有较高声誉。[2]

20 世纪 30 年代到 40 年代初,印度尼西亚华人的戏剧活动相当活跃,但美中不足的是,华侨社团排演的绝大多数是中国创作的、反映国内生活的剧本,而当地华文作家的剧本创作相对较为薄弱。1941 年年末,太平洋战争爆发,日军实行残暴的高压政策,华校、华文报纸均遭封闭,印度尼西亚的华文剧本创作也不可避免地处于停滞状态。当时,以巴人(王任叔)、郁达夫、胡愈之、郑楚耘、张国基、王纪元、杨骚等为代表的一批中国文化界知名人士纷纷从新加坡转移到印度尼西亚,他们冒险开展进步的文化活动,九死一生、功绩卓著,同时不忘著述,并致力于培养印度尼西亚华侨青年作家。应该说,这些南来作家对于抗战时期印度尼西亚华文戏剧的发展是功不可没的。

1945 年 8 月,日本宣布投降,反法西斯战争胜利结束,印度尼西亚华侨无不欢欣鼓舞。在苏门答腊岛的爱国华侨中,原有一个地下抗日组织"苏岛人民反法西斯同盟",巴人在创作大型四幕历史剧《五祖庙》之前,就参加并领导了"苏岛人民反法西斯同盟"。后来,为了适应新的形势发展改组为"苏岛华侨民主同盟"(不久又改为"中国民主同盟苏岛支部")。"新中国剧艺社"是这个组织建立的在当时较有影响力的一个文艺团体,

---

① 吴佩芳:《抗战戏剧海外传演之研究——以 1937 至 1945 南洋剧运为例》,《复兴岗学报》,2005 年第 83 期,第 146 页。

② 同①,第 158 页。

该社成员以爱好文艺的华侨青年为主,其主要任务是:以文艺形式,宣传和推动华侨的爱国民主运动;传播祖国的革命文艺,开展和活跃侨社中的文娱活动。此外,该社还负有宣传和推动华侨加强同印度尼西亚人民的友好团结,支持他们争取民族独立的运动等使命。1946 年 3 月,“新中国剧艺社”在酝酿成立期间,就先后演出过两个话剧:一个是由徐安如编导的《别后》,该剧抨击了荷兰殖民当局统治华侨所利用的“甲必丹制度”;另一个是由林人欢编导的《暴风雨之夜》,该剧揭露了日本帝国主义侵占东南亚时所犯下的种种罪行。此外,还成功举办了革命歌曲演唱会,演唱《黄河大合唱》等中国和印度尼西亚的革命歌曲。这些演出,得到侨胞的一致好评,大大推动了苏岛的戏剧运动。①

这一时期,印度尼西亚各地也纷纷出现一些进步侨团,以团结华侨青年、宣传爱国主义和民主进步思想、推动华侨社会进步为宗旨。三宝垄是爪哇岛上具有悠久历史的古老名城,战后三宝垄最早的进步侨团是成立于 1945 年 11 月 3 日的“力社”,由郑曼如、高岐山、袁慕萍等人发起,高岐山任理事长。袁慕萍组建了“力社歌咏队”,经常演出的曲目有《新加坡河》(前马来亚华侨抗日歌曲)、《快乐的人们》(苏联革命歌曲)、《黄河大合唱》、《延安颂》等激昂的时代战歌。“力社”还先后出版了《新路》《力报》等进步报刊,极大地鼓舞了人们的斗志。②

1945 年 12 月,另一进步侨团“新友社”成立,首届执委会主席为卢良坚。“新友社”的话剧、歌剧、舞蹈、歌咏、音乐等文化宣传和娱乐活动都十分活跃,令人瞩目。1946 年底至 1947 年初,“力社”主要负责人和新友社郑苏人、王书国、吕丽贞等发起成立“青年学习社”(简称“青学社”),吸引了大批华侨青年踊跃加入。“青学社”一成立就显示出青年人特有的活力,经常举行联欢会,公演进步话剧,高唱进步歌曲。1947 年上半年,他们连续多次演出了《街头》《怒火》《社会渣滓》等独幕剧,并与“力社歌咏队”联合演唱《反对内战》《民主是那样》《奋起吧,大众们!》等歌曲。③

1948 年 3 月,“青学社”又与“力社”“新友社”等联合公演阳翰笙的名剧《前夜》。④ 这是阳翰笙编写于“华北五省自治”甚嚣尘上之时的话

① 徐安如:《王任叔及其〈五祖庙〉》,上海鲁迅纪念馆编《巴人先生纪念集》,人民文学出版社,2001 年,第 152 页。

② 李学民:《战后初期三宝垄进步侨团述略》,《八桂侨史》,1999 年第 2 期,第 32 -37 页。

③ 同②。

④ 李学民:《战后初期三宝垄进步侨团述略》,《八桂侨史》,1999 年第 2 期,第 32 -37 页。

剧,其中特别突出汉奸出卖民族利益的罪恶。这个剧以悲剧方式结尾,最后是汉奸获胜而爱国青年被杀。许多观众在感情上无法接受这种安排,甚至质问为什么不把汉奸杀死。其实,作者的创作动机正是要“激起观众的铲除凶暴势力的热情”。①《前夜》的演出引起强烈反响,大获成功。

1949年6月,“青学社”与“力社”“新友社”合并,仍沿用“新友社”的名称,文艺人才更加济济一堂。同年9月,合并后的“新友社”公演洪深名剧《生死恋》,轰动一时。50年代公演的文艺节目,种类更丰富,内容更精彩,有话剧《战斗里成长》《龙须沟》等,还有歌剧《兄妹开荒》《宝山参军》等,以及大型舞蹈《战鼓舞》《进军舞》等,在社会上引起强烈反响。②

40年代末50年代初,印度尼西亚华语剧运更加呈现出一派欣欣向荣、百花齐放的景象。印度尼西亚著名华文作家黄东平曾经谈道:“当时,新中国的各种文化艺术活动,特别是戏剧、舞蹈、音乐等方面,便成为该国(印度尼西亚)华侨社团和学校学习和演出的规范。”③各地主要的华侨文艺团体有:雅加达的“新艺社”“中华合唱团”“中华音乐会”“博爱歌剧团”等;万隆的“国风剧社”“海鸥剧团”“中华剧社”“椰岛文艺社”等;泗水的“华光剧社”“华侨音乐社”“向太阳剧社”“青光剧社”等;棉兰的“新中艺歌剧团”“昆仑剧艺团”“四联歌剧团”等;巨港的“群声剧社”“华侨剧艺社”等;锡江的“华侨剧团”等;坤甸的“中华合唱团”等;先达的“新民歌剧社”等;占碑的“民声剧社”等。④ 在这些华侨文艺团体的积极组织下,公演了品种丰富、内容多彩的一批戏剧。

印度尼西亚独立后,当局实行和平友好政策,更多的华文文化机构纷纷涌现,各种各样的华文报刊复刊或创刊,成为剧作家们发表作品的主要园地,印度尼西亚的华文文学出现了前所未有的繁荣景象。剧团也大量产生,文艺创作、戏剧表演比赛时而举行,戏剧因此也得到了蓬勃的发展,中国的一些戏剧名著被翻译成印度尼西亚文出版,同时出现了一些当地华人创作的剧本。这个时期的华文剧作主要面向祖国、面向华侨社会、面向社会人生,多数作品讴歌中国文化,怀念故土,而抗日也成为剧本创作不可或缺的主题。

---

① 唐纳:《关于“李秀成之死”》,《抗战戏剧》第2卷第4、5期,转引自章绍嗣等《武汉抗战文艺史稿》,长江文艺出版社,1988年,第125－126页。

② 同①。

③ 黄东平:《在深圳“第三届全国台港及海外华文文学学术讨论会”的发言稿》,《黄东平文集(第十卷)》,印度尼西亚雅加达金门互助基金会文化部,2003年,第159页。

④ 黄昆章:《印尼华侨华人史(1950至2004年)》,广东高等教育出版社,2005年,第130页。

创刊于1945年10月24日的《生活报》是当时较有影响的一份华文报纸。它的宗旨是:热爱祖国,宣扬民主,拥护真理,为促进中印(尼)两民族友好关系而努力。① 历届社长、总编辑为黄周规、王纪元、杨骚、郑楚云、郑曼如等。《生活报》原为三日刊,1947年2月1日改出日报,三日刊改为《生活周报》,主要栏目有:"一周座谈""印度尼西亚之页""文艺园地"及中国印度尼西亚情况介绍等。1960年,日报发行达5.5万份,周报3万多份,成为当时印度尼西亚最大的华侨报纸。②《生活周报》在当时发表了一些思想较为进步的剧作家的优秀作品,无论在数量上还是质量上都是其他华文报刊所难以企及的。由于读者遍及华人社会各阶层,该报对于推动印度尼西亚华文戏剧的发展起了重要的作用。

1949年6月11日出版的《生活周报》第240期开始连载署名为"平民"的独幕剧《谁给我们的痛苦?》,在社会上引起极大反响。该剧故事发生在1947年秋天一个普通农民黄亚兴的家里。由于"去年荒旱,今年水灾,弄到耕田人五谷绝收",亚兴一家人已经几天没吃东西了。母亲吴大姐卧病在床,家里连烧热水的柴都没有。妻子陈美英到隔壁讨一杯热茶,结果讨来了一碗粥汤给母亲喝。儿子阿宝才七八岁,活泼可爱、天真无邪,饿极了的阿宝要抢那碗粥汤吃,你推我拉之中把那碗宝贵的粥摔在地上。美英情急之下痛打阿宝,吴大姐拖着病体起来劝解,却昏了过去。请医生、买药都需要钱,万般无奈之下,亚兴只得狠心将阿宝卖给当地的黄财主做儿子。黄财主给了他们五斗米,原以为"最少也能够维持两三个月的生活",谁知米还没来得及下锅,催缴征粮的公务员就上了门。亚兴苦苦哀求,无济于事,那一袋用孩子换来的救命的米还是被公务员强行收走了。一波未平一波又起,征粮的才走,征抽壮丁的又来了。这样的痛苦,什么时候是一个尽头呢?一切的痛苦,又是谁造成的呢?作者数次借剧中人之口提出这样的疑问。比如吴大姐流着泪的叹息:"八年来和日本鬼子打仗,已经给我们够苦的生活。虽然现在打赢了鬼子,但是我们的生活是比从前更加痛苦。"又如亚兴对美英的诉苦:"是的,八年来的抗战,我们已经尽了最大的努力,站在我们的岗位上茹辛含苦地来支持那全民一致的抗战。我们希望着胜利后能够给我们人民生活上的改善。但是哪里知道事实是给我们失望的。现在不但我们人民生活上得不着改善,并

---

① 壬丁:《我对生活报的希望》,《生活报十周年纪念刊》,雅加达生活报社,1955年,第12页。

② 黄周规,邹访今:《印度尼西亚生活报简史》,《侨史资料》,1987年第1期,第12页。

且又加重了我们人民的负担,甚么捐,甚么税,已经把我们人民压得透不过气来,这叫我们人民怎么再能活下去呢?"剧本尖锐地提出了现实中存在的问题,深刻表现了劳动人民的苦难生活,充分发挥了戏剧积极反映现实和人生的重要作用,引起人们的广泛关注。

如果以较高的标准来衡量,我们可以看到,抗战期间及战后初期当地华人创作的一些剧本,选材模式较为僵化和单一,例如:往往只注重思想教化的内容,而忽视寓教于乐的生活血肉;只注重表现矛盾冲突,而忽略描写人物内心深处的精神世界与情感世界;只孤立地勾画现实中的人和事,而缺乏对广泛社会生活内容的艺术涵盖。然而瑕不掩瑜,总的来说,这一时期的印度尼西亚华文剧本创作是与生活、与抗战保持着密切联系的,揭露了战争带来的黑暗,鼓舞了人们抗日的士气,无论在数量上,还是在质量上,都比以往有了很大的提高,可以说是印度尼西亚华语戏剧史上收获丰盛的黄金时期。

(作者单位:厦门大学海外教育学院)

浅析简媜纪实文学《朝露》的艺术特色

王　茹

在宝岛台湾，抗日战争可追溯的历史自清朝光绪二十一年（1895 年）开始。长达 50 年的抗日历史、50 年的光阴，让牙牙学语的稚子变成了头发花白的老人，巨大的伤痛长久地铭刻在台湾人民的心上，挥之不去。台湾女作家简媜，截取了台湾抗日之初的一小段时间，用简洁的语言为读者呈现了昔日沉痛的历史。

阅读《朝露》，几乎无法察觉这篇作品出自一位女性作家之手，冷峻的笔触、悲壮的情绪，出色地刻画出一个又一个抗日英烈的生动形象。简媜文风如此，有人分析："由于早年丧父，简媜对人生的幻灭及时间无法抚平的伤痛有着深刻的体验与记忆……"①大概正因为对人生有深刻的认识，简媜才给这篇文章起名为《朝露》，笔者以为，其寓意大概是人生如朝露般短暂、脆弱。但朝露虽渺小，却也可反射出太阳灿烂的光辉。这正是对无数台湾抗日志士的绝佳比喻，他们的人生是短暂的，但却用生命照亮了台湾的天空，悲壮而又凄美。

简媜的作品一向有些与众不同，"简媜的散文绝大多数以女性为题材，却不同于常见的女性主义散文的温柔、妩媚、委婉。有人说她载满奇情侠气、微妙义谛，认为她的散文以走险道、斩故常，题材丕变，狂狷著称"。② 不过，正如以上引述，研究者大多注重在简媜的女性题材文学作

---

① 金永亮：《心灵深处的伤痕——简媜散文浅析》，《重庆文理学院学报》，2004 年第 4 期，第 68－70 页。

② 姚东：《孤意在睫　深情在眉——评简媜散文的情感风格》，《时代文学月刊》，2011 年第 10 期，第 100－101 页。

品的分析和评介上下功夫,比如分析《女儿红》之类的作品。毋庸置疑,这是简媜创作的主体,但除了这些女性意识相对浓厚的文学作品外,也不乏一些重大历史题材或具有硬朗男性风格之作。此类作品同样值得研究者和读者重视,本文所分析的《朝露》,正是此类题材的作品。

简媜这篇纪实文学和以往作品相比较,有其独特之处,本文拟从情节安排和语言风格等方面来分析这篇作品。

第一,简媜这篇作品在情节安排上颇有讲究。1895 年那段历史是遥远而模糊的,其间牵涉各种各样的人物,涉及的事件更是千头万绪,而简媜仅用四万字就刻画出纷繁复杂的事件和人物,其功力令人赞叹。

简媜在文中使用了多个对比的写法,凸显了人物的个性和命运。

第一个对比,是两个外国人之间巨大的反差。马偕牧师来自加拿大,看到美丽的淡水河之后,马偕牧师就决定在这里定居下来。他徒步四方,为台湾人民治病传道,深受当地人的爱戴。马偕牧师在日记中写道:"好像有无形的绳,引我到这美丽之岛。"而日本的海军大将桦山资纪则被清政府的一纸卖身契引到台湾。他踏上台湾的土地后,手下的士兵烧杀抢掠,把台湾变成一个哀鸿遍野的凄凉之地。简媜有意对比二人:"绳和纸竟有天渊之别,同是异国异族人,马偕带给台湾的温暖与爱百年不灭,而桦山一上岸就叫台湾人民流血。"①温暖与爱,和淋漓的鲜血的对比如此强烈,马偕牧师的善良与桦山资纪的凶恶残忍也黑白分明。

第二个对比是仓皇逃跑的朝廷官员和奋起反抗的普通民众。清政府派到台湾的官员唐景崧在基隆失陷后连夜逃走,其他一些大臣也仓皇逃离。朝廷命官在危难时刻丝毫没有想到老百姓的安危,只顾自己逃命。而由吴汤兴领导的义勇军却是由普通的台湾子弟组成的。"这些人,有父亲带着儿子、兄长带着弟妹,叔带侄、舅带甥,为保卫尊严与家园而投入战场,他们成为日军南下路程中最'顽固'、最'狡猾'的绊脚石。"②他们大多在史册上是"无名氏",抵抗并不能给他们带来任何好处,有的只是流血牺牲。这些平民百姓在几乎手无寸铁的情况下,以飞蛾扑火的精神投入战斗,前仆后继的英勇精神令人钦佩!唐景崧给日军留下了大量的枪炮火药,而普通民众则用血肉之躯抵挡着敌人的炮火。两相对比,懦弱自私的清廷官员和顽强英勇的台湾民众分别跃然纸上,令人感慨万千。

---

① 简媜:《朝露——献给一八九五年抗日英魂》,《台港文学选刊》,2005 年第 8 期,第 8-11 页。

② 同①。

第三个对比是关于两支签。两位抽签的人分别是辜显荣的妻子和吴汤兴的妻子。同样是抽签，辜显荣的妻子抽到了上上签，而吴汤兴的妻子抽的则是下下签。一签成谶，辜显荣以"日本臣民"的身份，充当日本军队的马前先锋，引领日军镇压台湾民众。之后，他又建立了远及日本的商业王国，不但家财万贯，而且获得无数褒奖，身前身后都享尽荣华富贵和风光。而吴汤兴的命运则黯淡悲凉。在距离日军登陆、唐景崧等内渡已有两个多月，台湾已经落入日本人之手的时候，吴汤兴和他的志士们仍然在奋起反抗。没有军械粮食，没有衣服鞋袜，但他们没有放弃，在屡战屡败的情况下，屡败屡战。最终，吴汤兴壮烈阵亡，吴妻亦投水自尽。众多抗日志士都捐躯战场，他们大多是家中的顶梁柱，却默默无闻地埋骨荒野。

这样鲜明的对比，无比残酷又格外清晰。在对比中，读者自然看清楚孰是孰非，自然对整个事件一览无余，英雄、懦夫、逃兵、侵略者、投机者……在简媜的笔下一一呈现。所有人物在历史的舞台上轮番演出或悲壮、凄凉，或令人钦敬，或令人不齿的一幕幕场景。这正是简媜谋篇布局的高妙之处，虽然人物事件纷繁众多，但对她来说，犹如孙子用兵，多多益善。1895 年那段历史，日军登岛的来龙去脉，简媜无不一一叙述得清清楚楚，让读者得以一探究竟。

第二，简媜这篇文章的语言风格也鲜明的特色。她似乎是一个不动声色的叙述者，在平静的叙述中暗藏着汹涌的情绪。正如有人评述："简媜散文更大的魅力在于其作品情感表现的'孤意'与'深情'的双重展现和交织。这两种风格贯穿于她对生命的剖析，对男女情爱的态度以及对都市生活的感叹中。'深情'指的是简媜散文中表现出的对生命、情爱以及周遭的人事的深爱和同情、体恤；而'孤意'则指文中对情感及亲密者的刻意疏离、保持适当的距离，甚至拒绝。"①《朝露》也细腻地体现了这种风格。不过，在此篇文章中，"孤意"也许并不是对情感的刻意疏离或拒绝，而是为了在合适的距离和角度上更清晰地还原事件的真相，因为过于亲近或情绪激昂可能会破坏历史的真实，使事件变得模糊。当然，简媜仍是用情的，那情似乎是静水深流，要细细品味才可体会。

《遭逢简媜的三道茶》中评论道："简媜的女人味不是那种小家碧玉式的娇俏，也不是大家闺秀式的矜持，她有吴侬软语式的柔到极致，也有

---

① 姚东：《孤意在睫　深情在眉——评简媜散文的情感风格》，《时代文学月刊》，2011 年第 10 期，第 100－101 页。

金刚怒目式的刚到极致——而这种刚烈又不是易脆的刚,而是百炼钢成为绕指柔的刚,是有着内在骨力的柔剑带着脆亮的啸音,直逼你的心尖,让你无法不为之颤抖、动容。”①这也正适合评论《朝露》的语言风格。讲述敌人侵略的过程,读者仔细品之,可感觉到简媜平静的语调下隐含着滔天的怒火,是怒目金刚般的切齿痛恨;对于那些抗战志士,简媜则袒露出柔软的情怀,仿佛自家亲人,满心疼爱。

叙述简大狮的事迹,简媜借着是本家的由头,用亲昵的第二人称来称呼他,仿佛简大狮是她亲爱的弟兄。简大狮的面貌和生平被简媜娓娓道来:“你长得不算高,大约一百六十七厘米;一张圆扁脸配了浓眉大眼,颇有慑人气势,往下凸出狮仔鼻,面相缓和,添了几分温煦。”②这样的语言给人的印象仿佛是简媜在讲述自己的亲人,有“摸摸头”的亲切感。“若你用了狮号得几分懒洋洋的狮性倒也好,偏偏你成天雄赳赳、气昂昂,专等着路见不平,拔刀相助。”③这口气如同姐姐半是怜爱、半是埋怨地在劝阻淘气的弟弟。介绍简大狮这一小节,作者的语气从血战令人窒息的紧张中抽离出来,细致入微地刻画出一个英武可爱的热血青年。然而,到了最后一节描写简大狮英勇就义时,简媜不再使用第二人称,这一转变也使得气氛转为庄严悲痛。此时,简媜用简洁的句子描写出锥心之痛:“简大狮心已死,容颜如槁木。船靠岸,他抬头看了观音山一眼,听取永恒爱恋的淡水河送给他的挽歌。”④简大狮为国献身,简媜对他的态度已转为仰视与敬佩,所以不能再用亲昵的第二人称,而是要以尊重的口吻对待英雄。这种转换自然而然,十分恰切。

简媜因为自身的遭遇,对于生命有着比大多数人更深刻的认识和思考,她用作品记录自己和他人的人生。“生命无常,但是文学久在,文学创作是简媜自我价值实现的舞台,她藉文字保留记忆,也抒发对人生的感慨。”⑤《朝露》既是对于抗战历史的一段真实记录,也是对无数抗日志士在天之灵的告慰。那一个个曾经鲜活的生命,犹如一颗颗晶莹的朝露,虽微小,虽短暂,却可以在某一个瞬间映射出太阳的灿烂光辉。

(作者单位:福建师范大学文学院)

① 《遭逢简媜的三道茶》,http://yueyechuhe.blog.sohu.com/117456631.html.2015 年 9 月 21 日。

② 简媜:《朝露——献给一八九五年抗日英魂》,《台港文学选刊》,2005 年第 8 期,第 12-13 页。

③ 同②。

④ 同②。

⑤ 赵丽丹:《简媜散文研究》,福建师范大学硕士学位论文,2009 年,第 9 页。

地方风景：从吕诉上改编佐藤春夫《星》谈起①

王　伟

一、闽南物语：跨界想象的多重变奏

全球景观的构筑有赖于民族表象的开掘，是谓局部支撑整体、特殊牵引普遍；而区域地景的呈现亦取决于世界图景的托举，可谓整体“发明”局部、普遍“规训”特殊。与之相映成趣的是，东亚现代性语境中的闽南论述主轴与研究旨趣，常常伴随闽南自身的身份变化而发生转向；而绚丽多彩的闽南符号作为东亚乃至全球文化拼盘的花色之一，其浮沉隐现往往系于世人关注焦点的滑动位移。

有鉴于此，目光不妨投向一部颇具颠覆色彩的史论巨著，即宣称荟萃海外顶级学者协同编撰、尚未出版便引起全球学界期待的《剑桥中国文学史》（The Cambridge History of Chinese Literature，2010）。其深受晚近的“后学”影响，在大处上采用不同于境内通行的主流文学史观，矢志解构官方/民间、文人/草根、雅文学/俗文化等二元对立的叙事理路；在小处上则致力打通代表乡土根性、庶民趣味的“小传统文化”与映射知识精英审美诉求之“大传统文化”的天然鸿沟，进而在“大文化史”而非“小文学史”的大格局中阐述艺文活动的意义生产与再生产。颇值得玩味的是，这部

① 本文为2011年度国家社科基金一般项目（11BZW107）、中国博士后科学基金第57批面上资助项目（2015M570554）、2015年福建省中青年教师教育科研项目（JAS150472）、泉州市社会科学规划项目2015年第二期课题（2015E13）研究成果，依托平台为中国社会科学院文化研究中心闽南文化研究基地。

纵贯上古至今、上下数千年的国别文学通史，出人意料地专辟一章阐述传统意义上不登大雅之堂的说唱文学。其在该章名下的“南方传统说唱”一节中，清晰明了地叙述了一个缠绵悱恻的爱情故事：“黄五娘在元宵节时出门观灯，遇到泉州人陈伯卿护送嫂嫂到兄长任官之所。两人一见钟情。然而，五娘的父亲不顾女儿反对，迫使她嫁给当地举人林玳，五娘因此抑郁成疾。伯卿经过她的窗下，五娘将一颗并蒂荔枝包在手帕中扔给他。陈伯卿改名陈三，并假扮成磨镜工匠来到五娘家中。他故意失手打破一面镜子，借此卖身为奴以抵销债务。一年之后，在五娘的婚礼准备妥当之时，伯卿在婢女益春的帮助下与五娘见面，两人连夜私奔至泉州。林、黄两家因悔婚引发诉讼，五娘的父亲被判退还聘礼。同时，一对情人已抵达泉州，面见父母，从此快乐地生活在一起。这个故事早在16世纪便因改编成闽南戏而闻名。”①显然，曾任哈佛大学费正清东亚研究中心主任的本节作者伊维德（Wilt L. Idenma）所描述的乃是在“南中国”（主要在闽、粤、台、港、澳等地）以及日本和东南亚地区广为流传的“陈三五娘”传说。

值得关注的是，“陈三五娘”的传说在日本大正时期，甚至引起耽溺于“东洋”对抗“西洋”之唯美派文人符号化闽南的重写冲动，于不期然间参与了现代日本之“中国趣味”与“亚洲意识”（由欧洲所反身定义）的建构进程。例如，陷入三角苦恋的佐藤春夫在1920年夏天“台闽之旅”后，根据其间在厦门某客栈听到偶然结识的台湾小学教师讲的当地传说，②开展浪漫私小说式的绮情想象，写就了这一渲染男女离合悲欢、强调世情无常、呼应顺遂天命的悲情短篇小说《星》，阐释了其在兹念兹抑或自溺其中的“东洋人的质感”。吊诡的是，其弱化“荔”“镜”两个核心意象，转而以“星”为结构轴心，并在小说后半部分完全逸出“陈三五娘”传说的原有框架。进而言之，自谓处在中心以审视边缘的故事新编者，在风格化、欲望化、身体化的情色叙事之外，“自觉或不自觉地流露出某些殖民者意绪”。③其颇异其趣地将故事原本的发生时间由南宋末年改为明清鼎革时期，同时居心叵测地加入“崇祯测字预知明朝气数将尽”，以及感同身受地歌颂洪承畴（小说将之刻画为陈三与益春的遗腹子）降清的忍辱负

① 孙康宜，宇文所安：《剑桥中国文学史（下卷）》，刘倩，等译，生活·读书·新知三联书店，2013年，第444页。

② 齐佩：《从佐藤春夫的〈星〉看近代日本的中国想象》，《日本问题研究》，2014年第2期，第73－80页。

③ 朱双一：《台湾新文学中的“陈三五娘”》，《台湾研究集刊》，2005年第3期，第91－98页。

重、顺时应命，别有用心地称其“是世界上最伟大的人物”。总而言之，这个故事未曾说出却已然提示一个人所共知的事实，小如“闽南”，大到“东亚”乃至“亚洲”，不仅仅是一个现实层面的知识范畴，更是一个文学想象的地理空间，而“为什么要谈论闽南”和“为什么不谈论闽南”，涉及状况中的政治与流动性的历史，缘此，“重要的不是故事讲述的年代，而是讲述故事的年代”。

斗转星移，物是人非。今人之所以晓得有《星》这么一篇并不起眼的小说，更多是因为吕诉上先生在其《现代陈三五娘》这本书的书后附上了《星》，并坦诚其改编理论深受《星》的影响。众所周知，曾负笈日本的台湾戏曲大家吕诉上先生于1938年前后的烽火之时，尝试运用闽南方言创作五幕十七场的轻喜剧话剧剧本《现代陈三五娘》（书名自署《台湾民间风土语小说》），并身体力行地自组班底在台巡演，其书在十年之后于台北正式出版。但是小说界关于这一故事的现代性征用，并不局限于此。擅长写作才子佳人小说的鸳鸯蝴蝶派代表作家张恨水，在1957年推出的小说《磨镜记》，抽象地发挥传说所蕴含个性解放、婚姻自由的人本精神与“反父权”“反夫权”的性别情怀，观照了以日渐觉醒的女权意识反抗男权中心主义思想传统的文化转型。作为台湾日据时期颇为活跃的作家兼社会活动家的张深切，于1957年前后创作电影剧本《荔镜传——陈三五娘》，通过对贪赃枉法、仗势欺人之官僚丑态的揭露批判，强化情感与法理、异端与正统、秩序与反秩序的紧张对立，暗讽国民党政权迁台之后的高压统治与晦暗现实，曲折显现守望民间自由思想的作者将之作为一种移置或曰回应现实斗争的特殊方式。“台湾历史小说家之中坚”、江苏籍的章君榖于1966年10月到1967年3月，在大名鼎鼎的《联合报》副刊连载其所改写的长篇小说《陈三五娘》（两年之后在台湾传记文学出版社推出单行本），或许是其对于闽南文化了解不多、理解不深的缘故，其颇为可惜地去除了传说当中的闽南韵味，使得原本所映照的传统闽南日常生活的协商活动付之阙如。与之成鲜明对比的是，在20年之后，籍贯永春且身为厦门市动植物检疫局高级农艺师的颜金村，于1987年编著完成的44回长篇章回小说《陈三五娘》，通过描绘西洋裸女塑像、波斯香精等舶来之物，回望万商来临、使节云集的泉州聚宝街，以及引入阿拉伯后裔蒲寿庚这一具有多重身份的历史人物，力图重温昔日“东方第一大港”的繁华故梦，逆向折射了泉州人积淀已久的海丝情结。原籍晋江、长大赴菲、老来居台的许希哲，也将传统性与现代性相互激荡的生存体验，先后投射到其所撰写的《陈三五娘别传》和《荔镜缘新传》（台湾照明出版社 1989 年出版）之中，演绎怀旧传统、恋物对象所承载或曰超载的文化脉动，发露其间归属/离弃、认同/拒斥的多重结构。此外，出身鹿港望族的知名女作家施叔青在完成"香港三部曲"之后再接再厉，于 2003 年推出其《台湾三部曲》的第一部《行过洛津》，旨在翻转底层人物的生命记忆与改写台湾社会的书写方式。其不无反讽意味地虚构了清末担任洛津（鹿港）同知的朱仕光一方面义愤填膺、惺惺作态地削删篡改《荔镜记》，另一方面却与赴台演出"陈三五娘"的泉州"七子班"男旦许情（月小桂）产生的情欲焦灼。其将挥之不去的原乡情结与难以言传的离散经验，重组进女性史观之以小博大的另类视域之中，"剪影出汉移民社会早期的粗糙、好勇斗狠，以及夸张的声色之娱，还有那种自在的生命张力与许许多多的哀歌"。①

二、闽南物语：荔镜情缘的前世今生

有道是，小说虚构东亚，而戏曲则表演东亚。下面就由小说入戏曲，梳理戏曲现代性语境中的"陈三五娘"。如前所述，除了"一脉相承五百年"的泉腔梨园戏之外，"陈三五娘"故事亦为诸多剧种所嫁接、所演绎。

首先，根据笔者和学院同事于 2010 年 9 月在鲤城区新府口 48 号的泉州地方戏曲研究社办公室采访该社社长、本地知名戏曲史家郑国权老先生所知，从梨园戏移植内容过来的"陈三五娘"，一直就是高甲戏的常演剧目。另据了解，在闽南一带享有盛誉的厦门"金莲升"高甲戏剧团，于 1952 年在梨园戏《陈三五娘》的既有基础上，吸收坊间传说、民间说唱与南曲唱段，精心整理出六集连台本戏《陈三五娘》。在这之后，其还根据剧种本身的艺术特点精雕细琢，相继整理出拥有新旧两本的《审陈三》《益春告御状》等剧目，详写或曰续写梨园戏"陈三五娘"在私奔之后的故事情节，使之由一见钟情、因爱私奔的传统爱情戏，陡然转化为社会意涵更为浓厚的公案剧。

其次在闽台歌仔戏发展史的主流叙述架构中，由梨园戏《荔镜记》内容改编的《陈三五娘》与《山伯英台》《吕蒙正》《杂货记》一道并称老歌仔戏"四大柱"，不仅当仁不让地成为艺人入门学习的教学剧目，而且深受闽台两地庶民阶层的由衷喜爱，就连濡染欧风美雨的戏曲学院派亦对之

---

① 施叔青：《行过洛津》，生活·读书·新知三联书店，2012 年，第 6 页。

青睐有加，进而从现代性角度切入对之进行与时俱进的翻新改造。根据百余年来歌仔戏的表演经验，冲州撞府、行走江湖的民间艺人往往根据市场需求与现场状况，发挥腹内功底即兴改编、添枝加叶，因而存有两种完全不同的收煞走向，即“波澜回旋、喜庆团圆”的喜剧性收尾与“抄家灭门、遗恨长存”的悲剧性结尾。当然话说回来，考虑到哭腔盛行的传统歌仔戏“以悲为美”的审美特质与某种不便提及但彼此心照不宣的搬演场合，很多情况下都以充满窒息感的悲剧性结局收场。无须讳言，悲剧作为叠映人生理想的审美形态，因其将“有价值的东西毁灭给人看”，而从否定层面激起主体直面酷烈人生的崇高感与生命力，某种程度上与学院中人反思现实生存、追求深度模式的改编口味更加契合。例如，毕业于台湾东吴大学的刘南芳女士于1993年创作的歌仔戏《陈三五娘》，有意突出当中最富表演张力的“殉情”部分，而以荡气回肠的悲剧形态表达其对世间爱情乃至生命存在的形上拷问，从而为审美现代性的历史想象提供新的资源。

再次，正如清末同治年间黄梧阳的《鲤城竹枝词》所诵，“喧喧笙管逐歌讴，月落霜深尉始收；一曲分明荔镜传，换来腔板唱潮州”。荔镜情缘不仅仅是发生在泉、潮二州的爱情故事，亦是同属广义闽南语系、同为宋元“南戏遗响”之潮州戏文的佳作代表，通常被理解为频繁交往的两地人民共同智慧的艺术结晶，诠释成闽南文化核心区的泉州与潮汕文化中心区的潮州交流融合的文化产物。具体来讲，倘若追溯“陈三五娘”现存最早的戏文刊本，即原本分别藏于日本天理大学图书馆与英国牛津包德利图书馆的《重刊五色潮泉插科增入诗词北曲勾栏荔镜记戏文全集》（俗称“嘉靖本”），可以看到其在页后特意标榜本书乃是根据潮、泉二部“字多差讹、曲文减少”的《荔枝记》“校正重刊”而成。由此推论，在此之前应该存有一部与泉州方言相颉颃的用潮州方言写就的戏文刊本。至于15年之后刊刻的由“闽东书林南阳堂叶文桥绣梓，潮州东月李氏编集”的《新刻增补全像乡谈荔枝记》（俗称“万历本”），更是直接“用潮州方言（乡谈）写成”。顺带一提的是，笔者的同学骆婧博士及其导师陈耕先生在2005年12月于邵安举办的“闽南文化与潮汕文化比较研讨会”上所提交的会议论文《从〈陈三五娘〉看闽南潮汕的文化关系》中提到：“据曾任福建省戏曲研究所副所长陈贻亮先生回忆，他在50年代初来闽南参加戏改，听闽南高甲戏的老艺人说，《陈三五娘》开始只写到二人私奔，由潮州回到泉州，有情人终成眷属。后来，潮州人看了不高兴，就续写了赤水溪捉陈三，陈三被发配，五娘投井自尽。这一下泉州人又不高兴了。又续写益春告御状，陈三哥哥救陈三，好事多磨，终于团圆。”由此观之，这一剧目是如此深入地嵌进两地人民的艺术交往与日常生活当中。或许正是鉴于“《荔镜记》是最富有地方生活风采及人文特色的潮剧古老剧目”，以及在潮汕民众心目中享有不容置喙的崇高地位，新中国成立以来数代潮剧工作者投入大量精力对其进行符合时代精神的创造性改编，体现了其在现代性语境中对区域间共有文化资源的竞逐与利用。如在 1961 年，“吴南生（何苦）主持并与魏启、谢吟、李志浦一起，根据《班曲荔镜戏文》第 35 出至 55 出的情节，并参考有关的潮州歌册、民间传说编写了《绪荔镜记》（《陈三五娘》下集）”。[①] 笔者以为，这一续本令人击节叫好的优点有三：一是以生动活泼的喜剧形态，淋漓尽致地展示官场波谲云诡的权钱博弈；二是以雅洁闻名、神乎其妙的“功夫茶”入戏，并以茶为媒推动情节发展，不动声色地再现或曰推介乡土文化；三是珠玉在前的梨园戏“华东本”在两个“有情人”之“私奔”高潮处戛然而止，留下开放式结局而让一般观众颇有意犹未尽之感，潮剧续本满足了偏好封闭式结局的普罗大众，在舞台上看到陈三五娘能够以“明媒正娶”的合法仪式实现“终成眷属”的美好期盼与善良愿望。另外，依据潮州市潮剧团的编剧刘管耀先生本人的回忆，潮州市潮剧团于 1987 年 10 月首次出访香港、1987 年 11 月首次出访澳门、1990 年 11 月首次出访新加坡、1991 年 1 月首次出访泰国，无一例外地演出其所改编的《益春与六娘》（即《益春》）。

临末必须补充的是，根据郑国权于 2010 年 11 月莅临泉州师范学院文学与传播学院与该院师生就《荔镜记》举行座谈的内容，以及笔者于 2012 年 12 月亲赴汕潮地区与汕头大学图书馆、韩山师范学院潮州文化研究院的有关专家交谈所悉，由于年代变迁特别是长期以来的官方禁演，全本潮州戏《陈三五娘》在 20 世纪 30 年代就已失传，只剩下《大难陈三》一个锦出戏赴武汉参加 1952 年 9 月的“中南区第一届戏曲观摩会演大会”。目前人们见到的较为完整的计有八场的潮剧版本，乃是拜托潮剧名旦姚璇秋等三人于 1955 年来泉州考察梨园戏《陈三五娘》，回去之后集合力量改以潮州方言声腔重新整理而成。正因如此，1995 年出版的《潮剧志》意味深长地写道：“由谢吟根据老艺人口述，参考梨园戏同名演出本，重新整理。”当然，除了与梨园戏并蒂莲生、难分彼此的潮州戏之外，或是

① 林淳钧：《潮剧闻见录》，中山大学出版社，1993 年，第 334 页。

有鉴于“陈三五娘”作为“戏改”中的“改戏”范本，其亦被作为可供复制的师法对象，而为黄梅戏、越剧、豫剧、川剧等更多剧种所移植或挪用。平心而论，在民族性与现代性相互汇融、相互碰撞的二元张力结构下，“陈三五娘”的现代性改编，虽以“两情相悦、婚姻由己”之反封建内核暗合1950年5月1日新颁行的《中华人民共和国婚姻法》，一时摇荡闭锁已久的世风人心，但令人怅惘的是，或许由于“橘生淮南则为橘，生于淮北则为枳”的生态缘故，根据实际的观演效果而言，上述剧种之间“同多于异”的取材嫁接辨识度较低，并没有取得“古调新声再出发”的预期成果，加之时代风向愈发朝着激进现代性一极的整体偏移，这股热潮宛若昙花一现，以致不为今人所知。

三、文化侨易：东亚语境的“陈三五娘”

“历经沧桑情不变，千古流传荔镜缘。”从某种意义上讲，关于这一故事的叙述既是完整的又是不完整的，其留下的缺憾为我们的纵深推进预留了空间。或许因为我们对这一传说的情节套路早已烂熟于胸，所以真正引发我们兴趣的并非故事内容本身及其美学风格，而是故事表征的镜像回廊、文本显影的文化事实和经典命名的权力机制。缘此，在提交给第14届“亚洲艺术节”期间举办的“‘陈三五娘’传说学术研讨会”的会议论文中，笔者就现代“陈三五娘”话语的兴起而追问，今天我们在谈论“陈三五娘”，究竟在谈论“陈三五娘”的什么？由之，讨论还可以延展到对“谁讲述的‘陈三五娘’”（言谈主体）、“‘陈三五娘’讲述谁”（言说对象）与“‘陈三五娘’属于谁”等相关问题的重新思考。显然，故事并非悬浮、游移于社会文本之上的审美存在，经典的一朝命名也不纯粹是美学逻辑的作用结果。因此，若要回答环绕文本与文本环绕的诸多问题，离不开文本现场的多次往返与问题语境的再次重构，也意味着我们不能抽离具体时空、孤立静止地“就戏论戏”，而是要将之置放在繁复多端、复杂错综的文化关系网络中做多维透视与多重解析。顺此思路而展开遐思，这就关涉比较文学方法论中的一个关键词——跨界。不言而喻，作为外延模糊、内涵深刻的超级能指，“跨界”渐次成为传播主义文化研究的时髦语汇。尽管时至今日，“何谓跨界”的问题辩证与“跨界何为”的思想操演依然仁者见仁、智者见智，但当我们越过相互缠绕的意义交叉小径，运用跨界思维进行立体审视，或许不难发现，在不同视域的相互投射之下，“陈三五娘”

故事的文本序列及其意义链条，体现了东亚文化圈内部及其与其他文化圈之间的交流和互动。

参考文献：

1. 泉州地方戏曲研究社编：《荔镜记荔枝记四种》，中国戏剧出版社，2010 年。

2. 郑国权：《明万历荔枝记校读》，中国戏剧出版社，2011 年。

3. 陈世雄，曾永义：《闽南戏剧》，福建人民出版社，2008 年。

4. 郑国权：《荔镜奇缘古今谈》，中国戏剧出版社，2011 年。

5. 王伟：《现代性故事的想象机制与讲述方式——以主体间性为视角》，广西师范大学出版社，2015 年。

（作者单位：泉州师范学院文学与传播学院）

别样的抗日斗争
——《高云览传》之解读

吴春兰

由海峡文艺出版社出版发行的《福建现代作家传记丛书》中的《高云览传》，由高云览先生的长女高迅莹执笔，引张楚琨先生为1996年出版的《永远的纪念》一书写的序言为代序。作为传记文学，《高云览传》按编年史分为鹭岛篇（1910—1937）、烽火篇（1938—1941）、流亡篇（1942—1945）、丹心篇（1946—1949）、生命篇（1950—1956）及附录"高云览年谱"等六个部分，真实而生动地记录了高云览的传奇人生，读之令人回肠荡气。虽然高云览先生只走过了46个春秋，但其短暂的一生映照出的却是光彩照人、无私高尚、真诚坦荡、充满智慧与才华的一生。在中国及东南亚的抗日战争中，高云览手中紧握的笔不是枪杆却胜似枪杆；他机智游刃的商海不是战场却胜似战场。不论作为辗转于东南亚的进步文化人士，还是一腔热血的归国华侨，高云览先生所表现出的爱国情怀不是党员却胜似党员。本文选取高云览生命历程中的中国抗战时期、南洋流亡时期及新中国成立初期的爱国壮举等三个片段来解读高云览独特的人格魅力及其别样的抗日斗争。

一、手中紧握的笔不是枪杆却胜似枪杆

《高云览传》中记录了中国抗日战争爆发后，1939年1月，高云览毅然辞去马来亚麻坡中华中学教务主任的工作，以《南洋商报》驻渝记者身份，经香港、越南、昆明、贵阳等地，终抵战时重庆。亲身经历日军大轰炸，

与百姓一起频繁躲进防空洞。此时，生活无着的高云览把自己的命运同祖国的命运紧紧地联系在一起，他握起手中的战斗的笔杆，很快发表了《空中野兽在重庆惨酷轰炸徒增我复仇之决心》。文中写道："当我抬头时，一群银色的飞机，正列成一字长形，像一群群有灵魂的空中野兽，从头上叫嚣着过去。接着，高射炮声，炸弹爆声，震撼得响了一阵，学校的玻璃窗都震碎了，灰土掉了一走廊。"①高云览清醒地认识到自己身为记者的天职，于是"警报还未解除，我便出动了，我知道，一个新闻记者，在这时候，得狠一狠心，以人间的惨酷和怨恨来做他自己的材料"。② 高云览形象地将疯狂轰炸重庆的日军敌机比喻为"空中野兽"，足见其痛恨之情。目睹重庆遭轰炸之后惨绝人寰的情景，高云览不禁控诉道："我跨过许多的死尸，在这里，我看见一堆贴在黄土的脏腑，我看见一个给弹片切开的腹部……我看不下去，想转过脸去，但终于把我的眼睛，钉在这些狼藉的血肉上面。是的，我应当看，应当听，应当感受这残酷和这仇恨，我应当不回避，应当面对着它，牢记今天的血。"③

抗日战争时期的高云览为身陷灾难的祖国忧心如焚，不顾个人安危，千里迢迢回到祖国，自觉担起了救亡责任。他紧握手中的笔，穿梭于炮火纷飞的大西南，采访了浴血奋战的抗日将领及前线士兵，撰写出一篇篇有血有肉的战时通讯与报告文学。由于《南洋商报》迟迟未给高云览汇来稿费，他在重庆陷入贫病交加、身无分文的人生困境，几度与死亡之神擦肩而过。但他却以顽强的毅力、坚定的意志，将手中的笔杆化作了枪杆，给《南洋商报》发去一篇又一篇凝聚着国仇家恨的战时文学作品。他借助文字无情地揭露了日本侵略者肆虐我中华大地的血腥事实，使得广大东南亚华人能够借助《南洋商报》这一扇窗，及时了解祖国各方的抗日战争情形，同时也把祖国抗日将士英勇杀敌的战斗精神与抗日必胜的乐观精神，通过《南洋商报》传播到东南亚华人的心中。

1940 年 10 月，高云览返回新加坡，发表了《重庆不怕轰炸》《在炮火中苦斗的祖国士兵》等文。此时的高云览肩负中国共产党高级领导人的重托，虽身在南洋，却依旧心系祖国，手中的笔杆依旧充满了战斗力。在《重庆不怕轰炸》一文中，高云览写道：

---

① 高迅莹：《高云览选集（下）》，海峡文艺出版社，2000 年，第 27 页。

② 同①。

③ 同①，第 28 页。

> 重庆像个不倒翁，虽然给打得焦头烂额，断指折臂，也还是兀立着，此翁虽已白头，精神却很好，人家越打，他越强，越硬！①
>
> 我们的国府周围曾经落下七十多个炸弹，当炸弹最酷烈的时候，我们一百零八个国府委员正在那里的防空洞里面开会，他们的发言，绝不会因为听见弹炸的声音而终止的。②
>
> 虽然是炸的这样酷，燃的这样凶，死的这样惨，但重庆的市民并不因此就惧怕轰炸，他们懂得炸弹的轻重，懂得炸弹的破坏力到什么程度，他们在轰炸下学会了应付空袭的办法。③

《在炮火中苦斗的祖国士兵》一文，字里行间洋溢着高云览对祖国必胜的坚定信念：

> 在前线，咱们士兵知识进步了，他们说得打迂回，须得两边散开，打到敌后去，说得我们许多书呆子不懂的名词……他们对未来胜利的信念是坚定到无可再坚定，如果你问他：中国能得到最后胜利吗？你们定会看到对方，睁着惊奇的眼睛，因为那已经不成为疑问的铁的事实！④
>
> 今年三月我军反攻五原，出发前，每个士兵都下这样决心，“攻不进城，就把我们尸首喂狗”，这样挖心话他们说得出口的。还有：“拼他一个够了本，拼他两个赚一个”；当他们受伤，从火线上被抬下来，知道自己已经不行了，你听他们怎么说：“营长，我一个拼他六个，还赚五个呢！”⑤

高云览的笔端蘸满了灾难中祖国母亲的血和泪，一篇篇令人撕心裂肺的战时文学作品飞向了南洋，为东南亚华人展示了一幅幅触目惊心的日军肆虐图画，苦难中的祖国母亲被战争拖入了家破人亡、妻离子散的悲惨境地。高云览手中的笔犹如朝着敌人开火的枪，一篇篇战时报道犹如射向敌人的一颗颗子弹，也如同一声声号角，发出那个时代的最强音，召唤着东南亚华人与祖国母亲同呼吸，共患难！

---

① 高迅莹：《高云览选集（下）》，海峡文艺出版社，2000年，第133页。
② 同①，第130页。
③ 同①，第128页。
④ 同①，第137页。
⑤ 同①，第139页。

二、机智游刃的商海不是战场却胜似战场

根据《高云览传》记载,1941 年 12 月 8 日,日本侵略者发动太平洋战争,同日轰炸新加坡,新加坡沦为“四面倭歌”的孤岛。华侨文化界进步人士联合起来发动群众抗敌,率先成立了“星洲华侨文化界战时工作团”,著名作家郁达夫担任团主席,中共地下党员胡愈之任副团长,张楚琨任组织部长。之后爱国华侨陈嘉庚先生也义不容辞地组织了“新加坡华侨抗敌动员总会”(简称“抗敌总会”),广大侨民推选陈嘉庚为总会主席,胡愈之为执行委员兼宣传部长,郁达夫为执行委员。许多文化界进步人士纷纷承担起了抗日救亡宣传工作。高云览先生参加了“抗敌总会”,与文化界同仁一起组织演讲队、戏剧队、歌咏队。他们走上街头,踏进广场,慷慨演讲,冒着敌人的炮火演出救亡剧,高唱救亡歌曲,培训青年干部,激发群众抗日情绪。胡愈之领导的工作团每天坚持编印出版《南洋商报》。“战时工作团”和“抗敌总会”很快就合在一起工作,群情激奋,大大提升了战斗力。但驻守新加坡的十万英军却无意防守,经过 54 天的“新加坡防御战”,英军向日军投降,新加坡百姓与华侨面临遭受日军法西斯屠杀与蹂躏的危险。1942 年 2 月 3 日凌晨,迫于严峻的斗争形势,陈嘉庚等人先行撤退,悄然离开新加坡。这一天,胡愈之召开文化界抗敌人士紧急会议,商定撤往印度尼西亚的苏门答腊岛。高云览先生携第二任妻子白碧云开始了流亡生活。在苏门答腊岛的荒芭、原始森林里度过蜜月之后,高云览一方面为了躲避搜捕与日本侵略者玩起了斗智斗勇的“捉迷藏”,另一方面为了便于长期隐蔽成功实现了华丽转身,由一名文化界进步人士转变为经营有道、造福一方的商人、企业家。

苏门答腊岛西部赤道高原上有一个生活着万余人口的小镇叫巴耶公务,四个月后,高云览夫妇、胡愈之、郁达夫、张楚琨等人不约而同来到这里。为了生存,他们瞅准了商机——开办酒厂,卖酒给日本兵。每个人都隐姓埋名,郁达夫成了赵豫记酒厂的老板,高云览等人干起了伙计的行当。有着经商天才的高云览出了个金点子:“加水,加水!”结果成功地降低了造酒的成本,赢取更多的利润。后来他们又办起了钾皂厂,毕业于上海交大的方君壮发明了用灰水、石灰、椰油制成的优质钾皂,非常实用,很受市场青睐。高云览同样在钾皂厂里当伙计,并积极学习印度尼西亚语和日语。由于认识郁达夫的特务也来到巴耶公务,这一群抗日志士便决

定迅速疏散。高云览化名高友庆转移到西海岸的一个叫比阿曼的小港。高云览此时充分发挥了他的聪明才智，凭借在巴耶公务时的“偷师学艺”，挖掘当地丰富的椰油和椰灰等资源，经过一次次的试验，研制成功优质的钾皂，根据印度尼西亚人每天起床就要冲凉的习惯，取名叫“祝君早安”，伴随钾皂畅销整个苏西地区，高云览赚到了第一桶金。从此高云览便以企业家、商人的身份机智游刃于苏岛各地，从苏西的巴东辗转到苏南的巨港，又办起了钾皂厂。因制皂的材料质地不同，试制的肥皂缺乏硬度，高云览又一次展示了他的过人智慧，他提出用“盐析法”试验，果真造出了有硬度的棕油钾皂，又在苏南大为畅销。

流亡的日子里，斗争形势一直是十分严峻的。高云览一面经商，注重与当地华侨及印度尼西亚居民搞好关系，和睦相处；一面密切关注日本宪兵及特务汉奸的动向，时时刻刻都有被捕的危险。有一次日本宪兵借口高云览使用一张假币而抓走他，幸得在宪兵部当通译的郁达夫出手相救。宪兵头子还想利用高云览搜集情报，结果大家出谋献策，硬是对付过去了。其时，日本宪兵经过三年多的密察，已经掌握了高云览、张楚琨、胡愈之、郁达夫等人是一群“抗日文化分子”，预定在1945年9月1日要把他们一网打尽，全部活埋，甚至在苏岛最南端的楠榜已挖好了埋人坑，只是还来不及下手，1945年8月15日，日本天皇宣布投降，只差15天，高云览等人险些遇难。而郁达夫却在8月29日被日本宪兵杀害。流亡期间，在日本宪兵与特务汉奸的眼皮子底下，高云览机智沉着地游刃在敌人的刀口上，辗转周旋于印度尼西亚苏门答腊岛各地，并成功地转身为经营有道的企业家、商人，充分展示了他过人的智慧与经商的天才。

三、爱国壮举不是党员却胜似党员

日本侵略者投降后，高云览等人回到了新加坡，把他们在印度尼西亚购置的千亩橡胶园无偿送给印度尼西亚。为了具体协助陈嘉庚先生，高云览决定与张楚琨联手经商，目的就是赚钱来办报纸——《南侨日报》，以便有效掌控舆论喉舌，支持海外民主运动，促进祖国的和平民主与自由解放。他们成立了“鉅元公司”，并在印度尼西亚设立多家分公司，经营胡椒、橡胶等印度尼西亚土产，生意红火，短短四个月就赚到了百万元。连陈嘉庚先生也用闽南话打趣他们：“你们两个书生，做起生意，倒有两步八！”1946年5月，高云览加入中国民主同盟会，他经商、办报、资助进步文化事业，忙得不亦乐乎。但他始终念念不忘的是他最钟情的事业——写作，他最热爱的职业是当一名自由创作的作家。可是拥有一颗真诚爱国的赤子之心的高云览，在大局面前毅然舍弃了小我，努力挣钱办报。《南侨日报》成了中国共产党的外围宣传机构，大量报道人民解放军的胜利与国民党的溃败，宣传祖国的民主革命，促进东南亚华侨的爱国团结。

“鉅元公司”生意蒸蒸日上，高云览与张楚琨不失时机，用赚到的钱向英国当局购进两艘远洋轮船并成立船务公司，航行于新加坡与印度尼西亚各港口。其中一艘叫“南美”号，是运输船；另一艘叫“南元”号，是登陆艇。1948 年 6 月，英殖民当局宣布在马来亚联邦和新加坡实施“紧急法令”，《南侨日报》发表社论批评“紧急法令”。于是，英当局“政治部”警探经常来报社监视、坐探、捣乱，报社各部门多位负责人包括主笔夏衍等，有的被捕，有的被“礼送出境”。胡愈之、张楚琨等人先后离开新加坡避居香港，高云览独自撑起了“鉅元公司”。在这非常时期，高云览三次得到指示，飞往香港去和中共地下党人会晤。潘汉年同志代表党来谈话，提出解放战争即将胜利，党急需大批海上运输工具运载军用物资，希望“鉅元公司”的轮船能开返祖国，成为华侨投效祖国的先倡。高云览当即慨然应允，决定放弃南洋航线利益，将“南美”和“南元”两艘轮船开回祖国，听从召唤。高云览和张楚琨一起坐镇香港，共同指挥“南美”号和“南元”号北上。为躲避美蒋封锁线，他们巧妙地高挂英国国旗起航，为两轮船取得英国航籍，并雇佣英国人担任船长、轮机长、大副等职，抵达香港后开始运载解放战争军需物资，往返穿梭于香港和烟台之间，多次立功。

1950 年 2 月，高云览回到了祖国，并在天津塘沽港买下了一所房子定居下来。他和张楚琨商定，要把他们共同经营的生意全部无偿献给国家，然后他要专心去完成 20 多年来萦绕在他心头的夙愿——把 1930 年轰动全国的厦门大劫狱事件创作成小说，即后来耗费他生命最后时光创作的《小城春秋》。但当时的新中国百废待兴，急需恢复国民经济。高云览再一次从国家利益出发，为新中国经商，为人民做贡献。高云览一次又一次创造性地指挥“南美”号勇闯国民党的布雷区，航行于天津与汕头港之间，甚至远赴斯里兰卡运回橡胶。期间，高云览几度打报告给华北局，要求把在天津设立的“鉅兴进出口贸易有限公司”交给妹夫皮荫芬掌管；把登陆艇“南元”号让给中国海军（已奔赴解放南海诸岛的战场）；把 1400 吨的运输轮“南美”号献给国家；把“鉅元”“鉅兴”两公司在国内外的全部资产献给国家,这是何等的爱国境界啊!

高云览如此真诚坦荡的爱国情怀,如此高尚无私的爱国精神,一片丹心印证了他不是党员却胜似党员的境界!高云览先生值得我们永远缅怀!永远学习!永远赞颂!

传记文学作品贵在能使传主身上凝聚着的正义与道德的精华,成为人类世世代代可以凭借的精神力量,去同一切腐朽的、丑恶的东西做斗争,打破时空之界限,从而推动历史的进步。比起虚构文学,传记文学对传主人生际遇的真实呈现及特定历史时期的深刻反思,都能对读者的心灵造成更强劲的撞击。《高云览传》大量呈现了高云览成长过程中的生活细节、日常琐事,史料性与文学性相融合,形象性与生动性相交织,促使我们在解读中与传主高云览的灵魂相遇。“因为传记文学与历史的特殊关系,使得它可以将历史孕育的丰富的人类智慧传达给我们。从这个意义上说,是一部部传记文学作品构成了民族思维史、精神史。借助于传记文学的叙述,每一个真实的生命,每一个鲜活的昨天,从历史中仰起脸来,与有缘的读者打个照面,并且对话和分享。”①由是,高迅莹之《高云览传》无疑是一部优秀的传记文学作品。

(作者单位:泉州师范学院)

---

① 西篱:《历史与永恒——谈〈历劫与奋飞〉及传记文学诸问题》,《南方日报·读书周刊》,2010年12月5日。

简论越南华侨作家叶传华的抗战书写

涂文晖

叶传华(1918—1970)是早期越南华侨中著名的学者、诗人。他祖籍广东省丰顺县,出生于越南的小城会安。1933 年他第一次回国,就读于广州培正中学;四年后,高中还未念完就返回了会安。1938 年,正值国内的抗日烽火如火如荼的时候,他毅然决定重返祖国的怀抱,并考入了西南联大哲学系。1943—1945 年,是叶传华写作最重要的年代,他的绝大多数作品都完成于这两年。1946 年 10 月,抗战胜利后,叶传华回到会安。1947 年叶传华第三次回到中国,进入清华大学深造。1948 年,他又再次返回会安,此后在越南长期从事教学及报社的翻译工作,广受学生欢迎,并为中越文化交流做出了重要贡献。1970 年,叶传华在越南因病去世。去世之前,叶传华将封藏了 20 多年的诗稿陆续刊登于越南的各中文报纸上。1971 年,《叶传华诗集》在越南堤岸出版,被视作越南华文文坛的一件大事。2004 年,该作品集由香港文学报社出版公司再版,并加入了作者最后几年刊登于越南华文报纸副刊上的文章,更名为《叶传华诗文集》。

一

《叶传华诗集》是叶传华的代表作,共收诗 119 首,除了写于 1970 年的三首之外,其余各首均创作于 1945 年前后。这些作品大致可分为哲理小诗和时代战歌两大类,它们充分反映了抗战时期叶传华的思想波澜与艺术追求。

叶传华的家庭有着光荣的抗日经历。抗战期间,他的父亲是越南当地的爱国侨领，因忧国病发而死；叶传华唯一的胞兄又被日本宪兵逮捕受毒刑致死；叶传华本人曾于 1938 年成立会安华侨青年团，进行抗日救亡工作。进入西南联大之后，国仇家恨使叶传华长期徘徊在做文人还是当战士的矛盾之中，这些都在他的作品中留下了深刻的烙印。

叶传华热爱文艺，热爱诗歌。在作品《诗》中，他写道："我和诗，/好比蚕和丝。/只消倾吐。/桑叶呢？/这块苦痛的地土。"作品《审》以机智、风趣的笔调，通过戏剧性的对话，形象、生动地展现了青年人对于诗歌的执着。《审》的前两节是一个老先生对于诗的斥责：

"诗，
你这跃动的美丽，
你这一闪的昙花，
这不祥的短命鬼，
你让开点！"

"让开点！让那
大海般碧蓝的哲理，
山岩般坚固的科学定律，
钢铁般铮亮的社会改革方案，
这些能救人的论文，
来到青年人的手上！
诗！你有良心吗？
把你脸上的胭脂
抹掉吧！"

第三节是"诗"的自我辩解：

诗害羞地回答：
"先生，我会让开的，
但是青年人不放开我，
他把我拉住，
也许，先生，你们的时代
有苦难！"

第四节是老先生对青年人的质询：

“好，青年人，我就问你，
像诗那样的
散发的幽灵，
你不怕她吗?
为了你们有为的理性?”

诗的最后两节是青年人的回答：

青年人苦痛地回答：
“我怕，我就怕她!
但是，有一种可怖的声音，
(也许你老先生听不见，)
是杀人的战鼓吧，
是流血者的脉搏吧，
是饥饿者肠胃在绞缠吧，
是寒热病的气喘吧，
是海的狂嚷吧，
是山的窒息呻吟吧，
它使我不能静坐片刻，
那声音，是那声音，
叫我蹦跃起来!”

青年人说着，转过来一把抱住诗：
“你这跃动的美丽，
这一闪的昙花，
这不祥的短命鬼，
你的影子
同那声音一样幌动，
我在恐怖中
偏偏吻你!”

以上两首诗都反映出了叶传华写作的基本观：诗歌是时代苦难的反映。他的写作并非是躲在象牙塔之中的向壁虚构，而是面向时代、面向社会的。

二

虽然叶传华坚持自己的写作理想，但在写作的过程中，他的内心始终充满矛盾。叶传华的哲理小诗是他在西南联大沉思的结晶，这些作品吸收了20世纪上半叶现代派诗歌的观念与形式，追求“思”与“诗”的融合，如他自己所言：“豪饮哲学的红酒/吐出诗的白泡沫。”（《吐》）哲理小诗最能代表叶传华的艺术成就，“他的小诗获得前辈赏识，曾刊登于各文艺刊物上。战后上海出版的《文艺复兴》（李健吾教授主编），也曾刊载作者小诗”。[①] 然而，在陷入沉思的同时，叶传华的内心又产生了对这种“沉思”的质疑，比如他在《瘠土》中写道：“沉思的孩子，醒过来吧。/别浪费你无数青春的刹那，去捕捉一点点虚幻的永恒。/何必再凝视‘自我’？内在的灵魂原是最稀薄。这窄土如此贫瘠，怎会有甘美的果实？”尤其是当他的胞兄惨死于日寇之手时，叶传华痛切地写下了诗歌《问》：

里尔克，
你能无视战争的硝烟；
要是你的善良年轻的哥哥
被凶暴的敌人鞭死，
你难道只写一首眼泪的诗？

耶稣，
你能看着铁钉穿过你的掌心，
把你血淋淋吊在十字架上；
要是你的善良年轻的哥哥，
被兽性的敌人烧死，
你难道也能仁慈地审视？

康德，
你能在悠悠八十年中，
不走出家乡三十里；
要是你的善良年轻的哥哥，

① 李家衡：《叶传华诗文集·再版序》，香港文学报社出版公司，2004年，第17页。

被丧尽理性的敌人毒刑打死，
你难道仍能默然玄思？

在这首诗中，诗人内心的痛苦、自责与愧疚一览无遗。在另一首怀念胞兄的诗《英哥》中，诗人还写道："英哥，/我们羞耻惭愧身在祖国，/沉迷于艺文，无视了兴亡！/你，你们几位受难者，/是华族屹立在海风中的侨烈，/在国疆以外，/以惨死扬播了赤忠。"在诗歌《四望》中，抒情主人公更是站到图书馆的房顶上，对着学府外东、南、西、北四面进行张望，映入眼帘的是一幕幕惨不忍睹的、充满死寂与恐怖的画面，诗的末尾一句写道："你下来，你下来，你还配埋头重翻着厚重的书本。"以上这些都反映了诗人内心深刻的矛盾，国难当头，握笔还是握枪？读书还是上战场？这两种思想在叶传华的内心此消彼长。其实，这两种思想的出发点都是一致的，都是为了救国、爱国。当现实的要求更紧迫时，叶传华内心的负疚感就逐渐加剧，有时甚至流露出对书本知识的否定，不过，叶传华最终并没有抛弃书本，他也清醒地意识到，从长远来说，国家的建设离不开知识。写于1945年的诗歌《失去的乐园》是一篇未完成的作品，从诗歌内容来看，它应该是写于抗战胜利之后不久，在诗中，诗人一方面称赞"当然也有许多人参加了抗战，那是最果敢最有为最爽快的"，紧接着，诗人又写道"但抗战打完他们就揩着脑门上的汗而对社会的改革一样茫然"。很显然，叶传华的思想情绪不只是他个人的，它们是抗战时期许多爱国知识分子的一种普遍心理。

三

除了哲理小诗之外，叶传华还创作了一些直接响应抗战的作品，加入到了全国文艺界抗战宣传的大合唱之中。比如《北望》，全诗如下：

一片黄土，
一道黄河，
一堆黄脸！……
南方孩子们，在遥想：
中原古来是这个模样。
黄土里竟长不出麦子，
黄河水又泛滥，

黄脸更饥饿与大死亡!
南方孩子们,在遥想:
中原怎吃得住这回灾荒?

黄土上铁蹄又践踏而来了,
黄河已被敌舰渡过了,
黄河同胞更苦痛地起来挣扎!
南方孩子们,在遥想:
中原真会不会被抢光?
黄土要我们运麦子去!
黄河要我们把大军开出去!
黄脸人民向我们要最精锐的枪支!
南方孩子们,都祈愿:
我们中国先要死抱紧中原!

整首诗情绪激愤、斗志昂扬,起到了鼓舞士气的作用。

在叶传华的抗战诗歌中,他的救亡心理表现得尤为迫切,情感的天平也向人民大众,尤其是士兵和农民倾斜。比如朗诵诗《高原的火》(1945),诗人站在改造国民性的高度,热切地呼唤民族的觉醒,将希望寄托于年轻的一代,推崇"勤劳、乐观、公道"的新的民族魂,诗的其中一节这样写道:

有些拿着剑的人,
高高占住辉煌的宝座
喝着浓烈的醇酒。
有些拿着金子的人,
积聚了所有的粮食,
建筑起污臭的财产。
有些拿着书的人,
埋头于古代复杂的礼制,
咀嚼着噜苏烦琐的文字。
只有拿着枪杆的壮丁们,
爬在山岭边沿的石缝里,
向外面的魔鬼射击!

只有拿着锄头的农人，
到地里去
制造出谷子！

这一节对战争中民族的众生相进行了揭露和批判，唯独赞美了士兵、农民。此外，在该诗的另一处，他还号召大家不要“要宝剑、金子和书本”。

在民众的力量面前，诗人认识到自我的狭隘。《肺病》（1945）一诗中，针对“灵魂上的肺病”，即“叹息”“忧郁”和“厌世”，诗人提出：“承认治疗只有割弃掉‘私我’！”这里显然流露出要把“小我”融入“大我”的倾向。这也正是抗战时期不少知识分子的一种普遍的思想倾向。

鲁迅先生早就指出：“一切文艺固是宣传，而一切宣传却并非全是文艺。”为了更好地进行宣传，叶传华在创作中，十分自觉地进行各项诗体实验，如自由诗、新格律诗、十四行诗、朗诵诗等。以朗诵诗为例，叶传华说：“1945 年时朗诵诗刚流行在昆明，我本来在一个诗社中写小诗，因受感染，尝试也写朗诵诗”，[①]作者进一步解释道，他当时是听了昆明的一出戏剧，女主角动听的台词激发了他的灵感，他“想把美妙台词的章法跟朗诵诗结合，揉成一种长的独白诗体”，[②]他还继续谈到“我也希望这种朗诵诗的尝试可以打开诗剧的新路，我甚至希望有一天成熟到翻译莎士比亚诗剧达到朗诵可以听得懂的程度”。[③]

抗战期间，海外侨胞与国内同胞同呼吸、共命运，共同谱写了民族解放的辉煌篇章。叶传华的抗战书写是民族解放洪流中的一朵浪花，它不仅反映了越南华侨作家的爱国精神与社会担当，也反映了抗战时期爱国知识分子的一种普遍心理，留下了鲜明的时代印记。

（作者单位：华侨大学华文学院）

---

① 叶传华：《叶传华诗文集》，香港文学报社出版公司，2004 年，第 212－213 页。
② 同①。
③ 同①。

浅谈陈舜臣的中国情结[①]

林梦晓/李诠林

陈舜臣,日本当代著名华裔作家,毕业于大阪外事专门学校(现大阪外国语大学)印度语专门科,后在该校任职助手,但战后由于户籍自动归回中国的缘故,无法继续留在国立的大阪外事专门学校任职,遂只得从事家业,随父经商。在战后日本经济复兴时期,因人们热衷经济复兴,而开始逐渐淡忘对战争的根源进行深刻反思,于是他于 1961 年发表处女作《花叶死亡之日》(原名《枯草の根》),并获得第七届江户川乱步奖,自此正式宣布弃商从文,并蜚声日本文坛,后又开创日本中国历史小说创作的先河,与司马辽太郎并列日本历史小说双璧。作为一位出生于战争年代的在日华侨,陈舜臣的创作无时无刻不受战争时代背景的影响,战争于他而言已经成为生命中一个无法回避的存在,战争本身就是他的人生历程,就是他流逝的青春岁月,甚至是改变他命运的一大主题。陈舜臣意图通过对影响他命运的战争的描写,来表达那段历史给一个在日华侨带来的悲惨遭遇和精神创伤,展示出跨越多重文化的人在异域不断追寻文化身份认同的心路历程,引起人们对战争的反思,同时在作品中穿插介绍中国传统文化,以独特的视角在中日文化交流上架起一座沟通的桥梁。

一、文化身份认同

文化身份认同是对某一区域、某一民族的语言文化、价值观念、生活方式等的接纳,并由此产生心灵及文化上的归属感。陈舜臣虽然取得日

① 本文为福建省新世纪优秀人才支持计划项目(项目编号:JA13078S)系列成果之一。

本国籍,但他始终以中国人的身份、多元的文化视角观照中日文化,“通过异域民族的语言建构自己独立的文化身份、民族文化身份”,并有“使自己民族的价值观念、生活方式、语言精神为世界所认识和了解,以提高自己民族在世界的地位”的创作自觉性。①

1895 年,清政府与日本签订了丧权辱国的《马关条约》,将台湾及其附属各岛屿、澎湖列岛割让给日本,台湾人民从此在之后的 50 年间处于异族的高压殖民统治之中。在这种时代背景下,1924 年出生在日本神户的陈舜臣,别无选择地拥有了日本国籍。虽然出生在日本,但他从小就跟随祖父陈恭和用闽南语诵读《三字经》《诗经》等中国古典文学,而且在家庭中使用闽南话并订阅了《上海申报》等中文报刊。陈舜臣在家庭中接受的是中国传统的教育方式,而这又与周围的日本社会截然不同,这种双重文化身份使他拥有了异于日本本土人的思维方式。而且当时又正处于祖国分裂,且受到殖民统治压迫的非常时期,在海外的中国人有着沉重的历史负荷,这反映在陈舜臣的人生经历中则是遭受了“二等公民”的区别对待。其实,陈舜臣从一出生便已经被打上“战争”的烙印。他在《不幸の歴史の原点“日清戦争”》中如此说:

> 从个人的角度讲,我是台湾人,因为那场战争我成了日本人,二十来岁的时候又恢复为中国人。我想再一次进一步弄清楚,决定我命运遭际的东西究竟是什么。决定我本人命运的是战争……。(战争)“是什么”? 这个问题是我的一个很大的宿题,是现在还没有解答的一个课题。②

陈舜臣把中日甲午战争看成是“不幸的历史原点”。在他看来,中国在甲午战争中的惨败,而使台湾及澎湖列岛被割让给日本,这一切是他命运不幸的起点,而且,关于甲午战争后台湾被割让给日本,作为中国台湾籍的华人,陈舜臣对此的判断是:

> 有人说,日本统治台湾,比起日本对朝鲜的统治来要好一些。我却不这么认为。那个时代,台湾人是受日本人欺压的。台湾人、台湾的民众党(后来被日本强行解散)及新文化协会,

① 刘彦仕:《全球化语境下的译者文化身份建构——兼谈林语堂的译者文化身份》,《山东文学》,2009 年第 4 期,第 50 - 55 页。

② 转引自王向远:《华裔日本作家陈舜臣论(下)》,《励耕学刊:文学卷》,2006 年第 2 期,第 188 - 206 页。

> 一直对日本进行着抵抗。日本人对台湾人的歧视,即使在日本本土也存在,但在台湾就更为严重。①

这就是陈舜臣对那段历史的认识,切身的体验使他在内心深处逐渐浮现中国人的意识,并萌发了文化民族身份认同感。

值得注意的是,陈舜臣的文化身份认同在他的小说中也得到了进一步的发展。动荡不安的战争经历使他的许多作品带有强烈的文化身份认同的痕迹,他往往以中国现代史、日本殖民侵略战争为小说的时代背景展开叙述描写,提醒着战后日本复兴时期的人们反思战争的根源,隐晦地剑指日本侵略的罪恶。例如,《花叶死亡之日》是以日军侵略东南亚的历史为时代背景,《青玉狮子香炉》是以中国近代史,包括日本侵华战争的历史为时代背景,《大南营》则是以甲午战争为时代背景展开叙述的,虽然他在小说中对日本的殖民战争并没有做出直接评价,但对于一个用日语写作,以日本人为读者的华裔作家来说,这种态度是可以理解的。把日本侵略历史写进小说里,让日本民众认识历史的真相,这本身何尝不是对日本侵略战争的一种无声谴责与警醒?笔者认为,这种间接的抗争意识与20世纪30年代末期和40年代前期,面对日本当局的高压政策,台湾抗日文人所采取的间接的文化抵抗有着异曲同工之处,他们都是用"殖民者的语言来描写本民族的生活,创造了另外一种文学的、文化的想象"。②

二、中国传统文化意象

中国传统文化历史悠久、源远流长。可以从两方面进行把握,一是科学技艺层面,二是伦理价值层面。从科学技艺层面看,传统文化包括"饮食文化、服饰文化、园林建筑文化、工艺美术文化、戏剧舞蹈相声等娱乐文化、武术健身养生等体育文化、天文历法、发明创造及中医理论等"。从伦理价值层面看,包括"君子文化、尚贤文化、谋略文化、耻感文化、礼仪文化、忠孝文化、爱国主义以及人道主义精神等"。③ 本文将从这两方面进行列举,来说明陈舜臣小说中的中国传统文化意象。

---

① 转引自王向远:《华裔日本作家陈舜臣论(下)》,《励耕学刊: 文学卷》,2006年第2期,第188-206页。

② 黎湘萍:《文学台湾——台湾知识者的文学叙事与理论想象》,人民文学出版社,2003年,第92页。

③ 赵东海,梁伟:《中国传统文化精髓述略》,《内蒙古大学学报(哲学社会科学版)》,2011年第1期,第61-66页。

（一）科学技艺层面

陈舜臣的小说经常涉及一些具有中国特色的传统文化符号，这些文化符号大多是具体可感的。小说中大量穿插中国气质的元素，这在战后日本可谓是极具特色的存在。陈舜臣在他的小说中引入大量中国元素，一方面隐晦地表明了他的民族身份认同，另一方面也向小说的受众——日本人传递了中华文化。

1. 唐诗

象征着中国古典诗歌巅峰的唐诗是中国传统文化宝库中的一颗璀璨的明珠，陈舜臣在其小说中多次引用唐诗，由此可以看出作者欲将其作为传播中国传统文化媒介的主观动机。获日本第六十届直木奖的《青玉狮子香炉》中的唐诗出现在保护文物的故宫博物院职员护送文物转移途经白龙江时，年轻博物院科长看到西边剑门这一情节。“不知是否是因怀念通过此地的骨瘦如柴的诗圣，年轻的科长低声吟诵着杜甫的诗作《剑门》：‘惟天有设险，剑门天下壮。连山抱西南，石角皆北向……’”。[①] 而推理小说《方壶园》则直接以唐朝诗人李贺的诗歌为线索进行小说的布局谋篇，小说以李贺友人高佐庭被杀害为起因，用大量笔墨描写了相关人物的日常行动及心理活动。其中描写到对吟诗造诣不深的吴炎，在春日渐渐远去的某一天，终于坐在只接见诗人的青楼女子翠环的面前。其间，吴炎赠给翠环一首小诗，得到翠环极大的赞誉，而这首诗实际就是李贺的《残丝曲》：“垂杨叶老莺哺儿，残丝欲断黄蜂归。绿鬓年少金钗客，缥粉壶中沈琥珀。花台欲暮春辞去，落花起作回风舞。榆荚相催不知数，沈郎青钱夹城路。”[②]同时，《方壶园》中也穿插了唐朝诗人白居易的《盐商妇》和《牡丹芳》的诗句：“不属州县属天子。每年盐利入官时，少入官家多入私。”[③]“花开花落二十日，一城之人皆若狂。”[④]陈舜臣作品中出现的唐诗，不仅给日本文学注入极富异域特色的新鲜血液，也在一定程度上传扬了中华文化。

2. 象棋

作为另一个表达中国传统文化意象的元素——象棋，在陈舜臣的小

---

① 陈舜臣：《青玉狮子香炉》，姚巧梅、袁斌译，广西师范大学出版社，2010 年，第 42 页。该书里面收录了陈舜臣先生的早期作品《青玉狮子香炉》《方壶园》《大南营》《九雷溪》《梨之花》《来自相册》《兽心图》等七篇，以及野口武彦对他作品的《解说》，可以称为他的处女作群的合集。

② 陈舜臣：《青玉狮子香炉》，姚巧梅、袁斌译，广西师范大学出版社，2010 年，第 89 页。

③ 同②，第 71 页。

④ 同②，第 88 页。

说里面也是一个经常出现的文化符号。拥有着悠长历史的中国象棋已然成为一个包蕴着道法自然、天象轮转、五行相称、阴阳平衡等富有中华传统文化内涵的经典文化符号。所谓“人生如棋”“世事如棋”，说的就是棋局处处显人生，从象棋中可以窥视人生的处世之道。陈舜臣在其处女作《花叶死亡之日》中以象棋为线索展开推理叙述，多处提及象棋，对象棋战术亦有详细的介绍。小说中，华裔侦探家陶展文与棋友徐铭义进行象棋对弈时，作者对徐铭义的象牙象棋进行了如下细致的描写：

> 中国的象棋是圆的，通过颜色来区别对阵双方。一方是红字，一方是黑字。有些棋子上的字是凸出来的，不过这幅象牙棋子的字是凹进去的。除颜色外，对阵双方的字也有所不同。在中国象棋中，相当于日本将棋的“王将”的红方棋子是“帅”，黑方棋子是“将”；相当于“步”的红方棋子是“兵”，黑方棋子是“卒”……
>
> 中国象棋的“帅”和“将”不能走出指定区域，因此只能死在自己的城内，而无法像日本将棋的“王将”一样率先杀入敌阵，壮烈赴死。由于存在“炮”这种危险的飞行武器，有时乍一看似乎战局平稳，实则在纵横方向上已被牢牢控制。①

在徐铭义遇害后，陶展文和朱汉生在徐铭义家里下象棋以缅怀故人，其中就穿插介绍了象棋战术。

> “车”相当于日本将棋中的“飞车”。将这个强大的棋子放在己方阵营的中央，以此统揽整个盘面——这一战术称为“占中车”，亦即日本将棋的“中飞车”。在中国象棋中，平均十局中有七八局都是以“占中车”的形式开始的……
>
> 第三局，陶展文采用奇袭战术，几乎没吃对手一兵一卒，以令对手松懈，然后一鼓作气将敌人逼至绝境。②

而象棋同样可以彰显人生的处世之道。如在陶展文与朱汉生对弈过程中，双方在棋盘上和嘴上的斗争都是不相上下，棋盘上每走一步都是棋手做出的最终选择，人生之道亦是由诸多取舍铺设而成的，即所谓有所失亦有所得。取舍之道在双方的对弈中跃然纸上。

---

① 陈舜臣：《花叶死亡之日》，程亮译，金城出版社，2011 年，第 53 页。
② 同①，第 148－149 页。

> 朱汉生执黑字棋先行，战争就此打响。他将“车”放到棋盘中央……陶展文挪动了己方的“兵”，朱汉生是出名的快棋手，只见他立马飞“炮”越过河界，轰死了对方的“兵”。
>
> “嘿，看你大张旗鼓地挥舞牛刀，还以为要干什么呢，原来只是用来杀鸡。”
>
> 黑红双方在棋盘上斗得火花四溅，二人口中也是你来我往，互不相让。
>
> “不吃我的‘马’吗？”朱汉生嘴上火力全开，以此牵制敌人。
>
> “这么别扭的‘马’，我才不要呢！正所谓‘卷曲而不中规矩，立人涂，匠者不顾。’”陶展文开口应道。
>
> 最终，朱汉生的“象”疏于防范，陶展文首战告捷。①

这里陶展文引用《庄子·逍遥游》中的“卷曲而不中规矩，立人涂，匠者不顾”一句来进行取舍，最终“首战告捷”，其中蕴含的哲思便是中华传统文化的内涵之一，亦即笔者认为的下象棋的最高境界：“人法地，地法天，天法道，道法自然。”

另外，陈舜臣的《九雷溪》中也提及象棋，但并没有对其进行详细的介绍，是由护士罗淑芳为转移话题而引出的。

> “真希望能稍微休息一下，我这个人呢，只要能和人心无旁骛地杀上局象棋，就会感觉全身的疲劳消退。吃过饭后，大伙儿就来杀上一局吧。”……“象棋不也和打仗一样的吗？”罗淑芳微微一笑，“不是常听人说，打仗厉害的人下象棋也挺厉害的吗？”②

消遣方式各式各样，可以有多种途径，而作者唯独引用象棋。我们姑且认为这是作者在进行文学创作过程中，对中国特色的传统文化意象进行主观选择的结果。

3. 玉石、中医

在陈舜臣的小说中，象征着中国传统文化意象的符号随处可见。作者在作品中有选择地普及这些中国传统文化意象。例如，在《青玉狮子香炉》里，作者以北京“琉璃厂”这一意象开篇，道出了北京正阳门西边的

---

① 陈舜臣：《花叶死亡之日》，程亮译，金城出版社，2011 年，第 148 页。

② 同①，第 151－152 页。

"琉璃厂"名称的由来，是因为"以前，建造宫殿用的琉璃瓦就在这里烧制"，并引用了清末夏仁虎在《旧京琐记》中的相关记载："琉璃厂为书画、古玩商铺萃集之所。其掌各铺者，目录之学与鉴别之精，往往过于士大夫。"①引出琉璃厂已成为书肆、文具、书画古董店林立的文化地区。随后在介绍玉雕的同时，自然带入了"玉"这一意象，"玉有硬玉和软玉两种。云南和缅甸生产的翡翠等硬玉，都太坚硬而无法施以精细的雕刻。雕刻玉器用的通常是昆仑（新疆）生产的软玉。但是，即使是软玉，也还不如做印章的青田石和寿山石来的软。玉的光泽，自古以来即为中国人所憧憬。常见的宋瓷，即是以其特质接近于玉而经常被拿来创作。软玉只有新疆生产，所以，即使再怎么垂涎也不是那么容易到手的"。②

而在《花叶死亡之日》中则多次引入"中医"这一传统文化意象。身为"桃源亭"主人的陶展文是一位既会打拳又有侠者风范，既会下棋又懂中医的华人侦探。他给徐铭义诊病时有个舔头皮的动作，对此作者做出如下解释："据传，中医里有一种秘法，便是通过品尝头皮的味道来诊病。陶展文在国内时也曾见过这样的医生。据说，为了保持舌尖的神通力，这类医生禁忌一切刺激性食物，至于烟酒更不待言。"③随后在介绍他为何懂中医时则又提到"医诗"："所谓医诗，是指以诗的形式表述疾病的性状以及治疗对策，以易于初学者记忆。……有医诗曰：温温欲吐心下痛，郁郁微烦胃气伤。甘草硝黄调胃剂，心烦腹胀热蒸良。"④而在陶展文和知道李源良真正身份的乔玉初次见面时，则又提到"处方"："桂皮，三钱。人参，三钱。芍药，四钱。生姜，四钱。甘草，二钱。大枣，三枚。加水两杯半，熬至八分热。"⑤此外，在"二十九是夜"中，作者又介绍了"医书"——《灵枢·素问》："《灵枢·素问》是中国医学古籍。著名的《三字经》以'人之初'开头，这本医学三字经便加以效仿，以如下语句开篇——医之始　本岐黄　灵枢作　素问详　难经出　更洋洋　越汉季　有南阳　六经辩　圣道彰　伤寒着　金匮藏"，并对此做了进一步的解释说明："神话时代的'黄帝'被认为是中国医学的始祖，而成书于汉初的《灵枢》九卷、《素问》九卷则是现存最早的医书。随着医学日渐兴盛，汉末南阳

① 陈舜臣：《青玉狮子香炉》，姚巧梅、袁斌译，广西师范大学出版社，2010年，第3页。
② 同①，第6页。
③ 陈舜臣：《花叶死亡之日》，程亮译，金城出版社，2011年，第29页。
④ 同③。
⑤ 同③，第188页。

又出了个张仲景，著有《伤寒杂病论》和《金匮玉函经》……《灵枢·素问》之于医门，便如五经之于儒门，被世人称作是医生必读之书……古代医书中多有五行阴阳说，以及人自天称‘德’、自地揽‘气’等理论。”[①]

不论是医诗、处方，还是《灵枢·素问》都是“中医”这一传统文化符号所包含的内在组成部分，而“中医”和“玉雕”又是中国传统文化中的典型意象，作者在小说中大量介绍相关的知识，不仅表现了作者在日常生活中对中华传统文化有着较为深入的研究，更反映出作者在潜意识里已经形成对日本读者传播中华文化的自觉性。

（二）伦理价值层面

从伦理价值层面的定义来看，中国传统文化中伦理价值层面的含义是抽象的，需要深入去理解。在陈舜臣的小说里面，很明显地可以看出他的人道主义情怀，主要表现在对以“仁”为本的儒家思想的尊崇。儒学的核心思想就是“仁者爱人”思想，主张以仁爱之心处理人际关系，任何人都应该诚心求“仁”，以仁爱之心包容世间万物。陈舜臣的诸多推理小说中都表现了这一主题。

《花叶死亡之日》中主人公陶展文侦查破案主要是靠他对人性的透彻分析，通过细致的调查和严谨的心理分析，把杀人案件背后隐藏的人生秘密呈现在读者面前，这种把罪犯首先当“人”来看待的写作主题，正是该小说引人入胜的地方。他的推理小说是写“人生”的，是写“人”的，小说的结局是陶展文并没有向警察告发假李源良，而是选择了保留他的名声，这种人道主义的想法正体现了以“仁”为本的中国传统儒家文化的精髓。著名文学评论家、学者秋山虔认为：陈舜臣的《花叶死亡之日》这样的推理小说出现后，“推理小说”这一名称已经变得不恰当了。推理小说“已经不再是推理。而具有人性洞察的深度、社会观察的尖锐观点、潇洒儒雅的批评精神，已经成为小说的关键”。认为陈舜臣的推理小说的风格形成是他“将（中国）文化加以血肉化的人才具有的神韵”。[②]

在另一篇推理小说《梨之花》中也同样体现了一种“得饶人处且饶人”的儒家“仁”的思想。任职N大学文学史研究所的前野富太郎因为初子对其父亲中田祐作说的一句玩笑话险些丧命。前野富太郎在出院拜访中田祐作时，设陷使其亲口说出使用梨花枪来袭击自己后，只像平常一样

---

① 陈舜臣：《花叶死亡之日》，程亮译，金城出版社，2011年，第200-201页。

② 转引自王向远：《华裔日本作家陈舜臣论（上）》，《励耕学刊：文学卷》，2006年第1期。

说了句道别的话。中田祐作问："不去找警察吗?"他的回答却是："不必了。估计警方对那件案子早就死心放弃,而且被害者最后也得救了……"[①]野口武彦评价陈舜臣作品中所隐含的这种富含中华传统文化思想精华的"仁"的思想时认为,蕴含在他"作品底部的'仁'似乎比我们日本人从儒教概念上理解的'仁'更加感性,范围更大。简单说来,就是承认敌人也是人的一种感受"。[②] 即所谓"仁者爱人"。

陈舜臣一生致力于传播中国文化,他通过作品建构出旅居日本的散居者的跨文化身份,并在介绍中国传统文化时,以日本的视角来选择本民族的文化,用多元化的眼光审视传统文化,进而表明了自己的文化身份的认同。与此同时,在他的小说建构过程中,经常可以看到诸多的中国意象点缀其间,充满中国特色的风情和日本的风物有机地融合在作品中。陈舜臣从他多元的文化身份视角出发,在传播中国传统文化的同时,也表达了他的中国情结和超越民族的人文关怀;另外,从他虽加入日本国籍,却并没有更改自己的中国名字也可以看出他依然心系祖国的特殊感情。陈舜臣一生笔耕不辍,以"不获麒麟笔不休"精神为中日文化交流燃烧自己,这不禁让人想起他的诗作《古稀有感其二》的最后两句所云:"莫道流云千里远,麒麟志在昆仑河。"笔者认为在中国文化交流史和中国文学史上也应该给陈舜臣应有的位置。

(作者单位:林梦晓,福建师范大学文学院;李诠林,福建师范大学两岸文化发展研究中心,福建省社科研究基地中华文学传承发展研究中心)

① 陈舜臣:《青玉狮子香炉》,姚巧梅、袁斌译,广西师范大学出版社,2010 年,第 206 页。

② 同①,第 276 页。

小议抗战文艺的民族精神
——以抗战时期的音乐作品为例

陈璋斌

1942年5月,中国正处在抗日战争中的战略相持阶段,中共中央在延安召开文艺座谈会,毛泽东发表了著名的《在延安文艺座谈会上的讲话》。他在讲话中极富智慧地指出:“我们要战胜敌人,首先要依靠手里拿枪的军队,我们还要有文化的军队,这是团结自己、战胜敌人必不可少的一支军队。”“要使文艺很好地成为整个革命机器的一个组成部分,作为团结人民、教育人民、打击敌人、消灭敌人的有力的武器,帮助人民同心同德地和敌人作斗争。”在毛泽东延安文艺座谈会上的讲话发表前后及整个抗战的进程中,甚至全民族抗战开始前和抗战胜利结束直至今天的历史长河中,抗战文艺在整个中华民族的精神中都占据着至关重要的地位,并自觉或不自觉地按照这一标准进行创作。下面,笔者将通过对抗战时期文艺中独树一帜而又容易为人忽略的表现形式——音乐作品的分析,来展现抗战文艺作品所反映的民族精神内核。

一、抗战音乐作品概述

音乐作为异于其他文艺形式的艺术形态,更贴合人类感官,因此相较于其他文艺形式更能得到大众的接受和认可。在中国人民14年的抗战历程中,音乐作品在文艺层面的斗争中扮演了相当重要的角色。这个时期的词曲作者不仅注意到音乐本身固有的怡情作用,更注意到春秋时期孔子提出的“乐”对于普通民众的教化作用。抗战音乐作品在词曲作者强烈爱国救亡热情的创作下，将自身鼓舞人民精神层面的力量发挥到极致，成为全民族英勇抗战的精神武器，充分展示了其作为一种抗战文艺形式所蕴藏的民族精神。

前文提到，毛泽东在延安文艺座谈会上的讲话中号召文艺要为人民、为民族革命服务。在战争期间，音乐作品的首要任务就是解决如何将自己的人民性、民族性、时代性展现出来，“能够使我们全部的官能被感动，而且可以强烈地激发每个听众最高的情感”。[①] 抗战时期的音乐，大多采用具有民族音乐特色的旋律，将歌词通俗化、简单化；一部分抗战音乐“采用广大人民群众所熟悉的民族音乐语汇和铿锵有力的战斗性节奏”，[②]以展现其民族精神，激发广大人民群众的爱国热情。

二、抗战时期音乐作品的分类

在笔者看来，抗战的音乐作品按内容主要可以分为以下几类：

1. 记录式歌曲，如《松花江上》《长城谣》等

《松花江上》是现今中国人耳熟能详的一首歌曲，作于1931年“九一八事变”之后，曲调采用东北当地音律，凄婉动人。歌词展现了东北三省原本物产丰饶，但国土沦陷之后，人们过着悲苦生活的遭遇，从侧面控诉了蒋介石当时的不抵抗政策，并表达了对收复失地的渴望。

《长城谣》作于1937年，是影片《关山万里》的配乐，与《松花江上》一样赞美了祖国物产丰富，控诉了日本的侵略罪行，也同样表达了返回故乡的决心。曲调极具民族风格，苍凉悲壮。较《松花江上》稍有不同的是，《长城谣》的旋律更加简单短小，便于传唱。

记录式歌曲通常反映的是日本侵略者发动战争后中国人民遭受的苦难，由此激发全民族反抗的斗志和决心，展现民族精神中坚韧不屈的一面。

2. 教育式歌曲，如《抗敌歌》等

《抗敌歌》整体气势十分刚劲有力：“中华锦绣江山谁是主人翁？我们四万万同胞！”第一乐段的音调豪迈而肯定，领唱与合唱一问一答，仿佛是群众集会上宣传鼓动的热烈场面。第二乐段的合唱采用反复轮唱的方

---

① 冼星海：《我学习音乐的经过》，人民音乐出版社，1980年。

② 岳英放：《音乐在抗日战争时期的社会作用》，《长春师范学院学报（人文社会科学版）》，2006年第4期，第56－60页。

式,形成一呼百应的效果。“一心一力团结牢!努力杀敌誓不饶!”“群策群力团结牢,拼将头颅为国抛!”充分唱出了国人誓死报国、抵抗外族入侵的心声,是民国时期第一首真正意义上的抗日歌曲。

教育式歌曲通常直接号召人民英勇抗争,也在一定层面上指导着民族的抗争方式,强调团结、强调同仇敌忾往往是这类歌曲的共通之处。

3. 赞颂式歌曲,如《大刀进行曲》《八百壮士歌》《游击队歌》《太行山上》《延安颂》等

《大刀进行曲》最初是用来赞美保卫卢沟桥战役中的国民革命军二十九军的,歌曲激昂顿挫,急促的短音强烈体现了对日本侵略者的仇恨。在传唱过程中,歌词被进一步修改,其中“二十九军的弟兄们”改为“全国武装的同胞们”,“咱们二十九军不是孤军”改为“咱们中国军队勇敢前进”,[①]从而更加体现出全民族抗战的英勇无畏的气概。《八百壮士歌》歌颂了 1937 年淞沪会战最后一战四行仓库保卫战中谢晋元所率领的“孤军”与日寇英勇战斗的光辉事迹,这首歌曲本身和这场保卫战一样重新唤起了因淞沪会战失利而受挫的中国军民的士气。《游击队歌》的语言活泼通俗,是抗日歌曲中的一朵奇葩,与其他歌曲或沉重、或激昂的旋律大不相同,它轻松欢快,生动的鼓点完美地塑造了游击队员蔑视敌人、与敌人巧妙周旋的典型形象。《太行山上》与《延安颂》曲风婉转,节奏的快慢变化使歌曲的内涵得到提升,仿佛缓缓拉开了共产党人抗日斗争的画面。两首歌曲都直接歌颂了共产党人和人民军队顽强抗击日寇侵略的历史。《延安颂》更是“具有抒情性,又富战斗气息”,在当时中华民族生死存亡的历史关头,有很多人受到该歌曲的感染,奔赴延安。

赞颂式歌曲在抗战歌曲中数量众多,其特点是借赞颂某一支抗日武装或是某一场抗日战役,以获得全民族认同感、唤醒战斗的民族精神。

4. 呐喊式歌曲,如《保卫黄河》《义勇军进行曲》等

《保卫黄河》抑扬顿挫、激情澎湃,以齐唱和轮唱的形式展现了抗日军队前仆后继地开往战斗前线的画面和保卫全中国的必胜决心。这首音乐作品是抗日战争时期音乐作品中极富音乐性的代表。《义勇军进行曲》在抗日战争中就已相当流行,甚至曾被戴安澜将军任师长的国民革命军第五军 200 师定为该师军歌。《义勇军进行曲》现在是《中华人民共和国国歌》,歌曲慷慨激昂,代表了所有中国人在艰苦卓绝斗争中的声声怒

---

① 李诗原:《充满战斗精神的〈大刀进行曲〉》,光明网,2008-07-24。

吼和抵抗侵略的顽强意志。

呐喊式歌曲最能体现中华民族精神的气节所在,能直接表达中华民族面对外族侵略的坚定斗志。

事实上,仅凭歌词的部分内容对抗战时期的音乐作品进行分类有些狭隘,很多音乐作品兼具以上分类的多重特征,例如《八百壮士歌》也呐喊出了“中国不会亡”这样的有力宣言,《保卫黄河》也赞美了保卫华北的中国将士奋勇杀敌的英雄事迹。本文以此分类,目的是理清脉络,以此展现著名抗战音乐作品中存在的民族精神和积极价值。

三、抗战音乐作品的民族精神

抗战时期,歌曲的表现方式受到了西方音乐的影响。例如《游击队歌》的曲调受到英国《英国掷弹兵进行曲》的影响。《保卫黄河》则是以交响乐合唱的形式进行表演。当然,中国抗日战争时期的音乐作品的内容和唱腔仍保留着大量中国特色,同样属于以民族形式表现的歌曲,例如前文提到的《松花江上》和《长城谣》,都保留了大量民歌的特征。西方艺术表现形式结合中国的历史背景和部分民族艺术表现形式所创作表演的音乐作品,其民族形式和民族性恰能体现音乐作品本身蕴含的民族精神所在。

进一步说,部分音乐作品甚至将中华民族不屈的伟大民族精神发扬至世界,以鼓舞世界人民的反法西斯侵略的斗争。最典型的应属《义勇军进行曲》。1941 年,美国黑人男低音歌唱家保罗・罗伯逊(Paul Bobeson)有感于中国人民伟大的抗日战争,灌录了历史上第一张由美国人主唱的中文歌专辑唱片 *Chee Lai*: *Songs of New China*,其中的 Chee lai 一词便是《义勇军进行曲》中“起来”的谐音。他在翻唱《义勇军进行曲》时的第一句话便是“这是一首诞生于勇敢中国人民抗争中的歌曲”(This is a song born in the struggle of brave Chinese people),以此来声援中国人民的革命斗争。保罗・罗伯逊还为《义勇军进行曲》翻译了英文歌词,二战期间在俄罗斯、埃及等世界各地演唱。歌词中以 tyrant(暴政)控诉了法西斯暴行,号召世界人民“为自由和真正的民主奋斗”(fight for liberty and true democracy),以至于当第二次世界大战将要结束时,美国国务院曾提出在反法西斯战争胜利之日演奏各战胜国音乐时,选定《义勇军进行曲》作为代表中国的音乐。[①]《义勇军进行曲》传唱范围和影响力之广可见一斑。由此管中窥豹，可见抗战时期的音乐作品对于中华民族精神的展现是非常充分的。

可喜的是，中华民族的民族精神和文艺脉搏从未曾间断过。我们不难发现有很多抗战音乐作品的艺术价值和生命延续至今。举个较近的例子，2014 年 11 月，北京申办冬奥宣传片——纯洁冰雪激情约会（北京和张家口联合申办 2022 冬奥会宣传片），正是以《长城谣》作为背景音乐的。抗战时期的民族精神就在抗战音乐作品及其他文艺形式的不停继承中传递和发扬着，为当下的民族精神提供历史的支撑。

抗日战争时期的音乐作品大多具有“西学中用”、重在民族的通俗化、激昂式的表现形式，或控诉了日本帝国主义的野蛮行径，或展现了抗日战争的历史画卷，或歌颂了反抗侵略的英雄的光辉事迹，充分地展现了中华民族同仇敌忾、同心同德与侵略者顽强斗争的坚韧不屈的民族精神。它们对战乱中的民众起到了相当积极的鼓舞作用。即使在战争早已结束的 70 多年后的今天，这些抗日时期的音乐作品依然充满着艺术活力与民族动力，为现今的民族精神提供着来源于历史的强大力量。

（作者单位：闽南师范大学文学院）

① 《唱了半个多世纪的〈义勇军进行曲〉》，人民网，2004－07－29。

从抵抗文学到介入理论
——萨特文学观简论

郑海婷

萨特的文学介入理论可以称为“行动的文学介入”，主要体现在《什么是文学?》中，在此书中，他在知识分子的职责和担当的名义下，主张以文学手段直接介入社会，认为文学可以而且应该干预现实，强调文学的宣传和教育功用。这些言论使萨特成为战后法国文坛左翼行动主义的执牛耳者。

必须看到的是，萨特介入论产生的历史背景是法国抵抗纳粹占领的文学传统及战后知识分子的境遇哲学谱系。在战前，萨特只是一个对政治漠不关心的知识分子，但是，二战给法国知识分子上了难忘的一课。维希法国作为纳粹德国的傀儡政权，对内主张敬重上帝、祖国和家庭，对外主张德法合作，这种“虚伪的因循守旧作风”已经被证明是不行的。此外，1939 年之前法国所奉行的和平主义和不干涉政策，甚至出现了长期宣而不战的西线无战事的状态，同样也是行不通的。并且，美国和苏联的冷战渐渐拉开帷幕，它们对其他国家和地区的“占领行动”正在逐步展开，这种情况下，一直作为文化正宗的欧陆文明极有可能“被一些外来物所摧毁和取代”。[①] 于是，萨特扛起了左翼行动主义的大旗，打出了“介入文学”的口号：“萨特已经下定决心，不再像战前那样对社会政治采取一种不介入的态度。既不能做一个袖手旁观的看客，也不能只满足于口头抗议，而必须直接行动。”[②]在 1947 年发表、1948 年成书的《什么是文学?》

---

① 吕一民，朱晓罕:《良知与担当:20 世纪法国知识分子史》，浙江大学出版社，2012 年，第 145 页。

② 吕一民:《20 世纪法国知识分子的历程》，浙江大学出版社，2001 年，第 175 页。

中,萨特指出,我们每个人都处在时代的境况里,作家自然有责任通过写作来关心世界、对时代发言。“文学是刺激剂而不是镇静剂。”①文学要激发人们的解放意识,让人们意识到异化和受压迫的状态,完全认识到个人的自由,从而唤起积极自由的能力,通过主动的行动达到解放。

一、关于 engagé(介入)

在战后的西方知识界,是萨特赋予法文 engagé 一词特殊的意义。《牛津英汉双解大词典》中对法语 engager 一词的溯源指出,这个法语词在十六、十七世纪中期之时,就已经有了承担义务、投入战斗这样的含义。② 直到萨特,“介入”一词才发展出与作家、艺术家明确相关的含义,关于这一点,最明确的宣言就是萨特的《什么是文学?》。③ 也正是在萨特之后,“介入”成为西方文艺界讨论的一个热点。

萨特认为作家担负着重要的使命,要对时代发言,给予时代意义,并促成这个时代必要的改变。他在 1960 年说道:“如果文学不要求一切,它就毫无价值可言。这就是我所说的‘介入’。如果文学变成纯粹的形式或者颂歌,它就会枯萎凋谢。如果一个写下的句子不能在人和社会的某一程度上产生反响,那么它是毫无意义的。所谓某一时代的文学,只能是用文学体现的这一时代,难道不是这样吗?”④

实际上,萨特早在 1943 年出版的《存在与虚无》里就用了 engager 一词,也就是他后来提出的文学介入的“介入”,虽然其时并未直接把它和文学挂钩。萨特写道:“我只作为被介入的东西存在,并且只是由于这样我才获得(对)存在(的)意识。(I exist only as *engaged*. And I am conscious (of) being only as *engaged*.)”⑤萨特在这里用“介入”来说明自我与他者的关系,“我”只有被他人介入的时候才存在,才意识到“我”的存在;同时,“我”也可以反过来介入他人,使他人意识到他自己的存在。

---

① Gary Cox. The Sartre Dictionary. Continuum, 2008: 222.

② 《新牛津英汉双解大词典(第 2 版)》,上海外语教育出版社,2013 年,第 720 页。

③ See Gary Gutting. French Philosophy in the Twentieth Century. Cambridge University Press, 2004: 152 - 153.

④ [法]让-保罗·萨特:《萨特思想小品》,黄忠晶、黄巍编译,上海社会科学院出版社,1999 年,第 122 页。

⑤ [法]萨特:《存在与虚无》,陈宣良,等译,杜小真校,生活·读书·新知三联书店,1997 年,第 375 页。Jean-Paul Sartre. Being and Nothingness. Trans. Hazel E. Barnes. Philosophical Library, 1993: 291.

介入是针对“我”之外的他人的，是可以形塑他人的。介入，于是就被赋予了很强的力度和针对性。几年后，萨特提出的文学介入理论实际上就是这种介入观的具体运用。此外，《存在与虚无》关于自由与责任的界说也成为《什么是文学?》的哲学基础。“自由”在萨特看来并不是与“强制”，也不是与“必然”相对的概念，而是与“决定论”相对。所以，决定论关联的相对之物——“责任”就成了自由的肯定性界定。换言之，驱使“我”去做某事的不是命令而是责任；并且，“我”没有不做选择的自由，因为不选择也是一种选择。[①] 在这个基础上，萨特信誓旦旦地提出文学的介入。

需要注意的是，术语的流徙也会造成一定的遮蔽。萨特所使用的法语单词“engagé”没有直接对应的英文，而英语学界一般用“committed”来与之对应，后者进入汉语学界又衍生出多种不同的译法，这种多义含混的情况很容易形成遮蔽。阿多诺在20世纪60年代曾经发表了《论介入》一文，质疑萨特的介入理论并提出了自己的介入观，与他在《美学理论》中的“义务/介入”一节互相补充，这些方面都是探讨文学介入论的重要文本，但是目前对介入的讨论中却几乎没有涉及。事实上，文学理论的超越和介入的两极所组成的话语光谱十分复杂，二者并不是非此即彼或非黑即白的关系，这个场域之内还存在暧昧和幽微不明的区域，例如鲁迅对文学与政治关系的思考就极为复杂，不容易一语定论。如果要对萨特的文学介入理论的发展脉络、背景及其延伸出来的谱系有一个较为全面的认识，这些以往被忽略或者被简单化处理的部分都必须纳入考察的范围。

二、来自学界的声音

《什么是文学?》一直被萨特的研究者们认为是一份政治行动宣言，文学为政治服务被许多作家认为是难以接受的，无论是支持纯文学的让·波朗，还是右翼的雅克·洛朗，或者当时的罗兰·巴特、罗伯-格里耶都站出来反对萨特。不过，也有人为萨特说话。雷蒙·威廉斯提醒我们要注意这篇长文发表于战后的特定背景。贝尔纳·亨利·列维在《萨特的世纪》中为之正名，认为萨特只是指出了文学介入是自然而然的事情，

---

① 参阅[美]弗雷德里克·詹姆逊:《马克思主义与形式》，李自修译，百花洲文艺出版社，1995年，第244页。

而《什么是文学?》是萨特写得非常好的一本著作。同样,托多洛夫在《批评的批评——教育小说》中也盛赞了萨特在此书中所展现的文采。然而,学界还是有不少共识。萨特在这里把文学作为政治行动的一种方式,认为写作就是揭露,而揭露就是行动,后来他又把这种行动的效果直接推及读者,这一系列的推论被认为是难以成立的。另一方面,萨特对诗和散文(指与诗对应的非韵文)做了简单的区分,认为诗是艺术性的,是不介入的,而散文是功利性的,是可以介入的。他指出诗是可以自我完满的,对诗来说,语言是目的而不是手段;而散文本质上是功利性的,它是在利用语言。这种简单的划分也不断被质疑。罗伯-格里耶的《为了一种新小说》和罗兰·巴特的《写作的零度》都对此直言不讳。罗伯-格里耶延续了"为艺术而艺术"的观念,坚持艺术肯定是"无动机的",因为甚至小说家自身在写作时都不能知道作品会成为什么样子。这种论调有"发空炮"的嫌疑,没有正面迎战萨特的理论,更无法与之产生真正的对话。纪德的批评也没有离开这个思路,同样没有什么效力。

目前国内学界对文学介入理论的大量探讨同样有所偏颇。首先,把萨特的文学介入局限于他早年发表的《什么是文学?》,没有看到萨特晚年对介入理论的修正;其次,以单一的文本来定义萨特的介入理论,没有把萨特的哲学思考和文学介入的深层关系理清楚;再次,过于简单化地定义了萨特的介入理论,没有结合萨特本人的介入式的文学批评来考察介入理论对文学批评所产生的影响;最后,只看到结构主义、后结构主义者们对萨特的简单批评,以为萨特是一个很轻易就能驳倒的对手,却没有深入考察萨特在左翼理论中所开拓的有价值的方向,这些方向至少包括马克思化的海德格尔,以及引进第三项打破结构主义二元对立的结构。从以上四个当前研究的薄弱环节进入,我们可以发现萨特的存在主义现象学为文学介入理论带来的诸多洞见。

三、萨特介入论的前后期

萨特对中国文化界影响之深广,至今少有人及。谈到文学介入,我们最先想到的就是1947年萨特在《什么是文学?》中提出的介入文学的理论。实际上,仅仅用《什么是文学?》这个唯一的文本把萨特的文学介入理论定型、定性对他是有失公允的。"介入"这一思想贯穿了萨特文学思考的始终,并与他的整体化哲学紧密相关。从这里入手,我们就可以发现萨特以他存在主义现象学的视角提供给文学的一些独特洞见，也可以理解萨特所说的整体化就是一种深刻的介入。

萨特的介入理论在前期和后期有较大的不同。在《什么是文学?》时期，萨特主张积极的介入，认为文学必须对当下表态，说话就是行动，就是揭露，就会带来改变；而为了拯救当下的文学，文学必须表明立场。在这个意义上，萨特认为散文是最容易进行"介入"的文体。"单独一个作家可以限于以批判为务，但是我们的文学作为整体首先应该是建设……在这个宿命论的时代，我们需要在每一具体场合向读者显示他的做成与拆散的能力，简单说就是他的行动能力。"①更早之前，萨特在为《现代》创刊写的导言中说："《现代》……不会是政治杂志，它将评论政治和社会事件，但不为任何一个政党服务，只加以分析以便澄清争论，采取立场。我们不想让我们时代的任何事件擦肩而过。可能存在过较好的时代，但现在是我们的时代。我们只有在这次战争或者可能在这次革命之中过这种生活。"②

在《家中白痴》时期，这一理论以更为温和的姿态收编了福楼拜、音乐、诗歌，从早先的激进立场大大后退。"作家是反思的，因为诗和散文已经成为批判艺术。马拉美就把自己的作品称为'批判的诗'。写作，同过去一样，在今天总是意味着让写作成为问题。"③当晚年的萨特把介入的视域扩展到福楼拜、马拉美这些"解脱"型的作家身上时，他说他们的作品是"一种深层的介入……是圣经意义上的真正激情"，"文学介入，这归根结底就是承担全世界，承担整体"。④ 这时的介入，事实上是文学的乌托邦——它可能甚至肯定不会完全实现，但作家必须始终以它为目标，并不断尝试。

综观萨特的文学介入理论，从前期到后期尽管存在很大的不同，但仍然有其不变的核心，首先是文学要关注当下，强调"处境"；进而提出文学是对现实进行批判性的反思，不能是不痛不痒的描述。其次，介入是对自由的选择，于是，它就必定关涉道德层面，"因为只有靠一种集体的介入，不管是社会的还是公民的，才可以与暴力和仇恨决裂：'善的概念要求意

---

① [法]让-保罗·萨特:《萨特文学论文集》，施康强，等译，安徽文艺出版社，1998 年，第 274 页。

② 转引自[美]阿·马德森:《萨特和波伏瓦的共同道路》，刘阳，等译，华岳文艺出版社，1988 年，第 143 页。

③ [法]让-保罗·萨特:《萨特思想小品》，黄忠晶、黄巍编译，上海社会科学院出版社，1999 年，第 120 页。

④ 同①，第 338－339 页。

识的多元性,甚至要求介入的多元性。'"[1]正是在这一点上,萨特的介入很容易变成说教或者宣讲。

萨特的介入理论是特定时代的产物,随着社会情境的变迁逐渐变得不合时宜。他遭受到来自结构主义思想家的猛烈批判。萨特的哲学有一种内在的上帝视角,为全人类代言,希图纵览一切,这正是权力的运作模式。这样的知识分子本身就是权力体系的代理人。德勒兹认为,这样的斗争不过是继续沿用了现存的权力结构,就像马克思的根本问题,工人翻身做主人,实际上并没有根本上改变什么,只是"权力的主人发生了变化,但仍然是同一种权力"。所以,从局部和特定领域出发来揭露权力——消解权力——夺取权力,这样的斗争策略或许才可以真正击中要害。要对抗的对象是权力(运作机制)本身而不是当权者。按照福柯的说法,这种特殊型的知识分子,做理论就是在行动,就是有效力的介入。1968 年 5 月运动之后,福柯取代萨特成为学界领袖,也由此开启了新的知识分子的介入模式。

(作者单位:福建社会科学院文学研究所)

① [法]高宣扬主编:《法兰西思想评论(第二卷)》,同济大学出版社,2007 年,第 148 页。